Juliette B   ce
d'Alexand   ne
passion pour l'Histoire. Elle commence en 1964 une
carrière de romancière avec la série des *Catherine*,
traduite en 22 langues, qui la lance sur la voie d'un
succès jamais démenti à ce jour. Depuis, elle a écrit
une soixantaine de romans, recueillis notamment dans
les séries *La Florentine* (1988-1989), *Les Treize Vents*
(1992), *Le boiteux de Varsovie* (1994-1996) et *Secret
d'État* (1997-1998). Outre la série des *Catherine* et *La
Florentine*, *Le Gerfaut* et *Marianne* ont fait l'objet
d'une adaptation télévisuelle.
Du Moyen Âge aux années trente, les reconstitutions
historiques de Juliette Benzoni s'appuient sur une
ample documentation. Vue à travers les yeux de ses
héroïnes, l'Histoire, ressuscitée par leurs palpitantes
aventures, bat au rythme de la passion. Figurant au
palmarès des écrivains les plus lus des Français,
Juliette Benzoni a su conquérir 50 millions de lecteurs
dans 22 pays du monde.

CATHERINE

*****

CATHERINE
ET LE TEMPS D'AIMER

DU MÊME AUTEUR
CHEZ *POCKET*

Marianne

1. UNE ÉTOILE POUR NAPOLÉON
2. MARIANNE ET L'INCONNU DE TOSCANE
3. JASON DES QUATRE MERS
4. TOI, MARIANNE
5. LES LAURIERS DE FLAMME – 1ère PARTIE
6. LES LAURIERS DE FLAMME – 2e PARTIE

Le jeu de l'amour et de la mort

1. UN HOMME POUR LE ROI
2. LE MESSE ROUGE
3. LA COMTESSE DES TÉNÈBRES

Secret d'État

1. LA CHAMBRE DE LA REINE
2. ROI DES HALLES
3. LE PRISONNIER MASQUÉ

Le boiteux de Varsovie

1. L'ÉTOILE BLEUE
2. LA ROSE D'YORK
3. L'OPALE DE SISSI
4. LE RUBIS DE JEANNE LA FOLLE

Les Treize Vents

1. LE VOYAGEUR
2. LE RÉFUGIÉ
3. L'INTRUS
4. L'EXILÉ

Les loups de Lauzargues

1. JEAN DE LA NUIT
2. HORTENSE AU POINT DU JOUR
3. FELICIA AU SOLEIL COUCHANT

(suite en fin de volume)

JULIETTE BENZONI

CATHERINE

*****

CATHERINE ET LE TEMPS D'AIMER

JEAN-CLAUDE LATTÈS

© 1967, Opera Mundi, Jean-Claude Lattès, Paris
ISBN : ISBN 2-266-10852-2

PREMIÈRE PARTIE

LES PÈLERINS DE COMPOSTELLE

CHAPITRE PREMIER

LA DOMERIE D'AUBRAC

Le brouillard, d'instant en instant, se faisait plus opaque. Ses longues écharpes grises enveloppaient la troupe épuisée des pèlerins comme un linceul humide... Il y avait combien de temps que l'on errait ainsi, dans ces solitudes herbeuses, coupées de fondrières où dormaient des eaux glauques ? Des heures sans doute ! Pourtant rien n'indiquait que l'étape fût proche. Le vent s'était levé, hurlant de tous les horizons du haut plateau, déchirant par moments la brume qui se reformait aussitôt, plus épaisse et plus lourde.

Au milieu des autres, Catherine marchait. Le dos rond, la tête baissée sous le grand chapeau que le vent rabattait, elle retenait de son mieux les pans de sa pèlerine où la bourrasque s'engouffrait, s'appuyant de toutes ses forces, pour mieux résister, sur son bourdon. Depuis cinq jours que l'on avait quitté Le Puy, elle avait appris l'aide inappréciable qu'apporte ce long bâton quand la fatigue se fait pesante. D'autant plus que, de son bras gauche, elle soutenait l'une de ses compagnes, Gillette de Vauchelles, cette femme dont, à la messe de Pâques, Catherine avait remarqué la mine défaite et la toux fréquente. C'était une veuve d'une quarantaine d'années, de bonne famille et d'éducation parfaite, mais dont le visage tragique révélait une incurable tristesse. Elle était douce, mélancolique et profondément pieuse. La voyant peiner sur le chemin, le souffle rendu difficile par l'altitude, Catherine n'avait pu se retenir de lui offrir son aide. Gillette, d'abord, avait refusé.

— Je vous serai une charge, ma sœur ! Vous avez bien assez de votre propre peine.

C'était vrai. Le poids du jour était bien suffisant pour ses épaules et, de plus, ses pieds, blessés par les épais souliers de gros cuir, la faisaient souffrir. Mais elle sentait qu'il était urgent de porter secours à sa compagne. Elle lui sourit gentiment.

— Tout va bien pour moi ! Et, à deux, on se soutient !

Appuyées l'une sur l'autre, elles avaient poursuivi le rude chemin qui, à mesure que coulaient les heures, devenait plus cruel. On avait quitté les granges de Malbouzon aux premières heures du jour afin d'atteindre le prieuré de Nasbinals, distant d'un peu plus de deux lieues seulement, mais la brume s'était levée rapidement et, bientôt, il avait fallu se rendre à l'évidence : le sentier que l'on suivait n'était pas le bon. Aucune pyramide de pierres sèches ne le jalonnait... Le chef des pèlerins avait alors rassemblé ses compagnons.

— Il nous faut suivre ce sentier, où qu'il nous mène, avait-il dit. En sortir serait risquer de tourner en rond dans le brouillard. Il nous conduira toujours bien quelque part et, de toute façon, il vaut mieux s'en remettre à la grâce de Dieu !...

Un murmure d'approbation lui avait répondu. On avait traduit, pour les Suisses et les Allemands qui marchaient à l'arrière-garde et dont, d'ailleurs, plusieurs étaient montés, les paroles du chef. Aucun d'eux n'avait fait d'objection tant était grande, déjà, l'emprise de cet homme sur sa troupe hétéroclite. Il pouvait avoir quarante-cinq ans environ, mais, à dire vrai, Catherine ne savait trop qu'en penser. Elle savait, pour l'avoir entendu dire, qu'il se nommait Gerbert Bohat, qu'il était l'un des plus riches bourgeois de Clermont, mais il ne correspondait guère à son personnage. Grand et maigre, son aspect était celui d'un ascète. Pourtant, son visage tourmenté semblait porter les stigmates de toutes les passions humaines. L'expression habituelle de ses yeux gris était la domination, mais, de temps à autre, Catherine y avait vu passer une inquiétude bien proche de la peur. Son abord était glacial et, s'il révélait des qualités certaines de meneur d'hommes, Catherine n'en avait pas moins la nette impression que Gerbert Bohat détestait les femmes. Le ton qu'il employait pour s'adresser à elle était froid, à peine courtois, alors que, pour les autres pèlerins, il savait se montrer cordial. Mais, quand venait l'heure de la prière, Catherine découvrait que l'âme de cet homme pouvait s'enflammer...

Depuis que Gerbert avait engagé sa troupe à continuer dans ce chemin inconnu, on marchait, marchait. Un moment, on avait cru trouver un point de repère en arrivant à un pont antique enjambant un torrent.

— C'est le Bès, avait dit Gerbert, et ce pont est celui de Marchastel. Il nous faut aller tout droit. Nous ne ferons pas étape à Nasbinals, mais bien à la domerie d'Aubrac. Courage !

Le mot avait ragaillardi tout le monde. Un homme, qui avait déjà fait le pèlerinage, avait dit qu'on serait bien mieux à la domerie qu'à Nasbinals. L'hospice des solitudes savait accueillir le voyageur exténué. On s'était remis en marche en chantant. Mais, peu à peu, le brouillard avait enveloppé le paysage, les voix s'étaient éteintes sur les lèvres qui cherchaient un air plus sec. De nouveau, la route avait été livrée au hasard.

Parfois, une déchirure laissait entrevoir le piège d'une tourbière, la faille d'une gorge ou l'ensellement grisaille d'une colline, mais, le plus souvent, on allait à l'aveuglette, les yeux au sol pour épier le chemin. Et maintenant, la nuit venait qui allait décupler le danger. Faudrait-il s'arrêter là en plein désert, camper dans le vent glacial auquel se mêlaient quelques minces flocons de neige ? Pendant les tout derniers jours de mars, gel et neige ne sont pas rares dans les étendues désolées de l'Aubrac. Malgré tout, malgré le temps affreux et les pieds douloureux, le courage de Catherine ne faiblissait pas. Pour retrouver Arnaud, elle était prête à en supporter dix fois autant.

Soudain, Gillette de Vauchelles trébucha contre une pierre. Elle tomba en avant, si lourdement qu'elle entraîna Catherine avec elle. Il s'ensuivit une certaine confusion dans la colonne et, tout de suite, Gerbert Bohat fut auprès des deux femmes.

— Que se passe-t-il ici ? Ne pouvez-vous faire attention à vos pieds ?

Le ton était sec, totalement dépourvu d'indulgence. Catherine répliqua aussi durement. Déjà fatiguée, elle n'était pas disposée à supporter la mauvaise humeur du Clermontois.

— Ma compagne est épuisée ! Ce chemin qui n'en finit pas !... Si même l'on peut appeler cela un chemin ! Et ce brouillard...

La bouche mince de Gerbert se plissa en un sourire de dédain.

— Et il y a seulement cinq jours que nous sommes partis ! Si cette femme est malade, elle aurait dû demeurer chez elle ! Un pèlerinage n'est pas une partie de plaisir ! Dieu veut...

— Dieu veut, coupa Catherine sèchement, que l'on se montre avant tout compatissant aux autres et charitable à leurs misères ! Le beau mérite d'entreprendre cette longue pénitence quand on est en pleine force ! Au lieu de vos reproches, messire, vous feriez mieux de nous offrir votre aide !

— Femme, répliqua Gerbert, nul ici ne demande votre avis. J'ai ma tâche qui me suffit : je dois guider cette troupe jusqu'au saint tombeau de l'Apôtre ! N'importe lequel de nos compagnons vous donnera son aide.

— Oserai-je vous faire remarquer que je vous ai appelé « messire » ? Je n'ai point coutume de m'entendre appeler « Femme ». J'ai un nom : je suis Catherine de Montsalvy !

— Vous avez surtout un orgueil insoutenable ! Il n'y a plus ici qu'une assemblée de pécheurs et de pécheresses, sur la route du repentir...

Le ton, à la fois dédaigneux et sermonneur du Clermontois, eut le don de porter à son comble la colère, déjà difficilement retenue, de Catherine.

— Il vous sied bien de parler de l'orgueil des autres, « mon frère », coupa-t-elle en appuyant intentionnellement sur le mot frère. C'est un sujet qu'apparemment vous connaissez parfaitement... si l'on en juge la chaleur de votre charité !

Dans les yeux gris de Gerbert un éclair de fureur brilla. Son regard et celui de Catherine se défièrent, mais la jeune femme ne baissa pas les yeux. Elle éprouvait une sorte de joie sauvage devant l'exaspération visible de l'homme. Il devait comprendre, une bonne fois, qu'elle n'accepterait jamais de subir sa loi... C'était cela que disait, bien clairement, le regard violet de Catherine. Gerbert ne s'y trompa point !

D'un geste instinctif, il leva son bras, armé du lourd bourdon. L'un des pèlerins s'interposa vivement, saisit le bras levé et le força à retomber.

— Eh là ! mon frère ! Modérez-vous ! N'oubliez pas que vous avez affaire à une femme, non à un valet. Tudieu ! Les rudes manières que vous avez, dans votre sauvage Auvergne ! fit le nouveau venu d'un ton goguenard. Ne vaudrait-il pas mieux que vous essayiez de nous sortir de ce brouillard qui pénètre jusqu'à nos os transis ? L'endroit me paraît mal choisi pour une controverse et je saurai bien aider dame Catherine à soutenir notre sœur jusqu'à l'étape... si toutefois il y en a une !

— À la domerie, elle recevra les soins dont elle a besoin, marmotta Gerbert en retournant prendre sa place à la tête de la colonne.

— Quand j'en verrai les toits, j'y croirai à sa domerie ! remarqua le défenseur de Catherine en l'aidant à relever la pauvre Gillette dont les genoux pliaient de

13

fatigue. « Il faudrait porter cette femme... » acheva-t-il en jetant autour de lui un regard qui cherchait quelque chose.

Catherine lui sourit avec reconnaissance. Elle ne l'avait pas encore remarqué et s'étonna de son aspect étrange pour un pèlerin. C'était un homme jeune, mince et de taille moyenne, brun de cheveux, mais dont le visage ne correspondait en rien à ce que l'on imaginait, en fait de traits, chez un pieux pèlerin. Rien ne semblait d'aplomb dans cette figure, au demeurant extraordinairement expressive. Des lèvres épaisses, charnues, sur lesquelles tombait un nez long et fort, cassé en son milieu, de petits yeux bleus enfoncés sous des sourcils décolorés, un menton carré, volontaire, mais une multitude de rides précoces. Les traits étaient grossiers, la physionomie mobile, le regard vif dénonçant l'intelligence, de même que les plis moqueurs de la bouche avouaient un irrésistible penchant pour l'ironie.

Conscient de l'examen muet de Catherine, il eut un curieux sourire qui rentrait les lèvres et fendait la bouche jusqu'aux oreilles, ôta le grand chapeau de pèlerin qu'il portait retroussé d'une manière fort cavalière et en balaya le sol.

— Josse Rallard, belle dame, pour vous servir ! Je suis parisien, gentilhomme d'aventure et, si je me rends en Galice, c'est autant pour accomplir un vœu que pour le pardon de mes péchés qui sont nombreux ! Holà ! vous autres, qui m'aide à porter cette femme jusqu'à l'hospice ?

Parmi les proches voisins, personne ne se proposa. Visiblement, les pèlerins avaient assez de leur propre peine. Tous étaient las, transis. Certains grelottaient dans le vent aigre du haut plateau. Aucun ne se sentait le courage de porter ce poids supplémentaire. Catherine songea qu'ils avaient l'air d'un troupeau de moutons apeurés et ne put se défendre d'un sentiment de dédain. Était-ce là l'entraide qui devait régner chez des pénitents ? Déjà, entraînée par Gerbert Bohat, la troupe allait se remettre en marche quand Josse, fendant les rangs de ceux qui l'entouraient, alla frapper sur l'épaule d'un homme de taille moyenne qui faisait le dos rond sous son chapeau.

— Allons, compère ! Venez me donner un coup de main ! A-t-on jamais vu de saintes gens comme vous, mes frères ! Quoi ? Pas un volontaire ? Vous, mon compère, vous ne refuserez pas.

— Je ne suis pas votre compère ! marmotta l'autre sans pour autant oser résister.

Remorqué par Josse, il rejoignit bientôt Catherine qui soutenait toujours Gillette. Mais, visiblement, c'était sans enthousiasme. Josse, cependant, riait sans retenue de sa mine longue.

— Allons donc ! Ne sommes-nous pas parisiens tous les deux ? L'orgueil est un affreux péché, surtout chez un pèlerin, mon frère ! Dame Catherine, je vous présente messire Colin des Épinettes, juriste distingué et homme de grand savoir, que j'ai été fort heureux de retrouver ici. Allons, mon frère, prenez madame de ce côté, je la prendrai de l'autre. Il n'est pas convenable que Dame Catherine s'épuise quand nous sommes là !

La mine furieuse du « juriste distingué » donnait à Catherine une soudaine envie de rire qui allégea un instant sa lassitude. Elle aurait pu jurer l'avoir entendu grogner :

— Le Diable t'emporte ! Toi et ta langue de vipère ! le tout à l'adresse de son concitoyen.

Mais Colin n'en avait pas moins passé l'un des bras de Gillette autour de son cou tandis que Josse faisait autant de l'autre bras. Ainsi étayée, la pauvre femme ne touchait pratiquement plus terre. Catherine se chargea de son bâton et de sa besace, fort mince à vrai dire. On se remit en marche, mais l'arrêt avait délié les langues. Les pèlerins, maintenant, se plaignaient de la longueur de l'étape, de l'obscurité qui les enveloppait. Certains craignaient les tourbières traîtresses et imploraient saint Jacques de les protéger dans ce premier péril.

— Taisez-vous ! cria quelque part dans le brouillard

devant Catherine la voix impérieuse de Gerbert. Ou alors chantez !

— Nous n'en avons pas le courage ! répliqua quelqu'un. Pourquoi ne pas admettre que nous sommes perdus ?

— Parce que nous ne le sommes pas ! répliqua le chef. La domerie ne peut plus être loin...

Catherine ouvrait déjà la bouche pour émettre, elle aussi, un doute. Mais, comme pour donner raison au Clermontois, le son affaibli et grêle d'une cloche traversa le brouillard. Bohat poussa un cri de triomphe.

— La cloche des perdus ! Nous sommes sur la bonne voie ! En avant !

Levant haut son bourdon comme un étendard, il s'élança dans la direction d'où venait le son. La troupe harassée s'ébranla derrière lui.

— Espérons qu'il a le sens de la direction, marmotta Josse. Rien n'est trompeur comme le brouillard !

Catherine ne répondit pas. Elle avait froid et elle était affreusement lasse. Mais les appels de la cloche se faisaient de plus en plus clairs. Bientôt une faible lueur jaune apparut dans les ténèbres. Gerbert Bohat la salua comme une victoire personnelle.

— Ce feu, c'est celui que les moines allument au sommet du clocher. Nous arrivons.

Le brouillard, soudain, se déchira et Catherine vit surgir devant elle, avec soulagement, une masse de bâtiments trapus. Coupant le ciel de leurs arêtes noires, une énorme et antique tour, un massif clocher carré couronné de feu, une haute nef renforcée d'arcatures puissantes semblaient garder le troupeau sombre de grands bâtiments aux rares ouvertures. L'hospice des solitudes, retranché contre le dernier repli du vaste plateau, avait l'allure exacte d'une forteresse. Les pèlerins, ressuscités, se mirent à pousser des cris de joie qui dominèrent le son de la cloche dont les battements tombaient maintenant d'aplomb sur leurs têtes. Le portail, alors, s'ouvrit en grinçant, livrant passage à trois moines armés de torches qui se précipitèrent à la rencontre des arrivants.

16

— Nous sommes les errants de Dieu ! cria Gerbert d'une voix forte. Nous demandons l'asile !

— Entrez, mes frères, l'asile vous est ouvert.

Comme si elle n'avait attendu que l'arrivée des pèlerins, la neige se mit à tomber avec une soudaine violence, mouchetant la vaste cour de terre battue où les narines s'emplissaient d'une forte odeur de bergerie. Catherine, épuisée, s'adossa à un mur. Sans doute un dortoir allait-il la réunir à ses compagnes de voyage... Mais ce soir, sans trop savoir pourquoi, elle avait envie d'un moment de solitude avec elle-même. Peut-être parce que cet étrange voyage la déroutait, malgré son courage. Elle se sentait déracinée au milieu de ces gens, étrangère à leurs aspirations, à leurs vœux. Ce qu'ils désiraient tous, c'était se sanctifier en s'approchant du tombeau de l'Apôtre, c'était en quelque sorte s'assurer, de leur vivant, une belle part de Paradis. Mais elle ? Certes, elle souhaitait obtenir de Dieu la fin de son calvaire, la guérison de l'époux bien-aimé, mais, surtout, c'était pour « le » revoir, pour retrouver son amour, ses baisers, sa chaleur, tout ce qui constituait la réalité vivante d'Arnaud. Ce n'était pas après une haute spiritualité qu'elle courait, mais bien après un amour terrestre, charnel, sans lequel elle ne se sentait pas le courage de vivre.

— Nous allons nous séparer, dit brièvement Gerbert. Voici les dames hospitalières qui prendront soin des femmes. Que les hommes me suivent !

En effet, de l'un des bâtiments sortaient quatre religieuses, portant comme les moines l'habit noir de l'ordre des augustins, mais allégé pour elles d'une guimpe blanche.

Josse Rallard et Colin des Épinettes remirent à deux d'entre elles la pauvre Gillette à demi inconsciente. Catherine s'approcha.

— Ma compagne est épuisée, dit-elle. Il lui faudrait des soins, beaucoup de repos. N'avez-vous pas une chambre où je pourrais m'occuper d'elle ?

L'hospitalière regarda Catherine avec ennui. C'était

17

une de ces vigoureuses filles de la campagne auxquelles la force d'un homme ou d'un animal ne fait pas peur. Elle commença par installer Gillette sur un brancard qu'une sœur était allée chercher, désigna l'une des extrémités à ladite sœur, s'attela à l'autre et seulement alors consentit à répondre à la jeune femme.

— Nous n'en avons que deux. Elles sont occupées par une noble dame et ses femmes. Cette dame est arrivée voici dix jours avec une jambe cassée. C'est à cause de cet accident qu'elle est toujours ici.

— Je le comprends bien. Mais ne pourrait-elle envoyer ses femmes dans la salle commune et céder l'une des chambres ?

Sœur Léonarde ne retint pas une grimace qui, après tout, était peut-être un sourire moqueur, et haussa ses solides épaules.

— Personnellement, je ne me risquerais pas à le lui demander. Elle est... disons d'un caractère peu maniable ! C'est une très grande dame apparemment.

— Vous n'avez pourtant pas l'air facile à impressionner, ma sœur, remarqua Catherine. Mais si cette dame vous fait peur, je me chargerai volontiers de la commission.

— Ce n'est pas que j'en aie peur, fit sœur Léonarde. C'est que j'ai horreur des cris, notre Mère Supérieure aussi. Et Notre Seigneur a doué cette dame d'une voix terrifiante !

Tout en parlant, le brancard, suivi de Catherine, avait franchi la petite porte basse qui donnait accès à la maison des dames hospitalières. Les quelques autres femmes du pèlerinage vinrent ensuite. On se retrouva dans une immense cuisine lourdement dallée de grandes pierres plates, où l'odeur de bois brûlé se mêlait à celle du lait aigre. Des chapelets d'oignons, des pièces de viandes fumées pendaient aux voûtes basses et noires. Des fromages séchaient sur des claies d'osier et, devant la gigantesque cheminée, deux sœurs converses, les manches retroussées, s'occupaient activement d'une grande marmite noire où cuisait une épaisse soupe aux choux.

On déposa le brancard devant le feu et sœur Léonarde se pencha sur la malade.

— Elle est bien pâle ! dit-elle. Je vais lui donner un cordial ; pendant ce temps, on lui préparera un lit...

— Dites-moi où se trouve cette dame, fit Catherine qui tenait à son idée, je lui parlerai... Je suis, moi aussi, une noble dame.

Sœur Léonarde, cette fois, ne put s'empêcher de rire.

— Je le savais déjà ! fit-elle. Rien qu'à votre obstination. Je vais lui parler moi-même... mais je sais d'avance la réponse. Occupez-vous de cette malheureuse !

L'hospitalière s'éloigna vers le fond de la pièce. Catherine commença par se pencher sur Gillette qui, peu à peu, reprenait connaissance, mais elle se ravisa et fit trois pas dans la direction suivie par sœur Léonarde. Elle hésitait à laisser Gillette quand l'une des femmes s'approcha d'elle.

— Je vais veiller sur notre compagne, dit-elle. Allez donc vous occuper de ça.

Catherine sourit en remerciement et se lança sur la trace de la religieuse. Elle l'aperçut devant elle, longeant un couloir glacial et humide au bout duquel elle frappa à une porte avant de disparaître.

Apparemment, la dame à la jambe cassée avait en effet une voix vigoureuse car, lorsque Catherine s'arrêta à son tour devant la porte, elle l'entendit rugir.

— J'ai besoin des soins de mes femmes, ma sœur ! Vous ne voudriez pas que je les envoie dans la salle, à l'autre bout du bâtiment ? Que diable, un lit est toujours un lit, qu'il se trouve dans une chambre ou dans une autre !

Sœur Léonarde répondit quelque chose que Catherine n'entendit pas, peut-être parce qu'elle était occupée à se demander où elle avait déjà entendu cette voix qui lui paraissait tout à coup étrangement familière... et qui, maintenant, jurait fort convenablement.

— Corbleu, ma sœur ! C'est pourtant clair : je garde mes chambres.

Une impulsion dont elle ne fut pas maîtresse jeta Catherine en avant. Elle ouvrit la porte, entra dans la pièce, à vrai dire petite et basse, où un grand lit à rideaux déteints et une cheminée conique tenaient à peu près tout l'espace. Mais, le seuil franchi, elle se figea sur place, stupéfaite...

Assise dans le lit, étayée par une foule d'oreillers, une grande et forte femme faisait face à sœur Léonarde qui, par comparaison avec l'imposante personne, n'avait plus la moindre apparence. Les épais cheveux blancs de la dame montraient encore quelques mèches rousses et son teint, avivé par la colère, était du plus beau rouge brique. Des couvertures s'empilaient sur elle. Une sorte de dalmatique rouge doublée de renard lui couvrait les épaules, mais une admirable main blanche, tendue vers la sœur en un geste de menace, sortait des larges manches.

Le grincement de la porte, en s'ouvrant, avait détourné l'attention de la dame qui, devinant une silhouette féminine dans l'ombre du seuil, tourna vers elle sa fureur.

— Ah ! çà, mais on entre chez moi comme dans un moulin ! Qui est celle-là ?

Presque étranglée par l'émotion, partagée entre l'envie de rire et l'envie de pleurer, Catherine avança jusqu'à ce que le reflet des flammes l'enveloppât.

— Ce n'est que moi, dame Ermengarde ! M'avez-vous donc oubliée ? La stupeur pétrifia instantanément sur place la vieille dame. Ses yeux s'arrondirent, ses bras retombèrent, sa bouche s'ouvrit sans qu'aucun son en sortît et elle devint si pâle, tout à coup, que Catherine eut peur.

— Ermengarde ? demanda-t-elle avec angoisse. Est-ce que vous ne me reconnaissez pas ? On dirait que je vous fais peur. C'est, moi, c'est...

— Catherine ! Catherine ! Ma petite !...

Ce fut un véritable hurlement qui fit sursauter sœur Léonarde. L'instant suivant, l'hospitalière dut se ruer littéralement sur sa bouillante pensionnaire, car, oubliant son accident, Ermengarde de Châteauvillain allait se jeter à bas de son lit pour courir vers son amie.

— Votre jambe, madame la comtesse !

— Au Diable ma jambe ! Laissez-moi ! Morbleu ! Catherine !... Ce n'est pas possible ?... C'est trop beau !

Elle se débattait aux mains de la sœur, mais déjà Catherine s'était élancée vers elle et l'étreignait. Les deux femmes s'embrassèrent chaleureusement et demeurèrent serrées l'une contre l'autre. Des larmes de joie avaient jailli des yeux de la jeune femme.

— Vous avez raison, c'est trop beau !... C'est un miracle ! Oh ! Ermengarde, c'est si bon de vous retrouver, si bon... Mais comment êtes-vous là ?

— Et vous ?

Ermengarde repoussait doucement Catherine et, la tenant à bout de bras, l'examinait.

— Vous n'avez pas changé... ou si peu ! Vous êtes toujours aussi belle, plus encore peut-être ! Différente tout de même... moins éclatante, mais combien plus émouvante ! Je dirais : affinée, spiritualisée !... Du Diable si l'on croirait que vous êtes venue au monde dans une boutique !

— Madame la comtesse, intervint fermement sœur Léonarde, je vous prierais d'éviter toute référence à messire Satan dans cette sainte demeure ! Vous n'arrêtez pas de l'invoquer !

Ermengarde se tourna vers elle et la regarda avec un étonnement qui n'était pas feint.

— Vous êtes encore là, vous ? Ah ! oui... c'est vrai, votre affaire de chambre ? Eh bien, allez déloger d'à côté ces paresseuses, expédiez-les dans la salle commune et installez votre malade à leur place. Maintenant que j'ai Madame de Brazey je n'ai plus besoin de personne ! Et nous avons à parler !

L'hospitalière, congédiée ainsi cavalièrement, pinça les lèvres mais s'inclina et sortit sans ajouter un mot. La porte qui claqua derrière elle donna, seule, la mesure de son mécontentement. La comtesse la regarda sortir, haussa les épaules, puis se déplaça lourdement dans le lit qui cria sous son poids pour faire place à son amie.

— Venez vous asseoir là, ma mie, et causons ! Cela fait combien de temps que vous m'avez quittée pour prendre d'assaut la ville d'Orléans ?

— Cinq ans, dit Catherine. Déjà cinq ans ! Le temps passe vite.

— Cinq ans, reprit Ermengarde, que je cherche en vain à savoir ce qu'est devenue certaine dame de Brazey. La dernière fois que j'ai eu de vos nouvelles, vous étiez à Loches, dame de parage de la reine Yolande. Vous n'avez pas honte ?

— Si, admit Catherine, mais les jours ont coulé sans que je m'en aperçoive. Et puis, chère Ermengarde, il faudra vous déshabituer de m'appeler Brazey. Ce n'est plus mon nom...

— Lequel, alors ?

— Le plus beau de tous : Montsalvy ! fit la jeune femme avec tant d'orgueil que la vieille comtesse ne put s'empêcher de sourire.

— Ainsi, vous avez gagné ? Il est écrit, quelque part, que vous me surprendrez toujours, Catherine ! De quelle alchimie avez-vous usé pour amener à composition l'intraitable messire Arnaud ?

Le sourire de Catherine, au nom de son époux, s'effaça. Un pli de douleur creusa sa bouche tendre, elle détourna les yeux.

— C'est une longue histoire... murmura-t-elle. Une cruelle histoire...

La dame de Châteauvillain garda le silence un instant. Elle observait son amie, émue de cette douleur qui venait, pour la première fois, de se laisser voir et dont, instinctivement, elle devinait la profondeur. Elle ne savait comment poursuivre le dialogue, craignant de blesser. Au bout d'un instant, elle dit, avec une douceur inhabituelle chez elle :

— Appelez l'une de mes femmes. Elle vous aidera à ôter ces vêtements mouillés, les fera sécher et vous en prêtera d'autres... un peu trop grands mais chauds.

On nous apportera à souper et vous me direz tout. Vous semblez exténuée...

— C'est que je le suis ! admit Catherine avec un faible sourire. Mais, auparavant, il me faut m'occuper de l'une de mes compagnes, celle qui avait tant besoin d'une chambre.

— Je vais donner des ordres...

— Non, coupa Catherine. Il faut que j'y aille. Mais je reviens tout de suite.

Elle sortit dans le couloir juste au moment où l'on amenait Gillette dans la pièce voisine, délaissée par les deux chambrières d'Ermengarde. La femme qui avait promis à Catherine de s'occuper de la malade était là, elle aussi... Elle sourit à la jeune femme.

— On dit que vous avez retrouvé une amie dans cette maison, dit-elle. Si vous voulez, je m'occuperai cette nuit de notre compagne. Elle n'est ni exigeante ni encombrante.

— Mais, dit Catherine, je ne voudrais pas... Vous avez besoin de repos !

L'autre se mit à rire.

— Je suis plus solide que je n'en ai l'air, allez ! Je peux dormir n'importe où, sur une pierre, sous la pluie... ou même debout !

Catherine la considéra avec intérêt. C'était une jeune femme d'une trentaine d'années, petite, brune et mince, mais sa peau, hâlée par le vent et le soleil, avait un air de santé encore relevé par ses solides dents blanches. Elle était pauvrement mais proprement vêtue. Quant à son visage, le nez légèrement retroussé et la grande bouche mobile lui donnaient une expression de gaieté qui plut à la jeune femme.

— Comment vous appelez-vous ? demanda-t-elle doucement.

— Margot ! Mais on m'appelle Margot la Déroule... je... je ne suis pas quelqu'un de très recommandable ! ajouta-t-elle avec une franchise humble qui toucha Catherine.

— Chut ! fit celle-ci. Les pèlerins sont tous frères et

sœurs. Vous valez n'importe lequel d'entre nous... Mais, merci de votre aide ! Je serai dans la chambre voisine. Appelez si vous avez besoin de moi.

— Soyez tranquille, affirma Margot, je saurai bien me tirer d'affaire toute seule. D'ailleurs, la pauvre Gillette a surtout besoin d'une bonne soupe et d'une grande nuit... quoi que puisse en penser notre chef qui souhaite s'en débarrasser !

— Qu'a-t-il dit à son sujet ?

— Qu'il ne la laisserait pas repartir avec nous demain parce qu'il ne veut pas traîner des malades jusqu'à Compostelle.

Catherine fronça les sourcils. Ce Gerbert semblait décidé à imposer à tous sa volonté, mais elle était d'ores et déjà bien déterminée à ne pas le laisser faire.

— C'est ce que nous verrons ! dit-elle. Demain, il fera jour. Et je réglerai cette question avec lui. À moins que notre sœur ne souhaite demeurer, elle partira avec nous !

Elle adressa un dernier sourire à Margot qui la regardait avec admiration et rentra dans la chambre d'Ermengarde.

Il était déjà tard, dans la nuit, lorsque Catherine cessa de parler, mais, dans la cour romane de l'hospice, la cloche des perdus sonnait toujours, donnant au récit de Catherine un étrange contrepoint qui en soulignait le côté tragique. Ce récit, Ermengarde l'avait écouté de bout en bout sans souffler mot, mais, lorsque Catherine se tut, la vieille dame poussa un soupir et hocha la tête.

— Une autre que vous me raconterait cette histoire, je n'en croirais pas la moitié, dit-elle. Mais il semble que vous ayez été créée et mise au monde pour un destin hors du commun. Et je vous crois capable de venir à bout des pires aventures. Au fond, vous retrouver sous le manteau du pèlerin n'est qu'une simple anecdote !...

Ainsi, vous voilà en route pour Compostelle ? Mais si vous n'y retrouvez pas votre époux ?

— J'irai plus loin encore. Au bout de la terre s'il le faut, car je n'aurai ni trêve ni repos avant de l'avoir retrouvé.

— Et si, loin d'avoir obtenu la guérison, il a vu s'accentuer les ravages de la lèpre ?

— Je m'attacherai tout de même à ses pas. Quand je l'aurai rejoint, rien ni personne ne pourra plus me séparer de lui ! Vous savez bien, Ermengarde, qu'il a toujours été ma seule raison de vivre.

— Hélas ! Je ne le sais que trop ! Depuis le temps que je vous vois vous fourrer dans d'affreuses impasses et vous jeter au-devant des mésaventures les plus sanglantes, je me demande s'il faut tellement remercier le ciel d'avoir placé Arnaud de Montsalvy sur votre chemin.

— Le ciel ne pouvait pas me faire plus merveilleux cadeau ! s'écria Catherine avec tant d'exaltation qu'Ermengarde leva les sourcils et, d'un ton négligent, remarqua :

— Dire que vous pouviez régner sur un empire ! Savez-vous que le duc Philippe ne vous a jamais oubliée ?

Catherine changea de couleur et s'écarta brusquement de son amie. Ce rappel aux jours d'autrefois lui était pénible.

— Ermengarde, dit-elle calmement, si vous voulez que nous demeurions amies, ne me parlez plus jamais du duc Philippe ! Je veux oublier toute cette partie de ma vie.

— C'est que vous avez une mémoire bigrement accommodante ! Cela ne doit pas être facile !

— Peut-être ! Mais... et le ton de Catherine s'allégea soudainement.

Elle revint s'asseoir auprès d'Ermengarde toujours pelotonnée au fond de son lit et doucement demanda :

— Parlez-moi plutôt des miens, de ma mère et de

mon oncle Mathieu dont je n'ai plus de nouvelles depuis si longtemps ! Si toutefois vous en avez.

— Naturellement j'en ai, bougonna Ermengarde. Ils vont bien tous deux, mais ils supportent l'absence de nouvelles moins bien que vous ! Je les ai trouvés vieillis la dernière fois que je suis allée à Marsannay. Mais leur santé est bonne.

— Ma... défection ne leur a pas valu de trop gros ennuis ? demanda Catherine avec un brin de gêne.

— Il est bien temps de vous en soucier ! remarqua la vieille dame avec un sourire en coin. Non, rassurez-vous, se hâta-t-elle d'ajouter en voyant s'assombrir le visage de Catherine, il ne leur est rien advenu de fâcheux. Le duc n'a tout de même pas l'âme assez basse pour leur faire supporter ses déceptions amoureuses. Je croirais assez... qu'il espère au contraire que le désir de les revoir vous ramènera un jour dans ses États. Il n'allait donc pas commettre la sottise de les exiler pour les perdre de vue. Il désire, selon moi, que vous sachiez quelle grande âme il possède ! Aussi la fortune de votre oncle prospère-t-elle gentiment. Je n'en dirais pas autant de celle des Châteauvillain !

— Que voulez-vous dire ?

— Que je suis, moi aussi, une manière de proscrite. Voyez-vous, mon cœur, j'ai un fils qui me ressemble. Il en a eu assez des Anglais et de se sentir mal à l'aise dans sa peau de Français. Il a donc épousé la jeune Isabelle de La Trémoille, sœur de votre ami l'ex-Grand Chambellan.

— J'espère qu'elle ne lui ressemble pas ! s'écria Catherine avec horreur.

— Pas du tout : elle est charmante ! Là-dessus, mon fils a renvoyé sa Jarretière au duc de Bedford et est entré en révolte ouverte contre notre cher duc. Résultat, les troupes ducales assiègent notre château de Grancey et, quant à moi, j'ai pensé qu'il était temps que j'aille voir un peu de pays. J'aurais fait un otage détestable. De là vient que vous me trouvez sur les grandes routes, sur le chemin de Compostelle et d'un salut auquel je

26

vais songer sérieusement. Mais je bénis ce maudit accident qui m'a cassé une jambe et retenue ici. Sans lui, je serais déjà loin et je ne vous aurais pas retrouvée...

— Malheureusement, soupira Catherine, nous allons nous perdre de nouveau. Votre jambe vous immobilisera encore pour plusieurs jours certainement, et, moi, je dois partir demain avec mes compagnons !

Le teint naturellement coloré de la dame de Château-villain vira au rouge foncé.

— Ne croyez surtout pas cela, ma belle ! Je vous ai retrouvée, je ne vous quitte plus. Je pars avec vous. Mes gens me porteront sur un brancard si je ne peux tenir à cheval, mais je ne resterai pas ici une minute de plus que vous. Et maintenant, si vous dormiez un peu ? Il est tard et vous devez être lasse. Venez près de moi, il y a place pour deux !

Sans se faire prier, Catherine se coula dans le lit auprès de son amie. L'idée qu'elle allait repartir avec, auprès d'elle, la solide santé morale d'Ermengarde l'emplissait à la fois de joie et de confiance dans l'avenir. La douairière était indestructible. Une fois déjà, après la mort du petit Philippe, Catherine l'avait crue anéantie. Elle s'était courbée, avait vieilli d'un seul coup. Son âme avait paru s'absenter... et voilà qu'elle la retrouvait sur les grands chemins, plus vigoureuse et plus virulente que jamais ! Certes, avec Ermengarde, la route serait plus facile et combien plus agréable !...

Le feu se mourait dans la cheminée. La comtesse avait soufflé la chandelle et l'ombre avait envahi la petite pièce. Malgré elle, Catherine ne put s'empêcher de sourire en pensant à la tête que ferait Gerbert Bohat quand, au matin, il verrait l'imposante dame sur son brancard et apprendrait qu'il lui faudrait la compter à l'avenir au nombre de ses pèlerins. Leur affrontement vaudrait sans doute la peine d'être vu.

— À quoi pensez-vous ? fit soudain la voix d'Ermengarde. Vous ne dormez pas encore, je le sens !

— À vous, Ermengarde, et à moi ! J'ai de la chance de vous avoir rencontrée au début de ce long voyage !

— De la chance ? C'est moi qui en ai, ma chère ! Voilà des mois, que dis-je, des années que je m'ennuie à périr ! Grâce à vous, ma vie va devenir, j'espère, un peu plus pittoresque et animée. Et j'en avais besoin, sangdieu ! Je m'encroûtais, Dieu me pardonne ! Je me sens guérie.

Et, comme preuve de cette miraculeuse résurrection, Ermengarde s'endormit aussitôt et se mit à ronfler avec un tel cœur qu'elle couvrit bientôt les tintements mélancoliques de la cloche.

Dans l'antique chapelle romane de l'hospice, les voix conjuguées des pèlerins répétaient, après celle du père abbé, les paroles de la prière rituelle des errants.

— Dieu qui avez fait partir Abraham de son pays et l'avez gardé sain et sauf à travers ses voyages, accordez à vos enfants la même protection. Soutenez-nous dans les dangers et allégez nos marches. Soyez-nous une ombre contre le soleil, un manteau contre la pluie et le vent. Portez-nous dans nos fatigues et défendez-nous contre tout péril. Soyez le bâton qui évite les chutes et le port qui accueille les naufragés...

Mais la voix de Catherine ne se mêlait pas à celle des autres. Son esprit remâchait les paroles violentes qui avaient été échangées entre elle-même et Gerbert Bohat, juste avant d'entrer à la chapelle pour la messe et l'oraison qui précèdent les départs. Voyant apparaître, sous le porche, la jeune femme soutenant d'un bras Gillette de Vauchelles, encore bien pâle, le Clermontois avait blêmi de colère. Il avait couru vers les deux femmes avec tant d'emportement qu'il n'avait pas remarqué tout de suite Ermengarde qui venait derrière, étayée par deux béquilles.

— Cette femme n'est pas en état de poursuivre la route, avait-il dit sèchement. Elle peut entendre la messe, naturellement, mais nous la laisserons à la garde des dames hospitalières.

Catherine s'était promis d'être douce et patiente pour tenter d'amadouer Gerbert, mais elle sentit tout de suite, au frémissement de colère qui lui vint, que sa patience ne serait pas longue.

— Qui a décidé cela ? demanda-t-elle avec une douceur insolite.

— Moi !

— Et à quel titre, s'il vous plaît ?

— Je suis le chef de ce pèlerinage. C'est moi qui décide !

— Je crois que vous faites erreur. Au départ du Puy, vous avez été choisi par l'évêque comme notre guide, pour marcher en tête de notre troupe parce que vous lui avez paru homme sage et parce que, cette route, vous l'avez déjà parcourue une fois. Mais vous n'êtes pas notre « chef » au sens où vous l'entendez.

— C'est-à-dire ?

— Vous n'êtes pas plus capitaine que nous ne sommes soldats. Contentez-vous, mon « frère », de nous guider par les chemins et ne vous préoccupez donc pas outre mesure de nous autres ! Dame Gillette souhaite poursuivre sa route, et elle la poursuivra !

Un éclair de fureur que Catherine avait déjà appris à reconnaître brilla, dangereux, dans les yeux gris de l'homme. Il fit un pas vers la jeune femme.

— Vous osez braver mon autorité ? s'écria Gerbert d'une voix tremblante.

Catherine soutint son regard sans faiblir et lui adressa même un froid sourire.

— Je ne la brave pas : je refuse de la reconnaître telle qu'il vous plaît nous l'imposer. Au surplus, rassurez-vous, dame Gillette ne vous sera d'aucune peine : elle poursuivra sa route à cheval.

— À cheval ? Où pensez-vous trouver un cheval ?

Ermengarde, qui jusque-là avait suivi le dialogue avec intérêt, jugea qu'il était temps pour elle de s'en mêler. Elle clopina jusqu'auprès de Gerbert.

— J'ai des chevaux, figurez-vous, et je lui en donne un ! Avez-vous quelque chose contre ?

Cette intrusion ne fit visiblement aucun plaisir au Clermontois qui fronça les sourcils et, regardant la vieille dame avec un visible dédain :

— Qui est celle-là ? fit-il. D'où sortez-vous, bonne femme ?

Mal lui en prit. La douairière de Châteauvillain devint brusquement écarlate. Fermement appuyée sur ses béquilles, elle se redressa de toute sa haute taille, ce qui amena son visage à quelques pouces de celui de Bohat.

— C'est à vous, mon garçon, que l'on devrait demander d'où vous sortez pour être si malappris ! Ver-tudieu ! Vous êtes bien le premier qui ait osé m'appeler « bonne femme » et je vous conseille de ne pas recommencer si vous ne voulez pas que mes hommes vous apprennent la politesse. Néanmoins, comme j'ai l'intention de me joindre à vous pour faire route avec mon amie, la comtesse de B... de Montsalvy, je consens à vous dire que je me nomme Ermengarde, dame et comtesse de Châteauvillain en pays bourguignon, et que le duc Philippe lui-même pèse ses paroles quand il s'adresse à moi ! Encore quelque chose à dire ?

Gerbert Bohat hésita, retenant visiblement à grand-peine une insolence. Mais, malgré lui, le ton autoritaire de la vieille dame agissait sur lui. Il ouvrit la bouche, la referma, haussa les épaules, puis, finalement :

— Je n'ai pas le pouvoir, quel que soit mon désir, de vous empêcher de vous joindre à nous, ni de m'opposer au départ de cette femme puisque vous la transportez.

— Merci, mon frère, fit doucement Gillette avec un faible sourire. Voyez-vous, il faut que j'aille au tombeau de messire saint Jacques, il le faut... pour que mon fils retrouve la santé.

Catherine, dont les yeux aigus ne quittaient pas le visage de Bohat, eut l'impression de voir la colère se retirer comme une marée. Quelque chose, qui ressemblait à un regret, passa dans ses yeux. Il détourna la tête.

— Faites à votre gré ! dit-il sèchement. Ne me remerciez pas !

Il s'éloigna, mais, au passage, Catherine intercepta le coup d'œil qu'il lui lança. Cet homme était son ennemi désormais, elle en était certaine. Mais ce qu'elle ne parvenait pas à comprendre, c'était l'expression bizarre qu'il avait eue en la regardant. Il y avait dedans de la rage froide, de la rancune, mais autre chose aussi. Et cette autre chose, Catherine aurait volontiers juré que c'était de la peur.

C'était à tout cela qu'elle songeait, dans la chapelle glaciale, au milieu du vacarme de ces voix mal accordées qui proclamaient leur confiance dans le Seigneur. Qu'est-ce qui, en elle, pouvait inspirer de la crainte à un homme aussi sûr de lui que Gerbert Bohat ?... Comme pareille question ne pouvait, pour le moment, trouver de réponse, la jeune femme décida de remettre le sujet à plus tard. Peut-être, d'ailleurs, la grande connaissance des êtres humains que possédait Ermengarde lui serait-elle utile en l'occurrence.

Elle sortit machinalement de l'église, comme les autres, reçut comme les autres le morceau de pain qu'à la porte de la domerie le père pitancier distribuait aux partants et reprit sa place au milieu de ses compagnons. Elle avait refusé le cheval que lui offrait Ermengarde. Ses pieds, dont l'un portait une grosse ampoule maintenant crevée, avaient été habilement pansés par sœur Léonarde et elle se sentait capable de marcher.

— Je demanderai votre aide quand je n'en pourrai plus, dit-elle à Ermengarde que deux dames hospitalières juchaient sur un grand cheval aussi roux qu'elle-même. Deux autres avaient installé Gillette sur une paisible haquenée qui avait, jusque-là, porté l'une des suivantes de la douairière. Les deux filles de chambre qui, avec quatre hommes d'armes, formaient toute la suite de dame Ermengarde étaient installées sur le même cheval et avaient pris rang à l'arrière-garde, parmi les quelques cavaliers de la troupe.

Le portail se rouvrit devant la colonne ragaillardie. La neige et le brouillard de la veille n'étaient plus qu'un souvenir. Le soleil brillait dans un ciel bleu, totalement dégagé, et la fraîcheur de l'heure matinale laissait tout de même prévoir une belle et tiède journée. À peine franchis les murs du vieil hospice, le chemin, devenu une large draille pierreuse, plongeait droit au fond d'une cuvette tapissée d'herbe neuve, premier palier avant la profonde vallée du Lot d'où montait une brume bleutée.

Josse Rallard et Colin des Épinettes avaient pris place, comme d'un commun accord, de chaque côté de Catherine. Le second semblait avoir perdu sa mine morose de la veille. Il contemplait le paysage, si joyeux dans le matin clair, avec un large sourire satisfait.

— La nature ! confia-t-il à Catherine, quelle splendeur ! Comment peut-on vivre dans nos villes puantes quand il y a tout autour tant de fraîcheur, de propreté, de liberté !

— Surtout, quand il y a, dans lesdites villes, tant de femmes impossibles ! renchérit Josse avec un aimable sourire à l'adresse de son compagnon.

Mais le bourgeois de Paris ne parut pas apprécier la boutade car, se renfrognant d'un seul coup, il haussa les épaules et prit un peu d'avance. Catherine interrogea du regard son voisin.

— Pourquoi se fâche-t-il ? demanda-t-elle. Lui avez-vous dit quelque chose de désagréable ?

Josse éclata de rire, fit un clin d'œil à la jeune femme et remonta allégrement sa besace sur son épaule.

— Si vous voulez être bien avec l'excellent Colin, chuchota-t-il, évitez surtout de lui parler des femmes en général et de la sienne en particulier.

— Pourquoi donc ?

— Parce que c'est la plus affreuse harpie que le Diable ait jamais jetée sur la terre et que, si notre digne ami, qui n'a rien d'un chevalier errant ni d'un paladin, s'est jeté dans les aventures du pèlerinage, c'est uniquement pour lui échapper. Il a tout : santé, fortune, respectabilité. Malheureusement, il a aussi dame Aubierge et, pour vivre loin d'elle, je le crois capable d'aller jusque chez le soudan d'Égypte ! Je suis sûr qu'entre les fers de l'esclave et son fauteuil de la rue des Haudriettes il préférerait les fers !

— C'est à ce point ? s'écria Catherine effarée. Est-ce qu'elle le dispute tellement ?

— Pis encore ! fit Josse d'un ton tragique. Elle le bat comme plâtre !

Cela dit et comme, en tête, Gerbert Bohat entamait un cantique pour rythmer la marche, Josse se mit à fredonner une chanson à boire qui avait le mérite d'être infiniment plus guillerette.

CHAPITRE II

LES RUBIS DE SAINTE FOY

On fit en deux jours la difficile route qui, par la vallée du Lot et les étroites gorges du Dourdou, menait d'Aubrac à la sainte cité de Conques. Vingt grandes lieues coupées seulement par une brève nuit à Espalion, dans l'ancienne commanderie des chevaliers du Temple où d'autres moines-soldats, les hospitaliers de Saint-Jean de Jérusalem, firent de leur mieux pour réconforter les pèlerins. Gerbert Bohat semblait possédé d'une sorte de rage et ne voulait entendre ni les plaintes ni les soupirs de sa troupe.

Pour Catherine, ces deux jours avaient été une espèce d'enfer. Son pied blessé la faisait cruellement souffrir, mais elle avait, toujours aussi obstinément, refusé de monter à cheval. Il lui semblait que, si elle n'accomplissait pas, comme les plus démunis des pèlerins, ce voyage en forme de pénitence, Dieu ne se laisserait pas fléchir. Et ses souffrances, elle les offrait pour Arnaud, pour que le Seigneur lui accordât la guérison et lui permît, à elle-même, de le retrouver. Pour ce bonheur-là, elle eût marché avec joie sur des charbons ardents...

Néanmoins, sans le secours d'un vieux chevalier de Saint-Jean qui, pris de pitié devant ces pieds menus, boursouflés d'ampoules et déjà sanglants, au moment du rituel lavement des pieds que les moines à genoux accomplissaient pour les pèlerins, l'avait soignée, Catherine eût été contrainte d'arrêter là son voyage ou de se faire transporter. Le moine-soldat avait enduit les pieds blessés d'un onguent fait de suif de chandelle, d'huile d'olive et d'esprit de vin qui avait fait merveille.

— C'est une vieille recette de cavalier, avait-il confié à la jeune femme en souriant. Les jeunes de nos ordres militaires, qui ont encore la peau des cuisses et le séant trop tendre pour les longues chevauchées, en font grande consommation.

Il lui en avait même remis un peu, dans un petit pot, et le remède s'était révélé souverain. Malgré tout, quand le petit village, accroché avec son énorme abbaye aux pentes de l'étroit val d'Ouche, était apparu dans le soir, Catherine était au bord de l'évanouissement. Elle n'avait eu qu'un regard indifférent pour l'admirable basilique devant laquelle ses compagnons étaient tombés à genoux d'un même élan.

— Vous êtes à bout de souffle ! avait maugréé Ermengarde. Aussi, n'essayez pas de suivre les autres à l'abbaye !... qui d'ailleurs est comble. Il y a ici, à ce que l'on m'a assuré, une bonne auberge, et j'ai l'intention de m'y rendre.

Catherine avait hésité, craignant les paroles méprisantes de Gerbert, mais le chef des pèlerins s'était contenté de hausser les épaules.

— Logez-vous où vous pourrez ! L'abbaye est déjà pleine et je ne sais trop où je vais mener ma troupe. Chacun s'arrangera comme il pourra, d'une grange ou de l'hospitalité d'un villageois. Faites donc à votre gré. Mais n'oubliez pas la messe solennelle, la procession que nous ferons ensuite et les différents offices.

— À quelle heure partirons-nous donc ? demanda Catherine inquiète.

— Après-demain seulement ! Vous ne semblez pas vous douter que c'est ici l'un des hauts lieux de la Foi, ma sœur. Il mérite bien que l'on y prie une journée !

Cela dit, il avait salué sèchement et, tournant les talons, s'était éloigné vers le portail abbatial, ignorant la protestation de Catherine. Malgré la fatigue des longues étapes, elle eût voulu aller plus vite encore, ne s'arrêter que le strict minimum sur cette route qu'avait parcourue l'époux bien-aimé. Une journée passée ici lui semblait un affreux gaspillage, même si cette journée devait lui rendre des forces.

— Que de temps perdu ! murmura-t-elle en offrant son bras à Ermengarde que ses suivantes venaient, non sans peine, de descendre de sa monture. La douairière de Châteauvillain, fatiguée elle aussi par des heures passées en selle, était aussi raide qu'une planche. Mais elle n'avait rien perdu de son entrain.

— Gageons que je sais ce que vous pensez, ma mie ! fit-elle gaiement en entraînant Catherine sous le porche d'une grande auberge étayée par des contreforts qui lui donnaient un certain aspect de forteresse.

— Dites toujours !

— Vous donneriez beaucoup pour enfourcher, demain matin, un bon cheval, planter là tous nos diseurs de patenôtres et galoper aussi vite que le vent vers cette ville de Galice où vous pensez que quelque chose vous attend.

Catherine n'essaya même pas de nier. Elle eut un sourire plein de lassitude.

— C'est vrai, Ermengarde ! La lenteur de cette marche me tue. Songez que nous sommes, ici, tout près de Montsalvy, qu'il me serait facile d'aller embrasser mon fils. Mais c'est pour un pèlerinage que je suis partie, et je ne tricherai pas avec Dieu ! À moins qu'en cours de route quelque chose ne vienne m'apprendre que c'est ailleurs qu'il me faut chercher Arnaud, je continuerai, avec mes compagnons, jusqu'au bout du voyage. Et puis, il est bon d'être nombreux. Le chemin est dangereux, les bandits pullulent. Il vaut mieux être en force. Avec vos femmes et vos hommes d'armes, nous ne serions que sept. En admettant même que nous le demeurions jusqu'au bout puisque, déjà, l'un de vos soldats s'est enfui.

C'était vrai. Au petit matin, quand on avait quitté la commanderie d'Espalion, l'escorte d'Ermengarde ne comportait plus que trois hommes : le quatrième manquait. Mais, à la grande surprise de Catherine, la vieille dame n'en avait pas montré autrement de contrariété. Elle s'était contentée de hausser les épaules.

— Les Bourguignons n'aiment guère les voyages ! Et l'idée d'aller en Espagne n'enchantait pas Saulgeon. Il a dû préférer rentrer !

Cette philosophie inattendue avait intrigué Catherine. Elle connaissait trop Ermengarde et l'intransigeante fermeté avec laquelle elle menait ses gens pour ne pas trouver bizarre son attitude actuelle. Ou bien la redoutable vieille femme avait-elle changé à ce point ?

L'auberge Sainte-Foy accueillit la dame de Châteauvillain avec tous les honneurs dus à son rang. Ermengarde, d'ailleurs, savait comme personne se faire servir. Il y avait beaucoup de monde à l'hôtellerie, mais elle obtint tout de même deux chambres : une pour Catherine et elle-même, l'autre pour ses chambrières et Gillette de Vauchelles que, décidément, elle avait prise sous sa protection.

Les voyageuses expédièrent leur souper rapidement et en silence. Toutes étaient lasses, mais, tandis qu'Ermengarde, à peine rentrée dans sa chambre, se couchait et s'endormait, Catherine, malgré sa fatigue, s'attarda à la fenêtre qui donnait sur la petite place. Elle se sentait le cœur trop lourd pour dormir. Et puis, le sommeil avait moins d'importance ce soir puisque demain on resterait encore ici.

Assise sur le petit rebord de pierre, dans l'encoignure de la fenêtre, Catherine laissait son regard errer sur le spectacle étrange et coloré du dehors. Des baladins, comme cela arrivait souvent dans les villes de grand pèlerinage, s'étaient installés devant l'église et faisaient là leurs tours devant un rassemblement de villageois et de pèlerins qui, faute de place, couchaient à même le parvis. Il y avait des musiciens, joueurs de viole, de luth, de harpe ou de flûte. Un garçon maigre, vêtu d'un costume mi-partie vert et jaune, jonglait avec des torches enflammées. Assis au pied d'une des deux tours romanes de la façade, un doigt levé, l'air inspiré, un conteur de fabliaux, drapé d'oripeaux bariolés, réunissait un cercle de jeunes garçons et de jeunes filles. Enfin, bondissant au son de la musique, une fille mince, vêtue d'un rouge violent, dansait, pieds nus, devant la haute façade de pierre pâle où un Christ en majesté, anguleux et superbe, levait sur une humanité de pierre une main bénissante. Les flammes des torches animaient, comme ceux d'un théâtre, les personnages du prodigieux Jugement dernier sculpté au tympan, enluminé et doré comme une page d'évangéliaire. Les élus semblaient prêts à s'élancer vers les régions célestes, et les damnés grimacer plus douloureusement dans les supplices de l'Enfer et sous les rires des démons.

La magie du décor agissait sur Catherine. Elle songeait qu'à ce lieu précis elle retrouvait la route qu'avaient suivie Arnaud et, après lui, le pauvre Gauthier. L'un après l'autre, le cavalier au masque noir flanqué de son maigre écuyer et le grand Normand blond avaient dû mettre pied à terre devant ce noble porche, se mêler un instant à cette foule qui, pour l'heure présente, rêvait sous les étoiles... Catherine n'eut qu'à fermer les yeux un instant pour les évoquer, le lépreux fugitif et le fils des forêts du Nord. Où étaient-ils à cette heure ? Qu'était-il advenu d'eux et quelle trace allait-elle trouver, elle qui se lançait à leur recherche avec ses faibles forces de femme ? Car, pas plus qu'elle ne pouvait croire Arnaud à jamais perdu pour elle, Catherine n'arrivait à admettre que Gauthier fût mort. Le géant avait quelque chose d'indestructible. La mort ne pouvait pas l'avoir abattu ainsi, en pleine jeunesse, au plus puissant de sa force. Elle ne parviendrait à l'atteindre que dans bien des années, quand son valet, la vieillesse, aurait accompli sur ce corps de granit sa basse besogne.

Soudain, la songerie de Catherine fut interrompue.

Dans la foule qui regardait les baladins, elle venait de reconnaître Gerbert Bohat. Il s'approchait de la danseuse rouge. La fille, haletante, venait de s'arrêter pour tendre à la foule un tambourin quand le Clermontois l'aborda. Malgré la distance, à vrai dire assez courte, Catherine comprit sans peine le sens de leur dialogue. La main sèche de Gerbert désignait tantôt la robe, clinquante et décolletée, de la fille, tantôt le grand Christ du tympan et sa mimique furieuse était limpide. Il reprochait à la danseuse d'oser donner une représentation devant une église dans ces vêtements qu'il jugeait immodestes. Et, à vrai dire, cette haute silhouette noire dressée devant elle semblait faire peur à la jeune femme dont le bras se levait comme si elle craignait d'être battue.

Mais, bientôt, Catherine ne put se défendre d'une vague inquiétude. Les fureurs puritaines de Gerbert ne semblaient pas du goût de la bande de jeunes paysans qui, l'instant précédent, écoutaient le conteur. Ils ne voyaient aucun mal à ce que l'on dansât devant l'église et entreprirent de défendre la danseuse. L'un d'eux, un vigoureux gaillard dont la silhouette rappela un peu Gauthier à Catherine, empoigna même Gerbert par le col de sa tunique tandis que trois autres l'abordaient d'un air menaçant et que les voix aiguës des filles se mettaient à l'injurier... Dans un instant, Gerbert Bohat allait se faire malmener.

Catherine n'aurait pu dire ce qui la fit agir sur le moment. Elle n'avait vraiment aucune sympathie pour cet homme qu'elle jugeait dur, cassant et impitoyable. Peut-être obéit-elle au simple fait qu'elle avait besoin de lui pour aller jusqu'en Galice... Mais elle quitta la chambre en courant, descendit dans la cour où les hommes d'Ermengarde buvaient un dernier coup de vin avant d'aller dormir, et interpella le sergent.

— Vite ! ordonna-t-elle. Allez dégager le chef des pèlerins. Il va se faire écharper par la foule !...

Les hommes prirent leurs armes et coururent. Elle les suivit, sans trop savoir pourquoi, les soldats n'ayant guère besoin d'elle. Peut-être, simplement, pour voir comment réagirait Gerbert. À vrai dire, ce fut bien vite fait. Les trois Bourguignons avaient de larges épaules, des poings redoutables, des trognes burinées par des années de guerre et des armes luisantes. La foule s'ouvrit devant eux comme la mer devant l'étrave d'un navire et Catherine, lancée dans leur sillage, se retrouva auprès de Gerbert sous le porche de l'abbaye. La foule grondait toujours, mais reculait comme un chien hargneux menacé du fouet et, peu à peu, s'écartait, retournant aux baladins qui, un instant, avaient interrompu leurs tours.

— Vous voilà hors d'affaire, messire, dit le sergent Béraud à Gerbert. Rentrez donc vous coucher et laissez ces gens se distraire : ils ne font point de mal ; puis se tournant vers Catherine : Dame, nous avons fait à votre désir. Nous vous escortons jusqu'à l'auberge ?

— Rentrez sans moi ! répondit la jeune femme. Je n'ai pas sommeil.

— Si j'ai bien compris, c'est à vous que je dois cette intervention ? demanda sèchement Bohat tandis que les hommes d'armes s'éloignaient. Vous aurais-je, par hasard, appelée à mon aide ?

— Vous avez bien trop d'orgueil pour cela ! Je pense, au contraire, que vous vous seriez laissé écharper avec bonheur. Mais je vous ai vu en difficulté, et j'ai pensé...

— Quand les femmes se mêlent de penser ! soupira Bohat avec une telle expression de dédain que Catherine sentit la colère s'emparer d'elle. Cet homme n'était pas seulement étrange, il était franchement odieux. Elle ne se gêna pas pour le lui dire.

— Je reconnais qu'elles font souvent des sottises, surtout quand elles se mêlent de sauver la vie d'une remarquable intelligence masculine. En vérité, messire, je vous prie d'accepter mes regrets et mes excuses. J'aurais bien mieux fait de demeurer paisiblement à la fenêtre à vous regarder pendre proprement à la porte de l'abbaye ; après quoi, sûre que vous êtes mort chrétiennement pour le plus grand bien de la religion, je serais allée dormir, non sans avoir dit quelque oraison pour le repos de votre grande âme ! Mais, le mal étant fait, souffrez que je vous quitte ! Bonne nuit, messire Gerbert !

Elle tournait déjà les talons quand il la retint. Cette sortie sarcastique l'avait stupéfié et, lorsque Catherine se retourna vers lui, elle put voir qu'aucune trace de colère ne demeurait sur son visage.

— Voulez-vous me pardonner, dame Catherine ? fit-il d'une voix sourde. Il est bien vrai que, sans votre intervention, ces pauvres gens m'auraient ôté la vie. Et que je devrais vous en remercier. Mais, ajouta-t-il avec une violence qui, sourdement, revenait peu à peu dans sa voix, il m'est dur de remercier une femme, et d'autant plus que la vie m'est une charge insupportable ! Si je ne craignais Dieu, voici longtemps déjà que j'en aurais fini avec elle.

— Obliger les autres à vous l'ôter n'est qu'une feinte à laquelle Dieu ne saurait se laisser prendre. J'ajoute que, dans ce cas, le crime serait double car, à votre intention secrète, s'ajouterait le mal que vous aurez contraint des innocents à vous faire. Quant à vos remerciements, ne vous y croyez pas obligé. J'en aurais fait autant pour n'importe qui !

Gerbert ne répondit pas. Comme Catherine faisait quelques pas en direction de l'auberge, il se mit à marcher auprès d'elle, courbant légèrement sa haute taille. Il semblait, tout à coup, avoir peine à la quitter et Catherine ne s'expliquait pas cette nouvelle lubie. Alors, comme il gardait le silence, ce fut elle qui demanda :

— Vous haïssez les femmes, n'est-ce pas ?

— De toutes mes forces, de toute mon âme... Elles sont le piège incessant où se prend l'homme.

— Pourquoi cette haine ? Que vous ont-elles fait ? N'avez-vous pas eu de mère ?

— C'est la seule femme pure que j'aie connue. Toutes les autres n'étaient que boue, luxure et fausseté.

Catherine aurait pu se sentir blessée par ce brutal jugement. Pourtant, elle n'éprouva qu'une sorte de pitié parce que, derrière la colère de Gerbert, elle devinait une souffrance qui n'osait pas dire son nom.

— Les avez-vous toujours autant détestées ? dit-elle encore. Ou bien...

Il ne la laissa pas achever.

— Ou bien est-ce pour les avoir trop aimées ? Je crois, en vérité, que c'est cela. C'est parce que, depuis toujours, j'ai porté dans mon sang le goût maudit de la femme, parce qu'elle est mon ennemie depuis toujours ! Je la hais !

Le reflet d'une chandelle brûlant encore sur le comptoir d'un marchand d'images pieuses encore ouvert illumina un instant le visage du grand pèlerin et ses mains dont l'une retenait son manteau noir. Les traits étaient illuminés du feu de la plus sombre passion et la main libre tremblait. Le goût du défi poussa alors Catherine à s'arrêter.

— Regardez-moi ! ordonna-t-elle. Et dites-moi si vous pensez réellement que je suis seulement boue, luxure et fausseté ?

Elle s'était figée dans la lumière jaune de la chandelle, offrant au regard vacillant de l'homme son visage pur qui, dépouillé du camail porté tout le jour, s'auréolait d'or sombre où passaient des reflets fauves. D'épaisses boucles tombaient maintenant dans son cou, lui restituant un peu de la royale parure de jadis, par deux fois sacrifiée. Avec un léger sourire, elle contempla son compagnon devenu soudain très pâle. Il semblait changé en statue, mais une statue au regard de feu.

— Allons, messire Gerbert, répondez-moi !

Alors, il fit un grand geste comme pour chasser une diabolique vision, recula dans l'ombre du mur de l'abbaye.

— Vous êtes trop belle pour n'être pas un démon venu tout exprès pour me tenter ! Mais vous n'aurez pas raison de moi, vous entendez ? Vous n'aurez pas raison ! *Vade retro Satana !*...

Pris d'une sorte de terreur sacrée, il allait fuir. Catherine comprit qu'il ne serait jamais possible de raisonner cet homme, qu'il était atteint jusque dans son esprit. Un malade en quelque sorte. Elle haussa les épaules. Son sourire s'effaça.

— Ne dites pas de sottises, fit-elle avec lassitude. Je n'ai rien d'un démon ! Vous cherchez la paix de l'âme, moi je cherche autre chose... Mais ce quelque chose, il n'est pas en votre pouvoir de me le donner, ni d'aucun homme d'ailleurs... à l'exception d'un seul.

Malgré lui, Gerbert Bohat osa demander :

— Qui est cet homme ?

— Je crois, coupa Catherine, que cela ne vous regarde pas ! Bonsoir, messire Gerbert !

Et, cette fois, elle s'éloigna en direction de l'auberge sans qu'il tentât de la retenir. La nuit était calme et les bruits de la petite cité s'éteignaient l'un après l'autre. Une cloche sonna quelque part. Un chien se mit à aboyer. Catherine se sentait lasse maintenant, et vaguement découragée. Elle avait espéré alléger la tension entre elle et Gerbert, mais elle comprenait que ce ne serait jamais possible. Cet homme traînait avec lui un secret qu'il ne lui appartenait pas de percer. Et toutes les tentatives qu'elle pourrait faire pour l'humaniser ne serviraient de rien. À quoi bon essayer, dans ce cas ?

La journée du lendemain parut interminable à Catherine. Elle en employa une bonne partie à soigner son pied blessé, mais il lui fallut bien assister à toute la série d'offices réglementaires. Or, elle portait en elle trop de hâte pour être capable de prier calmement... Durant d'interminables minutes, elle avait contemplé, scintillant dans les fumées d'encens, semblable à quelque fantastique apparition, la barbare et fastueuse statue d'or de sainte Foy sur laquelle les pierres précieuses s'enchâssaient, plus nombreuses que les fleurs d'une prairie au printemps. C'était une figure étrange, assez terrifiante avec son lourd visage aux yeux fixes, et Catherine la regardait avec une sorte de crainte, incapable de voir en elle l'image d'une petite sainte de treize ans, jadis martyrisée pour sa foi, mais bien plutôt une sorte d'idole redoutable dont le regard fixe et dilaté lui pesait.

Pourtant, l'on disait qu'elle avait le pouvoir de délivrer les prisonniers. Des fers, des chaînes, des ceps et des carcans s'empilaient derrière la statue, témoignages touchants de gratitude. Mais Catherine, malgré tout, se sentait étouffer dans cette sombre église, au milieu de ces gens prosternés, prisonnière d'un amour impatient dont rien ne pourrait la délivrer.

À force de rester à genoux, elle avait des fourmis dans les jambes et cela lui rappela les interminables oraisons, subies jadis au côté de sa sœur Loyse, à Notre-Dame de Dijon. Elle se releva, tourna la tête et rencontra le regard de Gerbert Bohat fixé sur elle. Il détourna les yeux aussitôt, mais elle avait eu le temps de revoir cette étrange expression à la fois dure et craintive qu'elle avait déjà remarquée. Malgré elle, Catherine soupira avec lassitude.

— Il ne faut pas lui en vouloir, chuchota auprès d'elle la voix douce de Gillette. Gerbert est un homme malheureux.

— Comment le savez-vous ?

— Je ne le sais pas, je le sens... Il souffre cruellement : c'est pour cela qu'il est si dur.

Malgré son courage et sa bonne volonté, Catherine ne put se résoudre à suivre la longue procession qui allait conduire la statue de la sainte tout autour de la ville jusque dans les champs privés de pluie depuis de longs jours. Elle regagna l'auberge et rejoignit Ermengarde qui, elle, n'avait pas quitté son lit. La douairière la regarda rentrer avec un sourire en coin.

— Alors, Catherine, vous n'avez pas encore votre content de patenôtres ? Quand donc allez-vous vous montrer raisonnable et accepter à la fois mes conseils et mon cheval ? Vous avez vraiment envie de continuer avec toute cette troupe, quand nous pourrions aller tellement plus vite ?

Catherine serra les lèvres et, tout en ôtant son manteau, jeta à son amie un regard oblique.

— N'y revenez pas, Ermengarde. Je vous ai déjà donné mes raisons. La route est dangereuse, il faut être nombreux pour résister aux brigands.

La vieille dame s'étira et bâilla démesurément puis soupira :

— Et moi je soutiens que, pour échapper aux brigands, de bons chevaux rapides valent mieux que des pieds fourbus. D'ailleurs, je vous prédis que, si nous continuons ainsi, vous deviendrez rapidement folle... et moi aussi.

Au fond d'elle-même, Catherine donnait raison à Ermengarde, mais ne voulait pas l'admettre. Elle était persuadée que, si elle ne poursuivait pas son chemin, jusqu'au bout, avec les pèlerins auxquels elle s'était jointe, Dieu lui en tiendrait rigueur et l'en punirait en l'empêchant de rejoindre Arnaud. Mais la dame de Châteauvillain savait, depuis longtemps, lire sur le joli visage expressif de son amie. Elle murmura :

— Allons, Catherine, faites crédit à Dieu d'un peu de grandeur d'âme et ne le prenez pas pour un vil mercanti qui ne s'en tient jamais qu'aux marchés conclus. Que faites-vous de sa miséricorde ?

— J'en fais grand cas, Ermengarde, mais nous continuerons avec les autres !...

Elle avait parlé fermement, d'un ton qui n'admettait pas de réplique. Aussi Ermengarde ne s'y trompa pas. Un soupir découragé fut son unique réponse.

La procession de Sainte-Foy avait dû être efficace car il pleuvait à seaux, le lendemain à l'aube, quand les pèlerins se remirent en route et quittèrent Conques au milieu des habituels chants religieux. Catherine avait repris sa place entre Josse Rallard et Colin des Épinettes. Elle marchait courageusement, refusant de voir à l'arrière-garde Ermengarde et sa troupe montée. La comtesse avait réussi, Dieu sait comment, à se procurer durant la halte deux nouveaux chevaux dont l'un portait l'une des chambrières et l'autre trottait libre, tenu en bride par le sergent Béraud. Catherine n'ignorait pas que cet animal lui était destiné, mais elle ne voulait pas le savoir.

La route montait, pénible, à flanc de coteau pour rejoindre la vallée du Lot et gagner ensuite Figeac. Et la pluie n'arrangeait rien. Elle brouillait le paysage, éteignait les roses tendres des bruyères qui commençaient à fleurir, dégouttait de la moindre feuille, emplissait les yeux et alourdissait la bure grossière des pèlerins. Tantôt fine et douce, tantôt rageuse quand des bourrasques de vent l'emportaient, elle faisait régner sur le sévère paysage une tristesse affreuse, lourde comme le monde, et qui donnait à Catherine l'impression de peser sur son propre cœur. Personne ne songeait à chanter ce matin. En tête, Gerbert marchait, le dos rond, la tête dans les épaules, sans jamais se retourner.

Soudain, comme l'on atteignait le haute de la côte, des cris se firent entendre derrière la colonne.

— Arrêtez !... Pour l'amour de Dieu, arrêtez !

Cette fois, Gerbert se retourna et tous les autres avec lui. Plus bas, sur la pente, trois moines essoufflés faisaient de leur mieux pour accourir. Parfois ils trébuchaient dans un trou ou sur une pierre, mais n'en criaient que de plus belle en faisant de grands gestes.

— Qu'est-ce qu'il y a ? marmotta Colin d'un air mécontent. Avons-nous oublié quelque chose ou bien ces saintes gens souhaitent-ils se joindre à nous ?

— Cela m'étonnerait, répondit Josse Rallard qui regardait approcher les trois moines avec un froncement de sourcils. Ils ne portent rien et n'ont pas de bâton de marche.

— Alors c'est qu'ils sont anxieux de se recommander à nos prières au saint tombeau de l'Apôtre ! reprit Colin avec onction.

Mais son compagnon le regarda si fort de travers qu'il n'osa pas aller plus loin sur le chemin des suppositions.

D'ailleurs, Gerbert Bohat redescendait déjà le long de la colonne, à grands pas, pour aller au-devant des arrivants. Ils se rejoignirent assez près de Catherine et de ses compagnons, si bien que la jeune femme ne perdit rien de leur dialogue. D'ailleurs, malgré leur souffle écourté, les trois moines criaient à fendre les rochers.

— On nous a volés ! Cinq gros rubis ont été volés au manteau de sainte Foy !...

Une clameur d'indignation et de colère salua cette nouvelle, mais Gerbert, déjà, ripostait, tout de suite agressif.

— C'est un abominable forfait, mais je ne vois pas pourquoi vous avez si fort couru après nous pour nous l'annoncer. Vous ne supposez pas, j'imagine, que l'un de nous est votre voleur ! Vous êtes de saintes gens, mais, nous, nous sommes les errants de Dieu !

Le plus grand des moines essuya d'un air gêné son large visage rose sur lequel la pluie faisait couler de minuscules ruisseaux et fit un geste d'impuissance.

— Les brebis galeuses du Diable se cachent parfois parmi les meilleurs d'entre nous. Et le fait d'appartenir à un pèlerinage ne constitue pas, *a priori*, un brevet de sainteté. Il est des exemples...

— Nous n'étions pas les seuls à Conques, hier... ou n'importe quand le vol a été commis. J'admire votre charité chrétienne qui s'attaque d'abord aux pauvres pèlerins sans songer à cette racaille de baladins et de bateleurs qui s'exhibaient devant votre église l'autre soir.

Catherine réprima un sourire. Gerbert, apparemment, avait toujours sur le cœur son aventure de l'avant-veille. Mais le moine prenait un air encore plus malheureux.

— Les baladins sont partis hier matin, comme vous devez le savoir, et, hier, durant la procession, la statue est apparue au grand jour, intacte. Aucune pierre n'y manquait.

— En êtes-vous bien sûrs ?

— C'est moi, avec mes frères ici présents, qui avons été chargés par le Très Révérend Abbé de nous assurer de son intégrité avant de la remettre dans sa niche. Je puis vous assurer qu'il n'y manquait pas la moindre pierre. Ce matin il manque cinq gros rubis... et vous avez été les seuls étrangers à passer la dernière nuit dans notre ville !

Un silence suivit cette démonstration. Chacun retenait son souffle, sentant bien que le raisonnement des moines était sans faille. Gerbert, cependant, refusait de s'avouer vaincu et Catherine, à cet instant, admira le courage et l'opiniâtreté qu'il mettait dans la défense de son monde.

— Cela ne prouve pas que nous soyons coupables ! Conques est une cité sainte, mais ce n'est malgré tout qu'une cité, peuplée d'hommes parmi lesquels le mal peut fort bien se glisser.

— Nous connaissons nos propres brebis galeuses et le Très Révérend Abbé s'en occupe depuis ce matin. Mon frère... il serait tellement plus simple de faire la preuve qu'aucun de vous ne détient les pierres volées !

— Que voulez-vous dire ?

— Que nous sommes trois seulement, mais que, si vous vouliez bien vous laisser fouiller, nous ne vous retiendrons pas longtemps.

— Sous cette pluie ? répliqua Gerbert dédaigneux. Et vous chargerez-vous de fouiller les femmes ?

— Deux de nos sœurs nous suivent de près. D'ailleurs les voici, fit le moine qui, décidément, avait réponse à tout. Et il y a, tout de suite après ce tournant, un petit oratoire où il sera possible de nous établir. Je vous en prie, mon frère. Il y va de la gloire de sainte Foy et de l'honneur de Dieu !

En se haussant sur la pointe des pieds, Catherine vit, en effet, deux nonnes qui arrivaient par le chemin, aussi essoufflées que leurs compagnons et aussi trempées que tous les autres. Gerbert ne répondit pas tout de suite : il réfléchissait et la jeune femme, si l'indignation bouillait en elle en songeant que l'on avait dépouillé une sainte, partageait les sentiments du chef. Cette fouille devait lui répugner profondément. Comme devait l'irriter, autant que Catherine elle-même, cette nouvelle perte de temps... Au bout d'un instant, il jeta autour de lui un coup d'œil circulaire.

— Qu'en pensez-vous, mes frères ? Acceptez-vous de vous prêter à cette... désagréable formalité ?

— Le pèlerinage nous impose l'humilité, fit Colin avec componction. Cette humiliation nous sera bonne et Monseigneur saint Jacques la mettra au nombre de nos mérites.

— C'est entendu ! coupa Catherine qui bouillait d'impatience. Mais alors faisons vite. Nous n'avons que trop perdu de temps !

La troupe se dirigea vers le petit oratoire de pierre, élevé au bord du chemin un peu plus loin, juste à l'épaulement du coteau. De là, tout le site de Conques était largement visible, mais nul ne songeait à l'admirer. Il allait falloir attendre sous cette pluie.

— Les voyages en groupes nombreux sont vraiment une chose charmante, ironisa Ermengarde qui venait de rejoindre Catherine. Ces braves moines ferment la garde et nous surveillent comme si nous étions un troupeau de moutons galeux. Et s'ils croient que je vais me laisser fouiller...

— Il le faudra bien, ma chère amie ! Sinon, les soupçons se porteraient sur vous et, de l'humeur dont se trouvent nos compagnons, ils risqueraient de vous faire un mauvais parti ! Oh !... que vous êtes donc maladroit, mon frère !

La dernière partie de la phrase s'adressait à Josse qui, butant contre une pierre, venait de la bousculer si brutalement que tous deux s'étaient retrouvés à genoux sur le talus.

— Je suis désolé, fit le Parisien, la mine contrite, mais ce damné chemin est plus troué que la robe d'un moine mendiant. Vous ai-je fait mal ?

Plein de sollicitude, il l'aidait à se relever, chassait de la main les marques de boue sur la robe et la cape de la jeune femme. Il avait l'air si malheureux qu'elle ne se sentit pas le cœur de lui en vouloir.

— Ce n'est rien ! dit-elle en lui souriant gentiment. Nous en verrons d'autres !

Puis, avec Ermengarde, elle alla s'asseoir sur un rocher sous l'auvent de la petite chapelle dans laquelle les nonnes venaient d'entrer. On avait décidé que les femmes passeraient en premier pour que les saintes filles pussent rentrer le plus vite possible à leur couvent. Mais quelques hommes de bonne volonté, Gerbert en tête, se soumettaient dehors au désagréable examen. Heureusement, la pluie fit trêve un instant.

— Ce pays est beau ! fit Catherine en désignant le cirque gris, vert et bleu étendu à leurs pieds.

— Le pays est beau, riposta Ermengarde moqueuse, mais j'aimerais mieux qu'il soit déjà loin derrière nous. Ah ! voici mes suivantes qui sortent, allons-y maintenant ! Aidez-moi !

Étayées l'une sur l'autre, les deux amies pénétrèrent dans l'oratoire. Il y faisait froid, humide, une écœurante odeur de moisi y régnait et la vieille dame, malgré ses vêtements chauds, ne put s'empêcher de frissonner.

— Faites vite, vous deux ! lança-t-elle rudement aux religieuses. Et n'ayez pas peur, je n'ai encore jamais dévoré personne, ajouta-t-elle goguenarde devant leur mine effarée.

Elles étaient jeunes toutes deux, visiblement impressionnées par cette grande et forte femme qui parlait avec tant d'assurance, mais ne s'en livrèrent pas moins à une fouille minutieuse qu'Ermengarde subit en piaffant d'impatience. Après quoi, la plus âgée des deux se tourna vers Catherine qui attendait son tour.

— À vous, ma sœur ! lança-t-elle en s'approchant d'elle. Et d'abord, donnez-moi cette aumônière qui pend à votre ceinture.

Sans un mot, Catherine détacha la grande poche de cuir solide dans laquelle elle gardait son chapelet, un peu d'or, la dague à l'épervier qui ne la quittait jamais et l'émeraude gravée de la reine Yolande. La simplicité voulue de son accoutrement d'errante ne lui permettait pas, en effet, de porter à son doigt un bijou de cette valeur et, d'autre part, elle ne voulait pas s'en séparer. D'autant moins qu'elle se dirigeait vers ces pays espagnols d'où était originaire la souveraine et où ses armes pouvaient être un secours, ainsi que Yolande elle-même le lui avait dit.

La nonne vida l'aumônière sur l'étroit autel de pierre et, voyant la dague, jeta sur Catherine un regard oblique.

— Un étrange objet pour une femme qui ne doit avoir autre défense que sa prière.

— Cette dague est celle de mon époux ! répliqua la jeune femme sèchement. Je ne m'en sépare jamais et j'ai appris à me défendre contre les brigands !

— Qui seraient fort intéressés par ceci, sans doute ! fit la sœur en désignant la bague.

Une bouffée de colère monta aux joues de Catherine. Le ton et les manières de cette femme lui déplaisaient. Elle ne résista pas au désir de lui clouer le bec.

— La reine Yolande, duchesse d'Anjou et mère de notre reine me l'a donnée elle-même. Y voyez-vous un inconvénient ? Je suis...

— Une grande dame, sans doute ? coupa l'autre avec un sourire sarcastique. Cela se devine sans peine quand on voit ces choses. Qu'avez-vous à dire... noble dame ?

Sous les yeux ahuris de Catherine, elle venait de déplier un petit linge que la jeune femme n'avait pas encore remarqué. Et, sur sa blancheur douteuse, étincelaient, splendides, d'un magnifique rouge sombre, les cinq rubis de sainte Foy...

— Qu'est-ce que cela ? s'écria Catherine. Je ne les ai jamais vus. Ermengarde !

— C'est de la sorcellerie ! s'écria la grosse dame. Comment ces pierres sont-elles venues ici ? Il faut...

— Sorcellerie ou pas, nous les tenons ! s'écria la sœur. Et vous allez répondre de ce vol.

D'une main, elle empoignait Catherine par le bras et la tirait dehors en criant :

— Mes frères ! Arrêtez ! Nous avons les rubis ! Et voici la voleuse ! D'un geste brutal, Catherine, rouge de colère et de honte devant toutes ces paires d'yeux soudain tournés vers elle, arracha son bras à la main sèche de la nonne.

— Ce n'est pas vrai ! Je n'ai rien pris !... Ces pierres se sont trouvées, je ne sais comment, dans mon aumônière... On a dû les y mettre.

Un grondement de colère poussé par les pèlerins lui coupa la parole. Elle comprit, avec terreur, qu'ils ne la croyaient pas. Exaspérés par la pluie, par le retard, par l'accusation qui pesait sur eux, tous ces braves gens étaient prêts à se changer en autant de loups. La panique s'enfla dans le cœur de Catherine. Elle était là, au milieu de ce cercle menaçant refermé autour d'elle, avec cette femme haineuse qui glapissait à ses côtés qu'il fallait la ramener à Conques, la livrer à la justice de l'Abbé, la pendre...

La sœur n'alla pas plus loin dans sa diatribe. Ermengarde, qui avait clopiné jusqu'à elle, venait de l'empoigner par le bras et la secouait comme un prunier.

— Cessez de brailler ! hurla-t-elle. Ah ! çà, ma fille, vous êtes complètement folle ! Accuser de vol une noble dame ?... Savez-vous bien de qui vous parlez ?

— D'une voleuse, glapit l'autre hors d'elle. D'une ribaude qui cache une dague sur elle avec le produit d'un autre vol. Car cette bague qu'elle ose prétendre lui avoir été donnée par la reine Yolande...

Une fois encore, elle dut se taire. La belle main d'Ermengarde s'était levée et de toute sa force s'était abattue sur sa joue. Les cinq doigts y demeurèrent imprimés en rouge.

— Voilà pour vous apprendre la politesse et la modération, ma « sœur », s'écria-t-elle en appuyant sur le mot. Vrai Dieu, si tous les couvents sont peuplés de harpies dans votre genre, Dieu ne doit guère être heureux en ménage ! Puis, enflant sa voix, elle tonna : « Holà ! Béraud et les autres ! Aux armes ! »

Avant que les pèlerins stupéfaits eussent songé à les en empêcher, les trois Bourguignons avaient poussé leurs chevaux jusqu'au milieu du cercle dont l'oratoire formait la corde et prenaient position devant les trois femmes. Posément, Béraud tira sa longue épée tandis que ses hommes, décrochant le grand arc d'if qui pendait à leur épaule, y plaçaient déjà une flèche. Dans un profond silence, les pèlerins suivirent ces menaçants préparatifs. Ermengarde se permit un large sourire.

— Le premier qui bouge ne fera pas trois pas ! dit-elle durement. Puis, changeant de ton et, soudain aimable : Les forces étant mieux équilibrées, causons, s'il vous plaît !

Malgré la menace, Gerbert Bohat fit deux pas en avant. L'un des hommes banda son arc, mais la comtesse retint sa main tandis que le chef des pèlerins levait la sienne.

— Puis-je parler ?

— Parlez, messire Bohat !

— Est-il exact que les rubis aient été trouvés sur cette...

Le terme qu'il ne se risqua pas à employer n'en fouetta pas moins la colère de Catherine.

— Sur moi ! Oui, mon frère ! s'écria-t-elle. Mais, devant Dieu et sur le salut de mon âme, je jure que je ne sais pas comment ils y sont venus !

— Chanson ! s'écria la nonne.

— Ah ! je vais me fâcher ! gronda Ermengarde. Taisez-vous, sainte fille, où je ne réponds plus de vous ni de moi. Continuez, messire Bohat !

Gerbert s'avança encore de quelques pas, mais ne baissa pas la voix.

— Il y a, d'une part, l'évidence... le flagrant délit et, d'autre part, la seule parole de cette femme...

— Mon frère, coupa Ermengarde impatientée, si vous vous obstinez à traiter dame Catherine en coupable, je vais vous ôter la parole. Puis-je savoir ce que vous avez l'intention de faire ?

Le regard dur du Clermontois ne faiblit pas. Il se posa, chargé de mépris, sur Catherine qui frémit de rage, et revint sur son amie.

— La seule chose convenable : remettre... dame

Catherine aux saints moines pour qu'ils la ramènent à Conques où la justice de l'Abbé...

— Où elle sera écharpée par la foule avant même d'avoir atteint l'abbaye ! Non, messire, elle ne rentrera pas à Conques. Sa parole ne vous suffit peut-être pas, à vous, mais à moi elle est plus que suffisante car je la connais. Aussi, écoutez bien ceci : vous avez retrouvé vos rubis, c'est fort bien. Emportez-les, sires moines, rendez-les à votre sainte... avec ceci pour vous payer de votre peine !...

Tout en parlant, elle lançait à celui des moines qui se trouvait le plus proche une assez lourde bourse qu'il attrapa au vol.

— Quant à nous, vous nous laissez aller en paix !

— Sinon ? demanda Gerbert avec hauteur.

— Sinon, fit tranquillement Ermengarde, nous nous frayerons un passage à travers vos rangs !

— Vous n'êtes pas beaucoup !

— Peut-être. Mais nous avons les armes... et la valeur ! Chacun de mes hommes en vaut dix. Le jeu est donc égal. Il est possible que nous ayons le dessous, mais je n'y crois pas. Et, de toute façon, notre mort vous coûterait trop cher ! Il n'y en a pas beaucoup parmi vous, pieuses gens, qui continueront indemnes leur chemin vers Compostelle ! Catherine, priez donc notre bonne sœur de vous rendre ce qui vous appartient.

— Jamais, cria la nonne qui, décidément, ne désarmait pas. Ce bijou est sûrement le produit d'un vol ! Il doit être remis également au Père Abbé.

Avec un soupir excédé, la comtesse lui arracha l'aumônière des mains, s'assura qu'il n'y manquait rien et rendit le tout sans un mot à Catherine. Puis elle ordonna, se tournant vers l'une de ses femmes :

— Amielle ! Les chevaux ! Vous laisserez à dame Gillette de Vauchelles celui qu'elle monte...

Mais l'interpellée s'avançait avec détermination et venait se ranger auprès de Catherine.

— Je vais avec vous ! Je crois à l'innocence de dame

Catherine. On n'a pas sa bonté quand on est une femme perdue !

— Et moi aussi, j'y crois ! s'écria Margot la Déroule en imitant Gillette. Je veux vous suivre ! D'ailleurs, dame Gillette a besoin de moi.

Ermengarde de Châteauvillain se mit à rire.

— Prenez garde, messire Bohat, avant peu vous n'aurez plus personne autour de vous.

— Cela m'étonnerait ! Les gens de bien n'auront aucune envie de poursuivre leur route avec une femme suspecte qui ne saurait attirer sur nous que la malédiction. Partez... puisqu'il n'est pas possible de remettre la coupable à la justice sans faire couler le sang, mais nous ne voulons plus vous voir !

Il se tenait debout devant le front massé des pèlerins qui semblaient se resserrer les uns contre les autres pour mieux éviter le voisinage de la suspecte. Quelques-uns se signaient... Catherine en aurait pleuré de rage. Et, quand elle regardait Gerbert, dressé très droit dans ses vêtements sombres, son lourd bourdon à la main, la désignant d'un geste lourd de mépris, elle avait envie de hurler. Elle se sentait brûlée par la honte, comme par un fer rouge. Et, comme Ermengarde, d'un geste, l'invitait à monter le cheval demeuré libre, elle s'écria :

— Comment puis-je partir sans avoir fait la preuve de mon innocence, sans...

— Si vous aviez la moindre chance de le faire, je vous conseillerais de regagner Conques, riposta Ermengarde, mais ces gens ne vous en laisseraient pas le loisir. Ils ne sont que des fanatiques sans jugement. Quant à vous, ma chère, lorsque l'on porte le nom que vous portez, on n'a que faire du jugement des croquants ! En selle !

Domptée, calmée un peu par le mépris, au moins égal à celui de Gerbert, qui vibrait dans la voix de la vieille dame, elle posa le bout de son pied sur la main que lui offrait Béraud et s'enleva en selle... La foule s'ouvrit devant la petite troupe, augmentée de Gillette en croupe de laquelle Margot, heureuse comme une fillette en vacances, avait sauté... La crainte et la réprobation marquaient tous les visages, arrachant à la dame de Châteauvillain un dédaigneux haussement d'épaules. Mais, en passant devant Gerbert Bohat, Catherine retint son cheval et lança, très haut :

— Vous m'avez condamnée sans même m'entendre, messire Bohat. Pour vous, étant soupçonnée, je ne pouvais être que coupable. Est-ce là votre justice et votre équité ? Quand je jure, sur le salut de mon âme, que je n'ai jamais touché ces pierres, ne pouvez-vous me croire ? N'importe qui pourra vous dire que je suis rentrée avant la procession et ne suis pas ressortie de l'auberge...

— Que perdez-vous votre temps à discuter avec des gens plus entêtés qu'ânes rouges ? cria Ermengarde avec impatience.

Cependant, Gerbert avait levé les yeux sur la jeune femme et, d'une voix sans timbre, murmurait :

— Peut-être aviez-vous un complice ! Si vous êtes innocente, allez en paix, mais je ne crois pas que ce soit possible. Quant à moi...

— Quant à vous, vous êtes trop heureux de trouver ce prétexte pour m'empêcher de poursuivre avec vous, n'est-ce pas ?

— Oui, avoua-t-il franchement. J'en suis heureux ! Auprès de vous, aucun homme ne peut songer sérieusement au salut de son âme. Vous êtes une femme dangereuse. Il est bon que vous nous quittiez.

Catherine ne put retenir un rire amer.

— Grand merci du compliment. Continuez donc votre pieux chemin, messire Bohat, mais sachez que les dangers écartés un moment peuvent renaître, si l'on ne trouve pas en soi-même la force de les écarter. Quelque chose me dit que nous nous reverrons... Ne serait-ce qu'à Compostelle !

Cette fois, Gerbert ne répondit rien. Mais il se signa si précipitamment, avec une si réelle frayeur, que Catherine, malgré sa colère, faillit lui éclater de rire au nez. Cependant, Ermengarde, impatientée, était venue prendre la bride de Catherine et l'entraînait irrésistiblement sur le chemin.

— Cela suffit, ma chère. Venez donc !

Catherine suivit docilement son amie et, rendant la main à sa monture, la mit au petit trot pour parcourir le court plateau qui s'étendait devant elle avant de plonger de nouveau dans la vallée du Lot. La pluie s'était remise à tomber, mais doucement, lentement, comme à regret, trop discrète pour être vraiment pénible. Malgré elle, Catherine regarda avec une sorte d'ivresse l'espace libre ouvert devant elle. Une envie lui prenait de talonner sa monture, de la lancer au galop pour retrouver la griserie familière de la course dans le vent... Mais le poids et la jambe encore malade d'Ermengarde ne permettaient guère cette grande allure. Il faudrait encore, un assez long moment, se contenter d'aller paisiblement.

Derrière les cavaliers, un chant s'éleva, dont l'écho leur arrivait porté par le vent qui soufflait du sud :

> *« Maria, étoile de la mer*
> *Plus claire que le soleil n'est clair*
> *Dans cette ténébreuse voie*
> *Conduis-nous : Ave Maria... »*

Catherine serra les dents, pressa instinctivement des genoux les flancs de son cheval. Elle avait l'impression absurde que ce chant, à sa manière, la rejetait encore davantage hors de la pieuse cohorte. Était-ce pour se protéger du maléfice dont ils la croyaient porteuse que les pèlerins invoquaient Notre-Dame avec tant d'ardeur ?

Peu à peu, avec la distance, le chant s'éloigna, s'affaiblit et finalement s'éteignit complètement. Ermengarde avait poussé son cheval pour rejoindre Catherine qui avait pris de l'avance. Les deux femmes chevauchèrent un moment en silence. Mais, soudain, Catherine, qui remâchait son humiliation sans rien dire, s'aperçut qu'un large sourire s'étendait sur le visage imposant de sa compagne. Elle sentit qu'Ermengarde savourait là les joies du triomphe et s'écria, furieuse :

— Vous êtes contente, je pense ? Me voilà rendue là où vous vouliez que j'en sois !... Pour un peu, je croirais que c'est vous qui avez glissé ces pierres dans mon aumônière.

La douairière ne s'offusqua pas du ton acerbe de la jeune femme. Elle se contenta de déclarer :

— Croyez bien que je regrette de manquer à ce point d'imagination et de savoir-faire. Sinon, j'aurais, en effet, fort bien pu employer ce moyen-là. Voyons, Catherine, quittez donc cette mine furieuse. Vous gagnerez l'Espagne plus vite et sans que Dieu puisse vous en vouloir puisque vous n'y êtes pour rien. Quant aux dangers qui nous attendent, je crois que nous serons tout à fait capables d'en venir à bout. Et, tenez... regardez comme le ciel s'est éclairci devant nous. Les nuages ont l'air de s'écarter de notre route... Est-ce que cela ne vous paraît pas de bon augure ?

Malgré sa mauvaise humeur, Catherine ne put retenir un sourire amusé.

— Je devrais me souvenir, dit-elle, que vous avez toujours eu l'art, ma chère Ermengarde, de mettre le ciel de votre côté... ou tout au moins de vous arranger pour que tout le monde le croie. N'empêche que je voudrais bien savoir comment ces maudits rubis sont venus sur moi et qui avait bien pu les voler !

La réponse à cette question devait arriver le soir même. Épuisés et hors d'haleine d'avoir couru trop vite, Catherine et ses compagnons avaient atteint l'étape de Figeac où ils avaient pris logis dans la plus grande auberge de la ville, située en face du bailliage et de l'antique « ostal de la Moneda », l'hôtel des monnaies royales. Fatiguées par l'aventure du matin plus encore que par l'étape, à vrai dire assez courte de la journée, Catherine et Ermengarde, laissant les quatre autres femmes se rendre à l'église pour le salut, prenaient le frais dans la cour de l'auberge, sous les branches d'un gros platane à travers lesquelles filtrait la gloire rouge d'un coucher de soleil parfaitement inattendu. Non moins inattendu était l'homme qui s'approcha d'elle et, incontinent, se laissa tomber aux genoux de Catherine en implorant son pardon :

— C'est moi qui ai volé les rubis, déclara Josse Rallard d'une voix nette mais point trop forte à cause des servantes qui passaient au fond de la cour, transportant des corbillons chargés de linge. Et c'est moi encore qui, en faisant semblant de trébucher, les ai glissés dans votre aumônière quand nous sommes tombés ensemble. Je suis venu vous demander pardon !

Tandis que Catherine, trop saisie pour parler, se taisait, regardant l'homme visiblement éreinté et couvert de poussière qui se tenait humblement à ses pieds, Ermengarde fit un effort héroïque pour s'arracher du banc où elle était assise et pour saisir sa béquille. N'y parvenant pas, elle hurla :

— Et tu viens nous raconter ça tout de go ?... sans même rougir. Mais, mon garçon, je vais te remettre tout de suite à la justice du bailli qui aura sûrement un morceau de corde à ta disposition. Holà ! vous autres...

D'une main posée sur son bras, Catherine la fit taire. Son regard violet s'était attaché aux étranges prunelles verdâtres de l'homme, à son visage aux traits bizarrement mélangés de brutalité et de finesse.

— Un instant ! Je veux d'abord qu'il réponde à deux questions.

— Questionnez ! fit Josse. Je répondrai.

— D'abord, pourquoi avez-vous fait cela ?

— Quoi ? Le vol ? Dame, fit-il avec un haussement d'épaules, il me faut tout vous confesser. Je n'ai pris la grand-route de Galice que pour mettre quelque distance entre moi et le chevalier du guet qui m'attend à Paris avec une corde fort longue et bien solide. La cour des Miracles est ma demeure, mais je n'osais plus en sortir parce que j'étais un peu trop connu. Alors, j'ai décidé de voir du pays... Bien sûr, je n'avais guère d'illusion sur mon compte. Je savais bien qu'en chemin il me viendrait des occasions... Et quand j'ai vu cette statue tout en or, toute cousue de pierreries, j'ai pensé qu'en en enlevant quelques-unes cela ne se connaîtrait pas et que mes vieux jours seraient assurés. La tentation, que voulez-vous ?

— C'est possible, mais votre forfait accompli, pourquoi m'en avoir chargée ? s'écria Catherine. Pourquoi m'avoir laissé accuser ? Vous saviez bien que je risquais la mort.

Josse hocha la tête vigoureusement et ne se troubla pas.

— Non. Vous risquiez beaucoup moins que moi. Je suis un pauvre hère, un truand... Vous, vous êtes une grande dame. On ne pend pas comme ça une grande dame. Et puis, il y avait votre amie. La noble dame a de la défense... et des hommes d'armes. Je savais qu'elle vous défendrait avec bec et ongles. Tandis que moi, personne n'eût pris ma défense. On m'aurait branché au premier arbre sans autre forme de procès. J'ai eu peur... une peur affreuse qui m'a tordu le ventre. Je croyais qu'on ne s'apercevrait pas tout de suite du vol, qu'on ne soupçonnerait pas de pieux pèlerins et que, à tout le moins, nous aurions le temps de faire un bon bout de chemin. Quand j'ai vu arriver les moines, j'ai compris que j'étais perdu. Alors...

— Alors, vous m'avez confié votre butin, acheva Catherine tranquillement. Et si, malgré tout, on m'avait fait un mauvais parti ?

— Je jure sur le Dieu auquel je n'ai jamais cessé de croire que je me serais dénoncé. Et si l'on ne m'avait pas cru, je me serais battu pour vous, jusqu'à la mort !

Catherine garda le silence un moment, pesant les paroles qu'il venait de prononcer avec une gravité inattendue. Enfin elle dit :

— La seconde question maintenant : pourquoi nous avez-vous rejointes ? Pourquoi venez-vous ici avouer votre faute ? Je suis libre, en sécurité, et vous l'étiez aussi. En venant ici, vous remettez tout en question. Vous ignorez comment je vais réagir et si je ne vous livrerai pas.

— C'était un risque à courir, fit Josse sans se démonter. Mais je ne voulais plus rester avec ces diseurs de patenôtres sanguinaires. J'en avais assez de Gerbert Bohat et de messire Colin. Du moment que vous n'étiez plus là, le voyage n'avait plus aucun intérêt et...

— Et tu t'es dit, ricana Ermengarde, qu'à défaut de rubis tu pourrais peut-être chasser l'émeraude de la Reine. Car tu n'as certainement pas tes yeux dans ta poche, n'est-ce pas ?

Mais de nouveau Josse dédaigna de lui répondre. Soutenant toujours le regard de Catherine, il dit :

— Si vous pensez cela, dame Catherine, livrez-moi sans plus d'hésitation. Ce que je voulais vous dire, c'est ceci : je vous ai fait tort pour sauver ma vie, mais j'en ai grand regret. Pour réparer, je suis venu vous offrir mes services. Si vous le permettez, je vous suivrai, je vous défendrai... Je suis un truand, mais je suis brave et je sais manier l'épée comme un seigneur. Sur la route que vous suivez, on a toujours besoin d'un bras solide. Voulez-vous, d'abord, me pardonner et ensuite me prendre pour serviteur ? Sur le salut de mon âme, je jure de vous servir fidèlement.

De nouveau le silence. Josse, toujours à genoux, ne bougeait pas, attendant la réponse de Catherine. Celle-ci, bien loin d'éprouver de la colère, se sentait curieusement attendrie par ce garçon bizarre qui, à une malhonnêteté flagrante, joignait des sentiments d'une curieuse élévation et un charme indéniable. Passant par sa bouche, les choses les plus ahurissantes prenaient un air de naturel. Néanmoins, avant de répondre, elle leva les yeux sur Ermengarde qui, les lèvres serrées, gardait, elle aussi, le silence, mais un silence de mauvais augure.

— Que me conseillez-vous, chère amie ?

La douairière haussa les épaules avec emportement.

— Que voulez-vous que je vous conseille ? Vous paraissez douée des mêmes talents que la magicienne Circé : elle changeait les hommes en pourceaux. Apparemment, vous faites l'opération inverse. Agissez donc à votre guise, mais je connais déjà votre réponse.

Tout en parlant, Ermengarde avait enfin atteint sa béquille, s'y agrippait en refusant la main de Catherine et se mettait debout après un méritoire effort. Et comme Catherine, alarmée, craignant de l'avoir offensée, demandait avec inquiétude :

— Où allez-vous, Ermengarde ?. Je vous en prie, ne prenez pas mal ce que je vais vous dire, mais...

— Où voulez-vous que j'aille ? grogna la vieille dame. Je vais dire à Béraud de battre un peu la ville pour nous trouver un autre cheval. Ce garçon court peut-être vite, mais pas assez pour nous suivre jusqu'en Galice à pied !

Après quoi, étayée tant bien que mal sur ses béquilles, semblable à quelque vaisseau de haut bord donnant fortement de la bande, Ermengarde de Châteauvillain quitta majestueusement la cour de l'auberge.

CHAPITRE III

UN ENVOYÉ DE BOURGOGNE

Quinze jours plus tard, Catherine et son escorte, parvenues au pied des Pyrénées, franchissaient le gave d'Oloron sur l'antique pont fortifié de Sauveterre. Le voyage s'était déroulé sans histoire car, dans les terres traversées, qui appartenaient pour la plupart à la puissante famille d'Armagnac, les routiers anglais n'étaient guère à craindre. Les places fortes qu'ils tenaient encore en leur pouvoir se situaient surtout en Guyenne et, peu soucieux de se créer des histoires avec le comte Jean IV d'Armagnac, dont la politique envers eux se montrait étrangement souple depuis quelque temps, ils se gardaient bien d'empiéter sur ses domaines.

Par Cahors, Moissac, Lectoure, Condom, Eauze, Aire-sur-Adour et Orthez, Catherine, Ermengarde et leurs gens avaient enfin atteint les montagnes qui les séparaient de l'Espagne. Mais la patience de Catherine était à bout. Depuis que l'on avait quitté les pèlerins de Gerbert Bohat, Ermengarde de Châteauvillain semblait avoir perdu tout à coup sa hâte d'arriver à destination. Elle qui, la veille encore, excitait l'impatience de Catherine, lui démontrant vigoureusement l'avantage qu'il y aurait à laisser en arrière la colonne trop lente des pèlerins, voilà qu'elle semblait mettre un malin plaisir à ralentir leur marche !

Au début, Catherine n'avait rien soupçonné. Il avait fallu demeurer une journée à Figeac pour procurer une monture à Josse Rallard. À Cahors aussi l'on était demeuré deux nuits : c'était un dimanche et Ermengarde assurait que, sur les routes saintes, il ne portait pas bonheur de ne pas respecter le jour du Seigneur. C'était acceptable et, par amitié, Catherine avait refréné son impatience, mais quand, à Condom, la douairière avait voulu s'attarder pour assister à une fête, la jeune femme n'avait pu se retenir de protester.

— Oubliez-vous que je ne fais pas ce voyage par plaisir et que les fêtes n'ont pour moi aucune importance ? Vous savez ma hâte d'arriver en Galice, Ermengarde. Que venez-vous me parler de fêtes locales ?

Sans se démonter, Ermengarde, jamais à court, avait objecté qu'une trop grande tension d'esprit est néfaste au bon fonctionnement du corps et qu'il est salutaire, même lorsqu'on est pressé, de prendre un peu son temps. Naturellement, Catherine n'avait rien voulu entendre.

— Autant valait, dans ce cas, aller jusqu'au bout du vœu que j'avais fait et demeurer avec Gerbert Bohat !

— Vous oubliez qu'il ne dépendait pas de votre volonté de demeurer avec les pèlerins, ma chère !

Catherine, alors, avait regardé son amie avec curiosité.

— Je ne vous comprends pas, Ermengarde. Vous sembliez désireuse de m'aider et, tout à coup, on dirait que vous avez changé d'avis ?

— C'est bien parce que je souhaite vous aider que je vous prêche la modération. Qui sait si vous n'allez pas au-devant de cruelles déceptions ? Dans ce cas, vous les rencontrerez toujours assez tôt !

Cette fois, Catherine n'avait pas répondu. Les paroles de son amie correspondaient trop à ses angoisses constantes pour ne pas ressentir cruellement leur écho. Cette entreprise était folle, elle le savait bien, et ce n'était pas la première fois qu'elle se disait combien minces étaient ses chances de retrouver Arnaud. Souvent, la nuit, au cœur de l'obscurité, dans ces heures sombres et lourdes où les angoisses décuplées entretiennent l'insomnie et font battre le cœur sans qu'il soit possible de le calmer, elle demeurait éveillée, couchée sur le dos, les yeux grands ouverts, essayant de faire taire sa raison qui lui conseillait d'abandonner, de retourner à Montsalvy auprès de son enfant et d'y entamer courageusement une vie tout entière consacrée à Michel. Parfois, elle était prête à céder, mais, quand l'aube pointait, chassant les fantômes déprimants, Catherine se retrouvait plus acharnée que jamais à la poursuite de son rêve : revoir Arnaud, ne fût-ce qu'un instant, lui parler une fois encore. Ensuite...

Elle n'en éprouvait pas moins une pénible impression à constater qu'au lieu des encouragements dont elle avait tant besoin elle ne trouvait plus chez son amie que scepticisme et conseils de prudence. Ermengarde, elle le savait bien, n'avait jamais aimé Arnaud. Elle appréciait en lui la race, la vaillance et le talent d'homme de guerre, mais elle avait, de tout temps, été persuadée que Catherine ne pouvait trouver auprès de lui que douleur et désenchantement.

Pourtant, ce matin, tandis que les sabots de son cheval résonnaient sur les pierres du vieux pont, il n'y avait place que pour l'espoir dans le cœur de Catherine. Sourde aux grondements du gave écumeux dont les eaux blanches roulaient sous ses pas, elle regardait avec une stupeur émerveillée ces immenses montagnes dont les sommets aigus, en dents de scie, s'encapuchonnaient de neige éclatante. Pour l'enfant des plaines qu'elle était et qui n'avait connu, en fait de montagnes, que les formes adoucies de l'Auvergne, ce gigantesque décor formait une barrière à la fois redoutable et exaltante où aucun chemin ne paraissait possible. Elle ne put s'empêcher de songer à haute voix :

— Jamais nous ne pourrons franchir ces montagnes, murmura-t-elle.

— Vous verrez que si, dame Catherine, répondit

Josse Rallard. – Fidèle à l'habitude qu'il avait prise dès le départ de Figeac, il chevauchait toujours à la croupe même de son cheval – : Le chemin se découvre à mesure que l'on avance.

— Mais, poursuivit-elle tristement, celui dont le pied manque ou qui se perd dans ce pays terrible ne doit pas pouvoir espérer le salut...

Elle songeait, tout à coup, à Gauthier dont ces hautes montagnes avaient englouti la grande forme, cependant indestructible d'apparence. Jusqu'à ce que l'on arrivât en face des Pyrénées, Catherine avait espéré le retrouver, mais c'était parce qu'elle ne connaissait pas les vraies montagnes. Comment arracher leur proie à de tels géants ?

Ignorant ses pensées, Josse lui jeta un regard à la fois curieux et inquiet. Mais, devinant obscurément qu'elle avait besoin de réconfort, il répliqua joyeusement :

— Pourquoi donc ? Ne savez-vous pas que ce pays est le pays des miracles ?

— Que voulez-vous dire ?

Jetant un bref regard à Ermengarde qui, restée un peu en arrière avec ses gens, acquittait le péage du pont, Josse désigna les eaux tourbillonnantes du gave :

— Regardez cette rivière, dame Catherine. Il semble que, si l'on osait s'y aventurer, on ne garderait aucune chance d'en sortir vivant. Pourtant, voici près de trois siècles, le roi de Navarre fit jeter dans ce torrent, pieds et poings liés, sa jeune sœur Sancie de Béarn, accusée d'avoir tenté de tuer son enfant. Elle ne devait être reconnue innocente que si elle en sortait vivante...

— Un jugement de Dieu ? s'écria Catherine en regardant avec effroi l'eau écumante.

— Oui, un jugement de Dieu ! La jeune comtesse était frêle, sans forces et solidement ligotée. On la jeta du haut de ce pont et aucun des assistants n'aurait donné un sol de sa vie. Pourtant, l'eau la reporta, saine et sauve, au rivage. Bien sûr, les gens ont crié au miracle, mais je crois, moi, que le miracle peut se reproduire n'importe quand. Il suffit que Dieu le veuille, dame Catherine. Et alors, qu'importent les montagnes, la violence des éléments ou même l'inexorable temps ? Il suffit de croire...

Catherine ne répondit pas, mais le regard chargé de gratitude qu'elle adressa à son écuyer improvisé lui prouva qu'il avait touché juste et qu'il venait de lui payer une partie de sa dette de gratitude. Ce fut avec une sérénité totale qu'elle regarda les rayons du soleil allumer la blancheur des glaciers.

Elle chevaucha un moment sans parler, les yeux fixés au prodigieux incendie rose qui éclatait là-haut, tout près du ciel, la pensée absente. Josse avait repris sa place en arrière, mais, soudain, elle l'entendit toussoter, sursauta et tourna vers son écuyer un regard un peu égaré.

— Qu'y a-t-il ?

— Il faudrait peut-être attendre la dame de Château-villain. Elle est toujours sur le pont.

Catherine retint son cheval et se retourna. En effet, Ermengarde, arrêtée au milieu du pont, semblait entretenir une conversation animée avec le sergent qui en commandait la garde. Catherine haussa les épaules

— Mais que fait-elle donc ? Si cela continue, nous ne serons pas à Ostabat ce soir !

— S'il ne dépendait que de dame Ermengarde, remarqua tranquillement Josse, nous n'y serions même pas demain soir !

Catherine haussa les sourcils et lui jeta un coup d'œil stupéfait.

— Je ne comprends pas ! Expliquez-vous.

— Je veux dire que la noble dame fait tout son possible pour ralentir notre voyage. C'est tout simple : elle attend quelqu'un !

— Quelqu'un ? Et qui donc ?

— Je ne sais pas. Peut-être ce sergent qui nous a quittés si brusquement après la domerie d'Aubrac. N'avez-vous pas remarqué, dame Catherine, que votre amie regarde bien souvent en arrière ?

La jeune femme se contenta de hocher la tête affirmativement. En effet, elle avait plus d'une fois remarqué le manège d'Ermengarde. Non seulement celle-ci n'avait plus aucune hâte d'arriver en Galice, mais encore elle jetait, de temps à autre, derrière elle, des regards anxieux. Une bouffée de colère enflamma les joues de Catherine. Elle ne se laisserait pas manœuvrer plus long-temps, si bonnes que puissent être les raisons d'Ermen-garde. Sur le pont, la comtesse bavardait toujours. Catherine enleva son cheval.

— En avant, Josse ! Elle saura bien nous rattraper ! J'ai décidé, moi, d'être à Ostabat ce soir même. Et tant pis si nous distançons Mme de Châteauvillain. Je refuse de continuer à perdre du temps !

La grande bouche de Josse s'étira vers les oreilles en un muet sourire tandis qu'il lançait sa monture sur la trace de la jeune femme.

Moitié maison forte, moitié hôpital, l'antique relais routier d'Ostabat avait beaucoup perdu de sa primitive prospérité. Les temps difficiles, la guerre surtout qui, depuis tant d'années, ravageait le royaume de France, avaient ralenti les pèlerinages. Les bonnes gens hési-taient d'autant plus à se risquer sur des routes que les troupes, anglaises ou françaises, jointes aux brigands et aux ordinaires périls des grands chemins, rendaient par trop dangereuses. Il fallait être en bien grande peine ou bien dépourvu de toute richesse terrestre pour se risquer en ce voyage qui, souvent, était sans retour. Et les gran-des foules qu'avait vues passer le vieil hospice, situé à la jonction des trois grandes routes d'Auvergne, de Bourgogne et d'Île-de-France, se réduisaient à quelques groupes déjà terrifiés par ce qu'ils avaient vu en cours de route et qu'angoissaient encore les dangers de la montagne prochaine parmi lesquels celui des célèbres bandits basques n'était pas le moindre, sans compter celui des inquiétants passeurs de cols qui n'offrent leurs services que pour mieux détrousser le voyageur trop confiant. Plus d'un seigneur-brigand avait sa tour fortifiée au flanc de la grande montagne. Elle servait de repaire à tous ces gens de sac et de corde.

— Avec un peu de chance, avait dit Ermengarde à Catherine, nous aurons l'hospice pour nous seules et nous y aurons nos aises.

Mais lorsque la jeune femme, toujours suivie de Josse, franchit le portail, elle eut la surprise de voir, dans la cour, une assez forte troupe de chevaux dont s'occupaient activement des valets bien vêtus. Il y avait aussi des mulets de bât et, assis autour d'un feu dont les flammes illuminaient le crépuscule, une dizaine de soldats se reposaient en faisant rôtir un gros quartier de viande. En résumé, le train habituel d'un grand seigneur en voyage ! La porte de l'hospice était grande ouverte et l'on apercevait les chanoines prémontrés qui allaient et venaient, sans doute pour servir l'hôte de marque, et les éclats d'un grand feu ronflant dans une cheminée.

— Il semble que nous n'aurons pas à redouter la solitude, marmotta Catherine avec humeur. Aura-t-on seulement une cellule pour nous ?

Josse n'eut pas le temps de répondre. Déjà, un religieux s'avançait vers la jeune femme :

— La paix du Seigneur soit avec vous, ma sœur ! Que pouvons-nous pour vous ?

— Nous donner le gîte et le couvert, répondit Catherine. Mais nous sommes plus de deux. Le reste de notre troupe nous suit, et je crains...

Le vieil homme eut un bon sourire qui plissa toutes les rides de son visage.

— À cause de ce seigneur qui nous est arrivé tout à l'heure ? Ne craignez pas. La maison est grande et elle vous est ouverte. Voulez-vous descendre ? Un frère lai prendra soin de vos montures.

Mais Catherine, déjà, ne l'écoutait plus. Elle venait d'apercevoir, au seuil d'une écurie, un officier qui devait être le chef des soldats et qui, encore tout armé, portait sur sa cuirasse un tabard armorié. Or, malgré l'ombre grandissante, il n'était pas possible de s'y tromper : les armes étalées sur la soie épaisse du vêtement, Catherine ne les connaissait que trop bien : c'étaient celles du duc de Bourgogne !

Elle se sentit pâlir et, dans sa tête, les pensées se mirent à tourner à une grande allure. Voyons ! ce n'était pas possible que le duc Philippe fût ici ! Cette escorte pouvait être celle d'un seigneur, elle était tout de même trop mince pour le Grand Duc d'Occident !... Pourtant, c'étaient bien là les fleurs de lys et les barres ducales, les briquets de la Toison d'Or... cette Toison d'Or fondée jadis en souvenir d'elle !

Sa mine défaite et son attitude rigide frappèrent le religieux qui, doucement, secoua la bride du cheval.

— Ma fille ! Vous êtes souffrante ?

Sans bouger, les yeux toujours fixés à l'inquiétant emblème, Catherine demanda :

— Ce seigneur qui vous est arrivé... Quel est-il ?

— Un envoyé personnel de Monseigneur le Duc Philippe de Bourgogne.

— Un envoyé ? Vers qui ? En quel pays ?

— Comment voulez-vous que je le sache ? Sans doute vers le souverain de Castille, ou le roi d'Aragon, à moins qu'il ne s'agisse du roi de Navarre. Mais vous voilà bien nerveuse, ma fille ? Venez ! Le repos vous fera du bien.

Un peu rassurée, Catherine se décida à descendre de son cheval, au moment précis où Ermengarde et le reste de la troupe pénétraient en trombe dans la cour de l'hospice. La comtesse semblait fort mécontente. Très rouge, les lèvres pincées, les yeux fulgurants, elle interpella Catherine furieusement :

— Ah ! ça, ma mie, à quoi jouez-vous ? Voilà des heures que nous vous galopons derrière sans pouvoir vous rattraper !

— Je suis lasse de perdre du temps, Ermengarde ! rétorqua la jeune femme sèchement. Il y a sur votre route trop de gens avec qui vous trouvez plaisir à bavarder. J'ai craint de ne point parvenir, ce soir, dans cette sainte maison et j'ai pris les devants.

— Il me semble pourtant... commença la comtesse.

Mais les mots moururent sur ses lèvres tandis qu'un éclair s'allumait dans ses yeux gris. Elle venait, elle aussi, de reconnaître les armes de l'officier. Un large sourire étira ses lèvres soulignées d'une ombre de moustache.

— On dirait que nous aurons de la compagnie, ici ? dit-elle avec un entrain qui n'échappa pas à Catherine. Des amis, sans doute !

Catherine eut un froid sourire.

— Des amis ? Je vous conseillerais plutôt, ma chère amie, de fuir et d'éviter le seigneur qui possède de telles armoiries. Oubliez-vous que vous êtes proscrite, en fort mauvais termes avec le duc Philippe ?

— Bah ! fit Ermengarde avec une belle insouciance. Nous voilà bien loin de Bruges et de Dijon. De plus, j'ai gardé quelques amis fidèles auprès de Monseigneur Philippe ! Enfin, vous le savez, je n'ai jamais été peureuse. J'aime affronter les choses en face !

Et, relevant le bas de sa robe de velours pourpre, montrant de longs pieds étroits chaussés de bottes solides, la dame de Châteauvillain se dirigea vers la porte sur laquelle l'officier se tenait toujours, regardant venir à lui cette imposante personne qui, de toute évidence, ne lui imposait guère. Elle l'interpella :

— Dis-moi, l'ami, qui est ton maître ?

— Ambassadeur de Monseigneur le duc Philippe de Bourgogne, comte de Flandre, de...

— Fais-nous grâce des titres du duc, je les connais mieux que toi et nous serons encore là au lever du soleil ! Dis-moi plutôt qui est cet ambassadeur ?

— Qui êtes-vous vous-même pour interroger de la sorte, dame ?

La colère n'eut pas le temps d'empourprer les joues, déjà d'un beau rouge sombre, de la comtesse. Une main étroite mais ferme venait d'écarter l'officier tandis qu'un homme jeune encore, vêtu avec une simplicité qui n'excluait pas une certaine élégance, de daim feuille-morte, apparaissait sur le seuil. Sa tête nue montrait de courts cheveux blonds fortement mélangés de gris. Le reflet du feu éclaira un visage étroit aux lèvres si minces qu'elles semblaient scellées. Un long nez droit les surmontait. Le regard glacial de deux yeux bleus, légèrement globuleux, enveloppa la douairière furieuse, mais, brusquement, leur expression changea : un sourire détendit l'ennui des traits réguliers tandis que les yeux ternes se mettaient à briller.

— Ma chère comtesse ! J'avais craint de vous manquer et, déjà...

Un geste discret et autoritaire de la vieille dame lui coupa la parole, mais il était trop tard : non seulement Catherine avait entendu la phrase maladroite, mais elle avait vu le geste. Elle sortit de l'ombre, s'avança auprès de son amie.

— Et moi, Jean, dit-elle froidement, craigniez-vous aussi de me manquer ?

Le peintre Jean Van Eyck, valet de chambre du duc Philippe de Bourgogne et son ambassadeur secret dans bien des circonstances, ne se donna pas la peine de feindre. La joie qui éclata sur son visage était bien réelle et bien sincère. Un élan le jeta en avant, les mains tendues vers la mince silhouette.

— Catherine !... C'est vous ! C'est bien vous ? Je ne rêve pas ?...

Il était si évidemment heureux que la jeune femme sentit fondre un peu sa méfiance. Ils avaient été de bons amis, au temps où elle régnait à la fois sur la cour de Bourgogne et sur le cœur de son duc. Plus d'une fois elle avait servi de modèle à ce grand artiste dont elle admirait passionnément le génie tout en appréciant la fidélité de son amitié. Jean avait même été quelque peu amoureux d'elle et ne s'en était jamais caché. Malgré tout, Catherine ne pouvait se défendre d'un sentiment de joie. Celui que l'on éprouve en retrouvant un ancien ami depuis longtemps perdu de vue. Elle n'avait de lui que de bons souvenirs et les longues heures de pose passées en face de son chevalet avaient été des heures de paix et de douceur, hormis peut-être la dernière ; ce jour-là, elle avait appris la maladie de l'enfant qu'elle avait eu du duc Philippe et que soignait Ermengarde de Châteauvillain. Elle avait décidé de quitter Bruges pour n'y plus revenir car Jean Van Eyck partait lui aussi, mais pour le Portugal où il allait demander pour le duc la main de la princesse Isabelle. Et la vie avait entraîné Catherine dans son torrent sans retour. Il y avait six ans qu'elle n'avait revu Van Eyck... Spontanément, elle plaça ses mains dans celles qui se tendaient.

— C'est bien moi, mon ami... et j'ai grande joie de vous revoir ! Que faites-vous si loin de Bourgogne ? J'ai cru comprendre que vous aviez rendez-vous avec dame Ermengarde ?

Tout en parlant, elle jetait un coup d'œil du côté de son amie et la vit rougir légèrement. Mais Van Eyck ne parut pas autrement ému par ses questions.

— Rendez-vous est beaucoup dire ! Je savais que dame Ermengarde se rendait à Compostelle-de-Galice et, comme ma mission m'envoyait sur le même chemin, j'espérais bien faire route avec elle.

— Est-ce donc auprès de Monseigneur saint Jacques que vous envoie le duc ? fit Catherine avec une ironie qui n'échappa pas à l'artiste.

— Allons, fit-il avec un sourire, vous savez bien que mes missions sont toujours secrètes. Je n'ai pas le droit d'en parler. Mais rentrons, la nuit est complète et il fait frais au pied de ces montagnes !

De la soirée passée sous les vieilles voûtes de la salle commune où s'entassaient, depuis des siècles, des foules denses, animées par la foi, Catherine devait garder un curieux sentiment d'irréalité et d'insécurité tout à la fois. Assise à la grande table entre Ermengarde et Jean, elle les écouta parler sans trop se mêler à la conversation. Comment l'aurait-elle pu ? Les affaires de Bourgogne dont ils discutaient lui étaient devenues à ce point étrangères qu'elle n'y trouvait plus la moindre trace d'intérêt. Même l'héritier ducal, ce jeune Charles, comte de Charolais, que la duchesse Isabelle avait mis au monde quelques mois plus tôt et qui soulevait la passion des deux Bourguignons, ne parvenait pas à secouer son indifférence. Il s'agissait là d'un monde mort pour elle à tout jamais.

Mais, si elle ne prêtait que peu d'attention à leurs propos, elle n'en observait pas moins, avec une attention aiguë, ses deux compagnons. Tout à l'heure, quand elle avait quitté la cellule qu'on lui avait octroyée pour se rendre dans la grande salle, elle avait trouvé Josse qui l'attendait, immobile dans l'obscurité presque totale du cloître. Elle avait sursauté en le voyant surgir de l'ombre, mais il avait aussitôt mis un doigt sur ses lèvres. Puis il avait chuchoté :

— Ce seigneur venu de Bourgogne... c'est lui qu'attendait la noble dame !

— Qu'en savez-vous ?

— Je les ai entendus, tout à l'heure, dans le jardin aux herbes. Prenez garde ! C'est pour vous qu'il est venu !

Il n'avait pas eu le temps d'en dire davantage. Ermengarde, à son tour, arrivait flanquée de Gillette et de Margot que sa personnalité puissante semblait fasciner. Catherine avait remis à plus tard la suite des explications. D'ailleurs, Josse s'était évanoui dans l'ombre comme un vrai fantôme. Mais c'était à cela qu'elle songeait durant le frugal repas de pois chiches, de lait et de pommes tandis que son regard allait du long visage calme de Van Eyck à la large figure enjouée et pleine d'animation d'Ermengarde. Celle-ci était joyeuse comme elle ne l'avait pas été depuis de longs jours et Catherine se disait que Josse pouvait bien avoir raison : c'était le peintre qu'elle attendait, mais, alors, quel rapport cette rencontre pouvait-elle avoir avec Catherine elle-même ?

Elle n'était pas femme à laisser longtemps sans réponse une question aussi irritante et comme, le repas terminé, Ermengarde se levait en s'étirant et en bâillant effroyablement, elle décida de passer à l'attaque. Après tout, jusqu'à preuve du contraire, le peintre était son ami. Il allait s'agir pour lui de le prouver !

Comme la grosse comtesse quittait déjà la pièce et

que Van Eyck prenait une chandelle pour lui faire escorte, Catherine le retint :

— Jean ! Je voudrais vous parler !

— Ici ? fit-il en jetant un regard inquiet vers le groupe de montagnards qui, assis en rond à même le sol autour d'un plat de pois chiches, mangeaient lentement dans un coin de la grande salle.

— Pourquoi non ? Ces gens ne connaissent pas notre langue. Ce sont des Basques. Voyez leurs yeux sauvages et leurs visages sombres. Ils ne font aucune attention à nous. Et puis, ajouta-t-elle avec un mince sourire, qu'est-ce qui vous fait penser que les paroles que nous allons échanger soient de nature à intéresser le premier venu ?

— Un ambassadeur se méfie toujours... par définition ! répliqua Van Eyck, avec un sourire étrangement frère de celui de Catherine. Mais vous avez raison : nous pouvons parler. De quoi ?

Catherine ne répondit pas tout de suite. Elle alla lentement jusqu'à la grossière cheminée où le feu baissait peu à peu, appuya son bras au manteau de l'âtre et posa son front dessus. Elle laissa un instant la chaleur pénétrer toutes les fibres de son corps. Elle aimait le feu pour cette étrange dualité qu'il y avait en lui et qui, selon les circonstances, pouvait en faire le meilleur ami ou le pire ennemi de l'homme. Le feu qui réchauffe la chair transie, qui cuit le pain et éclaire la route au cœur de la nuit la plus obscure, le feu qui détruit et ravage, qui torture et anéantit !... Quand elle sentait qu'il allait lui falloir livrer bataille, Catherine aimait qu'il y eût du feu auprès d'elle.

Jean Van Eyck respecta son silence. Son œil d'artiste était d'ailleurs captivé par la longue et mince silhouette noire qui se détachait sur le fond rougeoyant. Le drap de la robe épousait les courbes de son corps avec une précision anatomique. Le fin profil paraissait ciselé d'or et les grands cils qui cachaient les prunelles violettes y mettaient une ombre émouvante. Et le peintre se dit, avec un frisson, que jamais cette femme n'avait été aussi belle ! La vie et la souffrance lui avaient ôté l'extrême fraîcheur de la première jeunesse, mais l'avaient laissée affinée. Sa beauté était devenue plus humaine et plus distante à la fois. Elle avait la splendeur pure d'une créature céleste, pourtant l'attrait charnel qui s'en dégageait était presque insoutenable.

« Si le Duc la revoit, songea Van Eyck, il se traînera à ses pieds comme un esclave... ou alors il la tuera ! »

Mais il n'osa pas s'interroger sur ses propres sensations. Dans le marasme de ses pensées, une seule chose apparaissait en clair : le désir impérieux, forcené, de fixer encore une fois sur un tableau cette torturante beauté ! Il découvrait que sa dernière œuvre, le double portrait d'un jeune bourgeois nommé Arnolfini et de sa jeune femme, œuvre dont il était justement fier, lui semblait terne, maintenant, auprès du portrait qu'il pourrait faire de cette nouvelle Catherine. Et il était si bien perdu dans sa contemplation que la voix de la jeune femme le fit tressaillir.

— Jean, dit-elle doucement, pourquoi êtes-vous venu ?

Elle ne le regardait pas, mais devina tout de même la protestation qui allait jaillir.

— Non, ajouta-t-elle vivement, ne vous donnez pas la peine de mentir ! Je sais bien des choses ! Je sais qu'Ermengarde vous attendait et aussi que j'ai quelque chose à voir dans cette attente. Je veux savoir pourquoi.

Elle quitta sa pose contemplative, se détourna et lui fit face. Les grands yeux qui interrogeaient se posèrent sur lui. De nouveau, l'artiste se sentit trembler devant tant de grâce.

— Ce n'est pas moi, particulièrement, que dame Ermengarde attendait, Catherine, c'était un messager de Bourgogne. Le hasard veut que ce soit moi...

— Le hasard ? Pensez-vous que j'aie tout oublié des habitudes du duc Philippe ? Vous êtes son envoyé secret préféré... pas un quelconque messager ! Que venez-vous dire à la comtesse ?

— Rien !

— Rien ?

Van Eyck eut un sourire amusé et poursuivit :

— Mais non, rien, ma belle amie ! Je n'ai rien à lui dire.

— Auriez-vous quelque chose à me dire... à moi ?

— Peut-être ! Mais je ne vous le dirai pas !

— Pourquoi ?

— Parce que l'heure n'est pas encore venue !

Comme les fins sourcils de la jeune femme se fronçaient, le peintre s'approcha d'elle et lui prit les mains.

— Catherine ! J'ai toujours été votre ami... et j'aurais passionnément désiré être davantage ! Je vous jure sur mon honneur de gentilhomme que je suis toujours vôtre et que, pour rien au monde, je ne voudrais vous faire du mal. Ne pouvez-vous me faire confiance ?

— Confiance ? Tout cela est si bizarre, si trouble ! Comment a-t-on su... en Bourgogne, que j'étais avec la dame de Châteauvillain ? Est-ce l'astrologue du duc qui l'a lu dans les étoiles ?

Cette fois, le peintre se mit à rire.

— Vous n'en croyez rien et vous avez raison ! C'est dame Ermengarde qui a fait tenir la nouvelle ! Un messager par elle envoyé...

Un cri de colère lui coupa la parole.

— Elle ! Elle a osé ?... Et elle se dit mon amie ?

— Elle est votre amie, Catherine, mais elle n'est que votre amie... pas celle de l'homme dont vous portez le nom. Voyez-vous, elle pense sincèrement, et elle a toujours pensé, que vous faisiez fausse route, que vous ne pourriez jamais trouver le bonheur dans la direction que vous avez choisie. Il semble, avouez-le, que le destin lui ait toujours donné raison...

— Ce n'est pas à elle d'en juger ! Il y a quelque chose qu'elle n'arrivera jamais à comprendre : c'est l'amour que j'ai pour mon époux ! Je sais bien qu'à la cour du duc Philippe on décore du nom d'amour des sentiments très divers dans lesquels le désir tient la plus grande place. Mais mon amour à moi n'est rien de semblable. Arnaud et moi ne formons qu'un seul être, une seule et même chair ! Je souffre de ses douleurs et si l'on me coupait en morceaux, chacun de ces morceaux proclamerait encore que j'aime Arnaud... Mais, ni Ermengarde ni le duc ne peuvent comprendre ce genre de sentiment !

— Croyez-vous ? Dame Ermengarde, c'est possible. Elle est uniquement maternelle et elle vous aime comme sa propre fille. Ce qui vous tourmente, c'est qu'elle porte au duc Philippe un sentiment analogue. Elle ne lui a jamais ménagé les critiques et les pires vérités, mais elle l'aime comme une mère, et son cœur est meurtri d'être désormais proscrite parce que son fils a pris les armes contre Philippe. Elle a pensé lui faire plaisir en lui parlant de vous. Une manière comme une autre de lui prouver qu'elle lui garde une tendresse !... Quant à lui...

Un mouvement de colère raidit Catherine. Levant bien haut sa tête blonde, elle coupa :

— Qui vous permet de croire que j'aie quelque envie d'en entendre parler ?

Van Eyck négligea l'interruption. Il détourna les yeux, s'éloigna de quelques pas et, sourdement :

— Votre fuite l'a déchiré, Catherine... et je sais qu'il en saigne encore ! Non, coupa-t-il à son tour, ne dites plus rien puisque je ne puis rien ajouter. Oubliez tout ce qui vous tourmente et ne pensez qu'à une chose : je ne suis que votre ami et c'est à ce titre que je vous suivrai demain. Ne voyez rien de plus ! Je vous souhaite une bonne nuit, belle Catherine !

Et, avant que la jeune femme ait pu esquisser un geste pour le retenir, il ouvrit la porte et disparut.

CHAPITRE IV

RONCEVAUX

Depuis les remparts à demi démantelés de Saint-Jean-Pied-de-Port, l'antique voie romaine grimpait sans arrêt, durant huit bons milles, jusqu'au col de Bentarté. Le chemin était étroit, difficile, rendu glissant par les fragments d'anciennes dalles qui l'émaillaient encore et sur lesquels le froid des hauteurs mettait de minces couches de glace. Il était rude aussi et montait roidement à travers un paysage qui devenait de plus en plus aride, jusqu'à sembler se perdre dans le ciel même. Mais Catherine et ses compagnons, sur le conseil du viguier de Saint-Jean, l'avaient préféré à celui, pourtant plus facile, du Val Carlos, pour éviter d'avoir à livrer bataille. Un seigneur-pillard, Vivien d'Aigremont, tenait la route de la vallée avec ses bandes sauvages de Basques et de Navarrais. Certes, les soldats de Bourgogne qui escortaient la dame de Châteauvillain, joints à ceux qui protégeaient Jean Van Eyck, étaient vigoureux, bien armés et pouvaient assurer le passage des voyageurs sans trop de périls. Mais ce que l'on avait entendu dire de la brutalité aveugle et de la sauvagerie primitive des hommes de Vivien d'Aigremont en faisait des ennemis non négligeables, fort supérieurs en nombre de surcroît. Mieux valait prendre la route d'en haut.

À mesure que l'on montait, le froid se faisait plus vif. Un vent aigre soufflait continuellement sur les contreforts des Pyrénées, chassant et ramenant, tour à tour, de longues écharpes de brouillard glacé qui cachaient parfois jusqu'aux plus proches rochers. Depuis le départ, à l'aube, personne ne parlait. Il fallait faire attention à l'endroit où l'on marchait car on avait dû mettre pied à terre et mener les chevaux par la bride, sous peine de chute. Et la longue file silencieuse qui s'étirait au flanc de la montagne, dans la lumière trouble et grise, avait l'air d'une théorie de fantômes. Même les armes, chargées d'humidité, étaient devenues ternes. Derrière elle, Catherine entendit maugréer Ermengarde qui avançait péniblement, soutenue par Gillette de Vauchelles et Margot la Déroule.

— Fichu temps et fichu pays ! Ne pouvions-nous prendre, comme l'empereur Charlemagne, la route d'en bas ? Les brigands me semblent moins redoutables que ce chemin tout juste bon pour les chèvres ! À mon âge, galoper dans les rochers comme une vieille bique ! Si cela a du sens !...

La jeune femme ne put s'empêcher de sourire. Se détournant à demi, elle lança :

— Allons, Ermengarde, ne grognez pas ! C'est vous qui l'avez voulu !

Elle n'avait pas soufflé mot à la vieille dame de sa conversation avec Van Eyck ! À quoi bon ? Ermengarde n'aurait pas compris que Catherine considérait son geste comme une manière de trahison. Elle avait cru, en toute bonne foi, agir pour le mieux et pour le plus grand bien de Catherine. Et, après tout, le peintre et sa solide escorte armée étaient une bonne adjonction à la petite troupe dans ces régions difficiles. Enfin, et quel que puisse être le mystérieux message que Van Eyck lui délivrerait « quand l'heure serait venue », Catherine savait bien qu'il ne pourrait avoir aucune puissance sur elle s'il tentait de la détourner de son but. Pourtant, les réticences et l'espèce de secret que Van Eyck gardait envers elle l'irritaient et piquaient sa curiosité. Pourquoi ce déplacement presque officiel, ce rang d'ambassadeur, ces hommes d'armes, s'il s'agissait seulement d'un message ? Mais Catherine connaissait assez Jean pour savoir qu'il ne parlerait qu'à son heure. Le mieux était d'attendre... Et si, depuis le matin, elle marchait en silence, accablée d'une tristesse dont elle ne pouvait se défaire, si elle scrutait le vertigineux paysage, les abîmes entrevus par instants entre les sommets blancs, ce n'était pas à cause de lui, c'était parce qu'elle songeait à Gauthier... C'était là le décor de sa disparition, un décor à la mesure de ce géant qu'elle avait cru indestructible ! Mais quel homme de chair et de sang pouvait entrer en lutte contre des géants de pierre et de glace ? Jamais Catherine n'avait imaginé qu'il pût exister un pays semblable à celui-ci. Et elle réalisait, maintenant, que jusqu'à cette minute elle avait espéré contre l'évidence, contre l'impossible, que son fidèle serviteur était sorti vainqueur de ce dernier combat et qu'elle le retrouverait dans un lieu quelconque, miraculeusement préservé. Il lui avait fallu venir jusqu'ici pour comprendre qu'il n'y aurait pas de miracle !... Mais, tandis qu'elle peinait sur le difficile chemin, tirant son cheval après elle, Catherine ne songeait pas à ce qu'elle endurait. Il lui semblait, parfois, voir surgir de la brume la forme massive et rude du compagnon des heures cruelles, son sourire confiant et ses yeux gris qui pouvaient contenir toute la fureur aveugle des vieux dieux nordiques et toute la candeur d'un enfant. Alors, la gorge de Catherine se serrait à lui faire mal et elle devait fermer un instant ses yeux que les larmes noyaient. Et puis l'ombre du bon géant s'éloignait et s'en allait rejoindre, au fond du cœur déchiré de Catherine, la forme arrogante et douloureuse d'Arnaud. Les regrets, un instant, se firent si cruels que la jeune femme eut envie de se coucher là, sur les pierres glacées de ce chemin et d'attendre la mort... Seuls, l'orgueil et une volonté plus forte que son découragement la maintinrent debout, avançant encore et encore sans qu'aucun de ses compagnons pût deviner le drame qui se jouait en elle...

Quand on fut au col de Bentarté, le jour commençait à baisser. Le vent soufflait en rafales si violentes que les voyageurs n'avançaient guère que courbés. La montée était finie, mais il fallait suivre, maintenant, le chemin des crêtes longeant une suite de sommets déchiquetés... Le ciel était si bas que Catherine avait l'impression qu'en tendant la main elle pourrait le toucher. Derrière elle, quelqu'un dit :

— Par temps clair, on peut voir la mer et aussi les frontières des trois royaumes de France, de Castille et d'Aragon.

Mais cela n'intéressait pas la jeune femme en qui la fatigue commençait à se faire lourde. Il y avait là, dans ce lieu désert, des centaines de petites croix de bois grossier, plantées par les pèlerins qui l'avaient précédée et Catherine les regarda avec horreur : il lui semblait cheminer au milieu d'un cimetière ! La fatigue brouillait ses yeux. Ses pieds lui faisaient mal et tout son corps tremblait de froid. Il fallait que fût bien fort en elle l'espoir de revoir Arnaud pour endurer tant de souffrances.

Le reste du chemin, jusqu'au col, plus bas, d'Ibaneta puis jusqu'au refuge de Roncevaux fut, pour elle, un calvaire que la nuit vint encore aggraver. Quand, enfin, on fut en vue du célèbre moustier bâti, quelques siècles plus tôt, par l'évêque Sanche de la Rose et le roi Alphonse le Batailleur, la lune se leva, déversant une coulée de lumière froide sur le groupe de bâtiments aux toits très bas, aux murs épais et renforcés de vigoureux arcs-boutants, qui s'étalait au pied des contreforts du col d'Ibaneta. Une tour carrée dominait l'ensemble et la route traversait, sous une voûte, le vieux couvent. Le givre poudrait toutes choses, leur conférant une irréelle beauté, mais Catherine, parvenue aux limites de ses forces, y fut totalement insensible. Elle ne vit qu'une chose : sous la voûte, des lanternes s'agitaient, portées par des mains humaines, et ces lanternes signifiaient la vie, la chaleur... Serrant les dents, elle fit un dernier effort pour arriver jusqu'à l'hospice, mais, une fois là, elle se laissa tomber sur un montoir à chevaux, incapable de faire un pas de plus. Il fallut que Van Eyck et Josse Rallard, enfin conscients de son épuisement, la portassent à l'intérieur, évanouie plus qu'à moitié. Il y avait longtemps que l'on n'entendait plus maugréer dame Ermengarde qu'il avait fallu hisser, comme un paquet, en travers de son cheval.

Assise sur la pierre de l'âtre immense, dans la salle des pèlerins, les jambes entourées d'une peau de chèvre et ses mains serrant une écuelle de soupe chaude, Catherine reprenait peu à peu des couleurs et commençait à s'intéresser au mouvement qui l'environnait. Il y avait beaucoup de monde sous les voûtes basses, noires de suie : pèlerins revenant de Galice, leurs manteaux cousus des coquilles emblématiques et leurs yeux pleins de la fierté de ceux qui ont accompli leurs vœux, muletiers que la nuit, avec le danger des loups et des ours, avait contraints de s'arrêter au refuge, paysans navarrais en tunique noire, souvent déchirée, montrant leurs jambes et leurs pieds vernis de crasse dans les lavarcas de cuir poilu qui laissaient leurs orteils à l'air, soldats de fortune aux cuirasses cabossées. Au milieu de cette foule que la fatigue faisait silencieuse, glissaient les robes noires des moines hospitaliers, marquées à l'endroit du cœur d'une croix rouge dont le sommet se recourbait en crosse, mais dont le pied s'effilait en épée, symbole de leur caractère à la fois religieux et militaire. Car bien souvent encore, les pères augustins de Roncevaux devaient tirer l'épée pour arracher aux bandits de la montagne leurs victimes.

Ils distribuaient à tous du pain et de la soupe, sans s'arrêter plus à l'élégant ambassadeur du Grand Duc d'Occident qu'au plus misérable Navarrais. Catherine songea que leurs visages rudes avaient l'air taillés dans le granit même de la montagne et ne ressemblaient guère aux figures rondes et bien nourries de bien des moines en pays de plaines... Assise auprès d'elle, Ermengarde ronflait, le dos appuyé au pilier de la cheminée. Les autres, recrus de fatigue, mangeaient ou dormaient déjà, à même le sol. Au loin, dans la montagne, on entendait hurler les loups...

Soudain, la porte s'ouvrit, apportant une rafale de vent froid. Deux religieux, la tête abritée sous un grand chapeau noir, enfoncés sur leurs camails, entrèrent portant une civière sur laquelle une forme humaine était étendue, enroulée dans une couverture. La porte claqua derrière eux. Quelques têtes se redressèrent à leur entrée mais retombèrent bientôt : un malade ou un blessé, voire un mort, était chose courante dans ces régions sans pitié. Les moines se frayèrent un chemin vers l'âtre.

— Il s'était égaré ! dit l'un d'eux au Prieur qui venait à leur rencontre. Nous l'avons trouvé près de la Brèche de Roland.

— Mort ?

— Non. Mais très faible ! Et en triste état ! Il a dû tomber sur des brigands qui l'ont dépouillé et malmené ! Grâce à Dieu, ils lui ont laissé la vie.

Tout en parlant, ils déposaient la civière devant la cheminée. Pour leur laisser plus de place, Catherine se serra contre Ermengarde, jetant un coup d'œil machinal au blessé tandis que les moines écartaient les couvertures. Mais, tout à coup, elle tressaillit, se leva brusquement et se pencha sur l'homme inconscient, scrutant les traits amaigris, passa une main sur ses yeux parce qu'elle croyait à une illusion due à la fatigue. Mais le doute n'était pas permis.

— Fortunat ! souffla-t-elle, la gorge soudain serrée. Fortunat ! Mon Dieu !

Un élan, plus fort que sa fatigue, la jeta sur la civière, vers ce revenant, première lueur d'espoir qui, depuis longtemps, brillait dans sa nuit. Cet homme savait où était Arnaud... et il allait peut-être mourir sans le lui avoir dit !

L'un des religieux la regarda avec curiosité.

— Vous connaissez cet homme, ma sœur ?

— Oui... oh, Seigneur ! Je ne puis encore en croire mes yeux ! Il était l'écuyer de mon époux... et je le retrouve ici, seul, malade... Qu'est-il advenu de son maître ?

— Il vous faudra attendre un peu pour l'interroger. Nous allons d'abord lui donner un cordial, le ranimer, le réchauffer et lui donner à manger. Laissez-nous faire !

À regret, Catherine s'écarta et reprit sa place près de l'âtre. Jean Van Eyck, qui avait suivi la scène, s'approcha d'elle et prit l'une de ses mains. Elle était glacée... Le peintre sentit que la jeune femme tremblait.

— Avez-vous froid ?

Elle fit signe que non. D'ailleurs, ses yeux brillants, ses joues que l'excitation marquait de rouge prouvaient qu'elle ne mentait pas. Les nerfs tendus, elle ne pouvait détacher son regard de ce maigre corps immobile que les moines frictionnaient vigoureusement tandis que le Prieur approchait un petit flacon des lèvres blêmes.

— Qu'ils fassent vite, mon Dieu ! priait Catherine intérieurement. Est-ce qu'ils ne voient pas qu'ils me font mourir ?

Mais l'énergique traitement administré à Fortunat commençait à produire son effet. Un peu de sang montait à ses joues couleur de cendre, ses lèvres s'agitaient et, bientôt, il ouvrit les yeux, les fixa clairement sur ceux qui le soignaient. Le Prieur lui sourit :

— Vous sentez-vous mieux ?

— Oui... ça va mieux ! Je reviens de loin, n'est-ce pas ?

— D'assez loin ! Les brigands vous ont attaqué, je pense, et laissé pour mort ?

Fortunat fit une affreuse grimace qui s'accentua quand il essaya de se redresser.

— Ces brutes ont tapé comme des sourds. J'ai cru que mes os éclataient... Oh ! je suis tout moulu !

— Cela passera vite. On va vous donner une bonne soupe et un onguent calmera vos douleurs...

Comme le Prieur se redressait, son regard croisa celui de Catherine. Elle crut y lire un signal et, incapable de maîtriser plus longtemps son impatience, s'avança. De nouveau, le Prieur se pencha vers Fortunat.

— Mon fils, il y a ici quelqu'un qui souhaite beaucoup vous parler.

— Qui donc ?

Et, tournant la tête, le Gascon la redressa légèrement. Soudain, il reconnut Catherine et, du coup, se releva sur un coude tandis que son visage maigre s'empourprait.

— Vous !... C'est vous ? Ce n'est pas possible ?

Un élan jeta la jeune femme à genoux auprès de la civière.

— Fortunat ! Vous êtes vivant, Dieu en soit loué, mais où est messire Arnaud ?

Instinctivement, elle avait posé ses mains suppliantes sur le bras de l'écuyer, mais, d'un mouvement brutal, il les rejeta tandis qu'une expression de joie diabolique déformait le maigre visage barbu du Gascon.

— Vous avez tellement envie de le savoir ? Qu'est-ce que ça peut vous faire ?

— Ce que... cela peut me faire ? Mais...

— Que vous importe messire Arnaud ? Vous l'avez trahi, abandonné. Que faites-vous ici ? Votre nouvel époux, le beau seigneur blond, a-t-il déjà assez de vous que vous en soyez réduite à courir les routes à la recherche d'aventures ? En ce cas, c'est bien fait pour vous !

Une double exclamation de colère passa au-dessus de la tête de Catherine qui, abasourdie, contemplait sans comprendre la figure déformée par la haine que le Gascon penchait vers elle. Le Prieur et Jean Van Eyck, également indignés, protestaient.

— Mon fils, vous vous oubliez ! Quel est ce langage ? s'écria l'un.

— Cet homme est devenu fou ! fit l'autre. Je vais lui rentrer ses insolences dans la gorge !

Se relevant d'un mouvement rapide, Catherine retint Jean qui, déjà, tirait sa dague de sa ceinture et repoussa doucement le Prieur.

— Laissez, dit-elle fermement. Ceci me regarde seule ! Ne vous en mêlez pas.

Mais le regard goguenard de Fortunat s'attachait au peintre blanc de colère.

— Encore un chevalier servant, je vois ! Votre nouvel amant, dame Catherine ?

— Trêve d'insolence ! fit-elle durement. Mon père, et vous messire Van Eyck, veuillez vous écarter. Je le répète, ceci me regarde seule !

La colère montait en elle, mais elle la maîtrisait au prix d'un violent effort de volonté. Autour d'elle, les pèlerins qui pouvaient comprendre le français s'attroupaient, mais le Prieur les écartait de son mieux. Elle revint vers la civière, dominant l'homme étendu de toute sa taille et, calmement, croisa les bras.

— Mais vous me haïssez, Fortunat ? Voilà qui est nouveau ?

— Croyez-vous ? fit-il avec un regard mauvais. Ce n'est pas une nouveauté pour moi ! Voilà des mois et des mois que je vous hais ! Depuis ce jour maudit où vous l'avez laissé partir avec le moine, lui, votre époux que vous prétendiez aimer !

— J'ai obéi à ses ordres ! Il le voulait ainsi !

— Si vous l'aviez aimé, vous l'auriez gardé de force ! Si vous l'aviez aimé, vous l'auriez emmené en quelque domaine écarté, vous l'auriez soigné, vous seriez morte de son mal...

— Encore que je ne vous reconnaisse pas le droit de juger ma conduite, Dieu m'est témoin que, libre d'agir à ma guise, je n'aurais rien souhaité de plus doux ! Mais j'avais un fils ! Et son père exigeait que je veille sur lui !

— Peut-être. Mais, dans ce cas, vous n'aviez que faire de courir à la cour ! Est-ce aussi pour obéir à votre époux que vous vous êtes consolée dans les bras du seigneur de Brézé, que vous l'avez envoyé briser le cœur de dame Isabelle... et celui de messire Arnaud, et qu'enfin vous l'avez épousé ?

— C'est faux ! Je suis toujours la dame de Montsalvy et défends à quiconque d'en douter ! Messire de Brézé a pris ses désirs pour des réalités. Avez-vous autre chose à me reprocher ?

Sans que les deux adversaires y prissent garde, le ton de leurs voix montait, prenait le rythme violent et l'éclat de la dispute. Le Prieur, voyant toutes les têtes tournées vers Catherine, voulut intervenir :

— Ma fille ! Peut-être préféreriez-vous vider ce débat dans le calme ! Je vais vous faire conduire dans la salle capitulaire, vous et cet homme...

Mais elle refusa d'un geste plein de fierté.

— Inutile, mon père ! Ce que j'ai à dire, le monde entier peut l'entendre car je n'ai rien à me reprocher ! Alors, Fortunat, reprit-elle, j'attends ! Qu'avez-vous encore à dire ?

Sourdement, mais avec une intraduisible expression de haine concentrée, l'écuyer d'Arnaud lança :

— Tout ce qu'il a enduré à cause de vous ! Savez-vous seulement ce qu'a été son calvaire, depuis le jour où vous l'avez rejeté ? Ces jours sans espoir, ces nuits sans sommeil, avec l'abominable pensée qu'il était un mort vivant ! Moi, je le sais, parce que je l'aimais ! Toutes les semaines, j'allais le retrouver. Il était mon maître, le meilleur, le plus vaillant et le plus loyal des chevaliers !

— Qui dit le contraire ? Pensez-vous m'apprendre les vertus de l'homme que j'aime ?

— Que vous aimez ? ricana Fortunat. À d'autres ! Moi, je l'ai aimé, avec dévotion, avec respect, avec tout ce qu'il y a de meilleur en moi !

— Je ne l'aime pas ? Pourquoi suis-je ici, alors ? N'avez-vous pas compris que je le cherche ?

— Vous le cherchez ?

Brusquement, Fortunat s'interrompit. Il dévisagea Catherine avec une joie maligne et, soudain, il éclata de rire, un rire insultant, féroce, qui donna à la jeune femme, plus que les injures, la pleine mesure de la haine que lui portait le Gascon !

— Eh bien, cherchez, belle dame ! Il est perdu pour vous... perdu à tout jamais ! Vous entendez ! PERDU !...

Il avait crié le mot, comme s'il craignait que Catherine n'en eût pas senti toute la désespérante portée. Mais c'était inutile, Catherine avait compris. Elle avait même chancelé sous la brutalité du coup, trouvant cependant assez de force pour repousser la main de Jean qui se tendait pour la soutenir.

— Il... est mort ! fit-elle d'une voix blanche.

Mais, de nouveau, Fortunat éclata de rire.

— Mort ? Jamais de la vie ! Mais heureux, débarrassé de vous, guéri...

— GUÉRI ? Mon Dieu ! Saint Jacques a fait un miracle !

À son tour, elle avait crié le mot, mais avec une ferveur éblouie que le Gascon se hâta de détruire. Il haussa les épaules irrévérencieusement, ce qui fit froncer les sourcils du Prieur.

— Il n'y a pas eu de miracle et, si je révère Monseigneur saint Jacques, je dois reconnaître qu'il n'a pas exaucé les prières de messire Arnaud. Pourquoi l'aurait-il fait, d'ailleurs ? Messire Arnaud n'était pas lépreux !

— Pas... lépreux ? balbutia Catherine. Mais...

— Mais vous vous êtes trompée, comme tout le monde d'ailleurs... Cela, personne ne peut vous le reprocher. Quand nous avons quitté Compostelle, messire Arnaud se croyait encore lépreux. Il était affreusement déçu... désespéré... Il voulait mourir, mais il ne voulait pas mourir pour rien. « Les Maures tiennent toujours le royaume de Grenade et les chevaliers de Castille sont en lutte perpétuelle avec eux », m'a-t-il dit. « C'est là que je vais aller ! Dieu, qui m'a refusé la guérison, m'accordera bien de mourir en combattant l'Infidèle ! » Alors, nous sommes partis vers le sud. Nous avons franchi des montagnes, des terres arides, désertes... et nous sommes arrivés dans une ville qui s'appelle Tolède... C'est là que tout a changé !...

Il prit un temps, comme s'il cherchait à bien préciser

un souvenir particulièrement agréable. Son sourire ravi porta au comble l'angoisse nerveuse de Catherine.

— Tout quoi ? demanda-t-elle sèchement. Allons ! Parle !

— Vous avez hâte de savoir, hein ? Pourtant, je vous jure que vous ne devriez pas être si pressée. Au fait... mais aussi j'ai hâte de vous voir vaincue. Alors, écoutez : quand nous sommes arrivés dans cette ville sur la colline, nous y avons trouvé le cortège d'un ambassadeur du roi de Grenade, envoyé auprès du roi Jean de Castille et qui s'en revenait vers son pays...

— Mon Dieu ! Mon époux est tombé entre les mains des Infidèles ! Et tu oses te réjouir ?

— Il y a manière et manière de tomber entre les mains de quelqu'un, remarqua Fortunat d'un air rusé. Celle qui est advenue à messire Arnaud n'a rien de très déplaisant...

Brusquement, le Gascon s'assit et, dardant sur Catherine un regard flamboyant, il articula avec l'accent du triomphe :

— L'ambassadeur était une femme, dame Catherine, une princesse, la propre sœur du roi de Grenade... et elle est plus belle que le jour ! Jamais mes yeux n'ont contemplé créature plus éblouissante ! Ceux de messire Arnaud non plus, d'ailleurs !

— Que veux-tu dire ? Explique-toi ! ordonna Catherine, la bouche soudain sèche.

— Vous ne comprenez pas ? Pourquoi donc messire Arnaud aurait-il refusé l'amour de la plus belle des princesses puisque sa propre femme l'avait abandonné pour un autre ? Il était libre, j'imagine, libre d'aimer d'autant plus que la reconnaissance se mêlait à l'admiration.

— La reconnaissance ?

— Il a fallu trois jours au médecin maure de la princesse pour guérir messire Arnaud ! Il n'avait pas la lèpre, je vous l'ai dit, mais une autre maladie, très guérissable, dont j'ai oublié le nom barbare ! Il est vrai que cela ressemblait à ce terrible fléau... Mais maintenant, messire Arnaud est guéri, heureux... et vous l'avez perdu à tout jamais !

Il y eut un silence, terrible, profond, comme si tous ces gens dont la plupart ne la connaissaient pas cherchaient à entendre battre le cœur de Catherine... Celle-ci n'avait pas fait un geste, pas dit un mot... Elle écoutait, elle aussi, la souffrance, la jalousie faire lentement, sournoisement, leur chemin dans son âme... Elle avait l'impression de faire un horrible cauchemar dont elle ne parvenait pas à s'éveiller... Une image se levait au fond de son cœur, une image intolérable : Arnaud entre les bras d'une autre femme !... Elle eut envie de crier tout à coup, de hurler pour soulager l'abominable morsure de la jalousie. Comme un animal sain qui découvre la maladie, elle était désarmée devant cette souffrance nouvelle. Elle fut tentée de fermer les yeux, mais l'orgueil la retint. Dardant sur le Gascon un regard fulgurant, elle gronda :

— Tu mens !... Comment peux-tu espérer que je te croirais ? Mon époux est un chrétien, un chevalier... Jamais il ne renierait sa foi, son pays, son Roi pour une Infidèle ! Et moi, je suis stupide de t'écouter, vil menteur !

Elle serrait les poings dans les plis de sa robe, se contenant à peine. Pour un rien, elle eût frappé ce visage déformé par l'aversion et qui la narguait... Fortunat, en effet, ne semblait nullement impressionné par sa colère. Il avait même l'air de s'en délecter !

— Je mens ?... Vous osez dire que je mens ?... ». Lentement, ses petits yeux noirs rivés à ceux de Catherine, le Gascon étendit la main et, solennellement, articula : « Je jure sur le salut de mon âme immortelle qu'à l'heure présente messire Arnaud connaît l'amour et la joie dans les palais de Grenade ! Je jure que...

— Assez ! coupa soudain derrière Catherine la voix rude d'Ermengarde, Dieu n'aime pas qu'un serment serve à blesser ! Tu as craché ton venin, cela suffit, mon garçon !... Dis-moi pourtant encore une chose : comment se fait-il que tu sois ici, toi, le fidèle serviteur ? Pourquoi donc erres-tu sur les routes au risque de ta vie alors que tu pourrais, toi aussi, connaître le bonheur auprès de quelque belle Mauresque ? Ta princesse n'a-t-elle pas une suivante assez belle pour te retenir ? Pourquoi n'es-tu pas demeuré auprès de ton maître, à partager sa joie ?

La formidable silhouette rouge de la douairière, son accent impérieux allumèrent une lueur de crainte dans les yeux de l'écuyer. Celle-là ressemblait à un rocher... Le Gascon eut l'air de se recroqueviller. Il baissa la tête.

— Messire Arnaud l'a voulu !... Il m'a renvoyé vers sa mère, dont il savait la souffrance, pour lui porter la bonne nouvelle de sa guérison, lui dire...

— Que son fils, un capitaine du Roi, un chrétien, avait oublié ses devoirs et ses serments pour les beaux yeux d'une houri ? Belle nouvelle à apprendre à une noble dame ! Si la dame de Montsalvy est telle que je l'imagine, il y a de quoi la tuer net !

— Dame Isabelle est morte, fit Catherine sombrement. Plus rien ne peut l'atteindre ! Et ta mission est remplie, Fortunat !... Tu peux à ton gré rentrer en France ou retourner auprès de ton maître...

Une expression de curiosité cruelle apparut sur la figure maigre du Gascon.

— Et vous, dame Catherine, interrogea-t-il avidement, qu'allez-vous faire ? Je pense que vous n'aurez pas l'idée d'aller revendiquer votre époux ? Vous n'arriveriez même pas jusqu'à lui... Les femmes chrétiennes sont réduites en esclavage là-bas, et travaillent sous le fouet, ou alors on les jette aux soldats pour qu'ils s'en amusent... à moins qu'on ne les fasse périr dans d'affreux supplices ! Pour vous, croyez-moi, le mieux est un bon couvent et...

La phrase s'acheva dans un affreux gargouillis. La belle main vigoureuse d'Ermengarde l'avait saisi à la gorge et lui coupait le souffle.

— Je t'ai déjà dit de te taire ! gronda la douairière. Et je ne répète jamais deux fois la même chose.

Mais, comme si rien de tout cela ne la concernait

plus, Catherine n'avait pas daigné répondre. Elle se détournait, embrassait d'un regard vacillant tous ces visages anxieux tournés, tendus vers elle, puis, lentement, se dirigeait vers la porte, les plis noirs de sa robe balayant la paille répandue sur les dalles. Jean Van Eyck voulut la suivre. Il appela :

— Catherine ! Où allez-vous ?

Elle se tourna vers lui, eut un faible sourire.

— J'ai besoin d'être seule un moment, mon ami... Je crois que vous pouvez comprendre cela ? Je vais simplement à la chapelle... Laissez-moi !

Elle quitta la salle, franchit la cour, le porche et sortit sous la voûte qui enjambait le chemin. Elle voulait se rendre dans la petite chapelle, dédiée à saint Jacques, qui s'élevait de l'autre côté. Tout à l'heure, avant le souper, on lui avait montré la grande église du moustier, mais elle avait trouvé trop d'or et de gemmes sur les Vierges en majesté, trop d'objets étranges entourant le gisant de pierre, si formidable qu'il accaparait tout l'intérêt, du roi Sanche le Fort. Elle voulait un lieu paisible, étroit, où elle pût se retrouver seule avec elle-même et avec Dieu. Cette chapelle, jouxtant l'espèce de caveau bas où l'on ensevelissait les pèlerins morts sur la route, lui semblait l'endroit propice.

Hormis une statue du saint voyageur devant laquelle brûlait une lampe à huile, il n'y avait rien qu'un autel de pierre et des dalles usées. Il y faisait froid, humide, mais Catherine était au-delà des sensations du corps. Elle avait, tout à coup, l'impression d'être morte... Puisque Arnaud l'avait trahie, son cœur avait perdu sa raison de battre !... Pour une femme inconnue, l'homme qu'elle avait aimé plus que tout avait, d'un seul coup, arraché les liens qui les attachaient l'un à l'autre. Et Catherine se retrouvait amputée d'une partie d'elle-même, la meilleure, l'essentielle, seule au milieu d'un désert sans fin. Ses mains étaient vides, son cœur vide, sa vie dévastée. Lourdement, elle se laissa tomber, à deux genoux, sur la pierre froide, enfouit son visage dans ses mains tremblantes.

— Pourquoi ? balbutia-t-elle. Pourquoi ?...

Un long moment elle demeura prostrée, sans penser, sans prier, sans même sentir le froid qui pénétrait son corps. Elle n'avait pas de larmes. Dans cette chapelle noire et glacée, elle était comme au fond d'un tombeau et ne souhaitait plus en sortir. Incapable même de réfléchir elle tournait continuellement dans sa tête cette seule idée torturante : « Il » l'avait oubliée pour une autre... Après avoir juré de l'aimer tant qu'il lui resterait un souffle de vie, il avait ouvert les bras à une ennemie de sa race, de son Dieu... et sans doute lui disait-il maintenant ces mots tendres que Catherine écoutait en tremblant... Pourrait-elle jamais s'arracher cette pensée, cette image de l'esprit ? Pourrait-elle ne pas en mourir ?

Elle était si accablée qu'elle sentit à peine que deux mains fermes l'obligeaient à se relever puis posaient un manteau sur ses épaules frissonnantes.

— Venez, Catherine, fit la voix ferme de Jean Van Eyck. Ne restez pas là ! Vous allez attraper la mort !

Elle le regarda d'un air égaré.

— La mort ?... Mais, Jean, je suis morte !... On m'a tuée !

— Ne dites pas de sottises ! Venez !

Il l'obligea à sortir, mais, parvenue sous la vieille voûte qu'éclairait une torche fichée dans le mur, elle s'arracha des mains qui la soutenaient, s'adossa contre la muraille. Le vent qui s'engouffrait dans le passage fit voler ses cheveux, mais son souffle violent lui fit du bien.

— Laissez-moi, Jean, je... j'ai besoin de respirer !...

— Respirez ! Mais écoutez-moi !... Catherine, je devine ce que vous souffrez, mais je vous défends de dire que vous êtes morte, que votre vie est finie ! Tous les hommes n'oublient pas si aisément. Il en est qui savent aimer plus que vous ne pouvez le croire.

— Si Arnaud a pu m'oublier, qui donc saura rester constant ?

Sans répondre, le peintre délaça le col de son pourpoint, tira de sa poitrine un parchemin plié, scellé, qu'il tendit à la jeune femme :

— Tenez ! Lisez... Je crois que l'heure est venue d'accomplir ma mission ! Lisez ! Cette torche éclaire suffisamment... Allons, lisez ! Il le faut ! Vous en avez besoin...

Il glissa le parchemin entre les doigts glacés de la jeune femme. Un moment, elle le tourna et le retourna... Il était scellé d'une cire noire où s'imprimait une simple fleur de lys.

— Ouvrez ! souffla Jean.

Elle obéit, presque machinalement, se pencha pour déchiffrer les quelques mots du message, très court en vérité. Comme une enfant, elle les épela :

Le regret de toi ne me laisse ni trêve ni repos. Reviens, mon doux amour, et c'est moi qui demanderai pardon !... PHILIPPE...

Catherine releva la tête, rencontra le regard anxieux du peintre. D'une voix basse, ardemment persuasive, il murmura :

— Celui-là n'a pas oublié, Catherine... Vous l'avez abandonné, bafoué, insulté ! Pourtant il ne songe, lui, qu'à vous aimer ! Lorsque l'on connaît son orgueil insensé, on comprend tout le prix de cette lettre, n'est-ce pas ? Revenez avec moi, Catherine ! laissez-moi vous ramener à lui. Il a tant d'amour à vous donner qu'il vous fera oublier toutes vos douleurs ! De nouveau, vous serez reine... et plus encore ! Venez.

Il cherchait à l'entraîner, mais elle résista. Doucement, elle hocha la tête :

— Non, Jean ! Je serai reine, dites-vous, et plus encore ? Oubliez-vous la duchesse ?

— Monseigneur n'a d'amour que pour vous. La duchesse, en lui donnant un fils, a fait son devoir. Il ne lui en demande pas plus.

— Mon orgueil en demanderait davantage ! Quels que soient les torts de messire Arnaud, je porte toujours son nom et ne puis traîner ce nom, comme un captif, à la cour de l'ennemi.

— Vous êtes éloignée de la politique depuis long-temps. Tout s'arrange, Catherine. Bientôt, le roi Char-les VII et le duc Philippe feront la paix, cela ne fait de doute pour personne !

— Peut-être ! Mais j'ai un fils. Je dois l'élever comme le veut son rang. Il ne verra pas sa mère recon-nue comme maîtresse du duc Philippe ! Je ne lui infli-gerai pas ce déshonneur doré !

— Vous êtes encore sous le coup du choc reçu. Allez dormir un peu, Catherine. Demain, le jour venu, vous verrez plus clair en vous. Et vous comprendrez que vous vous devez, à vous-même, de vivre enfin le destin bril-lant que vous avez rejeté. Vous aurez des terres indé-pendantes, une principauté ! Votre fils sera plus puissant que vous ne l'avez jamais rêvé... Écoutez-moi ! Croyez-moi ! Le duc vous aime plus que jamais !...

La jeune femme appliqua ses deux mains sur ses oreilles, secouant douloureusement la tête.

— Taisez-vous, Jean ! Pour ce soir, je ne veux plus rien entendre ! Je vais rentrer... dormir un peu, si je puis y parvenir. Pardonnez-moi... Vous ne pouvez pas comprendre.

Repoussant la main qui se tendait de nouveau, elle regagna la grande salle. Elle était à demi plongée dans l'obscurité. Seules, les braises du feu mourant éclai-raient les corps étendus un peu partout, là où le sommeil avait surpris les voyageurs. Catherine vit Josse, roulé en boule comme un chat, dormant près de la cheminée... Seule, Ermengarde, assise un peu plus loin, veillait encore...

Elle se leva en voyant apparaître Catherine, mais la jeune femme lui fit signe de ne pas bouger. Elle ne voulait pas se mêler à tous ces gens. Plus que jamais, elle éprouvait un impérieux besoin de solitude. Non pour songer à la lettre qu'elle avait laissée tomber à ses pieds tout à l'heure, ni pour se lamenter encore sur son sort. Elle voulait, cette fois, réfléchir, essayer de voir clair... L'appel de Philippe aurait du moins servi à la remettre d'aplomb. À cette heure, le cloître devait être vide...

Malgré l'épaisseur des murailles, on entendait vaguement les voix des hospitaliers qui chantaient à la chapelle... Serrant son manteau autour d'elle, Catherine poussa la porte basse qui menait au promenoir, s'engagea sous les lourdes arcades en arc brisé, séparées par de solides contreforts habitués à supporter des toits chargés de neige. La lumière crue de la lune découpait en noir l'architecture sévère du cloître sur le fond blafard du jardin dévasté par l'hiver.

Lentement, elle se mit à marcher, ombre silencieuse parmi les ombres dures des arcades. Le mouvement lui fit du bien. Il lui sembla qu'elle reprenait possession d'elle-même à mesure que la brûlante douleur de tout à l'heure faisait, peu à peu, place à la colère... Au bout d'un quart d'heure, Catherine découvrit en elle, furieux, exigeant, un âpre désir de revanche ! Fortunat avait cru l'abattre en lui dépeignant son époux délirant d'amour aux pieds d'une autre, il avait cru lui faire peur en lui dépeignant le sort des femmes chrétiennes au pays maure ! Mais il ne la connaissait pas ! Il ne savait pas, ce malheureux, que pour atteindre le but qu'elle s'était fixé Catherine avait toujours été prête à tout, à risquer les pires dangers, à tuer s'il le fallait, à se vendre même s'il n'y avait pas moyen de faire autrement !

Non, elle ne laisserait pas son époux à cette femme ! Elle avait acquis, trop chèrement, le droit de le revendiquer ! Que pesaient, dans la balance du destin, les sourires et les baisers de cette infidèle, en regard du poids terrifiant de ses larmes, de ses souffrances ? Et si Arnaud avait cru se débarrasser d'elle à jamais, il se trompait ! Il la croyait mariée, certes, mais était-ce une raison pour lui laisser, au cœur, l'horreur de le croire lépreux ? Il n'avait eu de pensée que pour sa mère, pas même pour son fils, et, voyageur allégé de tout bagage, s'en était allé porter allégrement son amour à la première venue...

— Même si je dois travailler sous le fouet des esclaves, même si je dois subir la torture, gronda Catherine entre ses dents, j'irai là-bas, je le retrouverai !... je lui dirai que je n'ai pas d'autre maître que lui... que je suis toujours sa femme. Et nous verrons bien qui l'emportera, de moi ou de cette moricaude !

À mesure que les pensées se faisaient plus violentes, la marche de Catherine s'accélérait. Elle se mit bientôt à arpenter le cloître rapidement, comme si elle n'avait pas, durant toute une journée, escaladé la montagne. Le manteau volait derrière elle comme un drapeau noir.

— J'irai là-bas ! J'irai à Grenade ! lança-t-elle tout haut. Et je voudrais bien savoir qui m'en empêcherait !

— Chut ! dame Catherine ! fit une voix derrière l'un des piliers !... Si vous voulez aller là-bas, il ne faut pas le crier sur les toits... et il faut vous dépêcher.

Un doigt sur les lèvres, la longue silhouette maigre de Josse Rallard surgit auprès d'elle. Il portait un paquet sous le bras et jetait, de temps en temps, un coup d'œil derrière lui. Catherine le regarda avec étonnement.

— Je vous croyais endormi ! fit-elle.

— D'autres aussi le croyaient ! Dame Ermengarde et aussi votre ami le seigneur-peintre ! Ils ne se sont pas méfiés de moi ! Et, bien qu'ils aient parlé bas, je les ai entendus.

— Que disaient-ils ?

— Que tout à l'heure, quand tout dormirait au moustier, et quand vous-même auriez enfin consenti à vous reposer, ils vous enlèveraient et vous ramèneraient en Bourgogne !

— Quoi ? souffla Catherine abasourdie. Ils veulent m'enlever ?... De force ? Mais c'est monstrueux !

— Non, fit Josse avec son curieux sourire à lèvres closes. À tout prendre, c'est même plutôt amical ! Tout d'abord, j'ai cru qu'ils avaient de mauvaises intentions... qu'ils voulaient vous tuer peut-être, et j'ai bien failli ne pas en écouter davantage. Mais ce n'est pas cela : ils veulent vous enlever pour vous sauver de vous-même, et malgré vous. Ils vous connaissent bien et ils ont peur que vous ne décidiez d'aller droit à Grenade où, selon eux, vous ne pourriez trouver qu'une mort affreuse.

— Ils n'ont qu'à m'y accompagner, riposta Catherine sèchement. Le danger sera moindre. Même un prince maure doit y regarder à deux fois avant de massacrer un ambassadeur de Bourgogne...

— Qui n'aurait d'ailleurs rien à faire chez lui ! Je ne crois pas que, sans l'avis de son maître, votre ami s'y risquerait. Non, dame Catherine. Si vous ne voulez pas retourner à Dijon, si vous voulez leur échapper, il faut fuir... et fuir vite !

Un instant, Catherine contempla le visage irrégulier de son étrange serviteur. Une méfiance se glissait en elle. Cette histoire, elle ne parvenait pas à y croire. Il y avait trop longtemps qu'elle connaissait Ermengarde et Jean pour admettre qu'ils pourraient vraiment lui faire violence. Quant à ce garçon, il n'était, après tout, qu'un truand pas tellement recommandable et elle ne savait à peu près rien de lui, sinon qu'il possédait des doigts fort agiles et une conscience des plus élastiques. Elle lui dit sa pensée sans détour.

— Quelle raison aurais-je de vous croire ? Ils sont mes amis, d'anciens et fidèles amis, tandis que...

— Tandis que je ne suis qu'un voleur de grand chemin, un petit truand parisien qui ne vaut pas cher, n'est-ce pas ? Écoutez, dame Catherine. Par deux fois, vous m'avez sauvé, la première involontairement, je l'admets, mais la deuxième très consciemment. Sans vous, je serais en train de pourrir au gibet de l'abbé de Figeac. À la Cour des Miracles, chez les truands, ce sont des choses qu'on n'oublie pas. À notre manière, nous avons notre honneur...

Catherine ne répondit pas tout de suite. Josse ne pouvait deviner les échos que ses paroles éveillaient en elle, ni qu'une fois, déjà, elle avait dû la vie et la sécurité à cette même Cour des Miracles dont il parlait... Elle dit enfin :

— Est-ce pour payer cette dette que vous m'engagez à partir avec vous pour Grenade ? Vous savez bien que j'y risquerai pire encore que la mort.

— Alors, fit Josse froidement, si vous mourez, c'est que je serai mort avant vous ! Sinon, je serais un homme fini !... Le temps presse, dame Catherine, décidez-vous ! Ou vous me croyez et nous partons, ou vous ne me croyez pas... et vous verrez bien. Je connais un peu l'Espagne... j'y suis déjà venu. Je connais aussi un peu son langage. Je peux vous servir de guide !

— Vous pourriez aussi me suivre en Bourgogne ? Ce serait plus agréable sans doute !

— Je ne crois pas. Ces gens qui veulent vous sauver de vous-même vous aiment mal. Ils ne savent pas que vous ne pourriez pas être heureuse en laissant un regret derrière vous, en n'ayant pas fait ce que vous vouliez ! Moi, je préfère vous voir courir des dangers et les partager parce que vous êtes comme moi : vous ne renoncez jamais. Et je vous crois capable de venir à bout des pires difficultés. Je sais bien ce que nous allons risquer, vous et moi : le fouet des esclaves, la mort, la torture et, pour vous, plus encore puisque vous êtes une femme... mais je crois que l'aventure vaut la peine d'être tentée, et vécue... Vous, vous retrouverez peut-être votre époux, et moi je trouverai peut-être la fortune qui n'a pas encore voulu me sourire. On dit le royaume de Grenade très riche... Alors ?... partons-nous ? Les chevaux sont déjà sellés et attendent sous la voûte !

Une vague d'espoir souleva Catherine ! Ce garçon, seul, avait su dire les mots qu'elle avait besoin d'entendre. Il était brave, intelligent, adroit... Il voulait l'aider ! Non ! Elle n'allait pas attendre d'être livrée, comme un joli paquet ficelé d'or, à Philippe de Bourgogne, parce que deux fous bien intentionnés pensaient que c'était le meilleur moyen de lui assurer le bonheur ! Elle leva sur Josse un regard étincelant.

— Partons ! Je suis prête... s'écria-t-elle galvanisée.

— Un moment ! fit-il en lui tendant le paquet. Voici des vêtements d'homme que j'ai volés à l'un des soldats. Mettez-les et faites un paquet des vôtres. Nous les emporterons. Mais faites vite... Ainsi vous serez plus difficile à poursuivre !

Elle saisit les vêtements avidement et, ordonnant à Josse de faire le guet, sans même se soucier du froid, s'abrita derrière un contrefort et entreprit de se changer. Une ardeur merveilleuse la réchauffait... Du moment qu'elle allait se battre, elle pouvait laisser de côté le chagrin ! Il serait bien temps de s'y laisser aller si elle échouait... mais, cette pensée-là, elle ne voulait pas s'y arrêter, même un instant !

Et, tout à coup, elle crut entendre, venue du fond des temps, une voix flûtée et zézayante qui murmurait :

— Si, un jour, tu ne sais plus ni que faire ni où aller, viens me rejoindre. Dans ma petite maison au bord du Génil, les citronniers et les amandiers poussent tout seuls et les rosiers embaument une grande partie de l'année. Tu seras ma sœur et je t'apprendrai la sagesse de l'Islam...

Étrange et fidèle miroir de la mémoire ! L'impression fut si nette que Catherine crut voir soudain se dresser devant elle, dans la lumière blanche de la lune, la forme frêle d'un homme jeune portant une large robe bleue, une absurde barbe blanche et un énorme turban orange en forme de citrouille... Son nom jaillit tout naturellement de ses lèvres :

— Abou !... Abou-al-Khayr !... Abou le médecin !

C'était vrai pourtant et il fallait qu'elle eût plongé bien profondément dans la douleur pour n'y avoir pas songé plus tôt ! Abou, son vieil ami, vivait à Grenade ! Il était le médecin, l'ami du sultan ! Il saurait, lui, ce qu'il fallait faire et il l'aiderait, elle en était sûre !

Envahie d'une joie soudaine, Catherine acheva de s'habiller en hâte, roula ses vêtements en un paquet qu'elle logea sous son bras et courut rejoindre Josse.

— Allons ! fit-elle ; allons, vite !

Il la regarda, éberlué de la transformation qui s'était opérée chez elle en si peu d'instants, et ne put s'empêcher de le lui dire !

— Vrai Dieu ! Dame Catherine, vous avez l'air d'un petit coq de combat !

— C'est que nous allons nous battre, mon ami, avec toutes les armes, toutes les ruses que nous trouverons !

Je veux arracher mon mari à cette femme ou j'y perdrai la vie ! À cheval !

Comme des ombres, Catherine et Josse se glissèrent hors du cloître. Le seul danger était la traversée de la grande salle, mais le feu avait encore baissé. Il y avait de grandes zones obscures... Tout en se faufilant, avec des précautions de chat, parmi les corps étendus, Catherine, bien protégée par son costume, glissa un regard vers la cheminée. Assise sur la pierre auprès de Jean Van Eyck qui se tenait debout face au foyer, Ermengarde causait avec lui à voix basse, mais avec animation. Ils devaient préparer leur plan... Catherine ne put s'empêcher de sourire et de leur adresser un ironique et muet adieu.

Lentement, les deux fugitifs gagnèrent la porte. Josse l'entrouvrit avec précaution. Mais le léger bruit qu'elle fit se trouva couvert par les ronflements sonores des Navarrais qui dormaient pêle-mêle tout auprès... Catherine se glissa au-dehors et Josse passa après elle...

— Sauvés ! souffla-t-il ! Venez vite !

Il la saisit par la main, l'entraîna hors de l'hospice. Sous la voûte, deux chevaux attendaient, tout sellés, leurs sabots enveloppés de chiffons. Joyeusement, Josse tendit le bras désignant le ciel où s'amoncelaient les nuages. La lune était déjà presque entièrement absorbée. La dangereuse lumière trop blanche diminuait d'instant en instant.

— Regardez ! Le ciel lui-même est pour nous ! En selle, maintenant, mais prenez garde : le chemin est raide et dangereux !

— Moins dangereux que les hommes en général et les amis en particulier ! riposta Catherine.

Un instant plus tard, au petit trot prudent de leurs chevaux, Catherine et son compagnon s'élançaient sur le chemin de Pampelune. Dans un geste où il y avait du défi, la jeune femme salua au passage le gigantesque rocher que, selon la légende, l'épée de Roland le Preux avait ouvert de haut en bas. Celui-là avait fendu une montagne. Elle ferait mieux !...

DEUXIÈME PARTIE

L'OMBRE DU PASSÉ

CHAPITRE V

LA CAGE

Josse Rallard retint son cheval et étendit le bras.

— Voilà Burgos ! dit-il, et la nuit est proche. Nous y arrêtons-nous ?

Sourcils froncés, Catherine examina un moment la ville étendue à ses pieds. Après les interminables solitudes du rêche plateau durci par le gel, écorché par le vent, après ces étendues d'un jaune délavé, la capitale des rois de Castille était décevante. Une grosse cité grise et jaune, close de remparts de même couleur, dominée par la masse menaçante d'un fort château. Rien de bien remarquable !... Si, pourtant : une immense construction, enguirlandée d'échafaudages, mais découpée comme une dentelle, ciselée comme un bijou et qui, dans la lumière pauvre du soir, semblait faite d'ambre roux, s'étendait sur la ville qu'elle avait l'air de couver : la Cathédrale. Au pied des remparts, enjambé par la double ogive d'un pont, un fleuve coulait une eau lente et boueuse. Tout cela donnait une lugubre impression de froid et d'humidité. Catherine resserra autour d'elle son lourd manteau de cheval, haussa les épaules, soupira :

— Il faut bien s'arrêter quelque part ! Allons !

Silencieusement, les deux cavaliers reprirent leur chemin, descendirent la faible pente du coteau, atteignirent le pont au bout duquel s'ouvrait, entre deux tours rondes crénelées, la porte Santa Maria. C'était jour de marché. Aussi le pont était-il encombré ; paysans au teint de brique mangé de barbe noire, aux pommettes fortes, au front bas, vêtus de peaux de chèvre ou de mouton, femmes aux robes de laines rouges ou grises portant souvent, sur leurs têtes enveloppées d'un châle, des jarres de terre ou des paniers d'osier, mendiants dépenaillés, gamins aux pieds nus et aux yeux de flamme, mélangés à toute la cavalerie des chemins d'Espagne : ânes, mulets, chariots mal équarris, au milieu desquels se détachait parfois, contraint de marcher du même pas, le noble coursier de quelque hidalgo.

Catherine et son compagnon s'engagèrent bravement dans la cohue et mirent leurs chevaux au pas. Le va-et-vient pittoresque de cette foule braillarde et colorée n'arracha même pas un regard à Catherine, pas plus que les femmes agenouillées au bord du fleuve, qui lavaient, à grands cris et grandes éclaboussures, la laine des moutons du haut plateau dans l'eau jaune de l'Arlanzon... Depuis sa fuite, en pleine nuit, du moustier de Roncevaux, la jeune femme n'avait paru s'intéresser à la route suivie qu'en fonction du nombre de lieues qui la séparaient encore de Grenade. Elle eût souhaité que son cheval eût des ailes, qu'il fût, ainsi qu'elle-même, bâti d'acier pour ne jamais être obligé de s'arrêter. Mais il lui fallait compter avec les jambes de sa monture, avec la lassitude de son corps de femme, bien que chaque heure écoulée fût pour elle une étape de calvaire.

La jalousie éveillée en elle par le récit de Fortunat, par la trahison d'Arnaud, ne lui laissait ni trêve ni repos. Sous sa brûlure Catherine passait par des alternatives de fureur et de désespoir qui doublaient la fatigue de la route et l'exténuaient. La nuit même, durant les quelques heures qu'elle était bien obligée de consacrer au repos, il lui arrivait de s'éveiller en sursaut, trempée de sueur, croyant entendre l'écho des mots d'amour échangés loin d'elle. Elle se levait alors, cherchait l'air pur et marchait jusqu'à ce que la violence de son sang se fût apaisée. Au matin, les yeux secs et la bouche serrée, elle repartait droit devant elle, sans jamais se retourner...

Pas une seule fois elle ne s'était inquiétée de ceux qu'elle avait laissés derrière elle, ou d'une éventuelle poursuite. Que lui importaient Jean Van Eyck, le duc Philippe de Bourgogne ou même cette maladroite et brave Ermengarde de Châteauvillain ? Son univers se limitait désormais aux sept lettres qui formaient le nom de Grenade et Josse Rallard, l'étrange écuyer qu'elle s'était donné, calquait son attitude sur celle de sa maîtresse. Il lui avait promis de la mener au royaume des sultans maures, il tenait parole sans chercher à briser la carapace de silence dont Catherine s'entourait.

Franchie la porte Santa Maria, les deux voyageurs se trouvèrent sur une place pavée de gros galets ronds et bordée, sur trois côtés, de maisons à arcades, le quatrième étant occupé par la cathédrale elle-même... Là aussi il y avait du monde, surtout autour des éventaires des paysans qui, assis à même le sol, vendaient les quelques produits de leurs terres. Une théorie de moines, chantant à pleine voix un cantique, pénétrait dans la cathédrale à la suite d'une bannière et, de-ci de-là, par groupes de deux ou trois, des soldats ou des alguazils erraient dans la foule.

— Il y a, plus loin, un hospice de pèlerins dédié à Santo Lesmes, fit Josse en se tournant vers Catherine. Voulez-vous y aller ?

— Je n'appartiens plus au pèlerinage, répondit Catherine sèchement. Et je vois là une auberge... Allons-y.

En effet, à quelques pas des voyageurs, l'auberge des Trois Rois, directement adossée à la muraille de la ville, ouvrait sa porte basse sous une arcade de bois noir. Catherine mit pied à terre et se dirigea résolument vers elle, aussitôt suivie par Josse qui avait réuni dans sa main les brides des deux chevaux.

Ils allaient pénétrer dans l'auberge quand, tout à coup, la foule, jusque-là bruyante mais relativement paisible, devint houleuse et reflua d'un même mouvement vers la porte de la ville en poussant d'affreux hurlements. Ce fut une explosion si violente et si sauvage à la fois qu'elle perça le brouillard d'indifférence dont s'enveloppait Catherine.

— Que font-ils donc ? demanda-t-elle.

— Je ne sais pas ! J'ai cru comprendre qu'ils allaient au-devant de quelque chose, quelque chose qu'ils attendaient... Peut-être le Roi qui regagne son château...

— Si ce n'est que cela... soupira Catherine, que les fastes, même royaux, intéressaient moins encore que tout le reste.

Pourtant, elle ne pénétra pas dans l'auberge. Mieux, elle revint lentement vers la porte Santa Maria d'où venait de surgir un étrange cortège devant lequel la foule maintenant refluait.

Cahotant sur les pavés inégaux, un grossier chariot paysan s'avançait péniblement au milieu d'un groupe de cavaliers, lance au poing. Sur ce chariot, il y avait une cage faite de grosses lattes de bois armées de solides pentures de fer. Et, dans cette cage, il y avait un homme enchaîné.

On ne voyait de lui qu'une masse à peu près informe. L'exiguïté de la cage ne lui permettait pas de se tenir debout. Il était assis, la tête cachée dans ses bras posés sur ses genoux, sans doute pour donner moins de prise aux projectiles de toutes sortes que lui lançait la populace avec des cris de mort. Trognons de chou, crottin de cheval et surtout pierres pleuvaient sans arrêt sur la cage, mais la masse humaine, car l'homme devait être d'une belle taille, ne bronchait pas. Il avait l'air fait de terre rouge, tant il était sale et l'on ne pouvait distinguer ni la couleur réelle de ses cheveux, ni celle de sa peau. Des haillons gris de crasse le couvraient, mais, sur sa tête, on pouvait voir la tache sinistre d'une blessure encore fraîche.

La foule hurlait de plus en plus fort et les gardes durent faire usage de leurs lances pour la repousser car, sans cela, elle eût pris la cage d'assaut. Fascinée, Catherine regardait cette scène de violence sans parvenir à en détacher son regard. La pitié se levait en elle pour ce malheureux en si piteux état sur lequel s'acharnait la plèbe.

— Mon Dieu ! murmura-t-elle, pensant tout haut, qu'a donc fait ce malheureux ?

— Ne perdez pas votre pitié, mon jeune seigneur, remarqua, près d'elle, une voix lente pourvue d'un fort accent tudesque. Il s'agit seulement de l'un de ces maudits brigands qui infestent les monts d'Oca, à l'est de cette ville... Ce sont des loups sanguinaires qui volent, pillent, brûlent et font mourir dans d'affreux supplices leurs prisonniers quand ils ne peuvent payer.

Surprise, Catherine se tourna vers celui qui venait de parler. C'était un homme d'une quarantaine d'années, dont le visage ouvert et énergique à la fois s'ornait d'une soyeuse barbe blonde et d'une paire d'yeux d'un bleu candide. Mais la stature était vigoureuse, élevée. L'on devinait des muscles solides sous la tunique de grosse laine brune, couverte de cette fine poussière blanche qui annonce les travailleurs de la pierre.

Le sourire franc qu'il lui offrait plut à Catherine.

— Comment se fait-il que vous parliez notre langue ? demanda-t-elle.

— Je la parle assez mal, excusez-moi, fit l'homme en riant, mais je la comprends fort bien. Je m'appelle Hans de Cologne et je suis le maître d'œuvre de la cathédrale, ajouta-t-il en désignant les échafaudages couronnant l'édifice.

— De Cologne ? s'étonna la jeune femme. Qu'est-ce qui vous a conduit si loin de votre pays ?

— L'archevêque Alonso de Carthagène que j'ai rencontré à Bâle durant le Concile, voici trois ans. Mais, vous-même, n'êtes pas d'ici...

Une légère rougeur couvrit les joues de Catherine. Elle n'avait pas prévu qu'on lui poserait cette question à brûle-pourpoint et n'avait pas préparé sa réponse.

— Je... je m'appelle Michel de Montsalvy, fit-elle précipitamment pour demeurer d'accord avec son costume masculin. Je voyage en compagnie de mon écuyer pour voir du pays !

— On dit que les voyages forment la jeunesse ! Cela prouve que vous n'avez pas froid aux yeux, ou que vous êtes bien innocent car cette contrée n'a rien d'agréable. La nature y est rude, les gens à demi sauvages...

Il s'interrompit. La foule, tout à coup, s'était tue et le silence était si profond que l'on pouvait entendre les gémissements sourds poussés par l'homme enchaîné.

Une troupe d'alguazils s'avançaient à la suite d'un homme à la mine sévère et tout vêtu de noir qui chevauchait un vigoureux andalou. À la lumière mouvante des torches qui l'entouraient, les traits secs de l'arrivant prenaient un relief d'une implacable dureté. Lentement, au milieu du silence respectueux de la foule, il avança vers la cage.

— C'est l'Alcade Criminel, don Martin Gomez Calvo ! souffla Hans avec, dans la voix, une sorte de respect angoissé. Un homme terrible ! Sous une apparence pleine de morgue, il cache une sauvagerie pire encore que celle des bandits d'Oca.

La foule, en effet, s'ouvrait devant lui avec une hâte qui traduisait la crainte. Les alguazils de sa suite n'avaient aucun besoin de faire usage de leurs armes, le peuple semblait désireux de mettre autant de distance que faire se pouvait entre elle et le dangereux personnage.

Au pas de son cheval, don Martin fit le tour de la cage, puis, tirant son épée, il en piqua, de la pointe, le prisonnier. L'homme enchaîné releva la tête, montrant un visage envahi de barbe malpropre, où la peau et les longs poils se confondaient. Sans trop savoir pourquoi, Catherine frissonna et, attirée comme par un aimant, elle s'avança de quelques pas.

Dans le silence, on entendit alors le prisonnier qui se plaignait.

— J'ai soif ! balbutia-t-il en français... Soif !

Il avait crié le dernier mot et ce cri couvrit celui qui,

avec une irrésistible force, s'échappa de la gorge de Catherine.

— Gauthier !

Elle avait reconnu instantanément la voix de son ami perdu et, maintenant, l'épaisse toison ne parvenait plus à lui masquer les traits qu'elle devinait. Une joie folle éclata en elle, lui faisant même oublier la tragique condition de l'homme enchaîné. Elle voulut s'élancer vers lui, mais la lourde patte de Hans s'abattit sur son épaule, la clouant sur place.

— Tenez-vous tranquille, par pitié ! Êtes-vous fou ?

— Ce n'est pas un bandit ! C'est mon ami... Laissez-moi tranquille !

— Dame Catherine ! Je vous en supplie ! intervint Josse en s'emparant de son autre épaule.

Hans sursauta :

— Dame Catherine ?

— Oui, s'écria Catherine furieuse, je suis une femme... la comtesse de Montsalvy ! Mais qu'est-ce que ça peut bien vous faire ?

— Cela fait beaucoup ! Et même cela change tout !

Et, sans autre forme de procès, le maître d'œuvre empoigna Catherine comme un simple paquet, la mit sous son bras et, appliquant sa large main sur la bouche de la jeune femme pour l'empêcher de crier, la transporta ainsi jusqu'à une maison basse située derrière le cloître de la cathédrale et dont il poussa la porte d'un coup de pied.

— Suivez-nous avec les chevaux ! avait-il lancé à Josse en se jetant dans la foule.

Celle-ci ne fit aucune attention à eux. Tous les regards étaient rivés à l'Alcade et au prisonnier. En traversant la place, Catherine entendit le haut fonctionnaire lancer des ordres d'une voix dédaigneuse qu'elle ne comprit pas. Elle eut seulement conscience du murmure de satisfaction que poussa le peuple et du soupir, presque voluptueux, qui s'échappa de toutes les poitrines... Les populaces de tous les pays se ressemblent et Catherine devina que l'Alcade avait dû leur promettre quelque spectacle de choix en donnant ses ordres.

— Qu'a-t-il dit ? voulut-elle crier, mais la main de Hans l'étouffait.

Il ne la lâchait pas. Une fois entré dans le large couloir sombre, l'Allemand se tourna vers Josse qui entrait à son tour :

— Fermez la porte ! ordonna-t-il. Et venez !

Le couloir ouvrait sur une cour intérieure où s'empilaient des blocs de pierre et, sous une galerie couverte, on apercevait quelques statues de saints seulement ébauchées. Un pot à feu pendu à un pilier de bois éclairait chichement, laissant couler une traînée de lumière jusqu'à la margelle usée d'un antique puits romain qui béait au milieu de la cour. Une fois là, Hans indiqua à Josse un autre pilier où attacher les chevaux, puis, lâchant enfin Catherine, la remit sur ses pieds sans trop de douceur.

— Là ! fit-il avec satisfaction. Vous pouvez crier autant que vous voudrez !

À demi suffoquée, rouge de fureur, elle voulut lui sauter au visage comme un chat en colère, mais il attrapa ses poignets au vol et l'immobilisa sans brutalité.

— Je vous ordonne de me laisser aller ! cria-t-elle. Pour qui vous prenez-vous ? Qui vous a permis de me traiter de la sorte ?

— Le simple fait que j'ai de la sympathie pour vous ! Jeune seigneur ou dame Catherine, comme vous voudrez, si je vous avais laissée faire, vous seriez à l'heure actuelle maîtrisée, soigneusement encadrée par une douzaine d'alguazils, solidement ligotée et conduite en cet équipage jusqu'à la prison pour y attendre le bon plaisir de l'Alcade ! En quoi, alors, seriez-vous utile à votre ami ?

La colère de Catherine baissait à mesure que les sages paroles tombaient de la bouche du maître d'œuvre. Pourtant, elle ne voulut pas s'avouer si vite vaincue.

— Il n'aurait aucune raison de m'enfermer. Je suis une femme, on vous l'a dit, je ne suis point castillane mais fidèle sujette du roi Charles de France, dame de parage au surplus de la reine Yolande née d'Aragon... Tenez ! s'écria-t-elle en fouillant dans son aumônière et en tirant l'émeraude gravée de la reine. Voici la bague qu'elle m'a donnée... Doutez-vous encore ? Cet alcade ne pourra refuser de m'entendre !

— Seriez-vous la reine Yolande en personne que vous ne pourriez être certaine de sortir vivante de ses griffes, d'autant plus qu'en Castille la famille d'Aragon est mal vue ! C'est un fauve que cet homme-là ! Quand il tient une proie, il ne la lâche jamais ! Quant à ce joyau, il servirait uniquement à éveiller sa convoitise. Don Martin s'en emparerait, vous ferait jeter purement et simplement dans quelque basse-fosse jusqu'à ce que votre ami ait été exécuté.

— Il n'oserait pas ! Je suis noble et je suis étrangère ! Je pourrais me plaindre...

— À qui ? Le roi Jean et sa cour sont à Tolède. Et seraient-ils ici qu'ils ne serviraient à rien. Le souverain de Castille est une chiffe molle que toute décision fatigue. Un seul pourrait vous écouter favorablement : celui qui est le vrai maître du royaume, le connétable Alvaro de Luna !

— C'est donc à lui que j'irai...

Hans haussa les épaules, alla chercher une cruche de vin posée sur un escabeau et emplit trois gobelets qu'il prit près du puits.

— Comment ferez-vous ? Le connétable guerroie aux frontières de Grenade ; l'alcade et l'archevêque sont maîtres de la ville.

— Je verrai donc l'archevêque... Ne m'avez-vous pas dit que c'était lui qui vous avait amené ici ?

— En effet. Monseigneur Alonso est un homme juste et bon, mais une haine farouche l'oppose à don Martin. Il suffirait qu'il demande la grâce de votre ami pour que l'alcade la lui refuse. Comprenez que l'un a la force armée tandis que l'autre n'a que des moines. Don Martin le sait bien... et en abuse. Venez voir... Mais d'abord buvez un peu de vin. Vous en avez besoin.

La douceur du ton surprit Catherine. Elle leva les yeux. Son regard croisa celui de cet homme tranquille qui lui offrait du vin. Un inconnu, mais qui venait de se conduire en ami, et d'instinct elle en chercha la raison. Une sympathie spontanée ? Sans doute, mais aussi l'admiration qu'elle était désormais accoutumée à lire dans les yeux des hommes. Elle connaissait son pouvoir et, apparemment, celui-ci n'y échappait pas.

Machinalement, Catherine trempa ses lèvres dans le gobelet d'étain. Le vin, âpre et fort, la réchauffa et lui fit du bien. Elle vida le gobelet jusqu'à la dernière goutte, le rendit à Hans.

— Voilà qui est fait... Que dois-je voir ?

Elle suivit son hôte dans une salle basse, sans lumière et sans feu, où s'alignaient des paillasses garnies de couvertures. Une petite fenêtre, défendue par deux épais barreaux en croix, donnait sur la place. Il régnait là une forte odeur de sueur humaine et de poussière.

— Les ouvriers que j'ai amenés avec moi couchent là, expliqua Hans. Mais, pour le moment, ils sont tous sur la place... Tenez, regardez par la fenêtre !

Au-dehors, le vacarme de cris et de rires avait repris. Catherine se pencha. Ce qu'elle vit lui arracha une exclamation de stupeur. Au moyen de l'un des puissants treuils installés sur les tours de la cathédrale pour y monter les pierres, la lourde cage avait été hissée le long de l'église et se balançait maintenant à la hauteur d'un troisième étage. La foule s'était rassemblée au-dessous, le nez en l'air, et tentait encore d'atteindre le prisonnier avec ce qui lui tombait sous la main... Le regard de Catherine tourna, rencontra celui de Hans qui épiait sa réaction.

— Pourquoi l'a-t-on mis là ?

— Pour amuser la foule. Ainsi, jusqu'à l'heure du supplice, elle pourra jouir des souffrances du prisonnier. Car, bien entendu, on ne lui donnera ni à boire ni à manger...

— Et... quand ?

— L'exécution ? Dans huit jours !

114

Catherine poussa une exclamation d'horreur tandis que ses yeux s'emplissaient de larmes.

— Dans huit jours ? Mais il sera mort avant...

— Non, fit derrière la voix râpeuse de Josse. L'homme noir a dit que le bandit avait la force d'un ours et qu'il en resterait assez pour qu'il puisse subir le supplice qu'on lui réserve...

— Et quel sera ce supplice ? demanda Catherine la gorge sèche.

— Pourquoi le lui dire ! reprocha Hans. Ce sera bien assez de l'apprendre le jour même.

— Dame Catherine sait regarder les choses en face, compagnon, répliqua Josse sèchement. Ne t'imagine pas qu'elle te permettra de le lui cacher !

Puis, se tournant vers la jeune femme :

— Dans huit jours, on l'écorchera vif pour que la peau de cet homme exceptionnel serve à la confection d'une statue du Christ. Ensuite on jettera les restes au bûcher.

L'épouvante fit dresser les cheveux de Catherine sur sa tête. Elle dut s'appuyer au mur, comprimant de la main son estomac pris de nausée. La voyant verdir, Hans voulut la soutenir, mais elle le repoussa.

— Non, laissez. Cela va passer...

— Tu avais bien besoin de lui dire ça, grommela l'Allemand.

— Il a eu raison... Josse me connaît.

Elle se laissa choir sur l'une des paillasses et se prit la tête dans les mains. L'époque sans pitié qui était la sienne, les horreurs de la guerre qu'elle avait côtoyées sans cesse lui étaient trop familières pour qu'elle s'émût facilement, mais ce qu'elle entendait dépassait l'imagination.

— Est-ce que ces gens sont fous ? Ou bien est-ce moi ?... Peut-on concevoir pareille barbarie ?

— Chez le Maure qui tient Grenade, on doit voir pire encore, fit tristement Josse. Mais je reconnais que, dans ce pays, on aime le sang plus qu'ailleurs...

Catherine ne l'entendait même pas. Elle répétait, comme pour mieux comprendre la signification :

— ... d'une statue de Christ ? Est-ce qu'une abomination, un sacrilège semblable est possible ?

— Il y a déjà, dans la cathédrale, une statue de ce genre, fit calmement le maître d'œuvre. Venez maintenant ! Ne restez pas ici. Il fait froid et mes hommes vont rentrer...

Doucement, il la prit par le bras, lui fit traverser la cour intérieure et la conduisit jusqu'à une vaste cuisine qui ouvrait tout au fond et tenait toute la largeur de la maison. Là, le feu brûlait sous une marmite noire de suie, répandant une odeur assez agréable. Une vieille servante, assise sur un escabeau placé près d'un tonneau, dormait de tout son cœur, les mains abandonnées sur ses genoux et la bouche ouverte. Hans la désigna de la tête tout en faisant asseoir Catherine sur un banc.

— Elle s'appelle Urraca. Et elle est sourde comme un pot ! On peut parler...

Il alla secouer la vieille qui, aussitôt les yeux ouverts, se mit à déverser un flot de paroles, mais, sans même faire attention aux deux voyageurs, entreprit de décrocher la marmite pour la poser sur la table. Après quoi, elle tira d'un coffre des écuelles de bois et les remplit de soupe avec une surprenante rapidité. Cela fait, elle retourna dormir près du tonneau. Hans plaça l'une des écuelles dans les mains de Catherine, servit Josse et s'installa près d'eux avec la sienne.

— Mangez d'abord ! conseilla-t-il en approchant l'écuelle des lèvres de Catherine qui, accablée, n'avait pas fait un geste. Mangez ! Ensuite, vous verrez plus clair.

Elle trempa ses lèvres dans l'épaisse soupe de farine et de lard, se brûla et fit la grimace. Reposant l'écuelle sur la table, elle regarda tour à tour ses deux compagnons.

— Il faut que je sauve Gauthier ! Je ne pourrais plus supporter la vie si je le laissais périr de cette affreuse manière.

Sa phrase tomba dans le silence. Hans continua de manger calmement, sans répondre. Quand il eut fini, il repoussa son écuelle, essuya sa bouche à sa manche et murmura :

— Dame, je ne voudrais point vous contrarier. Cet homme était votre serviteur sans doute, votre ami peut-être, mais le temps peut changer les cœurs. Les brigands d'Oca sont d'abominables créatures et cet homme était avec eux. Son âme a dû se charger de crimes semblables aux leurs. Pourquoi risquer votre vie pour l'un de ces maudits ?

— Vous ne comprenez pas ! Vous ne comprenez rien ! Comment le pourriez-vous ? Est-ce que vous connaissez Gauthier ? Est-ce que vous savez quel homme il est ? Apprenez-le, maître Hans : il n'est pas, dans tout le royaume de France, de cœur meilleur, d'âme plus loyale que la sienne. Voici quelques mois seulement que je l'ai perdu et je sais, moi, que ni pour or ni pour sauvegarde, il n'aurait accepté de changer à ce point. Écoutez plutôt : vous jugerez ensuite !

En quelques phrases simples, sans chercher d'effets faciles, elle retraça, pour l'Allemand, ce qu'avait été la vie de Gauthier auprès d'elle, comment il l'avait protégée, sauvée tant de fois, comment il était parti à la recherche d'Arnaud, comment, enfin, il avait disparu dans un ravin des Pyrénées. Hans l'écouta sans sonner mot.

— Comprenez-vous, maintenant ? dit-elle enfin. Comprenez-vous qu'il me soit impossible de le laisser mourir ? À plus forte raison de cette abominable mort.

Un instant encore, Hans garda le silence, pliant et dépliant ses doigts d'un geste machinal. Enfin, relevant la tête :

— J'ai compris ! Je vous aiderai !

— Pourquoi nous aideriez-vous ? coupa Josse avec une brusque violence. Nous sommes des inconnus pour vous et vous n'avez aucune raison de risquer votre vie pour des inconnus ! La vie a du bon. Vous devez y tenir.

À moins que vous n'espériez gagner l'émeraude de la Reine...

Hans se leva si brusquement que le banc sur lequel il était assis tomba bruyamment derrière lui. Il était devenu très rouge et son poing crispé se leva jusqu'aux abords du nez de Josse !

— Répète encore une chose pareille, l'ami, et je t'écrase la figure ! Hans de Cologne n'a jamais fait payer un service, retiens ça !

Catherine se jeta vivement entre les deux hommes, et, de sa petite main, écarta doucement le poing menaçant que Josse, d'ailleurs, considérait avec un parfait sang-froid.

— Pardonnez-lui, maître Hans ! Il est difficile, de nos jours, de faire confiance au premier venu, mais moi je vous crois. Il y a des yeux qui ne trompent pas et vous n'auriez pas agi comme vous l'avez fait si vous aviez une arrière-pensée. Mais, dans un sens, Josse a raison : pourquoi risquer votre vie à notre service ?

À mesure que la jeune femme parlait, la figure de Hans avait repris sa couleur normale. Quand elle eut fini, il dédia à son adversaire d'un instant une grimace qui, à la rigueur, pouvait passer pour un sourire. Puis, haussant les épaules :

— Est-ce que je sais ? Parce que vous me plaisez, bien sûr, mais aussi pour moi-même ! Ce prisonnier est un homme du Nord, comme moi, comme vous. Et puis il commence à m'intéresser, je n'ai pas envie de le laisser dépecer comme viande de boucherie par ces brutes sanguinaires. Je crois bien que je ne pourrais plus dormir après. Enfin... je hais le seigneur alcade qui a fait trancher une main à l'un de mes hommes sous prétexte de vol. Je serais enchanté de lui jouer un tour...

Il s'éloigna vers le fond de la pièce, prit dans un coin un matelas roulé qu'il étendit non loin du feu.

— Couchez-vous là et tâchez de dormir un peu, dit-il en se tournant vers Catherine. Dans les heures noires qui suivent minuit, nous monterons aux tours pour tenter d'atteindre la cage.

— Croyez-vous que nous allons pouvoir le délivrer ? demanda Catherine les yeux brillants d'espoir.

— Cette nuit ? Je ne pense pas. Il faut voir comment cela se présente vu d'en haut, et il faut aussi préparer la fuite. Mais nous pourrons peut-être lui passer à manger et à boire !

La voix du sereno avait crié minuit depuis bien longtemps quand la porte de la maison d'œuvre s'ouvrit sans bruit pour livrer passage à trois ombres, deux grandes et une petite. Hormis les soldats qui montaient la garde au pied des tours, il n'y avait âme qui vive sur la place. Seul, un chat fila devant les promeneurs nocturnes.

Catherine, Josse et Hans se glissèrent dans l'ombre du cloître de la cathédrale en direction du portail latéral del Sarmental dont Hans avait une clef de la petite porte. Il construisait, en effet, une chapelle près de ce portail. Retenant leur souffle, ils avançaient lentement, prenant garde de ne pas buter sur les pierres du sol. Sous son bras, Josse portait une cruche d'eau tandis que Hans avait un quartier de lard et une petite miche de pain. Catherine, seule, ne portait rien. Elle marchait les yeux à terre, n'osant lever la tête vers la forme sinistre de la cage qui se détachait sur la nuit claire.

— Attention ! avertit Hans quand fut atteint le portail en haut d'une volée de marche. Pas un bruit dans l'église. Elle résonne comme un tambour et il y a toujours deux moines en prière. Ils se relaient toute la nuit. Donnez-moi la main, dame Catherine, je vous guiderai.

Elle glissa sa main dans la paume rugueuse du maître d'œuvre et le suivit docilement tandis que Josse empoignait un pan de son manteau. La petite porte découpée dans le haut portail ne grinça pas sous la main précautionneuse de Hans. Les trois compagnons aperçurent, dans le chœur, les deux moines qui priaient, agenouillés sur les dalles, leurs crânes rasés reflétant la lumière jaune d'une unique lampe à huile. On entendait nettement le murmure des deux voix qui se répondaient sur un rythme monotone.

Hans se signa rapidement. Aussitôt, il entraîna ses compagnons le long de la chapelle commencée puis dans l'ombre épaisse des piliers. Ils glissèrent comme des fantômes jusqu'à l'escalier des tours, dans lequel ils s'engagèrent. Mais il y faisait noir comme dans un four. Hans referma soigneusement la porte puis battit le briquet. Des torches attendaient, posées à terre ; il en alluma une, l'élevant au-dessus de sa tête pour éclairer la vis de pierre.

— Je l'éteindrai en arrivant en haut ! fit-il. Vite, maintenant...

L'un derrière l'autre, ils s'engagèrent dans l'étroit escalier, grimpant d'une traite jusqu'en haut. Quand Hans éteignit la torche sous son pied, tous trois étaient hors d'haleine tant ils étaient montés vite. L'air plus vif frappa Catherine au visage. On débouchait là en plein ciel, mais, bien que la nuit fût claire, piquée d'étoiles, il lui fallut quelque temps pour accommoder son regard.

— Prenez garde à ne pas tomber, recommanda Hans. Il y a des pierres et des madriers un peu partout.

On était, en effet, sur le chantier principal de l'Allemand qui, au-dessus des tours carrées, élevait des flèches fleuronnées faisant grand honneur à son talent. L'énorme treuil détachait sur le ciel sa grande roue en cour de chêne armé et Catherine la regarda avec l'horreur que l'on réserve à un instrument de torture. Guidée par la main attentive de Hans, elle vint jusqu'à la balustrade ajourée de la tour, se pencha. Pendue à l'énorme câble du treuil la cage tournait doucement sur elle-même, juste en dessous. À travers les ais de bois qui la composaient, elle put apercevoir le prisonnier. La tête levée, il regardait le ciel, mais une plainte incessante s'échappait de ses lèvres, si faible que Catherine en frissonna d'angoisse. Elle tourna vers Hans un regard suppliant.

— Il faut le remonter, le sortir de cette cage... tout de suite ! Il est blessé.

— Je sais, mais il n'est pas possible de le remonter cette nuit. Le treuil grince épouvantablement. Si j'essayais de le mettre en marche, j'attirerais l'attention des soldats aussitôt. Nous n'irions pas loin.

— Ne pouvez-vous l'empêcher de grincer ?

— Bien sûr que si. Il faut l'enduire de graisse et d'huile, mais ce n'est pas besogne que l'on puisse faire en pleine nuit. De plus, je vous l'ai dit, il faut préparer la fuite de cet homme. Pour le moment, nous allons essayer de le secourir. Appelez-le... mais doucement. Il ne s'agit pas de faire lever le nez aux soldats.

Retenue par Josse cramponné à sa ceinture, Catherine se pencha jusqu'aux limites de l'équilibre, appela doucement :

— Gauthier !... Gauthier !... C'est moi ! Catherine...

Le prisonnier tourna la tête vers elle, mais lentement, sans que rien, dans ce mouvement, n'indiquât la surprise.

— Ca... the... rine ? fit-il d'une voix qui avait l'air de sortir d'un rêve.

Puis au bout d'un instant pendant lequel la jeune femme put compter les battements de son propre cœur :

— J'ai soif !... murmura-t-il.

Le cœur de Catherine se tordit d'angoisse. Était-il déjà si faible que les mots ne l'atteignaient plus, qu'il ne pouvait plus les comprendre ? Elle eut un élan désespéré.

— Gauthier ! Je t'en supplie ! Réponds-moi ! Regarde-moi ! Je suis Catherine de Montsalvy !

— Attendez un instant, souffla Hans en l'obligeant à se redresser. Donnons-lui d'abord à boire. Nous verrons ensuite !

Prestement, il attachait l'étroit goulot de la cruche à une longue perche de bois qui traînait sur le chantier et la descendit lentement jusque dans la cage, jusqu'à ce qu'elle touchât les mains de l'homme enchaîné qui, les yeux toujours levés, semblait pourtant ne rien voir.

— Tiens, l'ami ! ordonna-t-il. Bois !

Le contact du pot de terre humide parut déclencher

une véritable commotion chez le prisonnier. Il s'en saisit avec un grognement sourd et se mit à boire avidement, à grandes lampées qui évoquaient un animal à l'abreuvoir. La cruche fut vidée jusqu'à la dernière goutte. Quand il n'y eut plus rien, Gauthier la lâcha et parut retomber dans sa torpeur. Catherine, le cœur serré, murmura :

— Il ne me reconnaît pas ! C'est tout juste s'il a l'air d'entendre.

— C'est la fièvre, sans doute, répondit Hans. Il est blessé à la tête. Essayons maintenant de lui faire manger quelque chose.

Les aliments solides eurent le même succès que l'eau fraîche, mais le prisonnier n'en demeura pas moins sourd aux appels et aux supplications de Catherine. Il levait les yeux vers elle, la regardait comme si elle était transparente, puis se détournait. De ses lèvres s'échappait une sorte de chant monotone et lent, vague et inconsciente mélopée qui acheva de terrifier Catherine.

— Mon Dieu !... Mais il est fou ?

— Je ne pense pas, fit Hans d'un ton encourageant, mais je vous l'ai dit : il doit délirer. Venez, dame Catherine, pour le moment, nous ne pouvons rien de plus pour lui. Nous allons rentrer. Demain, pendant la journée, je m'arrangerai pour graisser le treuil afin qu'il ne grince plus. La nuit prochaine, peut-être, nous pourrons le tirer de là.

— Mais parviendrons-nous à lui faire quitter la ville ? Les portes semblent solides et bien gardées.

— Chaque chose en son temps ! Pour cela aussi j'ai une idée...

— Avec une bonne corde, fit Josse, qui n'avait pas sonné mot depuis que l'on était entré dans l'église, on peut toujours se laisser glisser le long d'un rempart.

— Oui... à la rigueur ! Mais j'ai peut-être mieux. Un maître d'œuvre apprend bien des choses, simplement en se servant de ses yeux. Maintenant il faut redescendre.

Avec un dernier regard à l'homme en cage, Catherine se laissa conduire vers l'escalier. Dans la nef obscure de la cathédrale, les moines poursuivaient leur oraison, n'ayant même pas soupçonné le passage des trois compagnons. La porte se referma sans bruit. Catherine et les deux hommes se retrouvèrent dans la rue.

Lorsque l'on eut regagné la maison d'œuvre, Hans fit quelques recommandations à ses hôtes.

— Pour tout le monde, ici, vous serez des cousins à moi en route pour Compostelle, mais évitez tout de même de vous mêler à mes ouvriers. Quelques-uns sont de mon pays et s'étonneraient que vous ne connaissiez pas notre langue. À part cela, vous pouvez aller et venir comme bon vous semblera.

— Merci, répondit Catherine, mais je n'en ai pas envie. La seule vue de cette affreuse cage me rend malade. Je resterai à la maison.

— Pas moi ! dit Josse. Quand il y a une fuite à préparer, il vaut mieux ouvrir ses yeux et ses oreilles.

La journée suivante fut terrible pour Catherine. Enfermée dans la maison de Hans, elle s'efforçait de ne pas regarder au-dehors pour ne pas voir la pluie hargneuse qui tombait depuis le matin et ne pas entendre les cris de haine et les imprécations qui s'élevaient de temps en temps et dont elle ne devinait que trop la destination. Elle demeura seule tout le jour dans l'unique compagnie de la vieille Urraca, compagnie qui n'avait rien de bien réconfortant. Des lèvres rentrées de la femme s'échappaient des paroles que Catherine ne pouvait comprendre. Urraca allait et venait dans la cuisine, parlant seule comme cela arrive fréquemment à ceux qui n'entendent pas, accomplissant sa tâche avec une sorte d'automatisme. À l'heure du repas, elle poussa devant Catherine une écuelle pleine, quelques galettes à moitié brûlées et un pichet d'eau claire, puis retourna s'asseoir près du tonneau d'où elle se mit à examiner la jeune femme avec une attention qui, bientôt, l'exaspéra. Catherine finit par lui tourner le dos et par aller s'installer sous la galerie de la cour intérieure pour y attendre le retour des hommes. Josse était parti en même temps que Hans. Il voulait faire un tour en ville pour reconnaître les lieux, disait-il.

Quand il revint, vers le milieu de l'après-midi, son visage était sombre. À l'interrogation angoissée de Catherine, il répondit par un haussement d'épaules.

— L'évasion ne sera pas facile, fit-il enfin. Je crois bien qu'elle risque de provoquer une révolution. Les gens d'ici sont comme des fauves lâchés. Ils exècrent tellement les brigands d'Oca qu'ils ne se tiennent plus de joie à l'idée d'en tenir un. Si on leur arrache leur proie, ils vont tout casser !

— Eh ! qu'ils cassent tout ! s'écria Catherine. Qu'est-ce que cela me fait ? Est-ce que nous sommes de ce pays ? La seule chose qui importe, c'est la vie de Gauthier...

Josse lui jeta un bref regard en dessous.

— Vous l'aimez donc tant que cela ? demanda-t-il avec une nuance sarcastique qui n'échappa pas à la jeune femme.

Elle planta son regard violet bien droit dans les yeux de l'ancien truand et, non sans grandeur, lança :

— Certes, je l'aime... autant et plus même que s'il était mon frère. Ce n'est qu'un paysan, mais son cœur, sa vaillance et sa loyauté le font plus digne de porter les éperons d'or que bien des nobles. Et si vous espérez m'engager à quitter cette ville en l'abandonnant à ces brutes, vous perdez votre peine. Dussé-je y laisser ma vie, je tenterai tout pour le sauver.

La bouche de Josse s'étira en demi-lune pour un large sourire tandis qu'une étincelle venait danser dans ses yeux.

— Et qui vous dit le contraire, dame Catherine ? J'ai simplement remarqué que ce serait difficile et que nous risquions de déchaîner une révolution, mais rien de plus. Écoutez !

En effet, au-dehors, une nouvelle salve de huées et de cris de mort s'élevaient dans le jour tombant.

— L'alcade a dû faire doubler la garde au pied de la tour. Ils sont là, massés sur la place, trempés par la pluie, mais hurlant comme des loups.

— Doubler la garde ? répéta Catherine en pâlissant.

— Ce n'est pas la garde qui m'inquiète, intervint Hans qui, dégouttant d'eau, entrait à cet instant précis. C'est la foule elle-même. Si la pluie même ne les chasse pas, ils sont capables de rester là toute la nuit, le nez en l'air. Alors, adieu notre projet !

Il s'ébroua comme un chien, secouant ses épaules pour en faire tomber l'eau. Il y avait de la compassion dans le regard dont il enveloppa Catherine. La jeune femme était blanche comme craie et faisait de visibles efforts pour conserver son calme. Elle garda le silence un moment tandis que Hans ôtait ses souliers dont chacun portait son volume de boue. Finalement, elle demanda :

— Le treuil ? Avez-vous pu vous en occuper ?

— Bien sûr. Sous prétexte qu'il y avait quelque chose qui ne marchait pas, je lui ai mis tellement de graisse qu'on pourrait le faire frire. Mais que voulez-vous tenter avec tous ces gens qui restent là, à regarder et à hurler ? On ne pourra même pas donner à boire et à manger au prisonnier.

— Il faut qu'ils partent ! gronda Catherine entre ses dents, il le faut !...

— Oui, fit Josse, mais comment ? Si l'eau du ciel elle-même n'en vient pas à bout...

À cet instant précis, un violent coup de tonnerre éclata, tellement inattendu que les trois compagnons sursautèrent. En même temps, on eût dit que le ciel crevait. La pluie se changea en déluge. De véritables trombes d'eau s'abattirent sur la terre, si violentes qu'en peu de minutes la place se vida. Les gens, se protégeant de leur mieux contre l'averse, refluèrent en désordre vers les maisons. Les soldats se tassèrent instinctivement contre le mur de la cathédrale, cherchant un abri précaire. Les ouvriers désertèrent les tours. Seule, la cage demeura dans l'orage et le vent, si violent qu'il lui imprimait un balancement.

Massés contre la petite fenêtre de la place, Catherine, Hans et Josse regardaient.

— Si cela pouvait durer... murmura Catherine. Mais ce n'est qu'un orage...

— Il arrive que les orages durent, fit Hans d'un ton encourageant. De toute façon, voici la nuit... et elle sera bien noire. Venez, mes hommes approchent. Il faut souper, prendre un peu de repos. Nous avons à faire cette nuit...

La soirée parut à Catherine encore plus longue que le jour. La pluie durait. On entendait, sur le toit, son crépitement rageur, incessant. Les hommes avaient mangé en silence puis, un à un, le dos arrondi sous le poids de la fatigue, ils regagnaient leur grabat. Seuls, deux ou trois d'entre eux s'attardaient avec Hans à boire la bière contenue dans le grand tonneau. Assise dans l'âtre, en face de Josse qui, son bonnet tiré sur les yeux et les bras croisés, semblait dormir, Catherine attendait.

Elle aussi avait fermé les yeux, mais le sommeil ne venait pas. Trop de pensées se heurtaient dans sa tête. Elles s'accrochaient toutes à l'homme qui, là-haut, était livré aux éléments déchaînés. Catherine songeait tristement que le ciel lui-même semblait vouloir ajouter au supplice de celui qui ne croyait pas en lui. Puis elle s'angoissait et s'impatientait à la fois en évoquant la tâche qui les attendait tout à l'heure. Parviendraient-ils à la mener à bonne fin ? Et, une fois Gauthier hors de l'affreuse cage, comment lui faire quitter la ville ? Le brave Hans n'allait-il pas subir les terribles conséquences de l'évasion ? Autant de questions auxquelles Catherine s'irritait de ne pas trouver de réponse.

Les hommes, enfin, se retirèrent, le feu baissa. La vieille Urraca avait depuis longtemps disparu dans quelque trou. L'obscurité, peu à peu, se fit plus profonde dans la cuisine enfumée. La maison s'emplit de ronflements, mais Catherine, seule, demeura les yeux ouverts, n'écoutant que les battements lourds de son cœur. Elle n'avait même pas voulu s'étendre et quand, dans l'ombre, elle vit approcher la forme silencieuse de Hans, elle se leva aussitôt. Josse fut sur pied en même temps qu'elle.

— Venez ! chuchota Hans... C'est maintenant ou jamais...

Tous trois se retrouvèrent auprès du puits de la cour. La pluie ne tombait presque plus, mais la nuit était noire comme de la suie.

— Un instant, souffla Hans. Il faut prendre certaines choses.

Il tendit à Catherine un paquet de tissu rugueux, à Josse une sorte de bissac de toile rude assez lourd et se chargea lui-même d'un grand sac qui semblait peser un poids assez remarquable.

— Qu'est-ce que tout cela ? demanda Catherine tout bas.

— Vous comprendrez là-haut. Venez vite !

Dans l'obscurité profonde, car la nuit était vraiment très dense, ils refirent le chemin de la nuit précédente. Il faisait si noir que l'on n'y voyait pas à trois pas et que Catherine s'agrippait à la ceinture de Hans pour ne pas tomber. Ils atteignirent sans encombre le porche, pénétrèrent dans l'église. Comme la veille, deux moines priaient auprès du tombeau du Cid, mais Catherine leur accorda à peine un regard. L'impatience la dévorait tellement qu'elle était prête à abattre tout obstacle qui oserait surgir. De temps en temps, elle tâtait, à sa ceinture, sa fidèle dague, bien décidée à s'en servir s'il le fallait.

Au sommet de la tour, la violence du vent l'obligea à se courber, mais ses yeux s'étaient un peu accoutumés à l'obscurité. Bien peu, à vrai dire, et elle faillit choir deux fois en approchant des balustrades. La cage n'apparaissait plus que comme une tache plus sombre dans un océan de ténèbres. Les toits de la ville et la campagne environnante s'y étaient fraternellement engloutis.

— On n'y voit rien ! chuchota-t-elle. Comment allons-nous faire ?

— Moi j'y vois assez, coupa Hans. C'est le principal. Attention, Josse, je vais faire remonter la cage.

Retroussant ses manches, le maître d'œuvre cracha dans ses mains et s'attela à l'énorme roue du treuil que Catherine regardait avec effroi, songeant que jamais un homme seul ne parviendrait à la faire mouvoir.

— Je vais vous aider ! déclara-t-elle.

— Non... laissez ! Il vaut mieux que vous aidiez Josse à attirer la cage lorsqu'elle arrivera à la hauteur de la plate-forme. Ce ne sera déjà pas si facile... Quant à ce treuil, soyez tranquille, je le connais.

Et, prenant une profonde inspiration, Hans commença à peser sur l'épaisse manivelle du treuil. La cage oscilla puis, lentement, très lentement, commença à remonter. Aucun bruit ne se fit entendre. Le graissage avait été bien fait. Dans la cage, rien ne bougea. On devinait plutôt qu'on ne distinguait une masse inerte.

— Pourvu qu'il ne soit pas mort ! souffla Catherine que cette immobilité effrayait.

— Pourvu, surtout, que Hans y arrive ! répliqua Josse inquiet. Remonter ça tout seul, c'est un travail de titan !

L'effrayant effort que s'imposait le tailleur de pierre se devinait à sa respiration courte, tendue. Jusque dans les fibres de sa chair, Catherine sentait la lutte terrible entre les muscles de l'homme et le poids de la cage. Celle-ci ne remontait plus qu'imperceptiblement.

— Mon Dieu ! Il ne pourra jamais ! gémit Catherine.

Elle allait se précipiter vers Hans pour l'aider de son mieux quand sa respiration s'étrangla dans sa gorge. De l'escalier, une ombre venait de surgir. Elle n'eut pas le temps de crier. Le nouveau venu avait dit trois mots dans une langue inconnue et, déjà, joignait ses efforts à ceux de Hans.

— Qui est cet homme ? demanda Catherine interdite.

— N'ayez pas peur. C'est Hatto, mon contremaître... Il a deviné ce que nous voulions faire et veut nous aider.

— Pour quelle raison ?

— Gottlieb, l'homme auquel don Martin a fait trancher le poing, est son frère. On peut avoir confiance.

— Et puis nous n'avons pas le choix... d'autant plus qu'une aide est la bienvenue.

— À qui le dites-vous ! J'ai cru que j'allais tout lâcher. Cette cage est si lourde qu'elle vous arrache les muscles.

Sans répondre, Catherine, frissonnante à l'idée de ce qu'évoquaient les derniers mots de Hans, rejoignit Josse. La cage remontait plus vite maintenant. Son sommet atteignait le bord de la plate-forme, le dépassait... Armé d'une gaffe, Josse attrapa l'un des barreaux, tira à lui.

— Doucement ! chuchota Hans... doucement ! Il faut la poser sans faire de bruit.

La manœuvre était difficile, délicate. Catherine retenait sa respiration et, malgré le froid de la nuit, se sentait trempée de sueur. Mais, en saisissant, à son tour, le bois grossier de la cage, elle éprouva un vif sentiment de victoire. Un instant, l'affreuse prison tourna doucement à quelques centimètres au-dessus de la plate-forme, puis, avec une lenteur qui accéléra les battements du cœur de Catherine, elle se posa enfin. Les hommes du treuil poussèrent un soupir de soulagement. Catherine les devina plus qu'elle ne les vit essuyer à leur manche leur front en sueur.

— Cette nuit est vraiment noire comme de l'encre ! grommela Hans. Il faut travailler presque à tâtons... Est-ce que vous trouvez la porte ?

— Oui, souffla Josse. J'y suis !

La grossière ferrure qui fermait la cage était en effet assez rudimentaire pour n'offrir aucun problème. La porte ouverte, Catherine s'y engagea, palpant de ses mains impatientes la forme inerte et trempée qui gisait à l'intérieur.

— Il ne bouge plus ! murmura-t-elle avec angoisse. Il doit être mort...

— On va voir ça ! répondit Josse. Ôtez-vous, dame Catherine. Laissez-nous faire...

— Dépêchons ! grogna Hans. Regardez le ciel...

En effet, une légère lueur venait d'apparaître derrière un écran de nuages. C'était très peu de chose, mais on y voyait tout à coup un peu plus clair.

— Si l'un des gardes ou n'importe quel autre citadin a l'idée de lever les yeux et constate que la cage n'est plus à sa place nous aurons toute la ville sur le dos en un instant ! Alors que Dieu nous protège.

— Dans tous les pays du monde, rétorqua la jeune femme sèchement, une église est un lieu d'asile...

— Dans tous les pays peut-être... mais ici, je n'en suis pas tellement certain !

Non sans peine mais avec d'infinies précautions, les trois hommes tirèrent le prisonnier de sa cage. Il était, en effet, complètement inerte. On ne l'entendait même pas respirer. Vivement, Catherine posa la main sur son cœur, la retira avec un soupir de soulagement.

— Il vit ! souffla-t-elle. Mais pour combien de temps ?

— Vite ! ordonna Hans, déshabillez-le !

— Mais pourquoi ?...

— Vous verrez bien. Pour l'amour du ciel, hâtez-vous ! Il fait de plus en plus clair.

Comme pour lui donner raison, on entendit, en bas, sur la place, l'un des gardes qui toussait. Puis le bruit d'une lance qui heurtait la pierre. Les quatre complices se figèrent, le cœur fou, attendant le cri d'alerte qui allait suivre immanquablement... Mais rien ne vint ! Quatre soupirs s'échappèrent simultanément. Josse, Catherine et Hatto se précipitèrent sur Gauthier pour le déshabiller tandis que Hans ouvrait le sac, si lourd, qu'il avait emporté. Il contenait un gros morceau de bois taillé hâtivement et qui évoquait grossièrement la forme d'un homme replié sur lui-même.

— Il faut que la cage ait toujours l'air occupée ! chuchota Hans, sinon la ville sera fouillée dès l'aube et nous ne pourrons jamais faire sortir cet homme. Avec un peu de chance, personne ne s'apercevra de la substitution avant quelques jours.

Catherine, à vrai dire, avait déjà compris ce que voulait faire le brave Allemand. Les haillons dont était recouvert Gauthier n'étaient guère difficiles à ôter. Le corps inconscient fut aussitôt enveloppé dans le manteau qu'avait apporté Catherine tandis que Hans installait son leurre dans la cage et le recouvrait de son mieux avec les haillons du prisonnier plus quelques chiffons, de couleur aussi indéfinie, qu'il avait apporté. Une boule de glaise cachée sous des chiffons, elle aussi, figura la tête couchée sur les bras. Dans la nuit l'illusion était frappante.

— Vu des tours, et en plein jour, cela ne résisterait peut-être pas à l'examen, fit Hans, mais vu d'en bas, cela devrait aller.

La principale difficulté vint des chaînes qui entravaient le prisonnier ; Hans avait bien apporté dans le bissac qu'il avait confié à Josse des outils de serrurier, mais il n'était pas facile d'enlever les fers sans blesser Gauthier. Le moindre cri eût été fatal. Quand, armé d'une scie, Hans attaqua les bracelets de chevilles Catherine retint son souffle car il lui sembla que cela faisait un bruit effrayant malgré les chiffons graissés qui enveloppaient les outils. Mais le maître d'œuvre était vraiment d'une grande adresse. L'opération fut menée à bien sans que l'homme inconscient poussât même un soupir.

On se hâta de disposer les fers sur le grossier mannequin, puis, la cage dûment refermée, Hans et Hatto retournèrent manœuvrer le treuil tandis que Catherine et Josse se chargeaient d'assurer à la cage un départ sans heurts. Quelques minutes plus tard, l'affreux instrument de supplice avait repris sa place au long de la tour. Il était temps !

En effet, comme si elle eût attendu ce moment précis pour se montrer, la lune se dégagea des nuages et déversa tout d'un coup une lumière froide et crue sur toute la région. Simultanément, on entendit, au bas de la tour, les soldats qui échangeaient quelques mots dans leur langue gutturale. Catherine vit briller les dents de Hans et comprit qu'il souriait.

— Allons ! chuchota-t-il, le Ciel est vraiment avec nous ! Maintenant, il faut descendre notre rescapé et, vu le poids qu'il pèse, cela ne sera pas si aisé. L'escalier des tours est raide et c'est une bonne chose que Hatto soit venu nous aider. Vous, dame Catherine, vous allez passer devant, avec une torche pour nous éclairer. Allons-y, maintenant !

Les trois hommes empoignèrent Gauthier, l'un aux pieds, les deux autres aux épaules, tandis que Catherine se hâtait d'aller allumer une torche à l'abri de l'escalier. Puis le cortège s'engagea dans la vis de pierre, avec une lenteur qui trahissait l'effort considérable. Bien qu'amaigri par les privations Gauthier avait encore un poids respectable et, de plus, son immense carcasse n'était pas d'un maniement facile dans un escalier aussi étroit. Anxieuse, Catherine précédait le groupe, jetant de temps en temps un regard au blessé, épiant à travers la crasse et la broussaille de barbe qui lui mangeait le visage le moindre signe de retour à la vie. Mais rien, pas un tressaillement, pas une crispation ne vint. Seulement le soupir de soulagement des trois hommes quand on atteignit le bas de la tour et que la manœuvre devint plus facile. Plus facile peut-être, mais aussi plus dangereuse. Que l'un des moines en prière tournât la tête, ou que l'un des alguazils de garde à l'extérieur eût l'idée d'entrer dans l'église et les quatre conjurés étaient perdus. C'en était fait d'eux tous !

À pas de velours, retenant leurs respirations haletantes Catherine et ses compagnons glissèrent lentement vers le portail. Ils allaient l'atteindre quand, au moment où l'on s'y attendait le moins, Gauthier poussa un gémissement qui, dans ce silence à peine troublé par le marmottement monotone des moines, sonna aux oreilles de Catherine comme les trompettes de l'Apocalypse. Les trois hommes et leur fardeau n'eurent que le temps de se tasser dans l'ombre d'un immense pilier, contre la grille close d'une chapelle tandis que la jeune femme appliquait vivement une main sur la bouche du blessé.

L'angoisse qui étreignit les fugitifs durant les minutes

suivantes fut terrible. Catherine sentait son cœur cogner à grands coups dans sa poitrine. Contre son oreille, elle percevait la respiration haletante de Hans sur lequel elle était pressée. Là-bas, dans le chœur, les deux moines avaient interrompu leur oraison. Ils tournaient la tête du côté où le bruit était venu. Catherine vit le sec profil de l'un d'eux se découper sur la flamme d'une chandelle. L'autre esquissa même le geste de se lever, mais son compagnon le retint.

— *Es un gato !*[1] dit-il.

Et, sans plus s'inquiéter, ils reprirent leur oraison.

Mais la situation du petit groupe n'était guère améliorée. Sous sa main, Catherine sentait la bouche de Gauthier s'animer. Il tentait d'échapper à cette gêne. Et le frêle bâillon qu'elle représentait n'arrêterait guère le bruit s'il se remettait à gémir.

— Comment le faire taire ? souffla Catherine affolée, appuyant sa main autant qu'elle pouvait.

Un faible gémissement en sourdait comme l'eau sous le rocher. De nouveau, ils se virent perdus. Les moines allaient encore s'arrêter. Cette fois, ils viendraient voir...

— S'il faut l'assommer, on l'assommera, chuchota Josse imperturbable. Mais il faut sortir d'ici.

Soudain, dans les profondeurs de l'église, il y eut le tintement d'une cloche, immédiatement suivi par le chant grave et lugubre d'une cinquantaine de voix masculines qui, peu à peu, s'amplifièrent. Catherine sentit Hans frémir de joie.

— Les moines ! fit-il. Ils viennent chanter prime ! C'est le moment !

Avec ensemble, les trois hommes s'emparèrent de nouveau de Gauthier, l'enlevèrent comme s'il n'avait rien pesé et se lancèrent le long du bas-côté. Il était temps. Les gémissements de Gauthier ne cessaient plus. Mais les voix fortes des saints hommes renvoyaient le plain-chant jusqu'aux immenses voûtes de l'église

1. C'est un chat !

l'emplissant d'une harmonie sévère dans laquelle se perdit la voix du blessé. Les portes furent franchies presque en trombe. Il ne s'agissait pas d'être vus de la procession qui approchait, venant du cloître. Essoufflés, leurs cœurs battant à coups redoublés dans leurs poitrines, les quatre compagnons et leur fardeau se retrouvèrent sous le porche. La lune éclairait toujours, mais, au long des murs de la cathédrale, une large zone d'ombre très noire se dessinait.

— Un dernier effort, souffla Hans joyeusement, et nous y sommes. Vite, rentrons.

Quelques instants plus tard, la porte basse de la maison d'œuvre se refermait silencieusement sur eux. Catherine, épuisée et ravie, se laissait choir sur la margelle du puits. Après quoi, incapable de maîtriser plus longtemps ses nerfs hypertendus, elle éclata en sanglots convulsifs.

CHAPITRE VI

LA FIN D'UN PÉCHEUR

Sagement, Hans, Josse et Hatto laissèrent Catherine pleurer tout son saoul. Ils transportèrent Gauthier sous le hangar où le tailleur de pierre entreposait ses blocs de grès ou de travertin, le déposèrent sur un lit de paille hâtivement rassemblé par Hatto et se mirent à l'examiner. Consciente, tout à coup, de sa solitude, Catherine cessa de pleurer, s'essuya les yeux et se mit en quête de ses compagnons. Les larmes lui avaient fait du bien. Elle se sentait extraordinairement détendue, libérée même de sa fatigue physique. C'était une joie si exaltante d'avoir pu arracher Gauthier à la cruauté de don Martin ! Même si la moitié de la besogne restait à accomplir, même s'il était mourant...

Mais cette joie ne résista pas au premier coup d'œil qu'elle jeta au grand corps étendu. Il était maigre, d'une saleté effrayante, et, si les yeux s'ouvraient parfois, leur regard gris demeurait vague, éteint. Quand ils se posaient sur la jeune femme, aucune lueur de surprise ou de reconnaissance ne s'y allumait. Catherine avait beau se pencher sur lui, l'appeler doucement par son nom, le Normand la regardait mais demeurait insensible.

— Est-il devenu fou ? s'inquiéta la jeune femme. On dirait qu'il ne se souvient de rien. Il doit être très malade ! Pourquoi, dans ce cas, l'avoir porté ici plutôt que dans la cuisine ?

— Parce que le jour va bientôt venir, répondit Hans. Quand Urraca se lèvera, il ne faut pas qu'elle le trouve.

— Qu'importe, puisqu'elle est sourde !

— Sourde, oui ! Mais ni aveugle, ni muette et peut-être pas aussi stupide qu'elle le paraît. Nous allons donner des soins à cet homme, le laver de notre mieux, le vêtir convenablement, le réconforter autant qu'il nous sera possible ! Ensuite, le jour sera là. Il faudra alors lui faire quitter la ville sans délai.

— Mais comment l'emmener dans cet état ? Qu'en faire sur la route ?

— L'emmener, coupa Hans gravement, je vous en donnerai le moyen. Ensuite, dame Catherine, ce sera votre problème qu'assurer le destin de cet homme. Je ne peux ni vous suivre, ni le garder ici. Ce serait jouer ma tête et celle de tous mes hommes... En plus, si je vous ai aidée, par instinctive sympathie et par haine de don Martin, je ne suis ni las de la vie, ni désireux d'abandonner, ici, le travail que je fais. Il me faut vous dire que, une fois sortis de cette cité, vous ne pourrez plus compter sur moi. Je le regrette... mais je n'y peux rien !

Catherine avait écouté attentivement le petit discours de Hans. Un peu de confusion se glissait en elle. Cet homme l'avait aidée spontanément et, au fond de son subconscient, elle en était presque arrivée à croire qu'il continuerait. Mais elle avait trop de bon sens pour ne pas admettre aussitôt qu'il avait pleinement raison, qu'elle ne pouvait pas lui demander davantage. Aussi, fut-ce avec un sourire qu'elle lui tendit la main.

— Vous n'avez déjà que trop fait, mon ami, et pour tous ces risques courus au bénéfice d'une inconnue je vous garde grande et sincère reconnaissance. Soyez tranquille, en ce qui me concerne, j'ai toujours su faire face aux problèmes qui se sont présentés à moi. Je viendrai bien à bout de celui-ci.

136

— D'autant plus que, tout de même, je suis encore là, moi ! marmonna Josse de sa voix nonchalante. Passons aux réalités. Vous avez dit, maître Hans, que vous nous donneriez les moyens de l'emmener. Quels sont ces moyens ?

— Un chariot de pierres. Je dois conduire un chargement à l'Hospital del Rey, près du monastère de Las Huelgas, à une demi-lieue de la ville, pour y faire effectuer des réparations. Nous irons dès l'ouverture des portes. Votre ami sera caché parmi les pierres. Les lances des gardes ne peuvent guère aller fouiller là-dedans. Nous attellerons vos chevaux au chariot et, au monastère, je vous procurerai une autre charrette pour emmener cet homme tandis que je trouverai, moi, d'autres chevaux pour ramener mon chariot. Après, ce sera pour vous à la grâce de Dieu.

— Je n'en espérais pas tant, fit Catherine avec simplicité. Merci, maître Hans !

— Assez parlé, maintenant. Occupons-nous de lui et préparons le chariot. Le jour est tout proche !

Sans plus parler, tous quatre s'activèrent. Gauthier, dépouillé de ses haillons, fut lavé, rhabillé de vêtements rustiques mais propres et solides, trop courts évidemment car aucun des trois hommes n'avait ses dimensions. La plaie qu'il portait à la tête et que l'on eut bien du mal à nettoyer approximativement tant le sang et les cheveux y avaient formé une croûte épaisse fut enduite, faute de mieux, de graisse de mouton. On lui coupa les cheveux, on le rasa pour le rendre tout à fait méconnaissable. Il se laissait faire comme un enfant, poussant seulement de temps en temps de courtes plaintes. Mais il avala avec avidité la soupe chaude, reste de la veille, et le pot de vin que lui offrit Hans. Josse, l'air songeur, le regardait boire.

— Il faudrait qu'il boive encore et encore, remarqua-t-il. S'il pouvait dormir quand il sera dans le chariot, ce serait moins dangereux. Imaginez. que les hommes de garde l'entendent pousser ces plaintes inarticulées ?

— Inutile de l'enivrer, dit- Hans. J'ai des graines de pavot pour calmer les douleurs de mes ouvriers quand ils se blessent au travail. Je lui en ferai prendre tout à l'heure, écrasées dans un peu de vin. Il dormira comme un enfant.

Lorsqu'ils eurent fini de donner leurs soins à Gauthier, une bande blanche s'était dessinée à l'horizon et repoussait la nuit. Un peu partout, les voix enrouées des coqs se répondaient. Hans jeta vers le ciel un regard soucieux.

— Préparons le chariot, maintenant, dit-il. Urraca ne va pas tarder à descendre de son galetas.

Il fit rapidement avaler à Gauthier le vin drogué, puis, l'enveloppant d'une bâche, il le porta dans le grossier chariot qui dormait dans la remise attenante à la maison. Puis, aidé de Josse et de Hatto, il commença à y transporter des blocs de pierre qu'il disposa habilement dans la voiture de manière que le Normand fût caché par eux sans risques d'être blessé. De la paille fut placée dans les interstices.

Il était temps. Gauthier venait de disparaître derrière son rempart improvisé quand la maisonnée s'éveilla. La vieille Urraca, ses yeux de chouette gros de sommeil, descendit péniblement l'espèce d'échelle qui menait à l'étage supérieur et commença à traîner ses savates entre la cour et la cuisine, tirant de l'eau au puits, cherchant du bois au bûcher, soufflant sur les braises qu'elle avait, la veille au soir, soigneusement recouvertes de cendres avant d'aller au lit. Bientôt l'eau commença à chantonner dans le chaudron tandis que la vieille taillait, avec un couteau long à faire frémir, d'épaisses tranches de pain noir qu'elle disposait sur la table avec des oignons décrochés de la maîtresse poutre. Un à un, bâillant et s'étirant, les hommes de la pierre sortaient de leur dortoir, allaient s'ébrouer dans un seau d'eau froide, puis revenaient chercher leur nourriture. Catherine, bâillant et s'étirant comme les autres, avait repris sa place au coin de l'âtre non sans raison. L'aube était glaciale et elle se sentait gelée. Quant à Josse, affectant les manières d'un homme qui s'éveille à grand-peine, il sortit et s'en alla faire un tour sur la place. Il voulait voir ce que donnait le nouvel occupant de la cage à la lumière du jour. Hans le suivit des yeux, avec un sentiment d'inquiétude, mais se rassura bientôt. Le clignement de paupières et le claquement de langue que lui adressa Josse étaient pleinement satisfaisants. Il se tourna donc vers ses ouvriers et commença à les haranguer dans leur langue maternelle. Catherine saisit au passage les mots de « Las Huelgas » et comprit que le maître d'œuvre leur annonçait qu'il allait se rendre pour la journée au célèbre monastère. Les Allemands hochaient la tête d'un air approbateur. Aucun ne fit entendre sa voix. L'un après l'autre, après un bref salut en direction de la jeune femme, ils sortirent dans le soleil levant et, le dos rond, déjà offert à la fatigue de la journée de travail, ils se dirigèrent vers leur chantier. Hans adressa un sourire à Catherine.

— Mangez vite quelque chose et mettons-nous en route. Les portes s'ouvrent.

On entendit, en effet, grincer la herse de la porte Santa Maria toute proche tandis que les bruits de voix, les cris et les appels coutumiers commençaient d'animer la place. Hans se tourna vers la porte.

— Où est Josse ? demanda-t-il. Toujours sur la place ?

— Je crois... oui !

— Je vais le chercher.

Machinalement, tout en mordant à belles dents un quignon de pain et un oignon, Catherine le suivit. Josse n'était pas loin. Sa maigre silhouette se découpait à quelques toises de la maison les mains aux hanches. Il paraissait fasciné par un spectacle qui ne tarda pas à captiver Hans et Catherine. En effet, une cavalcade débouchait en trombe sur la place. La jeune femme reconnut des alguazils et, au milieu d'eux, le cheval andalou et les plumes noires de don Martin Gomez Calvo. Au même instant, une troupe de charpentiers arrivaient en courant, avec des poutres, des planches, des échelles et des marteaux. Un homme énorme, vêtu de pourpre sombre, paraissait les commander.

— Le bourreau ! articula Hans d'une voix complètement décolorée. *Donnerwetter !* Est-ce que cela voudrait dire que...

Il n'acheva pas sa phrase. Ce qui se passait devant les yeux épouvantés de Catherine n'était que trop clair. Avec une rapidité diabolique, les charpentiers installaient un échafaud bas, stimulés par les gestes énergiques du bourreau et par les claquements de fouet de trois contremaîtres apparus tout à coup.

— Ce sont des esclaves maures ! souffla Hans. Il faut fuir et tout de suite. Regardez ce que fait don Martin.

Catherine tourna la tête vers l'Alcade Criminel. En vérité il n'était point besoin d'un long examen pour comprendre ce qu'il faisait. Debout sur ses étriers, un doigt osseux pointé vers le ciel, puis ramené vers la terre, il donnait, assez clairement pour qu'on n'eût pas besoin de traduire ses paroles, l'ordre de descendre la cage.

Josse, à cet instant, vira sur ces talons et revint en courant vers la maison. Il était blanc jusqu'aux lèvres.

— Alerte ! lança-t-il. Don Martin craint que le mauvais temps n'ait trop affaibli le prisonnier. Il a donné l'ordre de procéder à l'exécution. Et il a l'air pressé !

En effet, une nouvelle bande d'esclaves maures aux identiques turbans jaunes faisaient leur apparition, chargés de bûches et de fagots destinés au bûcher qui devait brûler le condamné préalablement écorché.

Sans répondre, Hans empoigna Catherine et Josse chacun par un bras et rentra précipitamment dans la maison. Ils se ruèrent vers le chariot où Hatto achevait d'atteler les chevaux. Vivement, les trois compagnons se hissèrent sur le véhicule, Catherine à côté de Hans qui saisit les guides et Josse assis à l'arrière, les jambes pendantes et le bonnet sur les yeux, dans l'attitude d'un ouvrier consciencieux qui se rend à l'ouvrage sans se soucier des autres contingences. Le fouet claqua aux

mains de Hans et l'attelage franchit la barrière en planches que Hatto maintenait ouverte. On se dirigea vers
la porte Santa Maria.

Mais, déjà, la circulation était difficile. Les apprêts
de l'exécution avaient fait sortir en masse les citadins
de leurs maisons. Ils s'attroupaient par masses épaisses,
se bousculant pour s'assurer les premiers rangs. Les
fenêtres s'ouvraient dans le claquement joyeux de leurs
volets de bois, se garnissaient de femmes au regard brillant. On escaladait les toits que la pluie de la veille et
le froid du petit matin avaient cependant rendus glis-
sants. Les gens de Burgos se préparaient, fiévreusement,
à un spectacle de choix.

Les yeux apeurés de Catherine glissèrent sur l'échafaud, où les bourreaux dressaient à cet instant un poteau
en forme de croix et garni de chaînes, sur le bûcher
presque terminé, et remontèrent le long de la tour, vers
la cage qui lentement descendait. Elle avait déjà parcouru plus de la moitié du trajet. Et le chariot avait de
plus en plus de mal à avancer.

— *Paso !*[1] hurlait Hans qui, debout, faisait claquer
son fouet. *Paso !*

Mais la foule, de plus en plus dense, était trop attirée
par les préparatifs du supplice pour lui prêter attention.
Ses cris obtenaient tout juste un regard dédaigneux. Ces
gens préféraient être foulés aux pieds des chevaux plutôt
que de céder un pouce de terrain. La colère s'empara
de l'Allemand.

— *Cuidado !*[2] ordonna-t-il tandis que la mèche du
fouet s'en allait caresser quelques épaules rebelles.

En même temps, tirant de toutes ses forces sur les
rênes, il fit cabrer les chevaux dont les jambes battantes
menacèrent plusieurs têtes. Cette fois, la foule, avec un
cri de terreur, s'écarta. Hans lança ses chevaux vers la
porte.

Hélas, au même instant, la cage touchait terre et don

1. Place !
2. Attention !

Martin n'eut pas besoin d'y regarder à deux fois pour comprendre que le prisonnier lui avait échappé. Catherine, qui l'observait avec angoisse, vit sa figure olivâtre tourner au vert. Il sauta à bas de son cheval et se mit à hurler des ordres. La foule, déçue, déjà furieuse, se mit à gronder comme la mer au vent de la tempête. Le chariot allait s'engager sous la voûte de la porte... Avec un grincement sinistre la herse se baissa devant les poitrails des chevaux. Don Martin avait donné l'ordre de fermer les portes et de fouiller la ville !

Prête à s'évanouir, Catherine ferma les yeux et s'affaissa sur son siège. La voix de Hans lui chuchota, comme du fond d'un rêve :

— Courage, bon sang ! Ce n'est pas le moment d'avoir des vapeurs ! Il faut faire front ! C'est notre seule chance.

Et, incontinent, il se mit à invectiver les gardes, leur servant, en bon castillan, un long discours rageur qui devait vouloir dire qu'il avait, lui, son travail à faire et que toutes ces histoires de clocher ne l'intéressaient pas. Avec une foule de gestes furieux à rendre jaloux don Martin lui-même, désignant tour à tour la lourde grille close et son chariot, Hans tentait visiblement de convaincre les gardes de le laisser passer. Mais ceux-ci, appuyés sur leurs piques aussi pesamment que sur leur consigne, hochaient négativement la tête, refusant d'entendre. Découragé, Hans se laissa retomber sur son banc.

— Qu'allons-nous faire ? demanda Catherine prête à pleurer.

— Que voulez-vous que nous fassions ? Il nous faut rester et attendre... avec tous les risques que cela comporte !

Accablée, Catherine baissa la tête, joignit les mains sur sa poitrine et se mit à prier en silence, indifférente à ce qui se passait derrière elle. Pourtant la place bouillonnait comme une mer en furie. Malmenés par les alguazils qui faisaient pleuvoir sur eux une grêle de coups de bois de lance pour se frayer un passage vers les maisons, les gens beuglaient comme cochons à l'abattoir. La douleur et la rage se mêlaient. Un peu partout, des disputes éclataient, voire des rixes. Déjà les hommes de don Martin pénétraient en trombe dans les auberges, interrogeant brutalement hôteliers et voyageurs. Tout le monde croyait voir, dans chaque visage inconnu ou seulement un peu étrange, l'un de ces terribles brigands de la forêt d'Oca, qui, sans doute, étaient venus reprendre leur camarade. La peur se glissait dans les âmes, y semant une folle panique.

Tout à coup, de l'autre côté de la porte fermée, un faible chant religieux se fit entendre, un chant si familier qu'il fit lever la tête de Catherine.

E ul treia !
E sus eia !
Deus aia nos !

L'antique, le séculaire chant des pèlerins de Compostelle. Celui qu'ils reprenaient toujours quand la fatigue se faisait trop lourde, celui que, si peu de semaines plus tôt, elle-même avait chanté en quittant Le Puy et sur les chemins déserts de l'Aubrac. Une vague d'espoir se leva en elle. Il lui parut que la vieille cantilène était la réponse de Dieu à son ardente prière. Sautant à bas du chariot, elle courut à la herse, s'y accrocha des deux mains, glissant son visage entre les barreaux. Devant elle, sur le pont romain, une troupe de pèlerins fourbus et déguenillés avançaient, redressant de leur mieux leurs échines lasses et leurs têtes pesantes. En avant, les yeux levés vers le ciel, son regard fanatique rivé aux nuages et brandissant bien haut le bâton dont il scandait le chant, marchait Gerbert Bohat...

— Tiens ! souffla Josse qui s'était glissé près de Catherine, comme on se retrouve !

Mais Gerbert n'avait pas vu ses anciens compagnons de route. Il s'était arrêté à quelques pas de la herse close et, levant la tête vers le haut du rempart où veillaient des soldats :

— Pourquoi cette porte est-elle fermée ? demanda-t-il. Ouvrez aux errants de Dieu !

Il répéta aussitôt ses paroles en espagnol. Un homme d'armes répondit quelque chose qui devait être un conseil de passer au large tant le ton était rude. D'ailleurs, la fragile douceur chrétienne du Clermontois n'y résista pas. Il éleva la voix et c'est d'un ton de colère qu'il apostropha son adversaire.

— Que dit-il ? demanda Catherine.

— Qu'aucune ville chrétienne, jamais, n'a osé se fermer devant les pèlerins de Compostelle, que lui et les siens sont exténués, qu'il a des malades, des blessés même qui ont grand besoin d'arriver à l'hospice car ils ont été attaqués par des brigands et qu'il exige l'ouverture des portes !

— Et que lui répond-on ?

— Que don Martin ne veut pas !

Le dialogue, de plus en plus rapide, de plus en plus violent, se poursuivit quelques instants. Finalement, Gerbert Bohat planta son bâton à terre et s'appuya dessus dans une position d'attente tandis qu'autour de lui les pèlerins se laissaient tomber sur le sol, exténués de fatigue.

— Alors ? demanda Catherine à Josse.

— Gerbert en appela à l'archevêque. Le soldat lui a répondu qu'on allait chercher don Martin.

L'Alcade Criminel ne tarda pas à apparaître. Catherine entrevit sa longue silhouette noire, ses jambes de faucheux qui grimpaient l'escalier de pierre du rempart. Hans, à son tour, était descendu du chariot malgré les gardes qui prétendaient le faire rentrer chez lui et avait rejoint ses compagnons.

— Il y a peut-être là une chance, souffla-t-il. J'ai entendu don Martin dire que les brigands qui ont attaqué les pèlerins sont peut-être ceux d'Oca et qu'il faudrait interroger les arrivants.

Au bout d'un instant, en effet, la voix coupante de don Martin se fit entendre au-dessus de la tête de Catherine. Gerbert avait salué poliment mais ne s'était pas

144

départi de son attitude raide pour s'adresser à lui. Un nouvel échange de paroles incompréhensibles pour la jeune femme puis, brusquement, le ton de l'alcade s'adoucit étrangement. Hans chuchota, étonné :

— Il dit qu'il va faire ouvrir les portes devant ces saintes gens... mais je n'aime pas beaucoup sa subite douceur. Et l'art d'interroger autrui ne présente pas beaucoup de nuances chez don Martin. N'importe, si la herse s'ouvre, il faudra en profiter...

— Mais vous risquez d'être poursuivi ? objecta Catherine. On vous tirera peut-être dessus ? Si une flèche vous atteignait je ne me le pardonnerais pas.

— Moi non plus ! sourit Hans mi-figue mi-raisin, mais nous n'avons pas le choix. Si l'on découvre ce que nous transportons, nous partageons son sort. Le vin est tiré, il faut le boire ! Écoutez ce vacarme derrière nous ! On fouille toutes les maisons. Mourir pour mourir, j'aime mieux une flèche que le bûcher.

Et Hans se réinstalla résolument sur son siège, invitant Catherine et Josse à en faire autant. Ils reprenaient tout juste leur place quand don Martin Gomez Calvo apparut sous la voûte avec une escouade d'alguazils. Il eut un haut-le-corps en apercevant le chariot et se dirigea vivement vers lui. Le voyant approcher, son maigre visage déformé par la colère, Catherine se sentit mourir. Il allait faire reculer la voiture, ordonner qu'on la fouille. Elle écouta la voix aigre invectiver Hans avec la mort dans l'âme, persuadée que rien, désormais, ne pourrait plus sauver ni elle, ni Gauthier, ni leurs amis, de cet échafaud vide qui, là-bas, avait l'air d'attendre une proie.

Mais c'était mal connaître le maître d'œuvre. À la colère de l'alcade, il opposa un calme olympien, expliquant, comme Josse le chuchota à l'oreille de Catherine, qu'il lui fallait absolument porter son chargement de pierres à Las Huelgas parce qu'il était déjà en retard pour un travail à lui commandé par le connétable Alvaro de Luna. Le nom du maître de la Castille fit son effet. La hargne de don Martin baissa de quelques degrés. Son regard aigu, méfiant, enveloppa tour à tour chacun des occupants du chariot. Catherine, sous l'examen de ces yeux cruels, retint mal un frisson de dégoût. Il y eut un instant de silence accablant, mais, enfin, les lèvres minces de don Martin s'entrouvrirent, laissèrent tomber une phrase courte. Derrière elle, Catherine sentit Josse frémir. Hans, lui, n'avait pas bronché, mais, en le voyant serrer ses rênes d'une main plus ferme, la jeune femme comprit que l'on allait partir. En effet, la herse, lentement, se relevait. Mais, derrière le chariot et tout autour, il y avait une troupe armée. Don Martin s'avança sur le pont, fit un geste autoritaire qui invitait les pèlerins à s'avancer. Ils se relevèrent péniblement, se mirent en rang tant bien que mal. Seul Gerbert n'avait rien perdu de son attitude hautaine.

— Allons-y ! murmura Hans. Nous tenons trop de place. Nous attendrons, sur le pont, que toute la colonne soit passée.

Le chariot avança lentement, sortit de l'ombre humide de la porte. Catherine, qui, jusque-là, avait eu la sensation d'avoir sur sa poitrine toutes les pierres du rempart, sentit son cœur s'alléger. Hans rangea son véhicule pour laisser passer les pèlerins. Ils semblaient accablés de fatigue, et aussi de misère. La traversée des montagnes avait dû les éprouver. Au passage, Catherine et Josse reconnurent quelques visages, mais la plupart portaient les traces visibles de leurs peines. Les vêtements étaient en lambeaux, les corps tuméfiés ou même blessés. Les brigands avaient dû les malmener cruellement. Plus aucun d'entre eux n'avait le courage de chanter.

— Pauvres gens ! murmura Catherine. Nous devrions être comme eux !

— Dieu soit loué, nous n'y sommes pas, souffla Josse avec une satisfaction qui, d'ailleurs, ne dura guère.

En effet, le drame tout de suite éclata. À peine les pèlerins eurent-ils atteint la porte Santa Maria que les soldats les entourèrent et s'emparèrent d'eux.

— Sang du Christ ! jura Josse. Mais... on les arrête !

— Don Martin désire leur poser quelques questions, répondit Hans d'une voix sombre. Il préfère s'assurer de leurs personnes... momentanément !

— C'est indigne ! s'écria Catherine. Qu'est-ce que ces pauvres gens peuvent lui apprendre ? Ils ont besoin de soins. Pas de policiers !

— On leur demandera si les brigands d'Oca ont récupéré leur compagnon, par exemple. Et où ils ont leur repaire. Reste à savoir de qui ces malheureux ont le plus peur : de la vengeance des brigands ou bien de don Martin !

Catherine ne répondit pas. Tournée vers la ville, elle suivait avec angoisse les péripéties du drame. Car, si la plupart des pèlerins se laissaient emmener sans résistance, quelques-uns d'entre eux tentaient d'opposer une certaine défense aux hommes de l'alcade et, premier de tous, naturellement, Gerbert Bohat. On l'entendit crier :

— Trahison ! Défendons-nous, mes frères, Dieu le veut !

Et lui-même, courageusement, se lança dans la bataille, opposant son dérisoire bourdon aux épées et aux lances des soldats. Incapables d'aller plus loin, Catherine, Hans et Josse regardaient, fascinés, les yeux agrandis par l'horreur. Le sang coulait, sur le pont, en longues rigoles sombres qui se moiraient sous le soleil déjà haut. La brutalité des Castillans se donnait libre cours et, debout, bras croisés, à quelque distance, don Martin regardait en passant sa langue sur ses lèvres.

Cela ne dura guère, le combat étant par trop inégal. Bientôt, tous les pèlerins furent maîtrisés. Catherine, soulevée d'indignation, entendit le cri de mort de Gerbert, frappé en pleine poitrine par une lance. Un ordre bref lui fit écho et, aussitôt, le malheureux Clermontois fut jeté à la rivière qui, sur son flot jaune, grossi des dernières pluies, l'emporta lentement d'abord, puis plus vite. Les autres pèlerins furent poussés dans la ville et la herse retomba...

Rageusement, Catherine secoua Hans qui paraissait frappé de stupeur.

— Vite, partons ! Nous avons la place maintenant...
Et puis nous pourrons peut-être le repêcher.

— Qui ? fit Hans en levant sur elle un regard accablé.

— Mais lui... Gerbert Bohat que ces misérables ont
jeté à l'eau. Peut-être n'est-il pas mort...

Docilement, Hans mit le chariot en marche. La route
qui menait à Las Huelgas suivait, heureusement, le cours
de l'Arlanzon. Josse avait quitté sa place, à l'arrière de
la carriole, pour rejoindre les deux autres. Lui aussi avait
les traits tirés, le regard un peu halluciné. Il balbutia :

— Des pèlerins ! Des errants de Dieu qui deman-
daient seulement l'asile qui leur est dû !...

— Je vous ai dit que les gens d'ici étaient des sauvages ! lança Hans avec une soudaine violence. Et don
Martin est le pire de tous. Je pensais qu'après l'affaire
de la cage vous n'en douteriez pas, mais il fallait le sang
pour vous convaincre ! Vivement que je termine mon
œuvre ici. Je rentrerai avec joie dans mon pays, au bord
du Rhin... Un grand fleuve, un vrai ! Majestueux, grandiose ! Rien de comparable avec cette sale petite
rivière !

En silence, Catherine le laissa exhaler sa fureur. Les
nerfs tendus du sculpteur en avaient besoin... Elle sur-
veillait l'eau jaune, cherchant à retrouver le corps de
Gerbert. Soudain, elle l'aperçut, longue forme noire
dérivant au gré du flot boueux. Elle se dressa, tendit le
bras.

— Tenez ! Le voilà ! Arrêtez !

— Il est mort ! fit Hans. Pourquoi s'arrêter ?

— Parce qu'il n'est peut-être pas tout à fait mort. Et
même s'il l'est, il a droit à une sépulture chrétienne.

Hans haussa les épaules.

— Même l'eau sale vaut autant que la terre de ce
pays pourri ! Arrêtons-nous si vous y tenez.

Il rangea le chariot le long du chemin défoncé. Aussitôt, Catherine fut à terre. Josse sur les talons, elle
dégringola vers l'Arlanzon, l'atteignit à une courbe serrée vers laquelle le corps se dirigeait. Sans hésiter, Josse

entra dans l'eau, attrapa Gerbert, l'amena à la rive. Aidé de Catherine, il le sortit de l'eau, l'étendit sur les cailloux de la berge. Le Clermontois avait les yeux clos, les narines pincées, les lèvres blanches et serrées, mais il respirait encore faiblement. À la poitrine, il portait une plaie profonde mais qui ne saignait plus. Josse hocha la tête.

— Il n'en a plus pour longtemps ! Il n'y a rien à faire, dame Catherine. Il a perdu trop de sang !

Sans répondre, elle s'assit à terre, posa la tête de Gerbert sur ses genoux avec une douceur infinie. Hans l'avait rejointe et, sans un mot, lui tendait une sorte de gourde en peau de chèvre qu'il avait accrochée à sa ceinture avant de quitter sa maison. Il y avait du vin dedans. Catherine en humecta les lèvres décolorées. Gerbert eut un frisson, ouvrit les yeux, les posa surpris sur la jeune femme.

— Catherine ! balbutia-t-il... Vous êtes... morte, vous aussi... puisque je vous revois... J'ai tant pensé à vous !

— Non. Je vis et vous vivez aussi ! Ne parlez pas !

— Il le faut ! Vous avez raison... je le sens à ma souffrance, je vis encore, mais pour bien peu de temps ! Je... voudrais... un prêtre, pour ne pas... partir avec mon péché !

Il fit un effort pitoyable pour se redresser, s'agrippant au bras de Catherine. Doucement, Josse s'agenouilla derrière lui, le souleva avec précaution. Il regarda les trois visages penchés sur lui, soupira :

— Aucun de vous n'est prêtre, n'est-ce pas ?

Catherine fit signe que non, retenant avec peine ses larmes. Gerbert essaya de sourire.

— Alors... c'est vous qui m'entendrez, Catherine... Vous trois ! Je vous ai chassée, condamnée à errer sans nous... parce que je croyais vous haïr... comme je haïssais toutes les femmes. Mais j'ai compris que, vous... ce n'était pas pareil ! Votre pensée... ne m'a plus quitté... et la route est devenue mon enfer !... À boire !... Encore un peu de vin !... Il me donne la force...

Catherine le fit boire, doucement. Il eut une faiblesse mais se reprit, rouvrit les yeux.

— Je vais mourir... et c'est bien ainsi ! Je n'étais pas digne... d'approcher le tombeau de l'Apôtre parce que... j'ai tué ma femme, Catherine !... Je l'ai tuée par jalousie... parce qu'elle en aimait un autre ! J'aurais voulu tuer toutes les femmes...

Il se tut, se rejeta en arrière et Catherine, une fois encore, crut qu'il passait. Mais, après un instant, il souleva ses paupières que la mort plombait déjà. Sa voix s'affaiblissait, les mots s'embarrassaient. Les lèvres cherchaient l'air qui les fuyait.

— Pardonnez !... Il faut... pardonner ! J'ai eu mal !... Oh ! si mal !... Alysia !... Je l'aimais ! Je pouvais aimer alors !...

Les derniers mots furent incompréhensibles. La faible étincelle de vie que le vin avait rallumée dans le corps exsangue s'éteignait rapidement. Gerbert devint plus pâle encore, ses traits parurent se ratatiner, se resserrer.

— C'est la fin ! murmura Josse.

C'était la fin, en effet. Les lèvres blêmes s'agitaient sans qu'aucun son n'en sortit. Catherine sentit le corps épuisé se raidir contre elle dans le dernier spasme de l'agonie. Puis la bouche parvint à prononcer un dernier mot.

— Dieu !...

Le mot n'était qu'un soupir et ce soupir était le dernier. Les yeux s'étaient fermés pour ne plus se rouvrir. Doucement, Catherine laissa glisser le corps en arrière, essuya ses yeux humides et regarda Hans. Il avait l'air changé en pierre.

— Où l'enterrer ?

— Les moines de l'Hospital del Rey s'en chargeront. Nous allons le mettre aussi dans le chariot.

Joignant leurs efforts, Josse et Hans emportèrent le cadavre trempé en l'enveloppant de leur mieux dans son manteau de pèlerin déchiré. On le déposa sur les pierres qui protégeaient Gauthier. Celui-ci, toujours roulé dans sa bâche et entouré de paille, n'avait pas bougé. Il dormait avec application, assommé par la dose de vin drogué que lui avait administrée Hans. Celui-ci fit claquer son fouet.

— La route n'est pas longue, heureusement, fit-il d'une voix enrouée qui traduisait à elle seule leur émotion à tous.

En effet, quelques instants seulement s'écoulèrent avant que surgissent les murs blancs et la tour carrée d'un puissant couvent cistercien dont deux portes seulement perçaient l'imposante enceinte.

— Las Huelgas ! marmonna Hans. Le plus noble couvent d'Espagne. Le roi Alphonse VIII et la reine Aliénor d'Angleterre l'ont fondé, voici bien longtemps, pour les filles de la haute noblesse et pour servir de sépulture à ceux de leur race. Mais, à ce que l'on dit, cette haute destinée se trouve aujourd'hui quelque peu oubliée.

En effet, à la grande surprise de Catherine, des flots de musique s'échappaient des pures fenêtres romanes du couvent. C'étaient des échos de violes, de luths et de harpes qui n'avaient rien de religieux. Accompagnée par eux, une fraîche voix de femme chantait une chanson d'amour et, de temps en temps, des rires se faisaient entendre. Le ciel, devenu d'un bleu chaud et l'éclat du soleil achevaient de donner à cet étrange couvent un grand air de gaieté.

— Qu'est-ce que cela veut dire ? fit Catherine ahurie.

— Que les nonnes de Las Huelgas sont choisies, actuellement, beaucoup plus pour leur beauté et leurs aptitudes à l'amour que pour leurs quartiers de noblesse ou leur piété, répliqua Hans sarcastique. Le roi Jean, qui est un artiste, qui aime fort la musique, et le connétable, qui aime fort les dames, y font de fréquents... et très agréables séjours. Aussi n'est-ce point là que nous laisserons notre défunt et nos pierres, mais bien chez les vieux moines de l'Hospital del Rey qui, d'ailleurs, s'accommodent assez mal de ce voisinage parfumé.

Le vieil hospice s'élevait un peu plus loin et il était infiniment moins pimpant que le beau couvent. Ses pierres s'effritaient, menaçaient ruine en plus d'un endroit. Les pèlerins de Compostelle ne s'y arrêtaient plus guère, préférant celui de Santo-Lesmes en plein Burgos. Lentement, l'Hospital del Rey s'endormait dans l'oubli.

— Les réparations que je dois y faire sont plus qu'urgentes ! remarqua Hans. Mais nous y voici !

Il avait fait franchir à l'attelage la tour porche qui donnait accès à la cour intérieure et, déjà, le vieux frère portier s'avançait vers eux, un sourire de bienvenue sur sa face parcheminée.

— Maître Hans ! s'écria-t-il. En vérité, c'est le Seigneur qui vous envoie car le clocher de notre chapelle menace à chaque office de nous tomber sur la tête. Il était temps que vous veniez. Je vais prévenir le Vénérable Abbé.

Tandis qu'il trottinait à travers la cour envahie par les herbes folles, Catherine, lentement, se laissa glisser de son siège.

Lorsque, une heure plus tard, Catherine et Josse quittèrent l'Hospital del Rey, leur moral, malgré le succès de la fuite, était au plus bas. La mort de Gerbert pesait encore lourdement sur l'âme de la jeune femme. Elle se la reprochait, comme si cette mort lui eût été imputable. De plus, l'état de Gauthier l'inquiétait mortellement...

Tout à l'heure, quand, après un rapide conciliabule à voix basse entre Hans et le Père Abbé, la longue forme enveloppée de toile rude avait été descendue du chariot, un fait étrange et terrifiant s'était produit. Le Normand s'était éveillé de la torpeur provoquée par la graine de pavot quand on l'avait étendu sur un banc. Mais il n'avait rouvert les yeux, d'ailleurs révulsés, que pour tomber dans une étrange crise. Son corps s'était raidi et ses mâchoires s'étaient crispées au point que les dents avaient grincé. Puis, brusquement, le géant avait roulé du banc et s'était tordu sur le sol avec des mouvements violents de la tête et de tout le corps. Enfin il était tombé dans une profonde torpeur tandis qu'une écume blanche moussait à ses lèvres. Épouvantée, Catherine avait reculé jusqu'à la muraille et s'y collait comme si elle avait espéré s'y intégrer. Hans et Josse n'avaient pas bougé : sourcils froncés, ils regardaient, mais l'abbé s'était signé précipitamment plusieurs fois avant de s'enfuir en courant. Son absence n'avait pas duré. Il était revenu presque aussitôt, armé d'un plein seau d'eau bénite qu'il avait projetée sur le blessé. Dans son sillage trottait un moinillon armé d'un énorme encensoir qui répandait une épaisse fumée suffocante.

Hans n'avait pas eu le temps de prévoir le geste de l'abbé et d'éviter la douche froide au malheureux Gauthier. Mais il s'était tout de suite employé à calmer la colère du saint homme dont la mimique furieuse ne laissait aucun doute : il entendait que l'inconnu possédé du démon fût emporté aussitôt hors de son hospice consacré. Hans avait jeté à Catherine un regard consterné.

— Il faut que vous partiez maintenant. On va vous donner une carriole pour l'emporter. L'abbé croit qu'il est possédé du démon... et je ne peux plus grand-chose pour vous !

— Est-il vraiment... possédé ? demanda Catherine avec angoisse.

Ce fut Josse qui, de la façon la plus inattendue, se chargea de la renseigner.

— Les anciens Romains appelaient ce mal, le mal sacré. Ils prétendaient qu'un Dieu habitait l'homme en convulsions. Mais j'ai connu jadis un médecin maure qui affirmait qu'il s'agissait seulement d'une maladie dont le siège est dans la tête.

— Vous avez connu un médecin maure ? s'étonna Hans. Où donc ?

Le mince visage brun de Josse rougit brusquement.

— Oh ! fit-il avec insouciance, j'ai beaucoup voyagé !...

Il ne tenait pas à s'étendre et Catherine savait pourquoi. Dans un moment d'expansion, Josse lui avait confié que sa mauvaise chance l'avait fait ramer deux ans sur une galère barbaresque, d'où sa science inatten-due.

— Un médecin maure ? fit Hans songeur.

Tout en réemballant Gauthier, maintenant à peu près calme, dans sa toile et en le transportant à la carriole qu'un frère lui amenait dans la cour, il raconta à ses deux nouveaux amis ce qu'il avait entendu dire à Burgos concernant l'étrange archevêque de Séville, Alonso de Fonseca. Fastueux, avide, collectionneur passionné de pierres précieuses et féru d'alchimie, l'archevêque entretenait, dans son château fort de Coca, une cour bizarre où astrologues et alchimistes étaient infiniment plus nombreux que les religieux. La grande merveille de cette cour, à ce que l'on en disait, était un médecin maure du plus grand savoir et de la plus inquiétante habileté.

— Quand les familiers du connétable Alvaro de Luna ne sont point trop rapprochés, les gens de Burgos chuchotent volontiers que ce médecin fait des miracles. Pourquoi n'iriez-vous pas le voir ? Si vous vous dirigez vers Tolède, vous rendre à Coca ne vous allongera guère le chemin.

— Quelle raison aurait le seigneur archevêque de nous accueillir ? fit Catherine sceptique.

— Trois raisons : son hospitalité, qui est prover-biale ; l'intérêt qu'il prend à toutes les choses étranges qui se déroulent sous son toit ; enfin... ne vous ai-je pas dit qu'il était passionné de pierres précieuses ?

Cette fois, Catherine avait compris. S'il n'y avait pas d'autre moyen d'obtenir les soins du mage de Coca, l'émeraude de la reine Yolande lui ouvrirait certaine-ment les portes de la forteresse.

Son parti avait été pris aussitôt. Pour sauver Gauthier, elle était prête à bien d'autres sacrifices qu'un léger allongement de sa route et la perte d'un bijou, même précieux à son cœur. Elle avait remercié Hans de son aide désintéressée avec une chaleur qui avait amené une profonde rougeur au front de l'Allemand. Quand ses lèvres, spontanément, s'étaient posées sur la joue mal rasée de Hans, elle avait vu ses yeux clairs s'emplir de larmes.

— Peut-être qu'on se reverra un jour, dame Catherine ?

— Quand vous aurez terminé votre œuvre ici et si je revois Montsalvy, vous viendrez chez nous faire des merveilles.

— C'est juré !

Un dernier serrement de mains entre les deux hommes, un dernier signe d'adieu et le chariot avait commencé à cahoter sur le chemin du sud. À l'arrière, Gauthier était confortablement installé dans la paille. Josse avait pris les rênes et pressait les deux chevaux. Peu habitués à être attelés, ceux-ci réclamaient de lui une attention de tous les instants et une poigne solide. Mais Catherine n'avait rien d'autre à faire qu'à regarder le paysage.

Malgré le soleil qui, maintenant, éclatait dans le ciel bleu, la région, aride, sauvage, sans arbres, était d'une pesante tristesse à laquelle s'ajoutait le son, de plus en plus lointain, du glas que les moines hospitaliers sonnaient pour le pèlerin mort.

L'esprit de Catherine s'attachait à ce Gerbert, étrange et criminel, muré dans son orgueil et sa souffrance comme dans une double armure d'airain. Elle avait compris quelle âme en détresse se cachait sous ces dehors impitoyables et un regret lui venait de n'avoir pas mieux cherché à le comprendre. Avec un peu d'amitié, elle eût peut-être réussi à entrouvrir ce cœur fermé... Ils auraient pu être amis...

Pourtant, au fond d'elle-même, une voix chuchotait qu'elle essayait de se leurrer. Avec un homme tel que Gerbert deux sentiments seulement étaient possibles : l'amour ou la haine. Il avait choisi, pour elle, la haine par crainte de l'amour et, maintenant, la mort apaisante était venue calmer à jamais cette âme douloureuse. Peut-être, au lieu de s'affliger, valait-il mieux, après tout, remercier Dieu de sa clémence...

De Gerbert, la pensée de Catherine passa à Gauthier,

mais elle préféra ne point s'y arrêter. Son état lui causait une peine si amère que cela pouvait affaiblir un courage dont elle avait plus que jamais besoin. Il ne fallait pas qu'elle se laissât aller à s'attendrir si elle voulait garder une chance de le sauver. C'était déjà bien beau de l'avoir retrouvé, arraché à une mort affreuse alors que, depuis si longtemps, elle l'avait cru perdu pour elle. Qui pouvait dire si le Maure de l'archevêque Fonseca ne lui rendrait pas la raison et s'ils n'entreraient pas d'une même allure triomphante, toutes leurs forces intactes, dans le royaume fabuleux du Maure pour en arracher Arnaud ?...

Arnaud, Catherine découvrait avec stupeur que, depuis plusieurs jours, captivée par le problème cruel que représentait Gauthier, elle n'avait presque pas pensé à son époux. Maintenant qu'elle avait le loisir de songer à lui, elle retrouvait sa colère intacte, plus brûlante peut-être encore depuis qu'elle avait retrouvé Gauthier. Tant de souffrances accumulées pour un époux volage qui ne s'en doutait même pas et qui très probablement, à cette heure où sa femme regardait défiler lentement autour d'elle les solitudes jaunes de la vieille Castille en traînant après elle un homme qui n'avait plus sa raison et un cœur débordant d'amertume, se laissait bercer par les caresses d'une Infidèle dans le cadre enchanteur et dissolvant d'un palais sarrasin. L'image ainsi évoquée produisit son habituel effet révulsif. Elle jeta au paysage environnant un regard chargé de ressentiment.

— Quel affreux pays ! Est-ce ainsi jusqu'à Grenade ?

— Heureusement non ! répondit Josse avec son curieux sourire à lèvres closes. Mais je dois dire que nous n'en avons pas encore fini avec le désert.

— Où coucherons-nous, ce soir ?

— Je l'ignore. Comme vous pouvez le constater, il n'y a pas beaucoup de villages. Encore la majeure partie de ceux qu'il y avait sont-ils en ruine et désertés. La grande Peste Noire, au siècle passé, a ravagé les villes et dépeuplé les campagnes.

— Il y a tout de même encore des vivants ! bougonna Catherine. Et, depuis un siècle, ils auraient peut-être eu le temps de faire pousser du blé !

— Vous comptez sans la Mesta !

— Qu'est-ce que c'est que cela ?

— La corporation des éleveurs de moutons. Ils sont l'une des rares puissances productives de ce pays. Leurs immenses troupeaux changent de région suivant les saisons et aucune barrière ne doit les arrêter. Comment voulez-vous faire pousser quoi que ce soit dans ces conditions ? Tenez, regardez !

Du manche de son fouet, Josse désignait, sur l'horizon pâle, une large tache d'un brun foncé, qui semblait onduler.

— Il y a là plusieurs centaines de têtes, mais vous pouvez voir qu'ils sont bien gardés.

En effet, l'habituelle silhouette pastorale des bergers, dans leurs longs vêtements, se doublait de quelques cavaliers montés sur des mules, aussi rustiques que leurs compagnons, mais portant à la ceinture de larges coutelas. Josse haussa les épaules.

— Ces bêtes sont la richesse de quelques-uns. Le reste du peuple des campagnes vit dans une affreuse misère. Mais, avec un peu de chance, nous trouverons peut-être un château ou bien un moutier quelconque pour nous accueillir...

— Arrangez-vous pour qu'il y ait un ruisseau, une rivière ou même une simple mare dans les environs. Il y a longtemps que je ne me suis sentie aussi sale...

Josse lui jeta un coup d'œil railleur et, de nouveau, haussa les épaules.

— Comme c'est facile ! L'eau, dame Catherine, est ici plus rare encore que la nourriture.

Découragée, la jeune femme poussa un profond soupir et se tassa sur son siège.

— Décidément, la vie n'a aucun sens... soupira-t-elle. Et dans combien de temps serons-nous à Coca ?

— Dans cinq jours si ces deux bestiaux veulent bien

enfin consentir à marcher du même pas au lieu d'aller chacun de son côté !

Et, dans l'espoir fallacieux de charmer son attelage, Josse entama une chanson à boire d'une voix si abominablement fausse que Catherine fit la grimace.

— Qu'espérez-vous ? fit-elle goguenarde. Qu'il va pleuvoir ou bien que ces animaux prendront le mors aux dents ?

Mais sa mauvaise humeur était dissipée. Elle reprit même le refrain avec Josse et, ainsi, la route lui parut moins monotone.

CHAPITRE VII

L'ALCHIMISTE DE COCA

Malgré l'évidente mauvaise volonté de ses chevaux, Josse tint parole. Le voyage ne dura que cinq jours. Cinq jours sans histoire, moins pénibles que ne l'avait craint Catherine. Dans les rares villages, les petites villes ou auprès des bergers, ils purent se procurer contre quelques pièces de monnaie du fromage, des galettes de blé noir et du lait. Catherine trouva même la rivière de ses rêves près de la petite ville de Lerma où des multitudes d'outres en peau de chèvre séchaient au soleil, pendues à tous les toits. L'eau était encore froide, mais le temps, brusquement, s'était installé, sans préavis, dans l'été. Au vent, à la pluie aigre avait succédé une chaleur inattendue qui avait rendu plus insupportable à la jeune femme le manque d'eau et de soins corporels. La vue de l'eau l'avait déchaînée. C'est tout juste si elle avait permis à Josse de l'éloigner un peu de la cité. Sans souci d'être vue, prenant à peine le temps d'ordonner à Josse de se détourner, elle avait arraché ses vêtements et s'était jetée à l'eau, la tête la première. Tout cela si vite que son corps mince n'avait brillé qu'un instant dans le soleil avant de disparaître sous l'eau.

De tous les bains pris dans sa vie, celui-ci avait paru

159

à Catherine le meilleur bien que le flot ne fût pas d'une extrême limpidité. Elle avait nagé avec délices, un long moment, traversant la rivière et la retraversant avant de chercher l'abri d'un rocher pour frotter soigneusement chaque partie de son corps. Elle aurait donné beaucoup à ce moment pour un morceau de ce merveilleux savon parfumé qu'en Flandre bourguignonne on fabriquait jadis tout exprès pour la belle maîtresse du Grand Duc d'Occident. Mais c'était vraiment la seule chose qu'elle regrettât de sa vie passée ! Elle n'en profita pas moins intensément de son bain. De temps en temps, elle jetait un coup d'œil du côté de Josse et de l'attelage. L'ancien truand paraissait changé en statue. Assis bien raide sur son banc, il fixait obstinément les oreilles des chevaux qui en profitaient pour brouter quelques touffes d'herbe rare.

Quand elle se jugea suffisamment propre, Catherine sortit de l'eau et se drapa hâtivement dans sa chemise. Mais elle ne remit pas ses habits de cavalier. La chaleur nouvellement née en rendait pénible l'épaisse laine presque brute et, de plus, ils étaient raides de crasse. Après la fraîcheur printanière de l'eau, leur odeur de sueur lui parut intolérable. Dans son bagage, elle prit une robe de fine laine grise, une chemise propre et des bas sans trous qu'elle alla revêtir un peu plus loin.

Lorsqu'elle revint, un moment plus tard, sèche et recoiffée, elle constata que Josse n'avait pas bougé d'une ligne. Elle ne put s'empêcher de lui lancer, malicieusement :

— Eh bien, Josse ! L'eau fraîche ne vous tentait pas après tant d'efforts et tant de poussière ?

— Je n'aime pas l'eau ! fit Josse d'un ton si morne que la jeune femme éclata de rire.

— Pour la boire, je veux bien. Mais c'est bien bon de se laver. Pourquoi n'êtes-vous pas venu me rejoindre ?

Elle avait posé la question en toute innocence et sa surprise fut grande en voyant Josse devenir écarlate. Il se racla la gorge pour s'éclaircir la voix, mais celle-ci demeurait tout de même curieusement enrouée quand il déclara :

— Grand merci, dame Catherine... mais cette eau ne me disait rien !

— Et pourquoi donc ?

— Parce que...

Il hésita un instant puis, prenant une profonde respiration comme quelqu'un qui prend son parti :

— Parce que je la crois dangereuse !

— Dangereuse ? Et vous m'avez laissée m'y baigner ? persifla Catherine qui jouissait profondément de l'embarras du garçon.

— Elle ne l'était pas pour vous !

— Je comprends de moins en moins !

Josse, visiblement au supplice, avait l'air aussi mal à l'aise sur son siège que si celui-ci eût été composé de barres rougies au feu. Il s'obstinait à regarder devant lui, mais, tout à coup, il tourna la tête, croisa le regard amusé de Catherine et déclara avec beaucoup de dignité :

— Dame Catherine, j'ai toujours été un homme raisonnable, c'est ce qui m'a permis de vivre jusqu'ici et me permettra encore, du moins je l'espère, d'atteindre un âge avancé. J'ai longtemps traîné mes semelles usées et mon ventre creux sur les pavés de Paris. Là-bas, même et surtout lorsque je mourais de faim, j'évitais l'approche des rôtisseries, où se doraient au feu, en répandant une si bonne odeur, tant de beaux chapons dodus auxquels je ne pouvais prétendre. Je ne sais si je me fais bien comprendre ?

— C'est tout à fait clair ! fit Catherine en regrimpant sur son siège auprès de lui.

Elle avait cessé de sourire et, dans le regard qu'elle adressa à son compagnon, il y avait quelque chose qui ressemblait à du respect et à de l'amitié. Puis elle ajouta, d'un ton parfaitement neutre :

— Je vous demande pardon, Josse. J'ai eu, d'un seul coup, envie de vous taquiner !

— De me taquiner ou de me mettre à l'épreuve ?

— Les deux peut-être, admit Catherine avec franchise. Mais vous avez brillamment passé votre examen. Partons-nous, maintenant ?

Et le voyage s'était poursuivi sans autre escarmouche. Dans sa paille, Gauthier était toujours à peu près inconscient. De temps à autre, il tombait dans l'une de ces crises terribles qui effrayaient tant Catherine. Dans l'intervalle, il ne sortait pas d'un état comateux fort inquiétant car, maintenant, il n'avait même plus assez de conscience pour s'alimenter. Il fallait le nourrir comme un enfant. Au soir de la dernière étape, Catherine avait interrogé Josse avec des larmes dans les yeux.

— Si ce voyage dure encore longtemps, nous ne l'amènerons pas vivant au médecin maure !

— Demain, au coucher du soleil, promit alors Josse, nous devrions apercevoir les tours de Coca.

Et, en effet, le lendemain, alors que le soleil s'inclinait vers l'horizon dans une gloire d'or et de pourpre, Catherine découvrit le fabuleux château de l'archevêque de Séville. Elle en eut, un instant, le souffle coupé : surgie de la terre rouge, comme jaillie de ses entrailles mêmes, une forteresse de pierres aux reflets sanglants qui était, en même temps, un palais des Mille et Une Nuits, lui était apparue. Fantastique joyau de l'art mudéjar, bâti dans les premières années du siècle par le cerveau nostalgique d'un architecte maure prisonnier, Coca découpait sur le ciel d'outremer pâle la forêt de ses tourelles en tuyaux d'orgue flanquant d'épaisses tours de brique, ses hauts créneaux sarrasins qui festonnaient sa double enceinte et allégeaient, d'une grâce inattendue, son massif donjon carré. C'était le palais d'un émir plus que la demeure d'un évêque chrétien, mais la splendeur dont il se parait n'enlevait rien à la menace qu'il semblait faire peser sur le ravin que, de haut, il dominait. De l'autre côté, il s'accrochait à un plateau dont, cependant, un profond fossé le séparait.

Muets, Catherine et Josse contemplaient la rouge merveille qui était le but provisoire de leur voyage. Une brève angoisse serrait le cœur de Catherine. Dieu sait pourquoi, elle se revit, à cet instant, contemplant, en un autre lieu, sous un autre ciel, une autre forteresse, moins étrange mais plus menaçante peut-être avec ses noirs murs lisses et ses tours vertigineuses. Était-ce la réputation d'étrangeté d'Alonse de Fonseca qui, devant Coca, lui faisait évoquer le château du seigneur à la Barbe-bleue, l'admirable et terrible Champtocé où elle avait souffert ? Ici, elle n'avait rien à craindre. Elle ne venait rien demander de plus qu'un secours pour un blessé et pourtant elle hésitait au bord de ce château comme si une imprécise menace se fût dissimulée... Josse tourna vers elle un regard interrogateur.

— Alors ? Nous tentons l'aventure ?

Elle haussa les épaules comme pour se débarrasser d'un fardeau importun.

— Nous n'avons pas le choix ! Le moyen de faire autrement ?

— C'est juste !

Et, sans autre commentaire, Josse remit ses chevaux en marche vers l'arc surbaissé de l'étroite porte, si mince dans l'ogive arabe qui lui servait de cadre. Deux gardes immobiles la défendaient. Ils avaient l'air figés dans le temps comme dans ce décor. Ils s'intégraient si bien au silence du plateau désert qu'ils ajoutaient à l'impression de mirage que donnait ce château muet. Seule, l'oriflamme du donjon, bougeant mollement dans le faible vent du soir, avait l'air de vivre. À la grande surprise de Catherine et de Josse, les soldats ne remuèrent pas davantage quand le chariot s'approcha d'eux. Et quand Josse, dans son meilleur espagnol, les informa que la noble dame Catherine de Montsalvy souhaitait rencontrer Sa Grandeur l'Archevêque de Séville, ils se contentèrent d'un hochement de tête en faisant signe d'avancer vers la cour d'honneur dont les voyageurs entrevoyaient déjà le décor étonnant et coloré.

— Voilà un château bien mal défendu, marmotta Josse entre ses dents.

— Voire ! fit la jeune femme. Rappelez-vous la crainte visible de ce paysan auquel vous avez demandé notre chemin, il y a une heure ! Écoutez le silence de ce château, de ce village qui n'a pas l'air de vivre ! Je crois, moi, que les maléfices dont on le dit habité défendent cette demeure infiniment mieux qu'une armée... Et je me demande si nous allons vraiment chez un homme de Dieu... ou bien chez le diable en personne !

L'ambiance lourde agissait sur Catherine plus puissamment qu'elle ne voulait bien l'admettre, mais, apparemment, Josse était lui au-delà de ce genre de craintes.

— Au point où nous en sommes, grogna-t-il, je ne vois pas bien ce que nous aurions à perdre d'y aller voir !

L'évêque Alonso de Fonseca était aussi étrange que son château, mais beaucoup moins beau. Petit, maigre et voûté, il ressemblait assez à une plante qu'un jardinier négligent ne songerait jamais à arroser. Sa peau pâle et ses yeux bordés de rouge disaient qu'il ne voyait pas souvent le soleil et que les veilles nocturnes avaient sa préférence. Le cheveu noir mais rare, la barbe pauvre, il était, en outre, affligé de tics nerveux et hochait continuellement la tête, ce qui ne laissait pas d'être aussi éprouvant pour ses interlocuteurs que pour lui-même. Au bout de dix minutes de conversation, Catherine avait une furieuse envie d'en faire autant. Mais il avait les plus belles mains du monde et sa voix, basse et douce comme un velours sombre, avait quelque chose d'envoûtant.

Il accueillit sans surprise apparente cette grande dame errante dont l'équipage et l'aspect correspondaient si peu à ses nom et qualité, mais sa courtoisie fut sans défaut. Il était normal, au cours d'un voyage long et pénible, de demander l'hospitalité d'un château ou d'un monastère. Celle de l'évêque de Séville était légendaire. Mais sa curiosité parut s'éveiller lorsque Catherine parla de Gauthier et des soins qu'elle espérait le voir obtenir à Coca. Sa curiosité et aussi sa méfiance.

— Qui donc vous a dit, ma fille, qu'un médecin infidèle était à mon service ? Et comment avez-vous pu croire qu'un évêque abritait sous son toit...

— Je n'ai rien vu d'étrange à cela, Votre Grandeur, coupa Catherine. Jadis, en Bourgogne, j'ai eu moi-même, beaucoup plus d'ailleurs comme ami que comme serviteur, un grand médecin originaire de Cordoue. Quant à celui qui m'a indiqué votre demeure, c'est le maître d'œuvre de la cathédrale de Burgos.

— Ah ! maître Hans de Cologne ! Un grand artiste et un homme sage ! Mais parlez-moi un peu de ce médecin maure qui était à vous. Comment s'appelait-il ?

— On l'appelait Abou-al-Khayr.

Fonseca émit un petit sifflement qui renseigna tout de suite Catherine sur le degré de célébrité de son ami.

— Vous le connaissez ? demanda-t-elle.

— Tous les esprits un peu éclairés ont entendu parler d'Abou-al-Khayr, le médecin privé, l'ami et le conseiller du Calife de Grenade. Je crains que mon propre médecin, fort habile cependant, ne l'égale pas et je m'étonne encore plus que vous soyez venue ici, ma fille, au lieu d'aller tout droit à lui.

— La route est longue jusqu'à Grenade et mon serviteur est fort malade, monseigneur. Sais-je seulement si nous pourrions pénétrer au royaume du Calife ?

— Il n'y a rien à redire à ce raisonnement.

Quittant le siège élevé où il s'était tenu pour recevoir la jeune femme, don Alonso eut un sec claquement de doigts qui fit sortir, de l'ombre de son fauteuil, la longue silhouette mince d'un page.

— Tomas ! lui dit-il, il y a dans la cour un chariot dans lequel se trouve un blessé. Tu vas le faire enlever et porter, aussi doucement que possible, chez Hamza à qui tu diras de l'examiner. J'irai moi-même dans quelques moments savoir ce qu'il en est. Ensuite, tu veilleras à ce que la dame de Montsalvy et son écuyer soient logés avec honneur. Venez, noble dame, nous allons souper en attendant.

Avec une galanterie que n'eût pas désavouée un

prince séculier, don Alonso offrit la main à Catherine pour la mener à table. Elle ne put s'empêcher de rougir, le contraste entre ses propres vêtements, plus que simples et assez poussiéreux, et les brocarts pourpres et azur dont était vêtu l'archevêque étant par trop criants.

— Je ne suis guère digne de vous faire face, monseigneur, s'excusa-t-elle.

— Quand on a des yeux comme les vôtres, ma chère, on est toujours digne de prendre place à la table d'un empereur. Au surplus, vous trouverez chez vous des vêtements plus conformes à votre qualité. Mais je pense qu'après avoir parcouru tant de lieues, sur nos chemins affreux, vous devez mourir de faim, et qu'il est urgent de vous nourrir, conclut l'évêque en souriant.

Catherine lui rendit son sourire et accepta enfin la belle main toujours offerte. Elle fut heureuse, inconsciemment, d'avoir une occasion de tourner le dos à Tomas, le page dont l'aspect l'avait mise mal à l'aise depuis qu'il était apparu dans la lumière. Non qu'il fût laid. C'était un garçon qui pouvait avoir quatorze ou quinze ans et dont les traits du visage étaient nobles et réguliers. Mais il avait, dans la pâleur mate de sa figure et dans la maigreur de son long corps vêtu de noir, quelque chose d'affamé et d'inflexible à la fois. Quant à son regard Catherine s'avouait tout bas qu'il était à peu près insoutenable, ce qui était rare chez un être si jeune. Les yeux, d'un bleu de glace sous des paupières qui ne cillaient pas, brûlaient d'un feu fanatique difficilement supportable. Enfin, sa silhouette funèbre faisait une tache pénible dans la somptuosité du décor ambiant et Catherine, tout en suivant, au côté de don Alonso, une étroite galerie de marbre ajouré qui donnait sur la grande cour, ne put s'empêcher d'en faire la remarque.

— Puis-je dire à Votre Grandeur que son page ne lui va pas ? Il ne semble guère en accord avec ces splendeurs qui nous entourent ! fit-elle en désignant l'étincelante cour aux arcades de marbre et aux murs couverts d'azulejos aux couleurs étincelantes.

— Aussi ne le garderai-je pas ! soupira l'évêque.

Tomas est un garçon d'élite, une âme intransigeante et dure, toute donnée à Dieu. Je crains fort qu'il ne juge assez sévèrement ma façon de vivre et mon entourage. La science et la beauté ne l'intéressent pas, alors qu'elles sont ma raison de vivre. Il hait les Maures plus que Messire Satan lui-même, je crois bien. Moi, j'apprécie leur génie.

— Pourquoi, en ce cas, l'avoir pris chez vous ?

— Son père est un ancien ami. Il espérait que, chez moi, le jeune Tomas prendrait, de la religion, une idée plus aimable que celle qu'il s'en fait, mais je crains d'avoir échoué. Il n'ose pas me demander son congé. Pourtant je sais qu'il désire ardemment entrer chez les dominicains de Ségovie et je ne tarderai certainement pas à lui accorder cette satisfaction. Il n'y a que trois mois qu'il est ici. Quand il y en aura six, je le renverrai. Il est vraiment trop lugubre !

Un instant, avant d'entrer dans la salle où le souper était servi, Catherine put entrevoir la silhouette noire du page, debout au milieu de la cour près du chariot et donnant des ordres à une escouade de valets. Elle frissonnait encore au souvenir du regard glacé, lourd d'un mépris approchant la répulsion, que ce garçon inconnu avait fait peser sur elle.

— Comment s'appelle-t-il ? ne put-elle s'empêcher de demander.

— Tomas de Torquemada ! Sa famille est originaire de Valladolid ! Mais oubliez-le, ma chère, et passons à table.

Il y avait longtemps que Catherine n'avait fait un repas comme celui-là. Apparemment, les garde-manger de l'archevêque étaient bien fournis et ses cuisiniers n'ignoraient aucun des raffinements de la cuisine occidentale ni certaines douceurs de la cuisine orientale. Les vins chauds, parfumés, que produisait le siège épiscopal du prélat et où, d'ailleurs, il ne mettait jamais les pieds, arrosèrent un festin composé de poissons et de venaisons variés et terminé par une multitude de gâteaux ruisselants de miel. Une armée de serviteurs en turban de soie rouge l'avaient servi et, quand il fut terminé, Catherine avait oublié la fatigue du voyage.

— Il est temps, maintenant, d'aller voir Hamza, avait dit don Alonso en se levant.

Elle l'avait suivi avec empressement à travers les salles immenses et fastueuses, les longs couloirs frais et les cours du château jusqu'au donjon central. Mais l'abondance du souper, la chaleur des vins rendirent un peu pénible l'ascension de la puissante tour en haut de laquelle don Alonso avait logé son précieux médecin.

— Hamza étudie aussi les astres, lui confia-t-il. Il était normal de l'installer au plus haut de ma maison afin qu'il soit plus près des étoiles.

En effet, la pièce dans laquelle don Alonso précéda Catherine ouvrait directement sur le ciel par une longue découpure du plafond sertissant la voûte bleu sombre piquée d'étoiles. D'étranges instruments étaient disposés sur un grand coffre d'ébène. Mais Catherine ne s'y arrêta pas. Et pas davantage à l'invraisemblable amoncellement de pots, de fioles, de cornues, de parchemins poussiéreux, de paquets de plantes et d'instruments barbares. Elle ne vit qu'une chose : la longue table de marbre sur laquelle Gauthier était étendu, attaché par des courroies de cuir solides. Debout auprès de lui, un homme vêtu et enturbanné de blanc était occupé à lui raser la tête avec une mince lame qui étincelait sous la lumière de plusieurs dizaines de gros cierges jaunes. La chaleur qu'ils dégageaient était accablante, l'odeur de cire chaude écœurante, mais seul le médecin intéressait Catherine. C'est tout juste si elle remarqua Josse debout à l'autre extrémité de la table. Le Maure Hamza avait un aspect imposant. Grand et de forte corpulence, il avait la même barbe blanche et soyeuse que Catherine avait si souvent admirée chez son ami Abou-al-Khayr. Avec ses vêtements neigeux et son regard dominateur, il ressemblait à un prophète, mais les mains qui s'activaient

168

autour de la tête de Gauthier étaient d'une petitesse et d'une finesse incroyables, véritables serres d'oiseau greffées sur le corps d'un vieux fauve. Leur adresse avait quelque chose d'hallucinant.

À l'entrée de Catherine et de son hôte, il n'interrompit pas son travail, salua son maître d'une brève inclinaison de tête et la jeune femme d'un rapide regard indifférent. Catherine, cependant, regardait avec inquiétude la rangée d'instruments brillants comme de l'argent, déposés auprès d'un trépied plein de braises incandescentes. Cependant, don Alonso et Hamza échangeaient un rapide dialogue dont l'évêque traduisit l'essentiel.

— Le mal de cet homme vient de sa blessure à la tête. Voyez vous-même ; en cet endroit, la paroi du crâne s'est enfoncée et appuie sur le cerveau.

Il désignait, en effet, la blessure, maintenant propre et bien visible sur la peau dénudée et tuméfiée du crâne. La dépression sanguinolente n'était que trop nette.

— Il est perdu, alors ? balbutia Catherine.

— Hamza est habile ! assura don Alonso en souriant. Il a déjà opéré des blessures dues à des coups de masse ou de fléau d'armes.

— Que va-t-on lui faire ?

À la grande surprise de Catherine, ce fut le médecin lui-même qui se chargea de la renseigner, en un français à peu près impeccable :

— À l'aide de ce trépan, déclara-t-il, en indiquant une sorte de vilebrequin dont l'extrémité affectait la forme d'une flèche, je vais découper la boîte crânienne autour de la dépression, de manière à pouvoir enlever comme une petite calotte la partie lésée. Je verrai ainsi les dégâts qui ont pu être causés au cerveau et je pourrai peut-être redresser les os endommagés. Sinon il faudra s'en remettre à la grâce du Tout-Puissant... Mais, de toute façon, le sang va couler et ce spectacle n'est pas fait pour les yeux d'une femme. Il vaudrait mieux te retirer ! conclut-il avec un rapide coup d'œil à la jeune femme.

Celle-ci se raidit et serra les poings.

— Et si je préfère rester ?

— Tu risqueras de perdre connaissance... et moi j'aurai ma tâche compliquée d'autant ! Je préfère que tu partes ! insista-t-il, doucement mais fermement.

— Cet homme est mon ami et il va subir une terrible torture sous ton couteau. Je pourrais t'aider...

— Souffrir ? Crois-tu ?... Regarde comme il dort bien !

En effet, dans les liens qui le retenaient, Gauthier dormait comme un enfant, sans bouger même le petit doigt.

— Il s'éveillera sous le couteau !

— Le sommeil qui est le sien se moque du couteau comme de la flamme. Il dort, non pas parce que je lui ai donné une drogue... mais parce que je lui ai ordonné de dormir. Et il ne s'éveillera que lorsque je lui en donnerai l'ordre !

Catherine sentit ses cheveux se dresser sur sa tête. Elle jeta au Maure un regard si chargé d'épouvante, en se signant plusieurs fois, qu'il ne put s'empêcher de rire.

— Non, je ne suis pas ce démon dont les chrétiens ont si peur ! Simplement, j'ai étudié à Boukhara et à Samarcande. Les mages, là-bas, savent utiliser une puissance, née de la volonté humaine et propagée par la lumière qu'ils nomment magnétisme, mais c'est une chose difficile à expliquer, surtout à une femme. Maintenant, je vais commencer... Va-t'en !

Tout en parlant, il immobilisait au moyen d'un lien de cuir la tête du blessé dans la position voulue, puis, saisissant dans la paume de sa main un scalpel à la lame étincelante, pratiqua rapidement une incision circulaire de la peau. Le sang perla, coula, Catherine pâlit. Don Alonso la conduisit doucement vers la porte.

— Gagnez les appartements qui vous ont été préparés, ma fille. Tomas vous conduira. Vous verrez le malade quand Hamza en aura terminé.

Une subite lassitude s'était emparée de Catherine. Elle se sentait la tête lourde. Se retrouvant dans l'escalier du donjon, elle suivit la maigre silhouette du page réapparu, sans trop savoir comment. Tomas marchait devant elle sans faire le moindre bruit, sans dire le moindre mot. Elle avait l'impression d'accompagner un fantôme. Parvenu devant une porte basse, en cyprès peint et sculpté, il poussa le battant, s'écarta du passage de la jeune femme.

— Voilà ! dit-il seulement.

Elle n'entra pas tout de suite, s'arrêta devant le jeune garçon.

— Revenez me prévenir lorsque... tout sera fini ! demanda-t-elle avec un sourire.

Mais le regard de Tomas demeura de glace.

— Non ! dit-il durement, je ne remonterai pas chez le Maure. C'est l'antre du démon et sa médecine est sacrilège ! L'Église interdit de faire couler le sang !

— Votre maître, cependant, ne s'y oppose pas !

— Mon maître ?

Les lèvres pâles du jeune Torquemada s'arquèrent en une intraduisible expression de dédain.

— Je n'ai d'autre maître que Dieu ! Bientôt, je pourrai le servir ! Grâces lui soient rendues ! J'oublierai cette demeure de Satan !

Agacée par le ton solennel et l'orgueil fanatique, assez ridicules chez un garçon aussi jeune, Catherine allait sans doute le rappeler à plus de respect envers don Alonso quand, brusquement, son regard s'évada de Tomas, alla chercher, dans la galerie, une silhouette qui s'avançait lentement, celle d'un moine en robe noire. Il était de haute taille. La cordelière de son vêtement serrait un corps osseux et ses cheveux gris étaient taillés en couronne rase, délimitant une large tonsure. Ce moine, à première vue, n'avait rien d'extraordinaire, si ce n'était peut-être un bandeau noir posé sur l'un de ses yeux. C'était un moine comme les autres, mais, à mesure qu'il avançait, Catherine sentait son sang se glacer dans ses veines, tandis que, dans sa tête, les idées se mettaient à tourner à folle allure. Un cri d'angoisse s'échappa tout à coup de sa gorge et, sous les yeux stupéfaits du jeune Tomas, elle se rua dans sa chambre dont elle claqua la porte derrière elle, s'y appuyant de tout son poids tandis que sa main tremblante montait à sa gorge, tentant d'arracher le col qui, maintenant, l'étouffait. Sous la tonsure et le bandeau noir du moine, elle avait vu venir vers elle, surgi de l'ombre de la galerie, le visage de Garin de Brazey...

Pendant un long moment, Catherine crut qu'elle allait devenir folle. Tout disparut : le temps, l'heure, le lieu. Il n'y eut plus que l'image affolante qui venait de surgir devant elle, ce visage oublié, disparu depuis tant d'années et qui, si brusquement, réapparaissait.

Les jambes fauchées, elle s'était laissée glisser à terre contre la porte, avait pris sa tête à deux mains comme si elle voulait tenter d'apaiser la tempête qui s'y déchaînait. Les images cruelles de jadis remontaient des profondeurs obscures du passé, amères comme un flot de bile. Elle revoyait Garin dans sa prison, enchaîné, les ceps aux pieds. Elle l'entendait implorant d'elle le poison qui lui éviterait la honte de se voir traîné sur la claie. Elle entendait aussi la voix d'Abou-al-Khayr murmurant tout en lui tendant le vin mortel : « Il s'endormira... et ne se réveillera pas ! » Puis elle se revoyait elle-même, le lendemain, le nez collé à la vitre, regardant au-dehors dans la grisaille d'un matin de pluie. Les images se reformaient très vite maintenant, précises comme des traits de burin ; la foule hargneuse, les gros chevaux d'un blanc sale attelés à la claie, les flaques d'eau grise et la silhouette athlétique et rouge du bourreau portant sur son épaule le corps nu d'un homme inerte... « Il est bien mort ! » avait dit Sara. Et comment en douter, même un instant ? Catherine croyait voir encore, devant elle, sur le dallage rouge de cette chambre étrangère, le grand pantin blanc, d'une rigidité qui ne pouvait tromper. Certes, c'était bien le cadavre de Garin qu'elle avait vu s'éloigner, lié à la claie et cahotant sinistrement sur les pavés inégaux ! Alors, l'autre... celui qui venait de

172

lui apparaître dans la galerie, celui qui avait le visage de Garin, le bandeau noir de Garin ? Se pouvait-il que le Grand Argentier de Bourgogne ne fût pas mort, eût, par quelque invraisemblable miracle, échappé à son destin ? Mais non, ce n'était pas possible ! Même si Abou-al-Khayr n'avait donné qu'une puissante drogue au lieu d'un poison, le corps du condamné n'en avait pas moins été accroché au gibet. Mort ou vif, Garin avait été pendu. Sara, Ermengarde, toute la ville de Dijon l'avaient vu, dépouille lugubre accrochée à la potence... Ils l'avaient tous vu... sauf Catherine elle-même. Et si grand était son désarroi qu'elle en arrivait à douter d'elle-même, du témoignage de ses sens. Était-ce bien le corps de Garin qu'elle avait vu s'éloigner sur la claie ? Elle était si troublée, ce jour-là ! Ses yeux, brouillés de larmes, n'avaient-ils pu la tromper ? Mais alors, pourquoi donc ses amis, son entourage lui avaient-ils menti s'ils avaient remarqué quelque chose de suspect ? L'illusion avait-elle été si complète que toute une ville se fût laissé prendre ?

Et, brutalement, une pensée terrible traversa son esprit. Si Garin vivait encore, si c'était bien lui qu'elle avait aperçu tout à l'heure sous cette robe de moine, alors son mariage avec Arnaud était nul, elle était bigame et Michel, son petit Michel, n'était qu'un bâtard !

De toutes ses forces, elle repoussa l'affreuse idée, soulevée hors d'elle-même par une révolte de tout son être. Elle ne voulait pas, ce n'était pas possible ! Dieu, le destin ne pouvaient pas lui faire ça ! De Garin elle n'avait eu que souffrances, désespoir. Il lui avait donné une vie somptueuse, mais avilissante, une vie qu'elle ne voulait retrouver pour rien au monde !

— Je deviens folle ! fit-elle tout haut.

Alors, le voile menaçant de la démence creva. Et, aussitôt, la réaction vint, brutale. Catherine se releva. Elle voulait fuir, quitter tout de suite ce château où erraient de telles ombres, retrouver la route brûlée de soleil qui menait vers Arnaud. Vivant ou mort, être humain ou fantôme désincarné, elle ne laisserait pas Garin bouleverser sa vie. Il était mort, il fallait qu'il le demeurât. Et, pour ne pas courir le risque d'être reconnue, il fallait fuir ! Elle se retourna contre la porte, voulut l'ouvrir.

— Dama ! fit, derrière elle, une voix douce.

Elle fit volte-face. Au fond de l'appartement, près d'une fenêtre à colonnettes, deux jeunes servantes, agenouillées auprès d'un grand coffre de cuir peint et doré, ouvert et débordant, tiraient d'étincelantes soieries qu'elles jetaient ensuite sur le dallage rouge. Du fond de la panique qui l'avait emportée, Catherine ne les avait même pas vues. Elle se frotta les yeux, rendue à la réalité. Non... il n'était pas possible de fuir. Il y avait Gauthier, son ami Gauthier, qu'elle ne pouvait pas abandonner ! Un sanglot se noua dans sa gorge, éclata en un faible gémissement. Fallait-il qu'elle fût toujours prisonnière de son cœur, des liens qu'il avait tissés autour d'elle avec les uns ou les autres ?

Gênée d'avoir été surprise en pleine faiblesse, en plein désarroi, elle répondit, machinalement, au sourire timide des petites servantes qui lui offraient, à l'envi, brocarts dorés ou argentés, satins luisants ou velours moelleux, les robes d'une sœur défunte de l'archevêque. Les deux jeunes filles s'approchèrent et, la prenant chacune par une main, l'entraînèrent vers un tabouret bas sur lequel elles la firent asseoir, puis, sans autre préambule, elles se mirent à la déshabiller. Catherine se laissa faire sans protester, l'esprit ailleurs, retrouvant sans efforts les habitudes d'autrefois, quand elle se livrait pendant de longues minutes aux soins dévotieux des servantes que dirigeait Sara.

En évoquant sa vieille amie, Catherine mesura d'un seul coup sa solitude. Que n'aurait-elle pas donné pour que, ce soir, Sara fût auprès d'elle ! Comment donc aurait réagi la zingara après l'affolante rencontre ? se demanda la jeune femme. Et la réponse vint aussitôt, immédiate et claire. Sara, sans autres atermoiements, se fût lancée sur la trace du fantôme, elle l'eût poursuivi, forcé dans son silence. Elle lui eût arraché la vérité.

— Moi aussi, fit Catherine d'une voix songeuse. Il faut que je sache !

C'était l'évidence même ! Il n'y aurait plus ni trêve ni repos si elle ne plongeait pas jusqu'au cœur du mystère. Tout à l'heure, le moine, absorbé par sa lecture, ne l'avait même pas vue. Il fallait qu'il la voie, nettement, en pleine lumière. Sa réaction la renseignerait. Ensuite...

Catherine s'interdit de penser à ce qui viendrait ensuite. Mais elle savait d'avance qu'elle était de nouveau prête au combat. Rien ni personne, pas même un spectre revenu du royaume des morts, ne la détournerait d'Arnaud. Il fallait que Garin fût mort, bien mort, pour que son amour pût vivre ! D'ailleurs, s'il avait échappé à la mort, il ne souhaitait sans doute pas revenir vers sa vie d'autrefois, sinon pourquoi ce costume, pourquoi cette vie terrée au fond d'une forteresse de la vieille Castille ? L'homme était moine, donné à Dieu, lié à Dieu aussi étroitement qu'elle était liée à son époux. Et Dieu ne lâchait jamais ses proies. Mais elle voulait tout de même savoir !...

L'air plus frais de la nuit qui entrait par la fenêtre ouverte la fit frissonner. Les petites servantes l'avaient lavée sans même qu'elle s'en rendît compte et frottaient maintenant sa peau nue d'huile fine et d'essences rares. Du doigt, au hasard, elle désigna l'une des amples robes qui l'environnaient. Un flot de soie jaune soleil passa par-dessus sa tête pour retomber ensuite autour d'elle en plis innombrables et lourds, mais elle avait trop d'angoisse au cœur pour être sensible à la caresse du tissu. Elle avait adoré les robes somptueuses, les tissus merveilleux, mais il y avait longtemps de cela. À quoi bon une toilette flatteuse si ce n'était pas pour le regard de l'homme aimé ?

Là-bas, au fond de la grande pièce, les servantes ouvraient les courtines brodées d'un haut lit d'ébène incrusté d'ivoire, préparaient la couverture, mais elle leur fit signe qu'elle ne souhaitait pas se coucher encore. Elle ne pourrait pas dormir avec toutes ces questions sans réponse qui tournaient dans sa tête. D'un pas ferme, traînant après elle la soie bruissante de sa robe, Catherine se dirigea vers la porte, l'ouvrit. Josse était debout sur le seuil. La stupeur en la découvrant ainsi parée lui arrondit les yeux un instant, mais son lent sourire suivit aussitôt.

— C'est fini, dit-il. Les esclaves du Maure ont porté notre blessé dans un lit. Voulez-vous le voir avant de dormir ?

Elle fit signe que oui, referma la porte derrière elle et, prenant le bras de Josse, s'engagea dans la longue galerie où, tout à l'heure, le fantôme avait disparu. Des torches l'éclairaient de place en place. Catherine allait d'un pas rapide, la tête droite, les yeux fixés devant elle, mais Josse, à son côté, l'observait. Il dit enfin :

— Vous avez un souci, dame Catherine. C'était une affirmation, non une question.

— Je me tourmente pour Gauthier, c'est normal !

— Non. Vous n'aviez pas, quand vous avez quitté la chambre de la tour, ce visage tendu, ce regard traqué. Il vous est arrivé quelque chose. Quoi ?

— Je devrais savoir que vous avez des yeux qui voient même au cœur de la nuit, fit-elle avec l'ombre d'un sourire.

Et, aussitôt, sa décision fut prise. Josse était intelligent, souple, habile et plein d'astuce. S'il ne pouvait entièrement remplacer Sara, du moins Catherine savait qu'elle pouvait lui faire confiance.

— C'est vrai ! avoua-t-elle. J'ai fait, tout à l'heure, une rencontre qui m'a impressionnée. Dans cette galerie, j'ai aperçu un moine. Il était grand, maigre, avec des cheveux gris, un visage qui avait l'air taillé dans de la pierre et, surtout, il portait un bandeau noir sur un œil. Je voudrais savoir qui est ce moine. Il... il ressemble d'une façon effrayante à quelqu'un que j'ai beaucoup connu et que je croyais mort.

De nouveau Josse sourit.

176

— Ce sera fait. Je vous mène à la chambre de Gauthier et je vais aux renseignements.

Il la laissa à la porte d'une pièce située dans le donjon même, mais bien au-dessous de celle du Maure, puis disparut au tournant de l'escalier, aussi vite et aussi légèrement qu'un courant d'air. Doucement, Catherine entra.

De dimensions infiniment plus réduites que la sienne, cette chambre n'offrait guère qu'un lit, qui semblait avoir du mal à contenir l'immense carcasse du Normand, et deux tabourets. Sur la pointe des pieds, Catherine s'avança. Couché sur le dos, sa tête rasée enveloppée d'un volumineux pansement, Gauthier dormait, éclairé par la lumière incertaine d'une chandelle posée sur l'un des tabourets. Son visage était calme, détendu, mais il parut à Catherine anormalement rouge. Elle pensa que, peut-être, il avait de la fièvre et se pencha pour prendre sa main posée sur le drap, mais une autre main l'arrêta. De l'ombre des rideaux, elle vit sortir Hamza, un doigt sur les lèvres.

— Je lui ai donné une puissante drogue pour le faire dormir, chuchota-t-il. Sinon, la souffrance pourrait compromettre la guérison. Laissez-le, la fièvre monte.

— Il guérira ?

— Je l'espère ! Le cerveau n'avait aucune lésion et la constitution de cet homme est exceptionnelle, mais on ne peut jamais savoir si quelques traces ne resteront pas.

Ils sortirent tous deux. Hamza conseilla à Catherine d'aller prendre du repos, assurant que don Alonso dormait, quant à lui, depuis longtemps. Puis, l'ayant saluée, il remonta vers son laboratoire, laissant la jeune femme redescendre seule. Lentement, elle traversa la cour de la seconde enceinte, respirant les odeurs de la campagne endormie. Toutes les plantes sauvages, que le soleil avait chauffées durant le jour, exhalaient leurs senteurs puissantes. L'air embaumait le thym et la marjolaine. Les émotions brutales qu'elle venait d'éprouver donnaient à Catherine un désir profond de paix et de silence.

Tout autour d'elle, la masse rouge du château s'était fondue dans la nuit. Aucun bruit ne se faisait entendre, hormis, de temps en temps, le pas lent d'une sentinelle ou le cri d'un oiseau nocturne. Elle s'attarda un moment sous les arcades où les azulejos brillaient comme un satin sous la lune, cherchant à analyser les battements désordonnés de son cœur. Puis, songeant que, peut-être, Josse l'attendait déjà dans sa chambre, elle se dirigeait vers l'escalier pour remonter chez elle quand, soudain, le page Tomas de Torquemada surgit de derrière un pilier. La jeune femme sursauta, désagréablement impressionnée par cette habitude qu'il avait d'apparaître ici ou là sans que l'on ait pu l'entendre approcher, comme s'il était le sombre génie de cette demeure seigneuriale. Mais, cette fois, la surprise fut réciproque. En face de la jeune femme environnée du rayonnement lumineux de sa robe, auréolée par ses cheveux d'or simplement relevés sur le front et rejetés en arrière, l'inquiétant garçon se figea, médusé.

Un moment, ils restèrent ainsi, face à face. Catherine vit une expression d'incrédulité envahir la glace pâle du regard immobile, jointe à une sorte de crainte superstitieuse. Les lèvres serrées s'entrouvrirent, mais aucun son n'en sortit. Tomas y passa seulement la pointe de sa langue tandis que ses yeux, soudain étincelants, descendaient le long du cou de la jeune femme, suivaient le dessin du profond décolleté qui plongeait bas, s'attardaient dans la douce vallée des seins dont la soie souple de la robe, serrée sous la poitrine par un lien d'or, moulait les formes parfaites. Visiblement, le garçon n'avait jamais contemplé semblable spectacle, mais, comme il demeurait planté devant elle sans paraître songer à s'écarter, la jeune femme lui adressa un froid sourire tandis que sa main, instinctivement, venait voiler sa gorge.

— Voudriez-vous me laisser passer ? demanda-t-elle.

Au son de cette voix, Tomas sursauta comme s'il sortait d'un songe. Une sorte de terreur se peignit sur

178

son visage qui, de rouge qu'il était devenu, retrouvait sa tragique pâleur. Il se signa précipitamment plusieurs fois, tendit les bras devant lui comme pour repousser la trop séduisante apparition, puis, criant d'une voix rauque : « *Vade retro Satana !...* », il tourna les talons et s'enfuit à toutes jambes. Les ombres noires de la cour l'engloutirent aussitôt. Haussant les épaules, Catherine poursuivit son chemin. Remontée dans la galerie, elle trouva Josse qui l'attendait devant sa porte, adossé au chambranle, les bras croisés.

— Alors, demanda-t-elle avidement, avez-vous appris qui est ce moine ?

— On l'appelle Fray Ignacio, mais ce n'est pas facile de faire parler les gens de l'archevêque à son sujet. Ils semblent tous en avoir une peur bleue. Je crois bien qu'ils le craignent encore plus que le Maure ou le page noir au visage de mauvais ange.

— Mais d'où vient-il ? Que fait-il ? Depuis combien de temps habite-t-il ce château ?

— Dame Catherine, remarqua Josse calmement, je crois que don Alonso, qui semble beaucoup apprécier votre compagnie, vous renseignerait mieux que moi sur ce personnage étrange car il n'y a guère que lui, ici, qui ait affaire avec Fray Ignacio. Celui-ci s'occupe d'alchimie, de la transmutation des métaux. Il cherche, comme tant d'autres, la fameuse pierre philosophale. Mais, surtout, il est chargé de veiller sur le trésor de l'archevêque, l'extraordinaire collection de pierres précieuses qu'il possède. Un familier de don Alonso m'a dit que Fray Ignacio était un expert en la matière et que... mais, dame Catherine, vous n'allez pas vous trouver mal ?

En effet, la jeune femme, très pâle, avait dû s'appuyer au mur. Le sang quittait son visage et le sol se dérobait sous ses pieds. Josse ne pouvait comprendre à quel point la frappait cette grande science des gemmes que possédait le moine mystérieux. Garin, jadis, avait collectionné les pierres avec passion.

— Non, dit-elle d'une voix blanche. Je suis seulement très lasse. Je... je ne me soutiens plus !

— Alors, allez vite dormir ! fit Josse avec un bon sourire. D'ailleurs, je n'en sais pas plus. J'ajoute seulement qu'il est rare de rencontrer Fray Ignacio. Il ne quitte guère les appartements privés de don Alonso où il a son cabinet d'alchimiste et où se trouve la chambre du trésor.

Tout en parlant, il poussait devant Catherine la porte peinte, découvrant la chambre doucement éclairée par de longues chandelles rouges. Elle y entra, les épaules basses, le dos rond, avec un sentiment profond d'accablement. Josse, sans rien dire, la regarda avancer dans la chambre. Il ne comprenait pas pourquoi ce Fray Ignacio troublait tellement la jeune femme, mais quelque chose qui ressemblait à de la pitié se levait en lui pour cette créature, idéalement belle, dont la vie, cependant, au lieu d'être faite de douceur et de grâce, n'était qu'une suite ininterrompue de luttes sans merci et de difficultés à la mesure d'un homme vigoureux. Il éprouvait l'impression vague qu'en s'attachant à son destin il accomplissait sans doute la meilleure action de toute sa vie. Sans trop savoir pourquoi, poussé par une force qu'il ne pouvait définir, l'ancien truand murmura, les yeux fixés sur la silhouette accablée, demeurée figée au milieu de la pièce :

— Courage, dame Catherine ! Un jour, je le sais, vous serez heureuse... assez heureuse pour oublier tous les mauvais jours !...

Lentement, Catherine se tourna vers Josse. Il venait de dire les mots dont elle avait besoin, et ces mots correspondaient si bien à son désir pathétique de rémission qu'elle les entendit sans surprise, sans chercher à savoir pourquoi, tout à coup, il les avait prononcés... Leurs regards se croisèrent. Elle y lut une amitié vraie, sincère, dépouillée de toute trouble ardeur de désir. Une amitié comme un homme en offre à un autre et, au fond, c'était cela que le destin les avait faits : des compagnons de combat ! C'était une sécurité bonne et chaude si réconfortante que Catherine parvint à sourire.

— Merci, Josse ! dit-elle simplement.

CHAPITRE VIII

UNE NUIT DE PRINTEMPS

Au bout des longs doigts élégants de don Alonso, l'émeraude prenait, dans la lumière de la torche, des éclats insoupçonnés, des reflets que l'archevêque contemplait avec une ivresse réelle. Il ne se lassait pas de faire jouer la pierre et, parfois, les étincelles bleu-vert qu'elle lançait lui arrachaient des exclamations enivrées. Il parlait, à cette pierre, comme à une femme. Il lui disait des mots d'amour que Catherine, étonnée, écoutait.

— Splendeur de la mer profonde, merveille des terres lointaines où les yeux des divinités ont ton éclat mystérieux ! Quelle pierre est plus belle que toi, plus attirante, plus secrète et plus dangereuse, incomparable émeraude ! Car on te dit perverse et maléfique...

Brusquement, l'archevêque interrompit sa litanie amoureuse et, se tournant vers Catherine, il lui remit de force la bague dans la main.

— Gardez-la, cachez-la ! Il ne faut pas me tenter avec une gemme de cette beauté car elle me rend faible.

— J'espérais, murmura la jeune femme, que Votre Grandeur l'accepterait, en remerciement des soins prodigués à mon serviteur et de l'hospitalité généreuse que je reçois !

— Je serais vil et indigne de mon nom, ma chère, si je n'accordais largement les uns et l'autre à une femme de mon rang. Je ne veux pas être payé car mon honneur en souffrirait. Et ce serait un paiement royal que cette pierre qui porte, de surcroît, les armes d'une reine...

Lentement, Catherine glissa la bague à son doigt, suivie par le regard passionné de don Alonso, mais retint un soupir de déception. Elle s'était décidée à offrir sa précieuse bague à son hôte dans l'espoir d'être invitée à contempler enfin la collection dont Fray Ignacio était le gardien. En effet, depuis tantôt dix jours qu'elle était à Coca, elle n'avait jamais revu l'inquiétant visage qu'elle souhaitait et redoutait à la fois de rencontrer. Fray Ignacio avait disparu comme si les murs du château rouge l'avaient absorbé. Et Catherine sentait croître d'instant en instant la curiosité cruelle qui la ravageait. Il lui fallait savoir. Savoir à n'importe quel prix ! Mais comment parler à don Alonso sans une bonne raison ?

Une idée lui vint, assez hypocrite. Elle n'hésita cependant pas à l'employer. Il fallait qu'elle pût pénétrer dans ces appartements secrets où vivait l'alchimiste. Faisant tourner, d'un air songeur, la bague autour de son doigt, elle murmura, les yeux sur la pierre :

— Évidemment, cette pierre est peut-être imparfaite... indigne, sans doute, de figurer parmi les gemmes de votre collection... que l'on dit sans rivale !

Une flamme d'orgueil vint empourprer le visage de l'archevêque. Il sourit à la jeune femme avec une absolue bienveillance et, hochant la tête avec une sorte de frénésie :

— Ma collection est belle, en effet ! Sans rivale ?... je ne crois pas. Il est des princes mieux partagés, mais, tel qu'il est, mon modeste trésor vaut d'être vu et je puis vous assurer que je ne dédaignerais pas cette pierre, loin de là. Si je la refuse, c'est pour les raisons que je vous ai dites, non pour d'autres. Et en voici la preuve : si vous vouliez me vendre cette gemme, j'accepterais avec grande joie !

— Elle me fut donnée, soupira Catherine qui voyait s'amenuiser son espoir, je ne saurais la vendre...

— C'est trop naturel. Quant à ma collection, je serais heureux de vous la montrer... afin que vous puissiez comparer et vous assurer que votre bague ne l'eût pas déparée, loin de là !

Catherine retint à peine un tressaillement de joie. Elle avait gagné et ce fut avec empressement qu'elle suivit son hôte à travers le dédale des couloirs et des salles du château. Les escaliers aussi car, cette fois, au lieu de conduire la jeune femme vers le sommet de sa demeure, ce fut vers les caves que l'on se dirigea. Une porte étroite, dissimulée sous les azulejos bleus de la salle d'audience, démasqua un escalier en spirale qui s'enfonçait dans les entrailles de la terre. Un escalier qui devait servir fréquemment car il était bien éclairé par de nombreuses torches. Les marches étaient basses, larges et commodes et une épaisse corde de soie, accrochée à la muraille, permettait d'appuyer la main. Les murs, eux-mêmes, disparaissaient sous des tentures de toile brodée. Quant à la somptuosité de la salle à laquelle aboutissait cet escalier, elle était stupéfiante. À voir les précieuses tapisseries des murs, les coussins de brocart qui ouataient les quelques sièges, la table plaquée d'or supportant des coupes incrustées de gemmes et des aiguières précieuses, les tapis de soie, venus du lointain Cathay, jetés un peu partout sur le sol de marbre rouge, et les torchères dorées supportant des forêts de longs cierges blancs, on devinait que don Alonso devait faire de longs et fréquents séjours dans cette pièce, à manier le contenu de l'un ou l'autre des grands coffres de cèdre odorant, de santal, cloutés d'or ou de cuir peint et doré, mais tous pourvus de vigoureuses serrures de bronze qui devaient les rendre à peu près inexpugnables. Au fond de cette pièce, plus longue que large, Catherine aperçut un caveau, infiniment plus sévère d'aspect, où, sur un grand fourneau de brique, une haute cornue, emplie d'un liquide vert, bouillait doucement reliée par un long serpentin à une énorme bassine de cuivre dans laquelle quelque chose fumait : le laboratoire de l'alchimiste, sans doute. Mais elle ne s'attarda pas à détailler davantage le décor, son cœur manqua un battement. Ses lèvres se séchèrent, elle venait de découvrir, auprès d'une des minces colonnettes de marbre vert qui soutenaient la voûte, l'austère silhouette de Fray Ignacio. Debout devant l'un des coffres ouverts, le mystérieux moine examinait avec soin une topaze d'une grosseur et d'une couleur exceptionnelles. Il était tellement absorbé qu'il n'avait même pas tourné la tête quand don Alonso et Catherine avaient pris pied dans la chambre au trésor. Il fallut que son maître lui posât la main sur l'épaule pour qu'il se détournât. Catherine se raidit en retrouvant, éclairé en plein par les cierges d'une torchère voisine, le visage exact de son premier époux. Elle sentit la sueur perler à son front tandis que le sang refluait vers son cœur. Se sentant étouffer, elle serra nerveusement ses mains l'une contre l'autre pour tenter de maîtriser son émotion. Inconscient de la tempête qui se levait dans le cœur de son invitée, don Alonso adressait quelques mots rapides à Fray Ignacio qui approuvait de la tête. Puis il se tourna vers la jeune femme.

— Voici Fray Ignacio, dame Catherine. C'est un homme précieux en même temps qu'une âme vraiment sainte, encore que ses recherches d'alchimie sur la composition des pierres précieuses le fasse regarder par ses pairs comme une manière de sorcier. Chez moi, il a trouvé la tranquillité et le recueillement favorables à ses travaux, ainsi que les moyens de les mener à bien. En outre, je ne connais pas d'expert plus compétent que lui en matière de gemmes. Montrez-lui donc votre bague...

La jeune femme, qui s'était tenue dans l'ombre d'une colonne jusque-là, s'avança de quelques pas, apparut en pleine lumière et, hardiment, leva la tête pour regarder le moine droit au visage. Une angoisse lui tordit le cœur lorsque l'œil unique de Fray Ignacio se posa sur elle, mais elle eut assez d'empire sur elle-même pour n'en rien montrer... Elle scrutait cette figure, sortie pour elle du néant, avec une avidité sauvage, guettant le tressaillement, la stupeur, l'inquiétude peut-être ?... Mais non ! Fray Ignacio, avec une sévère correction, inclinait la tête pour saluer la femme, vêtue d'une robe de velours violet assortie à ses yeux, relevée par une ceinture d'or sur un jupon en satin blanc. Rien, sur son visage fermé, ne vint révéler à Catherine le moindre signe de reconnaissance.

— Eh bien ? s'impatienta don Alonso, montrez-lui l'émeraude...

Elle leva sa main menue, serrée dans la manche de satin blanc, lacée d'or, qui recouvrait partiellement le dessus des doigts, offrit la bague à la lumière, mais son regard ne quittait pas le moine. Sans émotion, celui-ci prit la main tendue pour examiner la pierre. Ses doigts, à lui, étaient secs et chauds. À leur contact Catherine se mit à trembler. Fray Ignacio la regarda d'un air interrogateur, mais se remit aussitôt à son examen qui dut être favorable car il hocha la tête avec une admiration qui porta à son comble l'exaspération nerveuse de Catherine. Cet homme était-il muet ? Elle voulait entendre sa voix.

— On dirait que cette émeraude, dont vous craigniez l'imperfection, convient tout à fait à Fray Ignacio ! fit l'archevêque en souriant.

— Ne peut-il rien dire ? demanda la jeune femme. Ou bien ce saint moine est-il muet ?

— Nullement ! Mais il ne parle pas votre langue.

En effet, à la question que lui posa son maître, Fray Ignacio répondit d'une voix lente et grave... une voix qui pouvait aussi bien être celle de Garin, déformée par la langue étrangère ou par une volonté déterminée, ou bien la voix d'un autre.

— Je vais vous montrer mes émeraudes ! s'empressa l'archevêque. Elles viennent presque toutes du Djebel Sikdit et sont d'une grande beauté...

Tandis qu'il s'éloignait pour ouvrir un coffre posé vers le centre de la pièce, Catherine, demeurée seule en face de Fray Ignacio, ne retint pas plus longtemps la question qui lui brûlait les lèvres.

— Garin, chuchota-t-elle, est-ce bien vous ? Répondez-moi, par grâce ! Car vous me reconnaissez, n'est-ce pas ?

Le moine tourna vers elle un regard surpris. Un vague et triste sourire détendit légèrement sa bouche serrée. Lentement, il hocha la tête...

— *No comprendo... !* murmura-t-il en revenant aussitôt à sa topaze. Catherine s'approcha encore, comme si elle voulait elle aussi contempler de plus près l'énorme pierre. Le velours de sa robe toucha la bure du moine. Une espèce de colère montait en elle. La ressemblance, même de tout près, était criante. Elle aurait pu jurer que cet homme était Garin... et pourtant... il avait une lenteur de gestes, une sorte de raucité dans la voix aussi, qui la déroutaient.

— Regardez-moi ! implora-t-elle. Ne faites pas comme si vous ne me reconnaissiez pas ! Je n'ai pas changé à ce point. Vous savez bien que je suis Catherine !

Mais, de nouveau, l'énigmatique moine hochait la tête, se reculait un peu. Derrière elle, Catherine entendit la belle voix grave de don Alonso l'appelant pour admirer les pierres qu'il venait de sortir. Elle eut une brève hésitation, jeta un coup d'œil rapide à Fray Ignacio. Calmement, ses mains, dont aucun tremblement ne compromettait la sûreté de gestes, couchaient la grosse topaze sur le velours d'un petit coffre qui en contenait d'autres. Il semblait avoir déjà oublié la jeune femme.

L'heure qu'elle vécut dans la chambre souterraine devait laisser à Catherine une impression de rêve éveillé. Elle regardait, sans les voir, les pierres aux éclats différents mais très belles que lui montrait son hôte, mais toute son attention allait vers l'austère et noire silhouette, cherchant à surprendre un geste, une expression, un regard qui, peut-être, lui donneraient la clef de cette vivante énigme. En vain ! Fray Ignacio avait repris son travail comme s'il eût été absolument seul. Il se contenta de la même brève inclination de tête qu'à leur arrivée lorsque Catherine et don Alonso quittèrent la salle du trésor. Ils remontèrent, en silence, vers les appartements.

— Je vous reconduis chez vous ! dit aimablement l'archevêque.

— Non... s'il vous plaît ! Je remercie Votre Grandeur, mais je voudrais, avant de me retirer, prendre des nouvelles de mon serviteur. Je vais le rejoindre.

Elle allait s'éloigner, se ravisa.

— Pourtant... dit-elle, j'aimerais savoir : ce Fray Ignacio me semble un homme extraordinaire ! Y a-t-il longtemps qu'il veille sur tant de merveilles ?

— Sept ou huit ans, je pense ! répondit don Alonso sans méfiance. Mes gens l'ont trouvé un jour, mourant de faim, sur le grand chemin. Il avait été chassé par ses frères du couvent navarrais où il avait fait profession à cause de ses pratiques étranges. Je vous l'ai dit, je crois : on le prenait pour sorcier. D'ailleurs... ne l'est-il pas un peu ? À cette époque il se rendait à Tolède où il voulait s'initier à la Kabbale. Mais tout ceci n'a pour vous que peu d'intérêt. Je vous laisse, dame Catherine, et vais me reposer. En vérité, je me sens exténué.

La contemplation de ses trésors avait dû accroître la nervosité habituelle de don Alonso car, tandis qu'il s'éloignait, Catherine nota que ses tics étaient plus prononcés que jamais.

Les dernières paroles du prélat résonnaient encore dans sa tête. Elle passa sur son front moite une main tremblante... Sept ou huit ans !... Il y en avait dix que Garin avait été pendu. Avait-il alors, au prix d'un miracle, pu gagner ce couvent navarrais d'où il avait été chassé pour sorcellerie ? Ou bien n'y avait-il jamais eu de couvent navarrais ? D'ailleurs, cette accusation de sorcellerie la gênait. Garin adorait les pierres précieuses et, en cela, il rejoignait le moine mystérieux. Pourtant, jamais Catherine ne l'avait vu s'occuper d'alchimie. Il était curieux de toutes choses, certes, mais il n'y avait pas le moindre laboratoire dans la maison de la rue de la Parcheminerie, pas plus qu'à Brazey. Devait-on en conclure qu'il s'était caché pour se livrer à ces recherches ésotériques ?... ou bien que le goût lui en était venu après l'effondrement de sa fortune ? Trouver la fabuleuse Pierre philosophale, quelle tentation pour un homme dépouillé de toutes choses !

Brusquement, Catherine s'arracha à sa rêverie. Sans vouloir réfléchir davantage, elle se dirigea vers le donjon, feignant de ne pas voir Tomas, soudainement apparu dans la cour. Continuellement, depuis son arrivée, elle rencontrait le sombre page. Il apparaissait sur son chemin, qu'elle se rendît à la chapelle, au donjon ou dans toute autre partie du château sans qu'elle pût jamais prévoir son approche. Il ne lui adressait pas la parole, se contentant de la regarder avec des yeux où se mêlaient la colère et la convoitise, mais de loin, sans approcher. Catherine, que cette longue figure mettait mal à l'aise, avait pris le parti de ne jamais paraître s'apercevoir de sa présence. Elle fit de même ce soir-là, monta d'une traite jusqu'à la chambre de Gauthier.

Le Normand se remettait rapidement de l'opération que lui avait fait subir Hamza. Sa constitution exceptionnelle, jointe à la minutieuse propreté dont l'entourait son médecin et à l'excellente nourriture dispensée au château, lui avait fait surmonter tous les dangers qui rendaient le plus souvent mortelle ce genre d'intervention. Malheureusement, le géant semblait avoir perdu la mémoire.

Certes, il avait retrouvé la clairvoyance, une pleine connaissance de ce qui l'entourait, une entière conscience ; mais, de tout ce qui s'était passé avant la minute où il avait ouvert les yeux dans la chambre du donjon, il n'avait gardé aucun souvenir. Pas même de son propre nom et, de cet état de chose, Catherine se désespérait. Lorsque le médecin maure lui avait appris que Gauthier avait repris conscience, elle s'était précipitée auprès de lui, mais, quand elle s'était penchée sur le lit, elle avait éprouvé une peine cruelle. Le géant l'avait regardée, avec des yeux pleins d'admiration, comme si elle avait été une apparition, mais rien n'avait indiqué qu'il la reconnût. Elle lui avait parlé, alors, se nommant, répétant qu'elle était Catherine, qu'il ne pouvait pas ne pas la reconnaître... mais Gauthier avait hoché la tête.

— Pardonnez-moi, dame, avait-il murmuré. Certes, vous êtes belle comme la lumière... mais je ne sais pas qui vous êtes, je ne sais même pas qui je suis, avait-il ajouté tristement.

— Tu te nommes Gauthier Malencontre. Tu es à la fois mon serviteur et mon ami... As-tu donc tout oublié de jadis, de toutes nos peines, de Montsalvy... de Michel ? de Sara... et de messire Arnaud ?

Un sanglot avait étranglé sa voix au nom de son époux, mais, dans le regard morne du géant, aucune lueur ne s'était allumée. De nouveau, il avait secoué la tête.

— Non... je ne me souviens de rien !

Elle s'était alors retournée vers Hamza qui, silencieux, les bras croisés sous sa robe blanche, observait la scène d'un coin de la pièce. Son regard douloureux avait imploré tandis qu'elle murmurait :

— Est-ce... qu'il n'y a rien à faire ?

Il l'avait appelée près de lui d'un signe discret, entraînée au-dehors.

— Non. Je ne peux plus rien faire. Seule, la nature a le pouvoir de lui rendre le souvenir.

— Mais comment ?

— Un choc moral peut-être ! J'avoue que je l'avais espéré de ton apparition auprès de lui, mais j'ai été déçu !

— Pourtant, il m'était très attaché... Je peux même dire qu'il m'aimait sans jamais oser le montrer.

— Alors, essaie de réveiller cet amour. Il se peut que le miracle se produise. Mais il se peut aussi qu'il ne vienne jamais. Tu seras, alors, sa mémoire et tu devras tout lui réapprendre de son passé.

Ces paroles, Catherine se les redisait en pénétrant dans l'étroite pièce qu'une seule chandelle éclairait. Gauthier, assis dans l'embrasure de la fenêtre, regardait la nuit. Ses longues jambes repliées, vêtu d'une sorte de gandoura rayée serrée à la taille par une écharpe, il semblait plus grand que jamais. Il tourna la tête lorsque Catherine entra, offrant à la lumière son visage creusé par la souffrance, mais où les yeux gris avaient retrouvé un regard direct. Très amaigrie, la silhouette du Normand restait impressionnante. Catherine, jadis, lui disait souvent, en riant, qu'il avait l'air d'une machine de siège. Il en restait quelque chose, mais la maladie avait paré d'une sorte de distinction le visage rude aux traits grossiers qui avait retrouvé une jeunesse attendrissante. Jusqu'aux énormes mains blanchies, qui paraissaient s'effiler. Maintenant qu'il n'était plus couché, la chambre semblait trop petite pour le contenir.

Il voulut se lever quand la jeune femme s'approcha, mais elle l'en empêcha, posant vivement sa main sur l'épaule osseuse.

— Non... ne bouge pas ! Tu n'es pas encore couché ?

— Je n'ai pas envie de dormir. J'étouffe dans cette chambre. Elle est si petite !

— Tu n'y resteras plus longtemps. Quand tu seras assez fort pour chevaucher, nous partirons...

— Nous ? Est-ce que vous m'emmènerez avec vous ?

— Tu m'as toujours suivi, fit Catherine tristement. Cela te paraissait naturel... Est-ce que tu ne veux plus venir avec moi ?

Il ne répondit pas tout de suite et le cœur de Catherine se serra douloureusement. S'il allait refuser ? S'il allait vouloir se chercher un autre destin ? Elle n'était plus rien pour lui, qu'une jolie femme, puisque sa mémoire était morte. Et jamais, jamais elle n'avait eu autant besoin de lui, de sa force, de ce refuge inexpugnable qu'il avait toujours représenté. Entre la souffrance et elle, il y avait eu, depuis si longtemps, la large poitrine de Gauthier ! Ne l'avait-elle retrouvé, arraché à une mort horrible, que pour le perdre plus sûrement ? Elle sentit les larmes piquer ses yeux.

— Tu ne réponds pas ? murmura-t-elle d'une voix qui s'enrouait.

190

— C'est que je ne sais pas. Vous êtes si belle que j'aimerais vous suivre... comme une étoile. Mais si je veux retrouver mon passé il vaut peut-être mieux que je m'en aille seul. Il y a en moi quelque chose qui dit que je dois être seul, que je l'ai toujours été...

— Non, ce n'est pas vrai ! Depuis trois ans tu ne m'as presque pas quittée. Nous avons souffert ensemble, lutté ensemble, défendu nos vies ensemble, tu m'as sauvée tant de fois ! Comment ferai-je si tu m'abandonnes ?

Elle se laissa tomber assise sur le pied du lit, accablée sous ce surcroît de peine. Cachant son visage dans ses mains tremblantes, elle murmura douloureusement :

— Je t'en supplie, Gauthier, ne m'abandonne pas ! Sans toi, je suis perdue... perdue !

Des larmes amères roulaient entre ses doigts. Elle se sentait affreusement seule, abandonnée de tous. Il y avait le moine, ce cauchemar vivant qui hantait les murs de ce château, il y avait la nostalgie qu'elle éprouvait de son pays, de son enfant, il y avait surtout la furieuse morsure de la jalousie qui la tenaillait chaque fois qu'elle évoquait son époux. Alors, que Gauthier se détournât d'elle, qu'il eût tout oublié du passé, c'était plus qu'elle n'en pouvait endurer... Elle l'entendit qui balbutiait :

— Ne pleurez pas, dame ; si cela vous cause tant de peine, j'irai avec vous...

Elle releva vers lui, dans un visage inondé de larmes, des yeux fulgurants de révolte.

— Cela ressemble à de la pitié, ou de la résignation ! Mais tu m'aimais, jadis ! Tu ne vivais que pour moi, que par moi... Si ta mémoire te fait défaut, ton cœur, du moins, devrait me reconnaître !

Il se pencha vers elle, scrutant le doux visage humide et implorant.

— Je voudrais tant me souvenir ! fit-il tristement. Cela ne doit pas être difficile de vous aimer. Vous êtes si belle ! On dirait que vous êtes pétrie avec de la lumière. Vos yeux sont plus doux que la nuit...

D'une main timide, il avait pris le menton de la jeune femme, le relevait pour mieux voir les prunelles veloutées que les larmes faisaient scintiller. Le visage contracté du Normand était maintenant tout près du sien et Catherine ne fut pas maîtresse de son impulsion. Il lui sembla encore entendre la voix d'Hamza murmurant : « Essayez de réveiller cet amour... » Alors, elle demanda :

— Embrasse-moi !

Elle vit qu'il hésitait. Se haussant vers lui, ce fut elle, alors, qui chercha les lèvres de Gauthier, y attacha les siennes tandis que, glissant ses deux bras autour du cou massif, elle se suspendait à lui. La bouche serrée ne répondit pas tout de suite à sa caresse, comme si elle hésitait au bord du plaisir. Et puis, tout à coup, Catherine sentit qu'elle se mettait à vivre, soudain ardente et brutale, tandis que les bras du Normand se refermaient sur elle. Enlacés, ils roulèrent sur le lit.

Sous la bouche qui, maintenant, violentait la sienne, Catherine sentit le désir s'éveiller, en tempête, dans son corps, sage depuis trop longtemps. Elle avait toujours eu pour Gauthier une profonde tendresse, et, tout à l'heure, quand elle lui avait tendu ses lèvres, elle songeait seulement à créer ce choc capable de lui rendre la mémoire. Mais, maintenant, son propre désir s'éveillait, au même rythme que celui qu'elle sentait naître dans le corps pressé contre le sien... Fulgurante, la pensée de son époux la traversa, mais elle la repoussa avec colère. Non, même son souvenir ne l'empêcherait pas de se donner à son ami ! Est-ce que celui de leur amour l'empêchait de donner à une autre ses baisers et ses caresses ? Le goût de la vengeance venait, décuplant l'approche du plaisir attendu. Mais elle sentait les mains de Gauthier s'énerver sur les laçages compliqués de sa robe. Doucement, elle le repoussa.

— Attends ! Ne sois pas si pressé !...

D'un souple mouvement de reins, elle se redressa, se leva. L'indécise lumière de la chandelle lui sembla insuffisante. Elle ne voulait pas se donner à lui furtivement, dans l'ombre. Elle voulait beaucoup de lumière sur son visage, sur son corps lorsqu'il la posséderait... Saisissant la chandelle, elle alla allumer les deux candélabres posés sur le coffre contre le mur. Assis au pied du lit, il la regardait faire, sans comprendre.

— Pourquoi tout cela ? Viens... supplia-t-il, tendant vers elle des mains impatientes, prêt à bondir sur elle.

Mais du regard, elle le retint.

— Attends, te dis-je...

Elle s'éloigna de quelques pas. Puis, avisant un couteau posé sur la table, elle trancha d'un coup les lacets de sa robe, s'en dépouilla avec une sorte de hâte joyeuse, fit glisser le jupon de satin blanc, la chemise fine. Le regard gris, avide, suivait chacun de ses gestes, glissant sur le corps qui se dénudait devant lui. Catherine le sentait sur ses seins, sur son ventre, sur ses cuisses et en jouissait comme d'une caresse. Quand la dernière lingerie fut tombée, elle s'étira comme une chatte dans la lumière chaude des bougies puis, se glissant sur le lit, elle s'y étendit et, enfin, ouvrit les bras.

— Viens maintenant !

Alors il bondit...

— Catherine !...

Il avait crié son nom, comme un appel, au moment le plus aigu du plaisir et maintenant, haletant, il regardait avec des yeux qui s'effaraient le doux visage qu'il tenait entre ses mains.

— Catherine, répéta-t-il... Dame Catherine ! Est-ce que je rêve encore ?

Une vague de joie inonda la jeune femme. Hamza avait eu raison. L'amour s'était réveillé, avait fait un miracle... L'homme qu'elle étreignait n'était plus un étranger, un corps dont l'âme était absente. Il était redevenu lui-même... et elle se sentait heureuse comme elle ne l'avait pas été depuis longtemps. Aussi, comme il tentait de s'écarter, elle le retint dans ses bras, le ramena contre elle.

— Reste !... Oui, c'est bien moi... Tu ne rêves pas, mais ne me quitte pas !... Je t'expliquerai plus tard ! Reste. Aime-moi... Cette nuit, je t'appartiens.

La bouche qui s'offrait était trop douce, trop tendre le corps que Gauthier étreignait. C'était aussi un trop vieux rêve, trop longtemps et trop cruellement banni que posséder enfin cette femme adorée ! Il avait l'impression de sortir d'un songe, mais cette peau chaude, l'odeur grisante de cette chair étaient une bouleversante réalité. Il s'y abandonna avec passion, se saoula d'elle comme d'un vin trop fort avec l'avidité d'un homme qui, durant d'interminables jours, a connu la soif. Et Catherine, heureuse, comblée, s'abandonna avec une joie animale à cet ouragan d'amour.

Pourtant, vers le milieu de la nuit, il lui sembla qu'un fait étrange se produisait. Elle crut entendre bouger la porte de la chambre. Elle se redressa, écouta un instant, faisant signe à Gauthier de se taire. Les chandelles approchaient de leur fin, mais éclairaient suffisamment pour qu'elle vît nettement que la porte ne bougeait pas. Aucun bruit ne se faisait entendre... Puis Catherine songea qu'elle avait été victime d'une illusion et, oubliant la porte, revint à son amant...

L'aube était bien proche quand Gauthier s'endormit enfin. Il tomba comme une masse dans un sommeil lourd, profond, emplissant le donjon d'un ronflement sonore qui fit sourire Catherine. C'étaient là les véritables trompettes de la victoire ! Elle le regarda dormir un moment, paisible, détendu, les lèvres molles et entrouvertes. Sa gigantesque carcasse, abandonnée en travers du lit dévasté, avait quelque chose d'enfantin. Elle éprouvait pour lui une profonde tendresse. L'amour qu'il lui avait donné était, elle le savait, d'une qualité rare. Gauthier l'aimait pour elle-même, sans rien revendiquer pour lui, et cet amour réchauffait le cœur transi de Catherine.

Elle se pencha sur le dormeur et, tout doucement,

baisa les paupières closes. Puis, hâtivement, elle remit ses vêtements car elle voulait rentrer chez elle avant le jour. Se rhabiller ne fut pas chose aisée ; les lacets tranchés de sa robe en rendaient l'ajustement difficile, mais elle parvint tout de même à les rattacher tant bien que mal. Une fois prête, elle se glissa au-dehors, descendit, sur ses bas, l'escalier de pierre pour ne pas éveiller les échos du donjon. Le ciel, au-dessus du château, commençait à pâlir. Dans les couloirs, les torches s'éteignaient en fumant. Les sentinelles dormaient, appuyées sur leurs piques, un peu partout. Catherine put regagner sa chambre sans rencontrer âme qui vive. Rejetant hâtivement ses robes qu'elle retenait à deux mains contre elle, la jeune femme se glissa dans les draps frais de son lit avec un soupir de volupté. Elle se sentait lasse, moulue jusqu'aux os par la nuit brûlante qu'elle venait de vivre, mais, en même temps, curieusement délivrée de ses fantômes, presque heureuse. Certes, ce n'était pas le grisant, le merveilleux anéantissement que seul Arnaud savait lui donner. Dans les bras du seul homme qu'elle eût jamais vraiment aimé, Catherine s'oubliait, se dissolvait dans le bonheur, abdiquait même toute personnalité, toute volonté pour ne plus former avec lui qu'une seule chair, un seul cœur. Mais, cette nuit, la tendresse profonde qu'elle avait pour Gauthier, son ardent désir d'arracher son esprit au brouillard dangereux de la folie et la faim douloureuse de ses propres sens lui avaient parfaitement tenu lieu de passion. Elle avait découvert quel apaisement, du corps et de l'esprit, pouvait donner l'amour d'un homme ardent et sincèrement épris... même l'irritant problème que représentait Fray Ignacio s'en trouvait amoindri, démystifié en quelque sorte...

Quant à ce qu'allaient être les jours à venir, ce qu'allaient apporter de changement dans son existence les relations telles qu'elle venait de les établir avec Gauthier, Catherine se refusait à y songer. Pas maintenant... Plus tard... Demain !... Pour le moment, elle était si lasse, si lasse !... Elle avait tellement envie de dormir !

Ses paupières s'abaissèrent et elle tomba dans un bien-heureux anéantissement.

La course légère d'une main sur son ventre, sur ses cuisses, l'éveilla en sursaut. Il était encore très tôt. Le jour bleuissait à peine à la fenêtre de sa chambre. Le regard embrumé de Catherine découvrit soudain une silhouette assise près d'elle sur le lit, mais elle ne reconnut pas tout de suite son visiteur tant elle était ensommeillée. La fraîcheur de l'aube et le lent passage de la main qui continuait à la caresser lui rendirent brusquement conscience. Les draps et les couvertures avaient été rejetés au pied du lit, découvrant totalement la jeune femme frissonnante. Au même moment, la silhouette bougea, se pencha sur elle. Les yeux agrandis d'horreur, Catherine vit enfin que c'était Tomas de Torquemada, mais elle le reconnut à peine tant il avait l'aspect d'un démon. Les yeux exorbités, il faisait aller et venir ses mâchoires, grinçant des dents, une mousse légère au coin des lèvres... Épouvantée, elle voulut crier. Une main brutale se plaqua sur sa bouche. Elle tenta de la repousser, en vain. Un ongle lui griffa un sein, un violent coup de genou força ses jambes à se desserrer tandis qu'un corps nu, humide de sueur froide et sentant l'aigre, s'abattait sur elle.

Soulevée de dégoût, elle se tordit sous le garçon. Il la gifla si violemment qu'elle gémit. Il ricana tout bas :

— Pas tant d'histoires, traînée !... Je t'ai vue, cette nuit, dans la tour, avec ton valet !... Ah, tu t'en donnais à cœur joie, drôlesse ! Les hommes, ça te connaît, hein, ribaude ? Allons, montre-moi ce que tu sais faire !... C'est bien mon tour... Embrasse-moi ! Catin !...

Il entrecoupait ses insultes de baisers humides qui soulevaient le cœur de Catherine et de sourds geignements presque aussi répugnants. Il tenait la jeune femme sous une poigne nerveuse, aussi dure que le fer, mais cherchait frénétiquement à posséder sa victime sans y parvenir. Sous la main osseuse qui écrasait ses lèvres quand Tomas ne les mordait pas Catherine se sentait étouffer. Elle ne pensait même plus, uniquement tendue par l'instinct qui la poussait à rejeter cette horreur moite, ce cauchemar nauséabond. Le démon de luxure qui possédait le garçon était le pire qu'elle eût jamais connu. Même Gilles de Rais n'était pas répugnant à ce point.

Un instant, la main pesa moins durement sur sa bouche. Elle en profita, mordit si sauvagement que Tomas cria, retira instinctivement sa main. Alors, elle hurla, de toutes ses forces, de tout son instinct d'animal en péril... Il se mit à la rouer de coups sans parvenir à la faire taire, hurlant maintenant aussi fort qu'elle, emporté par une véritable frénésie de haine. À demi assommée, Catherine entendit à peine les coups violents que l'on frappait à sa porte. Il y eut le fracas du bois craquant, le vacarme des ais et des ferrures s'écroulant sur les dalles. Elle vit encore Josse qui surgissait dans le premier rayon du soleil, laissant tomber le madrier qui lui avait servi à enfoncer la porte que Tomas avait dû fermer à clef. L'ancien truand se rua sur le lit, en arracha Tomas qu'il se mit à corriger d'importance. Se cachant hâtivement sous les courtines du lit en désordre, Catherine ferma les yeux pour ne plus voir, mais n'évita pas le bruit mat des poings de Josse cognant dans la chair du page tout en déversant sur lui la plus fantastique collection d'injures parisiennes.

Un dernier coup de poing, un ultime coup de pied dans les maigres fesses du jeune satyre et Tomas, aussi nu qu'au jour de sa naissance, fut jeté dans le couloir comme un simple paquet. Il toucha d'ailleurs à peine terre, s'enfuit en courant tandis que Josse, maugréant, s'en allait tirer de derrière un dressoir les deux petites servantes qui, accourues au vacarme, s'y étaient réfugiées. Il leur désigna Catherine, pelotonnée dans son lit, les draps remontés, ne laissant plus voir que ses yeux encore pleins d'épouvante.

— Occupez-vous de dame Catherine, vous autres. Moi, je vais aller dire au seigneur-archevêque ce que je pense de son précieux page ! A-t-on jamais vu plus répugnante petite ordure ? Vous n'avez pas trop mal, dame

Catherine ? Il tapait comme un sourd quand je suis arrivé.

Le ton paisible du Parisien rendit courage à Catherine. Elle s'efforça de lui sourire.

— Je dois être couverte de bleus, mais ce n'est pas grave. Merci, Josse. Sans vous... Dieu ! Quelle horreur ! Un garçon si jeune ! Je ne suis pas près d'oublier ce cauchemar ! ajouta-t-elle prête à pleurer.

— La jeunesse n'a rien à voir là-dedans. Et j'ai idée que ce Tomas est possédé du démon. Il n'y a qu'à le regarder deux fois pour comprendre qu'il a la cruauté dans le sang... et les germes de pas mal de vices ! Je plains le couvent auquel il se destine et je plains même Dieu ! Il aura dans ce garçon un effrayant serviteur !

Songeur, les sourcils froncés, Josse était resté planté au milieu de la chambre, regardant, sans le voir, le soleil qui éclatait maintenant en une gloire de rayons. Soudain, il murmura :

— Le garçon a reçu une bonne volée, dame Catherine, mais mieux vaudrait ne plus s'éterniser ici. Dès que Gauthier pourra repartir...

— Il le peut, je crois. Il a retrouvé la mémoire.

Josse Rallard leva les sourcils, jetant à la jeune femme un regard franchement surpris.

— Il est guéri ? Mais, hier, avant le couvre-feu, quand je suis allé le voir, il était toujours dans le même état.

Catherine, dont les petites servantes examinaient les écorchures, se sentit rougir. Elle détourna les yeux, gênée.

— Le miracle a eu lieu cette nuit ! fit-elle seulement.

Il y eut un court silence qui mit un comble à la confusion de Catherine.

— Ah bon ! dit finalement Josse. Alors, nous allons poursuivre notre voyage au plus tôt.

Et, calmement, il quitta la chambre, laissant Catherine aux soins de ses servantes.

Une heure plus tard, don Alonso, extrêmement contrarié, se fit annoncer chez Catherine. Il paraissait plus nerveux, plus fébrile que jamais. Ses belles mains s'agitaient sans arrêt et même sa voix profonde grimpait par instants à un aigu insolite. Il offrit à la jeune femme des excuses volubiles et souvent peu intelligibles, mais où elle démêla bientôt qu'il allait se séparer de Tomas.

— Ce pénible incident me décide, mon amie. Demain, ce vaurien partira pour le couvent des dominicains de Ségovie puisqu'il tient tellement à y aller et grand bien fasse aux bons Pères ! je leur souhaite du plaisir.

— Moi aussi, Votre Révérence, je partirai demain, si vous le voulez bien.

— Comment ? Déjà ? Mais votre serviteur ?

— Est tout à fait en état de reprendre son chemin avec nous. Je vous devrai beaucoup, monseigneur ! Votre bonté, votre générosité...

— Allons, allons ! laissez donc cela...

Un instant, il regarda la jeune femme. Assise sur une haute chaise raide, toute vêtue d'un velours noir qui couvrait son cou jusqu'au menton et ses mains jusqu'à la racine des doigts, elle était l'image même de la dignité et de la grâce. Il lui sourit, paternellement.

— Eh bien, reprenez votre vol, bel oiseau ! Mais je vous regretterai ! Oui, je vous regretterai. Votre présence mettait du soleil dans ce sévère château... Enfin ! Ainsi va la vie ! Je veillerai aux préparatifs de votre départ.

— Monseigneur, fit Catherine confuse, tant de bonté !

— La bonté n'a rien à voir ici, fit don Alonso en riant, vous savez bien que je suis un vieil esthète, uniquement épris de beauté et d'harmonie. Quand je pense qu'une femme comme vous voyageait dans un mauvais chariot empli de paille, j'en ai la chair de poule ! Vous ne voudriez pas me condamner pour la vie aux remords et aux mauvais songes ?

Pour toute réponse, Catherine se laissa glisser à

genoux et baisa respectueusement l'anneau de l'arche-vêque. Une vague d'émotion parcourut le visage tanné de Fonseca. Il traça en l'air une rapide bénédiction puis, posant sa main sur la tête inclinée :

— Je ne sais où vous allez au juste, ma fille, et je ne vous le demande pas. Mais une intuition me dit que vous allez au-devant du péril. Songez, si les épreuves qui vous attendent étaient trop pénibles, que vous avez ici un ami, une maison. L'un et l'autre vous accueille-ront toujours paternellement, conclut-il en se mouchant bruyamment pour cacher son émotion.

Et, dans un grand bruit de brocarts pourpres, Sa Gran-deur l'archevêque de Séville s'éloigna, annonçant qu'il allait donner des ordres et interdisant à la jeune femme de se mêler de quoi que ce soit pour son départ... Il lui donnait seulement rendez-vous deux heures plus tard, pour le repas.

Il avait à peine disparu que Catherine se précipitait au donjon. Elle avait hâte de revoir Gauthier, tout en éprouvant un peu de déception de ce qu'il ne se fût pas mis encore à sa recherche. Peut-être dormait-il tou-jours ? Relevant sa robe à deux mains, elle escalada le pénible escalier à vive allure, poussa la porte qui n'était pas fermée et se trouva en face de son ami. Il était assis sur le pied du lit, la tête dans les mains, le visage caché par les paumes et il était impossible de savoir s'il réflé-chissait, s'il dormait ou si, d'aventure, il ne pleurait pas. Son attitude décelait tant d'accablement que Catherine se sentit toute décontenancée. Elle espérait retrouver Gauthier heureux, redevenu pleinement lui-même et tout à la joie qu'avait dû lui laisser la nuit passée. Or, appa-remment, il n'en était rien. Elle s'attendait à tout, sauf à une attitude semblable...

Vivement, elle s'agenouilla auprès du géant, saisit entre les siennes les deux grandes mains. Elles étaient humides.

— Gauthier ! gémit-elle bouleversée. Qu'est-ce que tu as ?

Il leva vers elle un visage décomposé par les larmes

et, dans les yeux gris, il y avait à la fois de l'incrédulité et du désespoir. Il la regardait comme si elle n'avait pas été tout à fait réelle.

— Mon Dieu ! balbutia-t-elle, prête à pleurer à son tour, mais tu me fais peur !

— Ainsi, murmura-t-il lentement, ce n'était pas un rêve ! C'est bien vous... je n'ai pas rêvé !

— Quoi ?

— Cette nuit... cette nuit inimaginable ! Je n'ai pas été victime de mon délire ! Il s'est passé tant de choses étranges dans ma tête, depuis si longtemps... tant de choses vagues ! J'ai fini par ne plus savoir ce qui était réel ou ce qui était songe-creux.

Catherine poussa un imperceptible soupir de soulagement. Elle avait craint que le mal ne fût revenu. Calmement, doucement, elle dit, avec beaucoup de gentillesse :

— Non. Cette nuit, tu es vraiment redevenu toi-même. Et... tu es aussi devenu mon amant, ajouta-t-elle nettement.

Il la saisit aux épaules, scrutant avidement le joli visage qui le contemplait.

— Pourquoi ? Mais pourquoi, tout à coup, êtes-vous venue dans mes bras ? Que s'est-il passé ? Comment en sommes-nous arrivés là ? Je vous avais laissée à Montsalvy et je vous retrouve... mais, au fait, où sommes-nous ?

— À Coca, en Castille. Chez l'archevêque de Séville, don Alonso de Fonseca.

Il répéta, comme dans un songe :

— À Coca... en Castille ! Comment y sommes-nous arrivés ? Je m'y perds !

— De quoi te souviens-tu au juste ?

— Mes derniers souvenirs sont ceux d'une bataille. Les bandits de la forêt d'Oca qui me tenaient prisonnier ont été attaqués par les alguazils. Les soldats ont cru que j'étais aussi un brigand. Il a bien fallu que je me défende. J'ai été blessé. Il y a eu un coup terrible. J'ai cru que ma tête éclatait. Et puis... plus rien ! Si... pourtant... Je me souviens d'avoir eu soif, d'avoir eu froid... Les seuls souvenirs qui me restent sont ceux d'un vent violent, incessant...

« La cage, », pensa Catherine qui se garda bien d'évoquer l'affreux instrument de torture. Mais il fallait tout de même aider Gauthier à retrouver la pleine possession de sa mémoire.

— Ces bandits d'Oca, dit-elle, comment étais-tu tombé entre leurs mains ? Un ménestrel florentin que tu avais rencontré sur le chemin de Roncevaux m'a dit t'avoir vu tomber sous les coups des montagnards navarrais. Il les a vus jeter ton corps dans un ravin sans fond... et, pourquoi te le cacher, je te croyais mort !

— Je l'ai cru aussi. J'étais blessé. Ils m'étaient tombés dessus comme un essaim de guêpes. Ils m'ont ensuite dépouillé de mes vêtements et jeté au fond du ravin. J'aurais dû, normalement, m'y briser les reins, mais les dieux m'ont protégé. Un arbrisseau a arrêté ma chute et, quand le froid m'a ranimé, je me suis retrouvé accroché à ses branches, en fort mauvaise posture cependant. Je grelottais, sans le moindre vêtement, et la nuit tombait. Je me sentais faible comme un enfant ; pourtant, je voulais vivre. Malgré le sang perdu, je réfléchissais. Remonter vers le sentier ? C'était dangereux : d'abord à cause de ma faiblesse qui rendait l'escalade presque impossible, ensuite à cause de mes agresseurs. Qui pouvait dire s'ils n'étaient pas toujours postés sur la route, guettant quelque voyageur surpris par l'obscurité prochaine ? Cette fois ils m'achèveraient avant de me rejeter au ravin...

« J'en étais là de mes réflexions quand, dans le val au-dessous de moi, je vis des feux s'allumer. Cela me rendit courage. Pensant qu'il s'agissait sans doute de bergers ou de bûcherons, je me mis à descendre, lentement, m'accrochant aux rochers et aux ronces. Vous dire combien de temps dura cette descente, j'en serais tout à fait incapable ! Bientôt, je n'eus plus pour me guider que les flammes rouges. Comment suis-je arrivé en bas sans me rompre tous les os, c'est encore un mystère pour moi...

— Et, fit Catherine, les bergers t'ont recueilli, soigné ?

— Recueilli, oui, soigné, oui encore... mais ce n'étaient pas des bergers !

— Quoi d'autre ?

— Les hommes d'un seigneur-pillard qui hante la région ; le seigneur Vivien d'Aigremont.

Catherine fronça les sourcils. Ce nom-là, elle l'avait entendu prononcer, et avec quelle terreur, par les religieux de Roncevaux comme par les paysans de Saint-Jean-Pied-de-Port.

— Comment t'en es-tu tiré ?

— Je ne m'en suis pas tiré, justement. Ce Vivien d'Aigremont est un fauve, l'un de ces grands rapaces aux serres toujours sanglantes Il m'a recueilli uniquement parce que je lui semblais posséder une valeur marchande. On m'a soigné, certes, mais aussi chargé de chaînes quand j'ai eu la force de les supporter, conduit ainsi jusqu'à Pampelune où le fauve m'a vendu comme esclave, très cher, croyez-moi ! Je vaux un nombre respectable d'écus, ajouta Gauthier avec une amère ironie. C'est l'évêque de la ville qui m'a acheté pour veiller à son chenil. Les molosses y étaient féroces, moins cependant que leur maître. Le jour où un jeune garçon vivant leur a servi de repas, je me suis enfui, non sans peine. J'étais talonné par la peur d'être pris car je savais ce qui alors m'attendrait : mon sort aurait été le même que celui de ce malheureux enfant. Mais je ne connaissais pas le pays ni sa langue maudite. Un homme que j'ai rencontré et qui me comprenait a consommé ma perte : c'était l'un des bandits d'Oca. Il m'a conduit parmi ses frères. Je n'avais fait que changer de chaînes... et de chenil. Une fois encore, je tirais des plans pour fuir quand les alguazils sont arrivés. À cause de ma taille, sans doute, ils m'ont pris pour le chef. D'ailleurs, comment aurais-je pu comprendre ce qu'ils disaient ?

J'ai été assommé, capturé... Vous connaissez sans doute la suite mieux que moi.

— Certes, je la connais...

Doucement, Catherine passa une main caressante sur la joue rugueuse du Normand.

— Tu as terriblement souffert, Gauthier, mais, vois-tu, j'ai toujours pensé que la mort ne pouvait rien contre toi : tu es indestructible... comme la terre elle-même !

— La terre peut se convulser, s'effondrer, et moi je ne suis qu'un homme comme les autres !

Mais, comme la main de Catherine s'attardait sur son visage, il la détacha doucement, puis :

— À vous, maintenant, dame Catherine ! Si vous voulez que je comprenne, il faut tout me dire... tout, vous entendez ?

Elle se recula, les yeux soudain baissés, puis, se relevant, alla s'asseoir sur un banc près de la fenêtre. Aussi bien, elle n'avait jamais pensé éviter une sincère explication. Cette nuit même, au plein de leur folie sensuelle, ne lui avait-elle pas promis : « Demain, je te dirai tout » ?

— Tu sauras tout ! Je n'avais pas l'intention de te cacher le moindre fait. Donc, quand le ménestrel florentin est venu, chez nous, m'annoncer qu'il t'avait vu périr...

Le récit dura longtemps. Catherine parlait lentement, réfléchissant sans cesse à ce qu'elle allait dire pour ne rien oublier. Elle ne lui fit grâce d'aucun détail. Tout y passa : la fuite de Montsalvy, le pèlerinage à la Vierge du Puy, le départ avec les pèlerins, la rencontre avec Ermengarde de Châteauvillain et Josse Rallard, le vol des rubis de sainte Foy, l'arrivée de Jean Van Eyck et la lettre du duc de Bourgogne, les confidences haineuses de Fortunat, la fuite de Roncevaux avec Josse, enfin son sauvetage, à lui Gauthier, dans Burgos ivre de sang et leur arrivée commune dans le château rouge de l'archevêque Fonseca. Pas une fois Gauthier ne l'interrompit. Pas un instant non plus, son regard attentif ne la quitta. On aurait dit qu'il cherchait à s'assurer que les paroles prononcées étaient bien en accord avec la pensée de la jeune femme. Lorsqu'elle eut fini, seulement, il poussa un profond soupir, et, se levant, alla jusqu'à la fenêtre, posant un pied sur le banc d'encoignure qui en garnissait le renfoncement.

— Ainsi, dit-il lentement, messire Arnaud est prisonnier des Maures !

Instantanément, la colère jalouse de Catherine l'envahit comme une vague amère.

— Un prisonnier de bonne volonté ! Ne t'ai-je pas dit qu'il avait suivi cette femme de son plein gré ? Ne t'ai-je pas rapporté les paroles de Fortunat ? L'Infidèle est plus belle que le jour, a-t-il dit, et mon époux s'en est épris au premier regard.

— Et vous avez cru ça ? Vous, une femme intelligente ? Rappelez-vous donc l'attachement fanatique de Fortunat pour son maître ! Souvenez-vous de ces visites que, chaque semaine, il rendait à la maladrerie de Calves, et cela par tous les temps ! Et vous ne savez pas, puisque vous n'y étiez pas, ce que furent sa rage, sa fureur quand le seigneur de Brézé vint à Montsalvy, quand chacun, là-bas, crut que vous alliez reprendre époux ! Jamais je n'ai entendu cris de colère plus haineux, serments plus virulents de vous faire payer cette trahison. Fortunat vous haïssait, dame Catherine. Il aurait dit n'importe quoi pour vous blesser !

— Il n'aurait pas menti à ce point ! Est-ce qu'il n'a pas juré, tu m'entends, juré sur le salut de son âme qu'à cette heure-là Arnaud connaissait l'amour dans le palais de sa princesse ! Qui donc, pour assouvir une simple haine, accepterait de compromettre si gravement son salut éternel ?

— Plus de gens que vous ne pensez ! En tout cas, il est possible que messire Arnaud connaisse l'amour là-bas. Mais qui vous assure qu'il y réponde ? D'ailleurs...

Et Gauthier, se retournant tout d'une pièce, fit face à Catherine, la dominant de toute sa taille.

— Vous ne seriez pas partie, dame Catherine, vous n'auriez pas entrepris ce voyage insensé si vous n'espériez encore. Vous seriez rentrée à Montsalvy, peut-être à la cour du roi Charles où le seigneur de Brézé vous eût ouvert tout grands ses bras... à moins que vous ne vous fussiez souvenue de l'amour du Grand Duc d'Occident. Une femme comme vous ne s'avoue jamais vaincue, je le sais mieux que quiconque. Quant à croire que messire Arnaud est à jamais perdu pour vous, à d'autres, dame Catherine ! Vous ne me ferez jamais avaler cela !

— Es-tu bien certain que je ne veuille pas seulement lui reprocher sa trahison ? Jouir de sa confusion en le voyant, lui, un chrétien, un capitaine du Roi, roucouler aux pieds d'une moricaude, et qu'ensuite...

Brusquement, Gauthier devint pourpre de colère.

— Ne me prenez pas pour un imbécile, dame Catherine ! Vous iriez là-bas uniquement pour faire une scène à votre époux ?

— Et pourquoi non ?

Dressée sur la pointe des pieds, les bras croisés, sa petite tête bien droite, elle avait l'air d'un jeune coq en colère. Pour la première fois, elle et celui qui, la nuit précédente, l'avait si passionnément possédée s'affrontaient.

— Parce que ce n'est pas vrai. Parce que vous n'avez jamais aimé que lui, que vous desséchez de rage de le savoir aux mains d'une autre et que vous n'aurez ni trêve ni repos, dussiez-vous endurer les pires supplices, que vous ne l'ayez rejoint... et reconquis !

— Pour lui faire payer sa trahison !

— Et de quel droit ? Qui donc avait trahi le premier ? Voulez-vous que nous reparlions du sire de Brézé ? Pour employer, en parlant de votre beauté, des termes aussi chaleureux, il devait la bien connaître. Si vous ne lui aviez donné aucun gage, il n'aurait pas supposé que vous l'épouseriez ? Et lui, le proscrit, le reclus de Calves, quelles tortures n'a-t-il pas endurées en apprenant cette belle nouvelle ? Car Fortunat ne lui a rien caché, vous le saviez. Si, moi, j'avais été à sa place, je me serais enfui, j'aurais été vous arracher des bras de votre

206

beau chevalier et je vous aurais tuée de mes propres mains avant de me faire justice !

— Peut-être parce que tu m'aimes ! fit Catherine amèrement. Lui ne raisonnait pas comme toi...

— Parce qu'il vous aimait plus encore ! Plus que lui-même puisqu'il avait fait bon marché de sa souffrance à lui pour vous laisser vivre un nouveau bonheur ! Croyez-moi, les flammes de jalousie qui vous brûlent ne sont sans doute rien auprès de celles qui ont dû le dévorer, lui, dans sa solitude affreuse ! Pensez-vous que je puisse oublier la dernière image que j'ai eue de lui ? de cet homme crucifié qui s'en allait dans le soleil, au glas des cloches, aux pleurs des cornemuses, avec, dans les mains, un autre soleil ?

À l'évocation brutale de la plus cruelle journée de sa vie, Catherine ferma les paupières où sourdaient les larmes, vacilla.

— Tais-toi ! supplia-t-elle. Tais-toi, par pitié !

— Alors, fit-il d'un ton radouci, cessez de vouloir me leurrer, cessez de vous leurrer vous-même. Pourquoi donc essayez-vous de nous mentir à tous les deux ? À cause de cette. nuit ?

Elle rouvrit soudain des yeux étincelants.

— Peut-être à cause de cette nuit, en effet ! Peut-être n'ai-je plus envie d'aller à Grenade !

— Voilà des jours, sans doute, fit Gauthier avec lassitude, que vous luttez ainsi contre vous-même, tantôt poussée par la jalousie vers la ville où respire votre époux, tantôt prise de la tentation d'abandonner, de retourner vers votre enfant, vers le calme et la sécurité d'une vie normale. Ce qui s'est passé cette nuit n'a rien ajouté.

— Pourquoi dis-tu cela ?

— Parce que je le sais. Cette nuit, vous m'avez fait un présent merveilleux... inespéré, mais vous l'avez fait pour deux raisons : par pitié, d'abord.

— Gauthier ! protesta Catherine.

— Mais si ! Par pitié d'abord, parce que vous vouliez à tout prix me guérir, mais aussi par dépit. C'était une manière de vengeance que vous exerciez, et aussi une façon de rendre moins cruelles les images qui hantent vos nuits sans sommeil !

— Non ! gémit Catherine, des larmes dans la voix. Ce n'est pas cela... ce n'est pas seulement cela, corrigea-t-elle, cette nuit, j'ai été heureuse, moi aussi, je te le jure !

Un sourire d'une grande douceur vint détendre le visage crispé du Normand.

— Merci pour ces mots ! Je crois, en vérité, que vous m'aimez bien, dame Catherine, mais... – et son doigt, pointé vers le cou de la jeune femme, désigna la lourde croix d'or et de perles que l'archevêque y avait, lui-même, accrochée quelques jours plus tôt et qui étincelait sur le velours de la robe – osez jurer sur ce Dieu que vous adorez que ce n'est pas lui que vous aimez ! Lui, votre époux, votre seigneur ! Vous savez bien que vous l'aimerez tant qu'il vous restera un souffle d'existence !

Cette fois, la jeune femme ne répondit rien. Baissant la tête, elle laissa ses larmes couler librement sur le velours de sa robe sombre.

— Vous voyez bien, fit doucement Gauthier. Aussi de cette nuit folle et merveilleuse, dont moi je garderai le souvenir, mais que je vous supplie d'oublier, nous ne reparlerons jamais...

— Tu ne m'aimes donc plus ? demanda Catherine d'une toute petite voix.

Il y eut un silence pesant, puis, d'une voix dure, qui s'enrouait, le Normand murmura :

— Les dieux de mes ancêtres savent que je ne vous ai jamais autant aimée ! Mais c'est justement à cause de cet amour que je vous supplie d'oublier. Si vous ne le faites, ma vie sera un enfer... et il me faudra vous quitter. Nous allons partir d'ici, continuer cette route qui nous mènera au royaume de Grenade. Je vous aiderai à retrouver messire Arnaud...

— Il y a des choses que tu ignores encore. Peut-être n'ai-je plus le droit de réclamer comme époux Arnaud de Montsalvy.

— Que voulez-vous dire ?

— Que je n'avais peut-être pas le droit de l'épouser... parce que j'ai peur que mon premier époux ne soit encore vivant...

Sourcils haussés par la surprise, Gauthier interrogeait la jeune femme par son seul mutisme. Alors, très vite, comme on se libère d'un fardeau insupportable, elle raconta sa stupeur devant l'apparition inouïe du moine borgne, sa terreur ensuite en constatant que tant de faits coïncidaient étrangement, sa visite enfin à la chambre du trésor, la veille même, et l'intolérable incertitude qu'elle en avait rapportée. Elle allait poursuivre, sans doute, pour exposer ses angoisses, ses scrupules, mais, soudain, Gauthier l'empoigna aux épaules et se mit à la secouer comme s'il cherchait à l'éveiller d'un cauchemar. Il était devenu très pâle.

— Taisez-vous, dame Catherine... et écoutez-moi ! Nous allons partir, vous m'entendez, partir immédiatement de ce château, et vous ne vous retournerez pas ! Sinon, je crois bien, par Odin, que vous allez devenir folle ! Cela est trop, pour vous ! Cessez de rêver tout éveillée, abandonnez le pays des songes et des mauvais sortilèges ! Reprenez votre route et ne pensez plus qu'une chose : vous êtes, devant votre Dieu et devant les hommes, la femme d'Arnaud de Montsalvy, vous portez son nom, vous en avez un fils ! Il n'y a rien à ajouter à cela ! Oubliez tout le reste.

— Et si, cependant, ce moine était Garin de Brazey ?

— Vous n'avez pas à le savoir ! Pour le monde entier, comme pour lui-même sans doute, il a été pendu. S'il a pu échapper, il s'est refait une existence conforme à ses goûts. S'il souhaitait en changer, vous ne seriez point demeurée si longtemps dans l'incertitude. Son attitude vous dicte la vôtre. Garin de Brazey est mort, vous entendez, « mort ». Seul respire Fray Ignacio qui n'a aucun point commun avec lui ! Maintenant, allez vous préparer et quittons au plus vite ce château de maléfices !

À cet instant, un appel de trompettes vint rompre le

silence ensoleillé de la campagne immense, rappelant Catherine à la réalité. Elle se dirigea vers la porte, sourit gentiment à son ami.

— Je crois bien que tu auras toujours raison, Gauthier, mais voici que l'on corne l'eau. Don Alonso m'attend pour le repas et je ne veux pas le faire attendre.

— Annoncez-lui votre départ.

— C'est déjà fait. Mais, comme je lui ai dit que je partirai demain, je pense qu'il te faudra patienter jusque-là. Une nuit encore, Gauthier, rien qu'une nuit. C'est peu de chose !...

— Peu de chose ? Je ne suis pas de votre avis. On peut faire tenir une vie entière dans une seule nuit ! Tant de choses ont le temps de se nouer ou se dénouer... en une nuit ! Mais vous avez raison : nous devons trop au seigneur-archevêque pour agir grossièrement envers lui. Demain, au lever du jour donc !

Vivement, Catherine descendit l'escalier. Au moment de franchir la porte basse du donjon, il lui sembla qu'une silhouette s'était rejetée brusquement dans l'ombre dense de la vis de pierre, et que cette silhouette ressemblait beaucoup à celle de Tomas de Torquemada. Elle eut un frémissement de crainte rétrospective, mais, déjà, elle était dans le grand soleil de la cour où des soldats, des frères convers et quelques servantes musardaient, se reposant de leur service ou cherchant un coin d'ombre pour s'y étendre car venaient les heures écrasantes où la chaleur tombe d'aplomb et change l'activité en torpeur. Catherine se dirigea vers eux. Les rayons dorés étaient bons, rassurants. Ils éloignaient si bien les fantômes et les ombres perverses ! D'un pas allégé, elle se dirigea vers la salle de festins.

Une intolérable sensation de chaleur, la perception inconsciente d'une lumière violente éveillèrent Catherine au milieu de la nuit. L'incendie emplissait sa chambre de son éclat et la jeune femme, un instant, se crut en plein mauvais rêve. Mais elle eut tôt fait de se rendre à la réalité. La porte de sa chambre flambait et, devant la cheminée, des paquets de paille et des fagots, répandus intentionnellement sur le sol, brûlaient en dégageant une fumée de plus en plus épaisse. Une vague de terreur souleva la jeune femme, l'arracha de son lit et la précipita, nue, vers la fenêtre dont elle arracha les volets plutôt qu'elle ne les ouvrit pour respirer avidement deux ou trois fois... Mais l'appel d'air créé par l'ouverture de la fenêtre fit bondir le feu avec une ardeur décuplée. Il ronflait dans la galerie, léchait le bois des coffres et des sièges disposés près de la cheminée. L'une des tentures murales s'enflamma près du lit, menaçant les courtines.

— Au secours ! hurla Catherine affolée. Au feu !... À moi !

Des bruits se faisaient entendre au-delà du brasier, mais il formait un rideau de flammes qui ne devait pas être facile à éteindre et il sembla à la jeune femme qu'à ces bruits se mêlaient parfois des rires !

— À moi ! cria-t-elle du sommet de ses forces. Au secours !

Elle se tourna convulsivement vers la fenêtre. Elle savait qu'il y avait cinquante pieds sous l'étroite ouverture, mais la nuit en faisait un gouffre terrifiant. Pourtant... si l'on ne venait pas à son secours il faudrait bien choisir l'abîme ! Le feu gagnait à une vitesse prodigieuse. Dans la fumée suffocante, Catherine décelait une odeur inconnue, âcre et inhabituelle, l'odeur, sans doute, de ce qui avait servi à faire flamber, si vite et si bien, un tel incendie. Plaquée contre la fenêtre, elle cherchait l'air en vain. La fumée, épaisse et noire, se rabattait vers elle, attirée par l'ouverture. La gorge en feu, incapable désormais de crier, les yeux brûlés, la jeune femme sentait ses forces l'abandonner. L'asphyxie gagnait. Dans un instant, elle ne serait même plus assez. forte pour glisser par la fenêtre, pour sauter... elle n'en était déjà plus capable. Ses jambes se dérobaient sous elle. Elle allait tomber dans cette nouvelle vague de fumée qui rampait vers elle comme un gras serpent ! Elle se mit à tousser, avec la sensation torturante que ses poumons prenaient feu à leur tour. En une folle cavalcade, à l'instant de perdre connaissance, Catherine vit passer devant elle tous les visages qui avaient peuplé sa vie, amis ou ennemis. Elle revit les yeux tendres de Sara, le visage sarcastique de Philippe le Bon, l'énigmatique figure de Garin, le regard gris de Gauthier et le sourire moqueur d'Arnaud. Alors, elle comprit qu'elle était en train de mourir, tenta de retrouver une bribe de prière...

Quand elle revint à elle, Catherine eut l'impression d'être plongée dans une rivière. Elle était trempée, transie jusqu'aux os et claquait des dents. Ses yeux pleins de larmes ne distinguaient rien qu'un brouillard rouge, mais elle sentait que des mains la frictionnaient sans douceur. Puis on l'enroula dans quelque chose de rêche mais de chaud. La même main vigoureuse lui essuya le visage et elle reconnut enfin, penchés sur elle, les traits irréguliers de Josse. Il eut son curieux sourire à lèvres closes en voyant qu'elle ouvrait les yeux.

— Il était temps ! marmotta-t-il. J'ai bien cru que je ne pourrais pas franchir le rideau de feu. Heureusement, un pan de mur, en s'effondrant, m'a ouvert un passage. Je vous ai aperçue et j'ai pu vous tirer dehors...

En se soulevant, Catherine vit qu'elle était couchée sur les dalles de la galerie. Le feu ronflait à l'une des extrémités, là où s'ouvrait auparavant la porte de sa chambre, mais il n'y avait là âme qui vive.

— Il n'y a personne ? dit-elle. Comment se fait-il que le feu n'ait pas alerté le château ?

— Parce que cela flambe aussi chez l'archevêque. Tous les serviteurs sont en train d'éteindre l'incendie pour sauver don Alonso. D'ailleurs, les portes de cette galerie ont été barricadées du dehors.

— Comment y es-tu, alors ?

— Parce que, cette nuit, je suis venu dormir sous l'un de ces bancs de pierre. Après l'alerte de ce matin, je n'étais pas tranquille. Personne ne pouvait me voir et j'espérais surveiller ainsi votre chambre. Mais je crois que j'ai trop bien dormi ! C'est ça le hic, avec moi !

Quand je suis fatigué, je dors comme une souche. L'incendiaire ne m'a pas vu, mais, de son côté, il a fait si peu de bruit que je n'ai rien entendu quand il a installé ses fagots.

— L'incendiaire ?

— Vous ne pensez pas que ce feu s'est allumé tout seul ? Pas plus que celui qui flambe si bien chez monseigneur ? J'ai idée que je sais, d'ailleurs, d'où vient le coup...

Comme pour lui donner raison, la porte basse à l'extrémité encore intacte de la galerie s'ouvrit, livrant passage à une longue forme blanche qui portait une torche. Épouvantée, Catherine reconnut Tomas. Vêtu d'une robe de moine, les pupilles dilatées, il marchait d'un pas automatique vers l'incendie, insensible à la fumée de plus en plus dense qui envahissait la grande galerie.

— Regardez, souffla Josse. Il ne nous voit même pas !

En effet, le garçon avançait comme un somnambule. Sa torche à la main, pareil à l'ange déchu de la vengeance et de la haine, il semblait au pouvoir d'une transe. Ses lèvres s'agitaient spasmodiquement. Catherine saisit seulement au passage le mot « *fuego* »... Tomas passa tout près d'elle sans même la voir. Elle toussa. Il n'entendit rien, continua de s'avancer vers l'incendie, au milieu des noires volutes de fumée.

— Que dit-il ? souffla la jeune femme.

— Que le feu est beau, que le feu est sacré ! Qu'il purifie ! Que le maître du feu s'élève jusqu'à Dieu !... Que ce château du Malin doit brûler pour que les âmes de ses habitants retournent à Dieu, libérées... Il est complètement fou, un maniaque du feu, conclut Josse qui ajouta : Il n'a pas refermé derrière lui la porte de la galerie. Profitons-en pour fuir et donner l'alerte.

Catherine suivit Josse, mais, au seuil, se retourna. Les torrents de fumée avaient presque englouti la mince forme blanche.

— Mais... fit la jeune femme. Il va brûler.

— C'est ce qui pourrait lui arriver de mieux... à lui

et aux autres ! grogna Josse qui, d'une main péremptoire, entraîna Catherine au-dehors.

Elle faisait de son mieux pour le suivre, mais ses pieds nus s'embarrassaient dans les plis flottants de la couverture qui, seule, l'enveloppait. En courant ainsi, traînée par la main nerveuse de Josse, elle buta contre un meuble, se fit un mal affreux et poussa un cri de douleur, puis se plia en deux, le souffle coupé par la souffrance. Josse jura entre ses dents, mais, voyant qu'elle avait les larmes aux yeux, la souleva d'un bras pour l'aider à franchir les derniers mètres qui les séparaient de l'air libre. Jusque-là, ils n'avaient rencontré âme qui vive, mais, dans la cour, l'agitation était à son comble. Une meute de valets, d'hommes d'armes, de moines et de servantes y couraient dans tous les sens en poussant des cris aigus comme autant de volailles effarouchées. Entre le grand puits de la cour et l'entrée des appartements de l'évêque, une chaîne d'esclaves passait incessamment des seaux pleins d'eau pour tenter d'éteindre les flammes qui bondissaient des ouvertures à l'étage. Des cris, des lamentations et des prières en jaillissaient également sur le mode volubile.

L'agitation de la cour était créée par le fait que l'on venait tout juste de découvrir le second foyer d'incendie et que les habitants du château s'affolaient, croyant bien que le feu avait été mis aux quatre coins de l'édifice.

Cette cour, avec ses murs rouges et brillants où les flammes se reflétaient, avec une humanité folle qui s'y démenait, donnait une assez bonne représentation de l'enfer et Catherine grelottante d'émotion plus que de froid, car la nuit était tiède et l'incendie ajoutait encore à sa température, s'enroula plus étroitement dans la couverture qui cachait sa nudité et alla chercher refuge sous les arcades, tournant son regard angoissé vers le donjon qui, silencieux et sombre, semblait se tenir à l'écart.

— Gauthier ! murmura-t-elle. Où est Gauthier ? Il ne peut pas n'avoir rien entendu de tout ce vacarme...

— Les murs de ce donjon sont exceptionnellement

214

épais, remarqua Josse, et puis il a peut-être le sommeil dur...

Mais, comme pour lui donner un démenti, à cet instant même, la chaîne d'esclaves, qui venait de s'établir pour secourir l'aile habitée naguère par Catherine, parut s'écrouler comme un château de cartes. Les Maures culbutèrent les uns contre les autres, dans un grand vacarme de seaux heurtés et d'éclaboussements, repoussés vers le centre de la cour comme par un vent de tempête et Gauthier surgit sur le seuil. Avec le pansement qu'il gardait encore et la longue djellaba dont on l'avait affublé, il ressemblait assez à ces Infidèles qu'il renversait, mais qui, auprès du géant, semblaient autant de nains. Devant lui, solidement maintenue par son énorme poing, une maigre silhouette blanche avançait en trébuchant et vint, finalement, s'étaler sur le sol, presque aux pieds de Catherine. C'était, bien entendu, Tomas...

Il leva sur la jeune femme un regard qui était encore celui d'un somnambule, mais qui, cette fois, possédait une conscience. Un éclair de fureur y étincela en reconnaissant son ennemie. La bouche mince se tordit pour un rictus haineux.

— Vivante ! siffla-t-il... Satan lui-même te protège, maudite ! Le feu n'a pas de prise sur toi ! Mais tu n'échapperas pas toujours au châtiment !...

Avec un grondement de colère, Josse arracha la dague qui pendait à sa ceinture et bondit sur le garçon qu'il saisit à la gorge.

— Toi, en tout cas, tu n'y échapperas pas plus longtemps !

Il allait frapper sans que Catherine, pétrifiée d'horreur devant cette haine qui ne voulait pas céder, eût seulement bougé un doigt, mais la grosse patte de Gauthier s'abattit sur le bras du Parisien, le retenant en l'air.

— Non... laisse-le ! Moi aussi, tout à l'heure, j'ai eu envie de l'étrangler quand je l'ai trouvé devant la porte en flammes de dame Catherine, divaguant, sa torche à la main, mais j'ai compris que c'était un fou, un gamin, un malade... On ne tue pas les gens comme lui, on les laisse pour que le ciel... quel que soit celui qui l'habite, s'en charge. Maintenant, partons !

Du geste, Catherine désigna sa couverture et haussa les épaules.

— Comme ça ? Pieds nus et simplement vêtue d'une couverture ? Tu n'es pas un peu fou ?

Sans répondre, Gauthier lui envoya le paquet qu'il tenait sous le bras, sourit, puis déclara enfin :

— Voilà vos vêtements et votre aumônière. Je les ai trouvés dans votre chambre... à défaut d'un cadavre qui, heureusement, était encore bien vivant ! Habillez-vous vite !

Catherine ne se le fit pas dire deux fois. Se glissant dans un renfoncement obscur de la cour, elle se hâta de passer ses vêtements de voyage, boucla son aumônière à sa ceinture non sans s'être assurée, auparavant, que sa dague et l'émeraude de la reine s'y trouvaient toujours. Quand elle rejoignit ses compagnons, elle constata que Tomas avait disparu et que Josse n'était plus là. Elle interrogea Gauthier qui, placidement, les bras croisés, regardait les sauveteurs poursuivre leur lutte contre le feu. L'incendie, pris à temps sans doute, était déjà presque maîtrisé.

— Où est Josse ?

— À l'écurie. Il prépare les chevaux. Don Alonso, hier soir, avait donné des ordres à ce sujet.

En effet, l'ancien truand revenait, tirant après lui trois chevaux tout harnachés et une mule portant des sacs qui devaient contenir des vivres et des vêtements. L'archevêque avait pensé à tout... Aussi Catherine s'insurgea-t-elle quand Gauthier voulut l'aider à se mettre en selle.

— Qu'est-ce que tu imagines ? Que je partirai ainsi, comme une voleuse, sans même savoir si notre hôte est indemne ?

— Il ne vous en voudra pas. Et, décidément, vous n'êtes guère en sûreté ici. J'ai appris la tentative dont vous aviez failli être la victime, continua Gauthier, mais Catherine lui coupa brutalement la parole.

Son regard violet s'enflamma de colère en se posant alternativement sur les deux hommes.

— Apparemment, vous vous êtes déjà mis d'accord pour me dicter ma conduite, tous les deux. Il n'y a pourtant pas longtemps que vous avez fait réellement connaissance !

— Les natures comme les nôtres se reconnaissent très vite, fit Josse, suave. Nous sommes faits pour nous entendre !

— En tout cas, quand il s'agira de votre sécurité, ajouta Gauthier, nous nous entendrons toujours. Vous n'êtes pas très prudente, dame Catherine...

Il y avait un reproche subtil sous les paroles de Gauthier, et plus encore dans son regard. Malgré elle, Catherine détourna la tête, saisie d'un regret plus cuisant qu'elle n'aurait cru. Oui, il lui reprochait d'avoir mis entre eux des souvenirs qui n'auraient jamais dû quitter le domaine du rêve. Les choses étaient différentes maintenant, quelle que puisse être leur volonté de les ramener à l'ancien état de fait. Les baisers et les gestes de l'amour laissent parfois dans l'âme des sillons aussi cruels, aussi ineffaçables que ceux du fer rouge dans la peau d'un homme.

— Est-ce bien à toi de me le reprocher ? murmura-t-elle amèrement.

Puis, changeant de ton instantanément :

— Quoi qu'il en soit, je ne partirai pas sans avoir dit adieu à don Alonso !

Sans plus s'occuper des deux hommes, elle se dirigea d'un pas vif vers la porte cintrée qui menait chez l'archevêque. Les esclaves l'avaient libérée car, maintenant, l'incendie était éteint. Seules quelques fumerolles noires montaient encore des ouvertures et une désagréable odeur de brûlé emplissait l'air matinal.

Le jour se levait, très vite comme dans tous les pays du Sud. La nuit disparaissait d'un seul coup comme une housse sombre soudainement arrachée de la terre par quelque mystérieuse et céleste ménagère, le ciel se parait de tous les roses, de tous les ors de l'aurore et le château rutilait comme un énorme rubis dans cette aube de perle rose. Dans le logis, on entendait encore des cris, des allées et venues, et Catherine hésita un instant au seuil déserté par les sentinelles. Comment se faire comprendre de tous ces gens dont elle ne parlait pas la langue ? Elle allait se détourner pour appeler Josse et l'inviter à la suivre chez don Alonso quand une haute silhouette noire se dressa soudain devant elle. Malgré son empire sur elle-même, la jeune femme recula, saisie de cette surprise superstitieuse qui lui venait toujours lorsqu'elle se trouvait en face de Fray Ignacio.

Le moine borgne la considéra sans étonnement, s'inclina brièvement.

— Je suis heureux de vous rencontrer, noble dame ! J'allais me rendre auprès de vous. Sa Grandeur m'envoie.

Une brusque angoisse serra la gorge de Catherine. Elle leva sur le moine des yeux où le désespoir se mêlait à la peur.

— Vous... vous parlez donc notre langue ?

— Quand il le faut, quand il est nécessaire, je parle en effet votre langue... comme je parle également l'anglais, l'allemand et l'italien !

Catherine sentit d'un seul coup ses doutes et ses terreurs revenir. Garin, lui aussi, parlait plusieurs langues étrangères... Et cette incertitude intolérable revenait, elle aussi. Elle se traduisit, chez la jeune femme, en une colère brutale.

— Pourquoi, alors, avez-vous feint de ne point me comprendre, l'autre jour, dans la chambre du Trésor ?

— Parce que ce n'était pas nécessaire ! Et parce que je ne comprenais pas ce que vous vouliez dire...

— En êtes-vous tellement certain ?

Oh ! déchiffrer l'énigme de ce visage fermé, de cet œil unique dont le regard refusait le sien et allait se perdre, par-dessus sa tête, dans les profondeurs de la cour ! Arracher à ce fantôme sa vérité profonde !... En l'entendant parler français, Catherine avait cherché à retrouver les intonations de Garin, la voix de Garin... et il lui était impossible de dire si c'était la même voix ou bien une autre !... Maintenant, elle l'entendait lui apprendre que don Alonso avait été légèrement blessé par la chute d'une colonnette de cèdre, que son médecin maure lui avait donné un puissant somnifère pour qu'il reposât en paix, mais qu'avant de s'endormir il avait ordonné à Fray Ignacio de s'assurer que Catherine était indemne, et de veiller en personne à ce que le départ prévu de la jeune femme ne subît pas de retard du fait de l'incendie nocturne et s'effectuât comme si don Alonso en personne avait pu y présider.

— Don Alonso vous prie seulement de garder son souvenir dans votre cœur, noble dame... et de prier pour lui comme il priera pour vous !

Une soudaine bouffée d'orgueil redressa Catherine. Si cet homme était Garin, s'il jouait un rôle, il le jouait supérieurement. Elle ne voulut pas être en reste avec lui.

— Dites à Sa Grandeur que je n'y manquerai pas et que jamais le souvenir de ses bontés ne me quittera. Dites-lui aussi combien je lui suis reconnaissante de l'aide qu'elle m'a donnée et aussi que je la remercie de ses prières, car, dans les lieux où je me rends, le péril sera constant !...

Elle s'arrêta un instant, regardant fixement le moine noir. Rien ! Pas un tressaillement ! Il semblait fait de pierre, insensible au moindre sentiment, à la plus simple compassion, se contentant, une fois encore, de s'incliner silencieusement.

— Quant à vous... reprit Catherine d'une voix que la colère faisait trembler.

Mais elle n'alla pas plus loin. Comme il s'était interposé tout à l'heure entre Tomas et le couteau de Josse, Gauthier intervint en posant sa main sur l'épaule de la jeune femme.

— N'en dites pas davantage, dame Catherine. Souvenez-vous de ce que je vous ai dit ! Venez ! Il est temps de partir !

Cette fois, elle subit son autorité. Docilement, elle se détourna, rejoignit le groupe que formaient Josse et les bêtes, se laissa mettre en selle sans un mot et se dirigea vers la porterie. Au moment de franchir la herse relevée, elle se retourna, mais ce fut pour trouver, juste derrière elle, les larges épaules du Normand qui bouchaient presque toute la vue.

— Ne vous retournez pas ! ordonna-t-il durement. Vous devez aller votre chemin, droit devant vous... et sans jamais plus vous retourner ! Souvenez-vous de ce que je vous ai dit : devant votre Dieu et devant les hommes vous êtes la femme d'Arnaud de Montsalvy ! Oubliez tout le reste !

De nouveau, elle obéit, regarda, au-delà de l'ogive rouge, le profil aride et magnifique du plateau, mais, derrière l'épaule de Gauthier, elle avait tout de même aperçu la forme noire du moine, debout à l'endroit où elle l'avait laissé, les mains au fond de ses manches. Rigide, énigmatique, il la regardait s'éloigner... Et Catherine sentit que cette image se plantait dans son cœur, dans sa chair, comme une épine où peut-être s'écorcherait sans cesse son amour... en admettant qu'elle parvînt à le retrouver.

Elle chevaucha longtemps, silencieuse, laissant la bride sur le cou de sa monture. Josse avait pris la tête et traçait le chemin. Elle suivit machinalement, sans rien voir du paysage que foudroyait déjà l'impitoyable soleil de Castille. Après une dure montée, un gigantesque panorama de plaines et de sierras d'ocre rouge s'offrit à leurs yeux, piqué de villages misérables qui gardaient de leur mieux de maigres champs de chanvre. Parfois, la silhouette courte d'une petite église romane ou les murs arrogants d'un monastère, parfois aussi un maigre château perchant sa tour sur un rocher comme un héron nostalgique rêvant sur une patte... mais Catherine ne voyait rien de tout cela. Elle ne voyait qu'en elle-même la silhouette menaçante d'un moine borgne dont le silence la condamnait peut-être. Aux pieds de la Vierge du Puy, elle avait imploré que Dieu lui rendît son époux... Dieu avait-il ainsi joué avec son cœur, avec son amour ? Dieu pouvait-il être cruel au point d'avoir remis sur sa route celui qu'elle croyait mort tandis qu'elle cherchait désespérément à retrouver un vivant ? Où était le devoir maintenant ? Gauthier disait qu'il fallait continuer, coûte que coûte, sans regarder derrière soi... Mais Gauthier ne connaissait pas Dieu. Et qui pouvait savoir ce que Dieu exigeait d'elle, Catherine ?

L'image de Fray Ignacio et celle de Garin se juxtaposaient maintenant dans son esprit. Toutes celles que sa mémoire lui conservait de son premier époux se mirent à tournoyer autour de la forme rigide du moine. Garin au soir de leur mariage, Garin le visage déformé par la haine dans le donjon de Malain, Garin enfin dans sa prison, les ceps aux pieds, la blessure de son œil à nu. Malgré le soleil brûlant, Catherine croyait sentir encore sur ses épaules l'humidité de cave du cachot, dans ses narines l'odeur de moisi et de pourriture. Elle voyait, oui, elle voyait Garin tournant vers elle son visage blessé quand elle était entrée dans la prison. Et, soudain, elle sursauta.

— Mon Dieu ! murmura-t-elle. Mais c'est vrai... Comment n'ai-je pas pensé à cela plus tôt ?...

Au beau milieu du sentier à peine tracé, elle arrêta sa monture, regarda l'un après l'autre ses deux compagnons qui, eux aussi, avaient fait halte. Et tout à coup, de la plus imprévisible façon, elle éclata de rire. Un rire clair, joyeux, jeune... un rire de délivrance qui dénouait les entrailles, desserrait la gorge, amenait les larmes dans les yeux, un fou rire qui ne voulait plus s'arrêter et qui plia bientôt Catherine jusque sur l'encolure de son cheval... Dieu que c'était drôle !... Comment avait-elle pu être assez bête pour ne pas s'apercevoir de cela tout de suite, pour se torturer de cette façon stupide ?... Non, c'était la chose la plus grotesque et la plus drôle à la fois qui lui fût jamais arrivée... Elle riait, elle riait à en perdre haleine... Bien sûr, elle entendit Josse s'écrier, inquiet :

— Mais... elle devient folle !

Et ce grand nigaud de Gauthier qui répondait, sur le ton le plus grave du monde :

— C'est le soleil peut-être ! Elle n'a pas l'habitude !

Mais, quand ils voulurent la faire descendre de cheval, la conduire à l'ombre, elle s'arrêta de rire aussi brusquement qu'elle avait commencé. Elle était rouge d'avoir trop ri et sa figure était inondée de larmes, mais elle planta dans les yeux du Normand un regard clair, joyeux..

— Je viens de me souvenir, Gauthier ! Fray Ignacio est borgne de l'œil droit !... Et c'est l'œil gauche que feu mon époux, le Grand Argentier de Bourgogne, avait perdu à la bataille de Nicopolis ! Je suis toujours libre, tu entends, libre d'aller réclamer mon bien à l'Infidèle !

— Vous ne voulez pas vous reposer un peu ? hasarda Josse qui n'avait rien compris.

Elle le foudroya d'un nouvel éclat de rire.

— Me reposer ! C'est vous qui devenez fou ! Au galop au contraire ! À Grenade ! À Grenade le plus vite possible ! Et à nous deux, Arnaud de Montsalvy !

TROISIÈME PARTIE

AL HAMRA

CHAPITRE IX

LA MAISON D'ABOU-AL-KHAYR

Quinze jours plus tard, trois mendiants, couverts de poussière et vêtus de haillons, franchissaient, en se tenant par la main, l'arc en fer à cheval de Bab-el-Adrar, la Porte de la Montagne, au milieu de la foule qui se rendait au marché. Personne ne faisait attention à eux, les mendiants étant nombreux à Grenade. Le plus grand, un véritable géant cependant, allait devant, mais n'émettait pas un son. Un muet sans doute. Puis venait la femme, mais, hormis ses pieds sales dans des babouches usagées, on ne voyait d'elle, sous la pièce de cotonnade noire en mauvais état qui la couvrait, que des yeux sombres et brillants. Le troisième, qui devait être aveugle si l'on en croyait sa démarche hésitante et la façon qu'il avait de s'accrocher aux deux autres, était un bonhomme noiraud qui, tout en marchant, tentait d'éveiller la charité des passants en psalmodiant d'une voix lamentable quelques versets du Coran. Personne, en tout cas, n'eût reconnu dans ce groupe lamentable les trois cavaliers fringants partis de Coca quinze jours plus tôt.... mais c'était Josse qui l'avait voulu ainsi.

— Si l'on nous reconnaît pour des chrétiens, nous sommes perdus ! avait-il dit aux deux autres. Nos têtes orneront bientôt les murs de Grenade la Rouge et nos corps serviront de nourriture aux chiens dans ses fossés. La seule façon de passer inaperçus, c'est de passer pour des mendiants.

Pour cette transformation, l'ancien truand s'était révélé un artiste. La Cour des Miracles, dont il avait été longtemps l'un des ornements, était pour cela la meilleure école.

Il savait à merveille révulser ses yeux afin de ne montrer que le blanc et jouait l'aveugle à la perfection.

— Les aveugles jouissent d'une certaine considération, en terre d'Islam, avait-il expliqué. On nous laissera tranquilles.

Quant à Catherine, depuis qu'elle avait franchi les frontières du royaume de Grenade, elle n'avait pas assez d'yeux pour tout voir. Elle en avait oublié combien la dernière partie de leur voyage avait été difficile. Gauthier, Josse et elle-même avaient dû fuir Tolède où régnait la peste et où, une fois de plus, les juifs faisaient les frais de la colère populaire. On les pourchassait, on brûlait, sur les places, leurs livres saints ; on saisissait leurs biens et, au hasard des vengeances particulières, on les assassinait sous le moindre prétexte. L'antique cité wisigothe, si vieille qu'on lui donnait Adam comme premier roi, prenait un bain de sang dont Catherine et les siens s'étaient écartés avec horreur.

Cela avait été pour tomber dans un autre danger. Après d'inutiles escarmouches aux frontières de Grenade, l'armée du connétable de Castille, Alvaro de Luna, remontait vers Valladolid et le pays traversé payait le poids d'une mauvaise humeur due à une campagne sans gloire et sans profit. Sur leur passage, les hommes de Luna ravageaient et pillaient comme en pays conquis. Les gens des sierras, si pauvres qu'ils vivaient parfois de l'herbe rare arrachée aux arides plateaux, se dispersaient à leur approche comme volée de moineaux devant l'épervier. Les trois Français avaient fait comme eux. Près de Jaen quelques éclaireurs de l'avant-garde les avaient fait arrêter, mais, grâce à la force de Gauthier, à la souplesse et à l'habileté de Josse, ils avaient pu leur échapper, heureux de s'en tirer en y laissant seulement leurs chevaux. D'ailleurs, comme le fit remarquer Josse, la frontière mauresque n'était plus loin et, de toute façon, il eût bien fallu se résigner à abandonner les montures, les mendiants allant rarement à cheval.

— On aurait pu les vendre ! avait fait remarquer Gauthier en bon Normand.

— À qui ? Il n'y a pas âme qui vive, dans ce doux pays, qui ait assez d'argent pour acheter seulement un bourricot. La terre est riche, mais voilà des années et des années que l'on se bat sans arrêt dans ce coin, l'herbe même ne pousse plus. Ou bien ce sont les Sarrasins qui font des incursions vers le nord, ou bien ce sont les Castillans qui descendent dans l'espoir d'achever la Reconquista... mais, pour les gens de Jaen et d'alentour, c'est toujours le même résultat : la terre brûlée.

Courageusement, les trois compagnons s'étaient engagés à pied, dans les sentiers à peine tracés de la chaîne Bétique, marchant la nuit, se cachant le jour, se guidant sur les étoiles qui, pour le truand parisien comme pour le géant des forêts normandes, semblaient n'avoir guère de secrets. Cette dernière partie du voyage fut rude et épuisante, mais Catherine la supporta vaillamment. Ce ciel inconnu, si bleu quand venait la nuit, ces étoiles plus grosses, plus brillantes que toutes celles qu'elle avait contemplées jusque-là, tout cela lui disait qu'elle approchait enfin ce lieu étrange, captivant et dangereux, où vivait Arnaud.

Le chemin suivi parlait encore de guerre, de souffrance et de mort. Parfois, dans l'obscurité, on butait sur un cadavre en train de pourrir tranquillement sous un buisson d'épines ou bien, durant le repos du jour, le cri sinistre des charognards venait emplir le ciel indigo. Les grands oiseaux noirs tournoyaient lourdement puis s'abattaient comme pierre sur un point quelconque du paysage. Mais quand, du haut de l'aride sierra, Catherine avait découvert, à l'aube déjà gonflée de soleil d'une glorieuse journée du sud, la splendeur de Grenade couchée dans son écrin de montagnes comme au cœur d'une immense coquille dont la nacre garderait les reflets de la mer, posée comme un bijou au bord d'une vallée verte et or qu'enfermaient les sommets neigeux d'une sierra, elle était demeurée saisie d'admiration. Des sources sans nombre dévalant la montagne et rejoignant les eaux rapides, claires et bondissantes de deux torrents, rafraîchissaient ce merveilleux pays qui semblait tendre vers le ciel, offrande érigée sur un dur promontoire de roches rouges, jailli de la verdure, le plus rose, le plus chatoyant des palais maures. Une haute chaîne de murailles hérissées de tours carrées enserrait tendrement un séduisant fouillis de fleurs, d'arbres et de pavillons couleur de chair. Par endroits, on devinait le scintillement des fontaines, le miroir d'eau des bassins. Et il n'était pas jusqu'aux rudes briques des remparts qui ne se parassent d'une singulière douceur, comme si elles se refusaient à rompre l'harmonie de cette heureuse vallée où la richesse et l'abondance s'étalaient comme un étonnant tapis de soie.

Autour du palais enchanté, la ville s'étageait sur de pures collines qu'escaladaient ses murailles. De sveltes minarets, blancs ou rouges, fusaient dans l'air bleu auprès des dômes verts ou or des mosquées. Des palais s'élevaient au-dessus des maisons, mais plus haut qu'elles toutes la masse imposante de la Médersa, l'université islamique, luttait avec le lourd bâtiment du grand hôpital, le Maristan, sans doute, à cette heure, le mieux équipé d'Europe.

C'était l'heure du lever du soleil, l'heure où de chacun de ces minarets s'élevait la voix perçante des muezzins appelant les Croyants à la prière.

Le chemin montagneux, à cet endroit, formait une sorte de balcon d'où la vue embrassait tout le prodigieux pays. Catherine vint s'asseoir sur une pierre tout près du bord et, devinant ce qu'elle éprouvait, les deux autres s'écartèrent pour la laisser méditer en paix et allèrent s'installer un peu plus loin, au coude de la route.

Catherine ne pouvait détacher ses yeux du fabuleux paysage étalé à ses pieds. C'était là le but lointain de son voyage insensé, entrepris à l'encontre de toute saine raison, et elle se sentait émue aux larmes à le trouver si beau. N'était-ce pas là le pays même des songes et de l'amour ? Et pouvait-on vivre ici autrement que dans la joie et le bonheur ?

Elle avait peiné, elle avait souffert, elle avait tremblé, versé des larmes et du sang, mais elle était arrivée. Arrivée ! C'en était fini des routes interminables, des horizons qui semblaient ne jamais devoir cesser de se succéder. Finies les nuits de doute, passées à se demander si elle atteindrait jamais ce lieu, que, parfois, dans ses minutes de découragement, elle s'était surprise à croire imaginaire. Grenade était devant elle, couchée à ses pieds comme une bête caressante, et sa joie était si grande de la découvrir enfin qu'elle en oublia un instant les dangers qui pouvaient l'y attendre. Arnaud, maintenant, n'était plus qu'à quelques pas d'elle et sa demeure devait être ce fabuleux palais si bien gardé.

Si bien gardé !... Trop bien gardé ! L'idée, en l'atteignant, doucha sa joie. Ces jardins de rêves poussaient sur une forteresse. Sous leurs palmes vertes, sous leurs feuillages foisonnant et leurs roses, il y avait des soldats, des armes. Et cette femme, elle-même, cette femme qu'elle haïssait sans la connaître, devait avoir tous les moyens de se défendre et de garder sa proie. Comment atteindre les portes du palais, comment les forcer ? Comment trouver Arnaud dans ce fouillis de ruelles, dans ce monde cependant réduit ?

Il aurait fallu des armées pour venir à bout de cette ville et Catherine savait bien que celles du farouche connétable de Castille s'y cassaient les dents depuis des années. Nul ne pouvait se vanter d'avoir violenté les frontières de Grenade et d'avoir vécu longtemps ensuite pour s'en glorifier.

Parce qu'elle sentait le besoin pressant de lutter contre le découragement qui suivait de si près la joie du triomphe, Catherine se laissa glisser à genoux dans la poussière, joignit les mains et ferma les yeux. Durant de longues minutes, aussi ardemment qu'au pied de l'étrange petite vierge noire du Puy, elle pria, elle supplia le ciel d'avoir enfin pitié d'elle, de lui rendre l'homme qui, avec son enfant, constituait son seul bien sur la terre. « Tu ne permettras pas, Seigneur, que je n'aie touché enfin à cette rive lointaine que pour me rejeter au péril de la mer. Tu ne voudras pas que mes douleurs aient été vaines et que je ne sois venue ici que pour y perdre à jamais mon cœur et mon amour, parce que tu es la justice ! Et même si j'ai souvent mérité ton courroux, tu ne le permettras pas davantage parce que tu es aussi la Miséricorde et parce que je t'implore. »

Une main, touchant doucement son épaule, fit rouvrir les yeux de la jeune femme. Elle vit Josse qui, penché sur elle, essayait doucement de la relever.

— Prier en plein vent, dame Catherine, quelle imprudence ! Oubliez-vous que nous sommes ici en pays infidèle ? Il n'y a, vous le voyez, pas la moindre maison de Dieu, rien que les mosquées où ces mécréants prient leur Dieu à eux. Levez-vous vite ! Si quelqu'un vous voyait...

Avec plus d'énergie que de douceur, il la remettait sur ses pieds. Elle lui sourit derrière le voile noir.

— Pardonnez-moi ! Je crois bien que je l'avais oublié. Tout est si beau ici ! Est-ce que ce pays n'est pas le Paradis lui-même ? Et c'est bien là ce qui m'épouvante, ami Josse. Quand on vit au milieu de tant de splendeur, tout doit s'effacer. On ne doit plus pouvoir respirer loin de ces montagnes, de ces eaux fraîches, de ces jardins. Et mon époux qui n'a connu, avant de quitter notre contrée, que les horreurs d'une maladrerie, comment pourrais-je lui en vouloir vraiment s'il refuse de s'en aller ?

— Messire Arnaud n'est pas l'homme de la vie molle et des jardins fleuris, coupa la voie brève de Gauthier. Je le vois mal jouant du luth ou respirant des roses dans la soie et le satin. L'épée, la cotte de mailles, voilà ce qu'il aime et plus encore la vie rude des camps et des grands chemins. Quant à ce soi-disant Paradis...

— Drôle de Paradis ! coupa Josse narquois. Ce palais, cette ville-palais plutôt, que l'on nomme Al Hamra... « la rouge » est semblable à la rose. Il y a des épines cruelles sous ses pétales embaumés. Regardez plutôt.

La main maigre du Parisien avait désigné d'abord la ligne des crêtes montagneuses, ponctuée de fortins dont les murailles, elles, ne se paraient d'aucune douceur. Point de fleurs ici, point d'arbres dont le vent au parfum d'oranger pouvait agiter doucement les panaches verts, point de palmes bruissantes, mais, aux créneaux, l'éclair sinistre de l'acier, la pointe étincelante des casques maures enturbannés de blanc. Puis la main de Josse redescendit vers la double enceinte fortifiée de Grenade, pointa vers les merlons que surmontaient d'étranges boules.

— Des têtes coupées ! dit-il seulement, comme c'est accueillant !

Et Catherine frissonna, mais son courage n'en demeura pas moins grand. Le piège était séduisant, fleuri et sans doute dangereux, mais avec ses mains nues, avec son seul amour elle en arracherait les sortilèges.

— Allons-y ! dit-elle seulement.

Les haillons qui la couvraient, ainsi que ses deux compagnons, avaient été volés par Josse sur des cadavres rencontrés dans la montagne. Leur saleté avait soulevé le cœur de la jeune femme, mais, sous sa cotonnade noire, elle se sentait à l'abri. Ce pays, qui ne permettait aux femmes de montrer que leurs yeux, avait des usages pratiques pour qui souhaitait se cacher.

Les yeux rivés aux masses de verdure sur lesquelles ressortaient si bien les murs aux tons chauds d'Al Hamra, Catherine se laissa entraîner, le cœur battant à la fois d'espoir et de crainte. Les Croisés de jadis devaient éprouver quelque chose d'analogue en découvrant Jérusalem... Au milieu d'une foule gesticulante, braillarde, fleurant à la fois le jasmin et l'huile rance, elle franchit la première enceinte assez délabrée. La seconde lui parut lointaine, au-delà d'un espace sans arbres ni construction d'aucune sorte, mais à peu près aussi peuplé qu'un champ de foire un jour de marché. Là se tenaient les marchés aux grains, au fourrage et aux herbes. Des ânes, des mulets, des moutons, des chameaux nonchalants circulaient entre les sacs posés à même la poussière auprès desquels des musulmans aux djellabas terreuses étaient assis, appelant le client à grands cris. Plus loin, on vendait du bois de chauffage, du charbon ; plus loin encore, de la paille, du foin, du fourrage vert. La deuxième enceinte, beaucoup plus haute, ouvrant sur la ville même par le haut fer à cheval de la porte de l'Alcazaba, donnait une rouge toile de fond à cette foule qui réunissait toutes les couleurs de la terre, depuis le noir jusqu'au rouge chaud en passant par tous les bruns, tous les gris, tous les jaunes et tous les ocres. Et puis, la seconde porte passée, tout devenait vert. D'énormes tas de myrte, de basilic, d'estragon, de laurier embaumaient l'air bleu, voisinant avec des couffins débordants d'olives, de citrons, de pistaches et de câpres, et des outres en peau de chèvre pleines de beurre fondu et de miel... Cette ville rouge dont Catherine découvrait le cœur blanc fait de maisons aux toits plats, aux murs nus passés à la chaux, était comme une énorme corne d'abondance d'où coulait la prospérité. Elle posait à la pointe de l'Europe la griffe de l'Afrique immense, mystérieuse et féconde qui s'ouvrait derrière elle jusqu'au bout du ciel. Des conquêtes espagnoles des terribles sultans almoravides ou almohades, hommes voilés de noir venus du grand Atlas et de la fabuleuse Marrakech, il ne restait que peu de chose : ce royaume de Grenade à l'étendue réduite sucré et rouge comme le fruit dont il portait le nom et qui résumait à lui seul tout l'Orient et toute l'Afrique.

— Quel fabuleux pays ! murmura Catherine émerveillée. Tant de richesse !...

— Il vaudrait mieux éviter de parler français, souffla

Josse. C'est une langue peu répandue chez les Maures. Nous voilà dans la place. Avez-vous une idée de l'endroit où habite votre ami le médecin ?

— Il m'avait dit que sa maison s'élevait au bord d'une rivière...

Elle s'interrompit, les yeux écarquillés. Dans l'étroite ruelle qui serpentait entre les maisons blanches aux murs aveugles, un cortège s'avançait, des coureurs armés de bâtons repoussaient les marchands ambulants qui emplissaient l'air de leurs appels et du tintement de leurs clochettes, puis venaient des cavaliers en burnous blanc. Enfin, portée sur les épaules de six esclaves noirs comme l'ébène et nus jusqu'à la ceinture, une litière dorée venait d'apparaître, voguant au-dessus des têtes enturbannées, comme une caravelle sur les flots. Catherine et ses compagnons eurent juste le temps de se plaquer contre une maison pour ne pas être atteints par le bâton des coureurs qui hurlaient à pleine gorge. En passant devant Catherine, les rideaux de mousseline azurée s'écartèrent sous la poussée d'un courant d'air et la jeune femme put apercevoir, couchée sur des coussins dorés et toute vêtue de voiles bleus, une mince et souple créature dont la longue chevelure noire était tressée de sequins d'or et qui, hâtivement, ramena l'un de ses voiles sur son visage. Mais la jeune femme avait eu le temps de remarquer la beauté de cette femme, son profil impérieux et ses immenses yeux noirs ainsi que les joyaux qui ornaient sa gorge.

— Qui est cette femme ? demanda-t-elle d'une voix qui s'étranglait d'une soudaine angoisse. C'est au moins une princesse...

Sans lui répondre, Josse, de la voix pleurarde qu'il avait adoptée, demanda à un porteur d'eau coincé près d'eux qui était la dame à la litière. La réponse l'atterra. Josse n'eut pas besoin de la lui traduire car, depuis qu'ils avaient franchi les Pyrénées, il avait occupé les loisirs de la route, en apprenant à la jeune femme autant d'arabe qu'il pouvait. Elle en savait assez pour suivre une conversation facile et elle avait parfaitement compris ce qu'avait dit le porteur d'eau.

— C'est la précieuse perle d'Al Hamra, la princesse Zobeïda, sœur du Calife !

La sœur du Calife ! La femme qui lui avait pris Arnaud ! Pourquoi donc fallait-il que, dès ses premiers pas dans la ville maure, elle vît apparaître sa rivale ? Et quelle rivale !... D'un seul coup s'écroulait la belle confiance que Catherine avait traînée avec elle tout au long de cette interminable route qui, des marches du Puy, l'avait menée jusque dans cette ville étrangère. La beauté, un instant entrevue, de l'Ennemie donnait à la jalousie une âcreté affreuse, un goût amer qui empoisonnait jusqu'à l'air chaud de cette matinée. Catherine se laissa aller contre le mur que le soleil faisait brûlant. Une immense lassitude, née de toute la fatigue accumulée et du choc qu'elle venait de recevoir, la terrassait. De lourdes larmes montaient à ses yeux... Arnaud était perdu pour elle. Comment n'en être pas persuadée après l'éblouissante vision d'or et d'azur qui venait de s'évanouir ? Le combat était perdu d'avance...

— Mourir !...   chuchota-t-elle   pour   elle-même... Mourir tout de suite !

Cela n'avait été qu'un imperceptible murmure, mais Gauthier avait entendu. Tandis que Josse, embarrassé devant cette brusque douleur, s'en allait interroger, en tâtonnant d'une façon convaincante, un marchand ambulant qui proposait « des amandes bien pleines et des grenades bien juteuses ! », il se planta devant la jeune femme défaillante, la redressa d'une poigne brutale.

— Et alors ? Qu'y a-t-il de changé ? Pourquoi voulez-vous mourir ?... Parce que vous avez vu cette femme ? Car c'est elle, n'est-ce pas, que vous voulez vaincre ?

— Vaincre ! s'écria-t-elle avec un rire douloureux. Vaincre avec quoi ? Le combat n'est même pas possible ! Folle que j'ai été de croire que je pourrais le reprendre ! Tu l'as vue, la princesse infidèle ? Fortunat avait raison. Elle est plus belle que le jour, je n'ai aucune chance contre elle.

— Aucune chance ? Pourquoi donc ?

— Mais souviens-toi de cette vision éblouissante ! Et regarde-moi...

Il la retint au moment où elle allait faire le geste fatal. Arracher cette cotonnade noire et crasseuse sous laquelle elle étouffait, dévoiler son visage, ses cheveux blonds.

— Vous êtes à bout, mais il faut vous reprendre ! On nous regarde déjà !... Cette défaillance nous met tous en danger ! Notre langage inhabituel...

Il n'alla pas plus loin. Au prix d'un terrible effort de volonté, Catherine surmontait sa défaillance. Gauthier avait dit la seule chose qui pouvait l'aider : rappeler que son attitude les mettait en péril. D'ailleurs Josse se rapprochait. Tâtant le mur, le faux aveugle murmura :

— Je sais où habite le médecin. Ce n'est pas loin. Entre la colline de l'Alcazaba et les murailles d'Al Hamra, sur le bord de la rivière. Le marchand d'amandes m'a dit « entre le pont du Cadi et le Hammam, une grande maison d'où jaillissent des palmiers... ».

Sans un mot de plus, ils se remirent en marche, main dans la main. Le contact des paumes rudes de ces hommes revigora un peu Catherine et aussi la pensée de retrouver Abou-al-Khayr. Le petit médecin maure avait le secret des mots qui rassurent et réconfortent. Tant de fois ses étranges maximes philosophiques l'avaient arrachée au chagrin voire au désespoir dont elle avait failli mourir !

Tout à coup, elle eut hâte d'être auprès de lui, ne vit plus rien de cette cité qui, l'instant précédent, l'enchantait. Pourtant, ses compagnons l'entraînaient dans une bien étrange rue, couverte de claies de roseaux qui filtraient en flèches lumineuses les rayons du soleil et bordées de chaque côté de petites boutiques sans porte où travaillaient des chaudronniers. Leurs centaines de coups de marteau emplissaient la rue d'un joyeux tintamarre et, dans l'ombre des échoppes, les bassins, les aiguières, les chaudrons de cuivre jaune ou rouge brillaient doucement, faisant de chaque petit magasin une sorte de grotte au trésor.

— Le souk des chaudronniers !... commenta Josse.

Mais Catherine ne voyait rien, n'entendait rien. Elle revoyait sans cesse l'impérieux profil d'ivoire, les longs yeux sombres luisant entre des cils épais, la grâce du corps serti dans ses coussins dorés.

« Elle est trop belle ! se disait-elle constamment, elle est trop belle ! »

Elle se répétait la petite phrase cruelle qui la meurtrissait comme un leitmotiv obsédant. Elle la disait encore quand, au bord d'un clair torrent dont les eaux écumeuses se dérobaient à la vue derrière ses murs, la maison d'Abou le médecin, sous le plumeau vert des palmiers qui semblaient pousser en son centre même, se dressa devant elle.

— Nous y sommes ! fit Gauthier. Voilà le but du voyage.

Mais Catherine hocha la tête en regardant, de l'autre côté du torrent, le promontoire rocheux qui érigeait fièrement, très haut au-dessus d'eux, le palais rose. Le but, c'était là-haut... et elle n'avait plus ni force ni courage pour entreprendre l'escalade.

Pourtant, quand la jolie porte à double battant, ouvragée et décorée de clous, s'ouvrit devant elle, le temps s'abolit brusquement. Catherine eut, tout à coup, dix ans de moins car elle reconnut aussitôt le grand Noir, vêtu et enturbanné de blanc qui s'y encadrait. C'était l'un des deux muets d'Abou-al-Khayr !

L'esclave fronça les sourcils, regarda ces trois mendiants d'un air réprobateur et voulut refermer la porte, mais le pied de Gauthier, vivement avancé, l'en empêcha tandis que Josse disait avec autorité :

— Va dire à ton maître que l'un de ses plus anciens

amis désire le rencontrer. Un ami venu du pays des roums...

— Il ne peut rien dire, intervint Catherine. Cet homme est muet !

Elle avait parlé français et le Noir la regardait avec un étonnement plein de curiosité. Dans les gros yeux globuleux, elle vit s'allumer une étincelle et, vivement, elle baissa son voile noir.

— Regarde ! fit-elle en arabe cette fois. Te souviens-tu de moi ?

Pour toute réponse, l'esclave, avec une exclamation, s'agenouilla, saisit le bas de la robe en haillons et le porta à ses lèvres. Puis, bondissant sur ses pieds, il courut vers le jardin intérieur que l'on apercevait au-delà de l'espèce de hall carré, dallé de larges briques et qui, par de minces colonnettes, ouvrait sur une cour plantée de massifs de fleurs et des trois fameux palmiers. Une large vasque d'albâtre translucide laissait couler doucement une eau limpide qui rafraîchissait toute la demeure.

Les plantes, surtout les roses qui poussaient à foison et les orangers lourds de fleurs blanches au parfum capiteux, formaient la plus large part de la décoration de cette maison. Une belle maison, en vérité, mais où tout le luxe se réfugiait dans la pureté de ligne des colonnettes, dans la transparence de l'albâtre qui se découpait en dentelle autour de la galerie du premier étage, dans la fraîcheur de l'eau qui chantait au jardin. Abou-al-Khayr aimait la simplicité dans la vie de chaque jour, mais sans pour cela renier le confort...

Sur les dalles du jardin, on entendit le claquement rapide d'une paire de babouches et, tout à coup, Abou-al-Khayr fut là, tellement semblable au souvenir qu'en gardait Catherine que la jeune femme poussa un soupir de stupeur. Le visage du petit médecin, pourvu de son absurde et rituelle barbe de soie blanche, était toujours aussi lisse, aussi net et il était vêtu exactement comme au jour de leur première rencontre : c'était la même robe d'épaisse soie bleue, le même volumineux turban rouge vif drapé à la mode persane, les mêmes babouches de maroquin pourpre portées sur des chaussettes de soie bleue. Il n'avait pas pris un an, pas un jour ! Ses yeux noirs brillaient toujours de leur petite flamme ironique et son sourire était si familier à la jeune femme qu'elle eut soudain envie de pleurer parce qu'en le retrouvant elle avait l'impression paradoxale de rentrer chez elle.

Abou-al-Khayr, dédaignant les saluts cérémonieux de Josse et de Gauthier, se planta en face de Catherine, l'examina des pieds à la tête et déclara simplement :

— Je t'attendais. Mais tu as bien tardé !

— Moi ?

— Mais oui, toi ! Tu ne peux changer, femme d'un seul amour ! Et tu préfères toujours, n'est-ce pas, ainsi que la phalène, mourir près du flambeau que vivre dans la nuit ? La moitié de ton cœur est ici. Qui donc peut vivre avec une seule moitié de cœur ?

Une brusque rougeur monta aux joues de Catherine. Abou n'avait pas perdu son extraordinaire faculté de lire au plus secret de son cœur. D'ailleurs à quoi bon les formes de politesse ! Elle entra tout de suite dans le vif du sujet.

— Vous l'avez vu ? Vous savez où il est ? Que fait-il ? Comment vit-il ? Est-ce que...

— Là... là... calme-toi !

Les petites mains douces du médecin entourèrent celles, tremblantes d'excitation, de la jeune femme, les maintinrent fermement : « Femme sans patience, dit-il doucement, pourquoi tant de hâte ? »

— C'est que, justement, je n'ai plus de patience... Je n'en peux plus, ami Abou !... Je suis lasse, désespérée !...

Elle avait presque crié, dans un paroxysme nerveux.

— Non, tu n'es pas désespérée. Sinon, tu ne serais pas ici ! Je sais. Le poète a écrit : « Quand donc, Dieu puissant, se réalisera mon vœu : me sentir en repos près de ses cheveux en désordre ? » Et toi, tu dis comme le poète, c'est bien naturel !

— Non, plus maintenant, je me sens vieille tout à coup...

Le rire enfantin d'Abou-al-Khayr fusa, si clair, si jeune que Catherine se trouva tout à coup vaguement honteuse de son abattement.

— À qui feras-tu croire cela ? Évidemment, tu es lasse, tu portes avec toi toutes les poussières de tous les grands chemins... et il y en a tellement eu, n'est-ce pas, qu'elles ont envahi ton âme elle-même. Tu te sens sale, poisseuse jusqu'au cœur. Mais cela passera... Même sous tes haillons de mendiante, tu es toujours belle. Viens, tu as besoin de repos, de soins et de nourriture. Ensuite, nous causerons. Pas avant...

— Cette femme, je l'aie vue... elle est si belle !

— Nous n'en parlerons pas tant que tu ne seras pas réconfortée. Cette maison est la tienne, désormais, et Allah seul sait combien je suis heureux de t'y accueillir, ô ma sœur ! Viens... Suis-moi ! Mais, j'y pense, qui sont ces hommes ? Tes serviteurs ?

— Plus que cela, des amis.

— Alors, ils seront les miens ! Venez tous !

Docilement, Catherine se laissa entraîner vers l'étroit escalier de pierre qui filait, en ligne droite le long d'un mur, vers la galerie du premier étage. Gauthier et Josse, encore sous l'effet de la surprise que leur avait causée le petit médecin avec son aspect étrange et son langage fleuri, leur emboîtèrent le pas. Cette fois, Josse avait renoncé à jouer les aveugles et trottait allégrement.

— Frère, chuchota-t-il à Gauthier, je crois que dame Catherine tient déjà la moitié de sa victoire. Ce petit bonhomme semble savoir ce qu'est l'amitié.

— Je crois que tu dis vrai. Quant à la victoire, elle est moins sûre !... tu ne connais pas messire Arnaud. Il a la fierté du lion avec l'entêtement du mulet, la vaillance de l'aigle... mais aussi sa cruauté. Il est de ces hommes qui préfèrent s'arracher le cœur plutôt que de faiblir quand ils se jugent offensés.

— Est-ce qu'il n'aimait pas son épouse ?

— Il l'adorait. Jamais je n'ai vu couple plus passionnément épris. Mais il a cru qu'elle s'était donnée à un autre et il a fui. Comment veux-tu que je sache ce qu'il pense à l'heure présente ?

Josse ne répondit pas. Depuis qu'il connaissait Catherine, il avait envie de rencontrer l'homme qui avait su s'attacher si fortement le cœur d'une femme semblable. Et maintenant que le but était proche, sa curiosité était excitée au plus haut point.

— Il faudra voir !... marmotta-t-il pour lui-même.

Il n'en dit pas plus car Abou-al-Khayr ouvrait, devant les deux hommes, une petite porte en cèdre rouge et vert qui donnait dans une vaste chambre et leur annonçait que des serviteurs allaient venir s'occuper d'eux. Puis il frappa trois fois dans ses mains avant d'ouvrir devant Catherine une autre porte. C'était, sans doute, la plus belle chambre de la maison : plafond de cèdre rouge et or, tressé comme un tapis, murs aux mosaïques dorées, tapis épais et moelleux sur les dalles de marbre, niches ogivales supportant des miroirs, des flambeaux ou bien le nécessaire de toilette : bassin et aiguière de cuivre. Quatre coffres de cuivre doré pour ranger les vêtements occupaient les angles, mais, bien entendu, pas de lit visible. Il devait être roulé et rangé contre l'un des murs, dans un coin hors de la vue, à la mode musulmane, tandis que dans une grande niche garnie de miroirs, au fond de la pièce, un divan circulaire s'étalait près d'une foule de coussins bariolés. Les fenêtres, bien sûr, donnaient sur la cour intérieure.

Abou-al-Khayr laissa Catherine prendre, du regard, possession de cet agréable appartement où rien de ce qui pouvait séduire l'œil d'une femme n'avait été oublié. Puis, lentement, il alla vers l'un des coffres, l'ouvrit, en tira une brassée de soieries et de mousselines multicolores qu'il étala sur le divan avec des soins féminins.

— Tu vois, dit-il simplement, je t'attendais vraiment ! Tout ceci a été acheté au souk des soieries le lendemain du jour où j'ai su que ton époux était ici.

Un instant, Catherine et son ami demeurèrent face à face, puis, avant qu'il ait pu l'en empêcher, Catherine se pencha, saisit la main d'Abou et y posa ses lèvres sans plus songer à contenir les larmes qui jaillissaient de ses yeux. Il retira sa main doucement.

— L'hôte envoyé de Dieu est toujours le bienvenu chez nous, dit-il gentiment. Mais quand cet hôte est proche de notre cœur, alors, il n'est pas de joie plus grande ni plus pure pour un vrai croyant. C'est moi qui devrais te dire merci !

Une heure plus tard, débarrassée des poussières de la route, à l'aise dans les vêtements que leur hôte leur avait fait porter : amples robes de fine laine rayée noir et blanc serrées à la taille par une large ceinture de soie pour les hommes, et gandoura de soie verte fendue jusque entre les seins pour Catherine, babouches de fin cuir cordouan brodées d'argent pour les trois, les voyageurs s'installaient, avec Abou-al-Khayr, sur des coussins posés à même le sol autour d'un immense plateau d'argent posé sur des pieds qui servait de table. Le plateau était bien garni. Outre des tranches de mouton rôti, il y avait des galettes très fines renfermant un hachis de pigeons, d'œufs et d'amandes particulièrement savoureux, mais, surtout, toutes sortes de fruits et de légumes, dont certains étaient inconnus de ces gens venus du Nord.

— J'aime surtout les produits de la terre, avait souri Abou en attaquant un énorme melon à la chair embaumée et en offrant des tranches à la ronde : Ils enferment le soleil !

Il y avait là des oranges, des citrons, des pommes, des courges et des fèves fraîches pilées et assaisonnées, des aubergines, des pois chiches, des bananes, des raisins, des amandes et, bien entendu, des grenades, tout cela formant des tas colorés diversement du plus brillant effet. D'ailleurs Josse et Gauthier, stimulés par un long et mince flacon de vin que leur hôte avait eu l'attention de faire déposer près d'eux, mangèrent de tout à la fois en curieux et en affamés. Ils dévoraient à belles dents, avec un enthousiasme qui faisait sourire Abou, assez frugal dans son propre menu.

— Est-ce toujours ainsi dans votre maison, seigneur ? demanda Josse avec une naïve gourmandise.

— Ne m'appelez pas seigneur mais Abou. Je ne suis qu'un simple croyant. Oui, c'est toujours ainsi. Voyez-vous, nous ne savons pas ici ce qu'est la famine. Le soleil, l'eau et la terre nous donnent tout en abondance. Nous n'avons qu'à en remercier Allah. Je sais que, dans vos froides contrées, on n'imagine même pas un pays comme celui-là. C'est sans doute pourquoi, ajouta-t-il avec une soudaine tristesse, les Castillans rêvent de nous en chasser comme ils nous ont déjà chassés de Valence, de Cordoue la Sainte et d'autres contrées de cette péninsule que nous avions faites riches et prospères. Ils ne comprennent pas que nos richesses viennent aussi de l'Orient et de l'Afrique dont les navires abordent librement à nos côtes... et qu'il n'en serait plus de même le jour où tomberait le royaume de Grenade !...

Tout en parlant, il observait Catherine du coin de l'œil. Malgré le long chemin parcouru, la jeune femme touchait à peine au repas. Elle avait grignoté une tranche de pastèque, quelques amandes, quelques pistaches et maintenant, à l'aide d'une petite cuillère d'or, elle suçait distraitement un sorbet à la rose que l'un des muets venait de poser devant elle. Le regard perdu dans les masses vertes du jardin, elle n'écoutait même pas la conversation de ses compagnons. Elle semblait très loin de cette pièce fraîche et agréable sous son plafond de stuc découpé, l'esprit tendu vers le palais-forteresse, si proche et tellement défendu cependant derrière les roses murailles duquel le cœur d'Arnaud battait pour une autre.

Abou-al-Khayr vit que, dans ses yeux, les larmes n'étaient pas loin. D'un geste, il appela l'un de ses esclaves, lui murmura quelques mots à l'oreille. Le Noir fit signe qu'il avait compris, sortit en silence. Quelques instants plus tard, une voix claironnante autant que criarde hurlait depuis le seuil :

— Gloirrrrrre... au duc ! Gloirrrrrre au duc !

Arrachée de son rêve douloureux, Catherine bondit comme si une guêpe l'avait piquée. Elle leva des yeux ahuris sur le grand Noir qui riait de toutes ses dents blanches en posant auprès d'elle un perchoir d'argent sur lequel trônait un énorme, un magnifique perroquet bleu dont les longues plumes se marquaient de pourpre.

— Gédéon ! s'écria-t-elle avec stupeur. Ce n'est pas possible ?

— Et pourquoi donc ? Est-ce que tu ne me l'avais pas donné lorsque j'ai quitté Dijon ? C'était un souvenir de toi et un ami précieux. Tu vois que je l'ai bien soigné.

Avec une joie enfantine, Catherine caressait les plumes de l'oiseau qui se tortillait sur son perchoir en roucoulant comme une tourterelle et en la regardant de son gros œil rond. Il ouvrit de nouveau son grand bec rouge et lança, cette fois :

— Allah est Allah et Mahomet est son Prrrrrrophète !

— Il a fait des progrès ! fit Catherine en éclatant de rire. Et il est plus beau que jamais !

Elle penchait, comme autrefois dans la boutique de son oncle Mathieu, son visage vers l'oiseau qui, doucement, becqueta ses lèvres.

— Que de souvenirs il me rappelle ! murmura-t-elle déjà reprise par sa mélancolie.

Gédéon avait, en effet, été le premier présent que lui avait fait Philippe de Bourgogne lorsqu'il s'était épris d'elle. Il avait été le compagnon fidèle de toute une partie de sa vie, à peu près depuis le moment où, prenant dans ses filets le Grand Duc d'Occident, elle avait laissé Arnaud de Montsalvy s'emparer pour jamais de son propre cœur. Un monde de visages et de silhouettes se levait derrière le plumage éclatant du perroquet. Mais Abou-al-Khayr n'entendait pas la laisser glisser de nouveau vers la tristesse.

— Ce n'est pas pour réveiller ta mélancolie que je te l'ai fait apporter maintenant, dit-il doucement, mais pour te faire comprendre que le temps, ni les hommes ne changent autant que tu le crois. Il arrive que le temps revienne.

— Celui du duc de Bourgogne est bien mort !

— Ce n'est pas à celui-là que je faisais allusion, mais aux heures merveilleuses que t'a données l'amour.

— Il m'en a donné si peu !

— Assez cependant pour que leur souvenir emplisse ta vie... et ne s'efface pas aisément de celle de ton époux.

— Comment le savez-vous ?

— Qui donc aurait pu me dire ce qu'a été votre vie... sinon lui-même ?

Instantanément, le regard de Catherine flamba tandis qu'une rougeur montait à ses joues.

— Est-ce que... vous l'avez vu ?

— Bien entendu, fit Abou avec un sourire. Oublies-tu que nous étions de grands amis, jadis ? Il s'est souvenu de moi, lui aussi, et que j'habitais en cette ville. À peine arrivé en Al Hamra, il m'a fait demander.

— Et vous avez pu parvenir jusqu'à lui ?

— Je suis le médecin... et l'humble ami de notre Calife qui me traite bien. Je dois t'avouer, cependant, que la princesse Zobeïda, dont ton époux est le prisonnier, ne m'aime guère depuis que j'ai sauvé de la mort la sultane Amina, qu'elle hait. Je dirais même qu'elle me déteste et qu'il a fallu l'immense désir qu'elle avait de plaire au « seigneur franc » pour qu'elle accepte de me faire appeler. Toujours est-il que j'ai pu, pendant une grande heure, causer avec messire Arnaud.

— Vous avez dit qu'il était le prisonnier de cette femme, lança Catherine, le visage soudain déformé par une violente poussée de jalousie. Pourquoi ce mensonge ? Pourquoi n'avez-vous pas employé le bon terme, vous qui connaissez si bien la valeur des mots ? Pourquoi n'avez-vous pas dit son amant ?

— Mais... parce que je n'en sais rien ! fit Abou avec simplicité. C'est le secret des nuits d'Al Hamra... où beaucoup de serviteurs sont muets.

Catherine hésita un instant puis, se décidant :

— Est-il vraiment... guéri de la lèpre ?

244

— Il n'a jamais eu la lèpre ! Il est des maladies qui ressemblent au mal maudit... mais que ne connaissent pas vos médecins d'Occident. Le médecin de la princesse, Hadji Rahim, est un saint homme qui a fait le Grand Pèlerinage, ce qui ne l'empêche pas d'être, selon moi, un âne solennel. Mais il a tout de même vu au premier coup d'œil que ton époux n'avait pas la lèpre. Pour s'en assurer il n'a eu qu'à approcher le bras de messire Arnaud d'une flamme. Ton époux a hurlé, preuve que la sensibilité était intacte chez lui.

— Quelle était alors cette maladie étrange ? J'ai vu, de mes yeux, les taches blanchâtres de ses bras...

— À l'école de Salerne, la célèbre Trotula appelait ce mal vitiligo, ou tache blanche. Et j'ai bien peur que, dans vos maladreries, il y ait nombre de malheureux atteints de ce mal, bénin en général, et que vos ignorants de physiciens confondent trop souvent avec la lèpre.

Il y eut un nouveau silence. Aussi immobiles que des statues, Gauthier et Josse ne sonnaient mot. Ils écoutaient seulement, de toutes leurs oreilles, attendant que l'heure fût venue de donner leur avis, si on le demandait. Ce silence, Catherine l'employa à rassembler ses forces. Les questions qu'elle avait encore à poser étaient les plus cruelles. Vint la première.

— Pourquoi Arnaud a-t-il suivi cette femme ? demanda-t-elle d'une voix rauque. L'a-t-il dit ?

— Pourquoi le captif suit-il son vainqueur ?

— Mais de quoi est-il captif ? de la force... ou de l'amour ?

— De la force, j'en suis certain, car il m'a raconté comment les Nubiens de Zobeïda l'ont capturé près de Tolède. Quant à l'amour, il est possible qu'il soit venu ajouter ses liens à ceux de la contrainte... mais il ne me l'a pas dit. J'en doute un peu.

— Pourquoi ?

— Tu ne devrais pas me demander cela. La réponse ne te fera pas plaisir : parce qu'Arnaud de Montsalvy ne croit plus à l'amour véritable. Il dit que, puisque tu as pu oublier pour un autre la passion qui vous unissait, aucune autre femme ne saura lui donner d'amour sincère et pur !

Catherine reçut le choc courageusement. Elle savait être honnête avec elle-même et ses coquetteries avec Pierre de Brézé n'étaient pas près de s'effacer de sa mémoire. Elle se les était si souvent reprochées... surtout cette malheureuse nuit du verger de Chinon où Bernard d'Armagnac l'avait surprise dans les bras du beau chevalier, déjà abandonnée.

— J'ai mérité cela ! dit-elle simplement. Mais la, force d'attraction de l'amour est grande et cette femme... l'aime ?

— Passionnément ! Avec une frénésie qui étonne et terrifie son entourage. L'empire du « seigneur franc » sur Zobeïda est absolu. Il a tous les droits... hormis celui de regarder une autre femme. En ce cas, malheur à celle qui a su obtenir un sourire ou une parole aimable ! Elle est aussitôt livrée au bourreau. Une dizaine d'entre elles sont mortes ainsi. Aussi, les servantes de Zobeïda n'osent-elles même plus lever les yeux vers l'homme qu'elle aime de cet amour sauvage. Elles le servent à genoux, mais aussi étroitement voilées que si elles étaient dans la rue. Car, contrairement à notre coutume qui veut que les hommes vivent séparés des femmes, c'est dans le jardin même de Zobeïda que s'élève le pavillon où vit messire Arnaud...

— Et le Calife accepte cela ?

Abou-al-Khayr haussa les épaules.

— Pourquoi non ? Pour lui, tant qu'il n'aura pas accepté d'embrasser l'Islam, ton époux n'est qu'un captif chrétien comme un autre. Il le considère comme le jouet de sa farouche sœur, rien de plus. D'ailleurs, le sultan Muhammad connaît trop les fureurs de Zobeïda pour oser la contrarier. Les Nasrides sont une étrange famille... où l'on meurt aisément, comme tu l'apprendras par la suite. Se maintenir au trône est une lutte épuisante et quand tu sauras que Muhammad VIII a dû reprendre le sien deux fois, tu comprendras mieux. Ce palais rose cache un nid de vipères. Y évoluer est dangereux...

— C'est pourtant ce que je veux faire. Je veux y entrer.

La stupeur coupa un instant le souffle d'Abou tandis que Josse et Gauthier, pour la première fois depuis de longues minutes, faisaient entendre une protestation.

— Tu veux entrer en Al Hamra ? articula enfin Abou. As-tu perdu l'esprit ? Ce n'est pas ce qu'il faut faire. Bien que Zobeïda me déteste, je vais, moi, me rendre chez elle, sous un prétexte ou sous un autre, afin de dire à ton époux que tu es chez moi. Je lui avais prédit que tu viendrais d'ailleurs.

— Qu'a-t-il dit ?

— Il a souri, hoché la tête négativement : « Pourquoi viendrait-elle ? m'a-t-il dit. Elle a tout ce qu'elle a toujours cherché : amour, honneurs, richesse... et l'homme qu'elle a choisi est de ceux qui savent garder une femme. Non, elle ne viendra pas. »

— Comme il me connaissait mal ! soupira Catherine amèrement. C'est vous qui aviez raison.

— Et j'en suis heureux ! Je vais donc me rendre auprès de lui et...

Il n'alla pas plus loin. La main de Catherine s'était posée sur son bras pour l'arrêter.

— Non... Cela ne peut me convenir, et pour deux raisons : la première est qu'apprenant ma présence, ou bien Arnaud vous dira que j'ai cessé d'exister pour lui... et j'en mourrai, ou bien il cherchera à me rejoindre, mettant ainsi son existence en péril.

— Voilà en effet une raison. Et la seconde ?

— La seconde est que je veux voir, vous entendez, voir de mes yeux, quels sont ses rapports avec cette femme. Je veux savoir s'il l'aime, comprenez-vous ? Si elle a vraiment su me chasser de son cœur, je veux compter leurs baisers, épier leurs caresses. Je n'ai pas d'illusions, sachez-le. Je me vois telle que je suis. C'est-à-dire assez loin d'une jouvencelle. Quant à cette Zobeïda, sa beauté, tout à l'heure, m'a jetée dans le désespoir... pourquoi donc n'aurait-elle pas réussi à gagner son cœur ?

— Et s'il en était ainsi ? lança Gauthier audacieusement. Si cette femme avait conquis messire Arnaud, s'il était devenu son esclave ? Que feriez-vous ?

Lentement, le sang quitta les joues de Catherine. Elle ferma les yeux, cherchant à refouler l'image d'Arnaud dans les bras de la princesse, une image devenue dangereusement précise maintenant qu'elle avait vu Zobeïda.

— Je ne sais pas ! dit-elle seulement. Je ne sais vraiment pas... mais il faut que je sache ! Et je ne saurai que là-bas...

— Laissez-moi y aller, dame Catherine, dit Gauthier. Je parviendrai bien, moi, à apprendre si votre époux s'est détourné de vous. Et, au moins, vous ne serez pas en danger...

Ce fut Abou-al-Khayr qui se chargea de la réponse :

— Comment parviendras-tu jusqu'à lui, homme du Nord ? Les appartements de Zobeïda font partie du harem ; même s'ils en sont un peu à l'écart, les gardes du Calife veillent aux portes. Aucun homme n'entre au harem à moins d'être eunuque.

— Messire Arnaud l'est-il ?

— Son cas est différent ! Il est prisonnier et Zobeïda fait bonne garde autour de son trésor. Tu laisserais ta tête dans l'aventure sans le moindre profit...

Gauthier allait protester, mais le médecin lui imposa silence. Il se tourna vers Catherine.

— À quel titre espères-tu entrer chez Zobeïda ?

— Je ne sais pas. À titre de servante, peut-être... Est-ce impossible ? Je parle votre langue, grâce à Josse, et je suis bonne comédienne.

À l'appui de ses dires, Catherine raconta à son ami son séjour chez les Tziganes et comment, durant des jours, elle avait soutenu sans faillir un rôle difficile et dangereux.

— Je n'agissais que pour nous venger, Arnaud et moi, dit-elle en conclusion. Que ne ferais-je pas quand il s'agit de le reprendre et de retrouver mon unique raison de vivre ? Je vous en supplie, Abou, aidez-moi... aidez-moi à entrer à Al Hamra. Il faut que je le voie, il faut que je sache...

Elle tendait des mains suppliantes et Abou-al-Khayr détourna la tête, gêné de se sentir aussi faible en face des larmes d'une femme. Un long moment il garda le silence.

— C'est de la folie pure ! soupira-t-il enfin... mais je sais depuis longtemps que ce que tu veux, tu le veux bien ! Je te promets d'y penser sérieusement. Mais il faut du temps... Une aventure de ce genre se prépare dans le silence et la réflexion. Laisse-moi ce soin, veux-tu ? Profite un peu, en attendant, de ma maison, de mon jardin. Tu verras qu'ils offrent beaucoup de douceur. Repose-toi... soigne-toi, dors et vis dans la paix en attendant...

— En attendant ? s'insurgea Catherine. Attendre ? Quel langage me tenez-vous là ? Pensez-vous que j'aie la tête à me reposer, à vivre dans la douceur alors... alors que la jalousie me dévore, avoua-t-elle franchement, et que le désir de le revoir me consume ?

Abou-al-Khayr se releva, glissa ses mains dans ses larges manches et regarda Catherine avec sévérité.

— Eh bien, laisse la jalousie te dévorer, le désir de ton époux te consumer quelques jours encore ! Tu étais affolée, tout à l'heure, devant la beauté de Zobeïda : as-tu donc l'intention de te montrer à l'homme que tu aimes avec des cheveux ternes, une peau criblée de taches de rousseur, des mains durcies par les rênes et un corps maigre de chatte affamée ?

Confuse, Catherine baissa la tête sous l'algarade et devint aussi rouge que les grenades demeurées sur le plateau.

— Je suis devenue si laide ? balbutia-t-elle.

— Tu sais très bien que non, coupa Abou sèchement. Mais, chez nous, la femme ne vit, ne respire que pour plaire à l'homme. Son corps doit être seulement la cassolette aux parfums précieux qu'il aimera respirer, la

249

harpe qu'il se plaira à faire chanter, le jardin de roses et d'oranges où il aimera promener son désir. Ces armes, qui sont celles de Zobeïda, il faut que tu les obtiennes... ou plutôt que tu les retrouves. Après seulement tu pourras lutter à armes égales avec ta rivale. Souviens-toi de la dame au diamant noir qui régnait sur un prince ! Demain je te conduirai moi-même au hammam voisin et je te confierai à Fatima qui s'occupe du quartier des femmes. C'est la plus affreuse vieille que je connaisse et la reine des entremetteuses, mais elle s'y entend comme personne à faire d'une mule efflanquée par la charrue une fringante pouliche à la robe luisante. Et elle m'a de nombreuses obligations : elle fera des merveilles avec toi ! Maintenant, je te laisse. J'ai quelques malades à voir. Nous nous retrouverons ce soir.

Il sortit, avec sa dignité coutumière, laissant Catherine se demander si la « mule efflanquée par la charrue » avait quelque rapport avec elle-même. Elle se le demandait même si visiblement qu'un énorme éclat de rire vint secouer Gauthier et Josse avec un bel ensemble. Josse finit même par pleurer de rire.

— Je n'ai jamais rien rencontré d'aussi réjouissant que ce petit bonhomme ! hoquetait-il en se tapant sur les cuisses... Oh ! oh ! oh, oh ! oh ! oh !... Non ! c'est trop drôle !

Un moment, Catherine regarda les deux hommes qui se roulaient sur les coussins sous l'emprise du fou rire, en se demandant cette fois si elle allait se fâcher. Mais le rire est communicatif et Catherine n'y résista pas longtemps. Elle prit le parti de faire comme eux.

Les voyant rire de si bon cœur, Gédéon pensa que la politesse l'obligeait à se joindre au concert :

— Ha ! ha ! ha ! ha !... hurla-t-il. Ca... therine !... Insupporrrrrrrrrtable Catherrrrrrine ! Gloirrrrrrre... au duc !...

Un coussin, lancé d'une main sûre par Gauthier, lui coupa la parole.

CHAPITRE X

FATIMA LA BAIGNEUSE

Étendue de tout son long sur un banc de marbre recouvert d'un drap de bain en coton rouge, s'efforçant de ne penser à rien comme on le lui avait recommandé, Catherine s'abandonnait aux soins que lui prodiguaient Fatima et ses aides. Elle fermait même les yeux pour éviter de rencontrer les gros yeux blancs de Fatima qui était encore plus laide que ne l'avait annoncé Abou-al-Khayr. C'était une énorme Éthiopienne, noire comme de l'encre et qui semblait douée de la force d'un ours. Ses cheveux noirs, épais et crépus étaient courts comme ceux d'un homme mais grisonnaient à peine et ses gros yeux roulaient dans leur orbite, noyés dans une cornée d'un blanc jaunâtre strié de fines veinules rouges. Comme ses deux aides, elle était nue jusqu'à la ceinture et, sous leur peau noire, luisante de sueur, ses énormes seins gonflés comme des pastèques dansaient lourdement au rythme de ses mouvements. De temps en temps, elle retroussait ses épaisses lèvres rouges, laissant filtrer l'éclair blanc de ses dents, puis se remettait à malaxer le corps de la jeune femme avec des mains aussi larges que des battoirs à linge. Lorsque Catherine, étroitement enveloppée dans un grand voile vert, était arrivée au hammam, montée sur un âne, solennellement escortée par Abou-al-Khayr en personne et suivie à trois pas par les deux Noirs muets, Fatima avait salué profondément puis entrepris avec le médecin une conversation sur un rythme tellement rapide que Catherine n'aurait sans doute rien compris si Abou ne l'avait d'abord avertie de ce qu'il allait dire pour expliquer la présence d'une blonde étrangère dans sa maison.

L'idée était simple, encore que passablement étonnante quand on connaissait la méfiance que le petit médecin nourrissait envers les femmes : il venait d'acheter, à un navire barbaresque relâchant à Almeria, cette belle esclave blonde dont il comptait bien faire les délices de ses vieux jours une fois que Fatima aurait exercé sur elle son art souverain et l'aurait rendue digne de la couche d'un croyant raffiné. Mais il avait demandé à la grosse Éthiopienne de garder toujours Catherine en dehors des autres clientes, craignant, disait-il, que la nouvelle de sa magnifique acquisition ne fit jaser. La mine confite en pruderie, les yeux baissés et les airs émerveillés que prenait son ami faillirent bien venir à bout du sérieux de Catherine, mais Fatima n'y vit que du feu. Ou plutôt, devant les beaux dinars d'or qui coulèrent de la main de son client, elle en conclut que le sage Abou-al-Khayr devait être fort amoureux et que, décidément, il ne fallait pas se fier aux apparences. Celui-là, avec sa dignité et ses dédains, était, tout compte fait, comme les autres ! Une belle fille pouvait toujours en venir à bout...

Elle se mit à l'ouvrage aussitôt. Débarrassée de ses vêtements en un tournemain par deux Mauresques aussi maigres que leur maîtresse était grasse, elle se retrouva assise sur un tabouret de bois dans une pièce tout en mosaïque emplie de vapeur d'eau. On la laissa transpirer là une bonne demi-heure ; après quoi, les deux baigneuses la transportèrent à demi étouffée, sur le banc de massage où Fatima l'attendait, les poings sur les hanches, comme le bourreau attendant sa victime.

Catherine fut étalée sur la table à la manière d'une

simple pâte à pain, puis, sans perdre un instant, Fatima chaussa sa main droite d'un gant de laine rêche, empoigna de l'autre un grand pot de terre plein d'une sorte de pâte ocre et se mit à enduire sa cliente à une allure vertigineuse. En un rien de temps, la jeune femme se retrouva transformée en une sorte de statue boueuse avec quelques trous pour les yeux et la respiration. Ensuite, les mains vigoureuses de Fatima la frictionnèrent avec cette terre, puis on la lava à grande eau avant de l'envelopper dans un grand drap de laine fine et de la transporter sur une autre table pourvue d'un appui échancré pour le cou qui laissait pendre les cheveux au-dehors.

La tête de Catherine fut savonnée plusieurs fois, rincée, rerincée, enduite d'une huile parfumée, puis relavée et finalement frictionnée avec de l'essence de jasmin. Durant tout le temps qu'avaient pris ces opérations, elle n'avait même pas entendu le son de la voix de la grosse Fatima. Celle-ci ne se décida à parler qu'une fois sa cliente enturbannée d'une serviette sèche, revêtue d'un peignoir de laine blanche fine et installée sur une sorte de lit de repos au milieu d'une multitude de coussins. Fatima, alors, frappa dans ses mains et un eunuque apparut, portant un large plateau de cuivre empli d'une multitude de petits plats qu'il posa sur une table basse auprès du lit. Fatima, qui n'avait pas jugé utile de couvrir sa semi-nudité quand l'eunuque était entré, désigna le plateau à Catherine.

— Tu vas manger tout ce qu'il y a là-dessus.

— Tout ? s'écria la jeune femme effarée.

En effet, elle pouvait voir, fumant sur le plateau, plusieurs sortes de boulettes de viande, deux potages dont l'un comportait lui aussi des boulettes, des concombres confits dans le vinaigre, des aubergines rôties, une sorte de ragoût dont la sauce embaumait et, enfin, plusieurs sortes de gâteaux luisants de miel et hérissés d'amandes. De quoi nourrir Gauthier lui-même !

— Je ne pourrai jamais manger tout cela ! fit-elle

avec une timidité qu'expliquait la carrure de Fatima, mais la baigneuse ne s'émut pas pour autant.

— Tu y mettras le temps qu'il faut, mais il faut que tu manges tout ! Comprends-moi bien, Lumière de l'Aurore : ton maître Abou-al-Khayr t'a confiée à moi pour que je fasse de toi la plus belle créature de tout l'Islam. Et j'ai ma réputation à soutenir. Tu ne sortiras d'ici que lorsque ton corps sera devenu aussi suave qu'un sorbet à la rose !

— Je ne sortirai d'ici, répéta Catherine. Que veux-tu dire ?

— Que tu ne quitteras cette maison que pour entrer au lit de ton maître et faire ses délices, affirma tranquillement la négresse. Cet appartement sera le tien jusqu'à ce jour. Tu y seras servie, soignée, surveillée comme...

— Comme une oie à l'engrais ! s'emporta Catherine. Mais je ne veux pas ! Je vais périr d'ennui ici !

— Tu n'auras pas le temps ! Tu es belle mais affreusement maigre, ta peau est sèche. Il y a beaucoup à faire. Et puis tu pourras te promener dans le jardin, prendre le frais le soir, sur la terrasse. Enfin, dûment voilée et sous bonne escorte, te promener de temps en temps dans la ville. Crois-moi, tu n'auras pas le temps de t'ennuyer ! D'ailleurs, la durée de ton séjour dépendra de ta bonne volonté. Plus vite tu seras prête et plus vite tu sortiras... encore que je ne comprenne guère ta hâte de recevoir les caresses du petit médecin qui a beaucoup de cervelle, mais pas beaucoup de muscles et qui doit être un piètre amant. Mange !

Et sur cette injonction, Fatima sortit, laissant Catherine partagée entre la fureur et l'envie de rire. Comment Abou avait-il osé la cloîtrer chez cette femme ? Il s'était bien gardé de lui dire qu'elle ne reviendrait chez lui qu'une fois remise en possession de tous ses charmes car il savait bien comment elle aurait réagi. D'ailleurs, il n'était pas difficile de deviner qu'en la confiant à ce mastodonte noir il entendait la mettre à l'abri de ses propres impulsions et se donner à lui-même le temps de réfléchir. Au fond, c'était astucieux ! Le mieux était d'obéir.

Docilement, elle avala le contenu de son plateau, but avec méfiance d'abord puis avec un plaisir croissant le thé à la menthe, chaud, fort et bien sucré... et là-dessus s'endormit tout naturellement. Quand elle s'éveilla, elle trouva Fatima debout près de son divan, souriant de toutes ses fortes dents blanches.

— Tu as dormi deux heures ! lui annonça-t-elle triomphalement. Et tu as tout mangé : c'est bien ! Nous nous entendrons. Maintenant nous pouvons continuer.

Extraite de son divan par deux servantes qui la portaient aussi précautionneusement qu'un vase de cristal, Catherine fut amenée dans la salle d'épilation où une spécialiste la débarrassa de tout duvet superflu à l'aide d'une pâte épaisse à base de chaux et d'orpiment tandis qu'une coiffeuse enduisait sa chevelure d'un henné léger qui, une fois ôté, laissa dans ses cheveux de merveilleux reflets d'or roux. Après quoi, on la remit aux mains de Fatima en personne. La baigneuse frotta d'une huile parfumée tout le corps de sa cliente puis se mit à la masser. Cette fois, Catherine se laissa faire avec un réel plaisir. Les mains noires de Fatima pouvaient avoir une fermeté implacable ou une étonnante douceur. Sans doute, pour l'encourager, l'Éthiopienne déclara, tout en malaxant énergiquement le ventre de la jeune femme :

— Quand j'en aurai fini avec toi, tu pourras rivaliser même avec la princesse Zobeïda, la perle du harem.

Le nom fit sursauter Catherine, qui brusquement devint attentive puis demanda, sans avoir l'air d'y attacher d'importance :

— J'en ai entendu parler. Tu la connais ? On la dit très belle !...

— Certes, je la connais. Elle s'était même confiée à mes soins, après une maladie. C'est la plus belle panthère de tout l'Orient. Elle est cruelle, sauvage, ardente mais belle ! oh oui ! admirablement belle ! Elle ne l'ignore pas d'ailleurs. Zobeïda est orgueilleuse de son corps dont elle connaît la perfection, de ses seins sur lesquels on pourrait mouler des coupes sans défaut... et ne les cache guère. Dans l'enceinte de ses appartements et de son jardin privé, elle ne porte guère que des mousselines fort transparentes et des joyaux merveilleux pour mieux réjouir les yeux de son amant.

Du coup, la gorge de Catherine se sécha brusquement.

— Son amant ?

Fatima retourna Catherine comme une crêpe et se mit à lui malaxer le dos puis ricana.

— Je devrais dire ses amants car on chuchote, dans les bazars, que plus d'un beau guerrier est entré, la nuit, par une porte secrète, dans les appartements de la princesse pour contenter sa faim d'amour. Parfois même, dit-on, Zobeïda a fait ses délices d'esclaves bien musclés... dont on retrouvait les cadavres dans les fossés d'Al Hamra...

Catherine hésitait entre l'inquiétude et le soulagement. D'une part, si Zobeïda était ce genre de Messaline, il serait peut-être plus facile qu'elle ne le craignait de lui arracher sa proie... Mais, d'autre part, qui pouvait dire si pareil sort n'attendait pas Arnaud ? Pourquoi fallut-il que Fatima ajoutât :

— Mais, depuis quelques mois, les langues agiles des commères ne s'agitent plus dans le même sens autour des fontaines et des caravansérails. Zobeïda n'a plus qu'un amant, un captif franc, dont elle est folle, et plus personne ne franchit la porte secrète qui mène à ses jardins...

— Cet homme, tu l'as vu ? demanda Catherine.

— Une fois ! Il est beau, viril, hautain et silencieux. Dans une certaine mesure, il ressemble à Zobeïda ; c'est, comme elle, une bête de proie, un fauve !... Ah ! Leurs amours ne doivent manquer ni de violence ni de passion et leurs caresses...

C'était plus que Catherine ne pouvait endurer.

— Tais-toi ! cria-t-elle. Je t'ordonne de te taire !...

Surprise par la soudaine violence de cette docile cliente, Fatima s'arrêta et la considéra un instant d'un air perplexe tout en essuyant machinalement ses mains huileuses au pagne de coton qui drapait ses hanches. La jeune femme avait laissé tomber sa tête dans ses bras pour cacher les larmes qui montaient. Soudain, un lent sourire vint éclairer la face lunaire de la négresse. Il lui sembla qu'elle comprenait la raison du subit désespoir de sa patiente... Elle se pencha sur le corps étendu après s'être assurée que personne ne pouvait l'entendre.

— Je devine pourquoi tu te désoles, Lumière de l'Aurore, il t'est pénible d'évoquer le bel amant de Zobeïda alors que tu es seulement destinée à recevoir les caresses d'un homme débile et déjà âgé. Et, selon moi, tu as raison car ta beauté mérite meilleur destin que le lit d'un médecin... Mais console-toi, ma belle, il se peut que tu trouves mieux...

Catherine releva un visage rougi et marbré de larmes.

— Que veux-tu dire ?

— Rien. Je m'entends ! Il est trop tôt pour parler de ça ! Regarde dans quel état tu as mis ton visage, petite sotte ! Laisse-moi faire...

Quand venait la nuit, les terrasses des maisons de Grenade se transformaient en d'étranges jardins vaporeux. Toutes les femmes, dans leurs voiles tendres ou foncés, scintillants de paillettes ou atténuant l'éclat des gemmes à moins qu'ils n'aient d'autre richesse que leur fraîcheur, se réunissaient sur leurs toits respectifs pour respirer la douceur de l'air du soir, manger des sucreries ou échanger des potins d'une terrasse à l'antre. Et il n'était pas jusqu'à la plus modeste servante qui n'eût permission d'aller, elle aussi, prendre le frais. Les hommes, eux, préféraient se rendre sur les places pour parler, écouter les conteurs ou admirer les tours des baladins, à moins que la secte musulmane à laquelle ils appartenaient ne leur permît de fréquenter l'un de ces cabarets en plein air, installés souvent dans des jardins où ils pouvaient se réjouir, boire du vin et regarder évoluer des danseuses.

Catherine, ce soir-là, tandis que Fatima l'installait au milieu d'un flot de coussins de soie, sous le ciel nocturne, avait la curieuse sensation d'avoir changé de peau. D'abord parce qu'elle éprouvait un bien-être extraordinaire et se sentait à la fois légère et détendue, ensuite parce que le nouveau visage que lui avait donné Fatima lui semblait à la fois étrange et attirant. Elle avait paressé, durant au moins une heure, dans une grande piscine remplie d'eau tiède tandis qu'une esclave, accroupie sur le bord, lui tendait des fruits qu'elle lui épluchait. Ensuite, avant de la rhabiller avec d'étranges vêtements, on l'avait maquillée. Ses dents avaient été frottées avec une pâte spéciale, ses lèvres teintes d'un beau rouge tandis que ses yeux, ombrés de khôl, semblaient assez longs pour rejoindre la racine de ses cheveux. Ses ongles, peints, brillaient comme autant de gemmes roses et elle se sentait merveilleusement à l'aise dans son nouveau costume : amples pantalons de mousseline rose rattachés aux hanches par une lourde ceinture d'orfèvrerie et laissant nus la taille et le ventre assorti d'une brassière à manches courtes, de satin rose. Sur sa tête, une petite calotte ronde retenait l'immense voile rose dont elle avait dû s'envelopper pour paraître sur le toit.

Un long moment Fatima et son unique cliente – Catherine avait appris que, tant qu'elle y serait en traitement, le hammam serait fermé pour toute autre, folle munificence d'Abou qui avait fortement impressionné la grosse baigneuse – demeurèrent sans parler. La nuit était exceptionnellement douce, parfumée de jasmin et d'oranger. De la terrasse, le spectacle de la ville, dont les ruelles et les bazars encore ouverts s'éclairaient d'une multitude de lampes à huile, était féerique et inattendu pour une femme habituée aux villes noires de l'Occident, à leurs rues que le couvre-feu transformait en coupe-gorge, Catherine demeura longtemps fascinée par lui. Une musique étrange, lancinante et grêle qui devait venir de quelque cabaret s'élevait jusqu'à la jeune femme, luttant avec le grondement doux du torrent voisin.

Mais, bientôt, le regard de Catherine abandonna la ville pour gagner l'énorme masse du palais qui dominait de haut la maison de Fatima. Celle-ci s'élevait au bord du Darro, au débouché du ravin qu'il creusait entre le promontoire d'Al Hamra et les coteaux de l'Albaicin et de l'Alcazaba Kadima. À cent cinquante mètres au-dessus d'elle, les profonds créneaux du palais se découpaient sur le velours sombre du ciel. Là, aucune lumière, aucun signe de vie, sinon le pas ferré des invisibles sentinelles. Catherine crut deviner une menace dans ces murailles muettes. Elles semblaient la défier de leur arracher leur captif...

Les yeux de la jeune femme demeurèrent si longtemps rivés à l'inquiétant escarpement que Fatima remarqua, au bout d'un moment :

— On dirait que le palais t'attire, Lumière de l'Aurore ? À quoi rêves-tu quand tu le regardes ?

Audacieusement, Catherine répondit :

— À l'amant de la princesse. Au beau captif franc... Je suis du même pays que lui, tu le sais. Il est normal que je m'intéresse à lui.

La main grasse de Fatima s'abattit vivement sur sa bouche qu'elle ferma. Dans l'ombre, Catherine vit rouler de terreur les yeux blancs de l'Éthiopienne.

— Es-tu déjà lasse de la vie ? chuchota-t-elle. Si c'est le cas, il vaut mieux que je te renvoie tout de suite à ton maître car les terrasses voisines sont bien proches et j'aperçois le voile safran d'Aïcha, l'épouse du riche marchand d'épices, et la plus mauvaise langue de la ville. Je suis vieille déjà et laide, mais j'aime tout de même encore respirer l'odeur des roses et manger du nougat noir.

— Pourquoi est-ce dangereux de parler comme je l'ai fait ?

— Parce que l'homme auquel tu as fait allusion est le seul, dans tout Grenade, auquel aucune femme de la ville n'ait le droit de penser, même en rêve si elle rêve tout haut. Les bourreaux de Zobeïda sont des captifs mongols que lui a envoyés en hommage le sultan ottoman Mourad. Ils savent, sans amener la mort, faire durer une agonie des jours et des jours et il vaut mieux encourir la colère du Calife en personne plutôt que la jalousie de Zobeïda. La sultane favorite, elle-même, l'éblouissante Amina, ne s'y risquerait pas. Zobeïda la hait déjà bien suffisamment. C'est d'ailleurs pour cela qu'elle réside rarement en Al Hamra.

— Où habite-t-elle donc ?

Le doigt gras de Fatima désigna, au sud de la cité, les sveltes pavillons et les toits verts d'un grand bâtiment isolé, hors des murs, qui paraissait jaillir d'un vaste jardin dont les frondaisons se miraient dans une rivière scintillante.

— C'est l'Alcazar Genil, le palais privé des sultanes. Il est facile à garder et Amina s'y sent plus en sécurité. Les sultanes l'ont rarement habité, mais Amina sait ce que pèse la haine de sa belle-sœur. Certes, Muhammad l'aime, mais c'est un poète en même temps qu'un guerrier et il a toujours eu pour Zobeïda un faible dont la sultane se méfie.

— Si la princesse obtenait sa tête, observa Catherine, je n'ai pas l'impression que ce palais pourrait la défendre longtemps.

— Plus que tu ne crois. Car il y a aussi cela...

Son doigt désignait non loin de la Médersa une sorte de forteresse, hérissée de créneaux et illuminée par de nombreux pots à feu, qui semblait garder la porte sud de la ville et donnait une redoutable impression de puissance.

— C'est la demeure de Mansour ben Zegris. Il est le cousin d'Amina, dont il a toujours été épris, et sans doute l'homme le plus riche de la ville. Les Zegris et les Banu Saradj[1] sont les deux familles les plus puis-

1. Dont Chateaubriand a fait *les Abencérages*.

santes de Grenade et, bien entendu, elles sont rivales. Amina est une Zegris, une raison de plus pour Zobeïda, qui protège les Banu Saradj, de la détester. Tu n'imagines pas les perturbations que les querelles de ces deux familles nous valent et si le Calife Muhammad a déjà perdu deux fois son trône, on peut dire sans crainte qu'il le devait aux Zegris !

— Et, revenu une troisième fois au pouvoir, il ne les a pas punis ?

Fatima haussa les épaules.

— Comment le pourrait-il ? Le sultan mérinide, qui règne à Fès sur le puissant Maghreb aux terres immenses, est son ami. Exécuter Zegris serait déchaîner sa colère redoutable et les sauvages cavaliers du désert seraient vite sous nos murs. Non, Muhammad a préféré composer avec son ennemi. La douceur et la bonté d'Amina, très attachée à sa famille mais passionnément éprise de son époux, ont fait beaucoup pour l'espèce de traité qui a été conclu. Voilà pourquoi Muhammad supporte que Mansour ben Zegris demeure là, couché à sa porte, comme un molosse prêt à mordre.

La voix de Fatima s'éteignit. Le silence régna un moment entre les deux femmes. Catherine songeait à tout ce qu'elle venait d'entendre. Ces informations, anodines en apparence, pouvaient se révéler pleines d'intérêt pour quelqu'un qui brûlait de s'engager dans une dangereuse aventure. Elle nota soigneusement dans sa mémoire les noms étrangers qu'elle venait d'entendre : Amina, la sultane qu'Abou-al-Khayr avait sauvée de la mort, Mansour ben Zegris, le cousin amoureux d'Amina et la famille rivale que protégeait Zobeïda, les Banu Saradj. Elle se les répéta, mentalement, plusieurs fois pour être certaine de ne plus les oublier.

Elle ouvrait la bouche pour poser à Fatima une nouvelle question, mais un puissant ronflement lui coupa la parole. Fatiguée par une journée de bon travail, la grosse Éthiopienne avait glissé en arrière sur les coussins répandus à même le sol et, la bouche grande ouverte, les mains nouées sur son énorme ventre, elle entamait vigoureusement sa nuit. Catherine sourit puis, se calant dans les coussins, reprit sa rêverie.

Huit jours plus tard, Catherine était transformée. La vie calme, indolente et confortable qu'elle avait menée chez Fatima, la nourriture riche, les longues heures de paresse dans les piscines, tièdes, chaudes ou froides, et surtout les soins habiles, incroyablement compliqués que lui avait prodigués l'Éthiopienne avaient fait merveille. Son corps avait perdu sa maigreur tragique, sa chair avait retrouvé son splendide épanouissement, sa peau était redevenue aussi fine et douce qu'un pétale de fleur, enfin elle s'était accoutumée aux étranges vêtements du pays et prenait maintenant plaisir à les porter.

Plusieurs fois, au cours de ce séjour, Abou-al-Khayr était venu lui rendre visite pour se rendre compte des progrès accomplis, mais Gauthier ni Josse n'avaient pu l'accompagner. Ses visites étaient rapides, assez cérémonieuses car il prenait bien soin de garder son attitude de dilettante qui vient voir où en est la réparation de l'objet rare qu'il a déniché.

Il s'était bien arrangé pour lui chuchoter qu'il n'avait pas encore découvert le bon moyen de l'introduire au palais, qu'il avait des projets en vue, mais cela n'avait guère calmé l'impatience de Catherine. Elle se sentait tout à fait prête. Les grands miroirs d'argent poli des salles de massage lui renvoyaient maintenant une image exquise dont elle avait hâte d'expérimenter le nouveau pouvoir. Mais Fatima, apparemment, n'était pas encore satisfaite.

— Patience ! disait-elle en maquillant son visage avec un soin d'enlumineur. Tu n'as pas encore atteint la perfection que je souhaite.

Elle cachait soigneusement sa belle cliente au fond de sa maison et, seuls, ses servantes ou ses eunuques pouvaient l'approcher quand elle recevait des visites.

Pourtant, un matin où Catherine, ruisselante d'eau, sortait de la piscine, elle avait vu Fatima en grande conversation avec une vieille femme somptueusement vêtue de brocart vert dont les yeux de fouine avaient insolemment détaillé son anatomie. Les deux femmes semblaient discuter âprement et Catherine aurait volontiers juré qu'elle était l'objet de cette discussion, mais, après un signe de tête approbateur, la vieille avait disparu en faisant claquer ses babouches sur le dallage et, lorsque Catherine avait interrogé Fatima à son sujet, l'Éthiopienne s'était contentée de hausser les épaules.

— Une vieille amie à moi ! Mais, si elle revient, il faudra te montrer douce et aimable... car elle peut beaucoup pour toi, si tu désires un maître plus... vaillant que le petit médecin !

Fatima n'avait rien voulu dire de plus et il avait bien fallu que « Lumière de l'Aurore » se contentât de ses mystérieuses paroles, dont à vrai dire elle devinait à moitié le sens. Abou ne lui avait-il pas dit que Fatima était la reine des entremetteuses ? Elle s'était, alors, contentée de remarquer doucement :

— Un maître plus vaillant, certes... mais je serais tout à fait heureuse si, grâce à ce maître, je pouvais enfin découvrir les merveilles d'Al Hamra !

— Ce n'est pas impossible, avait alors répondu Fatima d'un ton rogue, et Catherine, cette fois, n'avait plus insisté.

Au lendemain de la visite de la vieille au brocart vert, la jeune femme avait obtenu de Fatima la permission de sortir pour se rendre dans les souks. Elle aimait flâner dans l'atmosphère chaude, poussiéreuse et magnifique de ces interminables rues couvertes de roseaux où les merveilles jaillissaient continuellement de toutes ces minuscules boutiques. Et, deux ou trois fois, Fatima lui avait permis de sortir, soigneusement voilée bien entendu, flanquée de .deux servantes qui ne quittaient pas ses côtés et suivie d'un grand eunuque portant sous le bras une longue courbache en cuir d'hippopotame tressé.

Il en avait été de même ce matin-là et, avec son escorte habituelle, la jeune femme, sous un grand voile de satin léger couleur de miel qui ne laissait voir que ses yeux fardés, se dirigeait d'un pas tranquille vers le grand souk des soieries qui ouvrait presque au pied de la rampe d'accès d'Al Hamra. La journée s'annonçait torride. Une brume bleutée enveloppait la ville et, un peu partout, les citadins arrosaient les ruelles à grande eau pour tenter de garder un peu de fraîcheur et fixer la poussière. Il était encore très tôt. Le jour était levé depuis deux heures à peine, mais c'était le seul moment, avec l'heure relativement douce du crépuscule, où il était agréable de quitter l'ombre fraîche des maisons. Ce qui n'empêchait nullement l'agitation habituelle aux jours de marché de s'emparer de Grenade.

Catherine, quittant l'ombre d'une mosquée, allait s'engouffrer sous l'arche qui ouvrait le souk et s'avançait dans l'espace découvert, inondé de soleil, qui précédait Bab-el-Ajuar, le grand arc rouge, gardé de Nubiens gigantesques, qui constituait la première porte d'Al Hamra, quand une musique stridente, guerrière, déchira ses oreilles. Une troupe d'hommes à cheval, soufflant dans des *ghaïtas*[1] ou frappant à pleins poings le *tar*[2], venaient de franchir la porte, précédant une puissante troupe armée. Des soldats au teint sombre, aux yeux sauvages, la lance à la cuisse et montant de rapides petits chevaux andalous, entouraient un groupe de cavaliers somptueusement vêtus et portant tous, sur leur poing gauche ganté de cuir épais, un faucon ou un gerfaut. Les capuchons qui aveuglaient les rapaces étaient de soie pourpre scintillante de pierreries, les robes des cavaliers faites de brocarts précieux et leurs armes étaient bosselées de gemmes énormes. De grands seigneurs sans doute. Tous avaient des visages fins et fiers., de courtes barbes noires, des yeux de braise. Un seul montrait un visage nu, une tête sans turban. Il chevau-

1. Sorte de musette.
2. Petit tambour rond.

chait un peu en avant des autres, silencieux, hautain, retenant d'une main nonchalante sa fringante monture, une bête d'un blanc neigeux dont l'éclat accrocha le regard de Catherine. Instantanément, du cheval, les yeux de la jeune femme montèrent au cavalier. Elle étouffa un cri : la monture, c'était Morgane, le cavalier, c'était Arnaud...

Très droit sur sa selle brodée, dominant d'une tête ses compagnons, il était vêtu à l'orientale, mais de soie noire brodée d'or qui tranchait sur les couleurs brillantes des autres, et il portait, négligemment rejeté en arrière, son grand burnous de fine laine blanche... Son beau visage aux traits durs, au profil impérieux s'était creusé, affiné et basané presque autant que ceux des Maures. Ses yeux noirs y brûlaient d'un feu sombre, mais, près des tempes, de légères griffures argentées marquaient ses épais cheveux noirs.

Clouée au sol, bouleversée jusqu'à l'âme, Catherine le dévorait des yeux tandis qu'il s'avançait au pas nerveux de sa jument, indifférent, lointain, ne prêtant guère d'attention qu'au grand faucon posé sur son poing et qu'il approchait parfois de son visage comme pour lui parler. Sans voix, étranglée par l'émotion, Catherine était aussi immobile que si la foudre l'avait frappée. Elle savait bien qu'il vivait à quelques pas d'elle, mais de se trouver tout à coup en face de lui, de le revoir, si proche et tellement inaccessible à la fois !... Non, cela, elle n'y était pas préparée, elle ne s'y attendait pas.

Indifférents au drame qui se jouait à quelques pas d'eux, les cavaliers poursuivaient leur chemin. Ils allaient s'éloigner, disparaître à l'angle d'un palais de briques rouges dont les rares et minces fenêtres avaient d'épais moucharabiehs... Un élan jeta Catherine sur les pas de cette haute silhouette blanche et noire qui s'engageait dans l'étroite ruelle. Mais deux poignes solides s'abattirent sur ses bras et l'immobilisèrent tandis que l'eunuque, roulant de gros yeux affolés, venait de se placer devant elle, barrant le passage.

— Lâchez-moi ! gronda la jeune femme. Qu'est-ce qui vous prend ? Je ne suis pas prisonnière, je pense...

— Les ordres de Fatima sont formels, fit l'une des femmes d'un ton d'excuse. Nous devons t'empêcher à tout prix de faire quoique ce soit qui puisse te mettre en danger. Tu voulais t'élancer sur la trace des princes... n'est-il pas vrai ?

— Est-il défendu de les voir de plus près ?

— Certes ! Les cimeterres de leurs guerriers frappent vite, d'autant plus qu'ils escortent aussi le prisonnier franc de la princesse. Ta tête aurait pu tomber avant même que tu t'en sois aperçue... et le bâton de Fatima n'aurait guère épargné nos épaules !

Apparemment, c'était cela surtout, plus que la voir mourir, que craignaient les serviteurs de l'Éthiopienne... mais, au fond, ils avaient raison. S'ils l'avaient laissée faire, à quelle imprudence se serait-elle livrée ? Aurait-elle pu empêcher sa voix d'appeler l'homme qu'elle aimait, ses mains d'arracher le voile qui cachait son visage, pour qu'il pût la reconnaître ? Le scandale public rapporté à Zobeïda, c'était la mort pour elle... pour lui aussi peut-être... Non... tout était bien ainsi ! Mais que cet instant avait été cruel !

Tremblant encore de l'émotion violente ressentie, Catherine tourna lentement les talons.

— Rentrons ! soupira-t-elle. Je n'ai plus envie de me promener dans les souks. Il fait déjà si chaud !

Pourtant, elle s'arrêta près du mur de la petite mosquée au dôme vert... Deux mendiants, l'un grand et maigre, debout, bras croisés sous ses loques, et l'autre, petit et contrefait, assis sur sa jambe unique, regardaient disparaître au loin le cortège éclatant des chasseurs. Quelques-unes de leurs paroles vinrent frapper la jeune femme.

— Le captif franc de la princesse s'ennuie dans les merveilles d'Al Hamra. As-tu vu comme il est sombre ?

— Quel homme ayant perdu le bien précieux de la liberté ne le serait ? Ce roumi est un guerrier. Cela se voit à son allure... et à ses cicatrices. Et la guerre est la

266

plus enivrante des boissons. Il n'a plus que l'amour. C'est peu...

Pour pouvoir écouter, Catherine faisait mine de chercher une petite pointe enfoncée dans son pied, mais, courbée et soutenue par les deux femmes dont l'une, agenouillée dans la poussière, examinait attentivement le pied, elle écoutait de toute son âme. La moindre parole concernant Arnaud était pour elle un bien précieux. La suite était encore bien plus importante car le grand mendiant nonchalant continuait :

— Aussi l'on dit que Zobeïda songe à lui faire passer la mer bleue. Les terres immenses du vieux Maghreb seront plus douces aux sabots de son coursier et, là-bas, les tribus rebelles sont nombreuses. Le sultan acceptera sans doute d'employer un homme de guerre même infidèle, un cavalier aussi consommé... il ne serait pas le premier à se convertir à la vraie foi !

— Notre calife accepterait de laisser partir sa sœur ?

— Qui donc a jamais pu s'opposer à la volonté de Zobeïda ? As-tu vu qui s'est constitué le gardien de son précieux otage ? Le vizir Aben-Ahmed Banu Saradj en personne... Elle partira quand elle voudra et le sultan mérinide lui fera grand accueil.

Mais un groupe de femmes richement vêtues approchait et les deux mendiants abandonnèrent leurs propos pour se lancer dans une imploration geignarde, destinée à leur attirer des aumônes. Catherine, d'ailleurs, en avait assez entendu. Rechaussant vivement sa babouche abandonnée, elle empoigna son grand voile à deux mains et, avant que ses gardiennes, encore accroupies, aient eu, cette fois, le temps de la retenir, elle s'était mise à courir à toutes jambes vers la maison de Fatima.

Les potins des deux mendiants l'avaient jetée dans la plus folle panique. Pour que ces hommes des rues parlassent d'Arnaud avec cet intérêt, pour que la ville retentît de son nom à chaque carrefour, il fallait que le captif franc soulevá de bien profondes vagues de curiosité et d'intérêt. Il fallait que Zobeïda en eût fait vraiment un personnage d'exception, presque de légende... et ce personnage-là devait être gardé de près. Si cette maudite princesse emmenait Arnaud en Afrique, il faudrait encore le poursuivre, reprendre la route, courir de nouveaux risques, cette fois à peu près insurmontables puisque, dans les villes mystérieuses de ce pays qu'on appelait Maghreb, elle n'aurait plus la maison d'Abou-al-Khayr, ni l'aide du petit médecin. À tout prix, il fallait empêcher cela, reprendre Arnaud avant, fuir avec lui enfin...

Un instant, elle eut la tentation de courir droit chez le petit médecin, mais, à cette heure-là, elle le savait, il était chez ses malades. Et les gardiennes du hammam auraient tôt fait de la rattraper avant la maison de son ami. Elle s'engouffra donc dans la demeure de Fatima et, toujours courant, se précipita dans le patio intérieur, planté de citronniers, de grenadiers et de vigne. Mais, au seuil de la colonnade qui entourait le jardin clos, elle s'arrêta, contrariée : Fatima était bien là, mais elle n'était pas seule. Drapée dans une invraisemblable robe rayée de toutes les couleurs de l'arc-en-ciel, un voile roulé en turban masculin autour de sa tête crépue, la grosse Éthiopienne se promenait dans les petites allées enlacées autour de la vasque rose du centre. Auprès d'elle, Catherine reconnut la vieille de l'autre jour bien que, cette fois, le brocart qui l'empaquetait fût d'un mauve crépusculaire brodé de larges fleurs vertes.

Apercevant Catherine, à la fois haletante de sa course et hésitante au bord du jardin, Fatima comprit qu'il se passait quelque chose et, abandonnant, avec un mot d'excuse, sa visiteuse, elle rejoignit hâtivement la jeune femme.

— Qu'y a-t-il ? Que t'est-il arrivé ? Où sont tes gardiennes ?

— Elles me suivent. Je suis venue te dire adieu, Fatima, adieu et merci. Je dois rentrer chez mon... maître !

— Il n'est pas venu te réclamer, que je sache. L'as-tu donc rencontré ? fit la négresse d'un ton chargé de doute.

— Non. Mais il faut que je rejoigne sa maison au plus vite...

— Te voilà bien pressée ? D'autant plus qu'Abou le médecin n'est pas chez lui. Il a été appelé à l'Alcazar Genil. La sultane s'est blessée en prenant son bain.

— Eh bien... il me trouvera en rentrant, voilà tout ! Ce sera pour lui une bonne surprise...

— Et pour toi ? La nuit qui t'attend sera-t-elle aussi une bonne surprise ?

Les gros yeux blancs de la négresse fouillaient le regard vacillant de Catherine, scrutaient son visage où montait une rougeur.

— Un peu plus tôt un peu plus tard !... murmura la jeune femme avec un geste évasif.

— Je croyais, dit Fatima lentement, que tu désirais plus que tout gagner Al Hamra ?

À ce nom, le cœur de Catherine manqua un battement, mais elle se força à montrer de la désinvolture.

— À quoi bon rêver ? Qui peut se vanter de réaliser ses rêves ?

— Obéis-moi et, ce rêve-là du moins, tu le réaliseras, et sans tarder. Viens avec moi.

Elle prit le poignet de Catherine, voulut l'entraîner, mais, saisie d'une brusque méfiance, celle-ci résista.

— Où m'emmènes-tu ?

— Vers cette femme que tu vois là, près de la vasque... et vers Al Hamra, si tu le veux toujours. Cette vieille est Morayma. Tout le monde la connaît ici, et la recherche parce qu'elle dirige le harem du Maître. Elle t'avait remarquée, l'autre jour, et c'est pour toi qu'elle est revenue. Suis-la et, au lieu du petit médecin, c'est au Calife que tu appartiendras...

— Au Calife ? fit Catherine d'une voix blanche. Tu me proposes d'entrer au harem.

D'instinct, elle allait repousser avec horreur cette proposition, mais une phrase d'Abou-al-Khayr lui revint en mémoire : « Les appartements de Zobeïda font partie du harem », et une autre encore : « C'est dans le jardin même de Zobeïda, dans un pavillon séparé, que vit messire Arnaud... » Entrer au harem, c'était approcher d'Arnaud. Elle ne pouvait rien rêver de mieux en fait d'occasion. Courageusement, elle ferma son esprit à la voix de la crainte : si elle approchait seulement le captif de Zobeïda, si elle osait lui parler, elle serait livrée aux bourreaux mongols de la princesse. Tant de fois déjà elle avait défié la torture et la mort ! Les bourreaux de Grenade ne devaient pas être pires que ceux d'Amboise. Et puis, une fois reconnue d'Arnaud, ils seraient deux à combattre... deux à mourir s'il le fallait. Car, de toute son âme, Catherien appelait cette mort commune si c'était là le prix qu'il fallait payer pour être à jamais réunie à son époux. Mieux valait, cent fois, mourir avec lui que le laisser à cette femme et, de toute façon, ce serait bien...

Le parti de la jeune femme fut pris. Elle redressa la tête, rencontra le regard soucieux de Fatima, lui sourit.

— Je te suis, dit-elle. Et je te remercie. La seule chose que je demande est que tu t'engages à faire porter, chez le médecin, une lettre que je te donnerai. Il a été bon pour moi.

— Je peux comprendre cela. Abou le médecin aura sa lettre, mais viens, Morayma s'impatiente.

La vieille femme donnait, en effet, des signes d'agitation. Elle avait quitté l'appui de la vasque rose et s'avançait à grands pas, en femme qui n'a plus de temps à perdre. La voyant approcher, Fatima ôta, d'un geste rapide de prestidigitateur, le voile safrané qui enveloppait Catherine, laissant étinceler sous le soleil ses cheveux tressés de fils d'or, dévoilant sa fine silhouette à peine dissimulée par les amples pantalons de mousseline jaune pâle et le court boléro filigrané d'or dont le profond décolleté menaçait, à chaque mouvement, de laisser jaillir sa gorge... Dans l'encadrement mauve et vert du voile, Catherine vit briller les yeux de la vieille qui, d'un geste agacé, rejeta l'étoffe, découvrant la peau jaune, plissée et desséchée, mais aussi le profil rapace d'une vieille Juive couverte de bijoux ; une bouche affaissée par absence de dentition dont le sourire n'était plus qu'une vilaine grimace. Seules, les mains couvertes de bagues voyantes étaient encore belles. Morayma devait en prendre un soin extrême, les enduire quotidiennement d'huiles et de crèmes, car elles dégageaient à chaque geste un parfum pénétrant et leur peau était douce.

Catherine, néanmoins, frissonna de dégoût quand ces mains se posèrent sur son flanc pour éprouver la douceur de sa propre peau.

— Tu peux être tranquille, commenta Fatima goguenarde. Le grain est lisse et fin, sans défaut.

— Je vois ! fit seulement l'autre qui, tranquillement ouvrit le boléro, libérant les seins de la jeune femme qu'elle pinça à deux doigts pour en éprouver la fermeté.

— Les plus beaux fruits de l'amour ! ajouta Fatima, faisant l'article sans plus de pudeur qu'un marchand de tapis. Quel homme ne les préférerait à sa raison ? Tu peux chercher, Morayma : des contrées glacées du Nord aux sables brûlants du désert, des colonnes d'Hercule aux échelles du Levant, et jusque chez le Grand Khan, tu ne trouveras pas de fleur plus parfaite à offrir au Tout-Puissant Commandeur des Croyants !

Pour toute réponse Morayma hocha la tête d'un air approbateur puis ordonna à Catherine :

— Ouvre la bouche !

— Pour quoi faire ? s'insurgea la jeune femme, oubliant déjà ses bonnes résolutions en se voyant traitée comme un simple cheval.

— Pour m'assurer que ton haleine est saine ! riposta sèchement Morayma. J'espère, femme, que ton caractère est souple et obéissant. Je ne me soucie pas d'offrir au Calife une fille rebelle ou tout au moins insoumise...

— Pardonne-moi ! fit Catherine en rougissant.

Et, docilement, elle ouvrit la bouche, découvrant un palais rose et d'étincelantes dents blanches, entre lesquelles la vieille engagea un nez prudent. Du coup, la jeune femme dut maîtriser une brusque envie de rire tandis que la vieille coulait vers la grosse Éthiopienne un regard amusé.

— Que lui fais-tu mâcher, vieille sorcière ? Son haleine embaume !

— Fleurs de jasmin et clous de girofle ! grogna Fatima qui n'aimait pas donner ses recettes, mais qui savait bien qu'avec la gardienne du harem, il était inutile de finasser. – Alors, que décides-tu ?

— Je l'emmène. Va te préparer, femme, et dépêche-toi ! Je dois rentrer...

Sans plus hésiter, ramassant ses vêtements, Catherine gagna sa chambre en courant. Elle laissait les deux femmes discuter ce qui, pour Fatima, était le plus intéressant : le prix qui devait, obligatoirement, être important.

— Il faut que je dédommage quelque peu le médecin ! entendit-elle, clamé par la grosse Éthiopienne.

— Le Calife a toujours le droit de distinguer une esclave. C'est un honneur pour un de ses sujets de la lui offrir...

La porte de sa chambre claquant derrière elle dispensa Catherine d'en entendre davantage. Ce marchandage lui était indifférent. Elle savait très bien que Fatima mettrait dans sa poche la plus grande partie de l'or qu'elle allait recevoir, se réservant justement d'alléguer, pour son client, le cas de force majeure et les droits imprescriptibles du souverain.

Hâtivement, Catherine saisit un morceau de papier de coton [1], une plume et griffonna quelques mots pour Abou, l'informant de son départ pour le harem d'Al Hamra : « Je suis heureuse, lui écrivait-elle. Je vais enfin approcher mon époux. Ne vous tourmentez pas pour moi, mais empêchez Gauthier et Josse de se livrer à des tentatives inconsidérées. J'essaierai de vous faire parvenir des nouvelles, peut-être par Fatima... à moins que vous ne trouviez le moyen d'entrer au harem... »

1. Les Arabes en ont fait usage bien avant nous.

Un appel venu d'en bas la fit sursauter. La vieille Morayma s'impatientait. Saisissant hâtivement un paquet de vêtements au hasard, elle le fourra sous son bras, prit le voile qu'elle portait tout à l'heure et sortit dans la galerie du patio, juste à temps pour apercevoir Fatima comptant, avec une convoitise béate, une respectable pile de dinars d'or qui étincelaient au soleil. Mais à peine apparut-elle que la main de la gardienne s'abattait sur son bras, en arrachait le paquet de vêtements qu'elle jetait à terre avec mépris.

— Qu'as-tu à faire de cette friperie ? Au palais, je te vêtirai selon les goûts du Maître. Viens maintenant...

— Un moment encore, pria Catherine. Laisse-moi dire adieu à Fatima.

— Tu la reverras. Il arrive que l'on fasse appel à ses soins au harem. Elle connaît des secrets de beauté et d'amour qui font merveille.

Mais, Fatima, qui avait entendu, faisait glisser son or dans un sac en peau de chèvre et rejoignait les deux femmes. Avec des gestes presque maternels, la grosse négresse arrangea le voile de Catherine qui en profita pour lui glisser subrepticement le message pour Abou. Puis, lui souriant d'un air encourageant :

— Va vers ton destin, Lumière de l'Aurore. Mais, quand tu seras la bien-aimée, le joyau précieux du Calife, souviens-toi de Fatima...

— Sois tranquille, promit Catherine jouant le jeu jusqu'au bout. Je ne t'oublierai jamais...

Elle était sincère en disant ces mots. Il n'était pas possible d'oublier les jours bizarres, mais, à tout prendre amusants, qu'elle avait passés chez l'Éthiopienne. Et puis, Fatima avait été bonne pour elle, même si elle l'avait fait par intérêt.

On amena deux mules blanches, harnachées de cuir rouge et toutes bruissantes de sonnailles et de grelots sur lesquelles Catherine et son nouveau mentor prirent place. Puis, d'une ruelle voisine où ils attendaient, quatre Nubiens maigres, vêtus de blanc jusqu'aux yeux, apparurent, appelés par un sec claquement de mains de Morayma. Ils encadrèrent les deux femmes après avoir tiré de leurs fourreaux leurs cimeterres à large lame courbe. Et le cortège se mit en route.

La chaleur était maintenant écrasante. L'air brûlant vibrait et, là-haut, dans le ciel presque blanc, les rayons de l'impitoyable soleil incendiaient les toits de la ville. Mais Catherine ne s'apercevait même pas de la température. Au comble de l'excitation, elle pensait seulement à ce palais dont, enfin, elle allait franchir le seuil. La distance qui la séparait d'Arnaud se rétrécissait encore. Tout à l'heure, elle l'avait vu. Maintenant, elle allait essayer de lui parler, de l'entraîner avec elle sur le chemin du retour au pays.

Ce chemin du retour, elle ne cherchait même pas à l'imaginer. Pourtant, que de difficultés n'allait-il pas présenter ? En admettant qu'ils parviennent à fuir le palais, il faudrait encore atteindre la frontière du royaume. Et, même cette frontière une fois franchie, seraient-ils sauvés de la vengeance de Zobeïda, à l'abri de ses coups ? Certes pas. Il faudrait mettre des lieues entre eux et leurs poursuivants ; les rapides cavaliers de Muhammad ignorant trop souvent les limites du royaume de Castille pour s'en soucier cette fois-là.

Ensuite, il faudrait refaire tout le dangereux chemin à travers les Castilles, retrouver peut-être des embûches plus mortelles que celles rencontrées à l'aller... Puis, passer les Pyrénées et leurs bandes de brigands, et... Non. Tout cela n'avait que peu d'importance : une seule chose comptait : reconquérir l'amour d'Arnaud ! Ce qui pouvait venir après n'intéressait pas Catherine.

En franchissant, derrière Morayma, l'arc rouge de Bab-el-Ajuar, Catherine ne put réprimer un frisson de joie. Les Nubiens de garde n'avaient pas paru s'intéresser à leur passage...

On suivit ensuite un sentier qui serpentait à travers un vallon rafraîchi d'eaux courantes, ombragé d'oliviers au feuillage argenté, et grimpant assez raide vers une haute porte dont l'arc outrepassé se découpait au plein d'une grosse tour carrée sans créneaux. Cet imposant portail, ouvert dans la deuxième enceinte de murailles, constituait l'entrée proprement dite des palais. En approchant, Catherine remarqua, sculptée à la clef du fer à cheval de brique, sur une plaque de marbre blanc, une main levée droit vers le ciel.

— C'est la Porte de la Justice ! La main symbolise les cinq préceptes du Coran ! commenta Morayma. Et ces tours que tu vois, non loin d'ici, sont celles des prisons.

Elle n'en dit pas plus. Catherine apprécia cependant le renseignement à sa juste valeur. Cela ressemblait trop à une mise en garde, presque une menace. Menace aussi cette formidable porte à deux battants, doublée de fer et armée de clous énormes, trouant l'obscurité du profond porche et gardée de cavaliers vêtus de mailles luisantes sous un burnous pourpre, le casque à longue pointe enfoncé jusqu'à leurs yeux farouches. Quand un ordre du Seigneur en fermait l'issue, il devait être impossible de franchir ces épaisses murailles. Le palais rose, et aussi la ville en réduction qu'enserraient ses remparts – on distinguait maintenant des maisons, des moulins et les sept coupoles dorées, fléchées d'un immense et fragile minaret, d'une imposante mosquée – devaient savoir se refermer comme un piège qui ne lâchait pas facilement prise... à moins, peut-être, de découvrir cette mystérieuse porte par laquelle entraient les amants d'une nuit de Zobeïda ! Mais n'était-ce pas autre chose qu'une légende ? Les cadavres trouvés dans les fossés pouvaient fort bien avoir été précipités du haut des tours. Sans que l'on ait eu besoin d'employer le légendaire escalier des amants.

Les yeux aigus de Catherine cherchaient déjà, preuve que son âme se sentait moins sereine qu'elle ne voulait bien l'admettre, une issue plus secrète à ce palais superbe et menaçant, attirant et dangereux comme une fleur vénéneuse. Elle baissa cependant les paupières pour ne pas voir les têtes sanglantes, certaines encore fraîches, plantées sinistrement à des crochets fichés dans la muraille. Mais, au moment de franchir le seuil de ce monde inconnu, la jeune femme sentit une main de glace étreindre son cœur. Elle chercha sa respiration jusqu'au fond de ses entrailles, serra les dents, fixant le dos voûté de Morayma sous ses absurdes fleurs vertes. Il ne fallait pas flancher... plus maintenant et surtout pas pour quelque chose d'aussi vil qu'une peur animale ! Elle avait trop voulu cet instant...

Et puis, miraculeusement, quelque part dans l'épaisseur odorante des jardins encore invisibles, un rossignol chanta, lançant vers le ciel incandescent quelques notes pures comme une source de montagne. Un rossignol à cette heure du jour, au fort de cette lourde chaleur ?... Le cœur pesant de Catherine s'allégea. Elle y vit un présage heureux et, talonnant sa mule, elle rejoignit Morayma qui avait pris un peu d'avance.

La fraîcheur brutale d'un tunnel, un coude, un chemin montant accablé de soleil, puis, au tournant, la grâce orientale de deux hautes portes, en équerre. Morayma, qui avait attendu Catherine en haut du chemin, lui désigna celle qui s'ouvrait de front.

— La porte Royale. Elle ouvre sur le Sérail, le palais du Calife. Nous prendrons plutôt celle-ci, la Porte du Vin, pour gagner directement le harem en traversant la ville haute, la cité administrative d'Al Hamra.

Mais, comme le regard de Catherine s'attardait à la muraille, reliant trois donjons pourpres, qui s'élevait sur la gauche, la vieille eut un mince sourire.

— Tu ne viendras jamais dans cette partie-ci. C'est l'Alcazaba, la forteresse qui fait Al Hamra imprenable. Vois cette énorme tour qui, là-bas, domine le ravin ! Admire en elle la puissance de ton futur maître. C'est le Ghafar, la pièce maîtresse de notre défense. Bien souvent, la nuit, tu entendras sonner la cloche qui le surmonte. Ne t'en effraye pas, Lumière de l'Aurore. Cela ne signifie pas un danger, mais seulement le temps d'irrigation de la plaine que la cloche règle pendant la nuit... Allons vite maintenant, la chaleur se fait intolérable et je veux que tu sois fraîche pour les yeux du Maître...

Catherine frémit. Apparemment, on ne lui laisserait pas beaucoup le temps de respirer avant de la présenter au Calife. Mais, en cette matière comme en quelques autres, elle était décidée à laisser les événements jouer leur rôle et à les exploiter simplement au mieux.

CHAPITRE XI

LE ROI POÈTE

La longue piscine aux mosaïques d'azur et d'or du harem baignait dans une atmosphère brumeuse et parfumée lorsque Catherine, poussée par Morayma, y pénétra, les yeux encore lourds de sommeil. Sur l'ordre de la vieille juive, elle avait dormi deux heures après son repas et ses oreilles bourdonnaient. Un vacarme de volière en folie emplissait la salle où une cinquantaine de femmes babillaient toutes à la fois. Une frise d'esclaves, noires le plus souvent, entourait la vasque pleine d'eau tiède et bleue, où s'ébattaient une troupe de jolies filles, riant, criant, piaillant et s'amusant le plus souvent à s'éclabousser. La piscine offrait le spectacle d'une tempête minuscule, mais son eau était si transparente qu'elle ne cachait rien, ou bien peu, du corps des baigneuses. Toutes les couleurs de peaux se montraient dans ce cadre fastueux et charmant. Bronze foncé des filles d'Afrique aux hanches minces, aux seins pointus, ivoire doux des Asiatiques, albâtre rosé de quelques Occidentales voisinaient avec l'ambre des Mauresques. Catherine vit des chevelures noires, rousses, acajou et même d'un blond presque blanc, des yeux de toutes nuances, entendit des voix de tous les registres. Mais son entrée sous l'égide de la Maîtresse du Harem fit taire tout ce monde et calma instantanément l'agitation de la piscine. Toutes les femmes s'immobilisèrent, tous les regards se tournèrent vers la nouvelle venue que Morayma en personne dévêtait prestement sur le dallage chatoyant et Catherine, avec un frisson désagréable, vit que l'expression de toutes ces femmes était rigoureusement la même : l'hostilité totale.

Catherine en eut conscience immédiatement et en éprouva un malaise. Tous ces yeux ennemis qui la détaillaient car ceux des esclaves n'étaient pas moins hostiles que ceux de leurs maîtresses, la brûlaient comme des charbons incandescents. Cependant Morayma flaira l'atmosphère aussi rapidement. Sa voix dure s'éleva.

— Celle-ci s'appelle Lumière de l'Aurore. C'est une captive achetée à Almeria. Tâchez qu'il ne lui arrive rien de fâcheux, sinon les nerfs d'hippopotame siffleront ! Je n'admettrai ni le bord trop glissant de la piscine, ni le malaise dans le bain, ni l'indigestion de sucreries, ni la corniche qui se détache subitement, ni la vipère égarée dans les jardins, ni aucun autre accident ! Souvenez-vous-en ! Et toi, va prendre ton bain.

Un murmure de mécontentement accueillit ce petit discours que Catherine n'avait pu écouter sans un léger frisson, mais personne n'osa protester. Néanmoins, en trempant le bout de son pied nu dans l'eau parfumée du bain, Catherine eut l'impression de descendre dans une fosse pleine de serpents. Tous ces corps minces et luisants en avaient la souplesse dangereuse et toutes ces bouches aux lèvres fraîches semblaient prêtes à cracher le venin.

Elle nagea quelques instants sans enthousiasme. On s'écartait d'elle avec méfiance et elle n'avait aucune envie de prolonger ce bain sans agrément. Déjà, elle se rapprochait du bord pour se remettre aux mains des deux esclaves que l'on avait attribuées à son service et qui l'attendaient avec d'épaisses serviettes de coton pour la sécher. Soudain, elle s'aperçut qu'une fille blonde qui reposait sur des coussins posés sur le bord de la piscine, un joli corps rond et frais, tout en fossettes et en chair rose, lui souriait franchement. Machinalement, elle s'approcha. Le sourire de la jeune fille s'accentua. Elle quitta même sa pose nonchalante, tendit à Catherine une main un peu trop large pour une femme.

— Viens t'étendre près de moi et ne fais pas attention aux autres. C'est toujours ainsi quand il arrive une nouvelle. Tu comprends, une autre compagne, c'est toujours risquer une favorite dangereuse.

— Pourquoi dangereuse ? Toutes ces femmes sont-elles donc amoureuses du Calife ?

— Seigneur, non !... Bien qu'il ne manque pas de charme.

La jeune fille n'en dit pas plus. Elle avait en effet, instinctivement, cessé de parler arabe et employé le français et Catherine avait tressailli.

— Tu es de France ? fit-elle dans la même langue.

— Mais... oui, du pays de Saône. Je suis née à Auxonne. Là-bas, ajouta-t-elle avec une sombre tristesse, on m'appelait Marie Vermeil. Ici, on m'appelle Aïcha. Mais toi, tu es aussi de chez nous ?

— Et plus que tu ne penses ! fit Catherine en riant. Je suis née à Paris, mais j'ai été élevée à Dijon où mon oncle, Mathieu Gautherin, tenait commerce de draps dans la rue du Griffon, à l'enseigne du Grand Saint Bonaventure...

— Mathieu Gautherin ? répéta Marie, songeuse. Je connais ce nom-là... D'ailleurs, c'est drôle, mais il me semble que je t'ai déjà vue. Où, par exemple ?

Elle s'interrompit. Glissant dans l'eau azurée, le corps doré d'une belle Mauresque s'approchait d'elles, nageant avec souplesse. Deux prunelles vertes tigrées d'or dardaient sur les deux femmes, presque au ras de l'eau, un regard haineux. Hâtivement, Marie chuchota :

— Méfie-toi de celle-là ! c'est Zorah, la favorite actuelle. Les vautours qui tournoient sur la tour des Exécutions ont plus de tendresse que cette vipère. Elle est plus mauvaise encore que la princesse Zobeïda parce que la princesse dédaigne la perfidie que Zorah pratique en artiste. Si tu plais au Maître, tu auras tout à craindre de cette Égyptienne.

Catherine n'eut pas le temps de poser d'autres questions. Jugeant sans doute qu'elle avait assez bavardé avec Marie-Aïcha, Morayma s'approchait avec les deux esclaves noires.

— Nous parlerons plus tard, murmura encore Marie avant de se laisser tomber, avec grâce, dans l'eau parfumée avec tant de précision que Zorah dut s'écarter pour ne pas recevoir la jeune fille sur le dos.

Bien qu'à peu près sèche, Catherine laissa les deux femmes l'étriller consciencieusement puis enduire son corps d'une huile légère qui lui donna la douce patine de l'or clair. Mais comme elle allait enfiler la gandoura de soie rayée qu'elle portait en arrivant, Morayma s'y opposa.

— Non. Tu ne t'habilles pas tout de suite. Viens avec moi.

À la suite de la Juive, Catherine traversa plusieurs salles de bains, chauds ou froids, pour aboutir dans une pièce aux fines arcades toutes décorées d'entrelacs bleus, roses et or. Une galerie fermée par des jalousies dorées courait tout autour, à la hauteur du premier étage. Des lits, monceaux de coussins multicolores, s'étalaient au fond des alcôves ménagées entre les colonnes et, sur ces lits, cinq ou six très belles filles, sans le moindre voile, étaient étendues, nonchalantes et gracieuses, Morayma désigna à Catherine le seul lit demeuré vide.

— Mets-toi là !

— Pour quoi faire ?

— Tu le verras bien. Ce ne sera pas long...

Des voix de femmes, chantant une chanson monotone et douce, se faisaient entendre sans que l'on pût voir les chanteuses, mais, dans la salle, personne ne parlait. Ayant obligé Catherine à s'étendre dans une pose séduisante, Morayma était venue se poster au centre de la salle où, dans une vasque de marbre, murmurait un jet d'eau. Elle levait fa tête vers la galerie fermée, comme si elle attendait quelque chose. Intriguée, Catherine regarda dans cette direction.

Il lui sembla deviner une silhouette derrière les minces lattes dorées, une silhouette si parfaitement immobile que Catherine se demanda si elle n'était pas victime d'une illusion. Tout cela, ce bain, cette vie lente, exaspérait son impatience d'atteindre enfin son époux. Que faisait-elle sur ce divan, nue au milieu d'autres femmes aussi dévêtues ?... La réponse ne se fit pas attendre. Une main souleva une jalousie, lança quelque chose qui vint rouler sur le lit qu'occupait Catherine. Vivement redressée, Catherine se pencha, intriguée. Elle vit qu'il s'agissait d'une simple pomme et voulut la ramasser. Mais, plus rapide qu'elle, Morayma l'avait devancée et s'emparait du fruit. Catherine vit qu'elle était rouge d'excitation et que ses petits yeux brillaient de joie.

— Le Maître t'a choisie ! lui jeta la maîtresse du harem. Et tu viens à peine d'arriver ! Cette nuit même tu seras admise à l'honneur de la couche royale. Viens vite. Nous avons tout juste le temps de te préparer. Le Maître est pressé.

Et, sans même permettre à Catherine de reprendre ses vêtements, elle l'entraîna en courant à travers les salles et les galeries jusqu'au pavillon, l'un des plus modestes du grand harem où elle avait logé sa nouvelle acquisition.

Là, Catherine n'eut même pas le temps de poser des questions. Le désir du Calife suscitait un véritable branle-bas de combat qui ne laissait guère de place à la réflexion. Livrée à une armée de masseuses, parfumeuses, pédicures, coiffeuses et habilleuses, la jeune femme jugea plus sage de se laisser faire passivement. De toute façon, il pouvait être utile d'approcher le Calife... d'aussi près. Qui pouvait dire si elle ne parviendrait pas à prendre sur lui une certaine influence ? Quant aux... contingences qu'impliquait l'intimité avec le roi de Grenade, Catherine n'en était plus à s'en effaroucher. D'abord elle n'aurait certainement pas le choix. Toute résistance risquerait à la fois de détruire ses plans et de mettre en danger la vie d'Arnaud, la sienne propre et celle de leurs amis. Et puis, lorsque l'on fait la guerre, on la fait complètement et l'on évite de se montrer difficile sur le choix des moyens.

L'un assis, jambes croisées, sur un divan garni de tapis soyeux, l'autre debout à quelques pas dans le nuage tendre de ses voiles roses, le calife Muhammad VIII et Catherine se regardaient. L'un avec une claire admiration, l'autre avec une méfiance teintée de surprise. Dieu sait pourquoi – peut-être à cause du portrait inquiétant qu'on lui avait tracé de Zobeïda –, la jeune femme était certaine de trouver en son frère aîné un homme arrogant, brutal, cynique, une sorte de Gilles de Rais doublé de La Trémoille...

Or, le prince qui la regardait ne ressemblait en rien à ce qu'elle attendait. Il pouvait avoir entre trente-cinq et quarante ans, mais, chose extraordinaire pour un Maure, sa tête sans turban était couverte d'une épaisse toison d'un blond foncé qui se retrouvait dans la courte barbe ornant son visage basané. Des yeux clairs, gris ou bleus, tranchaient eux aussi sur cette peau foncée qui, dans le sourire, révéla de fortes dents blanches. D'un geste vif, Muhammad repoussa le rouleau de papier de coton sur lequel, à l'aide d'un calame, il écrivait à l'entrée de la jeune femme et de Morayma.

Sans dire un mot, il les avait regardées approcher le long du chemin d'eau et de cyprès qui menait au portique sous lequel il se tenait. La route jusque-là avait été longue, passant sous les murailles et empruntant un chemin couvert avant de s'élancer à travers les jardins, jusqu'à ce petit palais assailli par les roses qui couronnaient la colline voisine d'Al Hamra. C'était le Djenan-el-Arif[1], le Jardin de l'Architecte, où, l'été, le Calife

1. Devenu, Dieu sait pourquoi, le Generalife.

aimait à se retirer. Plus encore que le Sérail, c'était là le séjour des roses et du jasmin. Roses sombres comme un velours pourpre ou blanches au cœur rose comme la neige sous l'aurore, elles envahissaient la colline, se penchaient sur les miroirs d'eau, montaient à l'assaut des blanches colonnes des portiques et embaumaient la nuit bleue, scintillante d'étoiles. Au bord de ce palais fait pour l'amour, l'atmosphère avait quelque chose de grisant qui alourdissait les paupières de Catherine et faisait battre ses tempes tandis que le sang, dans ses veines, alanguissait sa course.

Muhammad n'avait rien répondu lorsque Morayma, prosternée, lui avait dit la joie qui était celle de la nouvelle odalisque en se voyant choisie dès la première nuit, ni lorsqu'elle avait vanté la beauté, la douceur de Lumière de l'Aurore, la Perle du pays des Francs, l'éclat de ses yeux aux profondeurs d'améthyste, la souplesse de son corps... Mais quand, relevée, la vieille juive avait voulu détacher les voiles de mousseline qui faisaient de la jeune femme un paquet rose et nuageux, il l'avait arrêtée d'un geste autoritaire puis il avait ordonné :

— Retire-toi, Morayma. Je te ferai appeler plus tard...

Et ils étaient demeurés seuls. Alors, le Calife s'était levé. Il était moins grand que Catherine n'aurait cru, ses jambes paraissant trop courtes pour le torse puissant que révélait la gandoura de soie verte, fendue sur la poitrine jusqu'à la taille et serrée dans une large ceinture d'orfèvrerie plaquée de grosses émeraudes carrées. En s'approchant de la jeune femme, il avait souri.

— Ne tremble pas. Je ne te veux aucun mal !

Il avait parlé français et Catherine ne cacha pas son étonnement.

— Je ne tremble pas. Pourquoi le ferais-je d'ailleurs ? Mais comment connaissez-vous ma langue ?

Le sourire s'accentua. Muhammad était maintenant tout près de la jeune femme qui pouvait respirer le léger parfum de cuir et de verveine que dégageaient ses vêtements.

— J'ai toujours aimé à m'instruire et les voyageurs venus de ton pays ont de tout temps été bien accueillis ici. Un souverain doit pouvoir comprendre les ambassadeurs qui lui sont envoyés chaque fois que cela est possible. Les interprètes sont trop souvent infidèles... ou vendus ! Un captif, un saint homme de ton pays, m'a appris cette langue lorsque j'étais enfant... et tu n'es pas la première femme venue d'au-delà des grandes montagnes qui pénètre dans ce palais.

Catherine, se rappelant Marie, pensa qu'en effet l'explication était plus que valable et ne répondit pas. D'ailleurs les longs doigts minces de Muhammad s'occupaient à détacher le voile qui couvrait sa tête et le bas de son visage. Il le faisait lentement, doucement, avec la délicatesse de l'amateur d'art qui déballe une œuvre précieuse longtemps désirée. Le doux visage couronné d'or roux apparut sous la petite calotte ronde grillagée de perles fines, puis le long cou mince et gracieux. Un autre voile tomba, puis un autre encore. Morayma, en artiste consommée pour laquelle le désir d'un homme n'a pas beaucoup de secrets, les avait multipliés, sachant le plaisir que prendrait son maître à les détacher un à un. Sous leurs multiples feuilles légères, Catherine ne portait rien qu'un ample pantalon plissé fait du même voile léger, resserré aux chevilles et retenu à la pointe des hanches par des tresses de perles. Mais la jeune femme ne bougeait pas. Elle laissait agir les mains souples qui, à mesure que diminuait l'épaisseur de tissus, se faisaient plus caressantes. Elle avait envie de plaire à cet homme, séduisant d'ailleurs, qui semblait déjà tellement pris par son charme, se montrait doux avec elle et ne lui demandait, après tout, qu'une heure de plaisir... ce plaisir que Gilles de Rais avait pris de force, que Fero le Gitan avait obtenu au moyen d'un philtre, qu'elle avait failli donner à Pierre de Brézé et qu'elle avait offert si spontanément à Gauthier. Tant d'hommes, déjà, étaient passés dans sa vie ! Celui-là n'était certes pas le pire.

Bientôt, les mousselines jonchèrent les dalles de

lapis-lazuli comme de gigantesques pétales tombés d'une rose. Les mains du sultan caressaient maintenant la peau nue, s'y attardaient en longs effleurements, mais il ne s'approchait pas encore. Il la regardait... se reculant même de quelques pas pour mieux la contempler sous la lueur douce qui l'environnait, tombant des lampes d'or pendues aux arcades. De longues minutes, ils demeurèrent ainsi, elle debout offrant sans honte la splendeur de sa beauté, lui à demi agenouillé à quelques pas. Dans la profondeur noire des hauts cyprès du jardin, un rossignol laissa couler une cascade de notes claires et Catherine se souvint de celui qui avait chanté lorsqu'elle avait franchi la haute porte rouge d'Al Hamra. C'était peut-être le même petit chanteur ?...

Mais déjà, en contrepoint, la voix de Muhammad s'élevait doucement dans la nuit :

« Je cueillais au jardin la rose de l'aurore
La voix du rossignol est venue me saisir.
Il souffre, comme moi, de l'amour d'une rose
Et remplit le matin du bruit de ses sanglots.
Je parcourais sans fin les plaintives allées
Captif de cette rose et de ce rossignol... »

Les vers étaient beaux et la voix chaude du calife leur donnait un plus grand charme encore, mais le poème n'alla pas plus loin. Tout en les disant, Muhammad s'était rapproché de Catherine et ce fut sur ses lèvres qu'il posa le dernier mot avant de soulever la jeune femme dans ses bras et de l'emporter vers le jardin.

— La place d'une rose est au milieu de ses sœurs, murmura-t-il contre la bouche de sa captive. C'est au jardin que je veux te cueillir.

Sur les bords de marbre du miroir d'eau où se reflétaient les étoiles, des matelas de velours et des coussins avaient été jetés sous un berceau de jasmin. Muhammad y déposa Catherine puis arracha avec impatience sa gandoura qu'il jeta au hasard. La lourde ceinture étoilée

286

d'émeraudes tomba dans l'eau, disparut sans qu'il fît un geste pour la retenir. Déjà il se laissait tomber sur les coussins et attirait dans ses bras la jeune femme frissonnante mais incapable de se défendre contre les charmes étranges que dégageaient cet homme, cette nuit magique saturée de parfums à laquelle le murmure des cascatelles et le chant du rossignol offraient la plus tendre des musiques. Muhammad savait l'amour et Catherine se prêta docilement au tendre jeu, refoulant sous les assauts du plaisir un sentiment de culpabilité teinté de revanche qui n'était pas dépourvu de saveur.

Et le grand miroir d'eau où se levait la mince corne argentée de la lune fit soudain silence pour mieux refléter la double image des deux corps unis.

« Donne au vent un bouquet cueilli sur ton visage en fleurs

Et je respirerai l'odeur des sentiers que tu foules... » psalmodiait le sultan contre l'oreille de Catherine. « Tu sembles pétrie de toutes les fleurs de ce jardin, Lumière de l'Aurore, et ton regard a la pureté de ses eaux limpides. Qui donc t'a appris l'amour, ô la plus parfumée des roses ?... »

Catherine bénit l'ombre des jasmins qui les enveloppait et qui dissimula sa soudaine rougeur. C'était vrai, elle aimait l'amour et si son cœur n'avait jamais pu se donner qu'à un seul homme, son corps, lui, savait apprécier les caresses raffinées d'un maître de la volupté. Elle dit, avec un peu d'hypocrisie :

— Quelle élève ne se montrerait bonne avec un tel professeur ? Je suis ton esclave, ô seigneur, et je n'ai fait que t'obéir.

— Vraiment ? J'espérais mieux... mais je peux, pour une femme telle que toi, avoir toutes les patiences. Je t'apprendrai à m'aimer, avec ton cœur autant qu'avec ta chair. Ici, tu n'auras plus rien d'autre à faire qu'à me donner chaque nuit un bonheur plus grand que la nuit précédente.

— Chaque nuit ? Et tes autres femmes, seigneur ?

— Qui donc, ayant goûté le divin haschisch, pourrait se contenter d'un fade ragoût ?

Catherine ne put retenir un sourire, mais il s'effaça vite. Elle se souvint des yeux sauvages, aux vertes prunelles dangereuses de Zorah l'Égyptienne. Des yeux qui lui rappelaient ceux de cette terrible et malheureuse Marie de Comborn qui avait voulu la tuer et qu'Arnaud avait daguée comme la bête malfaisante qu'elle était. C'était le rôle de favorite en titre que lui offrait Muhammad et Catherine devinait que les menaces de Morayma ne retiendraient pas l'Égyptienne sur le chemin du meurtre si, pour Catherine, le calife oubliait toutes ses autres femmes en général et Zorah en particulier.

— Tu me fais beaucoup d'honneur, seigneur... commença-t-elle, mais, là-bas, sous le portique, une troupe de porteurs de torches venait d'apparaître illuminant la nuit de reflets rougeâtres.

Muhammad s'était relevé sur un coude et, sourcils froncés, les regardait approcher avec mécontentement.

— Qui donc ose me déranger à cette heure de la nuit ?

Les porteurs de torches escortaient un homme jeune, grand et maigre, portant une courte barbe noire et un turban de brocart pourpre. À sa mine arrogante et à ses vêtements somptueux, on devinait un personnage de haut rang et Catherine, brusquement, reconnut l'un des chasseurs qui accompagnaient Arnaud, le matin même.

— Qui est-ce ? demanda-t-elle instinctivement.

— Aben-Ahmed Banu Saradj... notre Grand Vizir, répondit Muhammad. Il faut un événement grave pour qu'il ose venir jusqu'ici...

D'un seul coup, l'homme qui s'était montré à Catherine sous un jour tellement humain redevint le tout-puissant Calife Commandeur des Croyants devant lequel tout être, quel que soit son rang, devait plier.

Tandis que la jeune femme se réfugiait sous les coussins et cachait au plus noir de l'ombre sa blanche forme que les yeux de ces hommes ne devaient pas voir, Muhammad revêtait sa gandoura et sortait du berceau. À sa vue, les porteurs de torches s'agenouillèrent tandis que le Grand Vizir prosternait dans le sable de l'allée ses brocarts et sa silhouette hautaine. Les flammes qui l'environnaient le faisaient flamboyer comme un énorme rubis, mais le reflet qu'elles allumaient dans ses yeux déplut à Catherine. L'homme était faux, cruel, dangereux.

— Que veux-tu, Aben-Ahmed ? Que viens-tu chercher à cette heure de la nuit ?

— Seul un danger pouvait me conduire vers toi, Commandeur des Croyants, et m'inciter à oser troubler les heures trop rares de ton repos. Ton père, le valeureux Yusuf, a quitté le Djebel-al-Tarik[1] à la tête de ses cavaliers berbères et se dirige vers Grenade. Il m'a semblé qu'il fallait t'avertir sans tarder...

— Tu as bien fait ! Sait-on pourquoi mon père a quitté sa retraite ?

— Non ! Maître Tout-Puissant, on l'ignore. Mais, si tu veux permettre un conseil à ton serviteur, la sagesse voudrait peut-être que tu envoies à la rencontre de Yusuf pour sonder ses intentions.

— Nul, autre que moi, ne peut se permettre de sonder le grand Yusuf. Il est mon père, et mon trône fut le sien. Si quelqu'un se rend à sa rencontre, ce sera moi, ainsi le veulent les liens du sang... et plus encore si Yusuf vient ici avec des intentions belliqueuses...

— Ne vaudrait-il pas mieux, en ce cas, te garder ?

— Me prends-tu pour une femme ? Va donner des ordres. Que l'on selle les chevaux, que les Maures se préparent. Cinquante hommes seulement, à m'accompagner.

— Pas plus ? Seigneur, c'est de la folie !

1. Gibraltar.

— Pas un de plus ! Va, te dis-je. Je regagne Al Hamra dans quelques instants.

Le dos courbé, Aben-Ahmed se retira à reculons, écrasé apparemment sous le respect, mais Catherine avait saisi au passage l'éclair de joie mauvaise qui avait brillé dans ses yeux nocturnes quand Muhammad avait annoncé son départ. Celui-ci attendit que le vizir se fût éloigné pour rejoindre sa nouvelle favorite. Il s'agenouilla auprès d'elle, caressa les cheveux en désordre de la jeune femme.

— Il me faut te quitter, ma rose merveilleuse, et j'en ai le cœur dolent. Mais je me hâterai afin que peu de nuits s'écoulent avant que je te retrouve.

— Ne vas-tu pas au-devant d'un danger, seigneur ?

— Qu'est-ce que le danger ? Régner fait naître chaque jour un danger nouveau. Il est partout ; dans les fleurs du jardin, dans la coupe de miel que te présente la main candide d'un enfant, dans la douceur d'un parfum... Peut-être n'es-tu toi-même que le plus grisant... et le plus mortel des dangers !

— Crois-tu vraiment ce que tu dis ?

— En ce qui te concerne, non ! Tu as des yeux trop doux, trop purs ! Il est cruel de te quitter...

Il l'embrassa longuement, ardemment, puis, se redressant, frappa dans ses mains. Comme par magie, la forme replète de Morayma surgit du rideau noir des cyprès. Le calife lui désigna la jeune femme toujours blottie dans ses coussins.

— Ramène-la au harem... et prends-en grand soin ! Tu veilleras à ce que rien ne lui manque pendant mon absence qui sera brève. Où l'as-tu logée ?

— Dans la petite cour des Bains. J'ignorais encore...

— Installe-la dans les anciens appartements d'Amina... ceux qui jouxtent la tour de l'Eau. Et donne-lui toutes les servantes que tu jugeras bon, mais, surtout, veille sur elle. Ta tête répondra de sa quiétude.

Catherine vit s'effarer les yeux de Morayma. Visiblement le résultat dépassait ses espérances et la Juive ne s'attendait pas à une aussi brutale, aussi éclatante faveur. La façon dont elle s'adressa à la jeune femme, tandis que Muhammad s'éloignait vers les portiques, s'en ressentit. Catherine y décela un respect nouveau qui l'amusa.

— Il faut que tu me retrouves mes voiles, lui dit-elle. Je ne peux pas m'habiller avec ces coussins...

— Je vais te les chercher, Lumière de l'Aurore, ne bouge surtout pas ! La perle précieuse du Calife ne doit plus faire aucun effort. Je vais m'occuper de tout. Ensuite, je ferai venir des porteurs, une litière pour te conduire à tes nouveaux appartements...

Elle allait s'esquiver. Catherine l'arrêta.

— Surtout pas ! Je veux rentrer comme je suis partie, à pied. J'aime ces jardins et la nuit est si douce ! Mais... dis-moi, ces appartements que l'on me destine sont-ils éloignés de ceux de la princesse Zobeïda ?

Morayma eut un geste effrayé et se mit à trembler visiblement.

— Hélas non ! Ils sont tout proches et c'est bien ce qui me tourmente. La sultane Amina les a fuis jusqu'à l'Alcazar Genil pour mettre une plus grande distance entre elle et son ennemie. Mais notre maître ne veut pas croire que sa sœur favorite ne lui est pas semblable. Il faudra te garder soigneusement de l'irriter, Lumière de l'Aurore, sinon ta vie ne tiendrait qu'à un fil... et ma tête à moi ne tarderait pas à rouler sous le cimeterre du bourreau. Évite surtout les jardins privés de Zobeïda. Et si, d'aventure, tu aperçois le seigneur franc qu'elle aime, alors détourne-toi, voile-toi étroitement et fuis, fuis si tu veux vivre...

Elle se mit, elle-même, à courir à toutes jambes comme si les Mongols de Zobeïda étaient déjà sur sa trace. Catherine ne put s'empêcher de rire en voyant s'agiter sous les draperies de son voile les petites jambes courtes de Morayma dans leurs grandes babouches pointues qui lui donnaient assez l'air d'un canard affolé. La nouvelle favorite n'avait pas peur. D'un seul coup, elle avait conquis une place de choix et, dans quelques instants, elle s'installerait dans le voisinage immédiat de son ennemie... et tout près d'Arnaud ! Elle pourrait le voir, elle en était sûre, et à cette idée son sang coulait plus vite dans ses veines. Elle en oubliait même les heures, charmantes cependant, qu'elle venait de vivre dans ces jardins de rêve. La nuit d'amour avec Muhammad, c'était le prix qu'il avait fallu payer pour toucher enfin, du bout des doigts, le but si longtemps poursuivi. Et c'était, après tout, un prix léger...

Quelques instants plus tard, enroulée de nouveau dans ses voiles tendres, Catherine, à la suite de Morayma qui trottait allégrement devant elle, quittait le Djenan-el-Arif.

Les guetteurs avaient crié la mi-nuit depuis quelque temps déjà lorsque Catherine et Morayma franchirent les limites du harem où veillaient des eunuques en armes. Un dédale de voûtes fleuries, de galeries ajourées et de passages voûtés les conduisit dans un vaste patio où d'étroites allées coupaient un véritable fouillis de plantes et de fleurs. Tout un côté des bâtiments de ce jardin était brillamment éclairé par d'innombrables lampes à huile, mais le fond, presque obscur, montrait seulement une lampe au-dessus d'une arche gracieuse vers laquelle Morayma se dirigea. Les deux femmes n'en étaient plus éloignées quand, dans les profondeurs du harem, un affreux vacarme éclata, fait de centaines de cris, de vociférations, d'injures et même de gémissements. Un véritable bruit de révolution ! Morayma dressa la tête comme un vieux cheval de bataille qui entend la trompette, fronça les sourcils et grogna :

— Ça recommence ! Zorah a dû, encore, faire des siennes !

— Qu'est-ce qui recommence ?

— Les folies de l'Égyptienne ! Quand le maître choisit une autre femme qu'elle pour sa nuit, elle devient enragée ! Il faut qu'elle passe sa fureur sur quelque chose ou quelqu'un. Ordinairement, c'est sur une autre femme, sans autre raison que pouvoir griffer, mordre, injurier. Pour que passent les fureurs de Zorah, il faut que le sang coule...

— Et tu la laisses faire ? s'écria Catherine indignée.

— La laisser faire ? Tu ne me connais pas ! Rentre chez toi : c'est la porte que tu vois ici. Des servantes t'attendent. Je viendrai tout à l'heure voir comment tu es installée ! Suivez-moi, vous autres !

La fin de la phrase s'adressait aux deux eunuques, noirs comme de l'ébène dans leurs vêtements rouge vif, qui montaient une garde silencieuse à l'entrée du patio. Sans un mot, ils s'ébranlèrent, tirant d'un même mouvement, en serviteurs habitués à ce genre d'intervention, les fouets en cuir d'hippopotame accrochés à leurs ceintures. Catherine regarda le trio s'éloigner dans les allées parfumées avec la hâte que met le destin quand il souhaite frapper. Bientôt la jeune femme fut seule sous le feuillage charnu et luisant des orangers. Elle éprouvait une joie à se trouver seule un instant et ne se pressait pas de rentrer. La nuit était trop douce avec ses parfums et les échos assourdis d'une musique mélancolique venue de la partie éclairée des bâtiments.

Cette partie-là attirait Catherine comme un aimant. Immobile dans l'obscurité des arbustes, elle ne pouvait en détacher ses yeux. C'étaient là, à n'en pas douter, les appartements de Zobeïda ! Il suffisait, pour s'en convaincre, de voir la dizaine d'eunuques noirs qui, sous la colonnade, montaient une garde nonchalante mais attentive. Ceux-là ne portaient point à leur ceinture le fouet de cuir tressé, mais bien de larges et brillants cimeterres qui ne promettaient rien de bon à qui oserait s'approcher.

Pourtant, Catherine brûlait de voir ce qui se passait dans ces pièces dont les lumières douces franchissaient le feuillage étoilé des jasmins grimpants pour venir caresser le sable rouge du jardin. Un instinct, presque animal, lui disait qu'Arnaud était là, derrière ce rempart de marbre et de fleurs, si proche que, s'il avait parlé, elle eût sans doute entendu sa voix. Elle le sentait peut-être au serrement brutal de son cœur, à la vague d'amère jalousie qui lui empoisonna la gorge. Les caresses du sultan étaient déjà bien éloignées de sa mémoire, réduites au rang vulgaire de simples formalités par une rage soudaine, brutale et dévastatrice. Ce n'était après tout qu'une piètre vengeance, un calcul sordide qui s'était allié à la trahison de ses sens insatisfaits ! Et Catherine, épouvantée, retrouvait, intacte et torturante, la morsure sauvage d'une jalousie aussi antique, aussi primitive que l'amour lui-même.

Dominant le murmure doux des instruments, une voix de femme s'éleva dans la nuit, chaude, grave, poignante de passion, tellement enfiévrée que Catherine, saisie, ne bougea plus, écoutant intensément. Elle ne comprenait pas les paroles soupirées par ce magnifique organe de velours sombre, mais son instinct, sa féminité lui disaient que c'était là le plus ardent des appels à l'amour...

Elle écouta un instant, tellement ensorcelée par la voix mystérieuse qu'elle ne se rendit pas compte que les lumières s'éteignaient presque toutes dans le pavillon de Zobeïda. Le jardin se fit plus noir, et plus rose, plus tendre la clarté des quelques fenêtres demeurées éclairées. La chanteuse avait baissé le ton, fredonnant presque... Alors, incapable de résister à la curiosité qui la dévorait, Catherine, insensiblement, se rapprocha du pavillon de la princesse.

Elle ne raisonnait même plus. La notion du danger mortel qu'elle courait s'était totalement abolie. Seul son instinct de conservation lui inspira d'ôter ses babouches, de glisser pieds nus sur le sable doux, de se courber sous les arbustes pour n'être pas aperçue des gardes. Peu à peu elle gagna les abords d'une fenêtre qu'une plante exotique enveloppait, se glissa au cœur de l'arbuste. Des épines la meurtrirent cruellement sans qu'elle laissât échapper une seule plainte, sans qu'elle essayât de se dérober à leur blessure. Enfin, elle avait atteint la fenêtre...

Doucement, tout doucement, elle se redressa. Ses

yeux affleurèrent le rebord d'azulejos vert jade et il lui fallut mordre sa main pour ne pas crier. Juste en face d'elle, Catherine venait d'apercevoir Arnaud.

Il était assis, jambes croisées, parmi les coussins d'un énorme divan de brocart rose qui tenait au moins la moitié d'une petite pièce, intime et ravissante, dont les murs revêtus de cristal vert faisaient songer à l'intérieur d'une énorme pierre précieuse. Sa peau bronzée, ses cheveux noirs et les amples pantalons noirs brodés d'or qu'il portait pour tout vêtement ressortaient étrangement sur ce fond d'une féminine tendresse. Avec ses larges épaules et ses muscles puissants, il y était insolite comme une hache d'armes au milieu de dentelles. Debout auprès de lui, une esclave étroitement voilée remplissait, dès qu'il la reposait, la large coupe d'or qu'il vidait sans cesse. Il était plus beau que jamais ; cependant, Catherine constata avec stupeur que son regard vacillait légèrement et comprit qu'il était plus qu'à moitié ivre ! Cela lui causa un choc. Jamais encore, elle n'avait vu son époux sous l'empire du vin. Ainsi, avec ses pommettes empourprées et ses yeux trop brillants, il évoquait l'aspect barbare d'un Gilles de Rais. C'était un inconnu que Catherine avait sous les yeux.

Mais elle reconnut aussitôt la femme qui se tenait non loin de lui, à demi étendue parmi des coussins argentés. C'était elle qui chantait, caressant nonchalamment de ses longs doigts souples les cordes d'une petite guitare ronde. C'était Zobeïda en personne... Et elle était belle à couper le souffle.

Une profusion de grosses perles laiteuses couvrait son cou, ses épaules, s'enroulait autour de ses bras minces, de ses chevilles fines, se perdait dans les flots noirs de sa chevelure dénouée, mais, pour le reste, elle s'enveloppait d'un nuage de gaze couleur de jade qui ne cachait aucun des charmes d'un corps parfait. Et Catherine sentit gonfler sa colère en constatant que sa rivale était encore plus séduisante que dans le souvenir, fugitif à vrai dire, qu'elle en avait gardé. Elle vit aussi que les yeux de Zobeïda ne quittaient pas un instant son prisonnier tandis que lui ne la regardait pas. Il regardait ailleurs, dans le vide que procure l'ivresse, mais une ivresse sans joie, que Catherine, instinctivement, devina volontaire.

Soudain, l'indifférence obstinée d'Arnaud eut raison de la patience de la Mauresque. Elle rejeta son instrument avec irritation, chassa l'esclave d'un sec mouvement des doigts, puis, se levant, alla s'étendre près d'Arnaud, posant sa tête sur les genoux de son amant.

Dans la nuit, Catherine frémit, mais Arnaud n'avait pas bougé. Avec application, il vidait sa coupe lentement, méthodiquement. Mais Zobeïda voulait le forcer à s'occuper d'elle. Catherine vit ses mains chargées de bagues ramper sur le torse d'Arnaud en une lente caresse, remonter vers les épaules, s'enrouler autour du cou, s'y suspendre pour attirer son visage vers celui qu'elle offrait. La coupe était vide, Arnaud la jeta loin de lui, d'un geste dédaigneux, et Catherine ferma les yeux parce que Zobeïda venait de se hausser jusqu'aux lèvres, d'y coller les siennes en un baiser passionné.

Mais, presque aussitôt, le couple se désunit. Arnaud s'était levé brusquement, essuyant de la main le sang qui perlait à ses lèvres, où Zobeïda avait mordu... Repoussée par lui, la princesse avait roulé sur le tapis.

— Chienne ! gronda-t-il. Je vais t'apprendre...

Il saisit, sur une table basse, une cravache qui traînait et en cingla le dos et les épaules de Zobeïda. Catherine retint un cri de terreur, oubliant sa jalousie devant ce geste qui ne pouvait signifier selon elle que la condamnation d'Arnaud. L'orgueilleuse princesse devait être incapable d'endurer pareil traitement. Elle allait appeler, frapper le gong de bronze posé près du divan, faire accourir ses eunuques, ses bourreaux...

Mais non !... Avec un gémissement plaintif, l'indomptable Zobeïda rampait sur le tapis jusqu'aux pieds nus de son amant, y collait ses lèvres, enlaçait ses jambes de ses bras constellés de perles, levait vers lui des yeux noyés de bête soumise. Elle murmurait des mots que Catherine ne pouvait entendre, mais dont, peu à peu, la magie envoûtante devait jouer sur l'homme. Catherine vit la cravache tomber des mains de son époux. Il prit à plein poing les cheveux de Zobeïda, la releva jusqu'à son visage et s'empara de ses lèvres tandis que de sa main libre il arrachait les dérisoires et encombrantes mousselines. Le couple enlacé roula sur le sol de la pièce tandis qu'au-dehors le ciel, les arbres et les murs se mettaient à tourner autour de Catherine en une sarabande effrayante.

Haletante, le cœur chaviré, elle se plaqua contre le mur froid du palais, luttant contre la syncope. Elle sentait sa vie la quitter, crut qu'elle allait mourir là, dans la nuit, à deux pas de ce couple éhonté dont elle entendait les râles de plaisir... Sa main convulsive chercha la dague familière, à sa hanche, ne rencontra que la molle mousseline qui l'habillait à peine, tâtonna instinctivement à l'entour, saisie par un aveugle, un primitif désir de tuer. Oh ! trouver une arme, pouvoir se dresser devant son époux infidèle, pareille à quelque déesse de la vengeance, frapper cette créature qui osait l'aimer d'un amour abject, un amour d'esclave !... La main de Catherine ne rencontra point l'arme désirée, mais une ronce aux épines acérées qui s'enfoncèrent cruellement dans sa paume, lui arrachant un gémissement vite étouffé, mais lui restituant comme par miracle une conscience plus claire. Au même moment, un bruit de voix, d'allées et venues acheva de lui rendre le sens de la réalité. Elle reconnut le timbre nasillard de Morayma, quitta furtivement sa cachette, rampa sous les arbustes et rejoignit finalement l'allée centrale comme Morayma en personne y arrivait.

La vieille Juive jeta sur Catherine un regard soupçonneux.

— D'où viens-tu ? Je te cherchais...

— Dans ce jardin. La nuit était si... douce ! je n'avais pas envie de rentrer encore, fit la jeune femme avec effort.

Sans répondre, Morayma la prit par le poignet et l'entraîna vers la tour de l'Eau. Parvenue sous la colonnade éclairée, elle regarda sa prisonnière, fronça les sourcils, remarqua :

— Tu es bien pâle ! Es-tu souffrante ?...

— Non. Fatiguée peut-être...

— Alors, je ne vois pas pourquoi tu n'es pas encore couchée. Viens maintenant !

Catherine se laissa emmener sans résistance jusqu'à une suite de pièces dont elle ne vit rien. Ses yeux, envoûtés par son esprit bouleversé, formaient et reformaient sans cesse devant elle la scène d'amour dont ils venaient d'être les témoins. Et Morayma, qui s'attendait à des cris de joie devant le luxe que l'amour du calife offrait à cette esclave rachetée, ne comprit pas pourquoi, à peine entrée dans la chambre où l'attendait une armée de servantes, Catherine se laissa tomber sur les matelas de soie pour y pleurer toutes les larmes de son corps.

La maîtresse du harem eut cependant assez de sagesse pour ne point poser de questions. Elle se contenta de renvoyer d'un geste autoritaire toutes les servantes, puis, patiemment, s'assit au pied du lit pour attendre que l'orage cesse.

Elle l'attribuait, avec philosophie, aux émotions plutôt fortes de cette journée mouvementée. Mais Catherine pleura longtemps, si longtemps que, seule, la fatigue vint à bout de son chagrin. Quand ses sanglots se turent, elle glissa sans transition dans un sommeil de bête harassée... Il y avait déjà un moment que Morayma l'avait précédée au pays des songes et dormait, tassée sur elle-même. La nuit d'été, ponctuée par le tintement de la cloche des canaux, acheva de couler sur Grenade.

Il y avait tant de monde dans la chambre de Catherine lorsqu'elle ouvrit ses yeux encore gonflés par les larmes qu'elle les referma aussitôt, persuadée que c'était seulement la suite de ses rêves fiévreux. Mais le contact de tampons humides et frais sur ses paupières la convainquit de son erreur : elle était bien éveillée. Une voix ronronnante s'en mêla.

— Allons, réveille-toi, Lumière de l'Aurore, ma perle précieuse ! Réveille-toi pour contempler ta gloire !

Catherine rouvrit des yeux méfiants. La gloire en question consistait en un bataillon d'esclaves aux bras chargés d'objets divers, agenouillées un peu partout dans la chambre. On lui présentait des soieries, des mousselines de toutes les couleurs, de lourds bijoux d'or sertis de pierres d'une grosseur barbare, des buires de parfums et d'huiles rares, des oiseaux aux longues plumes légères qui avaient l'air d'énormes joyaux aux couleurs fulgurantes. Mais ce qui retint immédiatement le regard de la nouvelle favorite, ce fut la forme débordante de Fatima qui, assise en tailleur sur un gros coussin posé à même le sol, les mains nouées sur son ventre drapé de soie rouge vif et sa noire figure fendue d'un sourire lunaire, la regardait s'éveiller avec une mine réjouie. Penchée sur Catherine, une jeune esclave couleur café au lait bassinait ses paupières.

S'apercevant que la jeune femme la regardait, l'Éthiopienne se leva et s'inclina avec une étonnante souplesse, balayant le sol des absurdes plumes de paon fixées à sa coiffure.

— Que fais-tu là ? demanda Catherine du bout des lèvres.

— Je suis venue saluer l'astre naissant, ô Splendeur ! Il n'est bruit, dans les souks, que de la bien-aimée du Calife, de la perle rare que j'ai eu le privilège de découvrir...

— Et tu viens, dès l'aurore, chercher ta récompense, j'imagine ?

Le ton méprisant de Catherine n'effaça pas le sourire de Fatima. Visiblement, la négresse éclatait d'une joie qui la rendait imperméable à toute autre impression.

— Ma foi non ! Je suis venue t'apporter un présent.

— Un présent ? De ta part ?

— Pas tout à fait. De la part d'Abou-le-Médecin !

Tu sais, Lumière de l'Aurore, nous avons gravement méconnu cette belle âme !

Le nom de son ami secoua comme par enchantement la nonchalance de Catherine. Au fond de la vague de colère, de douleur et de dégoût où elle avait plongé, la pensée d'Abou était quelque chose de réconfortant. Elle se redressa sur un coude, repoussant l'esclave qui alla s'agenouiller un peu plus loin.

— Que veux-tu dire ?

La main noire de Fatima désigna un grand couffin de paille dorée où s'empilaient les plus beaux fruits que Catherine ait jamais vus, la plupart lui étant d'ailleurs inconnus.

— Il est venu, dès le premier éclat du jour, apporter ceci en me priant de monter en Al Hamra t'en faire l'offrande.

— Toi ? Il ne devrait pourtant guère éprouver de reconnaissance envers toi ! Ne l'as-tu pas dupé ?

— C'est pourquoi je dis qu'Abou-al-Khayr possède une grande âme. Non seulement il ne m'en veut pas, mais encore il est plein de gratitude pour ce que j'ai fait : « Tu as permis que j'assure, sans le vouloir, le bonheur de mon Calife, m'a-t-il dit avec des larmes dans la voix, et, désormais, le Commandeur des Croyants se souviendra, dans ses prières, d'Abou-le-Médecin qui lui a sacrifié un joyau sans prix ! » Quant à toi, poursuivit l'Éthiopienne avec volubilité, il te supplie d'accepter ces fruits, d'honorer chacun d'eux du contact de tes lèvres afin qu'en échange ils raffermissent ton cœur effrayé par ta chance, vivifient tes forces et te donnent l'éclat qui rendra durable ton bonheur. Ces fruits, à ce qu'il assure, ont des vertus magiques, mais qui n'ont de pouvoir que pour toi !

Fatima pouvait continuer à débiter, avec une satisfaction vaniteuse, de belles phrases bien tournées, Catherine avait compris que cet envoi matinal contenait autre chose que des fruits, même magnifiques. Elle se força au sourire, prise d'une hâte soudaine d'être débarrassée de tous ces gens, et de Fatima la toute première.

— Remercie mon ancien maître de sa générosité. Dis-lui que je n'ai jamais douté de la bonté de son cœur et que je ferai tout au monde pour conquérir à jamais le cœur de celui que j'aime. Si je n'y parviens pas, je saurai mourir, fit-elle, jouant audacieusement sur les mots.

Voyant que sa visiteuse ne faisait pas mine de bouger, que les servantes paraissaient figées dans leurs attitudes d'offrande, Catherine appela auprès d'elle Morayma qui entrait à cet instant précis et la fit pencher pour lui parler bas.

— Je suis encore lasse, Morayma. Je voudrais dormir pour achever de restaurer mes forces, être plus belle quand reviendra le Maître. Est-ce possible ?

— Plus rien n'est impossible, ô rose entre les roses ! Tu n'as qu'à ordonner. On te laissera reposer autant que tu le voudras ! J'aime à te voir si raisonnable, si soucieuse de plaire ! Tu iras loin !

Sa main teintée au henné désignait les yeux encore gonflés de la jeune femme.

— Il est heureux que le maître soit absent. Tu auras ainsi tout le temps de retrouver l'éclat du bonheur ! Sortez, vous autres !

— Reviens me voir bientôt, Fatima ! dit Catherine à la grosse négresse qui allait se retirer, assez désappointée, avec les autres. J'aurai sans doute besoin de toi et je serai toujours heureuse de te voir.

Il n'en fallut pas plus pour que les plumes de paon, un peu consternées l'instant précédent, reprissent une arrogante stabilité. Gonflée d'orgueil, se voyant déjà la confidente de la favorite, de la future sultane peut-être si elle donnait un fils au Calife, Fatima se retira majestueusement, les porteuses de présents royaux sur ses talons.

— Dors maintenant, fit Morayma. en tirant les immenses voiles de mousseline rose qui enveloppaient le lit de Catherine. Et ne mange pas trop de fruits, ajouta-t-elle voyant que la jeune femme attirait la corbeille auprès d'elle. Cela fait gonfler lorsque l'on en abuse et, en ce qui concerne les figues...

La phrase demeura en suspens. Morayma s'était soudain jetée sur le sol et s'y prosternait, paumes étendues et face contre terre. Au seuil de la chambre, dans le cadre gracieux d'un arc mauresque, la princesse Zobeïda venait d'apparaître.

Ses cheveux, dénoués, pendaient jusqu'à ses reins et elle portait simplement une sorte de gandoura de brocart bleu-vert serrée à la taille par un large cercle d'or ; mais, malgré ce négligé, sa mince silhouette offrait une image parfaite de l'orgueil à l'état pur. Le sang de Catherine bondit quand la voix étouffée de Morayma lui souffla :

— Lève-toi et agenouille-toi ! Voici la princesse...

Aucune force humaine n'aurait pu contraindre la jeune femme à faire ce qu'on lui demandait. Se prosterner, elle, devant cette sauvagesse qui osait lui prendre son époux ? Même le plus élémentaire instinct de conservation ne pourrait l'y obliger ! La haine que cette femme lui inspirait la brûlait jusqu'aux entrailles. Immobile, dressant au contraire avec arrogance sa tête fine, elle regarda venir l'autre avec des prunelles que la colère rétrécissait.

— Par pitié !... pour toi et pour moi, agenouille-toi ! chuchota Morayma affolée tandis que Catherine se contentait de hausser les épaules. .

Zobeïda, cependant, était arrivée jusqu'au lit. Ses grands yeux sombres en examinaient l'occupante avec une curiosité qui l'emportait sur la colère.

— Est-ce que tu n'entends pas ce qu'on te dit ? Tu dois te prosterner devant moi !

— Pourquoi ? Je ne te connais pas !

— Je suis la sœur de ton maître, femme, et, comme telle, ta souveraine ! Tu ne dois pas, en ma présence, t'élever au-dessus de la poussière que tu es ! Lève-toi et prosterne-toi !

— Non ! fit Catherine nettement. Je suis bien ici et je n'ai aucune envie de me lever. Mais je ne t'empêche pas de t'asseoir.

Elle vit une bouffée de colère assombrir le beau visage mat et, un instant, trembla pour sa vie. Mais non... Zobeïda se maîtrisait. Un sourire méprisant arqua ses lèvres rouges et elle haussa les épaules.

— Ta chance te monte à la tête, femme, et je veux bien me montrer indulgente pour cette fois ! Mais tu sauras qu'en l'absence de mon frère je règne ici. Au surplus, couchée ou à genoux, tu es toujours à mes pieds. Prends garde, cependant, de me rendre à l'avenir les respects que tu me dois car je pourrais être moins patiente une autre fois. Aujourd'hui je suis de bonne humeur.

À son tour, Catherine dut faire effort pour maîtriser la colère qui grondait en elle. De bonne humeur ? En vérité, elle ne comprenait que trop bien la raison de cette mansuétude. Il suffisait de contempler le négligé de Zobeïda, ses cheveux défaits, cette robe lâche passée à même la peau au sortir du lit, les cernes bleuâtres qui marquaient les yeux de la princesse... Depuis combien de temps était-elle sortie des bras d'Arnaud ?

Brusquement, le silence qui se faisait pesant fut brisé par l'éclat de rire de la princesse.

— Si tu te voyais ! Tu as l'air d'une chatte prête à griffer ! En vérité, si tu ne m'étais pas inconnue, je dirais que tu me détestes. D'où viens-tu, femme aux cheveux jaunes ?

— J'ai été prise par les corsaires barbaresques, vendue comme esclave à Almeria, récita Catherine.

— Cela ne dit pas ton pays. Es-tu du pays des Francs ?

— En effet ! Je suis née à Paris.

— Paris !... Les voyageurs que mon frère accueille volontiers disent que c'était, naguère, une ville incomparable par sa science et sa richesse, mais que la guerre et la misère la ruinent et la dégradent chaque jour. Est-ce pour cela que ses habitants s'en vont en esclavage ?

— Je crains, fit Catherine sèchement, que tu ne comprennes pas grand-chose aux affaires de mon pays. Je saurais d'ailleurs bien mal te les expliquer.

— Qu'importe ! Cela ne m'intéresse pas ! Au fond, à l'exception de quelques-uns, vous n'êtes bons qu'à faire des esclaves et je ne comprendrai jamais le goût des hommes pour vos peaux blanches, vos cheveux jaunes. Tout cela est si fade !

Dans un geste plein de grâce nonchalante, Zobeïda s'étirait et, tournant le dos à Catherine, se dirigeait vers la porte, mais, avant d'en franchir le seuil, elle se retourna.

— Ah ! j'allais oublier ! Écoute ce que je vais te dire, femme, et tâche de t'en souvenir, si tu veux vivre ; le caprice de mon frère, qui ne durera pas, sois-en bien certaine, t'a mise à la place d'une sultane et logée dans mon voisinage. Mais si tu tiens à réjouir encore durant quelques nuits les sens du Calife, ne t'approche pas de mon logis. Seules, les femmes de mon service ont ce droit ou celles que je convie, mais je ne tolère pas qu'une étrangère, une barbare s'y introduise. Si l'on te voit rôder autour de mes appartements, tu mourras !

Catherine ne répondit pas. Elle comprenait que cette rigueur s'appliquait surtout à une femme venue du même pays qu'Arnaud. Un instant, elle eut la tentation de lancer ce qu'elle pensait au visage de sa rivale, mais se retint. À quoi bon exciter la colère dangereuse de cette fille ? Ce n'est pas une joute oratoire avec Zobeïda qui lui rendrait Arnaud. Elle ne put, cependant, se retenir de murmurer :

— Caches-tu donc un trésor dans ta demeure ?

— Tu es trop bavarde et trop curieuse, femme aux cheveux jaunes ! Et je n'ai plus de patience pour toi. Remercie Allah que je ne veuille pas attrister mon frère en lui brisant si tôt un jouet dont il n'est pas encore las ! Mais tiens ta langue et voile tes yeux si tu veux conserver l'une et les autres ! Aveugle et muette, tu serais tout juste bonne pour les galeux du Maristan ! Souviens-toi : n'approche pas de mon logis ! D'ailleurs... Tu ne resteras pas longtemps ma voisine.

— Et pourquoi donc ?

— Parce que tu m'as déçue ! On disait merveilles de

toi dans le palais et j'ai voulu contempler une beauté aussi exceptionnelle, mais...

Tout en parlant, Zobeïda était revenue vers Catherine. Son allure nonchalante, féline évoquait irrésistiblement une panthère noire. Elle se penchait maintenant et le cœur de la jeune femme manqua un battement car la princesse choisissait, dans la corbeille, une énorme pêche rose et duveteuse dans laquelle ses petites dents aiguës mordirent avidement. Ne sachant pas ce que contenait au juste le couffin, Catherine trembla qu'elle ne le découvrît avant elle. Était-ce sous les fruits... ou dans un fruit ? Avec Abou-al-Khayr, on ne pouvait savoir. Les yeux agrandis, elle regardait Zobeïda manger le fruit dont le jus coulait sur ses doigts. Quand elle eut fini, la princesse jeta le noyau sur Catherine comme si elle eût été un simple pot de détritus et daigna achever sa phrase.

— ... Mais tu n'es pas aussi belle que je le croyais ! Non, en vérité, j'en connais de plus belles que toi !

À nouveau elle se penchait, choisissait, cette fois, une figue noire aux reflets violets et, de son pas languissant, s'éloignait enfin. Il était temps ! Folle de colère, Catherine avait déjà empoigné un gros melon doux et allait s'en servir comme projectile. Mais le brocart couleur de mer de Zobeïda avait déjà disparu et le fruit tomba des mains de Catherine tandis qu'avec un gémissement Morayma se relevait enfin. Durant tout l'entretien, elle était demeurée prosternée à terre. Zobeïda en effet avait oublié de lui ordonner de se relever. Épouvantée de l'audace de Catherine, elle avait préféré se faire oublier et avait assez bien réussi à se confondre avec les épais tapis de soie. Mais ce long agenouillement avait endolori ses articulations.

— Allah ! grogna-t-elle. Mes os craquent comme un sarment dans le feu ! Qu'est-ce qui t'a pris, Lumière de l'Aurore, de tenir tête à la redoutable Zobeïda ? En vérité, je m'étonne que tu vives encore ! Faut-il que la nuit passée ait été douce à notre princesse pour qu'elle soit si magnanime !

Ces mots trop évocateurs étaient plus que Catherine n'en pouvait endurer.

— Va-t'en ! gronda-t-elle entre ses dents serrées. Va-t'en ! Disparais de mes yeux si tu ne veux pas que le Calife entende parler de toi à son retour...

— Qu'est-ce qui te prend ? s'étonna la vieille Juive. Je ne t'ai rien dit d'offensant.

— Je veux la paix, tu m'entends ? La paix ! Disparais et ne reviens que si je t'appelle ! Je t'ai déjà dit que je voulais dormir : Dormir ! C'est clair ?

— C'est bon, c'est bon, je m'en vais...

Impressionnée, malgré elle, par le ton exaspéré de la nouvelle favorite, Morayma jugea plus prudent de s'esquiver. Demeurée seule avec sa colère, Catherine ne perdit cependant pas de temps à lui donner libre cours. Attirant la corbeille de fruits, elle se mit en devoir de la vider, empilant les fruits sur son lit. Il y en avait une belle quantité et il lui fallut aller jusqu'au fond pour trouver ce qu'elle cherchait sans savoir ce que cela pouvait être. Abou-al-Khayr était un homme prudent.

Contre la vannerie dorée du panier, Catherine trouva trois choses dont l'une, au moins, lui arracha une exclamation de joie : sa chère dague à l'épervier, la compagne fidèle de ses jours les plus difficiles. Deux autres objets l'accompagnaient, une petite fiole de verre enchâssée dans un étui d'argent et une lettre qu'elle se hâta de lire.

« Quand le voyageur s'introduit dans la profonde forêt où grondent les fauves, il lui faut une arme pour défendre sa vie. Tu as commis une grande folie en t'éloignant sans mon avis car j'aurais souhaité pour toi un destin moins éclatant... mais moins exposé. Mais celui qui veut se dresser contre la volonté d'Allah est un insensé et tu as seulement suivi ton destin. Tes serviteurs veillent sur toi de loin. Josse a pu entrer dans la garde du vizir. Il loge maintenant à l'Alcazaba, près du palais. Mais Gauthier a grand-peine à jouer le rôle de serviteur muet que je lui impose auprès de moi. Il me suit partout et je pense rendre de nombreuses visites au

Commandeur des Croyants lorsqu'il sera de retour. Jusque-là, ne brusque rien. La patience, elle aussi, est une arme.

« Quant au flacon, il contient un poison rapide. Le sage prévoit toujours qu'il peut échouer... et les bourreaux mongols de la princesse savent trop bien comment jouer des symphonies de souffrance sur les pauvres harpes humaines... »

Il n'y avait, bien entendu, aucune signature. Catherine se hâta de brûler la lettre sur les charbons du grand brûle-parfum de bronze posé au centre de la pièce. Elle était écrite en français, mais ce palais recelait trop de surprises pour ne pas la détruire... Catherine regarda le papier de coton se tordre, noircir et se changer en une fine cendre. Elle se sentait infiniment mieux, l'esprit plus libre, plus léger. Maintenant qu'elle était armée, les chances lui semblaient plus égales puisqu'elle avait le pouvoir de frapper cette arrogante Zobeïda et l'arracher définitivement des bras d'Arnaud, quitte à la suivre aussitôt dans la mort.

Serrant contre son cœur l'acier froid de l'arme, Catherine se laissa glisser de nouveau sur ses coussins. Il lui fallait réfléchir posément à ce qui allait suivre !...

CHAPITRE XII

LA PANTHÈRE ET LE SERPENT

Accroupie sur un énorme coussin de cuir brodé, Marie, la jeune odalisque française, suçait un sorbet à la rose avec des grâces de jeune chat. Elle observait silencieusement Catherine qui, étendue à plat ventre, le menton dans ses paumes, réfléchissait sombrement à son sort. À cette heure de la sieste, le palais tout entier était plongé dans le silence et le repos. Seules bougeaient un peu les esclaves chargées d'agiter les immenses éventails de plumes au-dessus des belles endormies. Dans l'air brûlant du dehors, les plantes elles-mêmes semblaient pétrifiées.

La visite de Zobéïda, vieille maintenant de trois jours, avait anéanti tous les projets de Catherine. Non contente de lui interdire l'approche de ses appartements, la princesse avait pris des dispositions spéciales concernant sa voisine.

En effet, quand la jeune femme avait voulu quitter son appartement pour se rendre au jardin avec ses suivantes, elle avait vu soudain deux lances se croiser devant elle tandis qu'une voix gutturale lui intimait l'ordre de rentrer dans sa chambre. Et, comme elle s'insurgeait contre cette claustration forcée, l'eunuque chargé spécialement de sa surveillance lui avait appris qu'en l'absence du Calife la très précieuse favorite devait être surveillée jours et nuits de crainte qu'il ne lui arrivât malheur.

— Malheur ? Dans ce jardin ?

— Le soleil brûle, l'eau noie, les insectes piquent et la vipère porte la mort ! avait répliqué le Noir sans s'émouvoir. Les ordres sont formels. Tu dois demeurer chez toi.

— Jusqu'à quand ?

— Jusqu'à ce que le Maître revienne.

Catherine n'avait pas insisté. Aussi bien, l'étrange sollicitude de Zobeïda avait de quoi l'inquiéter car elle ne s'illusionnait guère sur les sentiments que lui portait la princesse : sans même la connaître, Zobeïda, d'instinct sans doute, la haïssait aussi farouchement qu'elle-même le faisait. Alors pourquoi cette garde attentive, ces consignes sévères ? Zobeïda ne pouvait deviner les liens qui l'attachaient à Arnaud. Elle n'était, pour l'altière princesse, qu'une esclave de plus, une femme comme les autres, même si le caprice du prince l'élevait un instant au-dessus de ses pareilles. Craignait-elle tant que son captif, en apercevant seulement la nouvelle venue, ne s'y intéressât par trop ? Était-ce le seul fait que Catherine appartînt au même peuple qu'Arnaud qui motivait ses agissements ? La simple crainte des bourreaux aurait dû suffire, normalement, à retenir la favorite loin du logis de la princesse... Depuis trois jours, l'esprit de Catherine s'était acharné à trouver des réponses à toutes ces questions mais en vain. Morayma, interrogée, était devenue curieusement discrète. Elle faisait le dos rond, semblait chercher à se faire aussi petite que possible et ne levait plus sur Catherine qu'un regard où l'espoir se mêlait à une crainte insurmontable. Ses visites étaient d'une remarquable brièveté. Elle venait s'enquérir de ce que pouvait désirer la jeune femme et disparaissait avec une hâte visible. En vérité, Catherine n'y comprenait plus rien, mais, vivant dans la crainte d'apprendre le départ de Zobeïda, et d'Arnaud par conséquent, pour les terres lointaines du Maghreb, elle en arrivait peu à peu à l'épuisement de sa résistance nerveuse. Les nuits surtout, au cours desquelles son imagination affolée servait sa jalousie, étaient insupportables et Catherine était à deux doigts de se jeter, tête première, dans le premier coup de folie qui lui passerait par la tête, quand, dans la matinée du quatrième jour, elle avait vu arriver Marie-Aïcha, étroitement voilée suivant la tradition, mais souriante.

— J'ai pensé que tu t'ennuyais, lui dit la jeune femme en rejetant son voile, et Morayma n'a pas fait trop de difficultés pour me permettre de venir ici.

— Les eunuques t'ont laissée passer ?

— Pourquoi pas ? Ils ont ordre de t'empêcher de sortir, mais tu peux recevoir des visites.

La présence de Marie avait fait du bien à Catherine. C'était une présence amicale et, de plus, la jeune fille venait du même pays qu'elle : la Bourgogne. Avec stupeur, Catherine, en l'écoutant raconter son histoire, avait découvert avec la sienne propre plus d'une analogie. En effet, cette jolie fille de vigneron beaunois avait eu la malchance d'attirer l'attention d'un sergent du duc Philippe. Cet homme, jouissant de la faveur de son maître, avait demandé que Marie Vermeil lui fût donnée pour épouse et l'ordre était venu, dans la petite maison de Beaune, de préparer la noce. Marie aurait peut-être pris la chose avec philosophie car le sergent, Colas Laigneau, était plutôt beau garçon, si elle ne s'était éprise, depuis longtemps déjà, d'un sien cousin Jehan Goriot auquel elle avait juré foi et amour.

Jehan était un assez mauvais sujet, toujours à court d'argent, mais jamais à court de filles et rêvant d'aventures fabuleuses. Il avait la langue bien pendue, l'imagination fertile et, auprès de lui, Marie rêvait tout éveillée. Tel qu'il était, malgré ses nombreuses infidélités, elle l'adorait, et quand l'ordre du duc était venu lui enjoindre d'épouser Colas, Marie s'était affolée, avait supplié Jehan de l'enlever et de fuir avec elle vers ces pays du Sud, pleins de soleil et de fleurs, dont il lui rebattait les oreilles depuis qu'un ménestrel de passage lui en avait parlé.

À sa manière, Jehan aimait Marie. Elle était belle et sage. Il la désirait ardemment et l'idée de l'enlever, surtout en la soufflant à un autre, lui souriait. Mais il fallait de l'argent. C'est alors qu'ils avaient commis leur mauvaise action : Marie avait emprunté la moitié des économies de son père, sans l'en avertir bien entendu, tandis que Jehan dévalisait la maison du bailli parti pour une journée sur ses terres de Meursault. La même nuit, une nuit bien sombre, les deux amants avaient fui vers la Saône pour ne plus revenir. Mais Marie, qui avait cru partir vers le bonheur, n'avait pas tardé à déchanter.

Certes, Jehan lui avait appris l'amour et elle y avait pris goût, mais, en se donnant à lui, Marie avait perdu, peu à peu, toute valeur aux yeux de son amant. Et puis, elle l'aimait trop, elle finissait par l'ennuyer. Enfin, les yeux noirs des belles filles du Midi avaient attiré le garçon qui n'avait plus eu qu'une idée : se débarrasser de Marie qui ne cessait de parler mariage. Et il avait trouvé pour cela le plus bassement abject des moyens ; spéculant sur la beauté fraîche de sa fiancée, il l'avait vendue à un trafiquant grec de Marseille qui, enlevant la jeune fille nuitamment, l'avait embarquée sur sa nef marchande et l'avait revendue, au marché des esclaves d'Alexandrie, au pourvoyeur sarrasin du Calife de Grenade.

— Voilà comment je suis arrivée ici, conclut Marie avec simplicité. Bien souvent, j'ai regretté mes noces bourguignonnes... et la maison de mes parents. Ce Colas n'était peut-être pas un mauvais homme, j'aurais pu être heureuse !

— Et Jehan ? avait demandé Catherine passionnée malgré elle.

Les yeux clairs de la petite avaient eu un éclair meurtrier.

— Si je le retrouve un jour, je le tuerai ! affirmat-elle d'une voix si paisible que Catherine ne mit pas en doute un seul instant cette affirmation.

Après quoi, encouragée par la confiance que Marie venait de lui témoigner, elle avait, à son tour, raconté son histoire à sa nouvelle amie.

Cela avait pris un long moment, mais Marie l'avait écoutée de bout en bout sans l'interrompre. C'est seulement lorsque la jeune femme eut terminé son récit que Marie soupira :

— Quelle fabuleuse histoire ! Ainsi le mystérieux Franc est votre époux ? Et moi qui te... qui vous croyais une pauvre fille comme moi ! Je sais maintenant où je vous ai vue : c'était à Dijon où mon père m'avait menée à la foire. J'étais bien jeune encore, mais j'ai gardé la vision éblouie d'une dame merveilleusement belle et aussi brillante que le soleil.

— Tu dois trouver que j'ai changé ! remarqua Catherine avec un peu d'amertume. Et il n'y a aucune raison pour que tu me dises vous. Il n'y a plus de distance entre nous maintenant...

— Changé ? fit la petite avec gravité. Certes, vous avez changé, mais, à cette époque, vos parures empêchaient presque d'apprécier votre beauté. Maintenant, elle est plus évidente ! Vous êtes différente, voilà tout.

— Je t'en supplie, pria Catherine gentiment, ne me traite pas en grande dame ! Simplement en amie, j'en ai bien besoin.

Marie, alors, avait joyeusement consenti à laisser de côté le vous protocolaire et, la glace étant définitivement brisée, les deux jeunes femmes s'étaient retrouvées complices, liées l'une à l'autre aussi étroitement que par un lien du sang. Marie, venue moitié par désœuvrement, moitié par curiosité, se retrouva dévouée à Catherine corps et âme, son alliée pour le meilleur et pour le pire.

— Promets-moi, si tu fuis, de m'emmener avec toi et je ferai tout pour t'aider ! Tu dois tellement souffrir à cause de Zobeïda.

— Si je quitte ce palais et cette ville, tu me suivras, je le jure.

Alors, la jeune fille avait fourni à sa nouvelle amie quelques renseignements pleins d'intérêt.

— Tu es en danger, lui dit-elle. Si le Calife ne revient pas, tu ne vivras pas une heure de plus.

— Pourquoi ne reviendrait-il pas ?

— Parce qu'Aben-Ahmed Banu Saradj, le Grand Vizir, le hait presque autant qu'il désire Zobeïda dont il était l'amant avant l'arrivée du chevalier franc. Il désire aussi s'emparer du trône pour y faire monter la princesse avec lui... et cette soi-disant expédition de Yusuf, l'ancien Calife, père de Muhammad, contre son fils, ne me dit rien qui vaille. Les deux hommes ne s'aiment pas, mais Yusuf est las du pouvoir. Il faut la naïveté de son fils pour croire qu'il souhaite lui reprendre un trône abandonné de son plein gré. La naïveté et les insinuations de Banu Saradj !... Je crains fort que le Maître ne soit allé au-devant d'une embuscade bien montée.

— Alors ? fit Catherine en pâlissant, je suis perdue ?

— Pas encore ! Muhammad est naïf mais valeureux. C'est un guerrier, il peut s'en tirer. C'est pourquoi Zobeïda se contente de te faire surveiller. Si son frère revient, elle n'aura fait que veiller, un peu trop soigneusement peut-être, sur la favorite de son frère bien-aimé. Et si la nouvelle de la mort du Calife arrive ici, tu ne vivras pas une heure de plus !

— Pourquoi ? Que lui ai-je fait ?

— Toi, rien. Mais Zorah l'Égyptienne s'est chargée de toi. Elle est bien vue de la princesse envers laquelle elle a toujours montré une écœurante servilité. Et, comme Zorah veut ta mort à tout prix, elle a fait preuve d'imagination... je pourrais presque dire de génie puisqu'elle a, sans le savoir, découvert la vérité !...

— Que veux-tu dire ?

— Qu'une seule personne ose s'opposer au Calife : Zobeïda. Il fallait te faire d'elle une ennemie impitoyable. Pour cela, un seul moyen : sa jalousie envers tout ce qui touche le capitaine franc. Zorah, jouant sur le fait que tu viens du même pays, a insinué à la princesse que tu étais éprise de son prisonnier et que tu cherchais à l'approcher !

Catherine poussa un cri de terreur, vite étouffé sous sa main tremblante.

— Elle a dit que... mon Dieu ! Mais je suis perdue ! Comment se fait-il que je n'aie pas encore été livrée ?...

— Aux bourreaux mongols ? C'est bien ce qu'espérait Zorah, connaissant le tempérament de Zobeïda. Mais la princesse n'est pas folle : te tuer, toi dont le Calife s'est si passionnément épris dès le premier regard, tandis qu'il était absent, c'était avouer sa participation au complot de Banu Saradj, c'était proclamer qu'elle espérait bien ne plus le revoir vivant. S'il revient, il te retrouvera donc intacte, mais sois certaine que tu ne jouiras pas longtemps de ses caresses. Tu n'auras pas à craindre les bourreaux, mais il t'arrivera quelque accident assez bien organisé pour que Zobeïda ne soit pas soupçonnée. Elle connaît son frère et sait que, sous l'apparente douceur d'un poète, il cache un goût de la sauvagerie digne de sa sœur. Ses colères sont rares mais dangereuses. Et le désir qu'il a de toi est violent... Si j'en crois tout ceci !

De la main, Marie désignait un rouleau de papier enveloppé d'une housse de velours constellée de saphirs et contenant des poèmes que Muhammad envoyait à sa bien-aimée. Les jours précédents, Catherine avait reçu, de la sorte, une aigrette blanche retenue par une boucle de grosses perles roses, une cage d'or pleine de perruches bleues et une extraordinaire œuvre d'art : un paon d'or massif déployant l'éventail d'une queue toute de pierreries.

— C'est d'ailleurs assez rassurant, conclut Marie. Cela prouve au moins que le Commandeur des Croyants est toujours en vie... qu'Allah veuille l'y conserver !

Les esclaves apportant le repas des deux femmes avaient interrompu leurs confidences. Mais, tandis que Marie faisait joyeusement honneur aux nombreux plats qu'on lui servait, Catherine tombait dans une rêverie profonde dont Marie se garda bien de la tirer. Sa situation était pire encore qu'elle ne l'avait imaginée. À tout instant pouvait arriver la nouvelle de la mort de Muhammad... et alors !... Dieu seul savait combien de minutes il lui resterait à vivre. Elle n'aurait même pas la possibilité d'avertir Arnaud et elle mourrait près de lui sans même qu'il s'en doutât. Quant à ses amis ; comment les appeler à son aide ? Josse, enrôlé dans les troupes du Calife, était à l'Alcazaba, mais le moyen de lui envoyer un messager ? Pouvait-elle faire appeler Fatima auprès d'elle, lui confier une lettre pour Abou-al-Khayr ? La lettre parviendrait-elle ? Et, toujours, revenait la même question torturante : aurait-elle le temps ?

Marie, qui avait fini son sorbet, commençait à picorer de grosses dattes luisantes de sucre, bien décidée à ne pas interrompre la méditation de Catherine, quand, brusquement, celle-ci se retourna sur le dos et planta son regard dans les yeux de la jeune fille.

— Puisqu'il en est ainsi, déclara-t-elle calmement, je n'ai plus un instant à perdre. Il faut agir aujourd'hui même.

— Que vas-tu faire ?

Catherine ne répondit pas tout de suite.

Au moment de prononcer les paroles décisives, elle s'accorda le temps d'une ultime hésitation parce que tout de même c'était sa vie qu'elle allait jouer et parce que cette fille lui était encore à peu près inconnue. Mais la petite Marie posait sur elle des yeux si clairs, si francs que la légère prévention demeurée en Catherine s'envola. Si elle ne pouvait faire confiance à cette petite, en vérité elle ne pourrait plus accorder créance à personne. Aussi bien, le temps pressait. Elle se décida.

— Il faut que je sorte d'ici, que je voie mon époux...

— C'est l'évidence.. Mais comment ? À moins que...

— À moins que ?

— À moins que nous ne changions de vêtements et que tu ne sortes à ma place. Ce costume a du bon : pour savoir ce qu'il y a au juste dans leurs paquets de voiles il faut être malin, d'autant plus que nous avons la même nuance de peau et qu'en baissant les paupières la couleur des yeux ne se voit pas.

Le cœur de Catherine battit plus fort mais plus régulièrement. Marie l'avait devinée et, tout naturellement, proposait ce qu'elle hésitait à lui demander. Elle prit la main de la petite dans la sienne.

— Est-ce que tu te rends compte, Marie, que tu vas risquer ta vie dans cette affaire ? Si l'on vient pendant que je serai absente...

— Je dirai que tu m'as attaquée, ficelée. Ce n'est pas difficile de ligoter quelqu'un ici. Le tissu fin et solide ne manque pas. Si l'on vient, je serai à couvert... ou à peu près. Si l'on ne vient pas, tu me délieras en revenant, si tu reviens, et tout sera dit !...

— Comment expliqueras-tu mon absence si Morayma apparaît ?

— Je dirai que tu étouffais ici et que tu voulais absolument respirer.

— Au point de te ficeler pour prendre tes vêtements ?

— Pourquoi pas ? Si tu savais les idées invraisemblables que l'ennui souffle aux femmes, dans ce harem, tu saurais que Morayma ne s'étonne plus de rien ! Malgré tout, prends garde ! Ce que tu vas faire est extrêmement dangereux. Vouloir parler au chevalier franc, c'est chercher la mort. Si Zobeïda te surprend, rien, pas même la pensée de la colère de son frère, ne pourra te sauver de sa fureur. Dans ces instants-là elle devient sourde, aveugle à tout ce qui n'est pas sa haine.

— Tant pis ! Qui ne risque rien n'a rien. Ce qui me tourmente, c'est comment je franchirai les postes de garde. Le jardin privé de Zobeïda est sur l'autre face de son logis, n'est-ce pas ? Et j'ai entendu dire que mon époux y habitait un pavillon isolé.

— En effet. On l'appelle le palais du Prince parce qu'il a été construit pour un frère du sultan Muhammad V. Ses murs s'élèvent au bord d'un bassin d'eau bleue. Le seigneur franc n'en sort que pour la chasse... et sous bonne garde. Zobeïda craint trop que la nostalgie du pays natal ne l'emporte sur ses charmes et elle a fait du Grand Vizir son gardien favori.

— Je croyais qu'il était épris d'elle ?

— Cruauté bien dans le genre de Zobeïda. Banu Saradj exècre son rival et espère bien, sans doute, lorsqu'il sera sultan, s'en débarrasser, mais pour le moment rien ne lui importe plus que plaire à sa princesse. Elle ne pouvait choisir meilleur gardien et le sait bien. Mais revenons à notre plan. Ce n'est pas tellement difficile d'atteindre le jardin de Zobeïda. Il y a, près de ma chambre, une petite porte toujours fermée à clef, mais facile à ouvrir avec une lame de fer et un peu d'habileté. Elle donne sur les jardins. Un mur isole celui de Zobeïda, mais il est assez bas et quelqu'un de souple peut le franchir aisément en s'aidant des branches des cyprès qui le bordent. Tu dois être capable de faire cela, après toutes tes aventures.

— Je le suis. Mais si le mur est si aisé à franchir, pourquoi donc mon époux ne fuit-il pas ?

— Parce que le palais du Prince est gardé, étroitement, par les plus fidèles eunuques de Zobeïda. Ils sont nombreux, aveuglément fidèles, et leurs alfanges [1] tranchent net.

Ce n'était évidemment pas rassurant. Catherine, négligeant cependant le détail inquiétant, se fit expliquer soigneusement le chemin à suivre pour gagner d'abord la chambre de Marie sans éveiller la curiosité, puis, de là, la fameuse petite porte que la jeune odalisque lui décrivit avec un soin minutieux.

— On dirait que tu la connais bien ! remarqua Catherine.

— Il pousse, dans les jardins du Calife, d'énormes prunes particulièrement savoureuses et réservées à sa seule table... et je suis affreusement gourmande !

Catherine ne put s'empêcher de rire. Les deux amies continuèrent à bavarder en attendant que le jour baisse. Le plan qu'elles avaient élaboré ne pouvait s'exécuter sous la grande lumière du soleil, mais les heures, à partir de cet instant, parurent longues à Catherine, d'autant

1. Cimeterre mauresque.

plus pressée de se lancer vers son époux que l'approche de chaque nuit la mettait au supplice.

Elle savait trop comment Zobeïda employait le temps nocturne.

Elle vit s'éteindre le jour avec un réel soulagement. Quand ses esclaves apparurent avec les plateaux du souper, elle leur ordonna de tout laisser là et de disparaître.

— Nous reviendrons pour t'aider à te mettre au lit, maîtresse, fit la principale servante.

— Non. Je me coucherai seule. Mon amie restera encore un moment auprès de moi. Nous voulons que l'on nous laisse en paix. Préviens Morayma que je la dispense de sa visite du soir. Je n'ai besoin de rien, que de tranquillité. Tu peux éteindre une partie des lampes. La grande lumière me blesse.

— Comme tu voudras, maîtresse ! Je te souhaite une agréable nuit !

Dès que les esclaves eurent disparu, laissant les deux femmes dans une douce pénombre, Catherine et Marie grignotèrent quelques boulettes de mouton et des gâteaux au miel, puis se mirent en devoir d'exécuter leur plan. Marie dépouilla tous ses vêtements, les tendit à Catherine qui lui passa les siens. Elles étaient sensiblement de la même taille, mais Catherine était un peu plus mince. Elle dut serrer davantage autour de ses hanches la ceinture du pantalon de mousseline bleu de nuit qu'avait porté Marie. Ensuite, à l'aide de longs voiles déchirés, les deux femmes confectionnèrent des liens dont Catherine emprisonna son amie après l'avoir couchée dans son lit.

— N'oublie pas de me bâillonner ! précisa Marie. Sinon, ce ne serait pas convaincant !

Une écharpe de soie fit l'affaire, mais, avant que sa compagne lui fermât la bouche, Marie recommanda :

— Surtout, reste voilée, même si le voile est encombrant pour franchir un mur. Si tu ne montres pas ton visage, ton cas sera moins grave au cas où tu serais prise. Pas beaucoup moins, bien sûr, mais il faut mettre toutes les chances de ton côté. Maintenant, que Dieu te garde !

— Toi aussi, Marie. Sois tranquille, je n'oublierai pas ma promesse envers toi, sauf si je meurs !

— Cela va de soi. Mets le bâillon maintenant et serre !

Après s'être assurée que la prisonnière n'était tout de même pas trop mal installée, car sa captivité pouvait durer plusieurs heures, Catherine se pencha vers elle, l'embrassa sur le front et vit les yeux de Marie briller plus fort dans l'ombre. Puis elle tira soigneusement autour d'elle les rideaux roses et s'éloigna de quelques pas pour juger de l'effet. La légère couverture de soie fine montait jusqu'au nez de Marie et, dans l'ombre de la chambre, l'illusion était parfaite...

Catherine s'enveloppa du voile bleu de son amie. Elle ne portait dessous que le pantalon et une courte brassière à manches courtes emprisonnant les seins et s'arrêtant juste au-dessous. Malgré le voile, sa liberté de mouvements était suffisante et, après un adieu chuchoté, elle se dirigea d'un pas assuré vers la porte.

D'instinct, les gardes croisèrent leurs lances, mais elle murmura, imitant de son mieux la voix de la jeune fille :

— Je rentre chez moi. Laissez-moi passer. Je suis Aïcha !

L'un des eunuques tourna vers elle sa large face noire au nez camus et ricana.

— Tu rentres bien tard, Aïcha ! Que fait la favorite ?

— Elle dort ! fit Catherine inquiète de ce questionnaire inattendu. Laisse-moi passer.

— Il faut que je m'assure que tu n'emportes rien, fit-il en posant sa lance contre le mur. La favorite a reçu de fabuleux trésors...

Les mains noires se mirent à la palper avec une insistance et une indiscrétion qui firent naître, chez la jeune femme révoltée, des doutes sur l'absence totale de virilité chez ce Noir. Elle savait déjà qu'il existait, chez ces êtres répugnants, des castrations incomplètes qui leur

319

laissaient d'étranges appétits. Celui-là devait appartenir à la catégorie. Mais, comme il cherchait à déboucler sa ceinture pour poursuivre plus loin ses investigations, elle s'emporta.

— Laisse-moi tranquille ! Sinon j'appelle.

— Qui donc ? Mon camarade est sourd, muet et déteste les femmes.

— La favorite ! lança Catherine audacieusement. Elle est mon amie. Si je l'appelle, elle viendra et alors tant pis pour toi ! Elle demandera sûrement ta tête au Calife qui ne lui refusera pas un aussi modeste présent.

Elle eut la satisfaction de voir le visage noir devenir gris de peur. L'eunuque laissa retomber ses mains, reprit sa lance et haussa les épaules.

— Si on ne peut plus plaisanter un peu... Passe ton chemin, et vite ! On se retrouvera...

Elle ne se le fit pas dire deux fois et, resserrant son voile autour d'elle, s'enfonça sous les ombres du patio. Elle traversa le jardin sans hésiter, franchit un mirador ajouré et se retrouva au cœur même du harem, dans la salle des Deux Sœurs, ainsi nommée à cause de deux énormes dalles jumelles qui en formaient l'ornement central. Là commençait le danger car plusieurs femmes étaient réunies dans cette salle miroitante, diaprée de rouge, de bleu et d'or, scintillante de stalactites irisées comme une grotte marine, sous ses coupoles aériennes tout en nids d'abeilles. Étendues sur des coussins, des tapis ou des divans, les femmes bavardaient, croquaient des sucreries ou sommeillaient. Certaines dormaient là n'ayant pas de chambre bien définie. L'ensemble formait un tableau somptueux, chaud et coloré.

Au grand soulagement de Catherine, aucune des autres ne fit attention à elle. Sauf lorsque l'une d'entre elles était appelée chez le Calife, les femmes du harem ne s'intéressaient guère à ce que faisaient leurs compagnes. Leurs vies étaient toutes semblables, toutes calquées sur le même modèle d'indolence et d'ennui.

Catherine traversa la salle, se répétant mentalement les indications que lui avait données Marie pour que, non seulement elle ne s'égarât point, mais encore eût l'air parfaitement habituée à la disposition des lieux. Il lui suffisait de suivre l'enfilade des colonnettes. Au-delà s'ouvrait le joyau d'Al Hamra en général et du harem en particulier, un rêve de marbre blanc ciselé autour d'une fontaine gardée de douze lions de marbre dont les gueules déversaient des jets d'eau scintillante dans la croix persane des canalisations creusées à même le sol rouge émaillé de vert et d'or. D'énormes orangers embaumaient le patio où le silence n'était troublé que par la chanson des fontaines, le doux glissement de l'eau débordant continuellement de la vasque de marbre. L'endroit était d'une telle beauté que Catherine, émerveillée, s'accorda, malgré sa hâte, un instant de répit pour l'admirer. Un instant, elle s'imagina, seule avec Arnaud, dans un lieu aussi merveilleux... Comme il devait être doux d'y aimer, d'y écouter le chant des fontaines et de s'y endormir enfin sous ce ciel de velours qui, là-haut, déversait la lumière douce de ses étoiles énormes sur les tuiles brillantes, multicolores, qui coiffaient les galeries.

Mais Catherine n'était pas là pour rêver. Elle secoua l'enchantement, fit le tour des aériennes arcades, lentement, sans faire le moindre bruit. Il n'y avait âme qui vive dans la cour où les lions, campés sur leurs pattes raides, montaient leur garde silencieuse et jaillissante. La chambre où habitait Marie se situait de ce côté. Elle la trouva sans peine, mais se garda bien d'y entrer, puis, s'enfonçant dans l'ombre d'un couloir à peu près invisible pour qui en ignorait l'existence, elle trouva finalement la petite porte des jardins.

L'endroit était obscur. Une lampe à huile, pendue assez loin, n'envoyait qu'un reflet incertain et la jeune femme eut quelque peine à trouver la serrure. Elle tâtonna, s'énervant de ne pas réussir du premier coup. Comment donc parvenir à forcer cette porte en n'y voyant rien ? Mais, peu à peu, ses yeux s'accoutumèrent à cette demi-obscurité. Elle distingua mieux les contours de la serrure, tira le loquet de fer ouvragé, puis, engageant dans la serrure, à vrai dire très rudimentaire, la pointe de la dague, qu'elle avait cachée dans sa large ceinture d'orfèvrerie, elle eut enfin la joie de la sentir céder. Le battant de cèdre s'ouvrit sans un bruit, découvrant les immenses jardins envahis par la nuit.

Prestement, Catherine se glissa au-dehors. Les alentours étaient déserts et elle prit plaisir à fouler le sable doux des allées. Bientôt apparurent le rideau de cyprès et le mur bas qui fermait le domaine privé de Zobeïda et dont la construction, très récente, était due sans doute à la présence du chevalier franc. L'escalader fut un jeu pour la jeune femme. Elle était demeurée aussi souple, aussi agile qu'au temps où, adolescente, elle courait sur les grèves de Paris avec son ami Landry Pigasse et grimpait rejoindre les maçons sur les tours en construction des églises.

Parvenue au sommet du mur, Catherine tenta de s'orienter. Elle aperçut, au bout d'un miroir d'eau, un portique élégant flanqué d'une tour carrée que l'on appelait la tour des Dames et qui faisait partie des appartements privés de Zobeïda. Derrière apparaissaient, confuses dans la nuit, les collines de Grenade car cette tour était bâtie sur le rempart même. Des lumières brillaient sous le portique où flânaient des esclaves. Catherine s'en détourna et, assez loin, vers la droite, elle reconnut avec un battement de cœur, à la description faite par Marie, le pavillon que l'on appelait le palais du Prince. Encadré de cyprès et de citronniers, il mirait dans une calme pièce d'eau, à laquelle la lune arrachait des éclats, la forme élancée de ses colonnes et de son mirador élégant. Là aussi brillaient des lumières qui permirent à la jeune femme de distinguer les silhouettes menaçantes des eunuques et leurs cimeterres luisants. Ils allaient et venaient devant l'entrée de la demeure, d'un pas lent, mesuré, presque mécanique, reflétant dans le miroir liquide d'où jaillissaient les lis d'eau leurs turbans jaunes et les broderies de leurs amples vêtements.

Un moment, Catherine observa le pavillon, cherchant à apercevoir une silhouette familière. Comment savoir si Arnaud était vraiment là et s'il y était seul ? Comment pénétrer dans le petit palais si son occupant, cette nuit, ne sortait pas ? Autant de questions aux réponses difficiles...

Mais, habituée depuis longtemps à laisser sans réponse les problèmes les plus épineux et à se lancer d'abord dans l'aventure en abandonnant au destin le soin de trancher, Catherine quitta sa crête de mur et se laissa glisser à terre sans faire le moindre bruit. Un instant, elle hésita sur le chemin à suivre. L'aspect menaçant des eunuques de garde au pavillon la retenait de s'approcher trop. D'autre part, elle pouvait entendre une douce musique venue de la tour des Dames alors que, dans le petit palais, c'était le silence. Comment savoir où était Arnaud ?

En arrivant à la lisière d'un rideau de cyprès qui s'avançait presque au bord du grand bassin précédant la tour, elle retint une exclamation de joie : le destin, une fois encore, avait répondu à son attente. Sous le portique de la tour, Arnaud venait d'apparaître, seul. Vêtu d'une ample gandoura blanche serrée à la taille par une ceinture d'or, il s'avança, d'un pas lent, jusqu'au bord de l'eau, s'assit sur la margelle de marbre. Cette fois, il n'était pas ivre, mais le cœur de Catherine se serra en constatant qu'il offrait une parfaite image de la solitude et de l'ennui. Elle ne lui avait jamais vu visage si sombre et la lumière d'une lampe à huile pendue tout auprès n'en laissait aucun trait dans l'ombre... Mais il était seul, vraiment seul ! Quelle plus belle occasion pouvait-elle désirer ? Laissant là les babouches auxquelles elle n'était pas encore parvenue à bien s'habituer, et qui la gênaient pour courir, elle s'élança...

Des mains brutales s'abattirent sur elle au moment précis où elle jaillissait près du bassin dans la zone éclairée par les lampes. Le saisissement et la peur lui arrachèrent un cri qui fit retourner Arnaud. Instinctivement, elle se débattit dans l'étau des mains noires qui tentaient de l'immobiliser, mais elle n'était pas de force. Les deux eunuques qui l'avaient attaquée étaient d'immenses

Soudanais. Un seul aurait réussi, d'une seule main, à la maîtriser. Mais, dans sa terreur, elle ne voyait tout de même qu'une chose : son époux ! Il était là, tout près. Il s'était levé, allait s'approcher. Sous le voile qui maintenant l'étouffait parce que les Soudanais l'avaient serré contre son cou, Catherine voulut crier son nom. Aucun son ne sortit, mais, auprès d'Arnaud, la silhouette scintillante de Zobeïda venait d'apparaître.

À la vue de la princesse, les Soudanais s'immobilisèrent avec leur prisonnière, incapable de faire le moindre mouvement. Zobeïda s'adressa au groupe :

— Qu'y a-t-il ? Pourquoi ce bruit ?

— Nous avons capturé une femme qui se cachait dans ce jardin, ô Lumière ! Elle a franchi le mur. Nous l'avons suivie jusqu'ici.

— Amène-la...

Bon gré, mal gré, Catherine fut traînée jusqu'aux pieds de Zobeïda, forcée de s'agenouiller, maintenue de force dans cette position. Arnaud, les sourcils froncés, un pli de dégoût aux lèvres, regardait la scène dont il s'était écarté de deux ou trois pas. À le voir si proche, le cœur de Catherine cognait à grands coups dans sa poitrine. Oh ! pouvoir lui crier son nom, se réfugier dans ses bras... Mais le danger était mortel, pour elle comme pour lui. Elle l'entendit murmurer :

— Une curieuse, sans doute, ou une mendiante venue de la ville haute. Laisse-la aller !

— Nul n'a le droit d'entrer chez moi ! réplique Zobeïda sèchement. Cette femme paiera pour sa faute !

— Ce n'est pas seulement une curieuse, coupa l'un des Soudanais. Une curieuse n'est pas armée. Nous avons trouvé ceci sur elle.

Une exclamation de rage échappa à Catherine ; elle ne s'était pas aperçue, tandis qu'elle se défendait contre ses agresseurs, qu'ils lui avaient pris sa dague. Maintenant, l'épervier d'argent et d'or luisait sur la paume noire de l'eunuque, tendue vers la princesse. Celle-ci se pencha pour mieux voir ce qu'on lui offrait, mais Arnaud fut plus rapide qu'elle. Il avait bondi, s'était emparé de l'arme et, les traits soudain bouleversés, l'examinait. Son regard vint peser sur Catherine age-nouillée.

— Où as-tu pris cette dague ? demanda-t-il d'une voix rauque.

Elle était incapable de répondre parce que l'émotion l'étranglait, mais ses prunelles violettes, dilatées, le dévoraient et l'imploraient en même temps. Elle en avait oublié Zobéïda dont cependant le regard noir plein d'éclairs ne présageait rien de bon. La Mauresque s'adressa durement à son captif :

— Tu connais cette arme ? demanda-t-elle. D'où vient-elle ?

Arnaud ne répondit pas. Il continuait à regarder la forme sombre agenouillée dans le sable et qui levait sur lui un regard plein d'étoiles. Soudain, Catherine le vit pâlir. Avant qu'elle ait pu seulement prévenir son geste, il avait fait trois pas en avant et, empoignant le voile bleu, l'avait arraché. Il demeura frappé de stupeur devant le visage soudain découvert.

— Catherine ! souffla-t-il. Toi !... Toi, ici !...

— Oui, Arnaud... dit-elle doucement. C'est bien moi...

Il y eut un très court, un merveilleux moment où l'un et l'autre oublièrent tout ce qui n'était pas la joie immense de se retrouver enfin après tant de larmes et tant de souffrances. Ces Maures qui les entouraient, cette femme qui les observait avec une fureur grandissante, ce danger qui planait sur eux, ils ne s'en rendaient même plus compte. Tout s'était effacé, tout s'était aboli. Ils étaient seuls au milieu d'un monde mort où rien ne subsistait que leurs regards unis, soudés comme pour une étreinte, et leurs cœurs qui, de nouveau, battaient au même rythme. Glissant machinalement la dague dans sa ceinture, Arnaud tendit les mains pour aider sa femme à se relever.

— Catherine ! murmura-t-il avec une inexprimable tendresse, « Catherine... ma mie » !

Le mot cher entre tous ! Le mot qu'elle n'avait jamais

pu oublier et que lui seul savait dire !... Le cœur de
Catherine en défaillit. Mais l'instant de rémission était
déjà évanoui. Zobeïda, d'un bond de panthère, s'était
jetée entre eux.

— Qu'est ce langage ? fit-elle en un français qui stu-
péfia Catherine. Elle s'appelle Lumière d'Aurore, c'est
une esclave achetée aux pirates. Elle est la dernière
concubine de mon frère, sa favorite !

Toute la douceur qui avait, un instant, détendu les
traits énergiques d'Arnaud s'effaça. Un éclair de colère
brilla dans son regard noir et il tonna :

— Elle s'appelle Catherine de Montsalvy ! Et elle
est... ma sœur !

L'hésitation avait été imperceptible, toute légère : le
temps d'un battement de cœur, mais qui avait suffi à
rendre au chevalier la notion du danger. Avouer Catherine pour sa femme, c'était la condamner sur-le-champ
et sans rémission à la pire des morts. Il connaissait trop
la furieuse jalousie de Zobeïda ! En même temps, son
regard reprenait possession de celui de Catherine, à la
fois impérieux et suppliant de ne pas le démentir. Mais
Arnaud n'avait rien à redouter. Encore que Catherine
eût éprouvé une joie sauvage à revendiquer son titre
d'épouse, à le jeter comme une pierre à la face de sa
rivale, elle n'avait aucune envie de perdre stupidement
la vie pour un mot. D'ailleurs, Zobeïda avait-elle cru le
pieux mensonge ? Ses prunelles rétrécies allaient de l'un
à l'autre des deux époux sans même songer à dissimuler
leur étonnement et leur méfiance.

— Ta sœur ! Elle ne te ressemble guère !...

Arnaud haussa les épaules.

— Le Calife Muhammad a les cheveux blonds, les
yeux clairs ! En est-il moins ton frère ?

— Nous n'avons pas eu la même mère...

— Nous non plus ! Notre père s'est marié deux fois.
Désires-tu savoir encore quelque chose ?

Le ton était hautain, cassant. Arnaud semblait décidé
à retrouver l'avantage que lui donnait l'amour sensuel
et presque servile de sa dangereuse maîtresse. Mais la

présence de cette autre femme, haïe d'instinct, auprès de l'homme dont elle avait défendu la possession au prix de tant de sang, exaspérait Zobeïda. Froidement, elle répondit :

— En effet, je désire savoir encore certaines choses. Par exemple si les femmes de noble famille ont coutume, au pays des Francs, de courir les mers et de peupler les marchés d'esclaves ? D'où vient que ta sœur soit venue jusqu'ici ?

Ce fut Catherine, cette fois, qui se chargea de la réponse, espérant qu'Arnaud n'avait pas fait de confidences imprudentes.

— Mon... frère était parti, jadis, implorer la guérison du mal dont il souffrait au tombeau d'un grand saint, révéré depuis toujours. Mais peut-être ne sais-tu pas ce que c'est qu'un saint ?

— Surveille ta langue agile si tu veux que je t'écoute avec patience, riposta Zobeïda. Tous les Maures connaissent le Boanerges, le Fils du Tonnerre, dont la foudre, un instant, les a terrassés [1].

— Donc, poursuivit Catherine imperturbable, mon frère est parti et, durant de longs mois, nous sommes demeurés sans nouvelles, à Montsalvy. Nous espérions toujours le voir revenir, mais jamais il ne revenait. C'est alors que j'ai décidé d'aller, à mon tour, prier au tombeau de celui que tu appelles le Fils du Tonnerre. J'espérais trouver, chemin faisant, des nouvelles de mon frère. J'en ai trouvé, en effet : un serviteur, enfui au moment où tu capturais Arnaud, m'a appris son sort. Je suis venue jusqu'ici pour retrouver celui que nous pleurions déjà...

— Je croyais que tu avais été prise par les corsaires et vendue à Almeria ?

— J'ai été vendue, en effet, mentit Catherine avec aplomb parce qu'elle ne voulait pas être obligée de mettre Abou-al-Khayr en cause, mais je n'ai pas été prise

---

1. Saint Jacques a reçu ce surnom après la bataille de Clavijo où, selon la légende, il chassa les Sarrasins.

par les pirates, mais bien aux frontières de ce royaume. Je l'ai laissé croire pour ne pas être obligée de donner de trop longues explications à l'homme qui m'a achetée.

— Quelle touchante histoire ! remarqua Zobeïda sarcastique : une tendre sœur se lance sur les routes à la poursuite d'un frère bien-aimé. Et, pour mieux l'atteindre, pousse le sacrifice jusqu'à entrer dans le lit du Calife de Grenade ! J'ajoute qu'elle y réussit au point de devenir la favorite en titre, la bien-aimée du maître, la précieuse perle du harem, la...

— Tais-toi ! coupa brutalement Arnaud qui avait blêmi à mesure que parlait Zobeïda.

Tout à l'heure, quand, pour la première fois, la Mauresque avait mentionné le choix du Calife, Arnaud, encore sous le coup de la surprise et de la joie, n'avait pas autrement prêté attention au sens des paroles prononcées. Mais, cette fois, il venait de réaliser pleinement ce qu'elles signifiaient et Catherine put voir, avec angoisse, la colère faire place à la joie sur le visage de son époux. Il se tournait maintenant vers elle.

— Est-ce vrai ? demanda-t-il avec tant de dureté que la jeune femme en frémit.

Elle connaissait trop la jalousie intransigeante d'Arnaud pour ne pas trembler en voyant se crisper ses mâchoires et flamber ses yeux sombres. Mais le demi-sourire narquois de Zobeïda lui rendit tout son aplomb. Qu'il osa interroger sur un ton de maître devant cette fille qui, depuis des mois, était sa maîtresse, c'était tout de même un peu fort ! Elle redressa la tête, leva bien haut son petit menton et, défiant son époux du regard :

— Très vrai ! fit-elle calmement. Il fallait que je parvienne jusqu'à toi. Tous les moyens sont bons, dans un cas semblable...

— Crois-tu ? Tu parais oublier...

— C'est toi qui oublies, il me semble ! Puis-je te demander ce que tu fais ici ?

— J'ai été capturé. Tu devrais le savoir si tu as rencontré Fortunat...

328

— Un captif cherche à retrouver sa liberté... Qu'as-tu fait pour reprendre la tienne ?

— Ce n'est, ici, ni le lieu ni le moment d'en discuter !

— Voilà une échappatoire qui paraît un peu trop facile et je...

— Silence ! coupa Zobeïda avec impatience. En vérité, vos affaires de famille ne m'intéressent pas ! Où pensez-vous être ?

L'interruption était malencontreuse. Arnaud tourna contre elle sa fureur.

— Qui es-tu toi-même pour t'immiscer entre nous ? Dans tes coutumes comme dans les nôtres, l'homme a pleine puissance sur la femme appartenant à son lignage. Celle-ci est mienne... puisque de même sang, et j'ai le droit de lui demander compte de sa conduite. Son honneur est le mien et si elle l'a avili...

Le geste qui accompagna ces paroles était si menaçant que Catherine, instinctivement, recula. Le visage décomposé d'Arnaud était effrayant avec son nez arrogant dont les ailes se pinçaient et blanchissaient, tandis que le meurtre hantait son regard. Une lassitude envahit en même temps la jeune femme devant cette égoïste colère de mâle frustré. Comment ne comprenait-il pas tout ce qu'elle avait dû endurer, toutes ses souffrances, ses angoisses, ses larmes et ses peines, pour en arriver là ? Mais non ! c'était pour lui lettre morte : seul comptait le don de son corps fait au prince-poète...

La menace, latente dans l'attitude d'Arnaud, frappa Zobeïda elle-même. Pareille fureur n'était pas feinte et si tout à l'heure elle avait éprouvé quelques doutes à l'aspect de cette sœur trop belle tombée pour ainsi dire du ciel, la Mauresque commençait à escompter la colère de son amant pour l'en débarrasser. Qu'il la tue, dans un accès de rage meurtrière, et tout serait bien ! Le Calife ne pourrait que s'incliner devant l'honneur offensé d'un frère. Un mince sourire étira sa belle bouche pourpre tandis qu'elle se tournait vers Arnaud.

— Tu as raison, ô mon seigneur ! L'honneur de ta

famille ne regarde que toi. Je te laisse le soin d'en user comme bon te plaira avec celle-ci et, si tu la châties, ne crains pas la colère du Calife. Il peut comprendre ce genre de vengeance... et je plaiderai pour toi !

D'un geste, elle ordonna aux deux Soudanais de se retirer et s'apprêtait à en faire autant quand surgit Morayma, hors d'haleine. La vieille Juive se jeta face contre terre dès qu'elle aperçut la princesse, mais non sans avoir lancé à Catherine un regard indigné. Puis elle attendit qu'on l'interrogeât. Zobeïda ne la fit pas languir.

— Que veux-tu, Morayma ? Pourquoi cette agitation ! Relève-toi !

À peine debout, la maîtresse du harem pointa vers Catherine un doigt accusateur.

— Cette femme s'est échappée de son appartement après avoir maîtrisé et ligoté une de ses compagnes et lui avoir volé ses vêtements. Je vois qu'elle a osé s'introduire chez toi, ô splendeur ! Remets-la-moi pour que je lui fasse appliquer le châtiment qu'elle mérite : le fouet !

Un sourire méchant crispa la bouche de la princesse.

— Le fouet ? Es-tu folle, Morayma ? Pour que le Calife à son retour, qui ne saurait tarder, en lise les marques sur le corps dont il est impatient de goûter de nouveau les délices ? Non, laisse-la-moi... Désormais, elle ne quittera plus ces pavillons que pour se rendre au désir de mon frère. C'est une noble dame du pays des Francs, vois-tu, la propre sœur de mon seigneur bien-aimé. Elle m'est, désormais, chère et précieuse. Ce sont mes propres servantes qui s'occuperont d'elle à l'avenir, qui la baigneront et la parfumeront quand son maître la demandera afin que son corps soit le poème parfait dont il s'enivrera sous les roses du Djenan-el-Arif...

Incontestablement, Zobeïda connaissait à merveille l'art de jeter l'huile sur le feu. Chacun des mots prononcés par elle était calculé pour attiser la fureur d'Arnaud... cette fureur dont elle espérait bien qu'elle allait être mortelle. De fait, l'époux de Catherine frémissait, les poings serrés, tendu comme une corde d'arc... Zobeïda lui dédia un sourire ensorcelant.

— Je te laisse avec elle. Fais ce que tu crois devoir faire, mais ne me laisse pas trop longtemps languir de ton absence ! Chaque minute qui s'écoule sans toi est une éternité d'ennui... ; puis, changeant de ton : Quant à toi, Morayma, laisse-les aussi, mais ne t'éloigne pas. Tu veilleras, lorsque mon seigneur en aura terminé avec elle, à loger cette femme... selon ses besoins et selon son rang !

Catherine se mordit les lèvres de rage. Qu'espérait cette chatte sanguinaire ? Qu'Arnaud allait la tuer ? Sans doute le logement qu'elle recommandait à Morayma de lui trouver était quelque tombe bien profonde et bien secrète, à l'abri des vautours ? Catherine ne s'illusionnait guère sur la subite sollicitude de son ennemie. Depuis qu'elle la croyait la sœur d'Arnaud, Zobeïda la haïssait peut-être plus encore que par le passé, à cause, sans doute, des souvenirs communs où elle n'avait point part. Cette femme devait jalouser même le passé ! Et, comme la Mauresque, en se dirigeant d'un pas nonchalant vers sa chambre, passait auprès d'elle, Catherine ne put s'empêcher de lui lancer :

— Ne te réjouis pas trop vite, Zobeïda... Je ne suis pas encore morte. Il est peu dans nos coutumes que le frère tue la sœur ou l'époux l'épouse.

— Les fils du destin sont tous entre les mains d'Allah ! Que tu vives ou que tu meures, qu'importe ? Mais, si j'étais toi, je choisirais la mort car vivante tu n'as aucune chance d'échapper à ton sort, celui d'une esclave parmi d'autres esclaves, parée et caressée certes tant que tu plairas, délaissée et misérable quand ton heure sera passée !

— Trêve de discours, Zobeïda ! coupa Arnaud brutalement. Je suis seul ici à savoir ce que je dois faire. Va-t'en !

Un rire moqueur à peine étouffé derrière la main, le glissement soyeux des babouches sur le marbre et la princesse disparut. Arnaud et Catherine furent seuls, face à face...

Ils restèrent un instant sans parler, debout à quelques pas l'un de l'autre, écoutant les bruits de ce palais hostile, et Catherine songea avec amertume qu'elle n'avait pas imaginé ainsi leurs retrouvailles. Tout à l'heure, oui, quand il avait arraché son voile et qu'il avait esquissé le geste de la prendre dans ses bras ! Mais, maintenant, les flèches empoisonnées de Zobeïda avaient frappé au plus vif de la chair d'Arnaud, trouvant le cœur. Maintenant, ils allaient se déchirer l'un l'autre avec l'acharnement d'ennemis implacables... Était-ce donc pour en arriver là qu'ils s'étaient cherchés, aimés en dépit des hommes, des guerres, des princes et de tant d'orages capables d'abattre les plus forts ? Quelle pitié !...

Catherine osait à peine lever les yeux sur son époux qui, les bras croisés sur sa poitrine, l'observait, craignant trop de lui montrer les larmes qui emplissaient ses yeux. Elle s'accordait, avant le combat qu'elle sentait venir, un instant de répit, attendant peut-être qu'il parlât le premier. Il n'en fit rien, comptant peut-être sur ce pesant silence pour griffer les nerfs de la jeune femme. Et, en effet, ce fut elle qui attaqua.

Relevant brusquement la tête dans un mouvement plein de défi, elle désigna la dague passée dans la ceinture d'Arnaud.

— Qu'attends-tu pour obéir ? Ne t'a-t-on pas fait suffisamment comprendre ce que tu devais faire ? Tire cette dague, Arnaud, et tue-moi ! Je plaide coupable : en effet, je me suis donnée à Muhammad, parce que c'était le seul moyen de parvenir jusqu'ici... et parce que je ne pouvais pas faire autrement !

— Et Brézé ? Tu ne pouvais pas non plus faire autrement ?

Catherine prit une longue respiration. S'il remontait aussi loin dans les griefs, la bataille serait rude ! Mais elle s'efforça au calme, parlant d'un ton mesuré :

— Brézé n'a jamais, quoi que tu puisses en penser, été mon amant. Il voulait m'épouser. Un instant, j'ai été

332

tentée d'accepter. C'était après la chute de La Trémoille et je n'en pouvais plus ! J'avais besoin, un besoin désespéré de paix, de douceur et de protection. Tu ne peux pas savoir ce qu'a été ce printemps de l'année passée, ni ce que m'a coûté notre victoire ! Sans Brézé, il ne serait resté de moi qu'un peu de chair sanglante aux mains des bourreaux de la dame de La Trémoille...

Elle se tut un instant pour laisser passer l'émotion rétrospective qu'elle venait d'éveiller en elle-même au rappel de cette heure terrifiante, puis, avec un soupir, elle poursuivit, d'une voix sourde :

— Brézé m'a sauvée, protégée, aidée dans l'accomplissement de ma vengeance, il a combattu pour toi et, te croyant mort, il ne pensait pas mal faire en m'offrant de l'épouser car il est bon et loyal...

— Comme tu le défends ! coupa amèrement Arnaud. Je me demande pourquoi tu n'as pas suivi ce doux penchant...

— D'abord parce qu'on m'en a empêchée ! riposta Catherine que la colère reprenait.

Elle ajouta, reconnaissant honnêtement ses torts :

— Sans Cadet Bernard, j'aurais peut-être accepté de l'épouser, mais, devant Dieu qui m'entend, je jure que, lorsqu'il est allé à Montsalvy chercher le parchemin de condamnation pour le reporter au Roi, Pierre de Brézé n'avait aucun motif de croire que j'allais l'épouser. C'est d'ailleurs en apprenant cette démarche... inqualifiable, que j'ai définitivement rompu avec lui !

— Belle et touchante histoire ! remarqua sèchement le chevalier. Qu'as-tu fait après cette rupture ?

Catherine dut faire appel à toute sa patience pour ne pas éclater. Le ton agressif, inquisiteur d'Arnaud l'exaspérait au-delà de toute expression. Il jouait un peu trop bien son rôle de frère à l'honneur outragé, exigeant des comptes, des explications, sans la moindre tendresse, comme s'il n'y avait pas eu, derrière eux, des années d'amour. La lettre même qu'il lui avait laissée en quittant Montsalvy ne traduisait pas tant d'amertume et de hargne... Elle était, au contraire, pleine de mansuétude et d'amour, peut-être parce que, croyant réellement sa vie terminée ou près de se terminer dans l'affreuse dégradation de la lèpre, il avait trouvé, dans sa vaillance et la noblesse de son caractère, le courage d'écrire ces mots de compréhension et de pardon. En retrouvant la vie et la santé, Arnaud avait recouvré du même coup toute son intransigeance et ce terrible caractère dont Catherine avait eu, déjà, tellement à souffrir...

Elle fit un effort sur elle-même, parvint à sourire, d'un sourire infiniment las et triste mais plein de douceur, tendit la main vers lui.

— Viens avec moi ! Ne restons pas sous ce portique où tout le monde peut nous entendre. Allons... tiens, au bout de ce bassin, près de ce lion de pierre qui semble personnifier toute la sagesse du monde...

La nuit lui dissimula l'ombre de sourire qui, un court instant, détendit les traits sévères d'Arnaud.

— As-tu donc tant besoin de sagesse ? demanda-t-il.

Et, au son de sa voix, elle sentit que sa colère fléchissait un peu. Elle y puisa un espoir nouveau. D'ailleurs, il se laissait entraîner sans résistance. Un moment, ils marchèrent en silence au long de la margelle brillante sur laquelle Catherine s'assit, le dos appuyé au lion de marbre. Arnaud resta debout. En face d'eux, le portique et la tour brillaient, roses sur le fond bleu de la nuit, irréels comme un mirage et légers comme un songe. Les bruits du palais avaient presque tous cessé, seuls semblaient vivre encore les oiseaux nocturnes du jardin et les fontaines. Une légère brise faisait trembler, dans le miroir d'eau, le reflet tendre du palais et comme tout à l'heure, dans la cour des Lions, la magique beauté d'Al Hamra s'empara de Catherine.

— Cet endroit est fait pour le bonheur et pour l'amour... pourquoi faut-il que nous nous y déchirions ? Ce n'est pas pour te faire du mal et te laisser m'en faire que j'ai parcouru tant de lieues...

Mais Arnaud refusait encore de se laisser attendrir. Posant un pied sur le rebord de marbre, il demanda, les yeux ailleurs :

— N'espère pas détourner mon esprit sur les sentiers fleuris de la poésie, Catherine ! J'attends de toi un récit exact de ce qui s'est passé, depuis que tu as quitté Carlat.

— C'est une longue histoire, soupira la jeune femme, j'espérais que tu me laisserais le loisir de te la raconter en paix plus tard. Oublies-tu qu'ici nous sommes en danger, sinon toi, moi du moins ?

— Pourquoi toi ? N'es-tu pas la favorite bien-aimée du Calife ? riposta-t-il sarcastique. Si Zobeïda tient à moi, je suppose que, toi, nul n'oserait te toucher...

Catherine détourna la tête pour cacher une crispation de souffrance.

— Tu sais toujours ce qu'il faut dire pour faire mal, n'est-ce pas ? murmura-t-elle douloureusement. Écoute donc puisque tu le veux, puisque je ne retrouve plus l'homme que j'avais quitté et que ta confiance est morte...

La main d'Arnaud s'abattit sur l'épaule de Catherine, la serra à lui faire mal.

— Pas tant de faux-fuyants, Catherine ! Essaie de comprendre que j'ai besoin de savoir ! Besoin ! Il faut que je sache comment ma femme, l'être que j'aimais le plus au monde, après avoir cherché consolation dans les bras d'un frère d'armes, en est venue à vendre son corps à un Infidèle !

— Et qu'as-tu fait d'autre ? s'écria Catherine furieuse. Comment appelles-tu ce que tu fais dans le lit de Zobeïda, depuis des mois ?... ce que j'ai pu voir, tu entends, de mes propres yeux, l'autre nuit, par la fenêtre du patio intérieur !...

— Qu'as-tu donc vu ? demanda-t-il avec hauteur.

— Je vous ai vus, toi et elle, rouler à terre, enlacés. Je t'ai vu la cravacher puis assouvir sur elle ton désir... J'ai entendu ses râles, compté tes caresses : deux bêtes en chasse ! C'était ignoble ! Tu étais ivre, d'ailleurs... mais j'ai cru en mourir !

— Tais-toi ! Je ne savais pas que tu étais là ! lança-t-il avec une admirable logique masculine, mais toi, toi,

Catherine, qu'as-tu fait d'autre au Djenan-el-Arif ? Et toi, tu savais que j'étais là, près de toi...

— Près de moi ? rétorqua Catherine furieuse. Tu étais près de moi, dans le lit de Zobeïda, sans doute ? Tu pensais à moi, à moi seule ?...

— Tu ne crois pas si bien dire ! Il fallait bien que j'éteigne cette fureur qui s'emparait de moi chaque fois que je pensais à toi, que je t'imaginais entre les bras de Brézé, vivant auprès de Brézé, lui parlant, lui souriant, lui offrant tes lèvres... et le reste ! Un corps de femme ressemble à un flacon de vin : il peut dispenser un instant d'oubli...

— Les instants durent longtemps chez toi ! Il était peut-être d'autres moyens, plus dignes de toi, d'oublier ! jeta Catherine abandonnant toute prudence. Ne pouvais-tu tenter de t'évader ? Revenir à Montsalvy, chez toi, auprès des tiens ?

— Pour que tu sois reconnue bigame et condamnée au bûcher ? La jalousie m'aurait moins dévoré si je t'avais moins aimée... mais je ne voulais pas te voir mourir !

— Et puis surtout, coupa Catherine ignorant volontairement l'aveu d'amour, tu préférais continuer à oublier dans les délices de ce palais et dans les bras de ta maîtresse, oublier que tu étais, toi, un chevalier chrétien dans l'amour d'une infidèle et partager ton temps entre la chasse, le vin et l'amour... Ce n'était pas là ce que tu m'annonçais dans ta lettre. En vérité, si je n'avais rencontré Fortunat, j'aurais pu aller te chercher jusqu'en Terre Sainte, car, guéri ou toujours malade, je croyais que tu voulais chercher la mort au service de Dieu, à défaut du Roi !

— Me ferais-tu l'honneur de me reprocher d'être encore vivant ? En vérité, ce serait un comble !

— Pourquoi n'as-tu pas cherché à t'enfuir ?

— Je l'ai tenté mille fois... mais on ne s'évade pas d'Al Hamra ! Ce palais caché dans les roses et les orangers est mieux gardé que la plus sûre forteresse royale... chaque fleur cache un œil ou une oreille, chaque buisson un espion. D'ailleurs, puisque tu as rencontré Fortunat, il a dû te dire de quelle mission je l'avais chargé en l'aidant à nous fausser compagnie quand nous avons quitté Tolède...

— En effet : il m'a dit que tu l'avais envoyé vers ta mère pour lui annoncer ton heureuse guérison !

— ... et ma captivité dans Grenade. Il devait, discrètement puisque je te croyais remariée, lui apprendre la vérité, lui demander de se rendre auprès du connétable de Richemont et de lui confesser l'aventure, en l'implorant de la garder pour lui, sur son honneur de chevalier, ce qu'il aurait fait sans aucun doute, mais en lui demandant d'envoyer une délégation auprès du sultan de Grenade afin d'exiger que je sois mis à rançon et rendu à la liberté. Ensuite, j'aurais gagné la Terre Sainte ou les États du Pape sous un faux nom et personne n'aurait plus entendu parler de moi... mais, au moins, aurais-je pu poursuivre un destin digne de moi et digne de mon nom !

— Fortunat ne m'a rien dit de tout cela ! Tout ce qu'il a su faire a été de me cracher sa haine au visage et sa joie de te savoir enfin heureux entre les bras d'une princesse infidèle dont tu étais passionnément épris.

— L'imbécile ! Et, sachant cela, tu as continué tout de même ?

— Tu m'appartiens, comme je t'appartiens, quoi que tu puisses en penser. J'avais renoncé à tout pour toi, je n'allais pas renoncer à toi au bénéfice d'une autre...

— Ce qui a dû communiquer à tes étreintes avec le Calife un agréable sentiment de vengeance, n'est-ce pas ? lança Arnaud têtu.

— Peut-être ! admit Catherine. Mes scrupules s'en sont, en effet, trouvés amoindris car je te prie de croire que la route est longue entre l'hospice de Roncevaux où j'ai vu Fortunat et cette maudite ville ! J'ai eu le temps de penser, moi aussi, d'imaginer tout à mon aise ce que ma mauvaise étoile devait m'offrir à contempler de mes yeux.

— Ne reviens pas toujours là-dessus ! Je te ferai remarquer que j'attends toujours ton récit !

— À quoi bon, maintenant ? Tu ne veux rien entendre, rien admettre ! Il faut, n'est-ce pas, il faut qu'à tout prix je sois coupable à tes yeux pour apaiser tes remords ? Simplement parce que tu ne m'aimes plus, Arnaud, et que tu tiens à cette fille au point d'oublier que je suis ta femme... et que nous avons un fils !

— Je n'oublie rien ! cria Arnaud pour mieux retrouver une colère que l'image soudainement évoquée du petit garçon venait de faire fondre considérablement. Comment oublierais-je mon enfant ? Il est la chair de ma chair comme je suis celle de ma mère.

Catherine s'était relevée et les deux époux se dressaient, face à face, comme deux coqs de combat, chacun d'eux cherchant le défaut de la cuirasse de l'autre pour blesser plus sûrement, mais, de même que la pensée de Michel avait à demi désarmé Arnaud, le rappel d'Isabelle de Montsalvy glaça la colère de Catherine. Elle en voulait à son époux de toute la puissance de sa déception, mais elle l'aimait trop pour ne pas souffrir du coup qu'elle devait maintenant lui porter. Baissant la tête, elle murmura :

— Elle n'est plus, Arnaud... Au lendemain de la Saint-Michel dernière, elle s'est éteinte doucement. Elle avait eu, la veille, la grande joie de voir notre petit Michel proclamé seigneur de Montsalvy par tous tes vassaux réunis... Elle t'a aimé et elle a prié pour toi jusqu'au dernier souffle...

Dieu que le silence devint lourd, durant les instants suivants ! Seul le troublait la respiration, devenue rapide et saccadée, d'Arnaud... Il ne disait rien. Catherine alors releva la tête. Le beau visage semblait changé en pierre. Son expression figée, son regard fixe ne traduisaient aucune émotion, ni surprise ni douleur... mais de lourdes larmes coulaient lentement le long des joues mates. Elles bouleversèrent Catherine qui, timidement, tendit une main, la posa sur le bras d'Arnaud, serra sans arracher à ce bras rigide le moindre tressaillement.

— Arnaud... balbutia-t-elle... Si tu pouvais savoir...

Il l'interrompit, sans colère, mais nettement :

— Qui garde Michel... tandis que tu cours les grands chemins ? demanda-t-il d'une voix blanche comme s'il se fût agi là d'une information sans importance.

— Sara et l'abbé de Montsalvy, Bernard de Calmont d'Olt... Il y a aussi Saturnin et Donatienne... et tous les gens de Montsalvy qui, peu à peu, retrouvent le bonheur de vivre et leur joie d'être tes vassaux. Les terres revivent... et les moines de l'abbaye construisent un nouveau château, près de la porte sud, pour que château et village puissent mieux se porter secours si revenait le danger...

Tandis que Catherine parlait, le décor enchanteur mais étranger s'effaçait pour les deux époux. À la place du palais rose, de la végétation exubérante, des eaux dormantes, c'était la vieille Auvergne qu'ils voyaient devant eux, avec ses plateaux écartelés de vents, ses lointains bleus, ses eaux rapides et sauvages, ses noires et profondes forêts, son sol rude où mûrissaient mystérieusement l'or, l'argent et les pierres brillantes, avec ses bœufs roux et ses paysans butés mais fiers, ses couchants empourprés, ses aurores fraîches, la douceur mauve de ses crépuscules et les longues écharpes de brume au flanc des vieux volcans éteints...

Sous la main de Catherine, le bras d'Arnaud frémit, céda. Leurs doigts, un instant, se cherchèrent, tâtonnant comme des aveugles cherchant la lumière, se nouèrent. Le contact de la paume dure et chaude d'Arnaud fit courir un frisson de joie jusqu'au cœur de Catherine.

— Ne veux-tu donc plus revoir tout cela ? Il n'est point de prison dont on ne puisse s'échapper, sauf le tombeau, murmura-t-elle. Rentrons chez nous, Arnaud, je t'en supplie...

Il n'eut pas le temps de répondre. Brusquement, le mirage s'évanouit, le charme vola en éclats. Précédée d'une cohorte d'eunuques porteurs de torches et flanquée de Morayma, Zobeïda venait d'apparaître sous le portique et s'avançait le long du bassin. L'eau sembla prendre feu, la nuit s'effaça, les mains, unies la minute précédente, se séparèrent.

Les yeux sombres de Zobeïda se posèrent d'abord sur Catherine avant de revenir, interrogateurs, sur Arnaud. Au froncement de sourcils qui avait accompagné ce regard, Catherine comprit que la Mauresque s'étonnait de la trouver encore vivante. Elle s'expliqua d'ailleurs plus clairement :

— Tu as pardonné à ta sœur, mon seigneur ? Sans doute avais-tu tes raisons. D'ailleurs, ajouta-t-elle avec une perfidie calculée, j'en suis heureuse car mon frère t'en sera reconnaissant. Son retour est annoncé. Demain, cette nuit peut-être, le Commandeur des Croyants regagnera Al Hamra ! Nul doute que sa première pensée ne soit pour sa bien-aimée...

À mesure que parlait Zobeïda, Catherine voyait, navrée, se détruire sous ses yeux tout ce qu'elle venait de reconquérir. La main d'Arnaud ne tenait plus la sienne et la colère, de nouveau, habitait son regard. La réalité avait repris ses droits avec ses personnages impossibles à effacer : le Calife et sa sœur. Catherine, pourtant, voulut encore lutter.

— Arnaud... supplia-t-elle, j'ai encore tant de choses à te dire...

— Tu les lui diras plus tard ! Morayma, emmène-la maintenant chez elle et veille à ce qu'elle soit prête si mon noble frère revient !

— Où l'emmènes-tu ? interrogea sèchement Arnaud. Je veux savoir !

— Tout près d'ici. La chambre qui sera la sienne donne sur ce jardin. Vois comme je suis bonne pour toi ! je loge ta sœur chez moi pour que tu puisses la voir. Dans l'enceinte même du harem où tu n'as pas le droit de pénétrer, ce serait impossible... Laisse-la aller, maintenant. Il est tard, la nuit s'avance, on ne peut causer jusqu'à l'aube...

Oh ! cette voix ronronnante, endormante et persuasive ! Qui donc, en l'entendant, eût supposé, rien qu'un instant, qu'elle portait son poids total de perfidie et de haine ? Arnaud, pourtant, commençait à connaître Zobeïda.

— Tu es bien conciliante, tout à coup ! Cela ne te ressemble guère.

La princesse haussa les épaules et répondit, suave :

— Elle est ta sœur et tu es mon seigneur ! Cela dit tout.

Sur un homme normalement constitué, il est bien rare que la flatterie ne porte pas et, à cet instant, Catherine, inquiète, déplora qu'Arnaud fût tellement normal et eût conservé une telle dose de naïveté. Il semblait satisfait d'entendre Zobeïda s'exprimer avec cette modération.

Catherine, elle, n'était pas dupe. Si la Mauresque faisait patte de velours, il fallait redoubler de vigilance et sa soudaine mansuétude ne lui disait rien qui vaille. Le sourire, la voix charmeuse ne démentaient pas la dureté calculatrice du regard. Les nombreuses épreuves subies par Catherine lui avaient, du moins, appris à lire dans un regard, à épier les réactions de l'ennemi : Arnaud, malgré la cruauté de son passage en léproserie, malgré l'effondrement physique et moral d'une aussi terrible expérience, n'avait jamais eu à se défendre contre une foule d'adversaires plus forts que lui comme l'avait fait sa femme. Loyal et chevaleresque, il avait du mal à se méfier d'un sourire tendre, d'une parole caressante, surtout chez une femme...

Catherine se laissa cependant emmener par Morayma avec une certaine docilité. Pour cette nuit, tout était dit ! Pourtant, avant de s'éloigner, elle se retourna une dernière fois vers Arnaud, sentit son cœur moins transi en constatant qu'il la suivait des yeux.

— Un homme doit savoir choisir son destin, Arnaud... et s'il est digne de lui-même, il ne doit permettre à personne, tu m'entends, à personne de s'interposer entre lui et sa conscience...

La chambre, en effet, donnait immédiatement sur le jardin. De l'étroite, mais confortable couchette où Morayma l'avait étendue, Catherine pouvait voir luire, entre deux minces colonnettes, le bassin sous la lune. Morayma, en l'y installant, lui avait fait remarquer le luxe délicat de la petite pièce, toute vêtue de cristal mauve et vert amande serti de cèdre à l'or assourdi.

— C'est peut-être moins somptueux que ton autre appartement, lui dit-elle, mais plus raffiné ! Zobeïda n'aime pas les grandes pièces. Tu ne manqueras de rien ici et tu auras presque l'impression d'habiter le jardin.

La Juive se donnait, évidemment, beaucoup de mal pour vanter la nouvelle installation de Catherine. Besoin de la rassurer en se rassurant elle-même ? Peut-être !... Des deux, c'était sans doute elle qui en avait le plus urgent besoin car sous ses voiles safran brodés de bleu, Morayma tremblait comme de la gelée... Catherine voulut l'obliger à le reconnaître.

— Pourquoi as-tu si peur, Morayma ? Que crains-tu ?...

— Moi ? fit l'autre avec une parfaite mauvaise foi. Je n'ai pas peur. J'ai... j'ai froid !

— Par cette température ? La brise de tout à l'heure est tombée. On ne voit même plus bouger les feuilles du jardin.

— J'ai froid tout de même... J'ai toujours froid !

Tout en parlant, elle disposait au chevet du lit de Catherine une jatte de lait que la jeune femme contempla avec une certaine surprise.

— Pourquoi ce lait ?

— Au cas où tu aurais soif. Et puis, il te faut boire beaucoup de lait pour l'éclat et la souplesse de ta peau.

Catherine soupira ! C'était bien le moment de s'occuper de sa peau ! On semblait, dans ce palais, se préoccuper uniquement de secrets de beauté et elle commençait à être plus que lasse de ce rôle d'animal de luxe bichonné, engraissé, pomponné pour la consommation du maître. Comme si elle n'avait as d'autre souci que l'éclat de son teint !...

Tandis que Morayma disparaissait aussi vite que le permettaient ses courtes jambes, Catherine tenta de raisonner sa situation. La proximité immédiate de Zobeïda ne lui faisait pas peur. Sans doute la princesse y regarderait-elle à deux fois avant de persécuter celle qu'elle croyait la sœur de son amant et ce n'était pas elle qui tourmentait le plus la jeune femme. C'était Arnaud !... Comme il était étrange et déconcertant ! Tout à l'heure, quand il l'avait reconnue, elle n'avait pas douté une seconde de sa joie de la retrouver ni même de son amour pour elle. Il y a des élans qui ne trompent pas ! Mais Zobeïda avait soufflé cette joie comme une chandelle avec ses insinuations venimeuses et Arnaud avait oublié cette brusque bouffée de bonheur pour ne plus écouter que sa jalousie, sa colère d'époux trahi. Encore, songeait tristement Catherine, ignorait-il certains épisodes tels que celui du camp des tziganes, avec le malheureux Fero, ou celui du donjon de Coca... et il fallait qu'il les ignorât toujours, sinon il n'y aurait plus ni trêve ni repos, ni bonheur possible pour Catherine. Il se détournerait d'elle à tout jamais...

Pourtant, la fatigue due aux émotions de cette journée finit par clore ses yeux, mais elle ne s'endormit pas de ce sommeil profond qui restaure si bien, en quelques heures, les forces les plus amoindries. Elle dormait mal, nerveusement, avec de brusques sursauts et un subconscient plus actif que jamais. Du fond de son sommeil, elle avait l'intuition d'un danger dont, bien sûr, elle ne pouvait déterminer la nature, mais qui s'approchait inexorablement.

Une soudaine sensation d'étouffement l'éveilla tout à fait, la redressa brusquement dans son lit, baignée de sueur et le cœur fou. Le clair de lune, maintenant, s'allongeait sur le dallage de la chambre. Un cri d'horreur s'étrangla dans la gorge de la jeune femme : là... dans la longue éclaboussure blafarde, ondulait lentement une forme mince, noire et luisante... un serpent qui rampait vers le lit !

Ce n'était pas un accident et Catherine le comprit

dans le temps d'un éclair. La jatte de lait que Morayma avait disposée à la tête de son lit !... Le lait, régal préféré des serpents ! La hâte de s'enfuir, la peur qui faisait trembler Morayma, Catherine en saisissait maintenant tout le sens, et aussi le côté prémédité... Cette bête immonde qui s'avançait vers elle, c'était la main même de Zobeïda, la mort sous son aspect le plus hideux !

Les yeux exorbités d'horreur, serrant convulsivement les couvertures de soie contre sa poitrine nue tandis que de désagréables filets de sueur froide coulaient le long de son dos, Catherine regardait approcher le serpent. Jamais elle n'avait éprouvé pareille peur, semblable paralysie de tout son être. Elle était fascinée par le long corps noir qui, lentement, déroulait ses anneaux sur le dallage, plus près, toujours plus près. Et c'était comme un cauchemar sans réveil possible car elle n'osait pas crier. Le serpent n'était pas très grand, mais elle distinguait une large tête plate, triangulaire, hideuse dont un appel, peut-être, précipiterait la morsure. Et puis appeler qui ? Catherine ne pouvait conserver aucune illusion sur l'intention féroce qui lui avait envoyé l'abominable messager de mort. Personne ne viendrait à son appel... Et elle était là, seule, aussi exposée que sur un échafaud avec l'unique rempart de quelques soieries... incapable même de fermer les yeux pour ne plus voir l'affreuse bête.

Son esprit affolé se tourna vers son époux. Elle allait mourir là, à quelques pas de lui, et demain sans doute, quand on découvrirait son cadavre déjà froid, Zobeïda trouverait une infinité d'excuses et de regrets hypocrites. Toutes les chambres ouvraient sur le jardin. Comment pouvait-elle deviner qu'un serpent, attiré par la fraîcheur des bassins peut-être, entrerait dans celle-là ?... Et Arnaud, peut-être, la croirait... Alors, parce que maintenant le serpent allait atteindre le lit bas, parce qu'elle avait trop peur et parce qu'elle avait désespérément besoin de lui, Catherine gémit :

— Arnaud !... Arnaud, mon amour...

Et ce fut le miracle. Catherine crut tout de bon que

la peur l'avait rendue folle quand elle vit qu'il était là, sa haute silhouette écartelant le clair de lune, surgi des ombres du jardin comme le bon génie des contes orientaux. D'un regard, il embrassa la forme terrifiée de Catherine blottie dans l'angle le plus éloigné de son lit et le reptile qui, déjà, redressait sa tête plate. D'une main, il arracha la dague de sa ceinture, empoigna de l'autre une robe qui traînait sur un tabouret, en fit un tampon, et de tout son poids se laissa tomber sur le cobra.

La mort du serpent fut instantanée. Maniée avec force et précision, la dague le frappa à la base de la tête, la détachant presque du corps qui demeura inerte. Arnaud se releva sur un genou, regarda sa femme. Le rayon de lune l'avait atteinte, accusant sa pâleur tragique. Ses mains crispées retenaient toujours la couverture contre elle, mais elle s'était mise à trembler comme une feuille dans la tempête. Pour la rassurer, il murmura, doucement :

— N'aie plus peur ! C'est fini... Je l'ai tué !

Mais elle l'entendait à peine. Envahie, jusqu'aux fibres les plus profondes, par la peur atroce qu'elle avait dû supporter, elle restait là, les yeux exorbités, claquant des dents et incapable de répondre. Inquiet, Arnaud se glissa près d'elle sur le lit.

— Catherine ! je t'en prie, réponds-moi... Tu n'as rien ?

Elle ouvrit la bouche, mais les mots ne pouvaient franchir ses lèvres qui tremblaient convulsivement. Elle avait envie de pleurer, mais elle ne pouvait pas et leva sur son époux un regard encore habité par l'épouvante et si pathétique qu'Arnaud ne résista pas au geste instinctif qui lui venait : celui de la prendre dans ses bras.

Une profonde pitié se leva en lui en constatant qu'elle se blottissait étroitement contre sa poitrine comme si, à la manière des enfants terrifiés, elle cherchait à se faire aussi petite que possible. Il la serra plus fort, cherchant à lui communiquer sa chaleur d'homme pour faire cesser ce tremblement terrifiant. Doucement, il caressa la tête blonde nichée contre son épaule.

— Pauvrette ! Tu as eu si peur... si peur ! Cette misérable femme ! Je la savais capable de tout... et c'est pour cela que je veillais, mais d'une chose aussi lâche !... Calme-toi, je suis là !... je te défendrai !... Nous fuirons ensemble, nous retournerons chez nous. Je t'aime...

Le mot était venu de lui-même, tout naturellement, mais Arnaud ne s'en étonna pas. Sa rancune, sa jalousie avaient craqué d'un seul coup ; tout à l'heure quand, rôdant à travers le jardin parce qu'une sourde inquiétude le ramenait constamment vers cette partie du palais, il avait entendu le faible gémissement de Catherine, son nom à peine prononcé, mais chargé d'angoisse et quand, du seuil, il avait vu le long corps noir glissant sur le marbre vers le lit de sa femme, la peur atroce qu'il avait eue lui avait rendu la mesure exacte de son amour pour elle. Et maintenant qu'elle était dans ses bras, tremblant comme un oiseau malade, il comprenait que rien ni personne ne pourrait jamais se glisser vraiment entre elle et lui, qu'un amour comme le leur pouvait supporter bien des choses, endurer bien des souffrances hormis la déchirure totale. Ils n'avaient qu'un seul cœur en deux corps distincts et Arnaud savait bien qu'il ne pourrait jamais trouver le courage de repousser Catherine loin de lui. Le caprice, né de l'ennui et aussi du profond sentiment de joie qu'il avait éprouvé en apprenant qu'il n'était pas lépreux, ce caprice qui l'avait poussé vers Zobeïda était devenu une sorte d'habitude nécessaire à son équilibre physique, mais c'était une sensation bien pauvre auprès du seul bonheur de tenir Catherine contre lui.

Elle s'agrippait à lui maintenant, de ses deux mains crispées, balbutiant des mots sans suite contre son cou et, un instant, il eut peur que la terreur ne l'eût rendue folle.

— Écoute-moi ! supplia-t-il... Regarde-moi ! tu me reconnais, dis ?

Elle fit signe que oui et il se sentit un peu moins inquiet, se remit à caresser ses cheveux.

— Ma mie !... murmura-t-il... calme-toi, n'aie plus peur... Qu'est-ce que je peux faire pour te rassurer ?

Il se sentait affreusement maladroit, désarmé en face de cet être aux abois qui s'accrochait à lui... Et puis, brusquement, Catherine éclata en sanglots. Il comprit qu'elle était sauvée, que le spectre de la folie s'éloignait et, tendrement, il se mit à la bercer comme un tout petit enfant.

— Pleure ! dit-il doucement, pleure tant que tu voudras, cela te fera du bien...

Les nuages noirs de la peur crevaient en véritables cataractes. Jamais Catherine n'avait pleuré comme à cet instant. C'étaient des mois de souffrance, d'angoisse, de désespoir qui s'en allaient à cet instant, noyés dans ses larmes. Elle pleurait de bonheur, de soulagement, de joie, d'espoir, d'amour et même de reconnaissance dans le cher refuge enfin reconquis. Tout s'abolissait, du passé et du présent. Seule demeurait cette douce chaleur de l'homme adoré qui l'envahissait, cette merveilleuse sécurité qu'il savait lui donner. Les sanglots peu à peu faisaient place à un délicieux bien-être. Lentement, Catherine se calma.

CHAPITRE XIII

LA SENTENCE

Les sanglots s'espacèrent, se ralentirent et Catherine, finalement, garda le silence. Sa respiration retrouva un rythme normal. Les larmes séchèrent sur ses joues et, un long moment, elle demeura sans bouger, savourant le bonheur délicieux de rester blottie contre son époux à écouter battre son cœur, à regarder le jardin sous la lune. Elle était seulement consciente de la main qui, doucement, caressait sa tête comme tant de fois, jadis, elle l'avait fait. C'était si bon de sentir Arnaud tout contre elle, de respirer son odeur d'homme sain après l'avoir cru, durant si longtemps, à jamais perdu pour elle !

Une griserie légère se glissait peu à peu dans les veines de la jeune femme. Il y avait tant de bonheur en elle qu'il fallait bien qu'il débordât et, redressant la tête, elle colla ses lèvres encore humides contre le cou d'Arnaud. Il tressaillit sous ce baiser, inquiet de sentir brusquement s'éveiller son désir. Catherine en eut conscience, instinctivement, prolongea la caresse remontant insensiblement vers le visage et vers les lèvres. Il ne lui laissa pas faire tout le chemin.

Avec une avidité d'affamé, sa bouche emprisonna

celle qui s'offrait, s'y attacha en un baiser qui ne finissait plus et qui ne tarda pas à mettre en feu leur sang à tous deux. En même temps, les mains d'Arnaud, glissant sur les épaules et le dos de Catherine, prirent conscience de sa nudité. Doucement, il écarta les couvertures de soie demeurées entre eux. Elle ne résista pas, l'aida au contraire, avide de s'offrir complètement à lui. Repoussé par ses pieds impatients, le dernier drap tomba, recouvrant le cadavre du serpent dont elle avait failli mourir, mais Catherine l'avait déjà oublié : la vie bouillonnait de nouveau en elle, la chaleur d'amour la bouleversait jusqu'aux entrailles. S'écartant d'Arnaud, elle se laissa glisser sur le dos, dans la lumière froide de la lune pour qu'il pût mieux la voir.

— Dis-moi si je suis toujours belle ? murmura-t-elle, sûre d'avance de la réponse. Dis-moi si tu m'aimes toujours ?

— Tu es plus belle que jamais, diablesse !... et tu le sais bien ! Quant à t'aimer...

— Dis-le-moi ! Tu m'aimes, je le sais, je le vois... Est-ce que j'ai honte, moi, d'avouer que je t'adore ? Je t'aime, mon beau seigneur... Je t'aime plus que tout au monde !

— Catherine !

De nouveau, elle revenait vers lui, pour vaincre cette dernière résistance qu'elle sentait, l'entourait de ses bras doux, l'affolait du contact de sa chair. Elle était un trop merveilleux sortilège et il n'était qu'un homme. Sans s'expliquer par quel miracle la pitoyable créature de tout à l'heure s'était muée d'un seul coup en cette affolante sirène, il s'avoua vaincu, la reprit dans ses bras.

— Mon amour... murmura-t-il contre sa bouche... ma douce Catherine !... ma femme !

La suite était inéluctable. Il y avait trop longtemps qu'ils attendaient, l'un et l'autre, de retrouver ensemble les gestes de l'amour ! Le palais rose aurait pu crouler sur eux, mais n'aurait pu empêcher Catherine de se donner à son époux. Durant de longues minutes, ils s'aimèrent avec une ardeur sauvage, oubliant le danger que renfermaient ces murs chatoyants, attentifs seulement à cette incomparable volupté qu'ils trouvaient ensemble.

Ils se seraient peut-être aimés des heures encore si une brusque lumière n'avait envahi la pièce tandis qu'une voix lançait, stridente de colère :

— L'inceste est-il une coutume franque ? Voilà, il me semble, une étrange attitude pour un frère et une sœur.

Instantanément, le couple se sépara. Arnaud bondit sur ses pieds tandis que Catherine regardait, avec une terreur soudaine, le visage convulsé de Zobeïda qui se tenait debout au centre de la chambre, deux serviteurs portant des torches sur ses talons. La princesse était méconnaissable. La haine avait bouleversé ses traits tandis que sa peau dorée devenait d'un gris de cendre. Ses larges prunelles s'injectaient, ses petits poings, crispés, disaient clairement son désir de meurtre. Elle serrait les dents, si fort que les mots eurent du mal à en franchir le barrage. Tournant le dos à Catherine, elle s'adressa furieusement à Arnaud :

— Tu m'as trompée... mais pas tant que tu le croyais. Je sentais qu'il y avait, entre cette femme et toi, autre chose que le lien du sang. Je le sentais... à ma haine ! J'aurais pu aimer ta sœur, mais, elle, je l'ai détestée du premier regard ! C'est pourquoi je l'ai surveillée...

Du bout de son pied, Arnaud rejeta la couverture, découvrant le corps noir du serpent.

— Surveillée seulement ? Alors, explique-moi donc ceci ? Sans moi, elle serait morte !

— Et je voulais sa mort parce que je devinais qu'il y avait quelque chose entre vous ! J'en étais sûre... Je suis venue, pour faire enlever son cadavre... et je vous ai vus... vus, tu comprends ?

— Cesse de hurler ! coupa Arnaud dédaigneux. Ne dirait-on pas que je t'appartiens ? Tu es là, à crier, à revendiquer comme n'importe quelle fatma du bazar dont l'époux court les filles. Tu n'es rien pour moi, rien, qu'une Infidèle dont je suis seulement le captif !

— Arnaud ! souffla Catherine inquiète de voir son ennemie devenir livide. Prends garde !...

Mais Zobeïda continuait à la dédaigner.

— Et cette femme blanche t'est beaucoup, sans doute ?

— Elle est ma femme ! riposta le chevalier avec simplicité. Mon épouse devant Dieu et devant les hommes. Et, si tu veux vraiment tout savoir, nous avons un fils, dans notre pays ! Maintenant, comprends si tu peux.

Une vague de joie envahit Catherine, malgré la situation précaire. Elle était heureuse qu'il eût jeté son titre d'épouse comme une insulte à la face de sa rivale.

— Comprendre ?

Un sourire chargé de fiel crispa davantage encore le visage décomposé de la princesse tandis que sa voix perdait sa tonalité aiguë pour se charger d'une menaçante douceur.

— C'est toi qui vas comprendre, mon seigneur. Tu l'as dit : tu es mon captif et captif tu demeureras... du moins tant que j'aurai envie de toi ! Que croyais-tu, en m'annonçant triomphalement que cette femme est ton épouse ? Que j'allais pleurer d'attendrissement, mettre sa main dans la tienne, ouvrir devant vous les portes d'Al Hamra et vous donner une escorte jusqu'à la frontière en vous souhaitant tout le bonheur du monde ?

— Si tu étais digne de ton sang, fille des guerriers de l'Atlas, c'est ainsi que tu agirais, en effet !

— Ma mère était une esclave, une princesse turkmène vendue au Grand Khan et offerte en cadeau à mon père. C'était une bête sauvage de la steppe qu'il fallait enchaîner pour la posséder. Elle ne connaissait que la violence et finit par se tuer après ma naissance parce que je n'étais qu'une fille. Je lui ressemble : moi, je ne connais que le sang. Cette femme est ton épouse, tant pis pour elle !

— Que veux-tu en faire ?

— Je vais te le dire. – Une flamme trouble s'alluma dans le regard glacé de Zobeïda. Elle eut un petit rire dur, nerveux, proche de la fêlure – Je vais la faire attacher nue dans la cour des esclaves pour qu'ils s'en réjouissent pendant tout un jour et toute une nuit. Ensuite, on la mettra en croix sur le rempart afin que le soleil brûle et craquelle un peu cette peau qui te plaît tant, puis Yuan et Kong s'occuperont d'elle, mais, rassure-toi, tu ne perdras rien du spectacle. Ce sera ton châtiment. je pense qu'après cela tu n'auras plus envie d'établir de comparaison entre elle et moi, mes bourreaux savent bien leur métier ! Emparez-vous de cette femme, vous autres !

Le cœur de Catherine manqua un battement ; instinctivement, elle tendit les bras vers son époux, comme pour chercher sa protection.

Les eunuques n'eurent pas le temps de faire un geste ; vivement, Arnaud avait saisi sa dague demeurée près du lit et s'était jeté entre Catherine et les esclaves. La colère empourprait son visage, mais sa voix était d'un calme glacial quand il articula :

— Vous n'y toucherez pas ! Le premier qui avance peut être certain de ne pas vivre un instant de plus...

Les eunuques se figèrent, mais Zobeïda éclata de rire.

— Fou que tu es ! Je vais appeler... Les gardes viendront. Ils seront cent, deux cents, trois cents... autant que je voudrai ! Il faudra bien t'avouer vaincu. Abandonne-la à son destin. Je saurai te la faire oublier. Je te ferai roi...

— Crois-tu vraiment me séduire avec de tels arguments ? ricana Arnaud. Et tu dis que je suis fou ? Folle, toi-même...

Avant que quiconque ait esquissé un geste, il avait saisi Zobeïda, immobilisé ses deux poignets d'une seule main tout en la maintenant contre lui. De l'autre, il appuyait sur la gorge de la princesse la pointe acérée de la dague.

— Appelle tes armées, maintenant, Zobeïda ! Appelle si tu l'oses et tu auras poussé ton dernier cri.... Lève-toi, Catherine, et habille-toi... Nous allons fuir !

— Mais... comment ?

— Tu le verras bien. Fais ce que je te dis. Quant à

toi, princesse, tu vas nous conduire, tranquillement, jusqu'à cette issue secrète du palais que tu connais si bien. Si tu fais un geste ou si tu pousses un cri, tu es morte...

— Tu n'iras pas loin, murmura Zobeïda. À peine dans la ville tu seras repris.

— C'est mon affaire. Marche !

Lentement, suivis de Catherine terrifiée, ils avancèrent hors de la pièce, étrange silhouette double devant laquelle les eunuques s'écartèrent avec crainte et s'enfuirent. Le groupe s'avança dans le jardin.

À Catherine l'entreprise paraissait démente, vouée d'avance à l'échec. Elle n'avait pas eu vraiment peur pour elle-même tout à l'heure quand Zobeïda, avec une joie sadique, avait décrit les tortures qu'elle lui réservait. Morayma n'avait-elle pas annoncé le retour du Calife comme très proche ? Zobeïda, dans sa colère, avait dû l'oublier... Curieusement, Arnaud devina la pensée de sa femme :

— Tu as tort, Catherine, de penser que la crainte de son frère retiendrait cette furie de te faire mourir. Elle est au-delà de tout raisonnement, au-delà de toute crainte quand elle est la proie de ses démons.

De fait, malgré la menace que l'arme faisait peser sur sa gorge, Zobéïda siffla entre ses dents serrées :

— Vous n'irez pas loin... Vous mourrez...

Et, tout à coup, perdant la tête, elle se mit à hurler :

— À moi !... À l'aide !... tout en se tordant comme une couleuvre pour échapper à l'étreinte d'Arnaud.

Elle voulut crier encore, mais, cette fois, le hurlement s'étrangla, s'acheva en une sorte d'affreux gargouillis. La dague s'était enfoncée. Zobeïda, sans une plainte, glissa du bras d'Arnaud sur le sable doux du jardin, les yeux grands ouverts sur une immense surprise. Elle s'étala comme une flaque de lumière pâle, sous les yeux épouvantés de Catherine.

— Tu l'as tuée ? balbutia-t-elle éperdue.

— Elle s'est tuée elle-même... Je n'ai pas vraiment voulu frapper. La dague s'est enfoncée seule.

Un instant, ils demeurèrent là, face à face, avec ce cadavre entre eux deux. Arnaud tendit la main à sa femme :

— Viens !... Il faut tenter de fuir ! Les eunuques ont dû donner l'alarme. Notre seule chance était d'atteindre le passage secret avant d'être rejoints.

Sans hésiter, elle mit sa main dans la paume tendue, se laissa entraîner à travers les massifs de fleurs et de feuilles. Mais il était déjà trop tard. Arnaud avait raison : leur chance était de contraindre Zobeïda à leur montrer le passage secret. Maintenant, l'instant était passé. Le jour venait et, en même temps, le jardin s'éveillait. Aux quatre horizons, des pas, des appels se faisaient entendre. Le couple, cerné, hésita un instant sur la route à suivre.

— Il est trop tard ! murmura Arnaud. Nous n'avons pas le temps de courir vers le mur de la ville haute. Regarde !...

De tous côtés surgissaient des eunuques, avec leurs sinistres sabres courbes aux lames desquels le soleil levant arrachait des éclairs. Derrière le rideau d'arbustes où les deux Montsalvy avaient laissé le cadavre de Zobeïda, des cris aigus s'élevaient, les « You !... You !... » de désespoir obligé des servantes et des esclaves.

— Nous sommes perdus ! constata calmement Arnaud. Il nous reste seulement à savoir bien mourir.

— Si je demeure avec toi, je crois que je saurai mourir, fit Catherine en serrant plus fort la main de son époux. Ce n'est pas la première fois que nous regarderons, ensemble, la mort en face. Rappelle-toi Rouen...

— Je n'ai pas oublié ! répondit Arnaud avec un fugitif sourire. Mais, ici, il n'y a pas de Jean Son pour venir à notre secours !...

— Il y a Abou-al-Khayr... et Gauthier et Josse, mon écuyer qui s'est engagé dans les troupes du Calife pour entrer en Al Hamra !... Nous ne sommes pas seuls !

Arnaud regarda sa femme avec admiration.

— Josse ? Qui est encore celui-là ?

— Un truand parisien qui faisait le pèlerinage pour le rachat de ses péchés... Il m'est très dévoué.

Malgré le danger imminent, malgré les silhouettes menaçantes dont le cercle, inexorablement, se refermait autour d'eux, Arnaud ne put s'empêcher de rire.

— Tu m'étonneras toujours, Catherine ! Si tu rencontrais Satan, ma mie, tu serais capable de lui passer une laisse au cou et d'en faire le plus obéissant des petits chiens ! Je constate également avec plaisir que tu as su traîner jusqu'ici cette montagne de muscles et d'obstination normande que l'on nomme Gauthier. Essaie maintenant ton pouvoir sur ceux-là ! ajouta-t-il, changeant de ton et désignant ceux qui approchaient.

Deux groupes distincts s'avançaient maintenant vers le couple, arrêté entre un bassin et un buisson de roses. En tête de l'un, Catherine et Arnaud pouvaient reconnaître les eunuques porte-torches de tout à l'heure précédant le corps, soulevé par dix femmes, de la princesse. L'homme qui conduisait l'autre, Catherine le reconnut à son turban de brocart pourpre : c'était le Grand Vizir, Aben-Ahmed Banu Saradj...

— Tu as raison ! murmura-t-elle. Nous sommes perdus ! Celui-là te hait et n'a aucune raison de m'aimer...

Les deux groupes firent leur jonction avant d'atteindre le couple. Banu Saradj regarda longuement le corps que les femmes déposaient devant lui, enveloppé dans ses voiles d'azur, puis, calmement, il marcha vers les deux jeunes gens. Catherine, instinctivement, avait cherché refuge auprès d'Arnaud dont le bras entourait ses épaules. La mort qui s'avançait vers eux sous l'aspect de cet homme, jeune et élégant, lui semblait plus terrible encore que celle apportée par le cobra, peut-être parce que mourir est affreux quand, après tant de peines, on a enfin retrouvé l'amour et le bonheur. Le jardin était beau, dans la lumière dorée du petit matin. Les fleurs, rafraîchies par la nuit, semblaient plus éclatantes et l'eau avait des reflets bleus, ravissants.

Le regard lourd de Banu Saradj, curieusement vide, se posa sur Arnaud.

— C'est toi, n'est-ce pas, qui as tué la princesse ?

— C'est moi, en effet ! Elle voulait supplicier ma femme, je l'ai tuée.

— Ta femme ?

— Celle-ci est ma femme, Catherine de Montsalvy, venue me rejoindre au prix des plus grands périls.

Les prunelles noires du Grand Vizir glissèrent un instant sur Catherine, chargées d'une ironie qui la fit rougir. Cet homme, en effet, l'avait surprise dans les bras du Calife et l'évocation des périls courus par elle devait, fatalement, l'amuser. Elle en eut honte, se reprocha le demi-sourire du Maure parce que c'était Arnaud qui en faisait les frais.

— C'était sans doute ton droit, remarqua Banu Saradj, mais tu as versé le sang même du Commandeur des Croyants et, pour ce crime, tu mourras...

— Soit, prends ma vie, mais laisse partir mon épouse ! Elle est innocente.

— Non ! protesta Catherine farouchement en s'accrochant à son époux. Ne nous sépare pas, Vizir ! S'il meurt, je veux mourir aussi...

— Ce n'est pas moi qui déciderai de votre sort, intervint Banu Saradj. Le Calife approche de sa ville. Dans une heure, il aura rejoint Al Hamra. Tu oublies trop vite, femme, que tu lui appartiens. Quant à cet homme...

Il n'ajouta rien qu'un geste autoritaire. Quelques-uns des gardes qui l'escortaient s'avancèrent. Malgré ses cris, et sa défense désespérée, Catherine fut arrachée d'Arnaud dont les mains furent liées derrière le dos tandis que la jeune femme était remise aux servantes du harem.

— Reconduisez-la chez elle, recommanda le Vizir d'un ton d'ennui, et faites-la garder de près. Mais, surtout, qu'elle se taise !

— Je me tairai, hurla Catherine hors d'elle à la vue de son époux chargé de liens et entouré de gardes, si tu me laisses avec lui, si tu me donnes à moi aussi des chaînes.

— Sois courageuse, Catherine, supplia Montsalvy. J'ai besoin de ton courage.

— Bâillonnez-la, ordonna Banu Saradj. Ces cris sont insupportables !

Les femmes s'abattirent sur elle comme une nuée de guêpes, l'étouffant, l'aveuglant même. Une écharpe fut nouée, serrée sur sa bouche, une autre entrava ses mains, une autre encore lia ses pieds, puis, comme un simple paquet, la jeune femme fut emportée, sur les épaules des servantes, vers l'appartement de sultane qu'elle avait quitté, au début de cette nuit qui s'achevait, avec au cœur un si grand espoir. La rage la brûlait si fort qu'elle n'avait même pas envie de pleurer ! Dieu allait-il permettre cette injustice ? Arnaud devrait-il mourir pour avoir abattu cette démente sanguinaire qui voulait lui faire subir les pires supplices ? Non... ce n'était pas possible, cela ne pouvait pas être possible !...

Au prix d'une douloureuse torsion de cou, elle parvint à tourner la tête, à apercevoir encore une fois son époux. Entre les cimeterres étincelants, il s'en allait vers les prisons très droit, très fier malgré ses liens, haute silhouette noble dans la lumière matinale. Des larmes jaillirent des yeux de Catherine, amères et brûlantes, chargées de désespoir.

— Je te sauverai... promit-elle tout bas. Dussé-je me traîner aux pieds du Calife, baiser la poussière sous ses pas, je lui arracherai ta grâce...

Elle était prête, une fois encore, à n'importe quelle folie. Pourtant, elle savait bien qu'il était désormais un prix dont Arnaud ne voudrait, en aucun cas, qu'elle payât sa vie sauve... Il l'avait reprise. Elle n'était plus qu'à lui. Tandis qu'on l'emportait, elle entendit, dans l'air bleu du matin, éclater le son aigre des fifres et des tambours rythmant la longue acclamation de la foule. Muhammad venait de rentrer dans Grenade...

Quand, vers le soir, on vint chercher Catherine pour la conduire auprès du Calife, elle sentit l'espoir se faire plus vif en elle. Pourtant, la journée n'avait guère été encourageante.

La garde avait été renforcée aux issues de son appartement, mais l'escadron habituel des servantes et des esclaves s'était réduit à un eunuque muet qui lui avait apporté, vers midi, son repas sur un plateau. Aucune femme n'était venue auprès d'elle. Pas même Morayma ! Et Catherine s'inquiétait de cet isolement, moins pour elle que pour Arnaud. La sévérité que tout cela laissait prévoir n'annonçait rien de bon pour son époux. Elle aurait peut-être plus de mal à arracher sa grâce qu'elle ne l'avait cru tout d'abord...

Il y avait eu le vacarme annonçant le retour du Calife, puis le palais tout entier était retombé dans le silence. De temps en temps, les lamentations des femmes chargées de pleurer Zobeïda parvenaient jusqu'aux oreilles de Catherine, lancinantes, irritantes parce qu'artificielles. Qui donc pouvait sincèrement pleurer cette femme cruelle et sanguinaire ? Et qu'allait subir Arnaud pour en avoir débarrassé le monde ?

Catherine s'irritait de ne pas voir paraître Morayma. Que pouvait craindre cette vieille folle ? Pourtant, elle avait désespérément besoin d'elle. Il fallait, à tout prix, trouver moyen d'avertir Abou-al-Khayr du danger mortel que courait Arnaud ! Le Calife, dans sa colère, n'allait-il pas ordonner sa mort immédiate ? À cette minute où Catherine se tourmentait pour lui, Arnaud avait peut-être même cessé de vivre ?... Mais cette idée, la jeune femme la repoussait farouchement. Non, il ne pouvait pas être mort. Elle l'aurait senti, dans sa chair même.

Mais, à force d'angoisse, Catherine était parvenue à une extrême tension fébrile quand, enfin, Morayma parut au seuil de sa chambre.

— Viens ! dit-elle seulement. Le Maître veut te voir !

— Enfin ! Te voilà ! s'exclama la jeune femme en

se levant vivement pour suivre sa gardienne. Je t'ai attendue tout le jour et...

— Tais-toi ! coupa la vieille juive rudement. Je n'ai pas le droit de te parler. Et prends bien garde de ne pas chercher à fuir. Tu n'aurais plus aucune chance.

En effet, au seuil, une dizaine d'eunuques attendaient, cimeterre au poing, pour escorter Catherine. Morayma se contenta de voiler étroitement la jeune femme en commentant :

— Sois aussi humble que tu pourras, Lumière de l'Aurore. Ce n'est pas au Djenan-el-Arif que je te mène, mais au Méchouar, au palais où le Maître règne. Il est fort irrité. Je te plains car tu vas devoir affronter sa colère.

— Moi, je n'ai pas peur ! riposta Catherine fièrement. Marche devant. Je te suis !

Étroitement encadrée par les eunuques, Catherine se laissa conduire, à travers le harem, jusqu'aux portes du palais réservé au Calife. Les femmes, curieuses, haineuses souvent, se pressaient sur son passage. Elle put entendre des rires, des plaisanteries. Elle vit scintiller les yeux verts de Zorah qui cracha. En quittant la cour des Lions, il y avait même un tel afflux de femmes que l'escorte eut du mal à passer. Les femmes refusaient de se laisser écarter. Il y eut une bousculade et, soudain, Catherine entendit une voix qui, en français, chuchotait à son oreille :

— On l'a conduit au Ghafar ! Ce n'est pas pour tout de suite !

Elle eut un sourire de reconnaissance, croyant bien apercevoir la silhouette de Marie qui se perdait parmi les autres. Ce ne pouvait être qu'elle ! Et elle se sentit soulagée. Ainsi, Arnaud avait été conduit au donjon de l'Alcazaba... mais il ne risquait pas la mort immédiate.

À coup de pommeau de leurs alfanges ou de fouet d'hippopotame, les eunuques forcèrent leur chemin jusqu'à la porte qui faisait communiquer les deux parties du palais. Là, veillaient les gardes maures, casqués et lances au poing, menaçants et solennels, avant-garde de la justice... Au-delà de la porte, c'était la majesté d'une sorte de cloître royal, dentelle de marbre blanc tendue autour d'un tapis d'eau verte, cernée d'une double haie de myrtes odorants. Là, point de tendres buissons, point d'ombres accueillantes comme au Djenanel-Arif : des gardes armés échelonnés jusqu'au grandiose salon ouvert tout au fond sous une pesante tour carrée, et une foule de dignitaires et de serviteurs aux vêtements somptueux. L'escorte et Morayma elle-même laissèrent Catherine à l'entrée de la salle des Ambassadeurs. Des étroites fenêtres garnies de verres multicolores, une lumière assourdie tombait d'aplomb sur le large trône d'or, incrusté de pierres fines, sur lequel le Calife se tenait accroupi, regardant avancer la jeune femme.

Un turban de soie verte, piqué d'une énorme émeraude, enserrait la tête du souverain. En main, il tenait le sceptre, long bambou recourbé et garni d'or. Et Catherine nota, avec un serrement de cœur, qu'aucune douceur ne venait alléger le poids du regard glacial dont il l'enveloppait.

Deux serviteurs en longues robes vertes la prirent aux épaules lorsqu'elle entra et l'obligèrent à s'agenouiller devant le trône. Alors, elle perdit son dernier espoir. Elle n'avait rien à attendre de cet homme qui, d'emblée, la traitait en coupable. Elle demeura immobile, attendant qu'il parlât, mais levant hardiment les yeux vers lui.

D'un geste, il avait fait le vide autour d'elle. Quand le dernier serviteur se fut retiré, il ordonna :

— Enlève ton voile. Je veux voir ton visage. Aussi bien... tu n'y as pas droit. Tu n'es pas des nôtres.

Elle obéit avec joie et, en même temps, se releva, décidée à ne plus rien abandonner de sa fierté. Si elle ne pouvait sauver Arnaud, elle était bien déterminée à obliger Muhammad à l'envoyer le rejoindre. Le voile blanc qu'elle portait glissa autour d'elle comme une flaque claire tandis que son regard croisait celui, irrité, du souverain.

— Qui t'a permis de te relever ?

— Toi. Tu l'as dit : je ne suis pas des vôtres ! Je suis femme libre et de noble lignage. Dans mon pays, le Roi me parle avec respect.

Muhammad se pencha vers elle, un pli à la fois moqueur et méprisant marquant sa bouche charnue.

— Ton Roi t'a-t-il possédée ? Moi, oui !... Quel respect puis-je avoir pour toi ?

— Est-ce pour me dire cela, ô puissant Calife, que tu m'as fait venir ? Je n'en vois pas l'utilité, à moins que tu n'aies plaisir à insulter une femme.

— J'aurais pu, en effet, t'envoyer à la mort sans un mot, mais j'ai voulu te revoir... ne fût-ce que pour juger de ton habileté à mentir.

— Mentir ? Pourquoi donc me donnerais-je cette peine ? Interroge, seigneur : je te répondrai. Une femme de mon rang ne ment pas !

Il y eut un silence. Habitué aux esclaves serviles, aux créatures oisives et molles pour lesquelles il n'était pas de fête plus grande qu'être appelées auprès de lui, Muhammad regardait avec une colère mêlée d'étonnement cette femme qui osait se dresser devant lui, sans peur apparente, sans arrogance non plus, mais simplement fière et digne malgré sa faiblesse présente.

D'ailleurs le ton qu'avait pris leur entretien ranimait le courage de la jeune femme. Si elle pouvait continuer à parler ainsi, presque d'égal à égal, il pouvait y avoir une chance... Brusquement, Muhammad attaqua :

— On dit que le chevalier franc... l'assassin de ma sœur bien-aimée, est ton époux ? fit-il avec une feinte négligence.

— C'est vrai.

— Donc, tu m'as menti ! Tu n'es pas une captive des Barbaresques achetée à Almeria.

— On t'a menti, seigneur ! Moi, je ne t'ai rien dit... car tu ne m'as rien demandé. Maintenant, je te le dis moi-même : j'ai nom Catherine de Montsalvy, dame de la Châtaigneraie, et je suis venue jusqu'ici pour reprendre l'époux que ta sœur m'avait volé.

— Volé ? J'ai rencontré mainte fois cet homme. Il semblait s'accommoder de son sort... et de l'amour insensé que Zobeïda lui vouait.

— Quel captif ne cherche à s'accommoder de son sort ? Quant à l'amour, seigneur, toi qui prends les femmes au gré de ton caprice sans que ton cœur intervienne en rien, tu devrais savoir qu'un homme le pratique assez facilement.

Brusquement, le Calife rejeta le sceptre de bambou qui ajoutait peut-être à sa majesté, mais l'encombrait et s'agita sur son divan de parade. Catherine vit une tristesse passer dans son regard clair.

— Est-ce là ta façon de voir les choses ? fit-il avec amertume. Je t'ai donné, en quelques jours, tant d'amour, que je pouvais m'attendre à plus de chaleur de ta part ! J'ai cru, un moment, avoir trouvé en toi celle que j'avais renoncé à chercher. Tu n'as donc été, dans mes bras, qu'une esclave comme les autres ?

— Non. Tu m'as rendue heureuse, reconnut Catherine honnêtement. Je ne te connaissais pas et j'ai été surprise, agréablement, de te trouver tel que tu es. Je m'attendais à quelque chose de terrible et tu t'es montré doux et bon. Ce souvenir que tu évoques... pourquoi n'avouerais-je pas qu'il m'est agréable et que notre nuit fut une douce nuit ? Ne t'ai-je pas promis de ne pas te mentir ?

D'un mouvement souple et rapide, Muhammad se leva et s'approcha de Catherine. Une vague de sang était montée à ses joues brunes et ses yeux s'étaient mis à briller.

— Alors, murmura-t-il d'une voix basse, pressante, pourquoi ne pas reprendre le poème là où nous l'avons laissé ? Tout peut demeurer comme par le passé. Tu m'appartiens toujours et je peux oublier, aisément, le lien qui t'enchaîne à cet homme.

L'ardeur qui vibrait sous les paroles du Calife fit trembler Catherine. L'amour était le seul terrain où elle se refusait à le suivre parce qu'elle ne pouvait plus répondre à sa passion. Elle secoua la tête, répondit avec une douceur lasse :

— Pas moi ! Il est mon époux, t'ai-je dit. Notre mariage a été béni par un prêtre, dans notre pays. Je suis sa femme jusqu'à ce que la mort nous sépare.

— Ce qui ne tardera guère ! Bientôt, tu seras libre, ma rose, et tu recommenceras ici une existence auprès de laquelle tout ce que tu as connu n'est que mauvais rêve. Je te ferai sultane, reine ici sur tout ce qui vit et respire. Tu auras tout ce que tu désireras et tu régneras plus que moi-même puisque tu régneras sur moi !

Muhammad avait retrouvé, d'un seul coup, le visage passionné qu'il avait eu dans le jardin aux eaux chantantes. Catherine, envahie par une soudaine tristesse, comprit qu'il l'aimait vraiment, que pour elle il était prêt en effet à bien des sacrifices, hormis sans doute le seul qu'elle réclamât de lui. Il serait facile, bien sûr, de lui mentir, de lui laisser croire à un amour fictif, mais elle sentait bien que cela ne sauverait pas Arnaud et que celui-ci ne lui pardonnerait pas cette ultime trahison. Elle avait promis d'être franche, elle le serait jusqu'au bout. Peut-être, après tout, cet homme, qui lui avait toujours paru bon et droit, trouverait-il dans sa nature profonde assez de noblesse pour se montrer magnanime...

— Tu ne m'as pas comprise, seigneur, dit-elle tristement, ou bien tu n'as pas voulu me comprendre. Pour être venue le chercher jusqu'ici, au travers de tant de dangers, il fallait que j'aime mon époux... plus que tout au monde !

— Je t'ai dit qu'il ne serait plus longtemps ton époux !

— Parce que tu as juré sa mort ? Mais, seigneur, si tu m'aimes autant que tu le dis, tu ne peux vouloir me réduire au désespoir. Crois-tu que je pourrais t'aimer après sa mort, accepter les caresses de tes mains rouges encore de son sang ?

Une idée lui vint, tout à coup, généreuse et folle, mais l'imminence du péril couru par Arnaud ne lui laissait pas le choix. Elle avait toujours le droit de se sacrifier pour lui et cet homme avait assez d'amour pour accepter ce qu'elle allait lui offrir.

— Écoute ! dit-elle d'une voix pressante, tu ne peux, si tu m'aimes vraiment, mettre entre nous un souvenir affreux. Laisse partir mon époux. Fais-le reconduire aux frontières du royaume... et je resterai auprès de toi, ta captive aussi longtemps que tu le voudras.

Cette fois, elle faisait une entorse délibérée à cette vérité qu'elle avait promise car elle savait bien que, s'il acceptait, elle ferait tout pour s'enfuir et que, de son côté, Arnaud mettrait tout en œuvre pour la reprendre. Mais il fallait gagner du temps et, surtout, arracher Arnaud à la mort prochaine. Tout doucement, elle se rapprocha de Muhammad, avec une instinctive coquetterie, l'enveloppant de son parfum, s'enhardissant jusqu'à poser sa main sur son bras. Au diable les scrupules ! La vie d'Arnaud avant tout !

— Écoute-moi, seigneur, et fais ce que je te demande, supplia-t-elle. Fais grâce à mon époux !...

Sans la regarder, les yeux fixés sur les frondaisons de la cour, il répliqua froidement :

— Je n'ai pas le droit de faire grâce ! Tu oublies que celle qu'il a tuée était ma sœur et que tout le royaume réclame la tête de l'assassin.

Que Grenade entière voulût venger Zobeïda, universellement détestée, voilà qui laissait Catherine sceptique, mais elle n'en dit rien. Ce n'était pas le moment de discuter la popularité de la morte. Au contact de sa main, elle avait senti frémir Muhammad, et cela lui suffisait.

— Alors... laisse-le fuir ! Nul ne pourra te le reprocher.

— Fuir ?

Cette fois, il la regarda et Catherine, déçue, vit que son regard avait l'éclat froid de l'acier.

— Sais-tu que le Grand Vizir en personne s'est institué son geôlier ? Sais-tu qu'outre les vingt soldats maures qui le gardent à vue, il y a, près du cachot où il est enfermé, une troupe d'hommes du Grand Cadi qui veille également. Car Allah lui-même exige le sang du meurtrier d'une princesse de Grenade. Il me faudrait, pour le laisser fuir, éloigner tout ce monde... et j'y risquerais mon trône !

À mesure qu'il parlait, l'espoir avait, peu à peu, abandonné Catherine. Elle comprenait soudain que cette bataille était vaine, qu'il chercherait tous les prétextes pour refuser une grâce qu'il ne voulait pas accorder. Il haïssait Arnaud, plus certainement parce qu'il était son époux qu'à cause de Zobeïda ! Elle fit cependant une ultime tentative pour l'attendrir.

— Ta sœur voulait me livrer aux esclaves, dit-elle nettement, m'exposer nue sur le rempart puis me jeter à ses bourreaux mongols. Arnaud a frappé pour me sauver et toi tu me refuses sa vie !... et tu dis que tu m'aimes ?

— Je t'ai dit que je ne pouvais pas !

— Allons donc ! Es-tu, oui ou non, le maître ici ? Et qu'était Zobeïda d'autre qu'une femme... une de ces femmes tellement méprisées, de si peu d'importance pour ceux de ta race ? Et tu voudrais me faire croire que le Grand Cadi lui-même, le Saint Homme de Grenade, exige le sang de mon époux !

— Zobeïda était du sang du Prophète ! tonna Muhammad. Et qui verse le sang du Prophète doit mourir ! Le crime est plus grand encore lorsque l'assassin est un Infidèle ! Cesse de me demander l'impossible, Lumière de l'Aurore. Les femmes n'entendent rien aux affaires des hommes !

Le mépris qui sonnait dans sa voix fit bondir Catherine.

— Si tu voulais... pourtant, toi que l'on dit si fort !

— Mais je ne veux pas !

Brutalement, il s'était tourné vers elle, l'avait saisie par les bras qu'il serrait dans sa colère, approchant de celui de Catherine un visage que la rage empourprait.

— Ne comprends-tu pas que tes prières irritent encore davantage ma colère contre lui ? Pourquoi donc ne vas-tu pas au bout de ta pensée ? Pourquoi ne me dis-tu pas : libère-le parce que je l'aime et que je ne renoncerai jamais à lui ! Libère-le parce que j'ai besoin de le savoir vivant à tout prix... même au prix de tes baisers ! Folle ! c'est justement ton amour pour lui, plus encore que le désir de venger ma sœur, qui lui vaut ma haine. Car je le hais maintenant, tu entends... je le hais de toutes mes forces, de toute ma puissance parce qu'il a su obtenir ce que je désirais plus que tout au monde : être aimé de toi.

— Penses-tu mieux réussir en le tuant ? demanda Catherine froidement. Les morts ont une puissance que tu ne parais pas supposer. Tu aurais pu garder captive l'épouse d'Arnaud de Montsalvy, mais tu ne posséderas jamais sa veuve ! D'abord parce que je ne lui survivrai pas. Ensuite parce que le sang dont tu seras couvert me ferait horreur si je devais vivre encore...

D'une brusque secousse, elle s'était dégagée, éloignée de quelques. pas et, maintenant, elle le défiait du regard. Il était étrange de voir combien la colère rendait les hommes semblables entre eux. Sur le masque exaspéré de celui-là, elle retrouvait le reflet d'autres fureurs, celles de tous les hommes qui l'avaient aimée ou qu'elle avait combattus. Et toujours elle était sortie, finalement, victorieuse. Du moment qu'il ne faisait pas appel à son cœur ou à sa sensibilité, elle se sentait forte en face d'un homme en colère. Mais, en pensant que cette faiblesse que dénote toujours la colère lui livrerait Muhammad, elle se trompait. Les autres étaient de sa race. Celui-là était différent. Il y avait un monde entre eux par-dessus lequel leurs esprits ne pouvaient se rejoindre.

Au prix d'un effort violent sur lui-même, le Calife se calma. Tournant le dos à Catherine, il retourna s'asseoir sur son trône, reprit son sceptre comme s'il cherchait dans l'emblème de sa puissance une défense contre cette femme trop attirante. Catherine se raidit, inquiète soudain du regard oblique qu'il lui jetait tandis qu'un mince sourire faisait luire ses dents sous sa barbe blonde. La peur maintenant glissait insidieusement en elle ! La fureur de Muhammad était moins terrifiante que ce sourire !

— Tu ne mourras pas, Lumière de l'Aurore ! commença-t-il doucement.

— Cesse de m'appeler ainsi ! s'insurgea la jeune femme. Ce nom me fait horreur. Le mien est Catherine !

— J'ai peu l'habitude de ces noms barbares, mais je ferai selon ton désir. Donc, tu ne mourras pas... Catherine... car je veillerai à ce qu'aucun moyen ne t'en soit laissé. Et je t'aurai quand je voudrai. Non... ne proteste pas ! Je n'aurai pas sur les mains le sang de ton époux... car c'est toi-même qui le tueras !

Le cœur de Catherine manqua un battement. Elle crut avoir mal entendu, demanda avec angoisse :

— Que dis-tu ? J'ai mal compris...

— Tu le tueras, de ta jolie main fine. Écoute plutôt : ton époux est au fond d'une geôle, en ce moment. Il y restera jusqu'au jour des funérailles solennelles de sa victime, qui auront lieu au coucher du soleil, dans une semaine d'ici. Ce jour-là, il mourra afin que l'esclave accompagne sa maîtresse dans l'Au-delà et que Zobeïda, puisse, dans la tombe, contempler les restes sanglants de son meurtrier. Jusque-là, il ne boira, ni ne mangera, ni ne dormira, afin que le peuple voie quelle pauvre chose ma colère peut faire d'un chevalier franc. Mais ce qu'il va souffrir n'est rien auprès de l'univers de tortures qu'il devra endurer avant de mourir. À la face du ciel, devant tout le peuple, les bourreaux lui feront regretter cent fois d'être né... à moins que...

— À moins que quoi ? souffla Catherine, la gorge sèche.

— À moins que tu n'abrèges son supplice. Tu y assisteras, ma rose, parée comme il convient à une sultane. Et tu auras le droit d'abréger ses tortures en le frappant, toi-même, avec l'arme même dont il s'est servi pour tuer.

Ainsi, c'était cela qu'il avait trouvé pour la faire souffrir ? Le choix abominable entre frapper, elle-même, l'homme qu'elle adorait, ou bien l'entendre hurler pendant des heures dans les supplices ! Mon Dieu ! Comment pourrait-elle trancher cette vie dont dépendait la sienne ? Tristement, pitoyablement elle murmura, comme pour elle-même :

— Il bénira la mort que lui donnera ma main.

— Je ne crois pas. Car il saura que tu m'appartiendras désormais en toute propriété. On ne lui laissera pas ignorer que, le soir même, je t'épouserai.

Une telle cruauté se lisait sur le beau visage du Calife que Catherine détourna les yeux, écœurée.

— Et l'on te dit bon, noble, généreux !... On te connaît mal ! Pourtant ne te réjouis pas trop vite. Moi non plus, tu ne me connais pas ! Il y a une limite à la souffrance.

— Je sais. Tu as dit que tu mettrais fin à tes jours. Pas avant le jour du supplice, cependant, car rien ne pourrait sauver ton époux de la torture si tu n'étais plus. Il te faut rester vivante pour lui, douce dame !

Elle leva sur lui un regard de noyée. Quel genre d'amour lui vouait donc cet homme ? Il lui criait sa passion et, l'instant suivant, la torturait avec une froide cruauté... Mais elle ne raisonnait plus, ne luttait plus ! Elle était à bout d'espoir. Pourtant, il n'était pas possible qu'il ne se trouvât pas, au plus profond du cœur de cet homme, de ce poète, une toute petite place accessible à la pitié... Lentement, elle se laissa glisser à genoux, courba la tête.

— Seigneur ! murmura-t-elle. Je t'implore ! Vois... je suis à tes pieds, je n'ai plus d'orgueil, plus même d'amour-propre. Si tu as pour moi un peu d'amour, si peu que ce soit, ne me laisse pas souffrir ainsi ! Tu ne peux me condamner à la torture que seront les jours à venir, tu ne peux vouloir que j'agonise lentement sous le même toit que toi. Si tu ne veux, ou ne peux m'accorder la vie de mon époux, alors permets-moi de le rejoindre. Laisse-moi partager ses souffrances et sa mort et, devant Dieu qui m'entend, je jure qu'en mourant je te bénirai...

Elle tendait, instinctivement, des mains suppliantes, levait maintenant vers lui son beau visage noyé de larmes à la fois touchante et si belle que, contrairement à ce qu'elle espérait, la colère de Muhammad se durcit.

— Relève-toi, dit-il sèchement. Inutile de t'humilier, j'ai dit ce que j'avais à dire.

— Non, tu ne peux pas être si cruel ! Qu'as-tu à faire d'un corps dont l'âme ne peut t'appartenir ?... Ne me fais pas souffrir... Aie pitié de moi !

Elle cacha son visage dans ses mains, mais, au-dehors, le soleil se couchait dans une gloire sanglante. Du haut du minaret voisin, la voix perçante d'un muezzin s'éleva vers le ciel, appelant les croyants à la prière du soir. Elle couvrit les sanglots désespérés de Catherine, et Muhammad qui, peut-être, allait fléchir, se reprit entièrement. D'un geste violent, il désigna la porte, jetant durement :

— Va-t'en ! Tu perds ici ton temps et tes peines ! Tu n'obtiendras rien de moi. Rentre chez toi. Il est l'heure pour moi d'aller prier !

Instantanément, les larmes de Catherine séchèrent au feu d'une brutale fureur. Elle se releva vivement, dardant sur le Calife un regard brûlant de haine.

— Tu vas prier ? fit-elle avec un écrasant mépris. Tu sais donc prier ? Alors, n'oublie pas, seigneur, d'apprendre à ton Dieu comment tu entends briser l'union de deux êtres et obliger l'épouse à frapper l'époux. S'il t'approuve, c'est qu'il est vraiment bien différent du seul et vrai Dieu ! et aussi que l'on a les dieux que l'on mérite !

Ramassant son voile blanc, elle s'en drapa négligemment, sortit sans se retourner, retrouvant au-dehors Morayma et son escorte. La longue cour verte se vidait rapidement. Les hommes se rendaient à la mosquée. Seuls, quatre jardiniers nonchalants s'attardaient encore à élaguer les buissons de myrtes. L'un d'eux, un Maure gigantesque, toussa quand Catherine passa auprès de lui. Machinalement, elle tourna la tête, le regarda, retint un haut-le-corps. Entre le turban blanc et l'étroite barbe noire, elle avait reconnu Gauthier.

Leurs regards se croisèrent. Mais elle ne pouvait ni s'étonner, ni s'arrêter. Il fallait continuer son chemin tandis que le faux jardinier, du même pas traînant que ses confrères, s'en allait, lui aussi, vers la mosquée. Pourtant, en regagnant sa geôle dorée, Catherine sentit que son cœur s'était allégé. Elle ne pouvait comprendre comment Gauthier se trouvait là, mêlé aux serviteurs d'Al Hamra, mais, s'il y était, c'était sûrement grâce à Abou-al-Khayr. Il devait passer pour sourd et muet, sans doute, ce qui était la situation la moins dangereuse pour un faux musulman. Et la pensée qu'il était là, tout près d'elle, était si réconfortante que Catherine en aurait pleuré de joie. C'était bon de le savoir dans ce palais maudit, veillant sur elle autant qu'il était possible ; Josse, de son côté, était à l'Alcazaba, mêlé aux soldats... peut-être même au Ghafar, près d'Arnaud. Mais là, l'angoisse reprenait Catherine. D'abord, il ne connaissait pas Arnaud. Ensuite, que pourrait le Parisien pour adoucir le martyre du prisonnier ? Les paroles de Muhammad résonnaient encore dans la tête de Catherine : « Durant une semaine, il ne mangera, ni ne boira, ni ne dormira... » Quelle pauvre loque humaine serait Arnaud après ces jours de torture ! Et faudrait-il que Catherine enfonçât elle-même, dans le cœur de son époux, la dague qui, tant de fois, l'avait défendue, protégée ? Rien qu'à cette pensée la jeune femme sentait sa gorge se sécher, son cœur défaillir. Elle savait que, jour après jour, heure après heure, elle allait souffrir par l'imagination, en même temps que l'homme aimé...

Une seule pensée un peu consolante : « Après l'avoir frappé, je me frapperai moi-même », se jura-t-elle.

Lorsque Catherine eut regagné sa chambre, Morayma, qui ne lui avait pas adressé la parole, lui jeta un regard incertain.

— Repose-toi. Dans une heure, je reviendrai te chercher...

370

— Pour quoi faire ?

— Pour te confier aux baigneuses. Chaque nuit, désormais, tu seras conduite au lit du Maître.

— Tu ne veux pas dire qu'il veut ?...

L'indignation lui coupa la parole, mais Morayma haussa les épaules, avec le fatalisme de sa race.

— Tu es son bien. Il te désire... Quoi de plus naturel ? Quand on ne peut éviter le destin, la sagesse exige de le subir sans se plaindre...

— Et tu crois que je vais accepter cela ?

— Que peux-tu faire d'autre ? Tu es belle. À sa façon, le Maître t'aime. Tu désarmeras peut-être sa colère...

Un coup d'œil farouche de Catherine la renseigna sur la valeur de ses encouragements et elle préféra s'éloigner. Demeurée seule, la prisonnière se laissa tomber sur son lit, malade de fureur à la pensée de ce qui l'attendait encore. Dire qu'elle avait cru en ce Calife qui la traitait avec une si froide cruauté ! Il était bien le frère de Zobeïda. Elle avait retrouvé en lui la même arrogance, la même jalousie sauvage, le même égoïsme absolu. Zobeïda pensait qu'Arnaud pourrait laisser mourir Catherine, l'oublier auprès d'elle, et Muhammad osait prétendre la faire sienne au moment même où il condamnait son époux à des souffrances sans fin ! Certes, Catherine était fermement décidée à se défendre farouchement, mais son bourreau avait tous les moyens de la réduire à l'impuissance. Il rirait, sans doute, des efforts qu'elle ferait pour lui résister... et elle n'avait même pas la ressource de se tuer ! Tristement, elle tira le petit flacon de poison que lui avait envoyé Abou-al-Khayr de la cachette où elle l'avait dissimulé, derrière une plaque d'azulejos qu'elle avait descellée du mur. Si elle avait pu en faire parvenir la moitié à son époux, elle eût avalé sans hésiter le reste du flacon... mais ce n'était pas possible ! Elle devait donc rester en vie pour Arnaud, pour lui éviter les bourreaux...

Le pas glissant de l'eunuque muet du matin, chargé

d'un nouveau plateau, la fit sursauter. Le flacon disparut au creux de sa main. Elle regarda le serviteur déposer son chargement tout près d'elle, sur le lit, au lieu de le placer à terre, sur quatre pieds, comme de coutume. Agacée, elle voulut repousser ce repas dont elle n'avait pas envie quand un coup d'œil significatif du Noir attira son attention. L'homme tirait de sa manche un mince rouleau de papier et le laissait tomber sur le plateau, puis, s'inclinant jusqu'à terre, se retirait à reculons, protocolairement.

Sur le papier, hâtivement déroulé, Catherine, avec une joie soudaine, lut les quelques lignes qu'avait tracées son ami le médecin.

« Celui qui dort d'un profond sommeil ignore aussi bien la souffrance que les contingences extérieures. La confiture de roses qui, chaque soir, te sera servie t'apportera quelques heures d'un sommeil si lourd que rien ni personne ne pourra t'éveiller... »

Il n'y avait rien de plus, mais, du cœur de Catherine, une ardente action de grâces monta vers l'ami fidèle qui, par des moyens connus de lui seul, parvenait à veiller sur elle si attentivement. Elle avait compris : chaque soir, en venant la chercher, Morayma la trouverait si profondément endormie que le Calife serait bien obligé de renoncer à ses prétentions. Et qui donc soupçonnerait l'innocente confiture de roses sans laquelle il n'était guère de repas convenable à Grenade ?

Replaçant vivement le flacon dans sa cachette, Catherine s'installa devant son repas. Il fallait manger autre chose pour ne pas éveiller de soupçons. Ce n'était pas facile parce qu'elle n'avait vraiment pas faim, mais elle se força à entamer plusieurs plats. Enfin, elle avala trois cuillerées de la fameuse gelée parfumée, puis alla s'étendre sur son lit, emplie d'un sentiment de triomphe. Elle avait trop confiance en son ami Abou pour ne pas s'abandonner entièrement à ses ordres, à peu près certaine que la sollicitude du petit médecin ne s'étendrait pas seulement à elle. Pour être aussi bien renseigné, il ne devait pas ignorer la situation tragique d'Arnaud. La présence de Gauthier parmi les jardiniers d'Al Hamra en était une sorte de preuve. Peu à peu, les nerfs tendus de Catherine se relâchèrent. La drogue mystérieuse contenue dans la confiture prenait possession de son organisme...

CHAPITRE XIV

LES TAMBOURS D'ALLAH

Au pied du double donjon rouge encadrant la porte des Sept Étages, la foule se rassembla quand la chaleur du jour commença de décroître. Il y avait là un grand espace vide où le Calife faisait manœuvrer des troupes et où avaient lieu les plus grandes fêtes publiques. On y avait construit, au bas des remparts d'Al Hamra, des échafaudages de bois pour le public et des tribunes tendues de soies multicolores pour le Calife et ses dignitaires, mais il y avait tant de monde que les échafaudages furent bientôt pris d'assaut et qu'une grande partie du public resta debout.

Durant les quelques jours précédents, les prêtres et les mendiants avaient parcouru la ville pour annoncer partout que le Commandeur des Croyants donnerait, ce jour-là, une grande fête pour les funérailles de sa sœur bien-aimée, fête au cours de laquelle l'Infidèle qui l'avait tuée serait mis à mort. Et toute la ville, à l'heure dite, était venue : hommes, femmes, enfants, vieillards confondus en une masse mouvante et colorée, criarde et agitée. Les paysans étaient descendus des montagnes voisines, mettant la tache brune de leurs djellabas terreuses parmi les robes rouges, blanches, bleues ou orange des citadins. On se montrait quelques groupes de guerriers mercenaires, venus du Maghreb, leurs longs cheveux tressés flottant sur le selham noir éclairé, dans le dos, d'un losange écarlate, d'autres vêtus de bleu sombre et voilés comme des femmes, portant d'étranges boucliers de peau enluminée, plus redoutables peut-être dans leur mystère que les cavaliers maures aux casques étincelants.

Toute la Ville Haute était descendue, en vêtements de fête, brillants d'or ou d'argent, sur lesquels tranchaient les draperies immaculées des imams envahissant déjà la tribune du Grand Cadi. Un peu partout, erraient les grands esclaves soudanais du palais, d'une élégance voyante dans leurs robes criardes aux teintes agressives, l'anneau de la servitude à l'oreille, riant comme des enfants dans l'attente du spectacle.

Une atmosphère de kermesse régnait sur tout cela. En attendant que le spectacle commençât, tous les baladins de la ville s'étaient transportés sur le champ de manœuvre, sûrs de trouver là un public. Bateleurs, conteurs rythmant leurs récits de brefs coups de tambourin, charmeurs de serpents noirs et chevelus brandissant leurs dangereux pensionnaires en une danse frénétique, acrobates plus désarticulés que les serpents eux-mêmes, sorcières brassant l'avenir dans des corbeilles d'osier pleines de coquillages blancs et noirs, chanteurs nasillards braillant des versets du Coran ou des poèmes d'amour d'une voix de muezzin, vieux pitres au cuir noir, à la barbe grise, grimaçant au milieu d'une tempête de rires, mendiants industrieux aux doigts trop agiles, tout cela mélangé dans la poussière rouge soulevée par leurs pas, sentant le crottin de cheval et la paille.

Au-dessus de la porte d'entrée d'Al Hamra, quelques hommes apparurent, entre les créneaux. L'un d'eux, grand, vêtu d'une robe rayée orange, précédait les autres qui, ayant croisé respectueusement leurs mains, semblaient attendre ses ordres. Le Calife Muhammad venait s'assurer, d'un dernier regard, que tout était en place et que le spectacle allait pouvoir commencer. Autour de l'immense place, les escadrons de cavaliers aux casques pointus enturbannés de blanc prenaient position... Sur les tours d'Al Hamra, des cigognes, perchées sur une patte, rêvaient, immobiles...

Pendant ce temps, dans l'appartement des sultanes, les femmes, sous la direction agitée de Morayma, préparaient une Catherine apparemment insensible. Debout au centre de la pièce, au milieu d'une débauche de voiles, de soieries, de coffrets ouverts, de flacons précieux, elle se laissait habiller sans un mot, sans un geste, pareille à quelque statue aux yeux vivants. On n'entendait, dans la salle, que les criailleries de Morayma, jamais satisfaite du travail effectué, et les soupirs agacés des servantes.

La maîtresse du harem avait l'air d'une prêtresse accomplissant un rite tandis qu'elle apostrophait les femmes qui, pièce après pièce, habillaient Catherine d'or des pieds à la tête. De fin cuir doré, brodé d'or et d'émeraudes étaient les babouches enfermant ses pieds, de mousseline d'or l'ample pantalon, de brocart d'or la courte brassière emprisonnant sa poitrine. Une profusion de bijoux composait le reste du costume : bracelets montant jusqu'au milieu des bras, lourds anneaux de chevilles, collier-carcan laissant glisser de grosses gouttes d'émeraudes jusque sur les seins à demi découverts par le profond décolleté, enfin une fabuleuse ceinture, large et lourde, véritable chef-d'œuvre de l'art persan, enrichie de diamants, de rubis et d'émeraudes, que Morayma, avec une sorte de crainte respectueuse, avait posée sur les hanches de la jeune femme :

— Le Maître, en t'envoyant cette ceinture, montre bien sa volonté de faire de toi son épouse. Ce joyau, jadis commandé par le Calife de Bagdad, Haroun-al-Raschid, pour son épouse favorite, est la perle de son trésor. Après le pillage du palais de Bagdad, l'émir de Cordoue, Abd-er-Rhamane II, l'acheta pour celle qu'il aimait puis elle fut volée. Le seigneur Rodrigue de Bivar, le Cid, la donna à son épouse, doña Ximena, mais la ceinture fut reprise ensuite, après sa mort. Toutes les sultanes l'ont portée au jour de leur mariage...

Morayma se tut bientôt. Catherine n'écoutait pas. Depuis une semaine, elle vivait, en somnambule, dans une sorte de cauchemar éveillé qui n'avait pas tardé à emplir Morayma, puis tout le harem, d'une sorte de crainte superstitieuse. L'étrange et profond sommeil dans lequel, chaque soir, elle tombait depuis la capture de son époux, avait plongé Muhammad dans la colère d'abord, puis dans un étonnement un peu craintif. Rien ne pouvait vaincre ce sommeil qui durait plusieurs heures, celles de la nuit, et c'était comme si la main même d'Allah avait pris soin de clore les paupières de la captive. On avait bien, tout d'abord, pensé à une drogue, mais rien, dans le comportement de la jeune femme étroitement surveillée, n'avait paru anormal. Muhammad en était venu à conclure qu'il y avait là un signe du Ciel. Il ne devait pas toucher à cette femme, épouse d'un meurtrier, tant que son légitime propriétaire vivait encore et, dès le troisième soir, il avait cessé de demander Catherine. Mais Morayma, superstitieuse à l'excès et tournée, en bonne fille de Juda, vers l'ésotérisme, n'était pas loin de considérer la nouvelle favorite comme un être extraordinaire. Ses silences, ses longues heures de mutisme taciturne lui semblaient les signes d'un esprit marqué par les esprits invisibles.

À dire vrai, les effets de la drogue d'Abou-al-Khayr avaient de plus en plus de mal à s'effacer du cerveau de Catherine. Elle vivait, le jour, dans une sorte d'état second, l'esprit envahi de fumées qui avaient du moins l'avantage d'estomper l'angoisse et d'endormir la douleur. Peut-être, sans cela, fût-elle devenue folle tant était insupportable la pensée d'Arnaud torturé par la faim, la soif et le manque de sommeil dans le lugubre donjon d'Al Hamra. Cependant, inquiète de sentir ses sens et ses réflexes s'endormir, Catherine, aux deux derniers soirs de la semaine, n'avait pas touché à la confiture de roses et s'était contentée de feindre le sommeil. Elle voulait être en possession de toutes ses facultés au jour de l'exécution.

Une dernière touche de khôl aux paupières et Morayma enveloppait Catherine d'un voile, tissé et rebrodé d'or, qui achevait d'en faire une idole étrange et barbare.

— Il est l'heure, maintenant... souffla-t-elle en lui offrant la main pour l'aider à franchir le seuil.

Mais Catherine refusa la main tendue. Elle était persuadée que ce chemin dans lequel elle s'engageait était celui de la mort, qu'il ne lui restait plus beaucoup de temps à vivre et que ces parures fabuleuses dont on l'avait revêtue n'étaient que les ornements suprêmes de la victime destinée au sacrifice. Tout à l'heure, elle poignarderait Arnaud pour lui éviter de plus longues et de plus abominables tortures, puis elle tournerait vivement l'arme contre elle-même et tout serait dit. Son âme, unie à celle de son époux, s'envolerait dans cet air bleu et chaud, dans ce soleil qui, bientôt, allait s'abîmer derrière les montagnes neigeuses, et ils seraient à jamais réunis, délivrés de la douleur, du doute, de la jalousie, laissant seulement un peu de chair inerte aux mains de leurs bourreaux. À tout prendre, oui, ce jour était un beau jour parce que Catherine, comme Arnaud lui-même sans doute, n'aspirait plus qu'à un profond repos...

Lorsque la future sultane, environnée de femmes et escortée d'une puissante troupe d'eunuques, apparut dans l'enceinte, le Calife et sa suite avaient déjà pris place dans la tribune élevée, tendue de vert et d'or, qui leur était préparée. Les nombreux amuseurs de la foule avaient cessé leurs tours, mais le silence ne s'était pas fait. Le peuple jacassait comme une volière en folie, parvenu au plus haut degré d'excitation. L'apparition de la favorite retint un instant son attention. Au milieu des voiles tendres de ses femmes, bleus, roses, safran ou vert amande, elle était scintillante et mystérieuse à la fois, l'éclat de ses joyaux se devinant sous le nuage doré de son voile. Silencieusement, Catherine vint prendre place dans une tribune, moins élevée que celle du Calife, auprès de laquelle elle était située. Des soieries bleues l'habillaient et quelques marches la faisaient communiquer avec le sable de l'arène improvisée.

Silencieux, lui aussi, Muhammad regardait approcher la jeune femme, caressant d'un geste nerveux et machinal sa barbe blonde. Leurs regards se croisèrent, mais ce fut lui qui détourna les yeux, impressionné par l'éclair sauvage échappé à ceux de Catherine. Avec un froncement de sourcils, il ramena son attention vers l'arène sur laquelle une troupe de jeunes danseurs berbères venaient d'apparaître au son d'une musique à la fois nasillarde et plaintive. Vêtus de longues robes blanches, chargés de lourds bijoux et fardés comme des filles, la taille et le front ceints de cordelières rouges, ces jolis éphèbes avaient des visages d'une finesse exquise, des yeux languides et des sourires hermétiques. Martelant le sol de leurs pieds agiles, ils se déhanchaient voluptueusement, mimant en un ballet étrange, aux figures compliquées, les gestes mêmes de l'amour. Certains chantaient, d'une voix de tête suraiguë, en s'accompagnant de rebecs à la musique aigrelette ; d'autres faisaient sonner entre leurs doigts des castagnettes de bronze qui rythmaient leurs pas.

Ces danses équivoques déplaisaient à Catherine qui détourna la tête, geste qui lui valut les regards haineux des jeunes danseurs, mais elle avait peine à supporter leurs gestes maniérés, la molle féminité de leurs attitudes dans cette fête de la mort. Car c'était bien la fête même de la mort. C'était du sang qu'était venue chercher cette foule ! Là-haut, dans la mosquée royale, les tambours se mirent à rouler, sinistrement. Leur grondement passa, comme un vent d'orage sur les danseurs qui se jetèrent à terre, haletants, et y demeurèrent immobiles tandis que s'éteignait leur musique enragée. Lentement, les lourds vantaux de la porte des Sept Étages s'ouvrirent, livrant passage à un cortège solennel. Précédé de joueurs de raïtas, de fifres et de tambourins, porté sur une civière d'argent par vingt esclaves, le corps embaumé de Zobeïda venait d'apparaître, forme rigide et rouge sous le long voile pourpre qui le recouvrait des pieds à la tête. Une théorie de prêtres en robes blanches l'entourait puis venait une grosse troupe d'eunuques noirs, menés par leur chef, un gigantesque Soudanais au visage de bronze qui portait son cimeterre retourné en signe de deuil.

L'apparition de son ennemie réveilla Catherine de l'espèce de dédaigneuse indifférence dans laquelle elle s'enveloppait. Zobeïda était morte, mais sa haine vivait encore. Catherine sentit qu'elle l'envahissait, qu'une rage froide s'emparait d'elle à la vue de ce corps rigide auquel, tout à l'heure, il lui faudrait sacrifier son époux et se sacrifier elle-même. Les esclaves, cependant, déposaient la civière sur une sorte de table basse devant la tribune du Calife qui se leva et vint, suivi de Banu Saradj et de plusieurs dignitaires, saluer la dépouille mortelle de sa sœur. Une fois de plus, Catherine voulut détourner les yeux, mais quelque chose la contraignit à n'en rien faire. Presque insupportable d'insistance, elle avait senti, sur elle, le poids d'un regard et, instinctivement, regarda du côté d'où il venait. C'est alors que, parmi la suite du Calife, elle reconnut Abou-al-Khayr. La haute et large silhouette du capitaine de la garde maure lui avait caché jusque-là la forme fluette de son ami. Sous l'énorme turban orange qu'il affectionnait, le petit médecin la regardait obstinément et quand, enfin, leurs regards se croisèrent, Catherine vit qu'il lui adressait un furtif et rapide sourire puis détournait la tête comme pour l'inviter à suivre la direction de son regard. Elle découvrit alors, debout aux premiers rangs de la foule qu'il dominait de sa haute silhouette, Gauthier qui, les bras croisés, jouait assez bien le curieux. Toujours vêtu de sa souquenille de jardinier, une sorte de cône de feutre rouge enfoncé sur les yeux, il semblait aussi calme et aussi paisible que s'il fût venu assister à la plus joyeuse des fêtes et non à une exécution.

Puis les yeux d'Abou-al-Khayr se posèrent plus loin, sur un groupe de cavaliers maures, et Catherine, sous un casque à longue pointe dorée, reconnut Josse. Avec quelque peine, à vrai dire. Aussi basané que ses collègues, le visage encadré d'une mince barbe noire, raide sur la selle de cuir brodé, la lance au poing, le Parisien offrait un aspect aussi sauvage et aussi militaire que ses compagnons. Rien ne le distinguait des autres cavaliers et Catherine admira l'art avec lequel l'ancien truand jouait son rôle. Il ne s'occupait apparemment pas de ce qui se passait devant lui, attentif à maintenir son cheval en ligne. L'animal semblait en effet nerveux à l'extrême, dansait sur place et, sans la science de son cavalier, eût sans doute causé quelques désordres.

La vue de ses trois amis raviva l'espoir chez Catherine. Elle les savait courageux, dévoués, prêts à tout pour les sauver, elle et Arnaud, et cette volonté qu'elle sentait en eux la galvanisait malgré elle... Pouvait-on vraiment désespérer avec de tels hommes ?

Une longue cérémonie suivit l'arrivée du corps de la princesse. Il y eut des chants, des danses solennelles, l'interminable allocution d'un imposant vieillard à la barbe neigeuse, long et sec comme un peuplier en hiver, dont le regard, enfoui sous une broussaille blanche, brillait d'un feu fanatique. Catherine savait déjà que c'était là le Grand Cadi et enfonça ses ongles dans sa paume en l'entendant appeler la colère d'Allah et celle du Calife sur l'Infidèle qui avait osé porter une main sacrilège sur une descendante du Prophète. Quand, enfin, il se tut, après une dernière imprécation, Catherine comprit que l'heure de mourir était venue pour Arnaud comme pour elle-même, et la faible lueur d'espoir qu'avait rallumée la présence de ses amis vacilla... Que pouvaient-ils faire, à trois, contre une multitude ? Il y avait la foule, la Cour, les soldats... et tant de haine pour l'Infidèle, tant de joie féroce à l'approche de sa mort !... Seul restait Dieu ! Mentalement, Catherine adressa au Seigneur, à la Vierge du Puy dont elle avait imploré la protection, à saint Jacques de Compostelle une ardente mais rapide prière.

— Encore un peu de force, mon Dieu, implora-t-elle.

Rien qu'un peu de force pour avoir le courage de frapper !

Là-haut, derrière le rempart, les tambours s'étaient remis à ronfler. L'âme de Catherine en trembla. Il lui semblait déceler une menace dans ce roulement lent, comme le battement d'un cœur prêt à s'éteindre, déjà funèbre. À cet instant, les bourreaux du Calife franchissaient, deux à deux, les portes du palais. Ils étaient imposants, bien musclés, noirs comme une nuit sans lune. Vêtus de chemises bleues aux manches retroussées, ils portaient de larges culottes bouffantes, jaunes brodées de rouge. Chargés d'une foule d'instruments bizarres qui firent pâlir Catherine, ils se déployèrent en chaîne autour de la place, repoussant la foule qui s'écrasait et que les gardes contenaient mal. En même temps, une troupe d'esclaves à demi nus avaient hâtivement installé, devant la tribune occupée par Muhammad, un grand échafaud bas sur lequel ils fixaient une croix de bois, semblable à celle qui s'était dressée jadis sur une colline de Jérusalem, mais beaucoup plus basse pour que les bourreaux chargés de supplicier le condamné puissent travailler. Les esclaves apportèrent encore des braseros dans lesquels les tourmenteurs plongèrent tout un assortiment de tiges de fer, de pinces et de tenailles. La foule, captivée, retenait son souffle durant ces sinistres préparatifs, mais elle salua d'une acclamation l'arrivée d'un nègre immense et voûté, sec comme un tronc d'ébénier, qui s'avançait d'un pas nonchalant, portant sur son épaule le sac de tapis dans lequel, l'œuvre de mort terminée, il recueillerait la tête du supplicié pour la présenter au Calife avant de la fixer sur la tour de Justice. C'était Bekir, le chef des bourreaux, un personnage important, ainsi que le proclamait son costume de soie pourpre brodé d'argent. Il monta, avec une sorte de solennité, sur l'échafaud, s'y immobilisa, bombant le torse et les bras croisés, pour attendre le condamné.

De nouveau les tambours. Sous ses voiles d'or, Catherine se sentit étouffer. Elle mordit sa main pour s'empêcher de crier, les nerfs prêts à craquer. Son regard, affolé, chercha celui d'Abou-al-Khayr, mais le petit médecin, le menton sur sa poitrine et son absurde turban à angle droit, semblait dormir. Il avait l'air si frêle, si seul au milieu de ces gens surexcités, que Catherine prit peur. Allait-il, lui et les deux autres, tenter quelque chose ? Ce serait une folie car ni l'un ni l'autre n'en réchapperait ! Il ne fallait pas !... Non ! Mieux valait mourir ! Mais vite !... Elle regarda la foule.

Là-bas, Gauthier conservait une immobilité de statue. Catherine le vit se raidir encore quand, pour la troisième fois, grincèrent les portes d'Al Hamra. Au pied des murailles rouges, entre les immenses vantaux ferrés, le condamné venait d'apparaître...

Incapable de se maîtriser, Catherine se dressa avec une exclamation d'horreur. Pâle et presque nu, hormis un linge tordu autour des reins et les lourdes chaînes dont il était chargé, Arnaud titubait dans le soleil comme un homme ivre. Les bras liés au dos, le visage mangé de barbe et les yeux hagards, il tentait, néanmoins, désespérément de faire bonne figure à cette minute suprême. Mais il trébucha sur une pierre, tomba sur les genoux. Il fallut que les gardiens qui l'encadraient le remissent debout. Le manque de sommeil et de nourriture avait fait son œuvre et les gardes durent soutenir le condamné pour l'aider à descendre la pente.

Cramponnée à Catherine, Morayma tentait désespérément de la faire asseoir, mais la jeune femme, raidie par une douleur affreuse, n'entendait, ne voyait plus rien que ce long corps brun que les Maures traînaient au supplice. Cependant, le regard assombri de Muhammad s'était attaché à la jeune femme et ne la lâchait pas. Morayma supplia tout bas :

— Je t'en conjure, Lumière de l'Aurore, reprends-toi. Le Maître te regarde.

— Eh ! Qu'il regarde ! gronda la jeune femme entre ses dents. Qu'importe ?

— Sa colère peut s'appesantir plus lourdement sur le condamné... chuchota timidement la vieille juive. Crois-moi !... Ne le brave pas ouvertement ! Les grands savent faire payer cruellement leurs humiliations. On sait cela, chez les miens.

Catherine ne répondit pas, mais elle avait compris. Si, dans sa colère, le Calife lui retirait l'affreuse grâce qu'il lui avait octroyée ? S'il allait l'empêcher d'épargner à son bien-aimé les abominables tortures que l'arsenal hideux des bourreaux laissait prévoir ? Lentement, elle laissa plier ses genoux, reprit sa place, mais tout son corps tremblait nerveusement. Elfe avait l'impression d'être en train de mourir et tenta de réagir de son mieux contre l'envahissante faiblesse. Toute son âme, toute sa vie étaient concentrées dans ses yeux, rivés à l'homme qui allait mourir.

Les bourreaux venaient de le hisser sur l'échafaud, le dressaient le long de la croix, maintenant ses mains ouvertes sur la poutre sans les y attacher. Aussitôt, quelque chose siffla dans l'air, que la foule salua d'une acclamation et Arnaud d'un sourd gémissement. Postés au pied de la tribune califale, deux archers avaient tiré et leurs flèches, lancées avec une diabolique habileté, étaient venues se planter juste au creux des mains ouvertes, les clouant à la croix. Arnaud avait blêmi tandis qu'une sueur d'angoisse coulait le long de ses joues. Les « you !... you ! » hystériques des femmes emplissaient l'air tiède que le soleil, au couchant, nuançait de violet. Catherine, avec un cri, avait bondi. L'un des bourreaux, tirant d'un brasero une longue tige de fer rougie au feu, s'approchait maintenant du condamné, encouragé par les cris enthousiastes de la populace.

Soulevée de fureur, Catherine s'arracha des mains de Morayma qui tenta vainement de la retenir, descendit dans l'arène et courut se planter en face de Muhammad. Du coup, la foule se tut et le bourreau suspendit son geste, plein d'étonnement. Que voulait cette femme vêtue d'or dont on disait dans toute la ville que le Calife l'épouserait le soir même ? La voix de Catherine s'éleva, perçante, accusatrice :

— Est-ce cela, Calife, que tu m'avais promis ?

Qu'attends-tu pour faire honneur à ta parole ? À moins que tu n'ignores ce que cela veut dire ?

Elle avait parlé français, dans un dernier souci de ménager encore cet homme qui les tenait dans sa main. Si elle l'humiliait en face de son peuple, ce serait sûrement effroyable... Mais un mince sourire fit briller les dents du Calife dans sa barbe blonde.

— Je voulais seulement voir comment tu allais réagir, Lumière de l'Aurore. Tu peux accomplir le geste que je t'ai permis, si tel est ton désir...

Il se leva, dominant de son regard impérieux la foule qui attendait :

— Écoutez, vous tous, fidèles sujets du royaume de Grenade. Ce soir, la femme que vous voyez à mes côtés deviendra mon épouse. Elle possède mon cœur et je lui ai accordé, en présent de noces, le privilège de tuer, de sa propre main, l'assassin de ma sœur bien-aimée. Il est juste que meure d'une femme celui qui a tué une femme !

Le grondement désappointé de la populace ne dura qu'un instant. La compagnie d'archers postée devant la tribune avait levé ses arcs. On ne protestait pas quand le Calife avait parlé.

Le regard suppliant de Catherine chercha celui d'Abou-al-Khayr, mais le petit médecin n'avait pas bougé. Décidément, il dormait bien fort et une amertume se glissa dans le cœur de la jeune femme : il l'abandonnait à l'instant le plus cruel ! Il était comme beaucoup : la vie lui était plus chère que l'amitié...

Cependant, un esclave s'agenouillait devant elle, élevant entre ses mains un plateau d'or sur lequel la dague des Montsalvy brillait d'un éclat sinistre. Catherine s'en empara avec une sorte d'avidité. L'épervier d'argent se logea tout naturellement dans sa paume comme un oiseau familier. Enfin, elle tenait la délivrance d'Arnaud et la sienne !

Se redressant de toute sa-taille, bravant Muhammad de son regard étincelant, elle arracha, dans un geste de défi, le voile doré qui couvrait son visage.

— Je ne suis ni de ta race, ni de ta religion, sultan !
Ne l'oublie pas !

Puis, hautaine, elle tourna les talons et s'avança fièrement vers l'échafaud. Allons ! C'était bien l'heure de
sa plus grande gloire qui était venue ! Dans un instant,
son âme et celle de son époux allaient s'envoler, unies,
vers ce soleil d'or et de pourpre qui incendiait la place,
plus légères que ces oiseaux noirs qui, là-haut, apparaissaient... La foule se taisait, subjuguée malgré elle
par cette femme si belle qui s'avançait ainsi, portant la
mort, vers l'homme crucifié... Une vision splendide et
rare qui valait bien, pour ce peuple de civilisation raf-
finée, le barbare plaisir d'un supplice.

Mais, sur la croix, Arnaud venait de relever la tête.
Son regard, étrangement clair et volontaire, croisa celui
de Catherine puis le quitta pour se poser sur le Calife.

— Je refuse cette prétendue grâce, seigneur Sultan !
La mort rapide que tu as permis à cette femme de
m'apporter, c'est aussi le déshonneur ! Quel chevalier,
digne de son nom, accepterait de mourir frappé par une
femme ? Et, pire que tout, par la sienne ! Car, outre mon
déshonneur, tu prétends encore la charger de ton crime,
en faire la meurtrière de son époux ! Écoutez-moi, vous
autres ! – et la voix du supplicié s'enfla, roula sur la
foule comme un tonnerre – Cette femme chargée d'or,
cette femme que votre Sultan prétend mettre cette nuit
dans son lit, est mon épouse à moi, la mère de mon fils !
En me tuant, il la libère ! Sachez encore que, si j'ai tué
Zobeïda, c'est pour elle, pour la sauver de la torture et
du viol, pour que celle qui a porté mon fils ne soit pas
souillée par de vils esclaves ! J'ai tué Zobeïda et je m'en
vante ! Elle ne méritait pas de vivre ! Mais je refuse de
mourir de la main d'une femme ! Écarte-toi, Catherine...

— Arnaud ! implora la jeune femme affolée ! Je t'en
supplie... au nom de notre amour !

— Non ! Je t'ordonne de te retirer... comme je
t'ordonne de vivre... pour ton fils !

— Vivre ? Tu sais ce que cela veut dire ? Laisse-moi
frapper, sinon...

Mais deux gardes avaient suivi la jeune femme et s'emparaient déjà de ses mains. Muhammad avait deviné qu'elle se tuerait après avoir tué Arnaud. Son cri de colère fut couvert par la voix d'Arnaud, plus faible maintenant car la souffrance y creusait son halètement, mais toujours implacable, toujours chargée d'une indomptable volonté :

— Fais approcher tes bourreaux, Calife ! Je vais te montrer comment meurt un Montsalvy ! Dieu protège mon Roi et fasse miséricorde à mon âme !

À bout de forces, Catherine se laissa tomber à genoux sur le sable de l'arène.

— Je veux mourir avec toi ! Je veux...

Les bourreaux, sur un signe agacé du Calife, retournaient à leurs instruments. Dans la populace, il y avait comme une houle. On commentait les paroles courageuses du condamné, on s'étonnait et on s'apitoyait presque... Et soudain, derrière les rouges murailles d'Al Hamra, les tambours roulèrent de nouveau...

Toutes les têtes se levèrent, tous les gestes demeurèrent suspendus car ces battements n'avaient rien de comparable aux précédents : violents, rapides, c'était une sorte de tocsin qu'ils battaient sur un mode enragé. En même temps, dans le palais-forteresse, éclataient des hurlements, des plaintes, des cris de rage, de douleur ou de victoire. La cour califale et l'immense foule, figées de stupeur, attendaient sans trop savoir quoi, mais, dans la tribune, Abou-al-Khayr s'était enfin décidé à remuer. Sans souci du protocole, il bâillait largement...

Aussitôt, Josse laissa le champ libre à ce cheval trop nerveux qu'il avait tant de mal à contenir et qui se mit à galoper dans tous les sens, créant un affreux désordre dans les rangs des gardes. Aussitôt, Gauthier, renversant ses voisins stupéfaits, assommait les gardes qui maintenaient la foule de son côté, courait à l'échafaud. Le géant était déchaîné. Emporté par cette fureur sacrée qui s'emparait de lui à l'heure du combat, il coucha à terre en quelques instants les gardes de Catherine, les bourreaux et même le gigantesque Bekir qui, crachant ses dents, s'en alla rouler sous les pieds du cheval cabré de Josse dont les sabots battants enfonçaient quelques crânes. Médusée, Catherine sentit qu'on l'entraînait par la main.

— Viens ! fit près d'elle la voix tranquille d'Abou-al-Khayr. Il y a là un cheval pour toi.

En même temps, arrachant tout à fait le voile doré, il jetait sur ses épaules un manteau sombre sorti comme par enchantement de sous sa robe.

— Mais... Arnaud !

— Laisse faire Gauthier !

En effet, le géant arrachait maintenant les flèches qui retenaient Arnaud au bois de la croix, chargeait le corps inerte sur son épaule comme un simple paquet et dégringolait l'échelle de l'échafaud. Josse, qui avait à peu près maîtrisé son cheval, se trouva près de lui tout à coup, tenant par la bride une autre monture, particulièrement vigoureuse celle-là, sorte de lourd cheval de bataille à la croupe énorme. Le géant, malgré sa charge, l'enfourcha avec une extraordinaire agilité, puis, serrant les genoux, enfonça les éperons qu'il portait sous sa robe. Le grand cheval partit comme un boulet de canon à travers la foule, d'ailleurs en pleine débandade, sans se soucier des corps sur lesquels il passait...

— Tu vois, fit la voix tranquille du petit médecin, il n'a pas besoin de nous.

— Mais que se passe-t-il ?

— Pas grand-chose : une sorte de petite révolution ! Je t'expliquerai. En tout cas, voilà notre Calife occupé pour un moment. Viens, c'est l'instant. Plus personne ne s'occupe de nous.

En effet, la plais grande confusion régnait sur la place. On se battait un peu partout. La foule des femmes, des enfants, des baladins, des vieillards et des petits marchands fuyait dans tous les sens, essayant d'éviter, pas toujours avec succès, les sabots des chevaux affolés. Les gardes du palais étaient aux prises avec une troupe de cavaliers vêtus et voilés de noir qui avaient surgi sans qu'on pût savoir d'où. On se battait aussi dans les tribunes et Catherine put voir que Muhammad tenait vaillamment sa partie dans ce concert guerrier. Les râles d'agonie se mêlaient aux cris de rage, aux gémissements des blessés. Les oiseaux noirs, dans le ciel mauve, avaient resserré leur cercle et volaient plus bas.

Le centre de ce tourbillon, le chef des cavaliers noirs auxquels s'étaient ralliés les quelques hommes voilés qui musardaient, jusque-là, dans la foule était un homme grand et maigre à la peau foncée, vêtu de noir lui aussi, mais le visage découvert et qui portait à son turban un fabuleux rubis. Son cimeterre volait, tel le glaive de l'archange, abattant les têtes comme la faux du moissonneur les épis de blé. La dernière image que put retenir Catherine tandis qu'Abou-al-Khayr l'entraînait après l'avoir hissée sur un cheval fut celle de la mort du Grand Vizir. Le cimeterre sanglant du cavalier abattit sa tête qui, l'instant suivant, pendait à la selle de son vainqueur.

Sur la mosquée royale d'Al Hamra, les tambours d'Allah battaient toujours...

La ville était folle. Tandis qu'Abou-al-Khayr, qui avait lui aussi enfourché un cheval, traçait son chemin à travers les ruelles blanches aux murs aveugles, Catherine put voir des scènes qui lui rappelèrent le Paris de son enfance. Partout, il y avait des hommes qui se battaient, du sang qui coulait. Passer sous une terrasse était dangereux car il en pleuvait des projectiles divers et parfois, dans la foule en délire, se détachait la silhouette funèbre d'un des étranges cavaliers voilés. L'éclair d'un cimeterre brillait alors sous les lampes à huile car la nuit commençait à venir, et un cri d'agonie suivait, mais Abou-al-Khayr ne s'arrêtait pas.

— Hâtons-nous, répétait-il. Il se peut que l'on ferme plus tôt les portes de la ville.

— Où m'emmènes-tu donc ? demanda Catherine.

— Là où le géant a dû conduire ton époux. À l'Alcazar Genil, chez la sultane Amina.

— Mais... pourquoi ?

— Encore un peu de patience. Je t'expliquerai, t'ai-je dit. Plus vite !...

Tout ce vacarme, ces cris, ce danger ne parvenaient pas à diminuer la joie profonde qui tenait Catherine ! Elle était libre, Arnaud était libre ! Tout l'affreux appareil du supplice avait disparu et le pas allègre du cheval scandait les battements joyeux de son cœur !

Ils finirent par prendre le galop sans se soucier de ceux qu'ils renversaient. La porte du Sud, heureusement encore ouverte, fut franchie en trombe, puis les sabots des chevaux claquèrent sur le petit pont romain qui enjambait le Genil aux eaux bouillonnantes et limpides. Bientôt apparut, auprès d'un marabout à la blanche coupole, une large enceinte aux vertes frondaisons enfermant une sorte de tour coiffée d'une mitre accolée de deux pavillons et précédée d'un porche aux minces colonnettes. Des silhouettes fantomatiques, qui devaient être des gardes, erraient devant le portail qui s'ouvrit hâtivement quand Aboual-Khayr, les mains en cornet devant la bouche, émit un cri particulier. Les deux chevaux et leurs cavaliers, sans ralentir l'allure, s'engagèrent sous le portail, freinant seulement, des quatre pieds, devant les colonnes, fleuries de jasmin, du porche. Derrière eux, les lourdes portes du domaine furent repoussées et barricadées.

En se laissant glisser de son cheval, Catherine tomba dans les bras de Gauthier qui accourait. Il la saisit, l'enleva presque à bout de bras, possédé d'une joie si violente qu'elle lui faisait oublier son habituelle retenue.

— Vivante ! s'écria-t-il. Et libre !... Soient loués Odin et Thor le Victorieux qui vous rendent à nous ! Voilà des jours que nous ne vivons plus.

Mais elle, incapable de maîtriser son impatience et son inquiétude :

— Arnaud ? Où est-il ?

— Près d'ici. On le soigne...

— Il n'est pas...

Elle n'osa pas poursuivre. Elle revoyait Gauthier, arrachant les flèches des mains percées, le sang qui jaillissait et le corps inerte que le Normand chargeait sur son épaule.

— Non. Il est faible, bien sûr, à cause du sang perdu. Les soins de maître Abou seront les bienvenus.

— Allons-y ! fit le médecin qui, dégringolé de son immense monture, avait rendu à son turban un aplomb singulièrement compromis.

Entraînant Catherine par la main, il suivit Gauthier, à travers une immense salle magnifiquement décorée d'une marqueterie à mille fleurs brillantes, fantastique floraison immobile qui ne fanait jamais, et d'une galerie à petites baies cintrées. Les dalles de marbre noir du sol brillaient comme un étang nocturne autour de l'archipel multicolore des épais tapis. Au-delà, s'ouvrait une pièce plus petite. Arnaud y était étendu sur un matelas de soie entre une femme inconnue et Josse qui, toujours vêtu de son attirail militaire, se penchaient sur lui. Le Parisien, en voyant apparaître Catherine, lui offrit un large sourire, mais, sans se soucier de lui plus que de la femme, Catherine se laissa tomber à genoux auprès de son époux.

Il était sans connaissance, les traits tirés et très pâle avec des cernes profonds marquant ses yeux clos. Le sang de ses mains blessées avait taché la soie vert amande du matelas et l'épais tapis du sol, mais ne coulait plus. La respiration était courte, faible.

— Je crois qu'il vivra ! fit, près de Catherine, une voix grave.

Tournant la tête, la jeune femme croisa un regard sombre, si profond qu'il lui parut insondable. Examinant pour la première fois celle qui venait de lui adresser la parole, elle vit que la femme était jeune, très belle, avec un visage dont la douceur n'excluait pas la fierté, mais dont la peau, couleur d'or, était marquée d'étranges signes peints, d'un bleu foncé. Devinant la surprise de la nouvelle venue, la femme eut un bref sourire.

— Toutes les femmes du Grand Atlas me ressemblent, dit-elle. Je suis Amina. Viens avec moi. Il faut laisser le médecin s'occuper du blessé. Abou-al-Khayr n'aime pas que les femmes se mêlent de son travail.

Malgré elle, Catherine sourit. D'abord parce que l'amabilité d'Amina était contagieuse, ensuite parce que ses paroles lui rappelaient sa première rencontre avec le petit médecin maure, dans l'auberge de la route de Péronne quand, pour la première fois, il avait soigné Arnaud que Catherine et son oncle Mathieu avaient trouvé blessé au bord du chemin. Elle connaissait la prodigieuse habileté de son ami. Aussi se laissa-t-elle emmener sans résistance, d'autant plus que Gauthier lui déclara, au passage :

— Je reste près de lui...

Les deux femmes allèrent s'asseoir au bord de l'étroit canal qui axait le jardin. Un double lit de roses le bordait et de minces jets d'eau s'y entrecroisaient, entretenant une fraîcheur délicieuse où se dissolvaient la fatigue et la chaleur du jour. Des coussins de soie, assortis à la nuance des fleurs, étaient empilés sur la margelle de pierre auprès de grosses lampes de bronze doré et de grands plateaux d'or chargés de pâtisseries et de fruits de toutes sortes. Amina invita Catherine à prendre place auprès d'elle après avoir, d'un mot bref, éloigné ses femmes dont les voiles tendres disparurent peu à peu dans la maison ou dans les ombres du jardin.

Un long moment, les deux femmes gardèrent le silence. Catherine, épuisée par ce qu'elle venait de vivre, goûtait inconsciemment la paix embaumée de ce beau jardin, la sérénité qui se dégageait de la femme assise auprès d'elle. Après de si cruelles angoisses, après avoir pensé cent fois mourir de peur, de chagrin et de douleur, l'épouse d'Arnaud croyait se retrouver presque en Paradis. La mort, la peur, l'inquiétude même avaient fui. Dieu ne pouvait pas avoir si miraculeusement sauvé Arnaud pour le lui reprendre aussitôt. On allait le guérir, le sauver... Elle en était certaine !

Observant sa visiteuse involontaire, la sultane respecta sa rêverie avant de désigner les grands plateaux.

— Tu es lasse, épuisée sans doute, dit-elle doucement. Repose-toi et mange !

— Je n'ai pas faim, répondit Catherine avec l'ébauche d'un sourire. Mais, en revanche, je voudrais savoir : comment suis-je ici ? Que s'est-il passé ? Peux-tu me le dire, toi qui m'accueilles avec tant de générosité ?

— Pourquoi ne me montrerais-je pas amicale envers toi ? Parce que mon seigneur voulait faire de toi sa seconde épouse ? Notre loi lui donne droit à autant d'épouses qu'il le désire et... si tu songes à mes sentiments personnels, il y a longtemps qu'il ne m'inspire plus qu'indifférence.

— On dit, pourtant, que vous demeurez fort unis.

— En apparence. Peut-être, en effet, tient-il à moi, mais son incroyable faiblesse envers Zobeïda, la facilité avec laquelle il acceptait ses pires débordements et jusqu'à ses crimes, jusqu'aux tentatives de meurtre qu'elle a perpétrées contre moi, ont tué peu à peu l'amour dans mon cœur. Tu es la bienvenue, Lumière de l'Aurore, et plus encore depuis que je sais ce que tu as souffert. Il est noble et beau qu'une femme risque tant de maux pour l'homme qu'elle aime. J'ai aimé ton histoire. C'est pourquoi j'ai accepté d'aider Abou-al-Khayr dans son projet.

— Pardonne-moi d'insister, mais que s'est-il passé au juste ?

Un sourire amusé découvrit les petites dents blanches d'Amina. Elle avait saisi, près d'elle, un éventail fait de fines feuilles de palme enluminées et dorées et l'agitait doucement du bout de ses doigts minces, teints au henné.

— En ce moment, le seigneur Mansour ben Zegris est en train d'essayer d'arracher à Muhammad le trône de Grenade.

— Mais... pourquoi ?

— Pour me venger. Il me croit mourante. Non, ne me regarde pas ainsi, continua Amina avec un rire bref, je me porte bien, mais Abou le Médecin a fait courir le bruit que le Grand Vizir, rendu fou de douleur par la mort de Zobeïda, m'avait fait empoisonner pour que j'accompagne mon ennemie aux séjours des morts et n'aie pas le loisir de me réjouir du décès de la princesse.

— Et Mansour ben Zegris l'a cru ?

— Ce matin, comme un fou, il s'est précipité ici. Il a trouvé mes femmes déchirant leurs voiles, mes serviteurs poussant des clameurs de douleur et moi-même, étendue sur un lit, pâle comme une morte.

Elle s'interrompit pour sourire à Catherine puis, prévenant la question qui venait :

— Abou-al-Khayr est un grand médecin. Mansour m'a vue de loin d'ailleurs et n'a pas douté un seul instant. Dès lors l'attaque d'Al Hamra était décidée. Abou, qui connaît bien Mansour, a suggéré que l'heure de l'exécution serait la plus favorable pour l'attaque puisque le Calife, sa Cour et une partie de ses troupes seraient hors de la forteresse. Tout a été décidé ainsi et, quand les tambours de la Mosquée Royale ont sonné l'alerte, Abou-al-Khayr a fait, en bâillant, le signal convenu avec tes serviteurs. Tu connais la suite...

Cette fois Catherine avait compris. Abou avait fomenté une révolte en excitant Mansour pour qu'à la faveur de l'agitation la fuite du condamné puisse s'effectuer.

— Dieu soit loué, soupira-t-elle, qui a permis que mon époux puisse supporter, sans en mourir, tant de souffrances !

La voix fluette du petit médecin, s'élevant derrière Catherine, la fit retourner. Rabattant ses manches sur ses mains fraîchement lavées, Abou-al-Khayr prit place sur les coussins.

— Il était beaucoup moins faible que tu ne le supposais, et que son comportement ne le laissait croire, mon amie, mais il fallait bien donner le change ! dit-il en prenant délicatement, du bout des doigts, un gâteau gluant de miel et en l'enfournant sans en laisser tomber une seule goutte.

— Vous voulez dire ? fit Catherine reprenant instinctivement le français.

— Qu'il n'a pas beaucoup mangé, mais qu'il a pu boire un peu, grâce à Josse qui était de garde au Ghafar, et surtout qu'il a dormi. Comment as-tu trouvé la confiture de roses, ces derniers temps ?

— Admirable, mais je croyais que les gardes avaient ordre d'empêcher le prisonnier de dormir à tout prix et que le Grand Cadi avait envoyé des hommes à lui afin de s'en assurer.

Abou-al-Khayr se mit à rire.

— Quand un homme dort d'un sommeil si profond que rien ni personne ne peut le réveiller, et que l'on a reçu mission de l'en empêcher, le mieux, si l'on ne veut pas être puni ou taxé de ridicule, est de cacher cet événement. Les hommes du Cadi tiennent à leur peau tout autant que le commun des mortels. Ton époux a pu dormir trois bonnes nuits.

— Tout de même pas grâce à la confiture de roses ?

— Non. Grâce à l'eau que Josse lui portait, dans une petite outre dissimulée sous son turban. Bien sûr, on n'a pas pu l'abreuver beaucoup, mais cela a suffi à lui maintenir une conscience claire.

— Et maintenant ?

— Il dort, gardé par Gauthier. Je lui ai fait prendre du lait de chèvre et du miel, puis, de nouveau, la drogue qui endort.

— Mais... ses mains ?

— On ne meurt pas d'avoir eu les mains percées si le sang est arrêté à temps et les blessures soignées assez tôt. Toi aussi tu devrais songer au repos. Ici vous êtes en sûreté, quelle que soit l'issue du combat.

— Lequel l'emportera ?

— Qui peut savoir ? La tentative de Mansour a été un peu trop hâtivement préparée. Certes, il avait l'avantage de la surprise et les hommes du désert qui le servent sont les plus braves guerriers du monde. Mais ils sont peu nombreux et le Calife a beaucoup de gardes. Il est vrai qu'une moitié au moins de la ville est pour Mansour.

— Et si l'un d'eux meurt, du Calife ou de Mansour ? demanda Catherine avec une horreur instinctive. Vous avez déchaîné la colère de ces hommes et cela uniquement pour nous sauver ? Méritons-nous que l'on nous sacrifie tant de vies humaines ?

La main d'Amina se posa sur celle de Catherine, apaisante et douce.

— Entre Mansour ben Zegris, mon cousin, et le Commandeur des Croyants, la guerre ne cesse jamais. Un rien la rallume. Le temps l'éteint pour un moment !... Il arrive que le Calife doive s'éloigner pour laisser à la ville le temps de se calmer. Tant qu'il sera vivant, Mansour ne pourra prendre le trône. Les ulémas ne le permettraient pas...

— Mais, si Mansour est vaincu ? Quel sera son sort ? demanda encore Catherine intéressée malgré elle par cet homme, cruel sans doute et sanguinaire – ne l'avait-elle pas vu décapiter Banu Saradj ? – mais à qui elle devait la vie de son époux et la sienne propre. Elle avait la sensation d'être complice de la tromperie dont il avait été victime.

Abou-al-Khayr haussa les épaules et reprit un gâteau.

— Sois tranquille ! Il n'est pas assez bête pour se faire prendre. Nous n'avons pas mis, outre mesure, sa vie en danger. Vaincu, il fuira, passera la mer, ira chercher refuge à Fès où il possède un palais et des terres. Puis, au bout de quelques mois, il reviendra, plus arrogant que jamais, avec des forces neuves. Et tout recommencera. Pourtant, cette fois, il lui faudra se méfier de Banu Saradj. La mort de Zobeïda l'a réellement rendu à moitié fou.

— Le Grand Vizir est mort ! fit Catherine. J'ai vu un cavalier vêtu de noir, portant à son turban un énorme rubis, qui faisait voler sa tête puis l'attachait à sa selle.

Avec stupeur, elle constata que le visage d'Abou-al-Khayr s'épanouissait.

— Le sage dit qu'il est mauvais de bénir la mort de

396

son ennemi... mais il faut bien avouer que je ne pleurerai guère Abèn-Ahmed Banu Saradj !

— Si seulement, lança la sultane avec une soudaine violence, Mansour avait pu abattre en même temps que lui toute la famille ! Mais ces gens semblent pulluler, toujours plus nombreux...

— Contentons-nous du résultat obtenu et espérons que...

Des coups violents, frappés au portail, lui coupèrent la parole. Au-delà du haut mur, des cris s'élevaient, des appels. Puis vint l'étrange hululement qu'avait poussé tout à l'heure le petit médecin. Des esclaves se précipitèrent. L'énorme porte aux clous de bronze tourna sur ses gonds sans un bruit, mais les hommes qui la manœuvraient eurent tout juste le temps de se rejeter en arrière pour éviter la charge furieuse d'un groupe de cavaliers voilés. En tête, Catherine reconnut l'homme au rubis et détourna les yeux. La tête aux yeux fermés du Grand Vizir pendait toujours à l'arçon de la selle. Sans montrer la moindre surprise, Amina se contenta de se lever et demeura debout au bord du massif de roses. Elle remonta seulement son voile mauve glacé d'or sur son visage. Sa vue parut figer sur place le cavalier noir. Catherine vit qu'il avait une belle bouche cruelle soulignée d'une mince moustache, des yeux sauvages dans un maigre visage d'oiseau mélancolique.

Mansour ben Zegris se laissa tomber de son cheval plus qu'il n'en descendit et s'avança vers Amina, d'un pas d'automate. À trois pas d'elle, il s'arrêta.

— Tu vis ? articula-t-il enfin. Par quel prodige ?

— Abou-al-Khayr m'a sauvée, répondit tranquillement la sultane. C'est un grand médecin. Une de ses drogues a vaincu le poison.

— Allah est grand ! soupira Mansour d'un air tellement extasié que Catherine retint un sourire. Ce guerrier au visage de fanatique semblait détenir une bonne dose de naïveté. Lui faire avaler les pires couleuvres était apparemment la chose du monde la plus facile ! Il est vrai que la réputation d'Abou-al-Khayr était si grande !

Mais déjà les yeux noirs de Mansour se tournaient vers Catherine, s'y fixaient bien que la jeune femme, imitant Amina, eût caché son visage. L'aspect insolite de cette silhouette inconnue frappa sans doute le sombre seigneur car il demanda :

— Qui est cette femme ? Je ne l'ai jamais vue.

— Une fugitive ! La favorite blanche de Muhammad. Pendant que tu combattais, Abou le médecin l'a fait fuir en même temps que le condamné, l'homme qui a tué Zobeïda et qui est d'ailleurs son époux.

Le visage de Mansour exprima une stupeur non déguisée. Visiblement, il ignorait tout de Catherine et d'Arnaud.

— Quelle est cette étrange histoire ? Et que veut dire tout ceci ?

Sous la semi-transparence du voile, Catherine devina le sourire de la sultane. Elle connaissait, très certainement, les moindres réactions de son inquiétant amoureux et jouait de lui avec une incroyable aisance.

— Cela veut dire, répondit-elle avec une note de solennité dans la voix, que le Calife s'apprêtait à offenser la loi sainte en s'emparant du bien d'autrui. Cette femme, par grands périls et grandes douleurs, est venue de son lointain pays franc reprendre à Zobeïda son époux qu'elle retenait captif, mais sa beauté a éveillé le désir dans le cœur de Muhammad. C'est pour défendre son épouse menacée de mort que le chevalier franc a tué la Panthère.

Ce petit discours fit incontestablement sur Mansour une profonde impression. Ses raisonnements étaient, en général, d'une grande simplicité : si l'on était l'ennemi du Calife, on était obligatoirement son ami. Son regard perdit sa menace, se chargea de sympathie.

— Où est le chevalier franc ? demanda-t-il.

— Ici même. Abou le médecin l'a soigné. Il repose.

— Il faut qu'il fuie. Et cette nuit même !

— Pourquoi ? demanda la sultane. Qui viendrait le chercher ici ?

— Les gardes du Calife. La mort de ce chien, dont

la tête pend à ma selle, jointe à la fuite de sa favorite et du meurtrier de sa sœur ont rendu Muhammad enragé. Cette nuit, toutes les maisons de Grenade, et même les villas de la campagne seront fouillées... et jusqu'à ta demeure, ô princesse !

Une ombre passa dans le regard mobile de la sultane.

— Tu as donc échoué ?

— Que croyais-tu en me voyant arriver ? Que je venais déposer la couronne califale au pied de ton lit ? Non, je venais réconforter mes hommes, prendre moi-même quelques forces avant de fuir. Mon palais est déjà aux mains de l'ennemi. Je suis heureux de te voir en vie, mais je dois fuir. Si tes protégés veulent échapper à Muhammad, il leur faut quitter Grenade cette nuit même car le Calife les recherche plus activement encore que moi-même !

Catherine, avec une angoisse facile à comprendre, avait suivi le bref dialogue d'Amina et de Mansour. En même temps, à mesure qu'elle réalisait le sens des paroles, une lassitude montait en elle. Encore fuir, encore se cacher... et dans quelles conditions ! Comment faire quitter Grenade à son époux, blessé et drogué par Abou ? Elle allait poser la question à la sultane quand la voix douce de celle-ci s'éleva de nouveau, mais, cette fois, Catherine constata qu'une nuance de colère la faisait trembler.

— Tu vas donc me quitter encore, Mansour ? Quand te reverrai-je ?

— Il ne tient qu'à toi de me suivre ! Pourquoi demeurer auprès de cet homme qui ne t'a apporté que déceptions et douleurs ? Je t'aime, tu le sais, et je peux te donner le bonheur. Le Grand Sultan t'accueillerait avec joie...

— Il n'accueillerait pas une épouse adultère. Tant que Muhammad vivra il me faudra demeurer. Maintenant, il te faut songer à mettre la mer entre lui et toi. Quelle route prends-tu ? Motril ?

Le cavalier noir secoua la tête.

— Trop facile ! C'est là qu'on me cherchera en premier lieu. Non. Almeria ! Le chemin est plus long, mais le prince Abdallah est mon ami et j'ai un navire dans le port.

— Alors, emmène le Franc et son épouse. Seuls, ils sont perdus : les cavaliers de Muhammad les auront vite repris. Avec toi, ils ont une chance...

— Laquelle ? Leur description doit, à cette minute, partir à francs étriers pour tous les postes frontières et tous les ports... Moi, je m'en sortirai toujours parce que j'ai des alliés, des amis, des serviteurs partout. Mais je ne donne pas cher de leur peau.

Sans laisser à Catherine le temps de s'affoler, Abou-al-Khayr intervint :

— Un moment, seigneur Mansour ! Accepte seulement de les emmener avec toi et je me charge de les dissimuler. J'ai pour cela une idée. D'ailleurs, je vous accompagnerai, si tu le permets. Tant que mes amis ne seront pas définitivement hors de portée des bourreaux du Calife, je ne regagnerai pas ma demeure.

Le petit médecin avait parlé avec tant de grandeur simple et de vraie noblesse que Mansour n'osa pas refuser.

Tandis que Catherine serrait doucement, dans un geste de gratitude profonde, la main de son ami, il bougonna :

— C'est bon ! Fais comme tu l'entends, Abou le Médecin, mais sache ceci : dans la moitié d'une heure seulement, je quitterai ce palais ! Le temps, je te l'ai dit, de réconforter hommes et chevaux. Si tes protégés ne sont point prêts à m'accompagner, ils resteront. J'ai dit !

Abou-al-Khayr se contenta de s'incliner en silence. Mansour, tournant les talons, rejoignit le sombre escadron qui, rigide, attendait, massé près de la porte, brides aux bras, mur noir troué d'yeux luisants. Le chef leur dit quelques mots et, silencieusement, l'un derrière l'autre, ils gagnèrent les communs du palais. Le médecin, alors, se tourna vers Catherine et vers Amina :

— Venez, dit-il, nous n'avons pas beaucoup de temps.

Mais, en franchissant le seuil du palais, une idée traversa Catherine. D'un geste vif, elle détacha la fabuleuse ceinture d'Haroun-al-Raschid et la tendit à la sultane.

— Tiens ! dit-elle, cette ceinture t'appartient. Pour rien au monde, je ne voudrais l'emporter.

Un instant, les doigts minces d'Amina caressèrent les énormes gemmes. Il y avait une tristesse dans sa voix quand elle murmura :

— Le jour où je l'ai portée pour la première fois, je croyais bien qu'elle était la chaîne même du bonheur... Mais j'ai compris, par la suite, que c'était bien une chaîne, rien qu'une chaîne... et fort lourde. Ce soir, j'ai espéré que mes entraves se briseraient... Hélas, elles sont toujours là et tu m'en rapportes la preuve ! N'importe ! Sois-en tout de même remerciée...

Les deux femmes allaient passer dans les appartements privés d'Amina, sur les pas du médecin, quand deux esclaves noires, grandes et vigoureuses sous des robes rayées de brun, apparurent, moitié portant, moitié traînant une femme beaucoup plus petite, toute vêtue de noir et qui se débattait comme une furie.

— On l'a trouvée à la porte ! fit l'une des deux esclaves. Elle criait qu'elle voulait voir Abou le Médecin, qu'on lui a dit, à sa maison, qu'il se trouvait ici...

— Lâchez-la, ordonna Abou qui, ajouta, tourné vers la nouvelle venue : Que veux-tu ?

Mais celle-ci ne lui répondit pas. Elle venait de reconnaître Catherine et, avec un cri de joie, elle arrachait son voile noir, se précipitait vers elle.

— Enfin, je te retrouve ! Tu avais pourtant promis de ne pas partir sans moi.

— Marie ! s'écria la jeune femme avec un mélange de joie et de honte tout à la fois car, au milieu de ses angoisses, elle avait oublié Marie et la promesse qu'elle lui avait faite : – Comment as-tu fait pour fuir et pour me retrouver ? ajouta-t-elle en l'embrassant.

— Facile ! J'étais au milieu des autres pour... pour l'exécution. Je ne t'ai pas quittée des yeux un seul instant et je t'ai vue fuir avec le médecin. Il y avait un tel tumulte sur la place que j'ai pu me glisser dans la foule qui s'éparpillait de tous côtés. Les gardes et les eunuques avaient bien autre chose à faire qu'à nous surveiller. Je suis allée chez Abou-al-Khayr où j'espérais te retrouver, mais on m'a dit qu'il soignait la sultane Amina et devait être à l'Alcazar Genil. Alors, me voilà ! Tu... tu n'es pas fâchée que je sois venue ? ajouta la petite avec une soudaine inquiétude. Tu sais, j'ai tellement envie de retourner en France ! J'aime bien mieux moucher des gosses, cuire le pot et laver les écuelles que bâiller d'ennui dans la soie et le velours au milieu d'une prison dorée et d'une bande de femelles en folie !

Pour toute réponse, Catherine embrassa de nouveau la jeune fille et se mit à rire.

— Tu as bien fait et c'est moi qui te demande pardon d'avoir manqué à ma promesse. Ce n'était pas tout à fait de ma faute...

— Je le sais bien ! L'important, c'est d'être ensemble !...

— Quand vous en aurez terminé avec les politesses, coupa la voix railleuse d'Abou-al-Khayr, vous voudrez peut-être vous souvenir que le temps presse et que Mansour n'attendra pas.

CHAPITRE XV

LA « MAGDALÈNE »

Une demi-heure plus tard, la troupe silencieuse qui sortait de l'Alcazar Genil n'avait plus rien de commun avec celle qui était entrée, peu avant, sous la conduite furieuse de Mansour ben Zegris. Les sombres cavaliers aux visages voilés s'étaient mués en gardes réguliers du Calife, les selhams noirs remplacés par des burnous blancs. Mansour lui-même avait abandonné vêtements brodés d'or et fabuleux rubis entre les mains d'Amina et portait la tenue d'un simple officier. Gauthier et Josse étaient mêlés aux soldats, le casque enturbanné enfoncé jusqu'aux yeux, et serraient de près une grande litière aux rideaux de soie hermétiquement fermés qui formait le centre du cortège.

Dans cette litière, Arnaud, toujours inconscient, était étendu sous la surveillance attentive d'Abou-al-Khayr, de Catherine et de Marie. Les deux femmes étaient habillées en servantes de bonne maison et, tandis que Marie, armée d'un chasse-mouches en plumes, éventait le blessé, Catherine se contentait de tenir entre les siennes l'une des mains entourées de bandages. Elle brûlait de fièvre, cette main, et Catherine anxieuse ne quittait pas des yeux le visage aux yeux clos, momentanément

403

dévoilé. Car la grande habileté d'Abou-al-Khayr avait été de faire habiller Arnaud de somptueux vêtements féminins, les plus grands qu'on ait pu trouver. Emmitouflé d'amples voiles de léger satin bleu nuit rayé d'or, en pantalons bouffants et babouches brodées, le chevalier figurait assez bien la grande dame, âgée et malade, qu'il était censé représenter. Cet étrange accoutrement avait détendu les nerfs de Catherine. Il apportait une note amusante qui, de cette fuite précipitée, faisait une manière de fugue où l'amour avait son mot à dire. Et puis, ce qui comptait avant tout, c'était le départ, c'était le fait de quitter cette ville étrange et dangereuse d'où ils avaient, peu de temps auparavant, si peu de chances de sortir. Aussi fut-ce d'un ton calme qu'elle demanda à Mansour, en prenant place sur les matelas de la literie :

— Que dirons-nous si nous rencontrons les gens du Calife ?

— Que nous escortons la vieille princesse Zeinab, grand-mère de l'émir Abdallah qui règne à Almeria. Elle est censée regagner son palais après une visite à notre sultane dont elle est, depuis longtemps, l'amie.

— Et l'on nous croira ?

— Qui oserait dire le contraire ? coupa Abou-al-Khayr. Le prince Abdallah, cousin du Calife, est si susceptible que le maître lui-même prend de grandes précautions dans ses rapports avec lui. Almeria est le plus important de nos ports. Quant à moi, il est normal, étant médecin, que j'escorte cette noble dame, conclut-il en s'installant à son tour sur les coussins du véhicule.

Maintenant, la troupe chevauchait dans la nuit, sans autre bruit que le pas amorti des chevaux. Dans la ville toute proche, l'agitation continuait. Toutes les lumières étaient allumées, de larges pots à feu flambaient sur le rempart et Grenade brillait dans l'ombre comme une énorme colonie de vers luisants. L'image, que Catherine contemplait, en entrebâillant les rideaux, avec une avidité où entrait un sentiment de triomphe, était admirable, mais les cris et le vacarme qui débordaient les hautes murailles la rendaient sinistre. Là-bas, on gémissait, on mourait, les fouets claquaient sur les échines courbées par la peur...

La voix de Mansour parvint à la jeune femme, grognant :

— Le Calife règle ses comptes ! Avançons plus vite ! Si je suis reconnu, il nous faudra combattre et nous ne sommes qu'une vingtaine !

— Vous nous oubliez, seigneur ! coupa sèchement Gauthier qui chevauchait tout contre la litière, si près que Catherine pouvait le toucher en tendant le bras. Mon compagnon, Josse, sait se battre. Quant à moi, j'ai la prétention d'en valoir dix.

Les yeux sombres de Mansour détaillèrent le géant, Catherine devina l'ombre d'un sourire au ton de sa voix quand il répondit tranquillement :

— Alors, disons que nous sommes trente et un et qu'Allah nous garde !

Il alla reprendre la tête de la petite colonne qui s'enfonça bientôt dans la campagne obscure. Les feux de Grenade reculèrent peu à peu. Le chemin, mal tracé pour qui ne le connaissait pas, se fit raidillon et d'un seul coup la ville disparut derrière un puissant épaulement rocheux.

— La route sera rude, commenta Josse de l'autre côté de la litière. Nous devrons franchir de hautes montagnes. Mais, d'autre part, il est plus facile de s'y défendre.

Un commandement brutal claqua dans la nuit et la troupe s'arrêta. Aussitôt inquiète, Catherine écarta le rideau après un coup d'œil plein d'appréhension du côté d'Arnaud. Mais il dormait toujours, insensible, bienheureusement, aux événements extérieurs. L'épaulement rocheux s'était effacé. Grenade était redevenue visible. Visible aussi le palais d'Amina où les lampes brûlaient aux créneaux des blanches murailles. La voix de Mansour parvint à Catherine, chargée d'une involontaire inquiétude.

— Il était temps ! Regardez !

Une troupe de cavaliers aux manteaux blancs, portant

des torches qui, au vent de la course, semaient la nuit d'étincelles, franchissaient au grand galop le pont romain et, dans un nuage de poussière, freinaient devant le portail de l'Alcazar Genil. En tête, l'étendard vert du Calife brillait au poing d'un alferez. Toute la troupe s'engouffra dans les lourdes portes ouvertes... Catherine eut un frisson. Il était temps, en effet ; quelques minutes de plus au palais et tout recommençait : le cauchemar, la peur et, pour finir, la mort !

De nouveau, la voix de Mansour :

— Nous sommes trop loin pour être vus ! Béni soit Mahomet car nous eussions été un contre cinq !

Catherine passa la tête à travers le rideau, chercha la haute silhouette du chef.

— Et Amina ? demanda-t-elle. Ne risque-t-elle rien ?

— Que pourrait-elle craindre ? On ne trouvera rien chez elle. Les vêtements de mes hommes sont déjà enterrés dans le jardin et il n'est pas un de ses serviteurs ou de ses femmes qui ne préférât se couper la langue plutôt que de la trahir. Et même si Muhammad la soupçonne de m'avoir aidé, il est à cent lieues d'imaginer qu'elle ait pu vous secourir et ne tentera rien contre elle. Le peuple l'adore et je crois qu'il l'aime toujours. Pourtant, conclut-il dans une brusque explosion de rage, il faudra bien qu'il me la rende un jour ! Car je reviendrai ! Je reviendrai plus puissant que jamais et, ce jour-là, je le tuerai ! Par Allah, mon retour verra son dernier moment !...

Sans plus rien ajouter, le prince rebelle cravacha son cheval et se lança à l'assaut du premier contrefort de la sierra. La troupe s'ébranla en silence à sa suite, mais à une allure infiniment plus raisonnable. Catherine laissa retomber le rideau. À l'intérieur de la litière, l'obscurité était totale et la chaleur si lourde qu'Abou-al-Khayr écarta les rideaux d'un côté et les assujettit.

— Nous ne risquons pas d'être reconnus. Autant respirer ! chuchota-t-il.

Dans l'ombre plus claire, Catherine vit briller ses dents, comprit qu'il souriait et reprit courage à ce sourire. Sa main chercha anxieusement le front d'Arnaud. Il était chaud mais d'une chaleur moins sèche que tout à l'heure. Un peu de sueur y perlait tandis que son souffle demeurait régulier et puissant. Il dormait bien. Alors, Catherine, avec au fond du cœur quelque chose qui ressemblait au bonheur, se pelotonna en boule aux pieds de son époux et ferma les yeux.

L'attaque se produisit deux jours plus tard, au plein cœur de la Sierra, vers le coucher du soleil. Les fuyards avaient remonté la haute vallée du Genil et suivaient, au flanc d'une gorge profonde dans laquelle écumait le torrent, un chemin en corniche montant vers le col. La température, torride à la hauteur de Grenade, s'était considérablement rafraîchie. La neige était proche et le sentier semblait vouloir percer un cirque aux parois quasi verticales que dominaient trois énormes sommets. Mansour avait désigné le plus imposant.

— On l'appelle le Mulhacen parce qu'il renferme le tombeau caché du Calife Moulay Hacen. Seuls y vivent les aigles, les vautours et les hommes de Faradj le Borgne, un bandit fameux.

— Nous sommes trop puissants pour craindre un bandit ! avait observé Gauthier avec dédain.

— Savoir !... Quand Faradj a besoin d'or, il lui arrive de se mettre au service du Calife et, renforcé de gardes-frontières, il devient redoutable.

Les derniers rayons obliques du soleil éclairaient bien les burnous blancs et les casques dorés des faux gardes du Calife qui, sur les rochers noirs, se détachaient en haut relief. Et, tout à coup, des hurlements féroces retentirent, si perçants que les chevaux bronchèrent. L'un d'eux se cabra, désarçonna son cavalier qui, avec un cri d'agonie, tomba au fond de la gorge. De derrière chaque rocher, un homme surgit... et la montagne tout entière parut s'animer, s'écrouler sur la petite troupe. C'étaient des montagnards mal vêtus, déguenillés même, mais leurs alfanges luisaient plus encore que leurs dents aiguës. Un petit homme maigre et contrefait, portant à son turban sale un bouquet de plumes d'aigle et un bandeau crasseux sur l'œil, les menait à l'attaque en poussant d'affreux glapissements.

— Faradj le Borgne ! hurla Mansour. Groupez-vous autour de la litière !

Déjà les cimeterres brillaient aux poings des guerriers ; Gauthier, poussant son cheval, rejoignit le chef pour combattre près de lui, criant à Josse :

— Protège la litière !

Mais les rideaux de celle-ci volaient plus qu'ils ne s'écartaient. Arnaud en surgit, repoussant brusquement Catherine qui tentait de s'accrocher à lui, le suppliant de ne pas bouger.

— Une arme ! cria-t-il. Un cheval !

— Non ! hurla Catherine. Tu ne peux pas te battre encore... Tu es trop faible...

— Qui a dit cela ? Crois-tu que je vais les laisser s'étriper avec ces mécréants sans prendre ma part du combat ? Rentre là-dedans et n'en bouge pas ! ordonna-t-il rudement. Et toi, ami Abou, veille sur elle et empêche-la de faire des sottises !...

Avec une impatience rageuse, il arrachait les voiles bleus qui l'enveloppaient, ne conservant que le volumineux pantalon de mousseline et le boléro trop petit pour ses larges épaules.

— Un cheval ! Une arme ! répéta-t-il.

— Voilà une arme, fit calmement Josse en lui tendant son propre cimeterre. Vous saurez mieux que moi vous servir de ce tranchoir. Quant au cheval, prenez le mien.

— Et toi ?

— Je vais récupérer le cheval du cavalier qui a fait le grand saut. Ne vous tourmentez pas.

— Arnaud ! cria Catherine avec angoisse. Je t'en supplie...

Mais il ne l'écoutait pas. Il avait déjà sauté en selle et, pressant le flanc de la bête de ses talons nus, rejoignait Mansour et Gauthier, engagés dans un combat furieux à un contre dix. Son arrivée produisit l'effet d'une bombe. Ce grand gaillard en vêtements féminins, empêtré de mousselines bleues, qui attaquait en poussant des cris affreux, causa chez l'ennemi une stupeur dont Mansour, réprimant une bonne envie de rire, profita. Quant à Catherine, le spectacle eut raison, un instant, de ses craintes, et elle se mit à rire, franchement, joyeusement : Arnaud, avec ses pantalons-jupes, était irrésistible ! Mais ce ne fut qu'un instant. Bientôt Catherine, se laissant retomber sur ses coussins, jetait à Abou un regard de noyée.

— Il est fou ! soupira-t-elle. Comment pourrait-il supporter ce combat, alors qu'il y a seulement deux jours...

— Pendant deux jours, il a mangé, il a bu, il s'est reposé,, fit le petit médecin qui roulait calmement entre ses doigts les grains polis d'un chapelet d'ambre. Ton époux est d'une vigueur peu commune. Tu ne pensais pas sérieusement qu'il pourrait écouter sans broncher le fracas des sabres ? Les cris féroces de la guerre sont, à ses oreilles, comme le chant si doux du luth et de la harpe.

— Mais... ses mains ?

— Les blessures, tu l'as vu, se referment. Et il sait bien, si son sang coule de nouveau, que je l'arrêterai une fois encore.

Et, avec un sourire encourageant, Abou-al-Khayr se remit à invoquer silencieusement Allah et Mahomet, son prophète, pour l'issue du combat dont Catherine, oubliant son accès de gaieté passagère, suivait maintenant les phases avec terreur. Les brigands semblaient une multitude. Ils fourmillaient, enveloppant les cavaliers de Mansour d'une forêt d'éclairs, mais les hommes du désert et du Grand Atlas savaient se battre au moins aussi bien que les bandits de la Sierra. Ils formaient un groupe aussi solide qu'un rocher autour de la litière et Catherine était au centre d'un tourbillon flamboyant d'armes. Un peu plus loin, Mansour, Arnaud et Gauthier combattaient vaillamment. Les hommes tombaient, sous leurs coups, comme des mouches. Catherine entendit rire Arnaud dans la mêlée et ne put retenir un mouvement d'humeur. Il était là dans son élément réel, enfin retrouvé. « Jamais, songea-t-elle avec ressentiment, il n'est aussi heureux qu'au plein d'une bataille. Même entre mes bras, il ne connaît pas une telle plénitude... »

Une voix perçante, criarde, lui parvint :

— Tu ne m'échapperas pas, Mansour ben Zegris ! Quand j'ai appris ta fuite, j'ai compris que tu essayerais de gagner Almeria par ce chemin difficile et tu es venu tout droit dans mon piège...

C'était Faradj qui narguait son ennemi. Le petit homme était, lui aussi, un redoutable guerrier et le duel qui l'opposait à Mansour était féroce.

— Ton piège ? répliqua dédaigneusement le prince. Tu te fais trop d'honneur. Je savais que tu campais dans ces parages et je ne te crains pas. Mais tu fais fausse route si tu espères de l'or ou des joyaux. Nous n'avons que nos armes...

— Tu oublies ta tête ! Le Calife me la paiera dix fois son poids d'or et je rentrerai enfin dans Grenade en triomphateur.

— Quand ta tête à toi pourrira sur le rempart, alors, oui, tu pourras contempler Grenade en triomphateur.

Le reste de l'altercation se perdit dans le fracas des armes. Catherine s'était pelotonnée contre Marie et les deux femmes suivaient la bataille avec angoisse.

— Si nous sommes reprises, murmura la jeune fille, tu auras la vie sauve car Muhammad t'aime... mais moi je serai livrée au bourreau et empalée !

— Nous ne serons pas reprises, affirma Catherine avec une confiance que, cependant, elle était loin d'éprouver.

Le jour baissait vite. Seules, les crêtes neigeuses demeuraient encore rouges de soleil. Les pentes s'assombrissaient. La mort traçait des vides dans les deux camps. Parfois, avec un râle désespéré qui déchirait le tumulte, un cheval et son cavalier culbutaient dans le torrent.

Mansour, Arnaud et Gauthier se battaient toujours et, dans les rangs des brigands, les pertes étaient sévères alors que cinq hommes seulement étaient tombés du côté des fuyards. Mais le combat durait, la nuit allait venir et Catherine, les nerfs tendus à craquer, enfonçait ses ongles dans ses paumes pour ne pas crier. Auprès d'elle, Marie respirait avec peine, les yeux rivés à ces guerriers dont la victoire ou la défaite pouvaient avoir, pour elle, de si terribles conséquences. Abou-al-Khayr priait toujours...

Et puis, il y eut un double cri, affreux, déchirant, qui, au mépris de tout danger, jeta Catherine hors de la litière. Le cimeterre vigoureusement manié par Arnaud venait de fendre la tête de Faradj le Borgne qui tomba à terre comme une masse. Mais la jeune femme ne lui accorda qu'un regard rapide, fascinée qu'elle était par une épouvantable image : Gauthier, toujours à cheval, la bouche grande ouverte sur ce cri qui ne finissait pas et une lance enfoncée en pleine poitrine.

Les yeux de Catherine et ceux du géant se croisèrent. Elle lut dans le regard de son ami une immense surprise, puis d'une masse, comme un chêne foudroyé, le Normand glissa à terre.

— Gauthier ! cria la jeune femme ! Mon Dieu !...

Elle courut vers lui, s'agenouilla, mais déjà Arnaud avait sauté de cheval, se précipitait et l'écartait.

— Laisse ! N'y touche pas...

À son appel, Abou-al-Khayr accourut, fronça les sourcils. Vivement, il s'agenouilla, posa la main sur le cœur du géant abattu. Un mince filet de sang coulait du coin de la bouche.

— Il vit encore, fit le médecin. Il faudrait ôter l'arme doucement... tout doucement ! Peux-tu faire cela pendant que je le maintiendrai ? demanda-t-il à Montsalvy.

Pour toute réponse, celui-ci arracha sans hésiter les pansements qui enveloppaient encore ses mains blessées et qui risquaient de glisser sur le bois de la lance. Puis, fermement, il empoigna l'arme tandis qu'Abou écartait avec précaution les lèvres de la plaie et que Catherine, avec un coin de son voile, essuyait le sang des commissures.

— Maintenant... fit le petit médecin. Doucement, tout doucement ! Nous pouvons le tuer en ôtant cette lance.

Arnaud tira. Pouce par pouce, l'arme meurtrière glissa, remontant des profondeurs de la poitrine... Catherine retenait son souffle, craignant que chaque respiration de Gauthier ne fût la dernière. Les larmes brouillaient ses yeux, mais elle les retenait courageusement. Enfin, la lance vint tout entière et Arnaud, d'un geste de colère, la jeta loin de lui tandis que le médecin se hâtait, au moyen de tampons que Marie avait hâtivement fabriqués avec ce qui lui était tombé sous la main en fait de tissus, d'étancher le nouvel écoulement de sang causé par le retrait de l'arme.

Autour d'eux, le silence s'était fait. Privés de leur chef, les brigands s'étaient enfuis sans que Mansour se donnât la peine de les poursuivre. Côté rebelles, les survivants du combat revenaient vers le groupe, formaient autour un cercle silencieux. Mansour essuya tranquillement son cimeterre avant de le raccrocher à sa ceinture puis se pencha sur le blessé. Son regard sombre croisa celui d'Arnaud.

— Tu es un vaillant guerrier, seigneur infidèle, mais ton serviteur aussi est un brave ! Par Allah, s'il vit, je le prends comme lieutenant. Penses-tu le sauver, médecin ?

Abou, qui avec son habileté habituelle avait mis à nu la poitrine blessée, aidé par Catherine, hocha la tête d'un air de doute et la jeune femme constata, avec un affreux serrement de cœur, que son front ne se déridait pas.

— Sauvez-le ! supplia-t-elle ardemment. Il ne peut pas mourir ! Pas lui...

— La blessure semble profonde ! murmura Abou. Je vais faire de mon mieux. Mais il faut l'enlever d'ici. On n'y voit plus...

— Transportons-le dans la litière, fit Arnaud. Le diable m'emporte si j'y remets les pieds !

412

— Tu es presque nu, sans souliers, coupa Catherine... et tu n'es pas sauvé !

— Qu'importe ! Je prendrai l'équipement de l'un des morts. Je refuse de rester sous cette défroque de femme qui me rend grotesque. Ne peut-on avoir un peu de lumière ?

Haletant encore du combat, deux des guerriers allumaient des torches tandis que d'autres, avec d'infinies précautions, soulevaient Gauthier et, sous la direction attentive d'Abou, le transportaient dans la litière où, grâce à son infaillible prévoyance, le petit médecin avait entassé sous les matelas des vivres et des remèdes.

Les sommets neigeux dessinaient, dans la nuit, de gigantesques formes fantomales. Le vent se levait, hurlait dans la gorge comme un loup malade, et le froid venait.

— Il faut trouver un abri pour la nuit, fit la voix de Mansour. Suivre cette route en corniche dans l'obscurité serait un suicide et nous n'avons plus rien à craindre des bandits de Faradj. Débarrassez le chemin, vous autres !...

Les « plouf » nombreux qui suivirent apprirent à Catherine que les morts s'en allaient par le chemin du torrent, ennemis et alliés fraternellement unis pour le dernier voyage. Arnaud, qui avait disparu un instant, revint, habillé de pied en cap, portant burnous blanc et casque enturbanné.

Le souffle glacial des sommets effilochait les torches. Avec beaucoup de précaution, on se remit en marche au long du dangereux chemin sous la conduite des porteurs de flammes. Mansour, tenant son cheval par la bride, allait en avant, cherchant un refuge quelconque. La litière venait ensuite, à toute petite allure pour ne pas secouer le blessé auquel Abou, aidé de Catherine et de Marie, donnait les premiers soins.

Bientôt, la bouche noire d'une grotte s'ouvrit bienheureusement sur le chemin, assez large pour qu'on pût y engager en partie la litière, une fois les chevaux dételés. Les hommes et les bêtes s'y entassèrent. On fit un feu autour duquel Catherine vint rejoindre Arnaud quand Abou n'eut plus besoin d'elle. Après avoir bandé la blessure, le médecin avait fait prendre à Gauthier un calmant pour essayer de le faire dormir, mais la fièvre montait et Abou ne cachait pas son pessimisme.

— Sa constitution exceptionnelle fera peut-être un miracle, dit-il à la jeune femme navrée. Mais je n'ose y croire...

Triste jusqu'à l'âme, elle vint s'asseoir auprès de son époux, se pelotonna contre lui et posa sa tête sur son épaule. Tendrement, il l'enveloppa de son bras et de son burnous en même temps, puis chercha ses yeux, lourds de larmes contenues.

— Pleure, ma douce, murmura-t-il. Ne te retiens pas. Cela te fera du bien et je comprends ton chagrin, tu sais... – Il hésita un instant et Catherine sentit son étreinte se resserrer. Puis, prenant son parti, Arnaud déclara, avec décision : Jadis, je peux bien te l'avouer, j'ai été jaloux de lui... Ce dévouement de chien fidèle qu'il te vouait, cette inlassable protection dont il t'entourait m'irritaient... et puis le temps est venu où j'ai pu en mesurer le prix. Sans lui, peut-être ne nous serions-nous jamais retrouvés... et j'ai compris que j'avais tort, que s'il t'aimait, c'était d'un autre amour que celui que j'imaginais... une sorte de vénération envers une sainte...

Catherine frissonna et sentit son cœur trembler. La nuit folle de Coca lui revint brusquement, si présente, si chaude qu'une vague de honte et de remords la submergea. Elle fut tentée de s'en débarrasser, d'avouer immédiatement que Gauthier avait été son amant, qu'elle avait été heureuse dans ses bras. Sa bouche s'ouvrit :

— Arnaud, souffla-t-elle. Il faut que je te dise...

Mais, très doucement, il lui ferma la bouche d'un baiser rapide.

— Non. Ne dis rien... L'heure n'est pas encore venue des souvenirs, ou des regrets... Gauthier vit encore et Abou, peut-être, fera le miracle auquel il ne croit pas !

Le grand burnous mêlait la chaleur de leurs deux corps rapprochés. Il formait comme un abri sûr et doux au creux duquel Catherine réfugiait son âme lourde de peine. Si elle parlait, que dirait Arnaud, que ferait-il ? Il l'écarterait de lui aussitôt, bien sûr, la rejetterait dans un froid où se glacerait son âme... et elle était trop bien, là, contre lui ! C'était si bon de le sentir près d'elle, la protégeant de toute sa force revenue, de tout cet amour qu'il savait seul lui donner. Passionnément, elle saisit l'une des mains blessées de son époux. Les plaies s'étaient rouvertes, mais le sang avait déjà séché. Elle y colla ses lèvres.

— Je t'aime... chuchota-t-elle. Oh ! je t'aime tant !...

Il ne répondit rien, mais la serra encore plus fort, presque à lui faire mal, et Catherine comprit qu'il luttait contre la tentation de l'étreindre totalement... Son regard sombre alla chercher, l'un après l'autre, les visages hermétiques des silencieux guerriers de Mansour. Autour du feu, ils formaient une chaîne de figures immobiles, fermées, énigmatiques, où les flammes allumaient des luisances sur les peaux basanées que le port habituel du selham teintait légèrement de bleu. Aucun ne regardait le couple. Ceux qui étaient indemnes soignaient les blessés, personne ne parlait. Ces hommes de guerre vibraient encore du récent combat, mais, habitués dès l'enfance à la vie dangereuse, ne perdaient pas un instant pour restaurer les forces perdues. Qui pouvait dire si le prochain combat qui les attendait n'aurait pas lieu dans la nuit ?

L'image étrange, presque irréelle qu'ils offraient, devait poursuivre longtemps Catherine. Cette nuit au cœur de la montagne était comme une halte dans quelque caverne peuplée de djinns, ces génies des légendes orientales qu'on lui avait racontées, chez Fatima ou au harem... La haute silhouette de Mansour apparut bientôt, près du feu. Il murmura quelques mots à ses hommes, dans un dialecte que Catherine ne comprenait pas, puis, tranquillement, fit le tour du feu et vint s'asseoir auprès d'Arnaud. L'un des deux serviteurs qui accompagnaient

Ben Zegris s'approcha, portant sur ses mains unies des dattes et des bananes. Le Maure en prit et, avec un bref sourire, les offrit au chevalier. C'était le premier geste courtois qu'il avait envers lui, mais, par ce geste, il le reconnaissait comme son égal. Arnaud le remercia silencieusement d'un salut.

— Les seigneurs de la guerre se reconnaissent au premier choc des armes, expliqua simplement Mansour. Tu es des nôtres !

Et le silence retomba. Les hommes se restauraient, mais Catherine ne put rien avaler. Constamment, elle tournait les yeux vers la litière, posée à l'entrée de la grotte. Une lampe à huile, allumée à l'intérieur, en faisait une sorte de grosse lanterne où Abou-al-Khayr veillait le blessé. De temps en temps, un gémissement parvenait jusqu'à la jeune femme et, chaque fois, son cœur se serrait douloureusement. Tout à l'heure, Arnaud irait remplacer Abou pour que le petit médecin puisse prendre un peu de repos, et elle l'accompagnerait. Mais elle savait déjà que ce serait une épreuve et que l'affreux sentiment d'impuissance qui était sien se ferait plus aigu en face du géant blessé, peut-être mortellement...

Un loup hurla dans la montagne et Catherine frissonna. C'était encore un mauvais présage...

Devinant la détresse de la jeune femme, Arnaud se pencha vers elle et chuchota d'une voix basse, ardente :

— Jamais plus tu ne souffriras, ma mie... Tu n'auras plus jamais froid, plus jamais faim, plus jamais peur ! Devant Dieu qui m'entend, je fais serment de passer ma vie à te faire oublier tout ce que tu as enduré !

Quand, cinq jours plus tard, la troupe des rebelles atteignit Almeria, Gauthier vivait toujours, mais il était évident qu'il se mourait. La vie, malgré la bataille acharnée livrée par Abou-al-Khayr, Catherine et Arnaud à la mort, fuyait peu à peu son corps immense.

— Il n'y a rien à faire, finit par avouer le médecin.

On ne peut que prolonger son existence. Encore devrait-il être mort la nuit même de sa blessure s'il ne possédait une constitution aussi exceptionnelle. Pourtant... ajouta-t-il après un instant de réflexion, il ne cherche pas à vivre. Il ne m'aide pas !

— Que voulez-vous dire ? demanda Catherine.

— Qu'il ne désire plus vivre ! On dirait... oui, on dirait qu'il est heureux de mourir ! Je n'ai jamais vu un homme assister avec autant de calme à sa propre fin.

— Mais je veux qu'il vive ! s'insurgea la jeune femme. Il faut l'y obliger !

— Tu n'y peux rien ! C'est ainsi ! Je crois qu'il pense sa mission terrestre terminée depuis que tu as retrouvé ton époux.

— Vous voulez dire... que je ne l'intéresse plus ?

— Tu ne l'intéresses que trop, selon moi ! Et c'est pour cela, j'imagine, qu'il est content de mourir...

Cette fois Catherine ne répondit pas. Elle comprenait ce que voulait dire le petit médecin. Maintenant qu'elle avait repris Arnaud, Gauthier pensait qu'il n'y avait plus de place pour lui dans sa vie et il ne se sentait peut-être pas le courage, après avoir été le compagnon des jours noirs, d'assister à leur bonheur... Elle pouvait comprendre cela, encore qu'elle se reprochât maintenant, comme un crime, la nuit de Coca. En le sauvant de la folie, elle avait mis l'irréparable entre eux. De toute manière, il fallait que Gauthier quittât l'épouse d'Arnaud de Montsalvy...

— Combien de temps vivra-t-il encore ? demanda-t-elle.

Abou haussa les épaules.

— Qui peut savoir ? Quelques jours peut-être, mais je pencherais plutôt pour quelques heures. Il s'épuise vite... pourtant j'avais espéré l'aide bienfaisante qu'apporte aux blessés l'air de la mer !

La mer ! Catherine l'avait regardée avec une stupeur incrédule du haut d'une colline. Elle s'étalait à perte de vue, scintillante, soyeuse, d'un bleu profond et somptueux dans lequel le soleil allumait des diamants. Elle sertissait une plage blonde et douce comme une chevelure de femme, une ville immense [1], d'une éblouissante blancheur, dominée par un château fort tout blanc lui aussi, un port où dansaient des navires aux voiles multicolores... De grands palmiers balançaient leurs panaches vert sombre au vent de la mer, contre l'aveuglant ciel bleu.

La ville était l'aboutissement d'une large vallée regorgeant d'orangers, de citronniers, et Catherine songea qu'elle n'avait jamais imaginé paysage semblable. La mer, telle qu'elle l'avait contemplée jadis, en Flandre, aux côtés du duc Philippe, avec une sorte de crainte superstitieuse, était grise et verte, violente, crêtée de hautes vagues blanchissantes ou alors plate, avec des couleurs d'herbe mourante contre des dunes que le vent échevelait. Oubliant un instant sa peine, elle avait cherché la main d'Arnaud.

— Regarde ! C'est sûrement le plus bel endroit de la terre. Est-ce que nous ne serions pas merveilleusement heureux si nous pouvions vivre ici, tous les deux ?

Mais il avait secoué la tête avec, au coin des lèvres, ce pli dur que Catherine connaissait bien, et le regard dont il avait enveloppé le merveilleux paysage contenait un peu de ressentiment.

— Non ! Nous ne serions pas heureux ! C'est trop différent de ce à quoi nous sommes habitués. Nous ne sommes pas faits, moi surtout, pour ces pays de mollesse et de grâce dont le charme cache la cruauté, le vice, les instincts féroces et la croyance à un dieu qui n'est pas le nôtre. Pour vivre en terre d'Islam, il faut d'abord conquérir, tuer, détruire, puis régner. Alors seulement la vie est possible pour des gens tels que nous... Crois-moi, notre rude et vieille Auvergne, si nous la revoyons un jour, nous donnera bien plus de vrai bonheur.

Il sourit de sa mine désappointée, posa un baiser

---

1. À cette époque Almeria était une très grande ville, plus importante même que Grenade.

418

rapide sur ses yeux et s'en alla rejoindre Mansour. La troupe avait fait halte sur cette colline ombragée pour tenir une sorte de conseil. Catherine, un instant, laissa Gauthier, glissa hors de la litière et s'approcha des hommes. Mansour désignait la blanche forteresse campée sur la ville.

— C'est l'Alcazaba. Le prince Abdallah y réside le plus souvent, de préférence à son palais du bord de mer. Il n'a que quinze ans, mais ne vit que pour les armes et la guerre. Sur ce territoire, tu n'as plus rien à craindre du Calife, dit-il à Arnaud. Que comptes-tu faire ?

— Trouver un navire qui nous ramène dans notre pays. Penses-tu que ce soit possible ?

— J'en possède deux dans ce port. Avec l'un, je vais gagner les terres d'Afrique pour y méditer ma vengeance. L'autre te conduira, avec les tiens, aux abords de Valence. Depuis que le Cid nous en a chassés, ajouta-t-il avec amertume, les navires de l'Islam ne pénètrent plus dans le port, même pour commercer, alors que nous accueillons souvent des marchands étrangers. Le capitaine vous débarquera nuitamment sur la côte. À Valence, tu trouveras sans peine un navire qui te conduira à Marseille.

Arnaud acquiesça d'un signe de tête. À Marseille, possession de la reine Yolande, comtesse de Provence, il serait, en effet, presque chez lui et, à son sourire, Catherine devina la joie qui l'envahissait à cette idée. Il allait, après l'avoir crue si longtemps perdue à jamais, retrouver la vie d'autrefois, celle de la camaraderie des armes, des combats, car, tout au fond d'elle-même, la jeune femme doutait qu'il sût se contenter d'une vie paisible, dans le château de Montsalvy que les moines reconstruisaient à cette heure même... Mais le sourire d'Arnaud s'effaça, fit place à un pli soucieux.

— Pouvons-nous partir cette nuit même ?

— Pourquoi tant de hâte ? Abdallah t'offrira l'hospitalité fraternelle que je t'aurais donnée moi-même si j'avais pu t'emmener avec moi au Maghreb. Tu garderas ainsi un moins mauvais souvenir de l'Islam.

— Je te suis reconnaissant. Sois certain que je garderai un bon souvenir, sinon de l'Islam entier, du moins de toi, Mansour. Te rencontrer a été une bénédiction du Ciel et je lui en rends grâce ! Mais il y a le blessé...

— Il est perdu. Le médecin vous l'a dit.

— Je sais. Cependant, s'il pouvait durer jusqu'à ce que nous ayons atteint la terre de France !

Une bouffée de tendresse envahit le cœur de Catherine. Cette délicatesse d'Arnaud envers le modeste Gauthier l'émouvait au plus profond. Le Normand allait mourir, certes, mais Montsalvy refusait de laisser son corps en terre infidèle. Elle leva sur son époux un regard brillant de reconnaissance. Mansour, après un instant de silence, répliquait, lentement :

— Il ne vivra pas jusque-là ! Pourtant, je comprends ta pensée, mon frère ! Il en sera fait comme tu le désires. Cette nuit même mon navire mettra à la voile... Allons, maintenant.

Il remontait à cheval. Catherine regagna la litière où Gauthier, pour un moment, avait repris conscience. Sa respiration se faisait d'heure en heure plus difficile et plus sifflante. Son corps immense paraissait s'amenuiser à mesure que coulait le temps et son visage se plombait, déjà touché par l'ombre de la mort. Mais il tourna vers Catherine un regard conscient et elle lui sourit.

— Regarde, fit-elle doucement en écartant le rideau pour qu'il pût voir au-dehors. Voilà la mer que tu as toujours aimée, dont tu m'as tant parlé. Auprès d'elle, tu vas guérir...

Il hocha la tête négativement. L'ébauche d'un sourire parut sur ses lèvres blanches.

— Non... et c'est bien mieux ! Je vais... mourir !

— Ne dis pas cela ! protesta Catherine tendrement. Nous te soignerons, nous...

— Non ! Il est inutile de mentir ! Je sais et je... je suis heureux ! Il faut... me promettre quelque chose.

— Tout ce que tu voudras.

Il lui fit signe d'approcher. Catherine se pencha

jusqu'à ce que son oreille touchât presque la bouche du moribond. Alors il souffla :

— Promettez... qu'il ne saura jamais ce qui s'est passé... à Coca ! Cela lui ferait mal... et c'était seulement... une charité ! Cela n'en vaut pas la peine...

Catherine se redressa, étreignit avec une sorte de passion la main brûlante abandonnée sur le matelas.

— Non, fit-elle avec véhémence, ce n'était pas une charité ! C'était par amour ! Je te le jure, Gauthier, sur tout ce que j'ai au monde de plus précieux : cette nuit-là, je t'ai aimé, je me suis donnée à toi de tout mon cœur et j'aurais continué si tu l'avais voulu. Vois-tu, ajouta-t-elle en baissant la voix davantage encore, tu m'avais donné tant de joie qu'un instant j'ai eu la tentation d'en rester là, d'abandonner Grenade...

Elle s'arrêta. Une expression d'infini bonheur détendait les traits ravagés de Gauthier, leur conférant une beauté, une douceur qu'ils n'avaient jamais possédées. Il eut un sourire d'enfant comblé et, pour la première fois depuis la fameuse nuit, Catherine, bouleversée, retrouva dans le regard gris la passion qu'elle y avait lue alors.

— Tu l'aurais regretté, mon amour... chuchota-t-il, mais... merci de me l'avoir dit ! Je vais partir heureux... si heureux !

Puis, comme la jeune femme ouvrait la bouche pour ajouter peut-être une autre protestation, il murmura, plus bas, d'une voix qui faiblissait :

— Ne dis plus rien... Laisse-moi ! Je voudrais parler... au médecin... et je n'ai plus beaucoup de temps ! Adieu... Catherine ! Je n'ai... aimé que toi au monde !

La gorge de la jeune femme s'étrangla sous une brusque douleur, mais elle n'osa pas refuser ce qu'il lui demandait. Un instant, elle contempla ce visage aux yeux maintenant clos et qui peut-être ne s'ouvriraient plus. Une fois encore, elle se pencha et, très doucement, avec une tendresse infinie, posa ses lèvres sur la bouche desséchée, puis, se tournant vers Marie, qui, immobile au plus éloigné de la litière, avait assisté silencieuse à leur entretien.

— Appelle Abou ! Il marche auprès de nous... Moi, je descends.

Le cortège, en effet, marchait au pas car une grande animation encombrait la route vers la ville blanche. Ce devait être jour de marché, ce qui doublait l'activité portuaire toujours grande. Marie fit signe qu'elle avait compris et appela le médecin tandis que Catherine, pour cacher les larmes qui venaient, se laissait glisser à terre. Arnaud chevauchait à quelques pas en avant, auprès de Mansour. Elle l'appela avec, dans la voix, tant de douleur qu'il s'arrêta net, regarda le joli visage noyé de larmes et, se penchant sur sa selle, lui tendit une main.

— Viens, dit-il seulement.

Il l'enleva de terre, l'installa devant lui et referma ses bras sur elle. La jeune femme cacha son visage contre sa poitrine et se mit à pleurer sans retenue. Arnaud dit seulement :

— C'est la fin ?

Incapable de répondre, elle hocha la tête. Alors, lui :

— Pleure, ma mie, pleure autant que tu voudras ! On ne pleurera jamais assez un homme tel que lui !

Dans le grouillement frénétique du port, parmi les innombrables marchands de poisson, de coquillages, d'oranges, de légumes, de fruits, d'épices qui, assis à même le sol auprès de grands couffins débordants, appelaient le chaland à grands cris, la troupe de Mansour forçait un passage à la litière où Gauthier, maintenant, agonisait, vers les navires à quai. Il y avait là, parmi une foule de barques de pêche de toutes dimensions, quelques lourds navires marchands voisinant avec deux galères barbaresques, deux dromons profilés comme des guépards, fauves au repos tapis parmi les nefs massives. Mansour les désigna de la main à Arnaud.

— Voilà mes navires...

Montsalvy sourit sans répondre. Il venait de comprendre qu'outre ses possessions du mystérieux Maghreb, Ben Zegris tirait le plus clair de sa fortune de la piraterie. C'étaient là navires de chasse et de proie et une inquiétude lui venait d'embarquer Catherine et Marie sur ces aquatiques félins. Qui pouvait être sûr qu'une fois en mer le capitaine ne mettrait pas le cap sur Alexandrie, ou sur Candie, ou sur Tripoli, sur un grand marché d'esclaves où ferait prime sans doute la plus belle dame d'Occident ? La mort imminente de Gauthier changeait bien des choses. Il allait, lui, Arnaud, se retrouver seul, avec Josse, pour défendre deux femmes contre un équipage entier, puisque Abou regagnerait Grenade quand ils lèveraient l'ancre... Aucune voix musulmane ne s'élèverait plus, une fois franchies les tours d'avant-port d'Almeria, pour défendre les roumis contre la cupidité des Barbaresques. Certes, Arnaud ne doutait pas de la bonne foi de Mansour, mais un pirate, cela devait savoir mentir, tromper, convaincre... le reis qui commandait ce bateau de proie n'aurait qu'à dire qu'il avait accompli sa mission et nul ne se soucierait plus de ce qu'il avait pu advenir des Montsalvy...

Envahi par ces sombres pressentiments, Arnaud, instinctivement, serra Catherine contre lui, mais elle ne réagit pas à son étreinte. Elle regardait, de tous ses yeux, un navire qui, à cet instant, franchissait la passe et, le regardant, se demandait si elle voyait bien clair ou si elle ne rêvait pas.

Ce bateau-là ne ressemblait pas à ceux qui emplissaient le port. Point de voiles triangulaires, effilées comme des fers de lance, mais une énorme voile carrée, rayée de bleu et de rouge que les marins amenaient car l'entrée dans le port était l'affaire des rameurs. C'était une grosse galée à la coque pansue, au château arrière élevé et ciselé comme un coffret, mais ce qui fascinait Catherine, ce n'était pas tant la forme du vaisseau que les oriflammes qui dansaient dans le vent au-dessus de la gabie. L'une, d'or rayée d'argent, portait trois coquilles Saint-Jacques de sable et trois cœurs de gueule [1]. Ces armes parlantes, elle les connaissait bien.

— Jacques Cœur ! s'écria-t-elle. Ce navire lui appartient sûrement...

Arnaud, lui aussi, maintenant, regardait approcher le beau navire, mais c'était l'autre flamme qu'il contemplait avec des yeux émerveillés, celle qui dominait et se déployait le plus largement.

— Les lys d'Anjou, le lambel de Sicile, les pals d'Aragon et les croix de Jérusalem ! souffla-t-il. La reine Yolande... Ce navire porte certainement un ambassadeur.

Une joie immense se levait dans les cœurs rapprochés des deux époux. Ce navire à lui tout seul apportait le pays tout entier, et aussi l'amitié, la loyauté, la grandeur... Les couleurs vibraient dans la chaleur de l'été. Sur ce navire, ils seraient déjà chez eux...

— Je crois, dit Arnaud à Mansour, que tu ne seras pas obligé de mobiliser pour nous l'un de tes navires. Celui-ci appartient à un ami et amène sans doute un ambassadeur de mon pays...

— Un marchand, remarqua Ben Zegris avec une nuance de dédain qu'il corrigea d'ailleurs aussitôt : « Mais bien armé ! » – Au bordage, en effet, six bombardes montraient des gueules béantes.

La « Magdalène », c'était le nom du navire, ne cherchait pas à toucher terre. Parvenue au centre du port, elle jetait l'ancre et mettait une barque à l'eau tandis que, sur le quai, accouraient une nuée de fonctionnaires en turbans et de curieux. La troupe de Mansour et la litière furent soudain noyées par cette marée humaine qui se poussait, s'écrasait afin de mieux voir les arrivants inattendus.

La barque, cependant, faisait force de rames et amenait rapidement à terre trois personnages dont l'un portait turban et les deux autres chaperons brodés. Mais

1. Sable : noir, gueule : rouge.

Catherine avait déjà reconnu le plus grand des porteurs de chaperons. Avant qu'Arnaud ait pu l'en empêcher, elle avait glissé de ses bras jusqu'à terre et, poussant, jouant des coudes et des pieds avec une ardeur tellement irrésistible qu'il fallait bien lui faire place, elle parvint au bord de l'eau comme la barque accostait. Et quand Jacques Cœur sauta sur le quai, elle lui tomba presque dans les bras riant et pleurant tout à la fois...

Il ne l'avait pas reconnue tout de suite et, d'abord, voulut repousser cette musulmane poussiéreuse qui s'accrochait à lui, mais ce ne fut qu'un instant. Brusquement, il vit son visage et aussitôt pâlit.

— Catherine ! s'exclama-t-il avec stupeur. Ce n'est pas possible ! Ce n'est pas vous ?

— Mais si, mon ami, c'est moi... et si heureuse de vous revoir ! Mon Dieu ! Mais c'est le Ciel lui-même qui vous envoie ! C'est trop beau, trop merveilleux, trop...

Elle ne savait plus bien ce qu'elle disait, possédée par une joie assez violente pour faire chavirer une tête plus solide. Mais Arnaud avait poussé son cheval et gagné, lui aussi, le premier rang. Il sauta à terre, tombant presque, lui aussi, dans les bras de maître Jacques éberlué, en recevant l'étreinte de ce cavalier maure qu'il reconnut pourtant aussitôt !

— Et Messire Arnaud ! s'écria celui-ci. Quelle chance incroyable !... Vous retrouver alors que je touche à peine terre ! Mais savez-vous que je n'ai plus rien à faire ici ?

— Comment cela ?

— Que croyez-vous que je vienne faire ? Je viens vous chercher. N'avez-vous point remarqué les armes royales sur mon navire ? Je suis ambassadeur de la duchesse-reine et je viens réclamer au Calife de Grenade le seigneur de Montsalvy et son épouse... Tout en lui rendant l'un de ses meilleurs capitaines qui avait eu le malheur de se faire prendre sur les côtes de Provence. Un échange en quelque sorte...

— Vous risquiez votre vie, s'écria Catherine.

— À peine, sourit Jacques Cœur. Mon navire est puissant et les gens de ce pays respectent les ambassadeurs en même temps qu'ils s'intéressent aux échanges commerciaux. Je m'entends assez bien avec les enfants d'Allah depuis que je bourlingue autour de la Méditerranée !

La joie des trois amis à se retrouver semblait ne pouvoir se tarir. Ils riaient, parlaient tous à la fois, ayant oublié jusqu'à ceux qui les entouraient. Les questions s'entrecroisaient si vite que personne ne pouvait y répondre, mais chacun d'eux voulait tout savoir, tout de suite. Ce fut Catherine qui se reprit la première parce que son regard, passant par-dessus Jacques et Arnaud qui s'embrassaient encore en se bourrant le dos de coups de poing, accrocha la litière entre les rideaux de laquelle apparaissait la tête inquiète d'Abou-al-Khayr. Aussitôt, elle se reprocha comme un crime d'avoir oublié, même un instant, son ami mourant. Elle se pendit au bras de Jacques Cœur, l'arrachant presque à son époux.

— Jacques, supplia-t-elle. Il faut nous emmener d'ici... tout de suite ! tout de suite !

— Mais... pourquoi ?

Elle le lui dit, en quelques mots, et la joie qui illuminait le visage tanné du marchand s'assombrit.

— Pauvre Gauthier ! murmura-t-il. Il était donc mortel ?... J'avoue que je ne l'aurais pas cru... Nous allons tout de suite le transporter à bord, afin qu'il rende le dernier soupir sur le sol de son pays... même un sol en bois sera mieux que cette terre !

Se tournant vers ceux qui l'accompagnaient, un petit homme à la mine éveillée qui était une sorte de secrétaire si l'on en jugeait l'écritoire pendue à sa ceinture avec un petit rouleau de parchemin, et le seigneur en turban, muet et immobile, comme indifférent qui se tenait derrière lui, il s'adressa à celui-ci :

— Seigneur Ibrahim, vous voici chez vous ! Je n'ai plus à discuter votre libération puisque, du premier coup, j'ai retrouvé mes amis. Vous êtes donc libre.

— Merci de ta courtoisie, ami.... Je savais que je

n'avais rien à craindre de toi, mais tu as été un geôlier comme bien peu de prisonniers en ont. Voilà pourquoi je te suivais sans appréhension.

— J'avais votre parole de ne pas fuir et j'y croyais ! répondit le marchand noblement. Adieu, seigneur Ibrahim !

Le prisonnier salua profondément, et rapidement se perdit dans la foule que Mansour et ses hommes faisaient maintenant refluer afin de livrer passage à la litière. Les marins de Jacques Cœur eurent tôt fait d'enlever, avec beaucoup de précautions cependant, le mourant, maintenant inconscient sans plus de rémissions. Le soleil éclatant éclaira le visage émacié, creusé d'ombres tragiques, que les hommes regardèrent avec une sorte de crainte superstitieuse. On le porta dans la barque où Abou s'installa auprès de lui.

— Je resterai tant qu'il respirera, expliqua-t-il. Au surplus, vous ne mettez pas à la voile immédiatement ?

— Non, répondit Jacques Cœur. Après-demain seulement. Puisque je suis ici, je voudrais en profiter pour charger des soieries et des meubles incrustés, des épices et des cuirs travaillés, des poteries dorées et de ces beaux parchemins en peau de gazelle du Sahara dont ce pays a la spécialité...

Catherine retint un sourire. Jacques était venu les chercher, certes, et portait flamme d'ambassadeur, mais en lui les sentiments ne tuaient jamais le marchand. Ce voyage entrepris par amitié ne devait pas être perdu pour autant...

Tandis que la barque, emportant le blessé, s'éloignait vers le navire d'où elle reviendrait les chercher ensuite, et qu'Arnaud faisait à Mansour de graves adieux, elle demanda :

— Au fait, mon ami, comment avez-vous appris que nous étions, ici ?

— C'est une longue histoire. Mais, en deux mots, vous devez notre arrivée à votre vieille amie, la dame de Châteauvillain. Vous l'avez abandonnée, paraît-il, en pleine montagne, mais vous aviez laissé entre ses mains un écuyer de messire Arnaud qu'elle a fort bien su confesser. Aussitôt, elle a fait demi-tour, couru jusqu'à Angers, chez la duchesse-reine, et lui a raconté toute l'histoire. C'est Madame Yolande qui m'a prévenu et qui a monté avec moi ce voyage.

— Incroyable ! s'écria Catherine abasourdie. Ermengarde qui voulait me ramener pieds et poings liés à son duc ?

— Peut-être ! tant qu'elle a cru sincèrement que ce serait pour vous la meilleure solution. Mais du moment que vous vous obstiniez à poursuivre messire Arnaud... elle s'est attachée à vous aider. Elle veut, avant tout, votre bonheur et vous n'avez pas idée du vacarme qu'elle a fait jusqu'à mon départ ! J'ai eu d'ailleurs toutes les peines du monde à ne pas l'emmener !

— Chère Ermengarde ! soupira Catherine avec une involontaire tendresse. C'est une femme extraordinaire. En tout cas, l'aventure était risquée. Comment pouvait-elle être sûre que je retrouverais Arnaud, et même que je parviendrais saine et sauve à Grenade ?

Jacques Cœur haussa les épaules et grimaça un sourire moqueur.

— Il se trouve qu'elle vous connaît bien ! Si votre époux avait été captif au plein cœur de l'Afrique, vous auriez bien trouvé moyen d'aller l'en arracher. Évidemment, conclut-il, cela m'aurait fait plus de chemin à parcourir...

À l'heure la plus noire de la nuit, celle qui précède immédiatement l'aube, Gauthier mourut dans la chambre haute du château arrière où Jacques Cœur l'avait fait installer, le visage tourné vers cette haute mer qu'il ne parcourrait pas... L'agonie avait été terrible ! L'air n'atteignait plus qu'avec peine les poumons endommagés et la constitution du géant, ses forces vives extraordinaires prolongeaient l'épuisant combat perdu d'avance contre la mort, ne faisant que le rendre plus cruel.

Enfermés avec lui, Catherine, Arnaud, Abou-al-Khayr, Josse, Marie et Jacques Cœur assistèrent, impuissants et navrés, à cette lutte, épuisante et suprême que menait Gauthier, inconscient, pour une vie qui ne voulait plus de lui. Serrés les uns contre les autres, les traits marqués par la fatigue et creusés par les ombres mouvantes nées des quinquets fumeux allumés dans la pièce, ils priaient pour que se tût enfin cette voix torturée qui, dans un langage inconnu, lançait des plaintes, des imprécations, des invocations vers les mystérieuses divinités nordiques que le Normand avait adorées toute sa vie. Au-dehors, l'équipage, massé, attendait sans comprendre cependant conscient qu'un drame se déroulait dans la chambre close.

Enfin, il y eut une ultime convulsion, un soupir qui ressemblait à un râle et le gigantesque corps ne bougea plus. Un silence écrasant, que ne troublait plus la terrible respiration, s'abattit. Le navire à l'ancre, dont le doux balancement avait bercé l'agonie du géant, grinça sinistrement avec une plainte à laquelle répondit le cri rauque des oiseaux de mer.

Catherine, alors, comprit que tout était fini. Étouffant un sanglot, elle posa deux doigts légers sur les paupières ouvertes, fermant pour l'éternité les yeux de son ami, puis retourna se réfugier auprès d'Arnaud qui l'attira contre lui pour qu'elle pût cacher son visage en pleurs. Pour secouer l'émotion qui l'étreignait, Jacques Cœur toussa.

— Tout à l'heure, quand le soleil sera levé, nous l'immergerons ! dit-il. Je dirai les prières..

— Non, s'interposa Abou-al-Khayr... il m'a fait promettre de veiller à ses funérailles. Pas de prières, mais je te dirai ce qu'il faut faire.

— Alors, venez avec moi. Nous allons donner des ordres.

Les deux hommes sortirent et Catherine put entendre la voix de Jacques qui, de la dunette, donnait des ordres suivis du piétinement précipité de l'équipage. Elle chercha le regard de son époux, mais, déjà, il la prenait par la main et l'entraînait vers le lit où gisait Gauthier. L'un près de l'autre, Catherine et Arnaud s'agenouillèrent pour prier, de tout leur cœur, le Dieu de toute miséricorde pour un homme de bien qui n'avait jamais cru en lui. Silencieusement, Josse et Marie vinrent s'agenouiller de l'autre côté... et malgré sa peine Catherine nota que, si le Parisien avait les yeux brillants de larmes, sa main ne quittait pas celle de la petite Marie qu'il semblait avoir prise sous sa protection. Elle songea que c'était là, peut-être, le départ d'un bonheur inattendu et que, venus des horizons les plus différents, ces deux-là étaient en train de se rejoindre. Mais la voix grave d'Arnaud s'élevait maintenant, récitant les prières des morts, et Catherine joignit la sienne à celle de son époux.

Trois heures plus tard, devant tout l'équipage de la « Magdalène » massé sur le pont, au son de la cloche du bord qui, sans arrêt, sonnait en glas, Arnaud de Montsalvy procéda, sur les indications d'Abou-al-Khayr, à une étrange cérémonie. Le navire, lentement, gagna l'entrée du port, remorquant après lui une barque à voile chargée de paille sur laquelle le corps du Normand, enveloppé d'une toile, avait été déposé. À l'aplomb de la tour d'avant-port, Montsalvy sauta dans la barque, hissa la voile que le vent aussitôt gonfla, puis, s'accrochant à la corde qui retenait au vaisseau le frêle esquif, regagna la « Magdalène ». Une fois à bord, il coupa la corde. Comme poussée par une invisible main, la barque bondit, prit le vent et, rapidement, dépassa la coque rouge de la galée dont les rames demeuraient inertes. Un instant, ceux du navire la regardèrent avancer, emportant la longue forme blanche. Alors, Arnaud, prenant des mains d'Abou un grand arc de frêne, y plaça une flèche empennée de feu, banda ses muscles... La flèche siffla, alla se planter au plein cœur de la barque dont la paille prit feu aussitôt. En un instant, le petit navire devint une nef de flammes. Le corps disparut derrière un rideau de feu tandis que le vent, activant le brasier, l'emportait lentement vers le large...

Arnaud laissa tomber l'arc et regarda Catherine qui,

sans comprendre, avait suivi ce bizarre cérémonial, la gorge serrée. Elle vit que deux larmes brillaient dans les yeux sombres de son époux. Alors, d'une voix rauque, il murmura :

— Ainsi s'en allaient, jadis, par la route des cygnes, les chefs des bateaux-serpents sur le chemin de l'éternité. Le dernier Viking a eu les funérailles qu'il voulait...

Et, parce que l'émotion l'étouffait, Arnaud de Montsalvy s'enfuit en courant.

Le lendemain, à l'aube, la voile bleue et rouge de la « Magdalène » se gonflait dans le vent frais du matin et, majestueusement, la galée de Jacques Cœur quittait le port. Un moment, Catherine, serrée contre Arnaud sous le même manteau, regarda s'éloigner la ville blanche dans son écrin de verdure, cherchant à deviner encore, dans le grouillement du port, l'absurde turban orange d'Abou-al-Khayr.

Si peu de temps après la mort de Gauthier, elle avait le cœur lourd de quitter aussi ce vieil ami à qui elle devait le bonheur retrouvé, mais le petit médecin avait coupé court à l'ultime attendrissement.

— Le sage a dit : « L'absence n'existe que pour ceux qui ne savent pas aimer. Elle est un mauvais songe dont on s'éveille un jour pour l'oublier aussitôt. » Un jour, peut-être, j'irai frapper à votre porte. J'ai encore bien des coutumes à étudier dans votre étrange pays ! fit-il.

Et il avait tourné les talons sans rien ajouter de plus.

Quand plus aucun détail ne fut visible, que la ville devint une forme blanche imprécise où brillaient vaguement les toits dorés des mosquées, Catherine se tourna vers l'avant du navire. La lourde étrave fendait, avec un bruit de soie déchirée, le bleu insondable de l'eau qui, à l'horizon, rejoignait celui du ciel. Au-dessus, des mouettes blanches tournoyaient. Là-bas, au bout de cet infini, c'était la France, la terre familiale, le rire de Michel, le bon visage de Sara, les mains noueuses et les yeux fidèles des gens de Montsalvy. Catherine leva la tête pour chercher le regard d'Arnaud, vit que lui aussi regardait l'horizon.

— Nous rentrons, murmura-t-elle. Crois-tu que, cette fois, ce soit pour toujours ?

Il lui sourit à sa manière, à la fois tendre et moqueuse.

— Je crois, ma mie, que c'en est fini des grands chemins pour la dame de Montsalvy ! Regarde bien celui-ci, c'est le dernier...

La « Magdalène » gagnait la haute mer. Le vent se fit plus vif, le navire se chargea de toute sa toile et, comme un grand oiseau délivré, s'envola sur les flots bleus.

ÉPILOGUE

CHAPITRE XVI

LE TEMPS D'AIMER...

Depuis l'aurore, deux frères lais se relayaient à la grosse cloche de l'abbaye de Montsalvy qui n'avait pas cessé de sonner sur le mode joyeux qu'imposait un si beau jour. Ils avaient les bras si fatigués qu'à la sortie de la grand'messe il fallut que l'abbé Bernard de Calmont leur envoyât du renfort : ils n'en pouvaient plus. Mais il faut dire qu'ils n'avaient jamais été aussi contents non plus. Sur les remparts, cependant, les trompettes sonnaient presque sans discontinuer.

Il y avait trois jours qu'affluaient, à la porterie du grand château neuf dont les tours blanches dominaient les vallées profondes, litières et cavaliers, chariots et hommes d'armes, pages et suivantes, et que tout le village était sur les dents. On disait que dame Sara, qui gouvernait au château servantes, chambrières et cuisiniers, ne savait plus, malgré sa grande expérience, où donner de la tête, que l'on avait dû réquisitionner la maison des hôtes de l'abbaye pour loger tout ce monde, et même des maisons du village. Mais maintenant tout était en ordre et, autour du brillant cortège qui sortait de l'église et regagnait le château, il n'y avait plus qu'une allégresse sans mélange. Tout le village était pavoisé, depuis les ruisseaux jusqu'au faîte des maisons. On avait sorti les plus beaux draps, les plus belles tentures des coffres de mariage, on les avait ornés des fleurs tardives et des branches éclatantes de l'automne. Les vêtements du dimanche, en fine laine et en belle toile, brodée souvent, se tendaient fièrement sur les dos tandis que les bonnets de laine se redressaient avec arrogance et que les coiffes de lin avaient toutes l'air de s'envoler. Les filles avaient tressé des rubans neufs dans leurs cheveux et les garçons avaient une manière de camper leur bonnet sur l'œil et de dévisager les jouvencelles qui laissait prévoir qu'après la danse, quand la nuit serait venue, plus d'un couple irait se perdre dans les bois proches.

En résumé, c'était, pour Montsalvy, la plus grande fête vécue depuis plusieurs dizaines d'années. On célébrait à la fois la prospérité retrouvée, l'inauguration du nouveau château, la réinstallation définitive des seigneurs, messire Arnaud et dame Catherine, dans leurs terres, enfin, le baptême de la jeune Isabelle, la petite fille à laquelle la jeune femme venait de donner le jour.

Toute la noblesse, à vingt lieues à la ronde, était venue. On se montrait, avec respect, les nobles seigneurs venus de la Cour porter aux maîtres de la petite cité leurs compliments ; et aussi les capitaines du Roi qui, après l'avoir cru mort pendant si longtemps, retrouvaient avec une joie bruyante leur ancien compagnon d'armes. Mais la grande merveille, c'étaient le parrain et la marraine... Ils allaient en tête du cortège, juste derrière le bébé que dame Sara, toute vêtue de velours pourpre et de dentelles de Bruges, portait fièrement dans ses bras, et, à leur approche, les bonnes gens de Montsalvy mettaient genou en terre, un peu ébaubis, vaguement inquiets, mais surtout immensément fiers de l'honneur fait à leur petite cité. On n'a pas tous les jours, au cœur de l'Auvergne, l'orgueil de saluer une reine et un connétable de France ! Car la marraine, c'était la reine Yolande d'Anjou, imposante et belle sous la couronne étincelante qui retenait ses voiles noirs brodés d'or ; le parrain, c'était Richemont, vêtu d'or et de velours bleu, un chaperon orné d'énormes perles coiffant son visage balafré. Il menait la Reine par la main au long des tapis que l'on avait étendus à même la terre battue de la rue, sous une pluie de pétales et de feuilles que les jeunes filles déversaient sur eux. Tous deux répondaient de la main et du sourire aux vivats et aux acclamations de la foule enthousiaste, heureux de cette fête champêtre à laquelle leur présence donnait l'éclat d'une fête royale.

Ensuite, venaient des dames, entourant Madame de Richemont qui semblait mener une fragile et scintillante forêt de hennins multicolores. Puis des seigneurs aux mines rudes parmi lesquels on se montrait le célèbre et redoutable La Hire, qui faisait de son mieux pour paraître aimable, et le fastueux Poton de Xaintrailles, magnifique en velours vert doublé d'or. Mais la plus belle, chacun à Montsalvy en demeurait d'accord avec un légitime orgueil, c'était dame Catherine...

Depuis plusieurs mois qu'elle avait ramené triomphalement messire Arnaud dans le pays de ses pères, sa beauté semblait s'être encore épanouie et atteignait un degré de perfection, un poli qui faisait de chacun de ses gestes un poème, de chacun de ses sourires un enchantement. Ah oui, le bonheur lui allait bien ! Et, dans l'azur et l'or de sa toilette, sous l'immense nuage de mousseline qui tombait de son hennin, elle avait l'air d'une fée... C'était bien la plus belle et messire Arnaud, qui la menait par la main avec orgueil, en semblait intimement persuadé. Lui portait un sobre costume de velours noir, orné seulement d'une lourde chaîne de rubis, comme s'il eût voulu, par la simplicité de sa mise, rehausser encore l'éclat de sa femme. Et les bons paysans se sentaient tout attendris en les voyant se regarder sans cesse et se sourire comme de jeunes amoureux.

Au vrai, jamais Catherine n'avait été aussi heureuse. Ce jour d'octobre 1435 était certainement le plus beau de sa vie parce qu'il avait ramené autour d'elle tous ceux qu'elle aimait. En descendant la rue pavoisée de Montsalvy, sa petite main bien serrée dans celle d'Arnaud, elle songeait qu'au château l'attendaient sa mère qu'elle avait retrouvée, après tant d'années, avec une joie presque trop forte, et aussi son oncle Mathieu, bien vieilli mais encore gaillard et qui, depuis son arrivée, passait ses journées à trotter à travers tout le pays en compagnie de Saturnin, le vieux bailli, devenu son inséparable. Seule, sa sœur Loyse n'était pas venue, mais une religieuse cloîtrée n'appartient plus au monde, et celle qui était, depuis six mois, la nouvelle abbesse des bénédictines de Tart avait seulement envoyé, par un messager, sa bénédiction à l'enfant...

— À quoi penses-tu ? demanda soudain Arnaud qui regardait sa femme en souriant depuis un moment.

— À tout cela... À nous ! Est-ce que tu aurais vraiment cru que l'on pouvait être aussi heureux ? Nous avons tout : le bonheur, de beaux enfants, d'excellents amis, une famille, les honneurs et même une grande fortune...

Cela, c'était à Jacques Cœur qu'ils le devaient. L'argent du fameux diamant noir, convenablement employé par lui, était en train de se muer en une fabuleuse fortune et, tout en bâtissant son avenir, tout en commençant à réaliser le plan grandiose qu'il avait conçu pour le relèvement de son pays, le pelletier de Bourges, en passe de devenir Argentier de France, rendait au centuple à ses amis les biens qu'il en avait reçu dans les temps difficiles.

— Non, reconnut honnêtement Arnaud, je n'aurais jamais cru que ce fût possible. Mais, ma mie,, est-ce que nous ne l'avons pas un peu mérité ? Nous avons tant souffert, toi surtout...

— Je n'y pense même plus. Mon seul regret, c'est l'absence de dame Isabelle, ta mère...

— Elle n'est pas absente. Je suis certain qu'elle nous voit, qu'elle nous entend de ce lieu mystérieux où elle a dû retrouver le grand Gauthier... et puis, ne l'avons-nous pas réincarnée ?

C'était vrai. Isabelle, le bébé, ne ressemblait en rien à sa mère. Elle joignait aux yeux bleus de la grand-mère le profil impérieux des Montsalvy en général et les cheveux noirs de son père en particulier. D'après Sara, elle menaçait même d'en avoir aussi le caractère indomptable et irascible.

— Quand on lui fait attendre, si peu que ce soit, son lait, soupirait l'ancienne bohémienne promue gouvernante, elle hurle à faire tomber les murs...

Pour le moment, la jeune Isabelle dormait d'un profond sommeil dans les bras de l'excellente femme, parmi les soies et les dentelles de sa robe précieuse. Le vacarme des hautbois, des cabrettes et des fifres qui faisaient rage autour d'elle ne paraissait pas la déranger. L'un de ses poings minuscules refermé sur le pouce de Sara, elle semblait capable de soutenir, sans même ouvrir un œil, le bruit même d'un canon.

Mais elle ne résista pas à l'assaut de deux personnages qui se ruèrent sur elle dès qu'elle apparut, avec son cortège, dans la cour du château où étaient massés serviteurs, hommes d'armes et servantes : un petit garçon de trois ans, dont les cheveux dorés brillaient dans le soleil, et une grande et grosse dame, toute vêtue de pourpre et d'or : son frère Michel et dame Ermengarde de Châteauvillain, marraine honoraire.

Malgré la défense, respectueuse mais énergique de Sara, et les cris de Michel qui, lui aussi, voulait s'emparer d'Isabelle, Ermengarde l'emporta de haute lutte et se précipita, avec son trophée qui s'était mis à hurler, dans la grande salle blanche toute tendue de tapisseries où un festin était servi. Derrière elle et sur les pas du parrain et de la marraine, tout le cortège s'engouffra dans le château qui, bientôt, retentit de cris, de rires et des accords de luth des musiciens qui devaient accompagner le repas.

Tandis que sous la direction de Josse, intendant du château, et de sa femme Marie, tout le village s'installait aux longues tables disposées dans la grande cour près d'énormes feux où cuisaient des moutons entiers et une foule de volailles, tandis que les ménestrels attaquaient les premières caroles sous les arbres du verger déjà envahi de jeunes filles, tandis que les sommeliers mettaient en perce les futailles de vin et les barriques de cidre, le plus somptueux festin jamais vu de mémoire d'Auvergnat commença dans la grande salle.

Quand, après les innombrables plats, pâtés, venaisons, poissons, paons présentés avec toutes leurs plumes, sangliers dressés sur des lits de pommes et de pistaches avec leurs défenses et leur chair farcie d'épices fines, les valets apportèrent les tourtes, les confitures, les nougats, les crèmes et tous les autres desserts accompagnés de vins d'Espagne et de Malvoisie, Xaintrailles se leva et réclama le silence. Tenant en main sa coupe pleine, il salua la Reine et le Connétable puis se tourna vers ses hôtes :

— Mes amis, dit-il d'une voix forte, avec la permission de Madame la Reine et de Monseigneur le Connétable, je veux vous dire la joie qui est la nôtre aujourd'hui d'assister avec vous à la résurrection de Montsalvy, en même temps qu'au renouveau de notre pays. Partout, en France, la guerre recule, l'Anglais, là où il s'accroche encore, n'en a plus pour longtemps. Le traité, que notre Roi vient d'accorder au duc de Bourgogne, à Arras, s'il n'est pas un modèle du genre, a du moins le mérite de terminer une guerre impitoyable entre gens d'un même pays. Il n'y a plus d'Armagnacs, plus de Bourguignons ! Il n'y a plus que les fidèles sujets du roi Charles le Victorieux que Dieu nous veuille conserver en santé et puissance !...

Xaintrailles s'arrêta pour reprendre haleine et pour laisser s'éteindre les vivats ! Il jeta autour de lui un regard vif et satisfait puis ses yeux bruns s'arrêtèrent sur Arnaud et sur Catherine qui le regardaient en souriant, la main dans la main :

— Arnaud, mon frère, reprit-il, nous t'avions cru perdu, tu nous es revenu et c'est très bien ainsi. Je ne vais pas te dire ce que je pense de toi, tu le sais depuis longtemps. Donc, passons !... Mais vous, Catherine, qui, à grand amour et à grand péril, êtes allée réclamer votre époux jusqu'aux portes mêmes de la mort, vous qui avez vaillamment combattu, à la place de Montsalvy, pour que tombe enfin La Trémoille, notre mauvais génie, vous qui nous avez aidés à compléter l'œuvre de la Sainte Pucelle, je veux vous dire, à vous, combien vous nous êtes chère et combien nous sommes heureux et fiers d'être, aujourd'hui, vos hôtes et, en tous temps, vos amis ! Peu d'hommes auraient été capables de votre courage, mais peu d'hommes aussi ont au cœur l'amour fidèle qui depuis tant d'années occupe le vôtre !

« Les mauvais jours, trop nombreux, que vous avez connus, sont terminés. Vous avez devant vous une longue vie de bonheur et d'amour... et la joyeuse perspective de toute une génération de Montsalvy de bonne race à mettre sur pied ! Messieurs, et vous belles dames, je vous demande maintenant de vous lever et de boire, avec moi, au bonheur de Catherine et d'Arnaud de Montsalvy. Longue vie, messeigneurs, et grandes heures au plus vaillant des chevaliers chrétiens et à la plus belle dame d'Occident ! »

L'ovation formidable qui salua les dernières paroles de Xaintrailles se répercuta jusqu'aux voûtes neuves du grand château, alla rejoindre les cris de joie des villageois et, pendant un instant, la petite cité fortifiée ne fut plus qu'un cri de joie et d'amour. Catherine, pâle d'émotion, voulut se lever pour répondre à cette acclamation, mais c'en était trop pour elle. Ses forces la trahirent et elle dut s'appuyer à l'épaule de son époux pour ne pas tomber.

— C'est trop, mon Dieu, murmura-t-elle. Comment peut-on, sans mourir, supporter tant de joie ?

— Je crois, fit-il en riant, que tu t'y habitueras très bien.

Il était tard dans la nuit quand, après le bal, Catherine et Arnaud regagnèrent la chambre qu'ils s'étaient réservée dans la tour sud. Un peu partout, dans le château, les serviteurs, harassés, dormaient là où le sommeil les avait vaincus. La Reine et le Connétable s'étaient retirés depuis longtemps dans leurs appartements, mais, dans les coins obscurs, on pouvait rencontrer encore quelques buveurs impénitents qui achevaient de célébrer à leur manière une si mémorable fête. Dans la cour, on dansait encore autour des feux mourants aux échos de chansons émises par les gosiers les plus solides.

Comme les autres, Catherine était lasse, mais elle n'avait pas sommeil. Elle était trop profondément heureuse pour vouloir que cette joie s'envolât déjà dans le repos. Assise au pied du grand lit à courtines de damas bleu, elle regardait Arnaud mettre ses femmes à la porte sans plus de cérémonie.

— Pourquoi les renvoies-tu ? demanda-t-elle. Je ne pourrai jamais sortir de cette toilette sans leur aide.

— Je suis là, moi, fit-il avec un sourire moqueur. Tu vas voir quelle merveilleuse chambrière je fais.

Ôtant rapidement son pourpoint qu'il jeta dans un coin, il se mit en devoir d'enlever une à une les épingles qui retenaient le grand hennin sur la tête de Catherine. Il le faisait avec une légèreté, une adresse qui firent sourire la jeune femme.

— C'est vrai ! Tu es aussi adroit que Sara.

— Attends, tu n'as rien vu. Lève-toi...

Elle obéit, prête à lui indiquer les agrafes et les rubans qu'il fallait défaire en premier pour enlever sa robe, mais, brusquement, Arnaud avait empoigné le décolleté de ladite robe, tiré d'un coup sec. Le satin d'azur se déchira de haut en bas, la fine chemise de batiste avec lui, et Catherine, avec un cri de mécontentement, se retrouva aussi nue que la main, à seule exception de ses bas de soie bleue.

— Arnaud ! Est-ce que tu es fou ?... Une robe pareille !

— Justement. Tu ne dois pas remettre deux fois une robe dans laquelle tu as connu pareil triomphe. C'est un souvenir... et puis, ajouta-t-il en la prenant dans ses bras et en collant ses lèvres à celles de la jeune femme, c'est vraiment trop long à défaire !

Le « souvenir » alla s'étaler sur le sol tandis que Catherine, avec un soupir de bonheur, s'abandonnait déjà.

La bouche d'Arnaud était chaude et sentait un peu le vin, mais elle n'avait rien perdu de son habileté à éveiller en Catherine des sensations désordonnées. Il l'embrassait pourtant posément, consciemment, cherchant à éveiller en la jeune femme ce désir qui en faisait une bacchante sans pudeur ni retenue. D'une main, il la maintenait contre lui, mais, de l'autre, il caressait lentement son dos, son flanc, remontait vers un sein pour glisser ensuite vers la douce courbe du ventre. Et Catherine, déjà, vibrait, comme une harpe dans le vent.

— Arnaud... balbutia-t-elle contre sa bouche, je t'en prie...

À pleines mains, il lui prit la tête, noyant ses doigts dans les flots soyeux de sa chevelure, tira en arrière pour voir son visage en pleine lumière.

— Tu me pries de quoi, ma douce ? De t'aimer ? Mais c'est bien ce que j'ai l'intention de faire. Je vais t'aimer, Catherine, ma mie, jusqu'à ce que tu en perdes le souffle, jusqu'à ce que tu cries grâce... J'ai faim de toi comme si tu ne m'avais pas déjà donné deux enfants...

En même temps, il la courbait en arrière jusqu'à ce que plient ses genoux, jusqu'à ce qu'elle chût avec lui sur la grande peau d'ours étalée devant la cheminée, puis se laissa tomber sur elle et l'enferma entre ses bras.

— Voilà ! tu es ma prisonnière et tu ne m'échapperas plus !

Mais elle nouait déjà ses bras au cou de son époux et cherchait à son tour sa bouche.

— Je n'ai pas envie de t'échapper, mon amour. Aime-moi, aime-moi jusqu'à ce que j'oublie que je ne suis pas toi, jusqu'à ce que nous ne fassions plus qu'un.

Contre le sien, elle vit se crisper le visage brun. Elle connaissait bien cette expression presque douloureuse qu'il avait dans le désir et se colla contre lui pour qu'il n'y eût pas un pouce de son corps qu'il ne sentît. Alors, ce fut au tour d'Arnaud de perdre la tête et, durant de longues minutes, il n'y eut plus, dans la grande chambre chaude, que le gémissement doux d'une femme amoureuse.

Tandis qu'Arnaud sommeillait, un peu plus tard, pendant une accalmie de leur plaisir, Catherine demanda soudain :

— Que t'a dit La Hire pendant le bal ? Est-ce vrai qu'au printemps il te faudra repartir, retourner au combat ?

Il entrouvrit un œil, haussa les épaules en ramassant un coin de la peau d'ours sur laquelle ils gisaient toujours, s'en enveloppa lui-même et couvrit en même temps le corps, un peu frissonnant, de la jeune femme.

— L'Anglais tient encore certaines places fortes. Tant qu'il y sera, il faudra bien combattre...

Tout de suite, elle s'affola, reprise par les vieilles terreurs qui, jadis, l'avaient tellement tourmentée. Tout allait-il recommencer !

— Je ne veux pas que tu partes, je ne veux pas que tu me quittes encore ! Je t'ai gagné, je te garde...

Elle serrait ses bras autour de lui dans un geste enfantin comme si elle craignait qu'il ne disparût tout à coup. D'une main tendre, il caressa sa joue et, doucement, l'embrassa. Dans l'ombre, elle vit briller ses dents blanches, comprit qu'il souriait.

— Est-ce que tu crois que j'ai envie de te quitter, de passer encore des nuits et des nuits sans toi, sans tes yeux, sans ton corps ! Je suis soldat et il faut que je fasse mon métier. Quand je partirai, tu me suivras... Les campagnes ne durent que six mois et il y a toujours des châteaux à l'arrière des combats. Tu m'y attendras, et nous ne nous quitterons plus... plus jamais. C'est fini, le temps des larmes, le temps des angoisses et de la souffrance. Désormais est venu pour nous le temps d'aimer. Nous n'en perdrons plus un seul instant...

FIN

TABLE DES MATIÈRES

"Envers et contre tous"

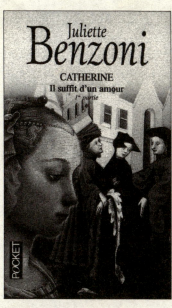

1413. La belle Catherine de Brazey, fille d'un orfèvre du Pont-aux-Changes, est tombée amoureuse du noble Arnaud de Montsalvy. Elle ignore que cette rencontre au plus noir de la guerre de Cent Ans, va l'entraîner dans une terrible aventure. De nombreux obstacles vont se dresser contre les deux amants, avant qu'ils puissent être enfin réunis. Et pourtant, Catherine va poursuivre, coûte que coûte, son rêve d'amour…

Il y a toujours un Pocket à découvrir

Imprimé en France sur Presse Offset par

BRODARD & TAUPIN

GROUPE CPI

13173 – La Flèche (Sarthe), le 05-06-2002
Dépôt légal : juin 2002

POCKET – 12, avenue d'Italie - 75627 Paris cedex 13
Tél. : 01.44.16.05.00